U0449316

斯嘉丽

下册

[美] 亚历山德拉·里普利 著

张兵一 译

SCARLETT

by Alexandra Ripley

第四部　瞭望塔

第四十七章

"布莱恩·博茹号"在几艘蒸汽拖船的牵引下,在萨凡纳河上缓慢前行。当它终于进入大西洋的河口之后,它拉响深沉的汽笛向离去的拖船致敬,然后放下了桅杆上的巨大风帆。这时,船头微微下沉,巨大的明轮开始搅动河口灰绿色的波涛,乘客们一片欢腾。

斯嘉丽和凯瑟琳并肩站在甲板上,眼看着平坦的海岸线迅速退去,很快变成一片模糊的绿色,最后消失在了视野中。

斯嘉丽心想,我这是做了什么啊?她突然感到有些恐慌,立刻伸出手抓住了甲板上的栏杆。然后,她向船前方浩瀚无际、波光粼粼的大海望去,这趟冒险之旅带来的刺激立刻使她心跳加速。

"噢!"凯瑟琳大叫一声,然后又"噢!噢!"地呻吟道。

"怎么了,凯瑟琳?"

"噢,我忘了我会晕船。"女孩喘着气说。

斯嘉丽忍住没有笑出声来。她伸手搂住凯瑟琳的腰,带着她回到了她们的客舱里。当晚,在船长的餐桌上,给凯瑟琳准备的椅子一直空着,斯嘉丽和科勒姆对这顿丰盛的晚餐十分满意。饭后,斯嘉丽给这个不幸的堂妹带回了一碗肉汤,并用汤匙喂给她喝。

"过一两天我就没事了,"凯瑟琳用微弱的声音说道,"你不用一直照顾我。"

"安静,再喝一口。"斯嘉丽说。她心想,谢天谢地,我的胃还没有那么脆弱,甚至连圣帕特里克节的食物中毒现象现在也扛过去了,否则我也不可能如此享受这顿晚餐。

当天边刚刚出现黎明的第一缕红光的时候,她突然惊醒了,恐慌得手忙脚乱地冲进隔壁的小卫生间里。她双膝跪地,把一肚子残留物吐进了装饰有鲜花、包着桃花心木饰板的瓷便桶里。

她是从不晕船的,从来不会;她这如此喜欢航海的人,是不会晕船的。在查尔斯顿的那一次,当小帆船被推上浪尖时,她甚至连恶心的感觉都没有,而当它跌入巨浪的波谷时,她同样也没有感到恶心。同那次的情形比较起来,"布莱恩·博茹号"就像岩石一样稳,她想象不出自己这是出了什么问题……

慢慢地,斯嘉丽因为软弱无力而低垂的头抬起来了,嘴和眼睛也都随之张得大大的,她只感到一股强大的暖流贯穿全身,喉咙里涌出了发自内心深处的笑声。

我怀孕了!我怀孕了!我想起来了,这就是那种感觉。

斯嘉丽向后靠在墙上,张开双臂尽情舒展一下身体。噢,我感觉太好了。我的胃再怎么难受都无所谓了,因为我感觉棒极了。我抓住瑞特了,他是我的了,我真恨不能现在就告诉他。

突然之间,幸福的泪水顺着脸颊流了下来。她放下双手,双臂捂着肚子,像是要护着肚子里正在生长的新生命。噢,她多想要这个孩子啊!瑞特的孩子,他们的孩子。这个孩子一定很强壮,她心里很清楚这一点,因为她已经能够隐约感受到它的力量了。一个勇敢无畏的小东西,就像邦妮一样。

斯嘉丽的脑海里立刻充满了回忆。邦妮的小脑袋比一只小猫的脑袋大不了多少,正好放进她的手掌里;邦妮的整个身体躺在瑞特的大手里,就像一个布娃娃。他是那么爱她,他那宽大的背俯在摇篮上,用低沉的声音发出婴儿一样傻乎乎的咿呀声——世界上从来没有哪个男人像他那样对一个婴儿如此痴迷。等她告诉他怀孕的消息时,他一定会喜不自禁的。她甚至已经看见了他那双黑眼睛里闪烁出的喜悦光芒以及海盗般刚毅的脸上露出的纯洁微笑。

想到这里,斯嘉丽也微笑起来。她心想,我也很高兴啊,怀上孩子就应该是这个感觉,梅丽总是这样说的。

"噢,天哪!"她不由自主地说出了口。梅丽为了生孩子丢掉了性命,米德大夫曾经说过,我流产之后五脏六腑已经全乱套了。就是因为这个原因,我才迟迟没有意识到我又怀孕了,我甚至没有注意到早该来的月经没有来,还以为它已经很长时间不准时了。生这个孩子会不会要了我的命?噢,上帝啊,求你了,求你了!上帝啊,我终于就要得到我想要的幸福生活了,不要让我在这个时候死啊。她一遍又一遍地在胸前画着十字,脑子里全是纠缠不清的各种祈求、安慰和迷信想法。

突然,她生气地摇了摇头,她这是在干什么?太愚蠢了!她的身体很强壮、很健康,完全不同于虚弱的梅丽。想想嬷嬷当初怎么说她来着,说她生个孩子那么轻松,野猫下个崽都比她费劲,真是丢人。她会平安无事的,她的孩子也会平安无事的。并且,她的生活也会好起来,因为瑞特会爱她,还会爱他们的孩子。他们将成为世界上最幸福、最可爱的一家人。天哪,她居然没有想到埃莉诺小姐,谁还能比她更喜欢孩子!埃莉诺小姐肯定会骄傲得趾高气扬。我现在就能看到她那个样子:迫不及待地把这个消息告诉市场上的每一个人,甚至包括那个打扫垃圾的佝偻老头子。这个婴儿还没出生,就已经成了查尔斯顿人议论纷纷的话题。

……查尔斯顿……那才是我该去的地方,而不是去爱尔兰。我要见到瑞特,要把这个好消息告诉他。

"布莱恩·博茹号"的船长不是科勒姆的朋友吗?也许科勒姆可以说服他把船开到查尔斯顿去停一下。斯嘉丽的眼睛里闪闪发亮,她站起来,洗了个脸,然后用水漱掉嘴里的酸腐味。现在去跟科勒姆说这件事还太早,于是她回到床上,靠着枕头坐在被窝里,开始制定她下一步的行动计划。

当凯瑟琳早晨起床时,斯嘉丽正在酣睡未醒,嘴角上还挂着满意的微笑。她已经作出了决定,没有必要急着赶回去,所以也就没有必要跟船长说什么了。她照样可以去爱尔兰见一见与她同名的祖母和其他亲戚们，照样可以享受横渡大西洋的冒险之旅。瑞特让她在萨凡纳等了那么久，那么他也可以等一等，晚一点儿知道这个胎儿的事情。反正离孩子出生还有好几个月呢，她应该在回到查尔斯顿之前享受一下自由的快乐时光。毫无疑问，一旦回到查尔斯顿她就哪儿也去不了了，就连脑袋也不能伸到门外去，处于身体脆弱期的女士是不应该抛头露面的。

不，她要先去爱尔兰，否则她以后再也没有机会了。

再说，她也会喜欢上"布莱恩·博茹号"的，从她怀前几个孩子的情况看，晨吐的问题从来都没有超过一个星期。现在肯定已经接近尾声了。她跟凯瑟琳一样，过一两天就没事了。

* * *

乘坐"布莱恩·博茹号"横渡大西洋，就像是在萨凡纳的奥哈拉家度过周六之夜的延续——甚至有过之而无不及。一开始，斯嘉丽就喜欢上了这里。

经过波士顿和纽约之后，新上来的旅客很快就把船挤满了，不过斯嘉丽却觉得这些人看上去一点儿也不像北方佬。他们都是爱尔兰人，并以此为荣。他们同样有着奥哈拉家人那样迷人的活力，这艘船所能提供的一切都被他们充分利用了起来。他们从早到晚都没闲着：跳棋锦标赛、甲板上激烈的套环比赛以及各种激动人心的赌运气游戏——比如赌他们的船第二天能航行多少英里。到了晚上，他们和专业音乐家一起引吭高歌，随着爱尔兰里尔舞曲和维也纳华尔兹舞曲不知疲倦地跳舞。

即使跳舞结束之后，娱乐仍在继续。女士纸牌沙龙里总会有人在玩惠斯特牌，而人们又总是愿意让斯嘉丽做她们的搭档。这里没人像查尔斯顿人那样拿定量咖啡当赌注，所有的赌注都比她过去知道的要高，每翻开一张牌都能让人兴奋不已。她赢的钱也同样让她兴奋不已。人们都说美国是一个充满机会的国家，看看"布莱恩·博茹号"上的乘客，他们就是活生生的例子，他们根本不在乎把他们刚刚获得的财富随意挥霍掉。

科勒姆也从他们敞开的口袋中收获颇丰。当女人们打牌的时候，男人们通常都会到船上的酒吧里喝威士忌和抽雪茄。就是在那里，科勒姆总能让那些人通常精明而干涩的眼睛流出怜悯而骄傲的泪水。他同他们谈英国统治下的爱尔兰如何遭受残酷压迫，讲述爱尔兰自由烈士的英雄事迹，然后接受他们慷慨捐赠给芬尼兄弟会的资助。

乘坐"布莱恩·博茹号"横渡大西洋一直是一项有利可图的事业，科勒姆每年至少要进行两次这样的旅行。尽管每每想到爱尔兰人民的贫穷和痛苦，船上豪华的包房和丰盛的饭菜就会暗暗使他感到恶心。

等到上船后第一个星期结束的时候，斯嘉丽也开始用厌恶的眼光看待与他们同船的旅客了。这些人不论男女每天都要换四次衣服，只是为了充分显示他们昂贵的服装。斯嘉丽这一辈子还第一次见到如此之多的珠宝。她告诉自己，还好她把自己的珠宝留在了萨凡纳银行的保险柜里，否则每天晚上在这充满珠光宝气的餐厅里,她那些首饰就会黯淡失色。但是,她心里实际上丝毫也不为此感到高兴,因为她早已习惯了自己在任何事情上都要比其他人拥有更多的东西——更大的房子、更多的仆人、更奢侈、更有钱。每当她看到别人拥有的东西比她的东西更加引人注目的时候,她的鼻子都会被气歪。在萨凡纳,凯瑟琳、玛丽·凯特和海伦都毫不掩饰她们对斯嘉丽的羡慕,奥哈拉家的所有人都极大地满足了她渴望赞赏的虚荣。可是,船上这些人并不羡慕她,或者不那么羡慕她,所以斯嘉丽对他们很不满。如果爱尔兰人都像这样,那么她如何忍受得了整个爱尔兰!如果她再听到《身穿绿衣》的歌声,她肯定会尖叫起来的。

"你只是不喜欢美国的新贵,斯嘉丽宝贝,"科勒姆安慰她说,"因为你是一位高贵的女士,这就是原因所在。"这正是他该说的话。

等这个假期结束之后,她要做的正是当一位高贵的女士。她将尽情享受这最后一次自由的机会,然后她将回到查尔斯顿去,穿上那些单调的褐色衣服,循规蹈矩地参加社交活动,余生就做一个贵妇人。

至少从现在起,当埃莉诺小姐和查尔斯顿的任何一个人谈起他们战前到欧洲旅行的经历时,她再也不会感到被人排斥在外了,她也不会说她不喜欢欧洲了,真正的女士是不会这么说的。斯嘉丽不禁叹了一口气。

"啊,斯嘉丽宝贝,事情不会那么糟糕的。"科勒姆说,"要看到事情好的一面。你在牌桌上把他们的大口袋都掏空了。"

她笑了，这倒是真的，她赢了一大笔钱，有时一晚上就能赢多达三十美元。到时候她把这一切都告诉瑞特，他肯定会大笑不止，他毕竟在密西西比河的船上做过一段时间的赌徒。想想看，他们在海上还有一个星期，真是一件好事，她根本不用花瑞特给她的一分钱。

斯嘉丽对待金钱的态度是既吝啬又大方。这么多年以来，钱一直是她衡量安全与否的标准，所以她对自己辛辛苦苦挣来的每一分钱都看得很紧，对任何企图从她手里夺走哪怕一美元的人都抱着高度的警惕和愤怒。然而，她又毫不迟疑地承担起了供养她的两位姨妈和梅兰妮一家的责任，即使在她自己的生活都毫无着落的情况下，她也义无反顾地照顾着他们的生活。即使发生任何意外灾难，她仍然会继续照顾他们，哪怕自己忍饥挨饿也在所不辞。她并没有想过这些问题，一切都是自然而然发生的。

她对瑞特的钱的态度也同样是矛盾的。作为他的妻子，她在桃树街的那幢房子花销巨大，很多钱花在了她的衣服和奢侈品上。但是，她对于他给她的那五十万美元又完全抱有另一种态度，那是不可侵犯的。她早就想好了，等他们重新成为真正的夫妻之后，就把这笔钱原封不动地还给他。这笔钱是他作为分手费给她的，她不能接受分手费，因为她不愿意同他分手。

为了这趟旅行，她不得不从存在银行保险箱里的这笔钱里取出了一部分，因此她感到不安。事情发生得太快，她没有时间从亚特兰大提取自己的钱，但是她写下了一张借据，同剩下的黄金一起存放在萨凡纳那家银行的保险箱里。她用取出的金币替代钢条缝在了自己的胸衣里,现在那些金币就穿在她的身上,让她保持着挺胸束腰的身姿,但是她已经下定决心尽可能少花这笔钱。如果能够继续靠玩惠斯特牌赢钱,她就能有自己的钱花,这样的感觉就好多了。如果运气好的话,再过一个星期,她的钱包里至少还能再增加一百五十美元。

不过,她还是希望她的海上航程能尽快结束。因为即使能够鼓满风帆快速航行,"布莱恩·博茹号"对她来说还是太大太稳了,无法让她体会到在查尔斯顿港的暴风雨中那种极度兴奋的感受。再说,不管科勒姆当初吹得如何天花乱坠,到现在为止她根本连一只海豚也没有见到。

"它们来了,斯嘉丽宝贝!"科勒姆通常平静、悦耳的声音突然兴奋地提高了八度。他抓住斯嘉丽的胳臂,把她拉到船舷边的护栏前:"我们的护卫来了,很快我们就会看到陆地了。"

头顶上,第一批海鸥正围绕着"布莱恩·博茹号"上下翻飞。斯嘉丽冲动地拥抱了科勒姆。紧接着,他又把手指向了附近海面上那些圆滑的银色躯体——海豚到底还是出现了。

过了很长时间以后,她站在科勒姆和凯瑟琳之间,用手按着头上的帽子以免被风吹走。他们的船正用蒸汽动力驶入一个港口。斯嘉丽惊奇地望着右舷外的一座岩石岛屿,汹涌的海浪无情地冲撞着高耸的岩壁,在空中洒下大片泛着白沫的浪花,似乎整个岛也难以抵挡如此疯狂的冲击。她已经习惯了克莱顿县低矮起伏的山丘,这一处拔地而起的光滑岩壁是她所见过的最奇异的景象。

"岛上不会有人住吧?"她问科勒姆。

"在爱尔兰,人们不会浪费一丁点儿土地。"他回答说,"但是只有耐寒的物种才能在伊尼什莫尔岛[1]安家。"

"伊尼什莫尔。"斯嘉丽不断重复着这个美丽而奇怪的名字,她从来没听过这样的名字,它听起来就像音乐。

然后,她陷入了沉默,科勒姆和凯瑟琳也没有说话,三个人都望着宽阔的戈尔韦湾波光粼粼的蓝色海水,各自想着自己的心事。

科勒姆看到了爱尔兰,心中立即充满了对它的爱和对它所遭受的苦难而感受到的痛苦。他在心里默默重申自己的誓言,要摧毁祖国的压迫者,把祖国归还给它的人民。这个誓言他每天都要重复很多次。他并不担心藏在斯嘉丽箱子里的那些武器,戈尔韦的海关官员主要关心的是船上的货物,要确保向英国政府缴纳的关税能够收到手。他们带着嘲笑的目光看着"布莱恩·博茹号"上的人,每次都是这样。成功的爱尔兰裔美国人总有一种特别的优越感,即对爱尔兰人和美国人的双重优越感。尽管如此,科勒姆还是认为他能说服斯嘉丽同他来到爱尔兰是一件很幸运的事情,用她的衬裙藏枪比用他买的几十双美国靴子和印花布藏枪好多了。当她看到自己的人民遭受的贫困时,她甚至可能会

---

[1] 伊尼什莫尔岛(Inishmore),爱尔兰岛屿,位于大西洋海域,属阿伦群岛,长14公里,宽3公里,面积30.91平方公里,最高点海拔123米,2011年人口为845人。

略微解囊相助。科勒姆是个现实主义者,从一开始他就对斯嘉丽进行了仔细的分析和评估,所以他对此并没有过高的期望,但是他也并不因为她如此自私自利而不喜欢她。他是个神父,懂得原谅人们的弱点——只要这些人不是英国人就行。实际上,即使在他利用斯嘉丽的时候,他也很喜欢她,就像他喜欢奥哈拉家的所有孩子一样。

凯瑟琳紧紧抓住船舷边的栏杆,她担心要是不抓住栏杆,她会跳下船游上岸去。就要踏上爱尔兰的土地了,我太高兴了,我知道我会游得比船还快。家,家,家……

随着一声轻轻的惊呼,斯嘉丽深吸了一口气。在那个低矮的小岛上有一座城堡。一座城堡!那不可能是别的东西,因为它的顶部有牙齿状的墙头。虽然城堡已经有一半坍塌了,那也没关系,它仍然是一座真正的城堡,就像童书里的城堡图画一样。她感到自己非常迫切地希望了解爱尔兰到底像什么样子。

当科勒姆护着她走下跳板之后,她意识到自己已经进入了一个完全不同的世界。这里的码头跟萨凡纳的码头一样繁忙,声音嘈杂,熙熙攘攘,马车匆匆驶过,工人们忙着装卸各种木桶、板条箱和大包。不过,这里的工人都是白人,他们用一种她完全听不懂的语言相互叫喊着。

"他们说的是盖尔语,是古老的爱尔兰语,"科勒姆解释说,"不过你不必担心,斯嘉丽宝贝,除了在这个地方,也就是爱尔兰的西部,其他地方已经没有人说盖尔语了。大家都说英语,你不会有语言问题的。"

就好像有人要证明他说错了一样,一个男人走上前来带着很重的口音对科勒姆说起话来,一开始斯嘉丽并没有意识到他说的是英语。

过后她把这件事告诉科勒姆时,他禁不住笑起来。"实际上,这确实是一种非常奇怪的声音。"他同意她的感受,"但他说的肯定是英语,而且是典型的英国人说话的方式,声音都从鼻腔里发出来,就好像快要被憋死了似的。他是女王陛下军队里的一名中士。"

斯嘉丽咯咯笑了:"我还以为他是一个卖纽扣的。"中士穿着一件又短又紧的制服上衣,衣服正面装饰得很华丽,左右各有一排擦得锃亮的黄铜纽扣,中间挂着十几条粗大的金色穗带。在她看来,那就像化装舞会上的奇装异服。

她把手插到科勒姆的胳膊肘里。"来到爱尔兰真让我高兴。"她说。她确实很开心,因为这里的一切都是那么不同、那么新鲜,难怪人们都如此喜欢旅游。

"我们的行李会被送到旅馆去的。"科勒姆回到斯嘉丽和凯瑟琳身边后说道。他刚才把她们俩留在了这里的一张长凳上。"都安排好了。我们明天出发去马林加,就要回家了。"

"我希望我们现在就走,"斯嘉丽急切地说,"现在天还早,还不到中午。"

"但是火车八点就开了,斯嘉丽宝贝。这家旅馆很好,而且饭菜也做得不错。"

"我记得,"凯瑟琳说,"这次我要好好吃一吃那些花哨的甜食了。"她满脸喜气洋洋,再也不是斯嘉丽在萨凡纳认识的那个腼腆的姑娘了:"离开爱尔兰的时候我太悲伤了,什么东西也吃不下。噢,斯嘉丽,你不知道踩在爱尔兰的土地上我是什么感受。我真想跪下来亲吻它。"

"你们俩,来吧!"科勒姆说,"今天是星期六,是集市日,要一辆出租马车都不容易。"

"集市日?"斯嘉丽惊讶地问道。

凯瑟琳兴奋地拍拍手:"这可是戈尔韦这样的大城市的集市日!科勒姆,那肯定是个大场面。"

实际上,集市上的大场面、热闹和新奇程度都远远超出了斯嘉丽的想象。在铁路旅馆前长满青草的整个广场上,都是一派生机勃勃、色彩斑斓的景象。当出租马车把他们带到旅馆门口的台阶前时,她立刻恳求科勒姆直接去逛集市,不要管他们的房间或午饭的事情。凯瑟琳也附和道:"货摊上有很多吃的,科勒姆,我想买些长筒袜给家里的女孩们当作礼物。在美国没有这种长筒袜,否则我早就买了。我知道布丽吉德想要这种长筒袜都想疯了。"

科勒姆咧嘴一笑:"凯瑟琳·奥哈拉自己也想疯了吧,我理解。那么,好吧,我负责落实房间的事情,你负责照顾你的斯嘉丽堂姐,别把她弄丢了。你有钱吗?"

"有一些,科勒姆,杰米给我的。"

"那是美国的钱,凯瑟琳,你在这里不能用的。"

斯嘉丽惊慌地一把抓住了科勒姆的胳膊。他这是什么意思？她的钱在这里难道不管用吗？

"这里的钱不一样，斯嘉丽宝贝，仅此而已。不过，你会发现英国的钱更有趣一些。我去为大家换一些这里的钱吧，你要换吗？"

"我所有的钱都是玩惠斯特牌赢来的，全是美元。"她带着轻蔑和愤怒的口吻说道。因为人们都知道美钞的实际价值要远远低于票面上的数字，她应该让输家付给她金子或银子才对。她打开钱包，拿出一沓叠起来的五美元、十美元和一美元的钞票。"如果能换，就把这些都换掉。"她一边说一边把钱递给科勒姆。他看着手里的美元扬了扬眉毛。

"赢了这么多？还好你一直没有让我跟你打牌，斯嘉丽宝贝。你这里肯定有二百美元了。"

"二百四十七美元。"

"看看吧，凯瑟琳，你再也不会一次看到这么多的钱了。你要不要拿在手里感受一下？"

"噢，不，我不敢。"她立刻把双手放到背后，身体后退了几步，一双大眼睛盯着斯嘉丽。

斯嘉丽忐忑不安地想，我又不是钱，盯着我干吗。二百美元并不是多大一笔钱，她那件毛皮衣服就花了那么多钱，杰米那个店每月赚到的钱也不会少于二百美元，凯瑟琳没有必要这样大惊小怪。

"给，"科勒姆伸出手来，"先给你们每个人几个先令。我去银行换钱，你们先去买点儿什么东西，然后到那个馅饼摊和我会合，一起吃点儿东西。"他说着指了指广场中央飘扬着的一面黄旗。

斯嘉丽顺着他手指的方向望去，心里立刻往下一沉。在酒店台阶和广场之间的街道上挤满了慢慢移动的牛群，她过不去！

"我来替我俩想想办法。"凯瑟琳说，"科勒姆，这是我要换的美元。来吧，斯嘉丽，握住我的手。"

斯嘉丽在萨凡纳认识的那个害羞的姑娘早已不复存在，凯瑟琳回到家里了，她的脸色红润，眼睛炯炯有神，笑容更是有如头顶上的太阳一样灿烂。

斯嘉丽想找个借口躲开可怕的奶牛，可是凯瑟琳根本不予理会。她拉起斯嘉丽大步挤进牛群，左推右搡着面前的奶牛，仅仅几秒钟的工夫就成功来到了广场的草地上。走在牛群中的时候斯嘉丽根本没有时间因为恐惧而尖叫，也没有时间对凯瑟琳的武断行为大发雷霆，而一旦来到广场上，她就被眼前的一切给迷住了，恐惧和愤怒早就被抛到了九霄云外。在查尔斯顿和萨凡纳的时候，她就喜欢那里的市场，喜欢市场上繁忙的景象、丰富的色彩和琳琅满目的农产品。但是，那些市场同戈尔韦的集市日比起来，根本就不值一提。

在这里，无论她的目光看到哪里，都是一片繁忙的景象。男人、女人都在讨价还价，都在买东西或者卖东西，都在争吵、开怀大笑、彼此赞扬或指责，目的都是为了买下或者卖掉他们面前的羊、小鸡、公鸡、鸡蛋、牛、猪、黄油、奶油、山羊和驴。当斯嘉丽看到几筐吱吱叫的粉红色小猪崽……长着小巧粉红色长耳朵的毛驴……以及几十个身着五颜六色服装的年轻妇女和姑娘时，她一遍又一遍地说："多可爱啊！"其实，当她看到第一个衣着鲜艳的姑娘时，她还以为那个女孩穿的是戏服，但是很快她就看到了第二个、第三个和无数个，这才终于意识到这里的女人几乎全都穿着同样鲜艳的衣裳。难怪凯瑟琳一直在说什么长筒袜！斯嘉丽目光所及，女人的脚踝和腿上都穿着鲜艳的蓝黄相间、红白相间、黄红相间或者白蓝相间的条纹长筒袜。戈尔韦的姑娘们都穿着低帮、低跟的黑色皮鞋，都不穿靴子。她们裙子的长度都在脚踝以上四到六英寸的地方，而且都非常漂亮。它们都是用结实的红、蓝、绿、黄四种颜色之一的布料做成的，同长筒袜一样，穿在身上显得那么丰满、飘逸和明快。她们的衬衣颜色较深，但是色彩仍然很丰富，都有带纽扣的长袖，胸口用别针别着折叠成三角形的白色亚麻布领巾。

"我也想买一些长筒袜，凯瑟琳！还要买一条裙子，一件衬衫和手帕。我必须买，它们太可爱了！"

凯瑟琳高兴地微笑道："这么说，你喜欢我们爱尔兰的服装，斯嘉丽？我太高兴了。你用的东西都那么高雅，我还以为你会嘲笑我们的衣服。"

"我希望我每天都可以穿成她们那样。那就是你平时在家里穿的衣服吗？你真是个幸运的女孩，难怪你这么想回来。"

"这些是最好的衣服，是为了集市日和吸引小伙子的目光而穿的。平日里穿的衣服我也会让你看到的。来吧！"凯瑟琳又抓住了斯嘉丽的手腕,像刚才拉着她穿过牛群一样拉着她穿过了人群。在广场中心附近有几张桌子——都是搭在架子上的木板——上面堆满了女式服饰。看到眼前的东西,斯嘉丽惊讶得目瞪口呆,她所看到的一切东西她都想买。看看那些长筒袜……还有漂亮的披肩,摸起来那么柔软……我的天啊,多么漂亮的花边!想想看,要是我那位亚特兰大裁缝看到这些,她宁愿出卖她的灵魂也一定要得到如此丰富而厚实的花边。看那里,裙子!噢,好可爱哟,我要是穿上那件红色的——还有那件蓝色的——裙子,该有多好看啊!但等一下,隔壁桌子上还有另一种蓝色的裙子,颜色更深一些。哪一件更好?噢,还有那边淡红色的裙子……

挑来挑去,她已经感到头晕目眩了。她把它们统统摸了一遍——羊毛的质地又软又厚,即使戴着手套摸起来也感觉暖暖的,颜色也十分鲜艳。很快她就毫不犹豫地脱下了一只手套,这样她就能更加真切地摸到那些羊毛编织物了,她还从来没有见过这样美好的织物。

"我一直在馅饼摊旁边等你们,饿得我不停地流口水。"科勒姆一边说一边把手放到她的胳膊上,"别担心,你还可以再回来继续逛,斯嘉丽宝贝。"他摘下帽子向桌子后面的几个黑衣女人点头示意。"愿阳光永远照耀在你漂亮的杰作上。"他说,"请原谅我这位美国的堂妹,她已经欣赏得不得了,连话都说不出来了。我现在必须先让她吃饱,托圣布里吉德的福,等她一会儿回来就能同你们说话了。"那几个女人对科勒姆咧嘴笑笑,又偷偷瞟了斯嘉丽一眼，回答说："谢谢你，神父。"接着，科勒姆把她拽走了。

"凯瑟琳告诉我说，你已经完全疯了。"他轻声笑着说道，"她拉了你的袖子十几次了，可怜的姑娘，但是你总是恶狠狠地看着她。"

"我真是完全把她忘到脑后了，"斯嘉丽承认说，"我还从来没有一下子看到过这么多美妙的东西。我想我应该买一套晚会穿的礼服，但又不知道我有没有穿得上它的那一天。科勒姆，请你实话告诉我，你觉得我在这里的时候能不能穿得像爱尔兰女孩们那样啊？"

"我认为你就该穿得跟她们一样，斯嘉丽宝贝。"

"那多么有趣啊！科勒姆，这个假期多么美好啊！能到这里来真让我高兴。"

"我们也很高兴，斯嘉丽堂妹。"

* * *

她完全搞不懂这些英国钱，一英镑的纸币重量还不到一盎司，一便士的硬币很大，活像一枚银币，而那个叫作两便士的硬币反而比一便士还小。此外还有半便士的硬币和其他一些叫作先令的硬币……总之，太让人困惑了。不过，这也无关紧要，反正都是玩惠斯特牌赢来的，相当于没花钱。重要的是一条裙子只要两个先令，一双鞋子只要一先令，长筒袜则只卖几个便士。斯嘉丽把装满硬币的束口钱袋交给凯瑟琳。"花完之前提醒我不能再买了。"说完这句话,她便开始买东西。

等他们三人回到旅馆时,每个人手里都拿着大包小包的东西。斯嘉丽给她自己、凯瑟琳、布丽吉德和她即将见到的所有其他堂亲买了各种颜色和厚薄的裙子——凯瑟琳告诉她,那些薄裙也用来做衬裙穿——和几十双长筒袜。她也买了衬衣、大量宽窄不一的花边、带花边的衣领和三角领巾,还有精巧的女帽。她还买了两件带兜帽的披风,一件蓝色、一件红色,因为两件她都喜欢;后来又买了一件黑色的,因为凯瑟琳说大多数人平时都穿黑色的;同样因为这个原因,她还买了一件黑色的裙子,里面的衬裙可以穿得鲜艳一点。亚麻布领巾、亚麻布衬衣、亚麻布衬裙——好像她从未见过亚麻布制品似的——还有六七十块亚麻布手帕,更有成堆的披肩,她自己也数不清了。

"我累坏了。"斯嘉丽躺在他们旅馆套间起居室的长毛绒长椅上开心地呻吟道。凯瑟琳把装着硬币的钱袋扔到了她的腿上,袋子里竟然还剩下了大半袋钱。"我的天哪,"斯嘉丽说,"我肯定会爱上爱尔兰的!"

第四十八章

斯嘉丽被自己买来的漂亮"戏服"迷住了。她试图怂恿凯瑟琳和她一起"打扮起来",然后再回到广场上去,但是凯瑟琳礼貌而坚决地拒绝了:"按照旅馆实行的英国人的习惯,斯嘉丽,我们吃晚饭的时间很晚,而明天我们一早就要出发。集市日多的是,我们村子附近的镇上每周都有一次。"

"但从你刚才的话来看,那里的集市都比不上戈尔韦的。"斯嘉丽敏锐地感觉到了其中的差别。凯瑟琳承认特里姆镇当然要小很多,但是尽管如此她还是不想再回到广场上去。于是,斯嘉丽虽然极不情愿也只能不再坚持。

铁路旅馆的餐厅以其精美的食物和周到的服务而闻名。两个身穿制服的侍者让凯瑟琳和斯嘉丽坐在一张大桌子旁,桌子挨着一扇挂着厚厚窗帘的高大窗户,两个侍者分别站在了她们俩的椅子后面。科勒姆只好让另外一个穿着燕尾服的侍者来负责这张桌子的点菜,三个奥哈拉家的人要了一套六道菜的晚餐。当斯嘉丽正津津有味地吃着戈尔韦著名的浇汁三文鱼片时,从广场上传来了欢快的音乐声。她拉开带流苏的厚实褶皱窗帘,再拉开褶皱窗帘后的丝绸窗帘,最后拉开丝绸窗帘后的蕾丝窗帘。

"我就知道!"她宣布,"我就知道我们应该回去。他们正在广场上跳舞,我们现在就去吧。"

"斯嘉丽,亲爱的,我们才刚刚开始吃饭呢。"科勒姆争辩说。

"这太可笑了!我们在船上都快把自己吃出病来了,我们再也不能又吃一顿没完没了的晚餐了。我要穿上我的漂亮衣服跳舞去。"

什么也阻止不了她。

"我不明白,科勒姆。"凯瑟琳说。他们俩坐在广场上离跳舞的人群不远的一张长凳上,以防斯嘉丽遇到什么麻烦。她身穿一条蓝色裙子,里面是红黄相间的衬裙,正熟练地跳着里尔舞,仿佛她生来就会跳这个舞似的。

"那么,你不明白什么呢?"

"我们为什么非要像国王和王后似的住在这家豪华的英国旅店里不可呢?既然我们在这里住了下来,为什么又不能好好吃一顿大餐呢?这是我们最后的一顿大餐,我很清楚这一点。你难道就不能像我那样坦率地对斯嘉丽说'不行,我们不去广场跳舞'?"

科勒姆握住她的手说:"事情是这样的,我的小妹妹,斯嘉丽对真实的爱尔兰还没有心理准备,她也不了解爱尔兰的奥哈拉家的人。我希望这一切不要让她感到太突然,最好让她把穿爱尔兰服装当作一次愉快的冒险,而不要因为她漂亮的丝绸裙摆会沾满污泥而哭泣。她现在在那里跳里尔舞,开始遇到本土的爱尔兰人,不管他们的衣服有多粗糙、手有多脏,她还是感觉到了他们的可爱之处。这件事很重要,不然我倒宁愿去睡大觉。"

"但是,我们明天会回家,不是吗?"凯瑟琳对回家的渴望显露无遗。

科勒姆紧紧握着她的手说:"我们明天回家,我保证。不过,我们明天要坐的是火车的头等车厢,你千万不要挑明这件事。还有,我会安排斯嘉丽与莫莉和罗伯特住在一起,这件事你也不许说一个字。"

凯瑟琳往地上吐了一口唾沫:"那是莫莉和她的罗伯特的事,但只要是斯嘉丽和他们住在一起而不是我,我就愿意保持沉默。"

这时,科勒姆突然皱起了眉头,但并不是因为他妹妹的话,而是因为斯嘉丽现在的舞伴正企图拥抱她。科勒姆哪里知道,斯嘉丽从十五岁起就是一个既善于挑逗男人又善于摆脱他们的人。他迅速站起身来,朝跳舞的人群走去。他还没有走到斯嘉丽身边,她就已经从纠缠她的爱慕者那里脱身了。她跑向科勒姆,问道:"你终于来和我跳舞了吗?"

他握住她向他伸出来的双手,说:"我是来把你带走的,你早就该睡觉了。"

斯嘉丽叹了口气,在她头顶上方的粉红色纸灯笼的映衬下,她绯红的脸显得又红又亮。广场上有许多树冠十分宽大的树,树枝上挂着摇曳的明亮彩灯,小提琴演奏的音乐不绝于耳,密密匝匝的跳舞人群中洋溢着欢声笑语。她并没有听清楚科勒姆究竟说的什么,但是他的意思是明确的。

虽然她也知道他是对的,但是她仍然不愿停止跳舞。她以前从未体验过如此令人痴迷的自由,即使是在圣帕特里克节上也没有过。爱尔兰"戏服"不适合穿胸衣,所以凯瑟琳只好把她胸衣的带子轻轻系在一起,只要它不滑落到膝盖上就行。她可以永远跳舞,永远不会喘不过气来。所以,她丝毫也没有被束缚住的感觉,一点儿也没有。

虽然同样处在粉红色的灯光之下,科勒姆看上去却很疲惫,斯嘉丽微笑着冲他点了点头。她将在爱尔兰待两个星期,直到她的祖母、也就是奥哈拉家族最早的那个凯蒂·斯嘉丽庆祝完百岁生日之后,她才会离开,所以跳舞的机会还很多。我无论如何也不能错过这一场生日聚会!

斯嘉丽来到火车上,看到开着门的各个包厢心里想,这里的火车比我们那里的火车要好得多。乘客都有一个自己的小房间,而不用同一群陌生人坐在一节大车厢里,这样多好啊。这样她就再也看不到过道上不停来来回回或上车下车的乘客,也不用担心人们从她身边走过时会突然倒在她的怀里。她开心地对科勒姆和凯瑟琳微笑道:"我喜欢你们爱尔兰的火车,我喜欢爱尔兰的一切。"她舒舒服服地坐在带有软垫的座位上,急切地等待着火车开出车站,好让她一睹爱尔兰乡间的景色。这里的景色肯定与美国截然不同。

爱尔兰没有让她失望。"我的天哪,科勒姆!"火车行驶一个小时之后她突然说道,"这个国家到处都是城堡!每座山上几乎都有一座城堡,平坦的乡间也有很多城堡。为什么这些城堡都坍塌了?人们为什么不再住在里面了呢?"

"这些城堡大多数都很陈旧,斯嘉丽宝贝,都有四百多年的历史,而现在人们已经找到更舒适的生活方式了。"

她点了点头,有道理。要是住在城堡里,人们就不得不在塔楼的楼梯上不断地跑上跑下。尽管如此,那些城堡还是极具浪漫情调。她再次把鼻子贴在车窗玻璃上。"噢,"她说,"真遗憾,下雨了,我看不见那些城堡了。"

"雨会停的。"科勒姆向她保证。

确实,在他们到达下一站之前,雨就停了。

"巴利纳斯洛,"斯嘉丽大声念着这里的地名,"你们城镇的名字多美啊。奥哈拉家住的地方叫什么名字?"

"亚当斯敦。"科勒姆回答说。看到斯嘉丽脸上迷惑的表情,他禁不住笑了:"没错,不像爱尔兰的名字。要是办得到的话,我就为你给它改个名字;要是办得到的话,我愿意为我们所有人给它改个名字。但是,那个地方属于一个英国人,他是不会喜欢我改的名字的。"

"整个镇子都属于别人吗?"

"那不是一个镇子,只是英国人的自我炫耀。那里甚至连一个村子都算不上,它是以第一个在那里建造了那所房子的英国人的儿子命名的,是给亚当的一个小礼物。从那以后,他的儿子、孙子等一个个先后继承下来,现在拥有它的人从来也没有来这里看过它一眼,他大多数时间都住在伦敦,由代理人管理那里的一切事务。"

科勒姆的话里包含着一丝苦涩的味道,斯嘉丽觉得她最好不要再提问题了,还是专心寻找她的城堡吧。

就在火车开始减速、即将进入下一个车站的时候,她看到了一座巨大的城堡,而且这个城堡丝毫也没有坍塌。毫无疑问,城堡里肯定还住着人!是一个骑士还是一个王子呢?科勒姆告诉她,她的想象离现实相差太远,那是一个军营,里面住着英国军队的一个团。

斯嘉丽心想:哦,这次我肯定惹祸了。凯瑟琳的脸颊变得绯红。"我来弄点儿茶吧。"火车停下来之后,科勒姆说。他把车窗从顶上拉下来,把身体探出窗外。凯瑟琳两眼呆呆地盯着地板,斯嘉丽站在科勒姆身边,伸直了膝盖让她感觉很舒服。"坐下,斯嘉丽。"他口气坚定地说。她立刻坐了下来。但是,她仍然可以看到站台上一群群穿着漂亮军人制服的人,也看到科勒姆对一个人摇摇头,那个人刚才问他这个包厢里还有没有空座。他真是个沉得住气的家伙。他的肩膀挡住了整个窗户,外面的人看不到包厢里的情况,实际上里面还有三个空着的座位。她得记住他这一招,要是下一次再坐爱尔兰的火车科勒姆又不在身边,她就用得着。

火车刚一开动，他就递过来几杯茶和一块叠起来的皱巴巴的布。"品尝一下爱尔兰特色茶点吧，"他笑着说，"这叫'穗醋栗甜点心'[1]。"粗糙的亚麻布上放着几大片鲜美的、夹着水果的面包。斯嘉丽甚至连凯瑟琳的那份也吃了，并且还央求科勒姆说，他能不能在下一个车站再给她买一些。

"你能再坚持半个小时左右吗？到时候我们就下火车了，就可以美美地吃一顿。"斯嘉丽高兴地表示了同意，爱尔兰的火车和城堡景色带给她的新奇感已经不再那么强烈了。

然而，车站站牌上的名字却并不是亚当斯敦，而是马林加。可怜的小羊羔，科勒姆说，他难道没有告诉她吗？他们坐火车只能走上一段路。在这里吃过午饭后，他们还要继续坐马车走完剩下的路。这段路只有二十英里左右，他们天黑前就能到家。

二十英里！那相当于从亚特兰大到琼斯博罗那么远。到那里还要花很长的时间，而他们已经坐了差不多六个小时的火车了。当科勒姆把他的朋友吉姆·戴利介绍给她时，她十分勉强地露出了微笑。戴利虽然长相不怎么样，但是他的马车很漂亮，高高的轮子漆成明亮的红色，车身漆成光滑的蓝色，上面用粗体印着"J.戴利"的金色字样。斯嘉丽想，不管他干的是哪一行，他肯定干得不错。

吉姆·戴利的生意是酒吧和酿酒厂。虽然斯嘉丽自己也是

---

[1] 穗醋栗甜点心（Barm Brack）是爱尔兰的一种传统面包，一般都是加有葡萄干的酵母面包。将它切片后抹上黄油，再泡上一杯茶，就是爱尔兰的下午茶。

一家小酒吧的房东,但是她从来没有走进过任何一家酒吧。所以,当她走进这个散发着麦芽味的大房间之后,心里立刻就感到了一种邪恶的快感。她好奇地看着那个擦得锃亮的长长的橡木吧台,但是不等她看仔细戴利就打开了另一扇门,领着她穿过门走进一个门厅里。奥哈拉家的人要和他以及他的家人在酒吧楼上的私人房间里共进午餐。

午餐很丰富,但是同她在萨凡纳吃过的饭菜没有什么不同。羊腿配薄荷酱和土豆泥,毫无新奇可言。饭桌上的话题也都是关于萨凡纳的奥哈拉家人的:他们是否健康以及他们都在做什么。原来,吉姆·戴利的母亲也是奥哈拉家的亲戚之一。斯嘉丽根本感觉不到自己已经到了爱尔兰,更感觉不到是在一家酒吧的楼上。戴利家的人似乎对她不怎么感兴趣,他们只顾着自己互相交谈。

午饭后情况有所好转,吉姆·戴利坚持要挽着她去散步,看看马林加的风景,科勒姆和凯瑟琳跟在他们后面。在斯嘉丽看来,这里并没有什么风景可看,就是一个简陋的小镇而已,只有一条街道,酒吧的数量却是商店的五倍之多。不过,伸展一下筋骨也不错。镇上的广场还不到戈尔韦那个广场的一半大小,广场上也十分冷清。一个头上和胸前披着黑色披肩的年轻女子径直走到他们面前,然后伸出一只微微握起的手:"上帝保佑你们,先生和夫人。"吉姆拿出几枚硬币放到她的手里,女子一边向他们行了一个屈膝礼一边又说了一遍祝福的话。斯嘉丽感到震惊,那姑娘在乞讨,真是厚颜无耻!我决不会给她任何东西,因为那姑娘看起来很健康，没有任何理由不能自己谋生啊。

这时，突然一阵哄堂大笑传来，斯嘉丽回过头看看发生了什么事。一群士兵从一条小巷里来到广场上，其中一个人正拿着一枚硬币戏弄那个乞讨的女人。他高高地举着硬币，那女人几次伸手都没能够着。可恨！但是，她到大街上乞讨，不被羞辱还能指望什么呢？还有那些作弄人的士兵，人们都知道他们是粗野而蛮不讲理的人……尽管她不得不承认，你很难相信那帮家伙是真正的士兵。他们穿着那一身可笑的花哨制服，就像是小男孩儿眼里的大玩具。很显然，他们当兵不过是在假日游行的队伍里走走正步而已。谢天谢地，爱尔兰没有真正的士兵，不像那些北方佬，这里既没有蛇也没有北方佬。

那个士兵最后把硬币扔进了一个肮脏的、漂着垃圾的水坑里，接着又和他的朋友们一起大笑不止。斯嘉丽看见凯瑟琳的两只手抓住了科勒姆的胳膊，他甩开她的手，向士兵和乞丐走过去。噢，上帝啊，他要对他们说教，要他们做一名善良的基督徒，那可怎么办呢？科勒姆卷起袖子，她紧张得屏住了呼吸。他看上去太像爸了！他是要打架吗？

科勒姆跪在铺满鹅卵石的广场上，从脏兮兮的水坑里捞出了那枚硬币。斯嘉丽慢慢地松了一口气。要是科勒姆对付那些娘娘腔士兵中的一个，她毫不担心，但是对付五个恐怕还是太多了，即使是奥哈拉家的人也是没有胜算的。问题是，他到底为什么要对一个要饭的女人遇到的麻烦如此大惊小怪呢？

科勒姆背对着士兵站在那里。看到自己的恶作剧出现了意想不到的转折,他们显然感到不自在。当科勒姆挽起那个女人的胳膊带她离开时,他们立刻掉头向相反方向走去,迅速地走到了下一个街角。

斯嘉丽想,这下好了,没有造成任何伤害,只有科勒姆裤子的膝盖受了一点儿磨损。我想,他身为神父,他裤子的膝盖总是会被磨损的。有意思的是,大多数时候我都忘记了他是一个神父。要不是凯瑟琳一早把我从床上拽起来,我根本不记得我们上火车前必须先去做弥撒。

小镇剩下的风景很快就看完了。皇家运河[1]上看不到一艘船,但是吉姆·戴利热衷于乘船沿着这条运河去都柏林,而不喜欢坐火车。斯嘉丽对他的喜好一点儿也不感兴趣。她为什么要关心怎么去都柏林的问题?她想去的是亚当斯敦。

没过多久她就如愿以偿了。等他们回到吉姆·戴利的酒吧时,门外已经停着一辆破旧的小马车,一个穿着衬衫、戴着围裙的人正把他们的行李箱往马车顶上装,手提箱已经捆在了马车后面。现在,斯嘉丽的箱子比吉姆·戴利和科勒姆把它们放到戴利的马车上的时候已经轻了许多,不过没有人提起这件事。行李箱放好之后,穿衬衫的人很快消失在酒吧里,再次出现时却穿上了一件马车夫的披肩外衣和一顶大礼帽。"我也叫吉姆,"他简单明了地说,"我们出发吧。"斯嘉丽上了马车,在车厢最

---

[1] 皇家运河(the Royal Canal)是为从都柏林的利菲河到爱尔兰的朗福德的货运和客运而建造的运河,全长146公里,1817年建成。

里面坐下来,凯瑟琳坐在她旁边,科勒姆坐在她的对面。"愿上帝与你们同行。"戴利家的人对他们说道。斯嘉丽和凯瑟琳把手伸出窗外挥动着手帕,科勒姆解开外衣,脱下了帽子。

"我不管你们两位怎么样,我现在要睡一会儿了。"他说,"希望女士们能容忍一下我的脚。"说着他脱下靴子,伸出双脚把它们搁到了斯嘉丽和凯瑟琳两人中间的座位上。

她们俩彼此看看,然后也弯下腰解开了靴子上的鞋带。几分钟后,她们也把摘了帽子的脑袋靠在各自一边车厢的角落上,脚也放到了科勒姆身旁的座位上。斯嘉丽心想:唉,我要是穿上在戈尔韦穿的那套衣服就更舒服了。现在不管她的姿势怎么变换,身上那件紧身胸衣里藏着的金币总是戳在她的肋骨上。尽管如此,她还是很快睡着了。

途中,当雨点开始打在马车车窗上的时候,她醒了一次,但是淅淅沥沥的雨声又很快把她带回了梦乡。等她第二次醒来的时候,车外已是阳光普照。"我们到了吗?"她睡眼惺忪地问。

"没到,我们还有很长一段路要走。"科勒姆回答道。斯嘉丽往窗外看了看,眼前的景象立刻使她兴奋得拍起手来:"噢,快看这些花!我一伸手就能摘到一朵。科勒姆,把车窗打开,我要摘一大束花。"

"等马车停下来我们再打开车窗,不然车轮搅起的尘土会灌进车里来。"

"但是我想摘一些花。"

"那不过是一种灌木篱墙上开的花,斯嘉丽宝贝,我们回家的这一路上全是这样的东西。"

"这边也是,你看。"凯瑟琳说。确实不假,斯嘉丽也看到了,那种不知名的藤蔓植物和它明亮的粉色花朵离凯瑟琳也只有一臂之遥。道路两旁都是美丽的花墙。这样的旅行多么美妙啊!等科勒姆闭上了眼睛,她慢慢地把车窗玻璃拉了下来。

第四十九章

"我们很快就要到拉哈尼了,"科勒姆说,"再走几英里,我们就会进入米斯郡境内。"

凯瑟琳开心地叹了口气,斯嘉丽的眼睛也变得越来越有神。米斯郡,爸每次说起它就好像这里是天堂一样,我想我明白那是为什么了。她已经闻到了从开着的车窗外飘进来的午后甜蜜气息:那是一种混合着路边粉红色花朵的淡淡香味和浓密的灌木篱墙外看不见的田野里被阳光晒热的青草的浓郁乡土气息,以及灌木篱墙本身发出的某种辛辣的草药味。要是他能和我一起来到这里就好了,我要加倍享受这里的一切,既为了他也为了我。她深深地吸了一口气,又感到空气中有一丝清新的水的气息。"我想又要下雨了。"她说。

"雨很快就会过去的,"科勒姆保证说,"雨过天晴之后,一切闻起来都会更加香甜。"

拉哈尼很快从他们的身旁经过,斯嘉丽几乎没有看见什么。一分钟前她还能看见灌木篱墙,转眼间灌木篱墙也消失了,取而代之的是一堵坚实的围墙。她从马车的车窗望出去，突然看到另一扇同样大小的窗户从眼前一闪而过，开着的窗户里有一张脸正望着她。当她还没有从突然冒出来的那双陌生人的眼睛带给她的震惊中缓和过来的时候，马车已经驶过了那一排房子的最后一栋，灌木篱墙再次出现在了车窗外。在这整个过程中，马车完全没有放慢行驶的速度。

但是，它很快就慢了下来，道路开始出现连续的急转弯。斯嘉丽把半个头探出窗外，想看看前面的路："我们到米斯郡了吗，科勒姆？"

"很快就要到了。"

他们正路过一间小农舍，马车行驶的速度几乎同步行一样慢，因此斯嘉丽可以更仔细地看看这户人家。她微笑着向站在农舍门口的一个红头发小女孩儿挥手，女孩儿也向她挥手。她的乳牙已经掉了，缺牙却给她的微笑增添了一种特殊的魅力。这间农舍的一切都让斯嘉丽着迷，它完全是一幢用石头砌成的房子，明亮的白墙上开有几个小方窗，窗框都漆成了红色。门也是红色的，但是分为上下两半，上一半朝里开着，孩子的头勉强伸到了下一半门之上。斯嘉丽看见屋里暗影的深处有一堆燃烧着的明亮篝火。农舍最棒的是屋顶，完全用茅草铺成，形成多个扇形盖在房屋之上，简直就像童话故事里的景象。她转过身对科勒姆微笑道："要是那个小女孩儿长着一头金发，我会觉得随时都会看到那三只熊[1]了。"

看到科勒姆脸上的表情,她知道他并不明白她说的是什么。"就是《金发姑娘和三只熊》啊,真笨!"他摇了摇头。"我的天哪,科勒姆,那是个童话故事。爱尔兰就没有童话故事吗?"

凯瑟琳笑了。

科勒姆也笑了。"斯嘉丽宝贝,"他说,"我不知道你的那个童话和那些熊,但是如果你想要精灵仙子之类的,那你就来对地方了。爱尔兰到处都是精灵。"

"科勒姆,不开玩笑。"

"可我没开玩笑啊。你必须了解一下精灵的问题,否则你可能会遇到大麻烦的。你要知道,大多数精灵都是一些小捣蛋,但是也有一些精灵很招人喜爱,比如鞋匠小精灵,人人都想跟他们见上一面——"

马车突然停了下来。科勒姆把头伸出窗外,当他的头重新缩回车里的时候,脸上的笑容已经不见了。他把手伸向斯嘉丽身边,抓住车窗皮带猛地一拉,把车窗玻璃拉了起来。"坐着别动,也不要跟任何人说话。"他压低声音非常严肃地说,"看着她不许动,凯瑟琳。"他把脚伸进靴子里,手指迅速地系上了鞋带。

"怎么啦?"斯嘉丽问。

"嘘!"凯瑟琳回答。

---

[1] 英国作家罗伯特·骚塞(Robert Southey)的童话故事《金发姑娘和三只熊》(*Goldilocks and the Three Bears*)。

科勒姆打开车门,抓起帽子,下车站到路上,然后关上了车门。接着,他铁青着一张脸往前走去。

"凯瑟琳?"

"嘘!这件事很要紧,斯嘉丽,保持安静。"

这时,一声沉闷的撞击声传来,震得马车的皮质车篷一阵颤动。虽然车窗都关上了,斯嘉丽和凯瑟琳还是能清楚地听见从马车前方传来的一个男人短促的大声叫喊:"你!马车夫,往前走。这不是娱乐表演,没什么好看的。还有你,神父!回到你的马车车厢里,离开这里。"凯瑟琳伸手搂住了斯嘉丽。

马车摇晃着慢慢移动到了那条狭窄道路的右侧,路旁灌木篱墙上的坚韧树枝和荆棘在厚厚的皮车篷上划过。凯瑟琳把自己的身体从被树枝擦刮得沙沙响的车窗前移开,靠向斯嘉丽一边。又是一声撞击声传来,两人都吓得一哆嗦,斯嘉丽抓着凯瑟琳的手攥得更紧了。到底发生什么事了?

马车缓缓前行,他们来到了另一间农舍前,这间农舍同刚才让斯嘉丽想起"金发姑娘"的那一间完全一样。一个穿着黑色制服、胸前挂着金色穗带的士兵站在完全敞开的农舍门口,正把两个三条腿的凳子放到门外的一张桌子上。在门的左边,一个穿制服的军官骑在一匹躁动不安的枣红马上,科勒姆就站在军官的右手边,正同一个哭泣的小个子女人轻声说话。她的黑披肩已经从头上滑落,红头发散乱地披在双肩和脸颊上。她手里抱着一个婴儿,斯嘉丽看到了婴儿的蓝眼睛和圆脑袋上黄褐色的绒毛。一个小女孩儿正趴在母亲的围裙上哭泣,她的模样看起来就像不久前那个趴在半边门上微笑的孩子的孪生姐妹。母亲和孩子都光着脚。一群士兵散乱地站在路中央。在他们附近是一个用三根树干支起来的巨大三脚架,还有一根树干则横着吊在三脚架顶端垂下来的一根绳子上,不停地摇摆着。

"往前走,爱尔兰人。"军官喊道。马车紧挨着灌木篱墙"嘎吱嘎吱"地前行,斯嘉丽感到凯瑟琳正在发抖。这里正在发生某种可怕的事情,那个可怜的女人看起来就要晕过去了……或者快要完全疯了,但愿科勒姆能够给她提供一点儿帮助。

女人突然双膝跪倒在地上。天啊,她昏过去了,她怀里的婴儿会摔下来的!斯嘉丽伸手去开车门,凯瑟琳立刻抓住她的胳膊。"凯瑟琳,让我……"

"安静!看在上帝的分上,安静!"凯瑟琳急切的低语声迫使斯嘉丽停下了手。

这到底是怎么回事?斯嘉丽看着眼前的一幕,简直难以相信自己的眼睛。哭泣的母亲正紧紧抓住科勒姆,一遍又一遍地亲吻他的手。他在她头上画了个十字,然后把她扶起来。接着,他摸了摸婴儿的头,又摸了摸她身边小女孩儿的头,然后把双手搭在她的肩上,推着那位母亲转过身去,背对着她的小茅屋。

马车继续缓缓向前移动,沉重的撞击声再次在他们身后响起。马车终于离开灌木篱墙走上了大路,很快走到了道路的中间。"车夫,停下!"斯嘉丽突然大喊一声,凯瑟琳根本来不及阻止她。科勒姆还没有回到车上,她不能把他一个人留在身后。

"别下车,斯嘉丽,不能下车。"凯瑟琳恳求道,但是斯嘉丽不等马车停下就已经打开了车门,一步跨下马车到了马路上,并拔腿向撞击声发出的地方跑去。她完全没有注意到她时髦的长裙正在地面薄薄的泥浆里拖行。

然而,眼前看到的情景和听到的声音却使她陡然停住了脚步,她禁不住叫出声来。来回摆动的树干再次砸向农舍的墙壁,把它撞得向内崩塌,也震碎了窗户,大片干净光亮的玻璃碎片撒落一地。滚落的白色石头扬起一片尘土,红色的窗框就在飞扬的尘土中坠落;上下两半红色的门落下来叠在了一起。那声音让人惊骇——撞击……坍塌……尖叫,就像一个生灵在哀嚎。

然后,出现了短暂的寂静,紧接着又响起了另一种声音——从噼里啪啦的声音变成了一阵轰鸣——并冒出了令人窒息的浓烟。斯嘉丽看到了三个士兵手里拿着的火把,火把上的火焰正贪婪地吞噬着屋顶的茅草。她突然想到了谢尔曼的军队,想到了十二橡树庄园烧焦的墙壁和烟囱,想到了丹漠兰丁种植园,她不无悲伤恐惧地呻吟着。科勒姆在哪里?噢,天哪,他出了什么事?

他那穿着深色衣服的身影急匆匆地从马路上滚滚而来的黑烟中走了出来。"往前走,"他对斯嘉丽喊道,"回到马车上。"

她还来不及从恐惧的恍惚状态中恢复过来,科勒姆已经来到了她的身旁,伸手紧紧抓住了她的胳膊。"走吧,斯嘉丽宝贝,别再耽搁了,"他控制住自己的情绪催促道,"我们现在必须回家去。"

马车在蜿蜒的道路上以最快的速度歪歪斜斜地疾驰前行。

斯嘉丽坐在关着的车窗和凯瑟琳之间,身体被颠簸的马车抛来甩去,但是她几乎没有感受到身体的不适,她还在为刚才奇怪而可怕的经历而浑身颤抖。直到马车终于减慢速度、在轻微的嘎吱声中稳稳行驶的时候,她的心跳才恢复了正常,人渐渐缓过气来。

"刚才那里到底发生了什么事?"她问。她觉得自己的声音听起来很古怪。

"那个可怜的女人被人赶出家门了,"凯瑟琳厉声回答说,"科勒姆刚才一直在安慰她。你不应该干涉他们,斯嘉丽,你很可能给我们大家都带来麻烦。"

"温柔一些,凯瑟琳,你不能这样责备斯嘉丽。"科勒姆轻声说,"她是美国人,不可能了解这些事情。"

斯嘉丽想对他的话表示反对,说她知道更糟、更恶劣的事情,不过她忍住了,她更迫切想了解的是事情的缘由。于是,她问道:"她为什么会被赶出家门?"

"他们没有钱付房租。"科勒姆解释说,"最糟糕的是,当英国人的雇佣民兵第一次来的时候,她的丈夫曾试图阻止他们,还打了一个士兵,结果他们把他关进了监狱,扔下了她和两个孩子,而且母子还要为他担心。"

"太悲惨了,她看起来那么可怜。她会怎么办呢,科勒姆?"

"她有一个妹妹就住在那条路不远处的另一间农舍里,我把她送过去了。"

斯嘉丽略微放下心来。真是可怜,那个可怜的女人已经悲痛欲绝。不过,她会没事的,她妹妹一定就住在让斯嘉丽想起"金发姑娘"的那间小屋里,那地方确实不远。不管怎么说,人们确实有支付房租的义务。如果她的那个承租人也赖着不交房租,她也会立刻把他赶走,把房子租给另一个酒吧老板。至于丈夫打士兵,那是不能原谅的,他应该知道他会因此而坐牢。他在做这样愚蠢的事情之前,应该先考虑一下他的妻子。

"但是,他们为什么要捣毁那间房子呢?"

"防止租户再次搬回去住。"

斯嘉丽不假思索地脱口而出道:"太愚蠢了!房主完全可以把它再租给别人。"

科勒姆面露倦容:"他根本不想再出租这所房子,因为这所房子还连着一小块地,他现在要做的事情被他们称之为'整理'财产,他想把整块地用来放牧,用养肥的牛到市场上赚钱。所以,他早就提高了租金,因为他对种地已经不感兴趣了。那女人的丈夫知道这一天终究会到来,从这件事一开始他们心里都很清楚结局是什么。这几个月来他们一直在等待这个结局,现在他们已经再也没有任何东西可以卖钱来交房租。就是在这几个月里,男人心中的愤怒不断积累,最终导致他企图用拳头解决问题……至于那个女人,眼见着自己的男人一败涂地,已经绝望之极。那可怜的家伙怀里还抱着她的婴儿,她竟然想用自己瘦小的身体阻挡树干对房子的撞击,保住她男人的房子。那所房子是使她丈夫觉得自己还是一个男子汉的唯一的东西。"

斯嘉丽不知道该说什么好,她也根本不知道竟然会发生这样的事情。那些人太卑鄙了,虽然北方佬比他们更坏,但那毕竟是在打仗。可是,不毁掉房子又怎么能够长草养牛呢。可怜的女人。想想吧,那一幕中的女人完全有可能就是莫莉,胸前抱着的就是婴儿时期的杰基。"你肯定她会去她妹妹家吗?"

"她答应会去的。她应该不是那种会对神父撒谎的人。"

"她不会有事的,对吧?"

科勒姆笑了:"别担心,斯嘉丽宝贝,她会没事的。"

"总有一天她妹妹的农场也会被地主重新整理。"凯瑟琳声音嘶哑地说。雨点噼噼啪啪地打在车窗上,雨水从灌木篱墙上的树枝划破的裂缝中流进来,浸湿了凯瑟琳头部附近的一大片车篷的内壁。"把你那张大手帕给我行吗,科勒姆?我好把这个破口堵上。"凯瑟琳笑着说,"另外,你能不能以神父的名义祈祷一下,让阳光重新普照大地?"

刚刚经历了一件那么让人伤心的事情,身旁还有一个不停漏雨的破口,她怎么还能如此开心?而且,看在上帝的分上,科勒姆居然还和她一起笑。

马车行驶得越来越快,已经大大超过了之前的速度。马车夫一定是疯了,在如此猛烈的倾盆大雨之中,谁也看不清前方的道路,而且这条路也太窄,并且一个弯接着一个弯,照这样下去,整个车篷恐怕都会被扯得四分五裂。

"你不觉得吉姆·戴利的那几匹骏马正跃跃欲试吗,斯嘉丽宝贝?它们以为自己正在赛道上奔跑呢。但是,据我所知只有在米斯郡才能找到这样的赛道。我们肯定很快就要到家了。我最好现在给你讲讲那些矮妖精的事情，否则等你遇到那些小东西时，都不知道你在跟谁说话。"

突然之间，一缕阳光从湿淋淋的车窗里斜射进来，玻璃上的水珠幻化成无数碎裂的彩虹。斯嘉丽禁不住想，前一分钟还在下雨，后一分钟就出太阳，紧接着又下雨，这里的天气太反常了。她把目光从车窗上收回来，转向了科勒姆。

"在萨凡纳的游行活动里，你看到人们嘲笑矮妖精。"科勒姆开始介绍说，"我告诉你，对所有看到那一幕的人来说，美国没有矮妖精是很幸运的，因为他们发起怒来非常可怕。为了报复，他们甚至会把所有的妖精亲戚全部招来。但是在爱尔兰，他们得到人们应有的尊重，只要人们不去打扰它们，他们也不会打扰任何人。他们通常会找一个舒适的地方安顿下来，从事他们擅长的补鞋匠的营生。不过你要注意，矮妖精从不聚在一起活动，因为他们喜欢孤独，所以一个矮妖精在这个地方，另一个就在另一个地方。如果你听过的神话故事足够多，你就可以在这个国家的每一条小溪和每一块石头旁找到一个矮妖精。你会知道他在哪里，因为你能听到他的榔头敲打在鞋底和鞋跟上发出的"嗒嗒"声响。然后，如果你像毛毛虫一样悄无声息地走过去，你就有可能乘其不备抓住他。有人说，你必须抓住他的胳膊或者脚踝，但是人们普遍认为，在大多数情况下你只要用眼睛紧紧盯着他就足以抓住他。

"他会求你放了他，但你必须一口拒绝。只有这样他才会答应让你的梦想成真。不过，他可是出了名的骗子，你绝不能相信他。于是,他会威胁你,但是他又没办法伤害你,所以你要对他的咆哮置之不理,他最终就不得不拿出藏在不远处某个安全地点的财宝来换取他的自由。

"他的财宝可是一个没有穷尽的聚宝盆。那只是一个黄金罐子,在一个无知的人看来里面装不了多少财宝,但是这个罐子蕴藏着矮妖精强大的魔力和善于欺瞒的天性。那是一个无底的罐子,你可以不断地从里面拿出金子,直到你生命的尽头也永远取之不竭,用之不尽。

"为了得到自由,他会付出一切。他可不喜欢有人与它做伴。他生性孤僻,会不惜一切代价独居。但是,极度狡诈也是他的天性,他会通过转移注意力巧妙地战胜大多数抓住他的人。只要你的手稍微放松一下或者你的目光离开了他,他就会立刻消失得无影无踪,结果除了留给你一个冒险故事可以讲述,你并没有从他那里得到任何财富。"

"如果只要死死抓住他或者目不转睛地盯着他就能够得到宝藏,这有何难?"斯嘉丽说,"你这个故事讲不通。"

科勒姆笑了:"斯嘉丽宝贝,像你这样讲究实际的生意人,正是小妖精们乐于欺骗的人。因为你完全不会把他们当一回事,所以他们就可以安心做自己喜欢的事情。就算你从一条小巷里走过,听到了他们嗒嗒嗒的敲击声,你也绝不会停下来看上一眼。"

"只有当我相信那些无稽之谈的时候,我才会停下来看看。"

"好了,这可是你说的。你不相信这一套,你也不会停下来看看。"

"真是天大的笑话,科勒姆!我明白你在干什么了,你抓不到那些原本就不存在的东西,却要把责任推到我的身上。"她有些生气了,这样的文字游戏和心理游戏太难把握,并且毫无意义。

她没有注意到的是,科勒姆已经成功地转移了她对驱逐事件的注意力。

"你把莫莉的事告诉斯嘉丽了吗,科勒姆?"凯瑟琳问他,"要我说,她应该事先了解一些情况。"

斯嘉丽立刻把矮妖精的事情抛到了脑后。她是个很懂流言蜚语的人,而且乐在其中:"莫莉是谁?"

"她就是你在亚当斯敦将要见到的第一个奥哈拉家的人,"科勒姆说,"也是我和凯瑟琳的姐姐。"

"同父异母的姐姐。"凯瑟琳纠正道,"照我看,她的那一半血统太强大了。"

"说来听听。"斯嘉丽鼓励道。

这个故事很长,等它讲完的时候他们的旅程也已经接近尾声了,只是斯嘉丽现在对时间和路程都不关心,自己家族里的故事早就让她听得入迷了。

她现在知道了,科勒姆和凯瑟琳也是同父异母的兄妹。他们的父亲帕特里克——杰拉尔德·奥哈拉的哥哥之一——结过三次婚。他的第一个妻子生了两个孩子,一个是杰米,移民去了萨凡纳,另一个就是莫莉,据科勒姆说,她可是个大美人。

但是按照凯瑟琳的观点,莫莉年轻时可能漂亮过。

帕特里克的第一任妻子去世后,他娶了第二任妻子,就是科勒姆的母亲。科勒姆的母亲去世后,他又娶了凯瑟琳的母亲,她同时也是斯蒂芬的母亲。

斯嘉丽在心里评论道:就是那个闷葫芦斯蒂芬。

她在亚当斯敦将要见到十个奥哈拉家族的堂兄弟和堂姐妹,有些还有自己的孩子,甚至还有孙子孙女。到今年十一月十一日,帕特里克——愿上帝保佑他的灵魂——就已经去世十五年了。

除此之外,还有她的伯伯丹尼尔,他还活着,他也有自己的孩子和孙子。其中,马特和杰拉尔德去了萨凡纳,但仍然有六个留在了爱尔兰。

"我永远也不可能把他们都搞清楚。"斯嘉丽忧心忡忡地说。到现在为止,就连奥哈拉家族在萨凡纳的孩子都还让她感到糊涂。

"所以科勒姆想到你初来乍到,不要搞得那么复杂。"凯瑟琳说,"莫莉家里除了她自己,并没有其他叫奥哈拉的人,她自己恐怕也快要抛弃奥哈拉这个姓了。"

在凯瑟琳尖酸刻薄的评论之后,科勒姆向斯嘉丽介绍了莫莉的情况。她嫁给了一个叫罗伯特·多纳休的人,一个物质条件"相当好"的人,有一个很兴旺的一百多英亩的大农场。他就是爱尔兰人所说的那种"有实力的农夫"。莫莉最初在多纳休家的厨房里当厨师,当多纳休的妻子去世并经过一段时间的哀悼期之后,莫莉成了他的第二任妻子和他四个孩子的继母。在这第二次婚姻中,他们又有了五个孩子——其中最大的一个虽然早产了三个月,却是个头长得最大的一个,身体也很健康。不过,现在他们都长大成人了,并且都有了各自的家庭。

科勒姆实事求是地说,莫莉并不爱自己奥哈拉家的亲戚,所以凯瑟琳对她嗤之以鼻,但这也许是她丈夫是他们的地主的缘故。罗伯特·多纳休除了自己的那个农场之外,还把一些地租给了佃户,其中一个小农场就租给了奥哈拉一家。

接着,科勒姆开始一一列举罗伯特的孩子和孙子辈孩子的名字,但这个时候斯嘉丽已经对系谱里这些没完没了的名字和年龄不予理睬了。直到他的话转到了她的祖母身上,她才又有了兴趣。

"老凯蒂·斯嘉丽现在仍然住在她一七八九年结婚时丈夫为她建造的小屋里,谁劝她换个地方也没有用。我父亲,也是凯瑟琳的父亲,一八一五年第一次结婚,婚后他带着新娘就住在那所拥挤的小屋里。当孩子们陆续出生后,他在附近建了一所大房子,这所房子不仅为孩子们留有足够的成长空间,还专门在壁炉旁为年迈的母亲安放了一张床。但是,老人家执意留在原地。于是,肖恩就陪着我们的祖母住在小屋里,几个女孩儿——包括凯瑟琳——负责照顾他们的生活。"

"说实话,"凯瑟琳补充道,"祖母并不需要什么照顾,我们也就是拿着扫帚和抹布装装样子,但是肖恩想方设法要在干净的地板上踩上一些泥土。那家伙还害得我们不停地为他缝缝补补!一件新衬衫还没有缝上纽扣就被他穿破了。肖恩是莫莉的弟弟,只是我们同父异母的半个哥哥。他就是一个典型的失败男人，几乎和蒂莫西一样一无是处，尽管他比蒂莫西足足大了二十多岁。"

斯嘉丽感到脑子里一片混乱，她不敢问蒂莫西是谁，因为她害怕又会引出几十个其他人的名字。

不管如何，现在也没有时间继续说下去了。只见科勒姆打开车窗，朝车夫大喊道："吉姆，请你停一下，我好下车，然后爬到车厢上坐在你身旁。在前面不远处我们就要转进另一条车道，我得给你指路。"

凯瑟琳一把抓住了他的衣袖："噢，科勒姆，亲爱的，我和你一起下车。我自己走回家去吧，我不能再等了。斯嘉丽，你肯定不介意自己去莫莉家的，对吗？"她带着急切渴望的表情对斯嘉丽微笑着，斯嘉丽虽然并不愿意一个人待上几分钟，但也不得不同意。

无论奥哈拉家族的那个大美人如何人老色衰，斯嘉丽也不愿蓬头垢面地出现在人家面前，她总要往手帕上吐上口水，擦去脸上和靴子上的灰尘，然后从钱包里拿出那个小银瓶给自己抹点花露水，搽点粉，也许还可以再抹上一点点胭脂。

第五十章

通往莫莉家的车道从一个小苹果园的中间穿过,暮色把轻盈的花朵染上一层淡淡的紫色,映衬着低垂的深蓝色天空。这是一座四四方方的房子,房子边上围着一圈整齐的带状樱草花花坛。一切都显得井井有条。

房子里面也同样整洁。客厅里摆放着一整套带防尘套的坚实马鬃家具,每张桌子都铺着浆洗过的白色蕾丝边桌布,擦得锃亮的黄铜壁炉炉膛里燃烧着无烟煤。

莫莉的穿着和举止都完美得无可挑剔。紫红色礼服上装饰着几十颗银光闪闪的纽扣;乌黑而一丝不苟的头发闪闪发亮,整齐地盘绕在一顶精致的带花边的白色帽子之下。她先让科勒姆吻了她的右脸颊,然后又让他吻了左脸颊。当他把斯嘉丽介绍给她时,她马上对这个奥哈拉家的新人表示"万分欢迎"。

她事先根本不知道我要来。尽管莫莉确实长得很漂亮,但是斯嘉丽还是对她产生了极好的印象。斯嘉丽迅速地观察了一下她的面容并得出了结论:她的皮肤是斯嘉丽所见过的最柔软、最光滑的皮肤，一双明亮的蓝眼睛既没有阴影也没有眼袋；眼角上几乎看不到鱼尾纹，除了从鼻子到嘴巴的人中凹槽之外，脸上竟然没有一条值得一说的皱纹，而许多女孩子通常总会有几条皱纹的。科勒姆一定是搞错了，莫莉不可能有五十多岁。"我很高兴见到你，莫莉。你能让我住在你这所漂亮的房子里，真让我感激不尽。"斯嘉丽脱口而出。其实，这所房子并没有什么了不起，虽然客厅一尘不染，就像是刚刚油漆一新似的，但是同她桃树街的房子比起来，那里最小的卧室也比这里的客厅大。

"我的天哪，科勒姆！你昨天怎么就那么离开了，把我一个人留在那里？"第二天她对他抱怨道，"那个讨厌的罗伯特恐怕是世界上最无聊的人了，一直没完没了地说他的奶牛——真是可怜！——以及每头牛每天能挤出多少牛奶。我简直觉得不等我们吃完饭，我都要变成哞哞叫的牛了。昨天晚上他们还不厌其烦地反复告诉我，我们吃的是'正餐'，而不是'晚饭'。这到底有什么不同？"

"在爱尔兰，英国人把晚上吃的那顿饭叫作'正餐'，爱尔兰人则叫作'晚饭'。"

"可他们并不是英国人啊。"

"他们想成为英国人。罗伯特有一次到大房子去交租金，曾经同伯爵的代理人喝过一杯威士忌。"

"科勒姆！你这是开玩笑。"

"我是在笑，斯嘉丽宝贝，但是我没有开玩笑。别为这种事操心了,重要的是你的床睡着舒服吗?"

"感觉很舒服。我昨天实在是太累了,就算睡在玉米棒子上也能睡着。我得说,昨天坐马车的时间实在是太长了,终于能够下地走一走感觉真好。到祖母家远吗?"

"沿着这条小径走,只有四分之一英里。"

"'小径'!你们描述事物的词汇都那么美妙。我们一般都把这种羊肠小道叫作'小路',而且路边也不会有这样的灌木篱墙。我想我可以试试在塔拉种上灌木篱墙,用它代替木栅栏。它们通常要多长时间才能长得这么茂密?"

"这取决于你用哪种植物做成灌木篱墙。克莱顿县长什么灌木?或者你那里有没有那种可以修剪得矮矮的树?"

当他向她详细解释和介绍培植灌木篱墙的方法时,斯嘉丽一边听一边想,科勒姆对植物的了解相当透彻,作为一个神父这很出乎意料。但是,他对距离的估量毫无概念,那条蜿蜒小路的实际距离远远超过了四分之一英里。

突然,他们来到了一片空地上,一间茅草屋出现在他们面前,白色的墙壁和带有蓝色窗框的窗户清新明亮。一股烟从屋顶低矮的烟囱里冒出来,在晴朗的蓝天上画出了一道苍白的线条。一只花斑猫正在一扇开着的窗户的蓝色窗台上睡觉。"多可爱啊,科勒姆!人们是怎样把他们的小屋保持得如此洁白的呢?是因为雨下得多吗?"斯嘉丽知道昨夜在她睡觉前的几小时里就已经下了三场雨,泥泞的小径使她觉得昨晚的雨很可能不止三场。

"潮湿的气候可能也起到了一些作用。"科勒姆笑着说。她没有抱怨这一路走来裙边和靴子上沾满了泥浆,这样的表现让他很满意。"但是你现在来爱尔兰正是最好的时候。我们每年都会对房屋进行两次粉刷,一次是在圣诞节前,一次是在复活节前,里里外外都要粉刷和油漆一新。好了,我们去看看祖母会不会又睡着了?"

"我很紧张。"斯嘉丽承认说。她没有说为什么紧张,事实上她害怕的是一个近百岁的老人会是什么模样。她会不会一看到自己的祖母就想吐?那她该怎么办呢?

"我们不会待太久,"科勒姆说,他好像看穿了她的心思,"凯瑟琳还在等我们去喝茶呢。"斯嘉丽跟着他绕到小屋前面。蓝色的门上半部分是开着的,但是门内黑黢黢什么也看不见。空气中弥漫着一股奇怪的味道,像是泥土的味道,还带有一种酸酸的气息。这气味让她皱起了鼻子,难道这就是垂暮老年的味道?

"你是在闻泥炭火的气味吧,斯嘉丽宝贝?你现在闻到的正是真正暖心的爱尔兰气味。莫莉家的煤火除了带来一点儿英国人的特征之外,毫无特色,烧泥炭才有家的味道。莫琳曾经告诉过我,她有好几个晚上都梦到了泥炭火,醒来时心里充满了对它的渴望。我打算下次回萨凡纳时给她带几块泥炭去。"

斯嘉丽好奇地深深吸入几口这里的空气,觉得这种气味很有意思,像烟又不是烟。她跟着科勒姆穿过低矮的门道走进小屋里,眨眨眼睛以适应屋里的黑暗环境。

"你终于来了吗,科勒姆·奥哈拉?我想知道,布蕾迪[1]答应过我要把我儿子杰拉尔德的女儿作为礼物带来看望我,你怎么把莫莉带来了?"她的声音很细又显得很爱挑剔,但是并不沙哑也不虚弱,这让斯嘉丽心里立刻感到了宽慰和惊奇。这是爸的母亲,他无数次提到过她。

斯嘉丽一把推开科勒姆,走上前跪在老妇人身旁。老妇人坐在壁炉旁的一把带扶手的木头椅子上。"我是杰拉尔德的女儿,祖母,他给我取了你的名字'凯蒂·斯嘉丽'。"

老凯蒂·斯嘉丽身材娇小,棕色的皮肤经过近一个世纪的日晒雨淋已经变黑;圆圆的脸像个苹果,只是已经枯槁,就像一个放得太久的苹果一样。但是,她那双褪色的蓝眼睛十分清澈而锐利。一条厚厚的鲜亮的蓝色羊毛披肩披在她的肩上和胸前,带着流苏的末端搭在她的腿上;一顶红色的针织帽子盖在她稀疏的白发上。"让我看看你,姑娘。"她一边说一边用她干枯的手指托起斯嘉丽的下巴。

"我对所有圣徒发誓,他说的是真话!你的眼睛确实绿得像猫眼睛。"她迅速地在胸前画了一个十字,"我想知道它们是从哪里来的。当年杰拉尔德写信告诉我说你长着绿眼睛时,我想他一定是喝醉了。告诉我,小凯蒂·斯嘉丽,你亲爱的妈妈是个女巫吗?"

斯嘉丽笑道:"祖母,她更像是一个圣人。"

---

1 布蕾迪(Bridie)是布丽吉德(Brigid)的昵称。

"是吗？一个圣人嫁给了我的杰拉尔德？这真是太奇妙了。可能是因为嫁给他经历了许多磨难，才使她变成了一个圣人。告诉我，他是不是一直到死都还是那么爱吵闹？愿上帝使他的灵魂得到安息。"

"恐怕是的，祖母。"老女人伸出手指把斯嘉丽推开。

"'恐怕'，是吗？我对此却心怀感激，我一直都在祈祷美国不要把他毁了。科勒姆，你要在教堂里为我点上一支感恩的蜡烛。"

"我一定。"

那双老眼睛又仔细打量了一下斯嘉丽："你并没有恶意，凯蒂·斯嘉丽，我会原谅你的。"她突然微笑起来。她的微笑从眼睛开始，接着两片噘起的小嘴唇舒展开来，形成一个让人心碎的温柔微笑。在她玫瑰花瓣般粉红色的牙龈上，已经看不到一颗牙齿。"我还要再点一根蜡烛，感谢上帝让我在被埋进坟墓之前亲眼见到了你。"

斯嘉丽的眼睛里充满了泪水："谢谢你，祖母。"

"不用谢，不用谢。"老凯蒂·斯嘉丽回答说，"把她带走吧，科勒姆，我要休息了。"她闭上眼睛，下巴下垂到披着围巾的温暖的胸前。

科勒姆碰了碰斯嘉丽的肩膀。"我们走吧。"

凯瑟琳从附近一所小屋敞开的红门里跑出去，把院子里的一群母鸡吓得咯咯乱叫，四散奔逃。"欢迎到我家来，斯嘉丽。"

她高兴地喊道,"茶在壶里煮着,还有一大块新鲜的穗醋栗甜点心供你享用。"

斯嘉丽对凯瑟琳的变化感到非常惊讶。她看上去那么开心、那么强健。她穿着在斯嘉丽看来还是很像戏服的衣服,一条长及脚踝的棕色裙子,里面穿着蓝黄相间的衬裙。因为裙子一边被拉起来塞到系在腰间的土布围裙里,所以才露出了鲜艳的衬裙。斯嘉丽还没有一件能像凯瑟琳那样为自己增色的长裙。可是她不明白;凯瑟琳为什么要光着腿和脚,只要再穿上一双条纹长筒袜,她这一身打扮就可以变得完美无缺了。

斯嘉丽本想请凯瑟琳到莫莉家住,虽然凯瑟琳毫不掩饰对自己这个同父异母姐姐的厌恶,但是让她忍受十天也是可以做到的,因为斯嘉丽确实需要她。莫莉有一个负责餐厅和客厅事务的女仆,同时也兼做女主人的贴身女仆,但是那姑娘对梳理头发的事情一窍不通。但斯嘉丽看得出来,这个一回到家就变得开心而且自信的凯瑟琳,再也不会俯首帖耳地任由自己使唤了,就算只是给她暗示一下也没有任何意义,斯嘉丽只能自己勉强弄个笨拙的发髻,或者扎上一个束发带。她咽下一声叹息,走进了房子。

这所房子实在太小了,虽然比祖母的小屋大一些,但是对于一个家庭来说还是太小。他们都睡在哪里?外面的门直接通向厨房,这间厨房虽然比祖母小屋里的厨房大一倍,但是仍然只有斯嘉丽在亚特兰大的卧室的一半大小。房间里最引人注目的是位于右面墙壁中间的那个宽大的石头壁炉,一段陡峭的楼梯伸到墙壁高处的烟囱左边的一个开口,那儿有一扇门通向另一个房间。

"坐在炉火旁边的那把椅子上。"凯瑟琳急切地说。在烟囱底部的石头地板上,燃着一堆低矮的泥炭火。同样的石头地板铺满了整个厨房的地面。地板表面经过反复擦洗已经变得微微发亮,空气中弥漫着肥皂和泥炭燃烧发出的强烈气味。

斯嘉丽心想:我的天哪,我的家族真是太穷了。凯瑟琳究竟为什么哭着闹着要回来?她强迫自己露出一个微笑,然后在凯瑟琳推到壁炉边的温莎椅上坐了下来。

在接下来的几个小时里,斯嘉丽渐渐明白了为什么凯瑟琳在萨凡纳享受到的宽大空间和相对奢侈的生活并不能替代米斯郡的这间粉刷成白色的小茅屋。萨凡纳的奥哈拉人创造出了一个自己的幸福小岛,在那里复制出了他们心中的爱尔兰生活,然而这里才是原汁原味的爱尔兰生活。

这时,一连串人头和声音出现在了开着的上一半门外,只听见他们纷纷喊道:"上帝保佑这里的所有人!"接着主人立刻邀请他们"快进来坐在炉火旁",于是受到邀请的人纷纷走了进来。女人(还有带着婴儿的)、少女、幼童、少年、男人,三三两两地来了又走。一个个悦耳的爱尔兰口音向斯嘉丽表示欢迎,又向凯瑟琳问好,欢迎她回家。他们的热情是那么感人肺腑和实实在在,斯嘉丽甚至觉得她的手几乎可以触摸到这种热情,这同她习以为常的那种一本正经的拜访和接待来客真是有着天壤之别。这些人纷纷告诉她,他们是她的亲戚并且把关系也说得很清楚;

不论男人还是女人都争相把她父亲的故事说给她听——那些来自长辈们的记忆中的故事以及由年轻人转述的他们的父母或祖父母告诉他们的事情。她在壁炉旁众多人的脸上看到了杰拉尔德·奥哈拉的面容，从他们的声音中听到了杰拉尔德的声音，她觉得爸好像就在他们中间，能看到他年轻时在这里生活的样子。

来来往往的人们给凯瑟琳带来了他们这个村子和镇上最新的流言蜚语，所以没过多久连斯嘉丽也觉得自己好像认识这儿的铁匠、神父、酒吧老板，以及那个有一只几乎每天都下一个双黄蛋的母鸡的女人。所以，当达纳赫神父的秃头出现在门口时，她丝毫也没有感到陌生，而当他走进门后，她也和其他人一样立刻盯着他的法衣看，因为前不久他的神父常服被墓地大门的锐角刮破了，不知道今天是否已经补上。

她心想，这里就像过去的克莱顿县一样，人与人彼此都认识，也了解彼此做的每一件事情，只不过这里地方更小，人与人更亲近，而且也更让人感到舒坦。她自己甚至都没有意识到，她在这里听到和感受到的这个小小世界比她所知道的任何地方都要美好，她只知道她非常喜欢待在这里。

能有这样一个假期真是再好不过了。我会有很多值得告诉瑞特的趣事，说不定将来有一天我们还会一起再次来到这里，他一向认为去一趟巴黎或伦敦不过是小事一桩。当然，我们不能像这里的人们这样生活，因为这种生活太……土气了，但是它又是如此古雅、迷人和有趣。明天来看望大家的时候，我要穿上在戈尔韦买的衣服，不再穿紧身胸衣。我该穿哪件衬裙配我的蓝裙子呢，黄色的还是红色的？……

这时，远处响起了钟声，那个穿着红裙子、正让凯瑟琳看她怀里婴儿刚刚长出的牙齿的年轻女人，立即从三脚矮凳上跳了起来："三钟经[1]的钟声！你相信吗？我还没做午饭，一会儿凯文到家就该饿肚子了。"

"那就带点炖肉走吧，玛丽·海伦，我们这里还有很多。我这次回来，托马斯不是也给我拿来他捕到的四只肥兔为我接风吗？"不到一分钟，玛丽·海伦已经抱着孩子回家去了，手上还端着一个盖着餐巾的碗。

"你能帮我把桌子拉出来吗，科勒姆？男人们马上就要回家吃午饭了。我不知道布蕾迪跑到哪儿去了。"

住在这间农舍里的男人们一个接一个从地里干活回来了。斯嘉丽见到了她父亲的另一个哥哥丹尼尔和他的儿子们。丹尼尔是一个身材高大、精力充沛、瘦骨嶙峋的八十岁老人，身边有四个儿子，年龄在二十岁到四十四岁之间，斯嘉丽想，还得加上在萨凡纳的马特和杰拉尔德。爸和他的大哥哥们年轻的时候一定就是她眼前看到的这个样子：同几位牛高马大的奥哈拉家的男人在一起，科勒姆即使是坐在桌子前看上去仍然显得出奇地矮。

当凯瑟琳正把炖肉盛进蓝白相间的碗里时，失踪的布蕾迪突然跑进了家门。她全身都湿透了，衬衫紧贴着胳膊，头发贴在

---

[1] 三钟经（the Angelus）是天主教堂在晨、午、晚敲响的奉告祈祷的钟声。

背上。斯嘉丽扭头朝门外看了一眼,只见外面依然阳光灿烂。

"你掉井里了吗,布蕾迪?"几兄弟中最小的蒂莫西问道。他正急于把人们的注意力从自己身上转移开,因为他的哥哥们一直在取笑他胆子小,不敢向心爱的女孩示爱。他们没说那姑娘的名字,只把她称作"金发"。

"我刚才在河里洗了个澡。"布蕾迪说着便开始吃起饭来,全然不顾她的话引起的骚动,就连很少批评人的科勒姆也提高了嗓门,拍着桌子叫道:"看着我,布丽吉德·奥哈拉,不要看着碗里的兔子肉。难道你不知道每年博因河每一英里的长度都要吞噬一条生命吗?"

博因河。"你说的就是博因河战役中的博因河吗?"斯嘉丽问。整个餐桌立刻静了下来。"爸跟我说过不下一百遍,他说奥哈拉家的人因为这场战役失去了他们所有的土地。"碗和勺子又开始叮叮当当地响起来。

"正是这条河,我们也确实因为那场战役失去了土地。"科勒姆说,"但是博因河仍然在继续流淌,它也是这块土地边界的标志。如果你想看,我可以带你去看,但是如果你想把它当洗衣盆用,我就不带你看了。布丽吉德,你已经是个很有理智的人了,怎么会如此荒唐?"

"凯瑟琳告诉我斯嘉丽堂姐要来。艾琳跟我说过,当贴身侍女每天都要先洗澡,然后才能碰夫人的衣服和头发,所以我就去洗了洗。"她第一次抬起头直视着斯嘉丽,"我就是想让你高兴,那样你就会带我一起回美国去。"她的蓝眼睛露出非常严肃的表情,柔软的圆下巴执着地翘了起来。斯嘉丽喜欢她的样子,布蕾迪绝不会因为想家而哭泣,这一点斯嘉丽很有把握。但是,斯嘉丽也只能在回美国的旅途中用她,因为美国南方是没有白人女仆的。斯嘉丽一时找不到合适的话回答女孩儿的关切。

科勒姆帮了斯嘉丽:"我们已经决定让你和我们一起去萨凡纳,布蕾迪,所以你再也不必为此去冒生命危险了。"

"哇!"布蕾迪喊道,她的脸随即涨得通红。"我干起活来是不会这么冒失的。"她一本正经地对斯嘉丽说。然后,她又对科勒姆说:"我只是在浅水处洗了洗,科勒姆,水深还不到我的膝盖。我并没有你说的那么傻。"

"那好,让我们看看你到底有多傻。"科勒姆说完又笑起来,"斯嘉丽有事干了,她会告诉你一位夫人会有哪些需要。但是在我们起程前往美国之前,你不能缠着她马上教你,你会和斯嘉丽在船上的同一个舱房里度过两星期零一天,所以你会有足够的时间学到你该学的东西。在此之前,你要耐心等待,跟着凯瑟琳学,这房子里的事情就是你的职责所在。"

布蕾迪叹了口气:"这对于一个年龄最小的孩子,负担也太重了。"

她立刻又遭到了所有人的大声呵斥,只有丹尼尔整个午饭期间一直缄口不语。吃完饭后,他把椅子向后一推站起身来。"趁这段时间天气干燥,一定要把沟挖好。"他说,"赶快把饭吃完,然后继续干活。"他隆重地向斯嘉丽鞠了一躬:"小凯蒂·斯嘉丽·奥哈拉,你的到来让我蓬荜生辉,欢迎你。我一直深爱你的父亲，十五年多以来，他的离去像一块沉甸甸的石头一直压在我的心头。"

她惊讶得一句话也说不出来，当她想到该说什么的时候，丹尼尔已经消失在谷仓之后，去地里干活了。

科勒姆把椅子往后推了推，然后把它移到了壁炉旁边："你肯定不知道，斯嘉丽宝贝，你已经在这所房子里留下了你的印记。这是我第一次听到丹尼尔·奥哈拉说起与农场无关的事情。你最好当心，否则这个地区的寡妇和老处女会买魔法来对付你的。丹尼尔是个鳏夫，这你是知道的，他可以再讨一个新老婆。"

"科勒姆！他已经是个老人了！"

"他的母亲快要一百岁了，不是仍然健在吗？他还有好多年的好日子可以过呢。你最好提醒他，你在美国的家里有一个丈夫。"

"也许我该提醒我丈夫，他不是这个世界上唯一的男人。我会告诉他，他在爱尔兰有个情敌。"想到这里她禁不住笑了：瑞特妒忌上了一个爱尔兰农民。但是，这有什么不可能的呢？总有一天她会对他提到这件事，只是不会说那是她的伯父，也不会说他已经老得像一座山岭。噢，等她如愿以偿地得到瑞特之后，她才会真正过上好日子！一阵强烈的渴望情绪突然袭来，就像一阵肉体上的剧烈疼痛。她不会拿丹尼尔·奥哈拉或其他事情去打趣他，她只想和他在一起，只想去爱他，并为他生下这个让他们俩都去疼爱的孩子。

"有一件事科勒姆说得没错，"凯瑟琳说道，"他已经作为一家之主祝福了你。当你再也不能忍受莫莉的时候，只要你愿意就随时可以到这里来住。"

斯嘉丽立刻抓住了这个机会。有一件事让她心里一直很好奇。"你们这么多人都睡在哪里？"她直言问道。

"上面有一个阁楼，分成两部分，男孩子们住在一边，布蕾迪和我住在另一边。祖母不想睡在壁炉旁的那张床上时，丹尼尔伯伯就睡在那里。我让你看看。"凯瑟琳把楼梯后靠墙的一张木椅的后沿一拉，椅子展开来，露出一张厚厚的床垫，上面盖着一条毛毯，"他说他之所以睡在这里，是为了让祖母看看她不睡在这里太亏了，但是我一直认为，那是因为特丽萨伯母去世后，他觉得继续睡在那上面太孤独了。"

"那上面？"

"从那里进去。"凯瑟琳指了指一扇门，"我们已经把它装修成一间客厅，摆在那里不用也是浪费。你要是愿意，床还在，随时都可以来这里住。"

斯嘉丽根本无法想象自己会来这里住。在她看来，一间小房子里住着七个人，至少多了四五个人，尤其还都是这么一些大块头的人。她心想，难怪爸被称为一窝崽子里的小不点儿，也难怪他总是昂首阔步貌似自己有十英尺高。

在回莫莉家之前，她和科勒姆又去看望了她的祖母，不过老凯蒂·斯嘉丽正在炉火旁打瞌睡。"你看她没事吧？"斯嘉丽小声问道。

科勒姆只是点了点头。直到他们来到屋外他才开口回答说：

"我看到桌上的炖锅几乎已经空了。我们走后,她肯定为肖恩准备了午饭,然后又和他一起吃了饭。饭后她总要小睡一会儿。"

小径两旁高高的灌木篱墙上开满了可爱的山楂花,鸟儿的歌声从斯嘉丽头顶上方两英尺高的树枝上传来。尽管地面还很湿,但是走在这条小径上还是让人感到惬意。"到博因河也有这样一条小径吗?你说过你会带我去的。"

"我当然会带你去的。如果你愿意,我们可以早上去。我答应过莫莉今天要早一些把你送回去,因为她为你准备了茶会,正等着你呢。"

一个聚会!而且是专门为她准备的!在她到查尔斯顿定居下来之前,能够来这里见见她的亲戚们,真是个绝妙的主意。

第五十一章

斯嘉丽心想,食物很好,不过这也是我能说的唯一的好话。她灿烂地微笑着同每一位即将离开的客人一一握手。上帝啊!这些女人的手指怎么这么软绵绵的,而且她们说起话来总像喉咙里卡了什么东西似的,我这一辈子还从来没有见过这么俗气的一帮人。

斯嘉丽从来没有遇到过像这样的乡村里的准上等人,他们不仅争强好胜而且还穷讲究。克莱顿县的地主们都朴实而直率,而在查尔斯顿和在亚特兰大她称之为"梅丽的朋友"的圈子里,真正的贵族都鄙视自命不凡的做派。在她看来,莫莉和她的朋友们端起茶杯时翘起的小手指,以及像老鼠似的小口小口地吃烤饼和三明治的那种忸怩作态的样子,不仅显得滑稽而且实在是荒唐可笑。她今天胃口极好,美美地吃下了不少桌上的美味佳肴,虽然有人曾暗示她不应该像双手肮脏的农民那样粗俗,她却对他们置之不理。"莫莉,罗伯特是干什么的——为何总是戴着羊皮手套?"她问道。这时,她看到莫莉皱起眉头时完美的皮肤上确实出现了皱纹，心里感到一阵窃喜。

我估计她肯定会对科勒姆表示不满，埋怨他把我带到了她的家里，但我才不在乎呢。谁叫她说起话来根本不把我当成奥哈拉家的人，更不把她自己当奥哈拉家的人，她活该。她怎么会认为一个种植园就相当于——她叫它什么来着？——一个英国庄园。我自己恐怕也要对科勒姆表示不满。不过，当我告诉他们，我们所有的仆人和在地里干活的人都是黑人时，他们脸上的表情可真是让人觉得滑稽。我估计他们从来就没有听说过长着黑皮肤的人，更别说见到过黑皮肤的人了。这里真是一个奇怪的地方，时时处处都让人惊讶。

"这场聚会真好，莫莉，"斯嘉丽说，"我敢说我都吃得快撑破肚皮了，我想我还是到房间里休息一会儿的好。"

"去睡吧，在这里你想做什么都可以，斯嘉丽。我刚才叫那个男孩儿把轻便马车赶过来了，这样我们就可以出去兜兜风。不过，如果你想睡觉……"

"哦，不，我想出去兜风。你看，我们能不能去河边看看？"她原打算离开莫莉，但是这么好的机会她可不能错过，原因很简单：与其走路去看博因河，倒不如坐马车去，因为科勒姆说那一段路不远，她可一点儿也不敢相信。

事实证明，她的想法是正确的。她手上戴着黄色手套，正好与马车高高轮子上的黄色辐条相配。莫莉驾着马车一路来到主路上，然后穿过村子，斯嘉丽饶有兴趣地望着村子里那一排破败的村舍。

马车驶进了几扇斯嘉丽所见过的最大的门,门上有许多精美的锻铁图案,图案上方竖着几个金矛头,每扇门中间都有一块带有金边、颜色鲜艳、图案复杂的牌匾。"那是伯爵的盾形纹章,"莫莉亲切地说,"我们把马车直接赶到大房子去,从那里的花园看博因河。伯爵不在没关系,罗伯特得到了奥尔德森先生的许可。"

"这个人是谁?"

"他是伯爵的土地代理人,整个庄园都由他管理。罗伯特认识他。"

斯嘉丽尽量装出一副十分钦佩的样子。很显然,她应该表现出惊讶和佩服的态度,但是内心里她丝毫不以为然。一个监工有那么了不起吗?他们不过是伯爵雇来的帮手而已。

当马车沿着一条笔直、宽阔、铺满碎石的道路行驶,好长时间才穿过了那一大片让她想起丹漠兰丁宽阔梯田的整齐草坪之后,她心中的疑惑才终于有了答案。当她第一次看到那儿的大房子的时候,就立刻抛弃了自己刚才的想法。

这是一座巨大的建筑群,而不是一幢房子,看起来是由一大群带有雉堞的屋顶、塔和围墙构成的,它比斯嘉丽见过甚至听说过的任何建筑物都更像一座小城市。她总算理解了为什么莫莉对那个代理人如此敬重:管理这样一个地方所需要的人力和工作量都要远远超过历史上最大的种植园。她伸长脖子望着那些建筑的石墙和带有大理石窗框和花饰的窗户。在斯嘉丽看来,瑞特为她建造的那幢大房子就是亚特兰大最大的建筑,也是那座城市里最令人印象深刻的住宅,然而如果把它放到这里,也只能勉强占据这个地方的一个角落,根本不足以让人注意到它的存在。我很想看看里面是什么样子……

哪怕斯嘉丽只是提出这样的要求,莫莉也会感到害怕的。"我们获准在花园里走一走。我把马拴在那根拴马桩上,然后我们就从那儿的大门走进去。"她指着一个尖尖的拱形入口说。铁门半开着,斯嘉丽从轻便马车上一跃而下。

拱门通向一个铺着碎石的平台,这是斯嘉丽第一次看到由碎石在地面上铺出来的图案。她几乎不敢在那上面走,担心她的脚印会破坏图案中那些完美的S形曲线。她忐忑不安地抬头向露台后的花园望去。确实,花园中的小路也是由碎石铺成的。好在小路上没有S形曲线,真是谢天谢地,但是也看不到一个脚印。我想知道这怎么可能呢?用耙子把碎石弄平整的人也有脚啊。她深吸了一口气,大胆地踩着碎石嘎吱嘎吱地走上了平台,穿过平台后又沿着大理石台阶拾级而上,最后走进了花园里。她听着自己的靴子踩在碎石上发出的声音,就好像听着噼啪作响的枪声一样。她很遗憾自己走到这里来了。

可是,莫莉去哪儿了?斯嘉丽慢慢转过身来,尽量不弄出太大的声响。莫莉正小心翼翼地走着,每一步都踩在斯嘉丽留下的脚印上。看到平时装腔作势的堂姐此时却比她更加胆怯,她觉得心里好受多了。她抬头看着那些房子,等着莫莉赶上来。从这里看去,这个建筑似乎更有人情味。从露台到房间都有落地窗,窗户都关着并拉上了窗帘,但是那些落地窗不是很大,不足以让人从窗户里进出,不像房子正面那些门那样大得让人受不了。这样看起来人们才会相信这里住的并不是巨人,而是普通人。

"哪条路去河边?"斯嘉丽冲堂姐喊道。她才不会被一幢空房子吓得不敢大声说话。

但是她也不想在此逗留。莫莉建议他们沿着所有的小路把花园都走一遍,她没有接受:"我只想看看那条河,花园让我心烦,因为我丈夫对花园太挑剔了。"她有意回避了莫莉对她婚姻的好奇目光,两人沿着花园中央的小路走向花园尽头的树林。

突然,透过两排树木之间看似自然形成的一道缝隙,博因河出现在了她的面前。河水呈褐色和金色,斯嘉丽从未见过这样的河,阳光像熔化了的黄金铺洒在河面上,在白兰地一样的深色漩涡中缓慢地旋转。"真漂亮。"她充满柔情地大声说道。她没想到会看到如此美景。

按照爸的说法,博因河的河水应该是被鲜血染成了红色,一路汹涌澎湃、狂放不羁地奔流着,但是眼前的河水看起来似乎根本没有流动。那么,这就是博因河了。她一生中不停地听人们说起它,现在她离它近在咫尺,好像触手可及。斯嘉丽感受到了一种全新的情感,一种不知该如何描述的情感。她在脑子里极力搜寻着某个合适的定义或解释,这很重要,只要她能找到……

"这就是这里的美景,"莫莉紧张而文雅地说道,"但凡好房子都有看得见美景的花园。"

斯嘉丽真想揍她一顿,不管斯嘉丽刚才努力寻找的是什么,现在都再也不可能找到了。她朝莫莉所指的方向望去,看到河对岸有一座塔,就像她在火车上看到的那些城堡一样,这座塔也是石头做成的并且部分已经坍塌。塔的底座已经长满了苔藓,塔身爬满了藤蔓植物。从这里看去,这座塔比她从远处看过的那些塔要大得多,似乎有三十英尺宽、六十英尺高。她不得不同意莫莉的观点,眼前真是一幅美景。

"我们走吧。"她再次看了博因河一眼说。她突然感到很累。

"科勒姆,我真想杀了我那亲爱的莫莉堂姐。你是没听到昨天晚饭时那个可恶的罗伯特说的那番话,他说我们能在伯爵那该死的花园小路上走上一圈,就是我们莫大的荣耀。他说了足有七百遍,而他每说一遍莫莉就会叽叽喳喳唠叨十分钟,说来说去就是这件事有多么让人激动。

"然后,当她今天早上看到我穿着在戈尔韦买的那些衣服时,简直要晕过去了。我告诉你,她那种欢快小女人的声音都变了,一个劲儿地责备我有辱她的身份,让罗伯特很难堪。我让罗伯特难堪!他自己照照镜子,那张愚蠢而肥头大耳的脸才让他难堪呢。莫莉怎么敢教训我丢了他的脸?"

科勒姆拍拍斯嘉丽的手说道:"她确实不是我希望为你找到的最好的陪伴,斯嘉丽宝贝,但是莫莉还是有她的优点。今天她就把轻便马车借给了我们,我们可以好好出去玩一天,也不用担心她来打扰。你看看灌木篱墙上黑刺李的花朵,再看看那个农家院子里盛开的野樱桃花,这么美好的一天,要是只顾生气岂不是可惜了?你穿着条纹长筒袜和红色衬裙,看上去真像一个可爱的爱尔兰小姑娘。"

斯嘉丽向前伸出脚笑起来。科勒姆说得对,她为什么要让莫莉毁了她美好的一天呢?

他们去了特里姆——一个历史悠久的古镇。科勒姆知道斯嘉丽对历史毫无兴趣,所以他告诉她每个星期六都是集市日,就像戈尔韦一样,只是他不得不承认这里的集市要小得多。不过,大多数时候这里都有一个算命先生,这在戈尔韦就难得一见了。如果你付给他两便士,他就会向你保证你会发大财;如果你付给他一便士,他会说你能得到应有的幸福;但是,如果你只付给他半便士,他只会告诉你就要大难临头了。

斯嘉丽哈哈笑起来——科勒姆总能逗她笑——同时摸了摸挂在她两乳之间的束口钱袋。钱袋藏在她的衬衫和在戈尔韦买的蓝色斗篷里面,没有人会知道她不穿紧身衣却"穿"着价值二百美元的金币。她现在感到很自由,甚至自由得有失体面。自从十一岁以后,她就从来没有不穿紧身衣出过家门。

他带她参观了特里姆镇最负盛名的城堡,斯嘉丽装出一副对那片废墟很感兴趣的样子。然后,他把她带到了杰米曾经工作过的那家商店。杰米从十六岁起就在那里工作,直到四十二岁才离开这里去了萨凡纳。他们和店主交谈起来,然后店主干脆关了店门,带着他们上楼去见他的妻子,因为他妻子要是不能亲耳从科勒姆嘴里听到萨凡纳的消息,没有见到从美国来的这位奥哈拉家的女人,肯定会伤心死的。有关这个女人的美貌和美国式魅力的话题早就在乡间传开了。

很快邻居们奔走相告,说今天是个特别的日子,有谁来到他们这里,于是人们都急匆匆地跑到了商店楼上的店主家里,不一会儿就让斯嘉丽觉得房间都要被他们挤爆了。

等他们终于离开了杰米的老雇主家的时候,科勒姆又告诉她说:"既然到了特里姆,我们就必须去看望一下马奥尼一家,否则他们会认为我们怠慢了他们,会伤心的。"谁?他们是莫琳的家人,拥有全特里姆镇最豪华的一间酒吧,再说斯嘉丽也还没有尝过波特啤酒吧?这一次来的人更多了,时时刻刻都有更多的人走进酒吧里来,而且很快屋里就响起了小提琴的声音,摆上了食物。几个小时的时间很快就过去了,当他们踏上回亚当斯敦的短途归程的时候,夜色已深。这时,天上下起了当天的第一场阵雨。科勒姆说,这预示着明天是一个艳阳天——雨会使灌木篱墙上花的香味变得更加浓郁。斯嘉丽拉起斗篷的兜帽,两人一路唱着歌回到了村子里。

"我要在酒吧这里停一下,看看有没有我的信。"科勒姆说着把小马的缰绳拴到村里的抽水机上。顷刻之间,所有房屋半开着的门里都探出头来了。

"斯嘉丽,"玛丽·海伦叫道,"孩子又长了一颗牙,来喝杯茶,欣赏一下吧。"

"不行,玛丽·海伦,还是你带着婴儿、牙齿和丈夫什么的到这里来吧,"克莱尔·奥戈尔曼说,她娘家的姓是奥哈拉,"她不正是我的堂妹吗?我的吉姆也很想见见她。"

"她也是我的堂妹,克莱尔。"佩吉·莫纳汉喊道,"我的壁炉上早就为她准备好了穗醋栗甜点,因为我听说她喜欢这种点心。"

斯嘉丽不知道如何是好。于是,她叫道:"科勒姆!"

他说,这事好办。他们可以从离他们最近的那家开始挨家挨户地走,越走身后跟着的朋友就会越多。最后,整个村子的人都会走到最后一所房子里,他们可以在那里稍微待一会儿。

"但记住,我们不能待太久,因为你一会儿回莫莉家吃午饭,总要打扮得漂亮一些才好。她和我们大家一样,也有自己的缺点,但是你也不能在她的家里对她嗤之以鼻。她一直努力抛弃我们的传统服装,所以要是她在自己的饭厅里看到你穿着这样的衣服肯定会不高兴的。"

斯嘉丽抓住科勒姆的胳膊,问道:"你看我能不能住在丹尼尔家里?我真的讨厌待在莫莉家里……你笑什么呢,科勒姆?"

"我一直在想怎样才能说服莫莉把这辆马车借给我们多用一天,现在我相信我可以说服她,让你在离开爱尔兰之前一直使用它。你去那里看看婴儿的新牙,我去和莫莉谈一谈。别误会,斯嘉丽宝贝,我是说只要我答应带你去别的地方住,她什么都会答应的。她永远也不会忘记你讥讽罗伯特戴着小山羊皮手套喂牛的那句话,现在从这里到马林加,这已经成为人们餐桌上最津津乐道的故事了。"

到吃晚饭的时候,斯嘉丽已被安顿在了厨房"上面"的房间里。当科勒姆讲到罗伯特的手套的故事时,甚至连丹尼尔叔叔也笑了。之后这件非同寻常的事情也被添加到了整个故事之中,这样一来这个故事下一次讲起来时会变得更加精彩。

* * *

斯嘉丽竟然很容易就适应了丹尼尔家只有两个房间的小屋里的简朴条件。她自己住一间房,还有一张舒适的床,凯瑟琳不辞辛苦默默地打扫房间和做饭,她只需要尽情享受自己的假期就行了。她确实实实在在地享受到了。

第五十二章

在接下来的一个星期里,斯嘉丽变得更忙,并且在某些方面也比以前更开心了。她感到自己的身体比以往任何时候都要强壮。摆脱了时尚的紧身衣和紧身胸衣的金属笼子的束缚,她不仅行动变得更快,而且多年来第一次能够畅快地呼吸了。不仅如此,她还是那种会因为怀孕而活力大增的女人,就好像那是为了应对她体内生命生长的需要。她现在晚上睡得很沉,早晨鸡叫时醒来,不仅早餐胃口好,一整天都保持着强烈的食欲。

这样的生活既让她获得了日常生活中的乐趣和愉悦,又给她带来了新鲜体验的刺激。科勒姆十分乐意带她外出,他称之为乘着莫莉的小马车"冒险",但是每次他都不得不先把她从一大帮新朋友的身边拉开。每天刚刚吃完早饭,这些新朋友们就会立即从丹尼尔家的门口探进头来,邀请她去他们家玩耍,或者告诉她一个她不知道的故事,或者因为收到了一封来自美国的信,需要她解释一些单词或短语的意思。她就是美国问题的专家,所以人们总是求她一遍又一遍地讲述美国到底是什么样子,同时她又是一个爱尔兰人,只是这可怜人因为不了解爱尔兰而心里难受。他们有许多事情要告诉她,要教给她,要让她看。

爱尔兰女人身上都有一种天真烂漫的气质,这解除了她的戒心。她们就好像是来自另一个世界的人,跟脚下这片她们深信有各种精灵作祟的土地一样陌生。当凯瑟琳每天晚上把一碟牛奶和一盘碎面包放在门阶上,以便路过的饥饿小精灵取食的时候,斯嘉丽就会公然嘲笑她。第二天早晨,碟子和盘子都变得空空如也,斯嘉丽总是明智地说,一定是一只谷仓里的猫吃掉了那些食物。尽管如此,她对精灵一事的怀疑态度丝毫也没有使凯瑟琳感到懊恼。因此,凯瑟琳准备的精灵晚餐竟渐渐成了斯嘉丽同奥哈拉家人共同生活期间最让人痴迷的事情之一。

另一件让她痴迷的事情就是她和祖母一起度过的时光。斯嘉丽始终自豪地认为祖母是一个性格坚毅的女人,她甚至认为正是因为她的血管里流淌着祖母的血,才使得她能够在劫难中顽强生存下来。她常常跑到祖母的小屋里去。如果老凯蒂·斯嘉丽醒着并且愿意说话,她就会拿一个凳子坐在祖母身边,向她打听父亲的成长故事。

但是,最终她都会经不住科勒姆的催促,爬上马车又开始新一天的冒险。她穿着暖和的羊毛衫,披着斗篷,戴着兜帽,仅仅不过几天她已不再理会飕飕刮过的西风,也不再理会不时降临的小雨。

科勒姆带她去见识"真正的塔拉"的那天,天上就正好下着这样的小雨。当她走到高低不平的石阶顶上时,一阵狂风吹得她的斗篷疯狂飞舞。就是在这些石阶所在的那座小山上,至高王们曾经统治着爱尔兰,他们在这里创造出了美妙的音乐,在这里生活和同仇敌忾,在这里享受盛宴和浴血战斗,最后也是在这里被打败。

这里竟然连一座城堡也没有,斯嘉丽环顾四周,只看见分散吃草的羊群。在灰色天空的灰色光线下,它们身上的羊毛也变成了灰色。她突然打了一个寒噤,把她自己也吓了一跳。原来是一只鹅从我的坟前走过[1],童年时得到的解释在她脑海里一闪而过,她禁不住笑了。

"这里让你开心吗?"科勒姆问道。

"嗯,是的,这里非常漂亮。"

"不要撒谎,斯嘉丽宝贝,不要企图在塔拉寻找美景。跟我来吧。"他向斯嘉丽伸出手,她把手伸给了他。

他们一起慢慢地走过繁茂的草地,来到一块高低不平之处——在她看来这地方就像一些长满草的土包。科勒姆走过其中几个土包,然后停下了脚步:"圣帕特里克本人曾经就站在我们现在站的这个地方。那时他还是一个凡人,一个普通的传教士,很可能个子也不比我高,后来他才被封为圣徒,成长为人们心目中的一个用上帝的"圣言"武装起来的战无不胜的巨人。我认为,我们应该记住他起先也是一个凡人,当他穿着凉鞋和粗呢

---

[1] 当人们突然感到寒冷而打一个寒噤时,皮肤上会起鸡皮疙瘩,英语中称之为"鹅皮疙瘩"。这是一种迷信说法,认为有人在你将来的坟墓前走过,是一个不祥之兆。

斗篷独自面对至高王及其巫师的权威的时候，心里肯定也感到害怕。帕特里克有的只是他的信仰、他传播真理的使命和讲述真理的迫切愿望。当时也一定刮着凛冽的寒风，这种愿望肯定像一股火焰在他胸中燃烧。他已经违反了至高王制定的熄灭一切火的法律，在一个晚上点起了一大堆篝火。他知道这样的违法行为很可能给他带来杀身之祸，他是有意要冒这个巨大的风险，以引起'至高王'的注意，从而证明他帕特里克所肩负的使命的重要性。他不怕死，他只怕自己辜负了上帝的期望，怕自己没有了敬畏之心。洛盖尔王[1]坐在古老的镶满宝石的王座上，授予了这个勇敢的传教士自由传教的权利。从此，爱尔兰信奉了基督教。"

科勒姆平静的声音里有某种东西，迫使着斯嘉丽仔细聆听并理解他所说那些话，不仅如此，也还有其他一些令她耳目一新的东西。比如，她以前就从来不认为圣徒是人，所以也不会想到他们也会害怕。其实，她也从来没有认真思考过圣徒的问题，它们只是出现在神圣日子里的一些名字罢了。现在，她看着科勒姆矮而敦实的身材，以及那张普普通通的脸和被风吹乱了的日渐灰白的头发，她完全可以想象出另一个有着同样普普通通的脸和身材，有着同样坚毅信念的男人的模样。他不怕死。人怎么能不怕死呢？那是一种什么状态？她对圣帕特里克和所有圣徒甚至对科勒姆，都感到一种凡人的嫉妒。她想，我对此根本就不明

---

[1] 洛盖尔王（King Laoghaire，又称Lòegaire）是中世纪爱尔兰的塔拉王或至高王。在几部圣徒传记中，他是圣帕特里克的对手。

白,也永远不会明白。虽然意识到这一点也经历了一个缓慢的过程并且让她心里感到很沉重,但是她还是学到了一个伟大、痛苦且激动人心的真理。那就是:这个世界上有些事情太深奥、太复杂、太矛盾,不仅不可能解释清楚,也很难让普通人理解。斯嘉丽感到很孤独,觉得自己孤零零地暴露在凛冽的西风之中。

科勒姆领着她继续往前走,来到了离他们刚才站立处只有几十步开外的地方。"你看,"他说,"那一排低矮的土丘,看见了吗?"斯嘉丽点了点头。

"你现在要是能够听到一点儿音乐并喝一杯威士忌,就可以帮助你抵御风寒和睁开眼睛了,只可惜我什么也没有,所以你也许可以闭上眼睛来看。这里就是当年至高王燃起上千支蜡烛举行盛宴的宴会厅,只可惜它现在已经所剩无几。斯嘉丽宝贝,奥哈拉家族的祖先当年就参加了这里的盛宴,还包括你认识的其他家族——莫纳汉、马奥尼、麦克马洪、奥戈尔曼、奥布莱恩、达纳赫、多纳休、卡莫迪——以及你目前还没认识的家族,各路英雄好汉都齐聚这里。盛宴上的食物和酒水精美而丰富,优美的音乐让人陶醉,一千支蜡烛照亮了宴会厅里的一千名宾客。你能看见吗,斯嘉丽?烛光照在他们手臂上戴着的黄金手镯上,照在他们端到嘴边的黄金酒杯上,照到人们斗篷上的各种深红色、绿色和蓝色的包金珠宝上,闪耀出两倍、三倍乃至十倍的光芒。他们的胃口都大得惊人,大口吃着油光闪闪的鹿肉、野猪肉和烤鹅肉,喝着蜂蜜酒和土豆酒,还随着音乐节奏用拳头敲打着桌子,震得金盘子叮当作响。你看到你爸爸了吗?看到杰米了吗?还有那个斜着眼盯着女人看的小捣蛋鬼布莱恩?哦,多么动人心魄的盛宴啊!你都看见了吗,斯嘉丽?"

她和科勒姆一起开怀大笑。是的,爸肯定一直高唱着《低靠背马车上的佩吉》,一次又一次地嚷嚷着给他斟满酒杯,因为唱起歌来总是让人口渴难耐。他肯定开心极了。"一定还有马,"她很肯定地说,"爸总是少不了一匹马。"

"强壮而美丽的马,就像冲向海岸的巨浪。"

"盛宴之后,还必须有人有足够的耐心把他放到床上去。"

科勒姆笑了。他伸手搂住她,给了她一个拥抱,然后放开了她。"我就知道你一定会感受到它的荣光。"他说,话里洋溢着一种骄傲的情绪——他为她感到骄傲。斯嘉丽对他微笑着,眼睛就像有生命的绿宝石。

一阵风吹来,把她的兜帽吹到了肩上,温暖的阳光照在她裸露的头上。阵雨已经过去了,她抬起头仰望着洁净无瑕的碧空,耀眼的白云在阵风的吹拂下舞动前行。它们看上去近在咫尺,温暖和煦,温柔地庇护着爱尔兰的天空。

接着,她的目光落下来,看到了眼前的爱尔兰:一片片青翠的田地,嫩绿的新叶,还有生机勃勃的灌木篱墙。她极目远眺,一直看到蓝天下云雾缭绕的地平线尽头。某种古老而异教的东西开始在她内心深处蠢蠢欲动,一直深藏不露却从未真正被驯服的野性在她的血液里热烈地涌动起来。这就是当年"至高王"的感受,高高在上,紧挨着太阳和天空。她张开双臂拥抱着生命,拥抱着这座山和她脚下的整个世界。

"这就是塔拉。"科勒姆说。

"我觉得很奇怪,科勒姆,我好像一点儿都不像我自己了。"斯嘉丽踩在马车轮子的一根黄色辐条上,纵身爬上了马车的座位。

"这就是数个世纪的造化,亲爱的斯嘉丽。那里曾经有过无数鲜活的生命、无数欢乐和悲伤、无数盛宴和鏖战,它们现在都弥漫在你周围的空气中,浸润着你脚下的土地。这就是时间,是数不清的岁月。虽然我们感觉不到它的分量,但是它却沉甸甸地压在这个地球上;你看不到它,闻不到它,听不到它,也摸不到它,但是你能感觉到它悄无声息地从你的皮肤上擦过,听到它对你无声地诉说。这就是时间,这就是神秘。"

虽然沐浴在温暖的阳光下,斯嘉丽仍然拉了拉斗篷,把它紧紧裹住自己的身体。"就像那天在河边一样,不知为何,那里的景致也让我感觉很特别。我差一点儿就可以找到一个恰当的词来描述那种感受了,但是后来怎么也想不出那个词到底是什么。"她把那天游览伯爵花园、看到博因河和那座塔的情况告诉了科勒姆。

"'好房子都有看得见美景的花园',是吗?"科勒姆愤怒的声音让人感到可怕,"莫莉是这么说的吗?"

斯嘉丽把身子进一步缩进斗篷里。她说错什么了?她从来没有见过如此愤怒的科勒姆,他简直成了一个陌生人,根本不是她认识的那个科勒姆了。

他转过身看着她,微微一笑,她立刻意识到自己错了:"你愿不愿意去为我的一个小嗜好鼓鼓劲,斯嘉丽宝贝?他们今天要向特里姆赛马场介绍一批赛马。我想去看看,挑一匹在星期天赛马时下个小注。"

她非常愿意。

到特里姆的路程有将近十英里——斯嘉丽想,不算远。但是,这条路非常迂回、曲折,时常偏离他们要去的方向,几经周折之后才又转回到正确的方向上来。所以,当科勒姆提议他们到途中的一个村子里喝杯茶、吃点儿东西的时候,斯嘉丽立刻给予了热情的响应。再次回到马车上之后,他们行驶了一小段路来到一个十字路口,然后转上了一条更加宽阔和笔直的路。他挥动鞭子,让小马开始奔跑。几分钟后,他又使劲抽打了它一鞭,马车高高的轮子一路颠簸着,从一个大村子中疾驰而过。

当他们马车的行驶速度再次放慢下来之后,她问道:"刚才那个地方看起来像是根本无人居住,那是怎么回事,科勒姆?"

"没有人会住在巴利哈拉,因为它有一段黑暗的历史。"

"真是可惜,那村子看起来还蛮漂亮。"

"斯嘉丽,你看过赛马吗?"

"真正的赛马只看过一次,在查尔斯顿。不过,以前在老家的时候,我们经常有即兴的跑马比赛。爸对赛马的癖好已经到了无可救药的地步,他根本就不能忍受同另一个骑在马上的人一边说话一边信马由缰地往前走,哪怕只有一英里的路程他也要同人家比一比谁的马更快。"

"为什么不呢？"

斯嘉丽忍不住笑起来，科勒姆有时很像她爸。这时，他们看到了特里姆赛马场上聚集着很多人，她说："特里姆镇恐怕已经变得空空如也了吧。"接着她又看到了许多熟悉的面孔。"我估计，亚当斯敦也一样形同鬼城。"奥哈拉家的好几个男孩子都在向他们挥手微笑。她心想，挖沟的事还没有干完，要是老丹尼尔碰巧看到他们都跑到这里来了，那可够他们受的。

这个用泥土铺填起来的椭圆形赛马跑道长约三英里，工人们即将完成最后一道障碍的设置工作。这是一场障碍赛。科勒姆把小马拴在离跑道较远处的一棵树上，然后带着斯嘉丽挤进了人群。

每个人都是兴致勃勃的样子，他们也都认识科勒姆，而且也都想见见斯嘉丽，"就是那位对罗伯特·多纳休戴着手套种地的习惯刨根问底的小妇人"。

"我感觉自己就像是舞会上的大美女。"她低声对科勒姆说。

"这个殊荣还不是非你莫属吗？"他带着她一路停停走走，最后来到了由骑手或驯马师牵着马绕圈子的地方。

"科勒姆，这些马真漂亮。但是，那么漂亮的马在这么个小镇的赛马会上比赛有什么意义啊？"

他解释说，这场比赛可不能小觑，因为它的奖金高达五十英镑，比许多店主或农民一年挣的钱还多。不仅如此，要跳过那些障碍也是对骑手和马的一次真正的考验。只要他们能在特里姆赛马场上胜出,就具备了在潘切斯顿、戈尔韦甚至都柏林等更著名的赛马比赛中争金夺银的潜力。"或者以十个马身的优势赢得美国的任何一场赛马比赛的能力。"他笑着补充道,"爱尔兰马是世界上最好的马,这是公认的事实。"

"我想,大概就像爱尔兰威士忌一样闻名遐迩。"杰拉尔德·奥哈拉的女儿说。她这一生中总是不断听到人们说这是爱尔兰的两大特产。在她看来,跑道上的那些障碍高得令人难以置信,所以科勒姆刚才的话可能没错,这应该是一场激动人心的赛事。不仅如此,比赛之前还有特里姆镇的"集市日"呢。说实话,这个假期真是好得不能再好了。

这时,在人们的交谈、欢笑和叫喊声中,一股暗流已经开始隆隆涌动。"打架了!打架了!"科勒姆立刻爬到栏杆上张望,很快他便咧着嘴笑起来,右手握成拳头啪的一声打在左掌上。

"怎么样,你愿意打个小赌吗,科勒姆?"站在他旁边的一个人问道。

"我赌五先令,奥哈拉家赢。"

"发生什么事了?"斯嘉丽一把抓住科勒姆的脚踝,差点儿把他从栏杆上扯下来。

人们纷纷从椭圆形赛道上向发生打斗的方向涌去。科勒姆跳下栏杆,抓起斯嘉丽的手腕跟着人群跑去。

三四十个年轻人和老人在一片拳打脚踢的混战中嘟囔着、叫喊着,人群在他们周围围起了一个巨大的不规则圆圈,大声向他们呼喊着、鼓励着。在一旁的地上放着两堆外套,许多外套显然是匆忙脱下来的,因为衣袖都翻出来了,说明这场群殴是突然爆发的。打架的人的衬衫都已经被鲜血染红,有他们自己的血也有别人的血。这场群殴既没有任何特定的模式也没有任何规矩可以遵循,每个人都在攻击离他最近的对手并寻找下一个攻击目标,被打倒的人都会被他身边的人粗暴地拉起来并再次推到打斗之中。

斯嘉丽从来没有见过男人们拳打脚踢的殴斗,拳头击打在人身上的声音和人们口鼻喷血的情景让她感到恐怖。丹尼尔的四个儿子都参加了群殴,她恳求科勒姆让他们别打了。

"让我输掉五先令?别犯傻了,女人。"

"你太坏了,科勒姆·奥哈拉,真是坏透了。"

后来,她又对科勒姆、丹尼尔的几个儿子以及她刚认识的科勒姆的两个兄弟迈克尔和约瑟夫说了同样的话。当时,他们都在丹尼尔家的厨房里,凯瑟琳和布丽吉德正在平静地为他们清洗伤口,全然不顾他们痛苦的尖叫声和对她们粗暴对待伤者的指责,科勒姆则把威士忌一一送到他们手里。

斯嘉丽告诉自己,不管他们说什么,这件事绝对不是一件好事。她无法相信,对奥哈拉一家和他们的朋友来说,派系间的斗殴竟然会是集市上和公共活动中的乐趣之一。确实是"精神亢奋"!如果说还有什么特点的话,那就是女孩子们的表现更加恶劣,因为蒂莫西在群殴中仅仅被打成了一个黑眼圈,所以她们就故意折磨他,让他感到痛苦。

第五十三章

第二天早餐前,科勒姆突然出人意料地出现在了她的面前,他骑着一匹马,手里还牵着另一匹马。"你说过喜欢骑马吧?"他提醒她道,"我借了两匹马,但是中午之前就得把它们还回去。安吉勒斯,赶快给我们拿点儿昨晚剩下的面包,在邻居们到来之前送过来。"

"没有马鞍哪,科勒姆。"

"安静!你到底是不是个骑手?快去拿面包,斯嘉丽宝贝,布蕾迪会帮助你骑到马背上的。"

无论是骑无鞍的马还是分腿骑马,那都是她还是一个孩子时做过的事情,她早已忘记了人马合一的感觉。不过,一切立刻就恢复了,好像她从未停止过如此骑马一样,很快她几乎已不再需要缰绳,双膝完全能够自如地控制住马的行动。

"我们要去哪里?"他们正走在一条她从未走过的小径上。

"博因河。我要让你看一个地方。"

那条河!斯嘉丽的脉搏立刻就加快了跳动。那条河有一种力量,既吸引她又排斥她。

天开始下雨,她很高兴布蕾迪强迫她带了一条披肩。她用披肩盖住头,默默地骑着马跟在科勒姆后面,聆听着雨水打在灌木篱墙的叶子上的"沙沙"声和马蹄踏在泥地里的嗒嗒声,一切都是那么平静。不久雨停了,她也不感到惊讶。现在,躲在灌木篱墙里的鸟儿又可以出来欢唱了。

他们来到了小径的尽头,博因河就在眼前。河岸很低,河水几乎要漫过堤岸。"这就是布蕾迪洗澡的地方,"科勒姆说,"你会想到在这里洗澡吗?"

斯嘉丽的身体剧烈颤抖:"我没她那么勇敢,河水肯定冰冷刺骨。"

"你马上就知道了,不过只是马蹄溅起来的一点儿水,我们要涉水过河。抓稳缰绳。"他的马小心翼翼地踏入水中。斯嘉丽把裙子撩起来,塞到大腿下压住,然后驱马跟了上去。

到达对岸之后,科勒姆下了马。"下来吃早饭吧,"他说,"我把马都拴到一棵树上去。"紧靠着河边长着许多树,树影下科勒姆的脸变得斑驳陆离。斯嘉丽从马背上滑到地上,把缰绳递给他,然后找了一块洒满阳光的地方,背靠着一棵树的树干坐下来。带有心形叶子的黄色小花铺满了整个河岸,她闭上眼睛,聆听着身边博因河安详的流水声、头顶上树叶的沙沙声和鸟儿的歌声。科勒姆在她身边坐下来,她慢慢睁开眼睛。他把半条苏打面包掰成两半,把较大的那块递给了她。

"我们一边吃我一边给你讲一个故事。"他说,"我们所在的这个地方叫巴利哈拉。差不多两百年前,这里曾经是你们的家园,也是我们的家园。这里就是奥哈拉的土地。"

斯嘉丽坐了起来,脑子突然变得格外清醒。这里吗?这里就是奥哈拉家的土地?还有巴利哈拉——那不是他们坐着马车飞快驶过的那个荒凉村庄的名字吗?她急切地转向科勒姆。

"现在别说话,吃你的面包吧,凯蒂·斯嘉丽。这个故事很长。"科勒姆说。他的微笑使她把到了嘴边的疑问又咽了回去。"两千年多一点儿之前,第一批奥哈拉人来到这里,他们定居下来并把这里的土地据为己有。一千年前——你看那时离我们已经很近了——我们现在称之为北欧人的维京人,也就是北欧海盗,发现了爱尔兰的绿色财富,并试图将其强占过去。爱尔兰人——就像奥哈拉人一样——注视着这里的每一条河流,在河岸上建起了坚固的防御工事,以抵御乘着长长的龙头船的敌人的入侵。"科勒姆撕下面包的一角放进嘴里,斯嘉丽不耐烦地看着他不紧不慢地咀嚼着。这么多年……她的头脑把握不住这么多年的事情,一千年前到底发生了什么事情?

"维京人被赶走了,"科勒姆说,"奥哈拉人继续耕种他们的土地,养肥他们的牲畜。就这样又过了两百多年,他们为自己和他们的仆人建起了一座坚固的城堡,因为爱尔兰人都有着长久的记忆,既然维京人来过,就可能会有其他人的入侵。果然如此。不过这次不是维京人,而是曾经被法国人统治过的英国人。爱尔兰一半以上的土地落入他们手中,但奥哈拉人在他们坚固的城墙保护下却得以幸存,并在接下来的五百年里继续管理着自己的土地。

"直到博因河战役才改变了一切,你知道这个可悲的故事。经过奥哈拉人两千年的精心照料之后,这片土地突然变成了英国人的财产。没有战死的奥哈拉人,也就是幸存下来的寡妇和孩子,被英国人驱赶着经徒涉渡口来到了河的另一边。其中的一个孩子长大后成了河对岸英国人的佃农。他的孙子,也就是在这一片土地上长大的农民,娶了我们的祖母凯蒂·斯嘉丽为妻。他站在父亲的身旁,亲眼看见了褐色的博因河对岸的奥哈拉城堡被英国人拆毁,并眼看着一座英国人的房子在原地矗立起来。但是,他们却仍然沿用了'巴利哈拉'这个名字。"

爸目睹了那所房子的变迁,知道这里曾经是奥哈拉家的土地。斯嘉丽禁不住开始为自己的父亲哭泣,她终于明白了每当他说起博因河战役时脸上和话语中为什么会流露出无比的愤怒和悲伤。科勒姆走到河边,用手捧起河水喝了几口,然后他洗了洗双手,捧起一捧水让斯嘉丽喝。当她喝了之后,他又用湿淋淋的手指温柔地擦去了她脸颊上的泪水。

"我本不想告诉你这些事情,凯蒂·斯嘉丽——"

斯嘉丽生气地打断了他的话:"我有权知道这一切。"

"我正是这样认为的。"

"把一切都告诉我吧。我知道这个故事还没有讲完,我从你的脸上看得出来。"

科勒姆脸色苍白,显得痛苦不堪:"是的,这个故事还没有讲完。英国人的这个巴利哈拉是为一个年轻的领主建造的。人们都说，他像阿波罗太阳神一样俊美，而他也把自己当成了神，他决心把巴利哈拉建成全爱尔兰最好的庄园。他的村子——因为他拥有巴利哈拉的每一块石头和树叶——一定要比其他任何村庄都宏大，甚至要比都柏林城更宏伟。事实上，虽然巴利哈拉最终并没有都柏林那么宏伟，但是它有一条比首都最宽的街道都要宽的街道，他的马厩像大教堂一样堂皇，他的窗户像钻石一样晶莹透亮，他的花园像柔软的地毯一直延伸到博因河畔。孔雀在他的草坪上开屏，珠光宝气的漂亮女士们纷纷出现在他的娱乐活动中。他就是巴利哈拉的领主。

"他唯一的悲伤是他只有一个儿子，而他本人也是独子。但是在他下地狱之前，他还是活着看到了他的孙子出世。那个孙子同样没有兄弟姐妹，但是长得英俊漂亮，后来成为巴利哈拉及其大教堂、马厩和大村庄的领主。同样，他的儿子后来也成了巴利哈拉的领主。

"我还记得他，巴利哈拉的那个年轻领主。我那时还只是一个孩子，只觉得他的一切都是那么奇妙而美好。他骑着一匹高大的杂色马，每当绅士们猎狐时马蹄践踏了我们地里的玉米时，他总是给我们这些孩子扔一些硬币。他身上穿着粉红色的外套和白色的马裤，脚上穿着闪闪发亮的高筒靴子，骑在马上显得又高又瘦。我不明白为什么父亲总是从我们手里拿走硬币，然后把它们砸碎，并且还要诅咒给我们钱的年轻领主。"

科勒姆站起来，开始在河岸上踱步。当他继续讲述那些故事的时候，他已经很难控制住自己的情绪，说话的声音变得十分低沉:"后来,大饥荒来了,饥饿和死亡接踵而至。'我不能眼睁睁地看着我的佃户们遭受如此苦难,'巴利哈拉领主说,'我要买两艘坚固的船,免费并安全地把他们送到美国去,那里有丰富的食物。我不在乎我的牛因为无人挤奶而哀号,也不在乎我的田地因无人耕种而长满荨麻,我关心的是巴利哈拉的人民,而不是牛或玉米。'

"农夫和村民们都吻他的手感谢他的善良,许多人都作好了前往美国的准备。但是,也并不是所有人都能承受离开爱尔兰的痛苦,他们告诉年轻的领主:'就算饿死,我们也不走。'接着,他在整个乡间传出话来:无论男女,只要对他说一声就可以在前往美国的船上得到一个免费的铺位。

"我父亲还是咒骂了他,并且对自己的两个兄弟马修和布莱恩大发雷霆,因为他们接受了英国人的恩惠。但是,他们还是坚持要走……结果,那些破烂的船刚刚驶入波涛汹涌的大海后不久就沉没了,兄弟俩和船上的其他人全部淹死了。从此,那两艘船就获得了'棺材船'的可怕恶名。

"后来有一天,一个巴利哈拉人潜入领主的马厩里埋伏起来。那个马厩同大教堂一样漂亮。当年轻的领主来到马厩里、准备骑上他那匹高大的杂色马时,这个人抓住了他并把这个长着一头金发的巴利哈拉领主吊死在了博因河畔的那个瞭望塔上,也就是奥哈拉人曾经在那里瞭望可能划着龙头船来到这里的北欧海盗的地方。"

斯嘉丽吓得立刻用手捂住了自己的嘴。科勒姆脸色苍白,一边继续踱来踱去一边继续讲述,他的声音开始变得陌生。就是那座塔!肯定是我看到的同一座塔。她的手紧紧地捂住嘴唇,她不能说。

"没人知道藏在马厩里的那个人到底叫什么名字,"科勒姆说,"有人说是这个人,也有人说是那个人,当英国士兵到来的时候,还留在巴利哈拉的男人们中没有一个人站出来指认凶手。于是,英国人把他们全部绞死了,以此作为对杀害年轻领主的惩罚。"科勒姆的脸在斑驳的树荫下变得十分苍白,他喉咙里突然爆发出一声叫喊,那不是语言也不像人类的声音。

他转身面对着斯嘉丽,那双狂野的眼睛和那张痛苦的脸让她畏缩成一团。"是美景吗?"他怒吼道,那嗓音就像一声炮响。他跪倒在长满黄花的河岸上,俯下的身体遮住了脸并不停地战抖。

斯嘉丽向他伸出的手又颓然垂落到自己的腿上,她不知道该怎么办。

"请原谅我,斯嘉丽宝贝。"她又听到了她熟悉的科勒姆的声音。他抬起头来。"我姐姐莫莉竟然说出那样的话来,简直就是一个西方世界的傻瓜。她生来就很善于激怒我。"他微笑道,那笑容让人信服,"如果你还想看看巴利哈拉,我们还有时间骑着马到村子里走一圈。它虽然被遗弃快三十年了,但是并没有遭到人为的破坏,只是人们都不愿再靠近它。"

他向她伸出手,苍白的脸上露出坦诚的微笑:"来吧,马就在这边。"

科勒姆的马在长满荆棘和缠结在一起的灌木丛中踏出了一条路，没过多久斯嘉丽就看到了他们前方那座瞭望塔的巨大石墙。他举起手提醒她注意，然后勒住了缰绳。他双手合成喇叭状放到嘴上，高声喊道："Seachain! Seachain!"[1]她听不懂他喊的是什么，那个词的音节听起来很奇怪，叫喊声在石墙上回响。

他转过头来，眼睛里流露出欢快的神情，脸颊微微泛红："我刚才喊的那个词是盖尔语，斯嘉丽宝贝，很古老的爱尔兰语。据说，这附近的一间小茅屋里住着一个老太婆，一个'聪明女人'[2]。有人说，她是一个和塔拉一样古老的女巫，也有人说她是二十年前从特里姆镇出走的帕迪·奥布莱恩的妻子。我刚才向她喊一声，提醒她我们要经过这里，因为她可能不喜欢被人惊扰。请注意，我并不是说我相信女巫的存在，但是心怀敬意总是没有坏处的。"

他们骑马来到瞭望塔周围的空地上。斯嘉丽走上前一看，发现建塔的石头之间并没有灰浆，可是它们没有从原来摆放的地方被挪动过一英寸。科勒姆说这座塔修建多少年了？一千年？两千年？这都无关紧要了。虽然科勒姆讲述它的故事时神情那么不自然，但是她并不怕它。这座瞭望塔不过是一个建筑物而已，而且是她所见过的最好的建筑物，一点儿也不可怕。实际上，我倒觉得是它邀请我来到了它的身旁。她驱马走到塔下，用

---

[1] Seachain，是爱尔兰语，译为"请回避"，书中下文同一词出现，直接译为中文，不另注。

[2] "聪明女人"（wise woman）一词在西方文化中通常指民间治疗师或助产士，通常出现在前现代欧洲农民的语境中。

手指摸了摸石头之间的缝隙。

"你很勇敢,斯嘉丽宝贝。我警告过你,有人说那个被吊死的家伙一直阴魂不散,所以这里常闹鬼。"

"开什么玩笑!世界上根本就没有鬼这种东西。再说,要是真有鬼,这匹马也不会走到离它这么近的地方来。人们都知道动物能感觉到这些东西的存在。"

科勒姆乐得咯咯笑起来。

斯嘉丽把一只手放到石头上,经过上千年的风化,这些石头已经变得十分光滑,她甚至能感觉到石头上蕴藏着太阳的温暖以及雨和风的寒冷。她的内心里突然产生了一种不同寻常的宁静感,她说:"看得出来它确实年事已高。"她知道自己的话还不足以表达内心的感受,不过也明白这已无关紧要。

"它幸存了下来,"科勒姆说,"就像一棵根深蒂固的大树,植根于大地之中。"

"根深蒂固。"她以前在哪里听说过这个话?对了,瑞特也是这么说查尔斯顿的。斯嘉丽一边微笑一边抚摸着那些古老的石头,关于"根深蒂固"的问题,她现在也有一两件事可以告诉他了,且等他下一次大肆吹嘘查尔斯顿悠久历史的时候再说吧。

巴利哈拉的房子也是用石头建造的,不过使用的是经过打磨的花岗岩,每一块都是规整的长方形,看起来非常结实耐用。破碎的窗玻璃和油漆剥落的窗框,同经久无损的花岗岩石块形成了巨大的反差。他们面前看到的这所房子很大,仅房子的两翼就比斯嘉丽见过的任何一所房子都大。她自言自语地说,这所房子都是为长久居住而建造的,可是现在再也没有人住在这里,真是太可惜了,太浪费了。"巴利哈拉领主没有留下后人吗?"她问科勒姆。

"没有。"听得出他的话里有一种幸灾乐祸的味道,"我记得他有一个老婆,后来回到她自己人那里去了。也有人说她疯了,被送进了疯人院。"

斯嘉丽感到她还是不要在科勒姆面前称赞这些房子为好。"我们去看看整个村子吧。"她说。这哪里是一个村子,其规模之大足以称作一个镇子。整个村子里已经看不到一扇完整的窗户,也看不到一扇完好无损的门,它已经彻底被人们遗弃和鄙视。斯嘉丽禁不住浑身都起了鸡皮疙瘩,这一切都是仇恨造成的。"哪条路回家最快?"她问科勒姆。

第五十四章

"明天就是老人家的生日,"科勒姆把斯嘉丽送到丹尼尔家后说道,"在那之前,懂事的人都不会来打扰你们的,我会假装自己就是一个懂事的人。告诉家里人我明天一早就来。"

斯嘉丽不明白,他为什么这么神经兮兮的?为一个老太太庆祝生日不可能有太多的事情要做,当然蛋糕是少不了的,但还有其他事情吗?她已经决定把在戈尔韦买的那个漂亮的花边衣领送给祖母,回美国的路上她还有足够的时间再买一个。天哪,一周就这么结束了!

斯嘉丽刚一踏进家门就明白了,家里有大量繁重的体力活正等着她去干。老凯蒂·斯嘉丽家的一切都必须全部擦洗得一尘不染,即使是干净的地方也要重新擦洗一遍,并且丹尼尔家也是一样。此外,老茅屋外的农家庭院也必须清除杂草并打扫干净,准备好长凳、椅子和凳子,以接纳明天不能够挤进茅屋里的客人。谷仓也要被打扫得干干净净,铺上新的稻草,以便那些想在那里过夜的人睡上一觉。这将是一个盛大的聚会,毕竟没有多少人能够活到一百岁。

"吃吧，吃完就走。"凯瑟琳对回家来吃午饭的几个男人说。她拿出一罐脱脂牛奶、四条苏打面包和一碗黄油放到餐桌上。他们个个都温顺得像小羊羔，并且吃得比斯嘉丽所认识的任何一个人都要快，然后一言不发地弯着腰从那扇低矮的门走了出去。

"现在我们开始干活。"男人们走后凯瑟琳宣布说，"斯嘉丽，我需要大量的水，你负责从井里打水，水桶就在门边上。"斯嘉丽也像奥哈拉家的男人们一样，根本就没有想过要跟凯瑟琳争辩一番。

午饭后，村里的所有妇女都带着孩子来家里帮忙，屋里屋外变得人声嘈杂。斯嘉丽干得浑身是汗，她的手指头也起了水泡，她简直无法想象自己竟然干得非常开心。她也和其他人一样赤着脚，撩起裙子，腰间系着一个大围裙，袖子卷到手肘上，那感觉就好像又回到了童年时代，在厨房院子里玩耍，因为弄脏了围裙和脱掉了鞋袜而让嬷嬷恼羞成怒。只是她现在的两个玩伴非常有趣，而不再是爱发牢骚的苏埃伦和婴儿卡琳了。

那是很久以前的事……想想同那座塔一样古老的故事，这些事情倒也没那么久远。根深蒂固……科勒姆今天早上的模样真让人害怕……那个沉船的可怕故事……我的两个伯伯——爸的两个亲哥哥，淹死在大海里了。该死的英国领主，我很高兴他们把他吊死了。

庆祝老凯蒂·斯嘉丽百岁生日的活动真让人大开眼界。住在米斯郡各地和更远地方的奥哈拉家族的人都来了,有的坐着驴车,有的骑着马,也有的步行。特里姆镇一半的人都聚集在了这里,而住在亚当斯敦的人则一个不落全部到场。虽然斯嘉丽认为主人准备的食物已经绰绰有余,但是客人们还是带来了礼物、故事和他们专门准备的食物。马奥尼从特里姆镇带来了满满一马车啤酒,马林加的吉姆·戴利也带来了啤酒。丹尼尔的大儿子谢默斯骑着一匹犁马去了一趟特里姆镇,回来时背上背着一箱陶制烟斗,就像长了一个巨大而棱角分明的驼峰,身上还挂着两个像鞍囊似的麻袋,里面装着烟草。因为在这样一个重要的场合里,主人必须给每个前来祝寿的男人和女人赠送一个新烟斗。

斯嘉丽的祖母身穿漂亮的黑丝绸上衣、戴着崭新的花边衣领坐在高背椅上,像女王一样接受了排着长队来到她面前的客人们的祝福和礼物,其间她还不时打个盹并喝一两口掺有威士忌的茶水。

当夜幕降临、教堂晚祷的钟声响起时,小茅屋内外已经站了三百多人,他们都是来向过一百岁生日的凯蒂·斯嘉丽·奥哈拉表示敬意的。

老凯蒂事先就提出要按"老规矩"为她祝寿,因此他们请来了一位长者坐在她对面壁炉旁的尊位上。这时,长者用他关节突起的手指小心翼翼地打开了面前的亚麻布包,露出一把竖琴,三百多人同时发出了一阵喜悦的赞叹声。这位长者就是麦科马克，在伟大的奥卡罗兰[1]死后，他现在是爱尔兰唯一一位继承了吟游诗人音乐的人了。他说话了，声音就像音乐一样："我要告诉你们特洛·奥卡罗兰大师说过的一句话：'我在爱尔兰度过了快乐而满足的一生，同每一个真正热爱音乐的强壮的男人一起喝过酒。'我要在这里再加上我自己的一句话：我同每一个强壮的男人和每一个像凯蒂·斯嘉丽·奥哈拉一样强壮的女人一起喝过酒。"他向她鞠了一躬："这就是说，斟满酒杯的时候到了。"二十多只手立即同时斟满了几十杯酒。他小心地挑了最大的一杯酒，举起来向老凯蒂·斯嘉丽致敬，然后一饮而尽。他说："现在，我要给你们唱芬恩·麦克库尔[2]的故事。"他用枯槁、弯曲的手指触动着竖琴的琴弦，空气中立刻充满了音乐的魔力。

从这个时候起，音乐声就不绝于耳。两个风笛手吹起了他们的爱尔兰风笛，数不清的人拉起了小提琴，几十个人吹起了哨笛和拉起了六角风琴，还有很多只手打起了响板，统领他们的则是科勒姆·奥哈拉在宝思兰鼓上敲打出的强劲而激越的鼓点。

女人们在盘子上盛满了食物，丹尼尔·奥哈拉掌管着一堆装满威士忌的小酒桶，院子中间人们在尽情跳舞，没有任何人感到困倦，只有老凯蒂·斯嘉丽随时想睡就睡一会儿。

---

1 特洛·奥卡罗兰（Turlough O'Carolan）是爱尔兰17、18世纪的一位盲人竖琴家、作曲家和歌唱家，他在创作旋律上的天赋为其赢得了很高的名声。他是最后一位爱尔兰竖琴作曲家，亦被许多人认为是爱尔兰的民族作曲家。

2 芬恩·麦克库尔（Finn MacCool），爱尔兰神话中最著名的传奇英雄之一，古老的盖尔语史诗《芬尼亚传奇》中最重要的人物，同时也是大名鼎鼎的费奥纳骑士团的杰出领袖。

"我还不知道会有这样的聚会。"斯嘉丽说。她气喘吁吁地说了一句,接着又在天边刚刚泛起的粉红色晨曦中继续跳舞。

"你是说你从来没有庆祝过五朔节?"某个她也不知道从哪儿来的堂妹不无惊奇地问道。

"那么,你得留下来过五朔节,小凯蒂·斯嘉丽。"蒂莫西·奥哈拉话音刚落,好多个声音都一起附和着他的建议。

"不行,我们得赶船回美国。"

"一定还有其他的船吧?"

斯嘉丽从长凳上跳起来,她已经休息够了,小提琴手们又开始演奏一首新的里尔舞曲。她很快又跳得喘不过气来了,但脑子里一直回响着刚才那个问题:一定还有其他的船吧?为什么不留下来,继续穿着条纹长袜多跳几次里尔舞呢?查尔斯顿跑不了,它始终会在那里等着她——也包括在那些同样冷漠的高墙后、在同样摇摇欲坠的房子里举行的同样的茶会。

瑞特也还会在那里等着她,那就让他等等吧。她在亚特兰大已经等过他很久了。而且现在情况已经截然不同,有了腹中这个婴儿,她什么时候想要得到瑞特,都能把他手到擒来。

好吧,她决定了,她要留下来,只要过了五朔节就走。她肯定会玩得很开心的。

第二天,她问科勒姆五朔节之后是否还有另一班去美国的船。

确实还有另一班船,而且还是一艘很漂亮的船。这班船会先在波士顿靠岸,而科勒姆这次去美国也正好要去那里。她和布蕾迪两人完全能够应付从波士顿到萨凡纳的剩余旅程。"船在九日晚上起航,你在戈尔韦只有半天购物的时间。"

她甚至连半天的时间都不需要。她已经考虑过了,查尔斯顿人是不会穿戈尔韦式长袜或戈尔韦式衬裙的,因为它们太艳丽、太俗气了。她打算只留下几件那样的衣物作为难得的纪念品,而把其余的统统送给凯瑟琳和她在村里结识的新朋友。

"五月九日可比我们原来的计划晚了很多,科勒姆。"

"不过是五朔节后的一周零一天,凯蒂·斯嘉丽。人生转瞬即逝,你以后恐怕再也没有时间了。"

此话不假!她再也不可能有这样的机会了。此外,这对科勒姆来说也是一件好事,否则他就得从萨凡纳到波士顿,再从波士顿回到萨凡纳来回奔波,那岂不是平添了许多麻烦?他一直对她那么周到,至少她可以以此作为一点点回报……

四月二十六日,"布莱恩·博茹号"驶离戈尔韦港,船上的两间特等舱却空无一人。这艘船是二十四日也就是星期五,带着乘客和邮件抵达爱尔兰的。星期六邮件在戈尔韦分拣,星期天休息,星期一一个小邮袋被送到了马林加。星期二,从马林加到德罗赫达[1]的长途马车在纳文[2]留下了这个小邮袋。星期三,一名邮差骑着马带着给特里姆镇女邮政局长的一包信件出发了,这包邮

---

[1] 德罗赫达(Drogheda)是爱尔兰东部港市。

[2] 纳文(Navan)是爱尔兰米斯郡的郡治。

件中有一封来自美国佐治亚州萨凡纳的又大又厚的信,收信人是科勒姆·奥哈拉。这名邮差知道科勒姆·奥哈拉的信件很多,也知道整个奥哈拉家族是一个忠诚的大家庭,再说奥哈拉家族那位老人家的百岁生日之夜更是给他留下了难忘的印象,于是他直接把那封信送到了亚当斯敦的酒吧里。"我想,没必要让这封信在特里姆镇再等上二十四小时。"他对马特·奥图尔说。奥图尔不仅经营着这间酒吧,还经营着一家小店并负责管理街角的邮局。"在特里姆镇,这些信会被放进一个标有'亚当斯敦'的信筒里,明天再由另一个邮差送到这里来。"他美滋滋地接受了马特·奥图尔代表科勒姆请他喝的一杯波特啤酒。虽然奥图尔的酒吧很小而且亟须重新油漆,但是这里的啤酒可是相当不错。

马特·奥图尔的妻子正在院子里晾晒衣服,他把她叫进酒吧里:"你看着这里,凯特,我走小径去丹尼尔姑父家一趟。"马特的父亲是丹尼尔·奥哈拉的亡妻特蕾莎的弟弟。愿上帝保佑她的灵魂。

"科勒姆!这可太好了!"在杰米寄给科勒姆的那封信的信封里,还有一封来自大教堂承包商汤姆·麦克马洪的信。经过一番劝说,主教已经同意让斯嘉丽赎回她妹妹的嫁妆。塔拉,我的塔拉,我会让它获得神奇的再生。

噢,天哪!"科勒姆,你看到这个了吗?对于卡琳拥有的塔拉三分之一的所有权,那个小气的主教竟然要价五千美元!上帝啊,五千美元都能买下整个克莱顿县了,他不能这样狮子大开口。"

科勒姆告诉她,教会的主教们是不会讨价还价的。如果她想得到卡琳的那份嫁妆而且也有这笔钱,那么她就该付钱了事。就当这笔钱用来资助了教会的工作吧,这样想她可能会感到好受些。

"你知道那样也不会让我好受的,科勒姆,我讨厌被别人欺骗,哪怕是教会也一样。如果这样说冒犯了你,我很抱歉。无论如何,我必须得到塔拉,我决心已定。哦,我真傻,竟然听了你的劝告留下来多住一段时间,要不然我们可能已经在去萨凡纳的路上了!"

科勒姆也懒得纠正她的这个说法,转身离去。她则急忙找出了一张纸和一支笔:"我必须马上给亨利·汉密尔顿叔叔写封信!他能处理一切。等我回到那里的时候,这件事就已经解决了。"

星期四,斯嘉丽独自去了特里姆。凯瑟琳和布蕾迪都忙着农场里的活,这让她很懊恼;科勒姆又突然消失了,他没有告诉任何人他要去哪儿以及什么时候回来,这让她很生气。但是,既然他已经走了,那也没有办法了。她有很多事情要做。比如,她想买一些凯瑟琳在厨房里用的那种可爱的陶瓷碗,想买各种篮子——各种形状都有,种类多极了,还想买一大堆厚亚麻布和餐巾。那些亚麻布在美国国内的商店里可买不着。她要把塔拉的厨房弄得像爱尔兰人的厨房那样温暖怡人,毕竟塔拉不正是最能代表爱尔兰的一个名字吗?

至于威尔和苏埃伦,她会非常慷慨地对待他们的,因为不管怎么说那都是威尔应得的。克莱顿县里还有很多肥沃的土地等着人去耕种，韦德和埃拉就同她和瑞特一起住在查尔斯顿。瑞特真的很喜欢他们。她会找一所好学校，一所带有短时间假期的学校。瑞特也许还会像以前那样，不赞同她对待孩子的做法，但是等她肚子里的这个孩子一出生，他就会看到她多么爱这个孩子，再也不会总是批评她了。到了夏天，他们就回到塔拉，在获得重生、美丽而温馨的塔拉家中生活。

斯嘉丽心里也知道，这一切不过是她的白日梦，瑞特可能永远不会离开查尔斯顿，因此她也只能满足于偶尔到塔拉走一趟。不过，在这样一个美丽的春日里，穿着红蓝相间的长筒袜，驾着一辆漂亮的小马车，做做白日梦又有何不可呢？为什么不呢？

她咯咯地笑起来，举起鞭子轻轻地触碰了一下小马的脖子。听我说——我说起话来已经完全是爱尔兰人的味道了。

五朔节果然不负众人的期望。特里姆镇的每一条街道上都摆满了食物，挤满了跳舞的人，在破城堡的围墙内竖起了四根用植物装饰起来的巨大五朔节花柱。斯嘉丽给自己系上了一条红色的绶带，还在头上戴了一个漂亮的花环。一个英国军官邀请她到河边走走，她毫不含糊地把他骂走了。

一直到太阳升起来之后，他们才回到家中。斯嘉丽和奥哈拉家的其他人一起徒步走了四英里的路，因为虽然白天已经到来，但她不想让欢乐的黑夜就此结束。此外，虽然她还没有离开爱尔兰，但是她已经开始想念这里的堂兄弟姐妹以及她在这里认识的所有人。她当然也渴望回家，希望处理好涉及塔拉的所有细节问题，开始对塔拉进行改造，但是她仍然很高兴自己留下来过了五朔节。现在只剩下一个星期了，看来这点儿时间转眼间也会过去的。

星期三这天，特里姆镇的邮差弗兰克·凯利骑着马来到马特·奥图尔的酒吧前，准备抽一口烟再喝一品脱啤酒。"这里有一封寄给科勒姆·奥哈拉的鼓鼓囊囊的信。"他说，"你估计这信里都说了些什么？"他们你一言我一语，胡乱猜测了一番。在美国，没有什么事是不可能的，所以他们尽可以随便猜测。大家都认为奥哈拉神父是个十分友好的人，而且还非常健谈，不过等你听完他的高谈阔论之后，你又会觉得他好像什么也没有说。

马特·奥图尔并没有把这封信给科勒姆送去，因为没有这个必要。他知道克莱尔·奥戈尔曼当天下午要去看望她的老祖母，如果在她去那里之前科勒姆没有来，她会把信给他带去的。马特把信拿在手里掂了掂，花这么多钱寄来这么重的一封信，一定是一个天大的好消息，否则就是一个真正的大灾难。

"这里有你一封信，斯嘉丽，是科勒姆放到桌子上的。你要想喝茶，桌上也有。到莫莉那里还愉快吗？"凯瑟琳的话里充满了期待。

果然，斯嘉丽一点儿也没有让她失望，咯咯地笑着讲述了她去莫莉家的见闻："当时医生的妻子正和莫莉在一起，我一走进屋，莫莉就紧张得手里的茶杯咔嗒咔嗒响个不停。我估计，她是担心如果说我是新雇来的女佣,医生的妻子很可能不会相信。可是就在这个时候,医生的妻子却用清脆的声音说道:'噢,原来是你那位有钱的美国堂妹,真是荣幸啊。'她对我的衣服根本毫不在意。于是,莫莉立刻就像一只被烫着的猫一样跳起来,跑过来在我脸上亲了两口。我向你保证,凯瑟琳,当我说我只是来从我的箱子里拿一件旅行服时,她的眼泪都快流出来了。不管我当时穿成什么样子,她都巴不得我在她家留下来。等我拿好衣服准备离开时,我也在她脸上亲了两口。当然出于礼节也亲了亲医生的妻子,一不做二不休嘛。"

凯瑟琳笑弯了腰,针线活也掉到了地上。斯嘉丽把手里的旅行服扔到针线活旁边,她想让凯瑟琳把衣服的腰部放大一点儿。她的腰变粗了,若不是肚子里的婴儿的缘故,就是这一阵子一直穿着宽松的衣服和大吃大喝的缘故。不管是什么原因,她都不想在即将到来的长途旅行中身体被衣服勒得太紧,使她无法呼吸。

她拿起那封信来到门口,以便在充足的光线下读信。信封上除了手写的字迹还盖满了带有日期的邮戳。真是的!她祖父简直就是这个世界上最可恨的人,要不就是那个可恶的杰罗姆——他的可能性更大。这封由她祖父转交的信早就寄到了祖父家里,但是杰罗姆拖了好几个星期才给莫琳送去。斯嘉丽急切地把信拆开。这封信是从亚特兰大的某个政府机关寄来的,最初寄到了桃树街斯嘉丽的家里。她希望没有漏交什么税款或其他费用,因为她必须留出足够的钱给主教赎回塔拉和支付正在建造的那一片住房的费用,所以她剩下的钱已经不多了,不能浪费在拖欠税款的罚金上。她重建塔拉的计划需要很多钱,更不用说还要为威尔买一块地。她情不自禁地用手指碰了碰藏在衬衫下面的那个袋子。不行,瑞特的钱就是瑞特的钱。

这是一份一八七五年三月二十六日签发的文件,也就是她乘坐"布莱恩·博茹号"从萨凡纳起航的那一天。斯嘉丽的眼光掠过开头的几行字,然后突然停住了。这太荒唐了!她回到文件开头重新仔细地读,脸上已经毫无血色。"凯瑟琳,你知道科勒姆在哪里吗?"奇怪,我的声音怎么听起来还是很平静,这太可笑了。

"我想他在老人家那里,克莱尔刚才把他叫走的。你能不能稍等一会儿?我给布蕾迪的这条裙子马上就要改好了,这是她这次航行途中穿的,我知道她想试穿一下,听听你的意见。"

"我等不了。"她必须马上见到科勒姆,因为她遇到了一个很严重的问题。他们今天就必须离开,现在就得立刻出发,因为她必须赶回家去。

科勒姆站在茅屋前的院子里。"还从来没有过这么晴朗的春天。"他说,"我和猫正在晒太阳呢。"

斯嘉丽一看见他,她那不自然的平静就立刻消失了,刚走到他身边就尖叫起来:"带我回家,科勒姆,让你、所有的奥哈拉人和爱尔兰都见鬼去吧。我根本就不该离开美国。"

她紧紧攥着拳头,指甲扎得手掌很疼。攥在她手中的是一份佐治亚州发布的声明,宣布已经将美利坚合众国联邦政府管辖下的南卡罗来纳州军管区作出的一个离婚判决永久记录在案。这份离婚判决书是颁发给一个名叫瑞特·金尼卡特·巴特勒的人的,离婚的理由是妻子抛弃了他,妻子的名字叫斯嘉丽·奥哈拉·巴特勒。

"南卡罗来纳州没有离婚的法律,"斯嘉丽说,"有两个律师都是这么告诉我的。"她一遍又一遍地说着同样的话,直到喉咙发痛、再也不能发出声音来,可是她干裂的嘴唇仍然默不作声地念着这些话,一直念个不停。

科勒姆把她带到菜园中一个安静的角落里。他坐在她身旁,不停地安慰她,但是她一句话也听不进去,于是他把她紧握的双手握在自己手里,静静地坐在她身边。黄昏时的一阵小雨过去了,灿烂的夕阳也落下了,黑暗笼罩了大地。晚饭准备好了,布蕾迪来找他们,科勒姆让她先回去。

"斯嘉丽的脑子有些乱,布蕾迪,告诉他们不用担心,她只是需要一点儿时间才能从震惊中恢复过来。她刚刚收到来自美国的消息:她丈夫病得很厉害,她害怕自己不在他身边,他会死去。"

布蕾迪跑回去报告了这一情况,还说斯嘉丽正在祈祷。于是,全家人也一起祈祷,等他们祈祷完开始吃饭的时候,饭菜已经凉了。"拿一个灯笼到外面去,蒂莫西。"丹尼尔说。

灯光在斯嘉丽呆滞的眼睛里闪烁。"凯瑟琳还送来了一条披肩。"蒂莫西悄声道。科勒姆点点头,把披肩披到斯嘉丽的肩上,挥手让蒂莫西离开。

又过了一个小时。星星在几乎没有月光的天空中闪耀,比灯笼发出的光还要明亮。附近的麦田里传来一声短促的叫声,接着又传来几乎无声的翅膀扇动的声音,一只猫头鹰捕获了一个猎物。

"我该怎么办?"斯嘉丽尖厉的声音从黑暗中传来。科勒姆轻轻叹了口气并对上帝表示感谢,震惊带来的最严重影响总算过去了。

"我们会按计划回家的,斯嘉丽宝贝,无论发生了什么事情,都是可以补救的。"他的声音平静、自信,让人感到安慰。

"离婚了!"斯嘉丽嘶哑的声音中明显的歇斯底里情绪让人忧虑,科勒姆轻轻地搓了搓她的手。

"凡事都是可以挽回的,斯嘉丽。"

"我不应该离开美国。我永远不会原谅自己。"

"好了,安静。应该不应该都于事无补,接下来应该考虑的是该做什么。"

"他是不会回心转意的;他这么狠心地跟我离婚,就不会反悔。我一直在等着他来找我,科勒姆,我一直坚信他会来找我的。我怎么会这么愚蠢呢?你不知道所有的事情,科勒姆,我已经怀孕了,没有丈夫怎么能生下孩子呢?"

"好了,好了,"科勒姆平静地说,"说这些能解决问题吗?你必须把这个情况告诉他。"

斯嘉丽立刻用双手捂住了自己的肚子。是啊!她怎么会这么傻呢?她嗓子里突然爆发出一阵尖厉的笑声。并没有一纸明文规定瑞特·巴特勒必须放弃他的孩子。他可以设法取消离婚，并从所有官方记录中将其抹去。瑞特无所不能，他不是刚刚才证明了这一点吗？南卡罗来纳州是不允许离婚的，但是只要瑞特·巴特勒下定决心要离，他就一定能够办得到。

"我想现在就走，科勒姆，一定还有一班更早一点儿的船，等待会把我逼疯的。"

"我们星期五一早就出发，斯嘉丽宝贝，船星期六就起航。如果我们明天就走，也要等上一天的时间船才会起航，你还不如把这一天花在这里，对吧？"

"噢，不，我必须很明确自己已经上路了，即使旅程只是刚刚开始，我也是在往家里走，往瑞特那里走。一切都会好起来的，我会让一切好起来的。没事的，不是吗，科勒姆？告诉我一切都会好起来的。"

"那是一定的，斯嘉丽宝贝。现在，你应该吃点儿东西，至少要喝一杯牛奶，哪怕少喝一点儿也好。你还需要睡眠，为了肚子里的孩子好，你必须保持充足的体力。"

"噢，是的！我会的，我会好好照顾自己的，不过我先要看看我的衣服，箱子也要重新整理、装好。还有，科勒姆，我们怎么能找到一辆去火车站的马车呢？"她的声音又提高了。科勒姆站起来，然后把她拉了起来。

"我负责马车的事，女孩儿们会帮助你打包装箱的。不过，你得先吃点儿东西，然后再去看你的衣服。"

"好的！好的！我们就这么办。"她稍微平静了一些，但仍然处在危险的焦虑边缘。一会儿回到屋里后,他必须盯着她把牛奶和威士忌喝下去。可怜的人。他要是对妇女和婴儿的事情有所了解,心里就不会这么忐忑不安了。她近来一直缺少睡眠,还像个苦行僧似的不停地跳舞,这会不会使她早产?他很担心她会失去这个孩子。

第五十五章

和他之前的许多人一样,科勒姆低估了斯嘉丽·奥哈拉的力量。在她的坚持下,她当晚就把她的行李从莫莉家拿了过来,当凯瑟琳帮她穿上明天要穿的那身衣服的时候,她又吩咐布丽吉德帮她收拾好行李。"看着点儿,布蕾迪,系带子的时候要当心。"穿紧身衣时她厉声说道,"这是你在船上必须做的事情,而我看不到我的背后,没法告诉你该怎么做。"她激动的态度和刺耳的声音已经把布蕾迪吓坏了。当凯瑟琳猛地拉紧紧身衣的带子时,斯嘉丽痛苦地发出一声尖叫,吓得布蕾迪也跟着尖叫起来。

斯嘉丽在心里提醒自己,疼也没有关系,穿紧身衣都会疼,历来如此。只是我刚才忘了而已,过一会儿我就会习惯的,只要不伤到孩子。前几次怀孕的时候我也总是尽可能把紧身衣多穿一段时间,而且总是穿到比这次孕期晚得多的时候。现在,我怀孕还不到十个星期,我得穿上这些衣服,必须穿。就算它会要了我的命,我明天也要赶上那趟火车。

"拉吧，凯瑟琳，"她喘口气说，"使劲拉。"

科勒姆步行去了特里姆镇，安排好提前一天使用马车。接着，他四处转了转，把斯嘉丽的可怕忧虑散布了出去。做完这些事情之后，时间已经很晚，他也累了。不过，现在即使那个美国来的奥哈拉女人像小偷一样在黑夜里不辞而别，也没有人会感到奇怪了。

在同家人告别的时候，她还是表现得很好。前一天受到的震动已经使她浑身麻木，她只在向祖母告别的时候失态过一次。其实，更确切地说是老凯蒂·斯嘉丽向她告别的时候。"上帝与你同在，"老妇人说，"圣徒们为你引路。我很高兴你来这里参加我的生日聚会，杰拉尔德的女儿。唯一的遗憾是，我死的时候你不会再为我守丧了……你怎么哭了，姑娘？你难道不知道没有比守丧仪式更盛大的聚会了吗？错过它是很遗憾的。"

在去马林加的马车里和在去戈尔韦的火车上，斯嘉丽一直沉默不语。布蕾迪紧张得不敢说话，但是她的兴奋和快乐心情在她明亮的脸颊和又大又陶醉的眼睛里显露无遗。在她十五年的人生中，她离开家的距离还从来没有超过十英里。

当他们抵达旅馆之后，布蕾迪立刻被眼前富丽堂皇的景象惊得目瞪口呆。"我先带你们去房间，"科勒姆说，"到时候我会再带你们去餐厅吃饭。我要到港口去一趟，安排好明天行李上船的事。我还想看看他们给我们安排的是哪几间特等舱，如果不是最好的，现在调整还来得及。"

"我跟你一起去。"斯嘉丽说。这是她出发以来说的第一句话。

"没有这个必要,斯嘉丽宝贝。"

"对我很有必要。我想看看那艘船,否则我就会担心它并不在那里。"

科勒姆只好迁就她。接着,布蕾迪也提出她是否可以一起去,因为那家豪华的旅馆让她感到压抑,她不想一个人待在旅馆里。

入夜,海面上刮起的微风咸咸地拂过人们的脸。斯嘉丽深深吸了一口气,想起了查尔斯顿始终不变的咸咸的空气。她没有意识到眼泪正慢慢地从她脸颊上流下来。要是他们现在起航就好了,马上起航。船长会同意吗?她又摸了摸藏在乳房间的那一袋金币。

"我想找'夜之星'。"科勒姆对一个码头工人说。

"那条船就在那边。"那人用拇指比画了一下,"不到一个小时前刚进港。"

科勒姆掩饰住了自己的惊讶情绪。这艘船本应该在三十小时前靠岸的,延误可能意味着麻烦,没有必要让斯嘉丽担心。

成群结队的人有条不紊地往返于码头与"夜之星"之间。这艘船既载客又载货。"这不是女士们该来的地方,斯嘉丽宝贝,我们还是回旅馆吧,我等会儿再来。"

斯嘉丽紧咬着嘴唇:"我想和船长谈谈。"

"他现在正忙,见不了任何人,即使是像你这样可爱的人也不会见的。"

她现在没有心情听恭维话："你肯定认识他，对吧，科勒姆？没有你不认识的人。安排一下，让我现在见他一下。"

"我根本就不认识这个人，甚至从来也没有见过他的面，斯嘉丽，我怎么会认识他呢？这里是戈尔韦，不是米斯郡。"

这时，一个身穿制服的人从"夜之星"的跳板上走了下来。他肩上扛着两个大帆布袋，但似乎一点儿也不觉得累，步态轻快而敏捷，对于一个并非膀大腰圆的人来说这很不寻常。

"这不正是奥哈拉神父本人吗？"他走近他们时突然大声叫道，"是什么风把你刮到离马特·奥图尔的酒吧这么远的地方来了？"他把一个麻袋扔在地上，摘下帽子向斯嘉丽和布蕾迪致意。"我不是一直说嘛，奥哈拉家的人都有女人缘？"他大叫着，接着又为自己的幽默哈哈大笑起来，"你告诉过她们你是一个神父了吗，科勒姆？"

当科勒姆把斯嘉丽介绍给弗兰克·马奥尼时，她勉强挤出一个微笑，根本没有在意这个人和莫琳家存在的复杂的亲戚关系。她只想和船长谈一谈！

"我正把美国来的邮件送到邮局去，明天好分拣。"马奥尼说，"科勒姆，你是想现在就看看你的香水情书呢，还是等你回家后再读？"他再次被自己的俏皮话逗得放声大笑。

"你真好，弗兰克，要是你愿意，我现在就想看。"科勒姆解开脚边的帆布袋，把它拉到码头上的一盏高高的煤气灯下。他很容易就找出了来自萨凡纳的那封信。"今天我的运气不错，"他说，"我哥哥上一封信说过这封信很快就到，我都已经放弃希望了。谢谢你,弗兰克,我可以请你喝一品脱啤酒吗?"他把手伸进口袋里。

"没有必要。我这么做只是为了打破英国人的规矩而已。"弗兰克提起地上的帆布袋,"那个该死的监工又要看他的金表了,我不能再待在这里了。晚安,女士们。"

* * *

信封里装着半打小一些的信。科勒姆翻看了一下,寻找斯蒂芬的独特笔迹。"这封信是你的,斯嘉丽。"说着,他把一个蓝色信封放到她手里。他找到了斯蒂芬的信,把它拆开。他刚开始读信就听到一声惨叫,同时感觉有人倒在了他的身上。他还来不及张开双臂,斯嘉丽已经倒在了他的脚边,蓝色的信封和几页薄薄的信纸在她软绵绵的手里飘动,接着便随风飘散到了鹅卵石地面上。科勒姆扶起斯嘉丽的肩膀,用手指摸了摸她脖子上的脉搏,布蕾迪则赶紧去追被风吹走的信纸。

出租马车颠簸着、摇摆着往他们下榻的旅馆赶去,尽管科勒姆想把斯嘉丽紧紧搂在怀里,但她的头还是怪异地左右摇晃。他抱着她很快穿过旅馆大堂。"快叫医生,"他对穿着制服的旅馆服务员喊道,"让开路。"一走进斯嘉丽的房间,他就把她放到了床上。

"来吧,布蕾迪,帮我把她的衣服脱下来,"他说,"我们得让她自由呼吸。"他从大衣里的一个皮刀鞘里抽出一把刀,布蕾迪的手指迅速摸索着斯嘉丽衣服后面的纽扣。

科勒姆用刀割断了紧身衣的带子。"好了。"他说,"帮我把她的头抬到枕头上,再给她盖上点儿保暖的东西。"他开始使劲揉搓斯嘉丽的胳膊,并不时轻轻地拍一拍她的脸颊。"你带嗅盐了吗?"

"没有,科勒姆,就我所知她也没有。"

"医生会带来的。但愿她只是昏过去了。"

"她昏过去了,仅此而已,神父。"医生离开斯嘉丽的卧室时说,"不过昏迷的程度比较深。我给那姑娘留下了一些通宁水[1],等她醒过来之后就喝一点儿。这些可怜的女士们!为了时尚她们宁愿阻断自己血液的流通。不过,没什么可担心的。她会没事的。"

科勒姆谢过他,支付了出诊费,把他送出了门外。然后,他重重地坐在灯台旁边的椅子上,双手抱着头。斯嘉丽·奥哈拉面临的问题很严重,他怀疑她是否能从这个打击中恢复过来。皱巴巴、满是水渍的信纸散乱地放在他旁边的桌子上,其中有一张整齐的剪报,上面说:"昨天晚上,在南部联盟遗孀遗孤之家举行的一个私人仪式上,安妮·汉普顿小姐与瑞特·巴特勒先生结为伉俪。"

---

[1] 通宁水(tonic water),或译"汤利水",是一种加入了具有一定滋补成分和疗效物质的饮料。

第五十六章

斯嘉丽的意识在一片黑暗中盘旋着升起、再升起,旋转、盘旋几次后,又接着升起、再升起,渐渐变得清晰起来。但是,某种本能又立刻迫使它再次下落,又一次坠落到了那一片黑暗之中,远离了等待着她的难以忍受的真相。如此一次又一次的反复较量使得她疲惫不堪,只能一动不动、脸色苍白地躺在那张大床上,好像一个死人。

她做了一个梦,一个生动而让人焦急的梦。她正在十二橡树庄园里,这里又恢复了谢尔曼军队将其付之一炬之前的完整和美丽。优雅地盘旋而上的楼梯神奇地悬挂在空中,她的脚轻快地踏上一个又一个阶梯,阿什利就在她前面,也在往上爬,但他怎么也听不见她叫他的喊声。"阿什利,"她喊道,"等等我。"她追着他继续往上爬。

这楼梯到底有多长?她记得它原来没有这么高,但现在好像她爬得越高它也变得越高,阿什利始终还是高高在上,离她那么远。她必须追上他,她并不知道为什么要追他,只知道她必须这么做。于是,她加快了速度,不停地加快速度,直到她感到心脏在胸腔里疯狂地跳动。"阿什利!"她再次喊道,"阿什利!"他停了一下,于是她又获得了自己都不知道哪里来的力量,继续往上爬,脚步也更快了。

当她的手终于碰到他的袖子的时候,她的身体和灵魂都感到如释重负。这时,他转过身来面对着她,她立刻吓得无声地尖叫起来——他没有脸,只有苍白而没有五官的模糊一片。

接着,她开始从空中坠落,翻滚着穿过天空,眼睛却惊恐地死死盯着她上方的那个人影,喉咙绷得紧紧的,想尖叫却发不出声音来。但是,她耳朵里听到的唯一声音是笑声,那笑声像云朵一样从下方升上来,围绕着她,嘲笑着她的沉默。

她想,我要死了。可怕的痛苦即将把我压垮,我就要死了。

但是突然之间,两只强有力的手臂抱住了她,温柔地把她从急速的坠落中托起。她很熟悉这双手,也很熟悉她的头靠着的那个肩膀,那是瑞特。瑞特救了她的命,她正安全地躺在他的怀抱里。她扭过头,接着又抬起头看着他的眼睛,却立刻感到一阵刺骨的恐怖,全身再也动弹不得——他的脸是无形的,像雾、像烟,也像阿什利的那张脸。接着,她又听到了笑声,发出笑声的正是那一片本该是瑞特的脸的模糊之物。

斯嘉丽猛地从惊恐中醒过来,两眼瞪得大大的。她发现自己处在一片黑暗和陌生的环境之中,油灯已经燃尽,在这个巨大房间的某个看不见的角落里,布蕾迪坐在椅子上睡着了。斯嘉丽伸开双臂摸了摸身下那张陌生的大床,手指碰到的除了柔软的亚麻床单并没有其他东西。床垫十分宽大,她的手够不着两边的床沿,她似乎被困在了一片奇怪而无边无际的软绵绵的物体之中,这一切都让她摸不透,这种状况也许会在寂静的黑暗中永远持续下去……她的喉咙因恐惧而卡住了。她现在孤身一人,迷失在了黑暗之中。

够了!斯嘉丽有意识地从脑子里赶走恐惧,决心控制住自己的思绪。她小心翼翼地抬起双腿,然后翻身跪在了床上。她的动作很慢,不想弄出声响,因为黑暗里很可能潜藏着什么东西,她竖起耳朵听着。她小心而痛苦地往前爬,手终于摸到了床沿,接着又摸到了坚实的木头床架。

令人宽慰的泪水流下了她的脸颊,她对自己说:斯嘉丽·奥哈拉,你真是个大傻瓜。这张床和这个房间当然都很陌生。你只是像个愚蠢、虚弱而忧心忡忡的小姑娘似的昏过去了,是科勒姆和布蕾迪把你带回到了旅馆里,别再像个胆小鬼那样胡思乱想了。

紧接着,她记起了昏倒前的事情,她的身体顿时好像遭到了重重的一击。她失去瑞特了……他同她离婚了……娶了安妮·汉普顿为妻。她无法相信这件事情,但是又不得不信,因为这一切都是真实发生的事情。

这是为什么?他为什么要这样做?她一直坚信他是爱她的,所以他不可能做出这种事情来,不可能的。

但是,他做了。

我从来没有真正了解他。斯嘉丽听到了这句话,就好像是她自己大声说出来的一样。我根本不了解他,我爱的那个人到底是谁？我肚子里怀的又是谁的孩子？

我会落得个什么下场？

那天晚上，身处数千英里之外异国他乡的斯嘉丽·奥哈拉，在一间漆黑的旅馆房间里做了一件她有生以来不得不做得最勇敢的事情：她勇敢地面对了失败。

都是我的错。当我知道自己怀孕了的那一刻就应该回到查尔斯顿去，可是我却决定去寻欢作乐，而这几个星期的欢乐竟让我失去了我唯一真正看重的幸福。我根本没有想过我离开之后瑞特会怎么想，也从来没有想过明天或者下一场里尔舞之后的事情。我根本什么也不曾想过。

从来没有。

就在这个黑暗而寂静的夜晚，斯嘉丽在生活中因为冲动和欠思考而犯下的那些错误都纷纷涌上了她的心头，她不得不强迫自己去正视它们。为了激怒阿什利她嫁给了查尔斯·汉密尔顿，她根本就不喜欢他。为了让弗兰克·肯尼迪娶她并得到他的钱来挽救塔拉，她在苏埃伦的事情上对他撒了谎。还有瑞特——她犯的错误太多，已经数不胜数。她在并不爱他的情况下嫁给了他，之后也没有努力使他幸福，她甚至从来没有在乎过他是否过得幸福——直到一切再也无法挽回。

噢，上帝啊，原谅我，我从来没有想过我对他们做了什么，也没有想过他们的感受。我一而再再而三地伤害了他们所有人，因为我从来就没有停下来认真地思考一下。

还有梅丽,尤其是梅丽,我待她那么恶劣,现在想起来都觉得可怕。她那么爱我、支持我,我却从来没有心怀感激,我甚至从来没有告诉过她我也爱她,等我最后想到告诉她时,一切已经为时太晚。

在我这一生中,我是否想过自己正在做的是什么事情吗?我是否想过——哪怕一次——这么做的后果吗?

绝望和羞耻无情地啃噬着斯嘉丽的心。她怎么会这么愚蠢呢?她鄙视愚蠢的人。

于是,她握紧双手,咬紧牙,挺起了脊背。她不会再沉湎于过去,也不再自怨自艾;她不会再牢骚满腹——无论对人还是对己。

她瞪着干涩的眼睛凝视着头顶上笼罩着她的黑暗。她不能哭,现在不能哭。她这一辈子还有的是时间哭,现在必须思考,认认真真地思考,然后作出该做什么的决定。

她不得不为肚子里的孩子着想。

有那么一瞬间,她觉得自己恨这个孩子,恨自己越来越粗的腰,恨自己笨重的身体。这个孩子本来应该把瑞特送还给她,可是却落空了。身为女人的她也可以对它作一个了断——她听说过有些女人设法除掉了自己不想要的孩子……

如果她也那样做,瑞特永远也不会原谅她,但那又有什么关系呢?瑞特已经离她而去,永远不会回来了。

尽管斯嘉丽竭尽全力控制自己的情绪,还是忍不住啜泣起来。

没了,我失去他了。我被打败了,瑞特赢了。

想到此，一股怒火突如其来地传遍了她的全身，烧得她痛不欲生，同时又给她精疲力竭的身体和精神注入了巨大的活力。

她突然又感到了一种苦涩的胜利感：我是输了，但是我会报复你的，瑞特·巴特勒，我对你的打击要比你对我的打击更加沉重。

斯嘉丽把手轻轻地放在肚子上。噢，不行，她不能抛弃这个孩子，她要把它照顾得比世界上任何一个婴儿都更好。

她脑子里立刻充满了瑞特和邦妮的形象。他对邦妮的爱一直胜过对我的爱，要是能够挽回她的生命，他愿意付出一切——甚至包括他的生命。我就要孕育出一个新的邦妮，一个完全属于我的邦妮。等她长大之后——当她爱我并且只爱我的时候，当她对我的爱胜过世上的任何事或任何人的时候，我再让瑞特见到她，让他明白自己失去了什么。

我这是在想什么？我一定是疯了。仅仅就在一分钟之前，我还意识到自己深深地伤害了他，并因此而痛恨我自己，而现在我又在恨他并且策划着如何进一步伤害他。我不能这样下去了，我不能允许自己去想象如此龌龊的事情，我不能。

瑞特走了，我已经承认了这一点。我不能让自己沉溺在后悔或报复之中，因为那是毫无意义的事情，我必须做的事情就是开始新的生活，我必须找到全新的、重要的、值得活下去的生活意义。只要我用心去找，就一定能找到。

在这一夜余下的时间里，斯嘉丽的脑子有条不紊地思考着各种可能性。她发现了一些走不通的死胡同，发现并且努力克服了一些障碍,同时重新审视了自己的记忆、想象和成熟度。

她想起了自己的少女时代,想起了克莱顿县,想起了内战前的日子。这些记忆现在已经不再使她感到痛苦,它们已经变得十分遥远。她明白自己已经不再是以前的那个斯嘉丽了,她可以放弃那个自己,让过去的日子和死者一并安息。

她把注意力放到了将来、现实和后果之上。她的太阳穴开始阵阵地搏动,接着就砰砰直响,然后她感到头痛欲裂,但是她还是不停地思考。

就在窗外街上响起清晨最早的嘈杂声时,她终于把一切都想得一清二楚了,她已经知道下一步她该做什么了。当一缕晨光透过紧闭的窗帘映照到房间里时,斯嘉丽喊道:"布蕾迪?"

女孩儿从椅子上跳起来,眨着蒙眬的眼睛。"感谢上帝你终于恢复过来了!"她喊道,"这是医生留给你的通宁水。我去找一把勺子,桌上应该就有一把。"

斯嘉丽温顺地张开嘴,吃下了这剂苦药。"好了,"她坚定地说,"我再也不会生病了。把窗帘打开,天肯定已经亮了。我要吃早餐,我的头很疼,我必须恢复体力。"

天正在下雨。这是一场真正的雨,而不是平时那种雾蒙蒙的阵雨。斯嘉丽感到一种阴暗的满足感。

"科勒姆肯定焦急地等待着你好起来的消息,他一直很担心。我可以把他叫来吗?"

"现在不叫。你告诉他我过一会儿要见他,我要和他谈谈,但不是现在。去吧,去告诉他。再让他教教你怎么为我叫早餐。"

第五十七章

斯嘉丽根本不知道自己吃的是什么,只是强迫自己把食物一口一口咽到肚子里,就像她刚才对布蕾迪说的那样:她需要力气。

早饭后,她把布蕾迪打发到外面去,吩咐她两小时之后再回来。然后,她在靠窗的写字台前坐下来,皱起眉头聚精会神地开始写信,很快一页又一页厚厚的、没有标记的奶油色信纸上都写满了字。

她写完了两封信,把它们折起来、装进信封里封好,然后便盯着面前的空白信纸看了好长时间。其实,在昨夜的黑暗中她已经想好了这第三封信的内容,虽然她明知道要写什么,但是现在又觉得很难拿起笔来写下去。这封不得不写的信让她感到畏缩。

斯嘉丽打了个寒噤,抬起头来,目光落到了放在旁边桌子上的一只漂亮的小瓷钟上。她惊讶地吸了一口气,这么晚了!再过四十五分钟布蕾迪就要回来了。

我不能再拖延了,拖延得再久也无济于事。没有别的办法可想,我必须给亨利叔叔写这封信,低声下气地向他赔礼道歉,然后甜言蜜语地请求他帮帮我。他是唯一一个我可以信赖的人。斯嘉丽咬紧牙关,伸手拿起了笔。她的笔迹向来十分工整,现在却因为作出如此重大的决定而变得局促而扭曲,因为她写下的这些字即将把她在亚特兰大的生意和存放在亚特兰大银行里的宝贵黄金的管理权交到亨利·汉密尔顿手里。

这就像挖去了她脚下坚实的土地,她立刻就感到身体不舒服,头晕目眩。虽然她并不担心那个老律师会欺骗她,但是他也不可能像她那样精打细算。让他把杂货店的收入和酒吧间的租金收起来存入银行是一回事,让他控制商店的存货和价格,并且控制向酒吧老板收取租金的多少,则完全是另一回事。

控制是关键。她放弃了对自己的金钱、安全乃至成功的控制,而且是在最需要进行控制的时候。买下卡琳拥有的那一份塔拉的所有权会花去她的大部分黄金积蓄,但是现在再终止同主教已经谈妥的这笔交易为时已晚。并且,就算她能够让它终止,她也不会这么做。她想和瑞特一起在塔拉度过夏天的梦想现在已经破灭,但是塔拉仍然是塔拉,她要得到它的决心是不变的。

在亚特兰大城边缘地带的建房工程是另一个巨大的耗资项目,但这也同样是不得不做的事情。她现在唯一不能确定的事情,就是亨利叔叔会不会不问价格就一律同意山姆·科尔顿提出的所有建议。

最糟糕的是,她将从此不再知道这些事情的任何进展,不管是好事还是坏事都不会知道。然而,任何事情都有可能发生。

"我做不到！"斯嘉丽大声呻吟道。但是，她仍然在继续写这封信，因为她不得不写这封信。她写道：她打算休一个长假，去各地旅行，失去联系，因为没有邮件可以送达的地址。她看着自己写下的那些字，它们变得模糊起来，她眨眨眼睛挤掉眼泪。她告诉自己，什么也不能留下，切断一切联系是绝对必要的，否则瑞特就会找到她。只有等到她愿意告诉他真相的时候，才能让他知道这个孩子的存在。

可是，亨利叔叔拿着她的钱干了什么她都不会知道，这怎么能让她忍受得了呢？如果大恐慌进一步加剧，直接威胁到了她的存款怎么办？或者她在桃树街的房子不幸被一场大火烧了个精光呢？事情甚至可能变得更糟，她的杂货店被烧掉了呢？

她不得不忍受这一切可能性，她会忍受下去的。随着笔在信纸上急促地划动，她把她的指示和建议详细地写了下来——亨利·汉密尔顿根本不会理睬她的这些意见。

当布蕾迪回到房间时，所有的信都已经用吸墨纸吸干、折好、封好。斯嘉丽坐在扶手椅上，她那件被剪坏的紧身衣放在腿上。

"噢，我忘记告诉你了。"布蕾迪叹道，"当时为了让你能够呼吸，我们只好把你的紧身衣剪开。你要我怎么做？附近也许有商店，我可以去——"

"没关系，这不重要。"斯嘉丽回答说，"你可以帮我在连衣裙后面缝几针，我再穿上一件披风，把连衣裙背后的针脚遮住。快点，现在已经很晚了，我还有很多事情要做。"

布蕾迪看看窗外。很晚了吗？她那双习惯了乡村生活的眼睛一眼就看出来现在还不到上午九点。她顺从地打开了凯瑟琳为她担负起贴身侍女的新角色而准备的针线盒。

三十分钟后，斯嘉丽敲响了科勒姆的房门。由于缺乏睡眠，她的眼睛有些凹陷，但是她仍然打扮得整整齐齐，神态也十分镇定。她一点儿也不觉得疲惫，最难过的时刻已经过去了，她现在有事要做。正因为如此，她的体力得到了恢复。

他打开门之后，她朝他微微一笑。"如果我走进你的房间，你的名誉还能保得住吗？"她问道，"我有事要同你私下谈。"

科勒姆对着她鞠了一躬，敞开了房门。"非常欢迎！"他说，"看到你的笑容真好，斯嘉丽宝贝。"

"用不了多久我就能开怀大笑了，我希望……从美国寄来的那封信丢了吗？"

"没有，在我这里，藏着呢。我明白发生了什么事情。"

"是吗？"斯嘉丽又微微一笑，"那你比我聪明。我知道，但我可能永远也不会明白。不过，这已经不重要了。"她把写好的三封信放到一张桌子上。"我马上就告诉你这些信的事。不过，首先我得告诉你，我不跟你和布蕾迪一起回美国了，我准备留在爱尔兰。"她举起一只手，"不，你什么也别说。我已经完全想好了，美国现在对我已经毫无意义了。"

"不对，斯嘉丽宝贝，你太草率了。我不是告诉过你，凡事都是可以挽回的吗？你丈夫离了一次婚，等你回去告诉他孩子的事之后，他会再次离婚的。"

"你错了,科勒姆,瑞特永远不会和安妮离婚。她跟他是同一类人,来自他的那个群体,来自查尔斯顿。而且她很像梅兰妮。这个名字对你毫无意义,因为你根本不认识梅丽,但是瑞特认识,他早在我之前就意识到了她是个多么罕见的女人。他尊重梅兰妮,也许除了他母亲,梅兰妮就是他唯一尊敬的女人;他崇拜她,她也值得他崇拜。他娶的这个姑娘跟梅丽一样是罕见的人,比我强十倍,这一点瑞特知道得很清楚。她也比瑞特强十倍,但是她爱他。让他背上这个十字架吧。"她的话里有一种残酷的苦涩味道。

他想,她这是太痛苦了,一定有什么办法可以帮助她的:"你现在已经得到了你的塔拉,凯蒂·斯嘉丽,你对它抱有那么美好的梦想,这难道不能使你感到安慰,为你抚平心灵的创伤吗?你可以为你肚子里的孩子创造一个你所希望的世界,一个由他的外公和母亲一手建造起来的大种植园。如果是个男孩,你还可以让他叫杰拉尔德。"

"你想到的事情我都想过了,谢谢你。但是既然我找不到答案,你也不可能找到,科勒姆,请相信我。还有一件事,如果你担心的是继承遗产的问题,我已经有了一个儿子,只是你不知道而已。但是,我肚子里的这个孩子才是最重要的。我不能回塔拉去生这个孩子,也不能生下这个孩子后带着他回到塔拉去,因为人们永远不会相信他是我在离婚前怀上的。不管是在克莱顿县还是在亚特兰大,人们总认为我不是个好女人。就在我们——就在我怀上这个孩子的第二天,我就离开了查尔斯顿。"在痛苦的渴望之中,斯嘉丽的脸色变得十分苍白,"谁也不会相信那是瑞特的孩子。几年来,我们一直在不同的房间里睡觉。所以,他们会叫我婊子,叫我的孩子私生子,他们会幸灾乐祸地破口大骂的。"

那些龌龊的语言似乎已经印在了她扭曲的嘴唇上。

"不会这样的,斯嘉丽,不会的。你丈夫知道真相,他会承认这个孩子的。"

斯嘉丽的眼睛里冒出了火光:"噢,他是会承认的,而且他还会从我这里夺走这个孩子。科勒姆,你无法想象瑞特对待孩子的态度,我是说对待他的孩子的态度。他是个充满爱的疯子,他必须得到他自己的孩子,成为孩子最爱的人,成为孩子的一切。一旦这个小家伙的身体开始了第一次呼吸,他就会立刻把这个孩子带走的。你不要以为他做不到,离婚本来是不可能的,但是他如愿以偿。他可以改变现有的法律,也可以制定新的法律,没有他做不到的事情。"她声音嘶哑地低语着,好像十分害怕,她的脸因仇恨和某种疯狂而莫名其妙的恐惧而变得扭曲。

然后,就像一张面纱突然落下来了一样,她的脸又变了,除了她那双犀利的绿眼睛之外,一切又都变得平和而镇定。她的嘴唇上再次露出了笑容,这让科勒姆·奥哈拉感到脊背发凉。"这是我的孩子。"斯嘉丽说道,她平静而低沉的声音就像一只巨大的猫发出的呜呜声,"我一个人的孩子。只有等到我愿意让他知道的时候,他才会知道这个秘密,但是那个时候对他来说一切都已经太晚了。我祈祷这是一个女孩,一个长着漂亮蓝眼睛的女孩。"

科勒姆立即在胸前画了一个十字。

斯嘉丽厉声笑起来:"可怜的科勒姆。你一定听说过'被拒女人的怒火'[1]之说,所以别显得那么震惊。你不用担心,我再也不会吓唬你了。"她微笑道。他刚刚在她脸上看到的愤怒之情,转瞬之间就好像变成了他自己的想象,因为斯嘉丽的笑容是那么直白而亲切。

"我知道你想帮我,我非常感激。这是真的,科勒姆。你一直待我这么好,也一直是我这么好的朋友,也许除了梅丽之外你就是我最好的朋友了。你就像我的兄长,我一直希望我有一个兄长。我希望你永远是我的朋友。"

科勒姆向她保证他会永远做她的朋友。他暗自想,他还从没有见过一个如此需要帮助的人。

"我想让你帮我把这些信带到美国去。这封信是寄给我宝琳姨妈的,我要告诉她我收到了她的信,让她又可以得意扬扬地对别人说'我早就告诉过你了'。这一封是寄给我在亚特兰大的律师的,有件生意上的事我必须解决。这两封信都要在波士顿寄出,因为我不想让任何人知道我到底在哪里。这封信我想请你亲手送去,这会使你跑更多的路,但是这实在是太重要了。这封信要送到萨凡纳的银行,我在他们的保险库里存有一大堆

---

[1] 源于西方谚语"地狱烈焰不及被拒女人之怒火"(Hell hath no fury like a woman scorned),即被男人拒绝的女人会极其愤怒且具强烈的报复心理。

金子和珠宝,我指望你能帮我把它们安全地带回来。布蕾迪把我脖子上的钱包给你了吗?很好。那些钱够我在这里起步了。现在,我需要你帮我找一个律师,这个人必须是我可以信赖的。我要用瑞特·巴特勒的钱买下奥哈拉家族的诞生地巴利哈拉,这个孩子将拥有一份他永远无法提供的特殊遗产。我要让他看一看什么叫'根深蒂固'。"

"斯嘉丽宝贝,我恳求你不要急于作决定。我们可以在戈尔韦待一段时间,布蕾迪和我可以照顾你。你的精神受到了刺激,还没有恢复过来。一个又一个的不幸接踵而来,现在作出这样重大的决定对你来说太难了。"

"我想你是以为我疯了吧,也许是的。但这就是我做事的方式,科勒姆,不管你是否帮助我,我就是要这么做。再说,你和布蕾迪也没有任何理由留在这里。我打算明天就回到丹尼尔那里去,让他们再收留我一段时间,直到我得到巴利哈拉。如果你是担心我需要照顾,那么你完全可以相信凯瑟琳和他们所有人。

"来吧,科勒姆,"斯嘉丽说,"你就承认了吧,你拧不过我。"

他摊开双手,承认失败。

之后,他陪着她去了一位英国律师的办公室,这位律师以办事成功率极高而享有盛名。寻找巴利哈拉的所有者的工作立刻就开始了。

第二天,市场里最早的摊位刚刚摆出来,科勒姆就到了。他买好了斯嘉丽需要的东西并立刻回到了旅馆。"你要的东西来了,奥哈拉夫人。"他说,"黑色的裙子、衬衫、披肩、披风和长袜,一个可怜的新寡妇需要的衣物都有了。我已经把使你崩溃的那个消息告诉了布蕾迪:不等你赶回你丈夫的身边,他的生命就被病魔夺走了。另外,这些是我送给你的小礼物。我想,你穿着丧服肯定感到情绪低落,但是一想到里面穿着这些衬裙,你可能会感觉好一些。"科勒姆说着把一堆鲜艳的衬裙放到了斯嘉丽的腿上。

斯嘉丽笑了起来,眼睛里充满了感激:"我把我所有的爱尔兰衣服都送给了亚当斯敦的堂姐妹们,你怎么知道我现在正为此自责呢?"她朝她的衣箱和手提箱一挥手:"这些东西我也不需要了,你把它们带走,交给莫琳分发给别人吧。"

"这样做太冲动,斯嘉丽,这是愚蠢的浪费。"

"无稽之谈!我把靴子和衬衣都拿出来了,那些连衣裙对我已经没用了,而且我再也不会把自己塞进紧身衣里去了,永远都不会了。我是斯嘉丽·奥哈拉,一个爱尔兰姑娘,穿的是自由摆动的裙子和一件悄悄穿在里面的红衬裙。我自由了,科勒姆!我要用我的规矩创造一个属于我的世界,而不是别人的世界。我要学会让自己快乐。"科勒姆扭过头,避开了斯嘉丽那张冷峻而坚定的脸。

第五十八章

"夜之星"延误了两天才起航,所以星期天上午科勒姆和布蕾迪护送斯嘉丽到了火车站。在此之前,他们一起去教堂做了弥撒。

"你必须劝劝她,科勒姆,现在就去。"布蕾迪在走廊里悄声对科勒姆说,同时用眼睛朝斯嘉丽的方向示意。

科勒姆只好假装咳嗽来掩盖他的笑容。斯嘉丽穿得像个丧夫的农村寡妇,连斗篷也不穿,只在肩上披了一条披巾。

"我们得顺着她,布丽吉德,"他坚定地说,"她有权利以任何她认为合适的方式哀悼她的丈夫。"

"但是,科勒姆——这可是一个豪华的英国旅店,所有的人都会盯着她看并且议论纷纷。"

"那不也是他们的权利吗?就让他们盯着看,想说什么就说什么吧。我们不予理会就是了。"他紧紧地抓起布蕾迪的胳膊,然后把另一只手伸给斯嘉丽。她优雅地把自己的手放到他的手上,就好像他正领着她走进舞厅一样。

当她在火车的头等车厢里坐下之后,科勒姆便津津有味地看着一群又一群英国旅客先后打开她所在的那个车厢的门然后又一一退出来,而布蕾迪则看得惊恐不已。

"当局应该禁止那些人买头等舱的车票。"一位妇女大声对她的丈夫说。

不等那个英国人把门关上,斯嘉丽立刻伸出一只手抵住了那扇门,同时向站在附近站台上的科勒姆喊道:"天哪!神父,我忘了带那一篮子煮土豆了。你能不能向圣母祈祷一下,让这列火车上来一个卖食物的小贩?"她的土音发得十分夸张,连科勒姆也没有听懂每一个词,直到车站服务员关上了车厢门、火车缓缓启动的时候,他还在笑。而当他看到那对英国夫妇不得不放弃所有尊严爬进另一个包厢时,心里更是感到痛快。

斯嘉丽微笑着向他挥手告别,她所在的那个窗口很快便从他的视线里消失了。

这时,她才坐回到座位上,让自己的脸放松下来,任眼泪滑落。她感到心力交瘁,回亚当斯敦的旅程让她担忧。当她处在度假状态时,丹尼尔那间只有两个房间的小屋虽然不同于她过去习惯的住宿环境,却显得古朴而令人愉快,但是现在那里不仅变成了一所狭窄、拥挤不堪且没有任何奢侈品的房子,而且是她唯一能称之为家的地方——没人知道这种状况还要持续多久。那位英国律师可能找不到巴利哈拉的所有者,所有者也可能不愿意出售,甚至有可能所有者开出的价格会远远超过瑞特给她的钱。

她深思熟虑的计划仍然漏洞百出,她自己对所有事情并没有绝对的把握。

我现在不去想它,那都是我无能为力的事情,至少现在没有别的乘客挤在包厢里不停地对我唠叨。斯嘉丽交叉起两臂,坐在有着厚厚坐垫的三人座位的中间,她叹了一口气又伸了一个懒腰,渐渐睡着了。她的车票就放在地板上,检票员一眼就能看得见。她已经制定好了计划,现在她要尽其所能把它完成。要不是她已经累得半死,事情就会容易得多。

第一步进展得很顺利。她在马林加尔买了一匹小马和一辆双轮轻便马车,驾着这辆马车回到了亚当斯敦的家。这套装备没有莫莉家的那一套时髦,马车看上去明显很破旧,不过那匹小马倒是更年轻,个子更大,也更强壮。她总算已经开了个头。

当她回到亚当斯敦的时候,全家人都感到十分震惊,但都以各自最好的方式对她痛失丈夫表示同情。表达了同情之后,他们就不再进一步述说自己的感受了,而是问他们能为她做些什么。

"你们可以做我的老师。"斯嘉丽说,"我想了解在爱尔兰经营一个农场需要懂得的一切。"她跟随丹尼尔和他的儿子们参加他们的日常劳作,咬紧牙关强迫自己学习如何使唤牛,甚至包括挤牛奶。在斯嘉丽对丹尼尔的农场已经了如指掌后,她便开始讨好莫莉,接着是莫莉的丈夫罗伯特。他的农场是丹尼尔农场的五倍大,在了解了罗伯特的农场后,她把目标转向了罗伯特的老板奥尔德森先生,他是整个伯爵庄园的经理。即便是过去,在她设法让克莱顿县的每个男人都为她倾倒的那些日子里,她也没有表现得像现在这样富有魅力,也没有像现在这样努力工作,更没有像现在这样成功。她没有时间去留意丹尼尔小屋的简陋,在夏日漫长的一天工作结束后,对她唯一重要的东西只有那张柔软的床。

一个月后,她对亚当斯敦的了解几乎已经不亚于奥尔德森。她已经至少发现了改善这个村子的六种方法。就在这个时候,她收到了戈尔韦的英国律师的来信。

在巴利哈拉的所有者死亡仅仅一年之后,他的遗孀就再嫁了,而五年前她也去世了。她的继承人和长子现年二十七岁,住在英国,他同时也是他仍然健在的父亲的继承人。他已经表示只要出价不低于一万五千英镑,他都会予以考虑。斯嘉丽仔细看了看附在信上的那张巴利哈拉地图,它比她想象的要大得多。

其范围不仅包括了通往特里姆镇道路的两侧,还要加上一条河。这一侧的边界就是博因河,另一侧的边界是——她眯起眼睛看了看地图上的小字——奈特斯布鲁克。多么优雅的名字,奈特斯布鲁克。竟然有两条河,我必须得到这块土地。但是——一万五千英镑!

她已经从奥尔德森那里了解到,十英镑可以买到一英亩最好的种植用地,而且这个价格已经很高。就巴利哈拉的土地而言,八英镑更为合适,但是精明的商人只会出七点五英镑。巴利哈拉还有一大片沼泽地,可提供有用的燃料,那里的泥炭足以使用几个世纪。不过沼泽地里什么也不长,它周围的土地又酸性太高,不能种小麦。再加上这片土地已经荒废了三十年,需要清除疯长的灌木和直根杂草[1]。这么一来,她应该接受的价格就不能超过四英镑,最多四点五英镑。一千二百四十英亩的价格也就是四千九百六十英镑,最多五千五百八十英镑。当然,还有那所相当大的宅子。她对那个宅子并不在乎,村子里的房子才更重要。全村共四十六间房子,加上两座教堂。其中的五间房子相当气派,二十多间只是农舍。

但是这些房子早就被遗弃了,如果仍然得不到维护,这种状况就会一直延续下去。总而言之,一万英镑太多了。他能得到这个价格已经很幸运了。一万英镑——也就是五万美元!斯嘉丽吓坏了。

我必须慎重思考钱的问题,不能粗心大意。一万听起来不算多,但是五万美元就不同了,我知道那是一大笔钱。木材加工厂和杂货店通过精打细算、能省就省以及艰难交易挣来的钱……卖掉木材加工厂得来的钱……酒吧的租金……以及我从不乱花一分钱,就这样年复一年,整整十年的时间我才积攒起了三万美元多一点儿。如果不是瑞特近七年来支付了我的所有生活费用,我连这个数的一半也不可能攒到。亨利叔叔说我有这三万美元就是个有钱的女人,我想他说得对。我现在建造的那些房子成本还不到一百美元。到底是什么样的人才会花五万美元买下一个

---

[1] 直根杂草(tap-rooted weeds)既有主根又有很多小侧根,主根入土很深,其下段很小或完全不分枝,根茎处生出大量芽,这些芽露出地面便形成强大的株丛,而每一小段根也可成长为新株,但仍以种子繁殖为主,如车前草、羊蹄草、蒲公英等。

破败不堪的鬼城和撂荒的土地呢？

只有瑞特·巴特勒那样的人。我有他的五十万美元，我要用它把英国人从我的人民那里偷走的土地买回来。巴利哈拉不仅仅是土地，它更是奥哈拉家的土地。她怎么能考虑什么应该不应该的问题呢？斯嘉丽决定最终出价一万五千英镑——要不要随他。

她把信寄出后，禁不住从头到脚浑身发抖。要是科勒姆不能带着她的黄金及时赶回来怎么办？律师需要多长时间才能办成这件事以及科勒姆何时才能回来都还是未知数。她把信交给马特·奥图尔后，连再见也没说就转身离去了，她心里很焦急。

她在凹凸不平的路上尽快往前走，心里只希望能够下点儿雨。又高又茂密的灌木篱墙把六月的热气封闭在它们之间的狭窄小路上，她没有戴帽子，所以无法保持头部的凉爽，也无法保护她的皮肤免受阳光的照射。她几乎从不戴帽子，因为频繁的阵雨和雨前雨后乌云密布的天空使帽子变得毫无必要。至于阳伞，那在爱尔兰只是一个装饰而已。

当她来到博因河上的徒涉渡口时，她立即撩起裙子走进水里，直到身体凉爽下来。然后，她向那座瞭望塔走去。

在她回到丹尼尔家之后的一个月里，这座塔对她来说已经变得非常重要。每当她担心、烦恼或悲伤的时候，她总会去那里。它的大石头既能保温又能降温；她可以把双手放到石头上或者把脸贴到石头上，在它们经久不衰的坚实质地中得到她需要的慰藉和力量。有时候她会跟它说话，就好像那是她的父亲，她甚至会偶尔伸开双臂，靠在石头上哭泣。在这里，除了她自己的声音、鸟儿的鸣啭和河水的低语，她听不到别的声音，她从来没有察觉到树林里有一双眼睛一直密切注视着她。

六月十八日，科勒姆终于回到了爱尔兰。他从戈尔韦发来一封电报："六月二十五日携萨凡纳之物抵。"村子里一片哗然，因为亚当斯敦还从来没有收到过电报。从特里姆镇来的骑马邮差从来没有对马特·奥图尔如此不感兴趣，也从来没有一匹驮着骑马邮差的马跑得如此之快。

两个小时后，另一位骑马邮差骑着另一匹更加引人注目的马一路狂奔进了村子，人们的兴奋程度立刻达到了前所未有的高度。邮差送来了从戈尔韦发给斯嘉丽的另一封电报："报价接受。合同即到。"

村民们经过一番简短的讨论，一致认为他们要做的唯一明智的事情是：奥图尔的酒吧和铁匠铺都暂时关门，医生也暂时停诊，达纳赫神父担任发言人，他们一起走到丹尼尔·奥哈拉家去，想了解清楚到底发生了什么事情。

凯瑟琳告诉他们斯嘉丽驾着马车外出了，仅此而已，她知道的情况并不比他们多。但是，每个人都拿起电报看了看，斯嘉丽把两封电报都留在了桌子上，让来到这里的所有人都能看得见。

斯嘉丽怀着喜悦的心情驾驶着马车沿着曲折的道路朝塔拉奔去。现在她可以真正开始实施她的计划了，她脑子里的这个计划很清晰，每走一步都与前一步有着逻辑上的密切联系。只有这一趟塔拉之旅不在她的计划之中,而是她收到第二封电报后临时决定的,与其说是出于冲动倒不如说是心情所致。在这样一个阳光明媚的日子里,站在塔拉山上眺望这片可爱的绿色土地,也就是她为自己选择的眼下的家,已经成为她最为急迫的需要。

今天,在草地上放牧的羊比她上次看到的多得多。看着它们宽大的背脊,她想到了羊毛。亚当斯敦没有人养羊,所以她必须从别的地方了解养羊的相关问题和利润状况。

斯嘉丽突然在路中间勒住了马,因为她看到在塔拉那些曾经举办过盛宴的土丘上站着许多人,她本来希望独自一人看看塔拉。那些人竟然还是英国人,该死的闯入者。仇恨英国人是每个爱尔兰人生活的一部分,斯嘉丽从她吃的面包和伴着她跳舞的音乐中早就吸收了这种生活的滋养。这些英国人没有权利在爱尔兰的至高王们曾经用餐的地方铺上地毯和桌布享受野餐,也没有权利在竖琴曾经演奏过的地方大声嚷嚷。

更为可恨的是,那里又正是斯嘉丽·奥哈拉想要独自伫立、俯瞰她家园的地方。她沮丧地瞪着那些头戴草帽、穿着入时的男人和手里拿着花哨丝绸阳伞的女人。

我决不能让他们毁了我的这一天,我要走到一个看不见他们的地方去。她走到一个带有双环的土丘前,这里曾经有过一幢带围墙的房子,是宴会厅的建造者科马克王的家。"命运之石"[1]

---

[1] 命运之石(the stone of destiny),根据凯尔特神话传说,历代爱尔兰至高王都必须在这块石头上加冕,因此它也是塔拉闻名遐迩的"加冕石"。

就矗立在这里。斯嘉丽把身体靠在"命运之石"上。科勒姆第一次带她来到塔拉的那一天,她也这样做过,让他感到十分震惊。他告诉她,"命运之石"是古代国王的加冕测试石,如果它发出欢呼的轰鸣声,被测试的人就能成为人们接受的爱尔兰的至高王。

那天她出奇地兴奋,对任何传说都不感到惊讶,即使这块饱经风霜的花岗岩石柱呼喊出了她的名字,她也不会感到奇怪。当然,"命运之石"并没有呼喊出她的名字。这块石头几乎和她一样高,她正好可以把头枕在石头顶部休息一下。她迷迷糊糊地望着蓝天中急速飘过的云朵,感到一阵微风吹散了她前额和太阳穴上的头发。挂在一些羊脖子上的铃铛发出清脆的声响,那群英国人说话的声音现在已经显得遥远而微弱,一切都是那么平和,这也许正是我必须来到塔拉的原因。我一直处在忙乱之中,已经忘记了应该享受快乐,快乐才是我计划中最重要的内容。我能在爱尔兰得到快乐吗?我能让它成为我真正的家吗?

我在这里的自由生活充满了快乐,等到我的计划实现的时候,我会得到更多的快乐。艰难的时刻已经过去,我已经摆脱了别人的控制。现在一切都将取决于我自己,取决于我怎么做。要做的事情真是太多了!迎着拂面的微风,她脸上露出了微笑。

太阳在云层里进进出出,长得又高又茂密的青草散发出浓郁的生命气息,斯嘉丽背靠着"命运之石"慢慢滑下来,最后坐在了草地上。她也许能在这里找到三叶草,科勒姆说过这里的三叶草是整个爱尔兰长得最浓密的。她之前曾经在许多草地里找过，但是还从来没有见过真正的爱尔兰三叶草。斯嘉丽一时冲动之下把腿上的黑色长筒袜脱了下来，她的双脚看上去怎么那么白。天哪！她把裙子拉到膝盖以上，让阳光温暖着她的腿和脚。看到她穿在黑色裙子下的黄色和红色衬裙，她禁不住笑了。科勒姆说得没错。

斯嘉丽在微风中扭动着双脚的脚趾。

怎么了？她猛地抬起头。

她再次感到了身体里生命的轻微躁动。"噢！"她轻声道，接着又说了一遍，"噢！"她把双手轻轻放在裙子下面那块小小的隆起上，但是她能感觉到的唯一东西只有堆叠在一起的毛织品。斯嘉丽知道现在摸不到胎动毫不奇怪，要再过好几个星期她的手才会感到胎儿的踢打。

她迎风而立，伸出双手抚摸着隆起的腹部。翠绿和金黄相间的田野以及盛夏茂密的绿树充满了整个世界。"这一切都是你的，小爱尔兰宝贝，"她说，"妈妈会把这一切都给你的。要亲手交给你！"斯嘉丽感受到了脚下青草拂过的凉爽，以及青草之下温暖的土地。

她跪到地上，随手拔起一把草，用指甲从草下掘起一捧湿润的芳香泥土放到肚皮上，一边在肚子上的泥土里画着圈一边说："你的噢，你的绿色的塔拉高地。"

在丹尼尔家里，人们正在谈论斯嘉丽。这已经不是什么新鲜事了，从美国来到这里之后她就成了村民们谈论的主要话题，凯瑟琳并不因此生气。为什么要生气呢？斯嘉丽也同样使她感到着迷和迷惑，她完全能够理解斯嘉丽留在爱尔兰的决定。"我自己不也有过同样的迷惑吗？既怀念乡下的迷雾和松软的泥土，又舍不得炎热而封闭的城里的繁华生活，"她对他们说，"所以，当她看明白哪一个对她更好之后，就决定不再放弃它了。"

"凯瑟琳，听说她是因为丈夫打她，为了保住孩子才跑了出来，是真的吗？"

"根本不是，克莱尔·奥戈尔曼，谁在散布这样可怕的谣言呢？"佩吉·莫纳汉愤愤不平地说，"众所周知，他当时已经病入膏肓，所以才把她送走，以免连累到她肚子里的孩子。"

"不仅变成了一个寡妇，肚子里还带着一个孩子，真是太可怕了！"凯特·奥图尔叹道。

"如果你比英国女王还富有，"无所不知的凯瑟琳说，"就没有那么可怕了。"

说到这里，大家都更加稳稳地坐在炉火旁的座位上，因为现在谈话即将进入他们最关注的那一部分了。人们对斯嘉丽有各种猜测，但是最让人感兴趣的莫过于她的钱。

英国人有钱就不用说了，但是当你看到一个爱尔兰人竟然也拥有大笔财富的时候，这难道不是一件大事吗？

然而，这些人谁也未曾料到，接下来的日子才是他们有说不完的闲话的时候。

斯嘉丽抖一抖小马背上的缰绳，说道："快点儿，我肚里的胎儿着急了，急于有个家。"她现在终于踏上了去巴利哈拉的路。在确定自己能够买下它之前，她一直没有让自己走出那座瞭望塔。现在她可以走近它了，看看她到底得到了什么。

"我的小镇里有我的房子……我的教堂、我的酒吧、我的邮局……我的沼泽地、我的田野、我的两条河……有多少激动人心的事情可做！"

她下定决心要把孩子生在他将来的家里，也就是巴利哈拉的那所大房子里。要做的事情很多，开垦田地是最重要的。此外，她还需要在这个镇上开一家铁匠铺，负责修理铰链和犁。漏水的地方必须修好，窗户要重新装上玻璃，门上的铰链得更换。既然这个镇子已经是她的财产，她就决不能让它继续衰败下去。

当然，还有涉及她孩子的诸多事情。斯嘉丽把注意力集中到她肚子里的小生命上，可是它一点儿动静也没有。"聪明的孩子，"她大声说道，"能睡就多睡吧。从现在开始，我们会一直忙下去。"临盆前她只有二十周的工作时间。计算出这个时间并不难，从二月十四日圣瓦伦丁节算起一共九个月。斯嘉丽扭了扭嘴。真是个笑话啊……她现在不去想这个事情——永远也不想。她必须把注意力集中到十一月十四日以及在那之前必须完成的工作上。她微微一笑，放声唱起歌来：

我第一次看见甜蜜的佩吉，是在一个赶集日。
她驾着一辆低靠背的马车，坐在一堆干草上。
即使干草曾经青翠繁茂、装点着春天的花朵时，花儿也比不上我歌唱的美丽姑娘。

她坐在低靠背的车里,

收路费的男人,

从不收她的过路费,

他只是摸摸他的脑袋,

目送着她远去。

快乐是多么好的一件事啊!这种让人激动的期待和这些意想不到的好心情,都毫无疑问地为她增添了快乐。早在戈尔韦的时候她就说过会让自己快乐的,她现在就很快乐。

"确定无疑!"斯嘉丽大声自语道,接着又对自己哈哈大笑起来。

第五十九章

科勒姆在马林加火车站刚走下火车,就见到了前来接他的斯嘉丽,他着实吃了一惊。而斯嘉丽看到他从行李车厢而不是客车车厢里走下来,也同样感到意外。接着,他的同伴也从行李车厢里走了下来。"这位是利亚姆·瑞恩,斯嘉丽宝贝,他是吉姆·瑞恩的弟弟。"利亚姆是个大个子,就像奥哈拉家的人一样——科勒姆除外,他身上穿着皇家爱尔兰警察的绿色制服。她心里暗自想,科勒姆怎么会和这么个人成为朋友呢?皇家爱尔兰警察甚至比英国军人更遭人鄙视,因为他们按照英国人的命令行事,逮捕和惩罚自己的人民。

斯嘉丽很想知道科勒姆是不是带来了她的黄金。他确实带来了,而正是利亚姆·瑞恩用他的来复枪保护着它送来的。"我这辈子护送过很多包裹,"科勒姆说,"但是在此之前还从来没有像这回这样紧张过。"

"我已经把银行的人带来了,东西交给他们带走。"斯嘉丽说,"我之所以选择马林加是出于安全考虑,因为这里有一座最大的军事要塞。"她虽然学会了仇视英国士兵,但是只要涉及她的黄金的安全,她仍然乐于利用他们带来的好处。她也照样会利用特里姆镇的银行——支取小额款项而已。

斯嘉丽亲眼看着她的黄金被安全地存进了银行的保险库里并且亲手在购买巴利哈拉的文件上签上了自己的名字,然后她拉起科勒姆的胳膊,催着他来到了大街上。

"我有一辆小马拉的轻便马车,现在就可以出发。科勒姆,我有好多事情要做。我得立刻找到一个铁匠,让铁匠铺马上开张。奥戈尔曼太懒,不能用。你能帮我找一个吗?他只要搬到巴利哈拉去,就能得到一笔不错的报酬,到那里之后还会获得丰厚的回报,因为那里有好多活儿等着他干。我已经买好了镰刀、斧头和铁锹等,但是它们都需要开刃、磨锋利。噢!我还需要工人把田地清理出来,需要木匠修理房子,还需要玻璃匠、屋顶工和油漆工——什么都需要!"她激动得两颊通红,眼睛闪闪发光。尽管身上穿着农民的黑衣服,她依然美丽得令人难以置信。

科勒姆挣脱了她的手,用自己的手紧紧抓住了她的胳膊:"一切都能做到的,斯嘉丽宝贝,而且很快,包你满意,但是饿着肚子可不行。我们现在必须去吉姆·瑞恩家,因为他同他在戈尔韦的兄弟难得见上一面,另外像瑞恩太太那样了不起的厨师也是很少见的。"

斯嘉丽不耐烦地挥了挥手,然后强迫自己冷静下来,科勒姆的权威不说也能明显感觉得到。再说,她也提醒自己,为了肚子里的孩子她必须好好吃饭,还要多喝牛奶。现在,她已经每天都能感觉到小家伙微妙的躁动了。

但是,当晚饭后科勒姆说他现在不能和她一起回家时,她再也不能控制自己的愤怒了。她有那么多东西要给他看,那么多事情要商量,要计划,她早就急不可待了!

"我在马林加还有事情要做,"他平静而毫不动摇地说,"我向你保证三天后回家,我甚至可以把到家的确切时间告诉你:下午两点,我们在丹尼尔家见。"

"我们在巴利哈拉见,"斯嘉丽说,"我已经搬进去了,就是那条街中间的那所黄色的房子。"说罢她转过身去,怒气冲冲地大步走向她的马车。

当天晚上晚些时候,吉姆·瑞恩的酒吧打烊之后,一个又一个人影悄无声息地溜进了虚掩着的门,然后来到楼上的一个房间里。科勒姆详细地列出了他们必须做的事情。"这是天赐良机,"他热情洋溢地说,"整个镇子都是我们的。所有的芬尼兄弟会的人和他们的所有技能都集中在一个地方,而这个地方是英国人绝不会想到去看一看的。全世界的人都认为我的堂妹是个大傻瓜,居然花了这么高的价钱买下了一堆破房子的所有权,她本来完全有可能一分钱不花就可以得到它的,她这样做的唯一结果就是为原来的物主省下了不少的税钱。她又是一个美国人,大家都知道这个种族的人天生性情古怪。英国人只知道嘲笑她,因此他们对那些破房子里发生的事丝毫也不会起疑心。

我们一直都没有一个安全的地方设立我们的总部，现在是斯嘉丽求着我们接受这个地方，只是她对此毫不知情而已。"

二点四十三分，科勒姆骑马进入了巴利哈拉杂草丛生的街道。斯嘉丽两手叉腰站在她家门前。"你迟到了。"她指责道。

"啊，是啊。不过，斯嘉丽宝贝，当我告诉你，你的铁匠和他的马车带着锻铁炉和风箱等一应物品就在我身后的大路上时，你一定会原谅我的。"

斯嘉丽现在暂住的这所房子恰如其分地表现出了她的个性，那就是工作在前舒适在后——其实现在根本就谈不上舒适。科勒姆虽然表面上摆出一副毫不在意的样子，却暗自仔细观察着一切。客厅窗户的破玻璃上已经整整齐齐地贴上了一块块油纸，角落里堆放着锃亮的崭新钢制农具。地板已经打扫干净，但没有打蜡。厨房里有一张窄木床，上面铺着厚厚的草垫，草垫上铺着亚麻布床单和毛毯。大石头壁炉里燃烧着一小堆泥炭火，厨房里仅有的炊具是一个铁壶和一口小锅。壁炉架上放着几听茶叶和燕麦片、两个茶杯、几个碟子、几把勺子和一盒火柴。房间里只有一把椅子，放在窗户下面一张大桌子的旁边。桌子上放着一本打开着的大账簿，斯嘉丽整齐的笔迹已经记录下了最初的几笔账。桌上还有两个大油灯，一瓶墨水，一盒钢笔和笔擦。桌子后面放着一沓纸，靠前的地方放着更大的一沓纸，纸上写满了笔记和计算数字，上面压着一块洗得干干净净的大石头。测量师制作的巴利哈拉地图就钉在附近的墙壁上，墙上还挂有一面镜子，镜子下方有一个架子，上面放着斯嘉丽的银背梳子和衣刷，以及装着发夹、粉、胭脂和玫瑰甘油乳膏的银盖瓶。看到这些化妆品，科勒姆忍不住想笑，但当他随即又看到旁边放着一把手枪时，立刻生气地转过身来。"拥有这件武器你很可能会坐牢的。"他大声说道。

"胡说！"她回答道，"那是一个英国上尉军官给我的。他亲口对我说，众所周知你是一个独居的女人而且又有很多黄金，应该采取一些保护措施。要不是我反对的话，他早就把他的某个娘娘腔士兵派来我门口站岗了。"

科勒姆哈哈大笑起来，她不禁扬起了眉毛，她觉得自己的话并没有什么好笑。

食品储藏室的架子上放着黄油、牛奶、糖、一个装着两个盘子的沥水架、一碗鸡蛋和一条已经不太新鲜的面包，天花板上还挂着一条火腿。一个角落里放着几桶水、一听灯油和一个洗脸架，架子上摆放着碗、水罐、肥皂盘和肥皂，毛巾架上挂着一条毛巾。斯嘉丽的衣服挂在墙上的钉子上。

"看来，你不准备用楼上的房间了。"科勒姆说。

"用它干吗？我需要的一切都在这里了。"

"你创造了奇迹，科勒姆，我真的很感动。"斯嘉丽站在巴利哈拉那条出了名的宽阔街道的中央，望着街上一片繁忙的景象说道。到处都有榔头的敲击声，到处都弥漫着新油漆的味道，十几座房屋的新窗户在阳光下闪着光。在她前面，一个男人站在梯子上，正把一块金字招牌挂到屋门上方的墙上，这里正是科勒姆为他的总部选中的地方。

"我们真的需要首先让酒吧开张吗？"斯嘉丽问道。自从科勒姆宣布要立刻开一个酒吧以来，她一直在问同样的问题。

"工人们收工后，如果能有一个让他们喝上一品脱啤酒的地方，那么你就能找到更多愿意来这里干活的人。"他也一次又一次地这么回答道。

"你每次都是这么说，但是我还是怀疑这么做反而会把事情搞得更糟。算了，要不是我盯得紧，什么事都不会按时完工的。他们就是他们，积习难改！"说着，斯嘉丽用大拇指朝街上三五成群看热闹的工人指了指，"他们应该回到工作岗位上做好自己的工作，而不是看别人干活。"

"斯嘉丽宝贝，先享受生活乐趣再操心责任问题，这就是爱尔兰人的性格。正是这种性格构成了爱尔兰人的魅力，给他们带来了欢乐。"

"是吗，我倒认为这不是什么魅力，也没给我带来一丁点儿欢乐。现在已经是八月了，但是他们连一块地也没有清理出来，如果秋天结束前还不能把所有地清理出来、施好肥，你让我到春天怎么种地？"

"你还有好几个月的时间呢，斯嘉丽宝贝。你看看，短短几周的时间你就做了这么多事情。"

斯嘉丽环顾四周，紧锁的眉头立刻舒展开来。她笑笑说："这倒是不假。"

科勒姆和她一起笑起来。他只字未提他为防止那些人扔下工具、一走了之而不得不对他们进行抚慰和施加压力，因为他们不喜欢一个女人当他们的老板，尤其是一个像斯嘉丽这样强势的女人。要不是芬尼兄弟会的地下组织暗中迫使他们参与巴利哈拉的重建，他根本不知道这里还会剩下几个工人，即使斯嘉丽支付的工资高于平均水平也无济于事。

他也看了看一片繁忙的街道，心想等巴利哈拉重建后，这些人和其他人的生活都会好起来。到现在为止，已经有两个酒吧老板和一个在米斯郡贝克蒂夫镇拥有一家赚钱的干货店的男人来找他，要求进驻这条街。而对他挑选来的大多数农场工人而言，这里即使最小的房子也比他们以前住的小茅屋要好得多，所以他们也和斯嘉丽一样急于修好这些房屋的屋顶和窗户，这样他们就可以离开现在的地主，转到巴利哈拉的地里干活了。

斯嘉丽突然转身冲进屋里，很快手里拿着手套和牛奶罐又冲了出来。"我希望你能督促着他们每个人继续工作，不要在我离开的时候搞什么盛大的酒吧开业庆典。"她对他说，"我要去丹尼尔家买一些面包和牛奶。"科勒姆答应不让工作停顿下来，但是对她在目前情况下还骑着一匹没有鞍的马四处颠簸的愚蠢行为保持了沉默，因为在这之前他曾经暗示她说这是很不明智的行为，她却对他大发脾气。

"请发发慈悲吧，科勒姆，我才怀孕五个月，那根本算不上怀孕！"

其实，她内心里也很担心，只是不愿意告诉他而已。她以前怀过的几个孩子没有哪一个给她带来过这么多的麻烦。她的腰一直很疼，有时内裤或床单上还有血点，这让她感到心惊肉跳。她用清洁地板和墙壁的去污能力最强的肥皂使劲搓洗那些血渍，好像这样就能把流血的不明原因和血渍一起洗掉一样。米德大夫在她那次流产后曾经警告过她，说她那一跤摔得很重，结果经过了好长一段时间她才慢慢恢复过来，但她仍然拒不承认自己的身体已经出现了严重问题。这个孩子如果健康方面有问题，就不会踢得这么有力，她现在没有时间无病呻吟。

由于她频繁地来回走动，她已经在巴利哈拉和博因河徒涉渡口之间杂草丛生的荒地里踩踏出了一条清晰的小路。现在，那匹小马几乎能够自己沿着这条路往前走了，所以斯嘉丽可以静静地骑在马背上思考一些问题。她必须尽快再去买一匹大马，因为她迅速膨大的身体已经越来越让这匹小马不堪重负。这次怀孕也同以往的情况不一样，以前怀孕的时候肚子从来没有这么大过，是不是怀了一对双胞胎啊！那可就是一件大事了，不是吗？这样的报复可够瑞特受的。他在丹漠兰丁有一条河，而她在这里却有两条河。没有什么能比生两个孩子更让她兴奋的了，因为那样的话即使安妮生下一个孩子也抵不上她。一想到瑞特会让安妮生孩子，她就感到难以忍受的痛苦。斯嘉丽把目光和心思立刻转到巴利哈拉的田野上，她必须在这片田野上行动起来，不管科勒姆说什么她都必须这么做。

像往常一样，在到达徒涉渡口之前她总会在瞭望塔旁边停一下。历史上的奥哈拉人真是了不起的建设者,他们多么聪明啊。那一次,她说瞭望塔的楼梯没了让人感到遗憾,老丹尼尔立刻实实在在地讲了整整一分钟,说瞭望塔外面从来就没有过楼梯,里面才有。瞭望塔的门开在离地面十二英尺高的地方,人要进入塔内必须借助一个梯子。当危险来临时,人们可以躲进塔里,然后拉起身后的梯子,之后再从狭缝窗口向攻击者射箭、扔石头或者倒热油,而自己却不易受到塔下敌人的攻击。

改天我要拉一架梯子过来,爬进塔里看看。但愿里面没有蝙蝠,我讨厌蝙蝠,圣帕特里克把蛇从爱尔兰清除出去的时候,为什么没有把蝙蝠也除掉呢?

斯嘉丽往祖母的屋里看了一眼,发现她睡着了,于是把头伸进了丹尼尔家的门里。"斯嘉丽!见到你真高兴。快进来,告诉我们你在巴利哈拉又创造了什么新的奇迹。"凯瑟琳一边说一边伸手去拿茶壶,"我刚才正在盼你来,刚做的穗醋栗甜点还热着呢。"村里的三个女人也在那里。斯嘉丽拉过一张凳子,坐到她们中间。

"孩子怎么样?"玛丽·海伦问道。

"很好。"斯嘉丽回答。她环顾了一下熟悉的厨房,这里让她感到那么亲切和舒坦,但是她急不可待地要让凯瑟琳得到一个新厨房,一个巴利哈拉镇最大的房子里的厨房。

斯嘉丽已经在心里确定了她要送给奥哈拉家人的房子,他们都会得到漂亮而宽敞的新家。科勒姆的房子最小,那只是镇子边上的几间门房之一，但那是他自己选的，所以她也不说什么了。他是一个神父，无论如何也成不了家。但是，镇上还有更大的房子，她挑选出了最好的一幢给丹尼尔，因为不仅凯瑟琳和他住在一起，而且他们很可能还想让祖母也和他们住在一起。再说，凯瑟琳结婚时也需要一个安家之处。现在她有了斯嘉丽为她提供的嫁妆，包括房子，她已经不愁嫁不出去了。然后，再为丹尼尔的儿子和帕特里克的儿子各提供一间房，甚至包括同祖母住在一起的那个阴沉的肖恩。除了住房还要加上农田，他们想要多少就给他们多少，这样他们也都能娶媳妇了。她认为，青年男女因为没有土地和购买土地的钱而不能婚配，是一件非常可怕的事情。英国地主把爱尔兰人踩在脚下，实在是残酷无情。爱尔兰人辛苦劳作种出来的小麦或燕麦、养肥了的牛羊，不仅不得不卖给英国人，价格还必须由英国人说了算。他们把这些粮食和牲畜再转手卖到英国去，又为更多的英国人赚取了更多的钱。爱尔兰农民交完租金后已经所剩无几，而这样的租金英国人随时想提高就提高。所以，这里的农民比美国佃农的境遇更糟，就像美国内战结束后北方佬统治下的南方，他们想要什么就拿什么，然后把塔拉的税收提高到天价一样高。难怪爱尔兰人如此憎恨英国人，这就像她对北方佬的仇恨一样，同样会至死不渝。

但是，奥哈拉家族很快就要摆脱这一切了。等她把这个消息告诉他们的时候，他们一定会大吃一惊的！这也不会等太久，当房子修复、土地准备好之后——她不想送给他们半拉子礼物，她要做到完美无缺。他们待她太好了，而且又是她的家人。

这些礼物现在还是她珍藏在心中的秘密，她甚至连科勒姆也没有透露一星半点。自从那天夜里在戈尔韦的旅馆房间里想出这个计划至今，她对这些事一直深藏不露。每当她望着巴利哈拉的街道，清楚地知道哪些房子将成为奥哈拉人的家的时候，心里的喜悦之情就会增加一分。到时候她就会有很多个家庭可以串门，在很多个壁炉前可以拉条凳子坐坐，很多家庭还有孩子，那些孩子都是她的孩子的表兄、表姐，他们可以一起玩耍、一起上学、一起在"大房子"里举行盛大的节日庆祝活动。

因为她和即将出世的孩子自然也会住在那里，就在那座巨大、优雅的大房子里。它比查尔斯顿东炮台路上的大宅邸更大，比丹漠兰丁那幢被北方佬烧掉了十分之九的房子也更大。不仅如此，还有这一大片土地，早在人们听说丹漠兰丁、查尔斯顿、南卡罗来纳或瑞特·巴特勒之前，它就是奥哈拉人的土地。当他在她美丽的家里看到他美丽的女儿——噢，上帝保佑会是个女儿——得知他女儿已经成为一个彻底的奥哈拉人、成为她母亲一人的孩子的时候，他会惊愕得多么目瞪口呆，他的心又会多么悲痛欲绝。

这就是斯嘉丽实施甜蜜报复的白日梦，她对这个梦想十分着迷。不过，最终实现这个梦想要在多年以后，而给奥哈拉家人的房子却已经指日可待，那就是她完成那些房子的修缮的那一天。

第六十章

八月下旬的一天,黎明的天空刚刚露出玫瑰色,科勒姆就出现在了斯嘉丽家的门口。在半明半暗的晨雾之中,十个健壮的男子默默地站在他的身后。"这些人是来清理你的土地的,"他说,"这下你开心了吧?"

她高兴得发出一声尖叫。"我去拿上披巾防潮,"她说,"马上就出来。你先带他们到大门外的第一块地里去。"她还没有穿好衣服,头发乱蓬蓬的,光着脚。她想快一点儿,但是一兴奋她的行动反而变得更加笨拙。她已经等待了很长时间了!她现在自己穿鞋子也变得一天比一天更困难。天哪,我已经膨胀得像一幢房子了,我肯定怀上三胞胎了。

见鬼去吧!斯嘉丽把散乱的头发堆成一团,用发夹固定住,然后抓起披巾,光着脚沿街跑去。

在敞开的大门内杂草丛生的车道上,那些男人正闷闷不乐地站在科勒姆的周围:"从来没有见过这样的景象……这哪里是杂草,简直就是树……我看好像都是荨麻……一个人一辈子恐怕也清理不出一英亩地……"

"你们真是的,"斯嘉丽毫不含糊地说,"难道还害怕弄脏你们的手吗?"

他们不以为然地看着她。他们都听说过这个催命鬼似的小个子女人,她哪里还有一点女人味。

"我们正在讨论怎样开始最好。"科勒姆安慰道。

斯嘉丽可没有息事宁人的心情:"你们要是一直讨论下去,永远也开始不了。我来告诉你们怎么开始。"她用左手托住隆起的肚子,然后俯下身去,伸出右手抓住一大把荨麻的底部。她嘟囔了一声猛地一拉,把它们从泥土里拔了出来。"瞧瞧,"她轻蔑地说道,"就这样开始。"她把那把带刺的野草扔到那帮男人们脚下。手上被刺割开的多处伤口开始渗出血来,斯嘉丽往手里吐了一口唾沫,在她的黑色寡妇裙上擦去血迹,然后迈着苍白而虚弱的双脚沉重地走开了。

男人们无声地望着她离去的背影。然后,一个接着一个脱帽向她致敬。

他们并不是仅有的几个学会尊重斯嘉丽·奥哈拉的人。油漆工们早就发现,为了指出他们漏掉或刷得不均匀的地方,她会像螃蟹一样艰难地移动着她的身躯爬上哪怕是最高的梯子。木匠们曾企图少用几颗钉子,结果某一天他们来上班时却发现她正亲自抡起榔头把缺少的钉子一一钉上。为了测试铰链是否牢固,她会砰的一声用力把刚刚做好的门关上,那响声简直"能把死人吵醒"。为了检查烟囱的质量,她会拿着一把燃烧的灯芯草钻进烟囱里,通过烟灰的飘动查看烟囱抽风的能力。盖屋顶的人无不敬畏地说:"要不是奥哈拉神父强有力的臂膀拦住了她,她会爬上房梁,一块一块地去数铺了多少石板瓦。"她对每个人都很严厉,但是对自己更严厉。

当天色暗得实在无法继续工作的时候,她会在酒吧里为每个坚持到这个时候的工人送上三品脱免费啤酒,而当他们海阔天空地聊着天或愤愤不平地抱怨着喝完酒之后,却总能透过厨房的窗户看到她还在油灯下伏案工作,不是看各种材料就是写着什么。

"你洗手了吗?"科勒姆走进厨房问道。

"洗了,不过还要抹点药膏,真是糟透了。我有时候会突然气得发疯,不加思考地做出一些事情来。我正做早餐,你要吃一点儿吗?"

科勒姆闻了闻屋里的气味:"不放盐的粥?我还不如去吃煮荨麻呢。"

斯嘉丽咧嘴一笑:"那你自己选择吧。我这段时间都不能吃盐了,不然脚踝就肿得厉害,最近一直肿……当然,即使不吃盐也不会很快消肿。我现在已经看不到脚上的鞋子,没法系鞋带,再过一两个星期我的手根本就摸不到它们了。我想了想,科勒姆,恐怕我怀的不是一个孩子,而是一窝。"

"就像你说的,我也'想了想',你需要一个女人来帮帮你了。"他以为斯嘉丽会反对,因为只要有人说她不能事事亲力亲为，她都会加以驳斥。但是，她却同意了。科勒姆笑着告诉她，他手里恰好就有一个非常适合这份工作的女人，她能帮斯嘉丽做任何事情，必要时甚至能够帮她记账。她年纪比斯嘉丽大，但还不至于老得不愿接受斯嘉丽的管控，同时又有一点儿个性，必要时能够限制住斯嘉丽的不当行为。她在工作管理、人员管理和金钱管理方面都很有经验，因为她实际上就在特里姆镇另一边的拉腊科附近的一所大房子里当管家。虽然她不是接生婆，但是她自己有六个孩子，所以对生孩子的事很在行。她现在就可以到斯嘉丽这里来照顾她和这所房子，直到大房子修好为止。到那时，她就可以雇几个需要的女人负责日常事务，她负责管理她们。

"你得承认，斯嘉丽宝贝，你在美国可找不到爱尔兰的这种大房子。它需要的是一个经验丰富的老手。你还需要一个总管，负责管理管家、男仆，此外还得有一个马夫领班来管马夫，还有十多个园丁也要有一个负责的——"

"停！"斯嘉丽使劲地摇着头说，"我并不打算在这里建立一个自己的王国。我承认，我需要一个女人帮我一把，但是开始的时候我只会用到这幢巨大石头建筑中的几个房间而已。所以，你得先问问你说的这位能人，她是否愿意放弃她现在位高权重的工作。我估计她是不会屈尊俯就的。"

"那好，我去问问她。"科勒姆心里很肯定她会同意的，即使她来这里只能擦地板也会同意的。罗莎琳·玛丽·菲茨帕特里克是一个被英国人处死的芬尼兄弟会成员的妹妹，她的父母和祖父母也都死于那几艘巴利哈拉的"棺材船"。因此,她是他那个反抗组织核心圈子里的人,是最狂热、最有献身精神的成员。

斯嘉丽从水壶里滚烫的水里拿出三个煮鸡蛋,然后把开水倒进一个茶壶里。"如果你不肯屈尊吃我的粥,可以吃一两个鸡蛋,"她建议说,"当然,鸡蛋也是不加盐的。"

科勒姆谢绝了。

"好吧,我反正饿了。"她把粥舀到盘子里,敲碎蛋壳,然后把剥好的鸡蛋放进粥里。科勒姆看到那些鸡蛋的蛋黄都还是稀的,于是赶紧把目光移向别处。

斯嘉丽真饿了,大口大口地吃起来,一边吃一边很快地说着话。她把她为整个家族制定的计划和盘托出,告诉他说她要让所有奥哈拉家的人都搬到巴利哈拉镇上来,让他们过上中等奢侈的生活。

科勒姆一直等到她吃完才回答说:"他们不会搬到这里来的,因为他们已经在现在那片土地上耕作了近两百年。"

"他们肯定会来的。人人都希望过上比他们现在更好的生活,科勒姆。"

他摇摇头作为回答。

"我会证明你错了。我现在就去问问他们!不行,这不是我的计划,我要首先把一切都准备妥当。"

"斯嘉丽,我已经把你要的农民带来了,今天上午就到。"

"那些人都是些懒骨头!"

"你之前并没有告诉我你的这些计划,所以我就把他们雇来了。他们的妻子和孩子也已经在来的路上了,马上就要搬进这条街尽头的农舍里去了。他们都已经离开了各自原来的地主。"

斯嘉丽咬了咬嘴唇。"那好吧,"过了一会儿她又说,"无论如何,我要让奥哈拉家的人都住好房子,而不是小茅屋。你找来的这些人可以为奥哈拉家的人工作。"

科勒姆张开嘴,欲言又止。争论没有任何意义,因为他确信丹尼尔是绝不会搬到这里来的。

下午三点左右,斯嘉丽正站在一个梯子上检查新抹的灰泥,科勒姆把她叫了下来,对她说道:"我想让你去看看你的那些'懒骨头'都干了些什么。"

看到眼前的路,斯嘉丽立刻高兴得热泪盈眶。这是一条用长柄大镰刀和普通镰刀清理出来的小路,宽度足以供她驾着轻便马车在上面行驶,这条路就是沿着她多次骑着小马踩踏出来的那条小径拓展出来的。因为身体过于沉重,她已经一个多星期没有骑马去过丹尼尔家了,现在她终于又可以去看望凯瑟琳,去买她喝茶和吃燕麦粥时需要的牛奶。

"我现在就去。"她说。

"那我帮你系上鞋带吧。"

"不用,一穿上鞋两个脚踝就会被压迫得难受。现在我不仅有一辆可以驾驶的马车,还有了一条可以让马车走的路,我就光着脚吧。不过,你可以帮我把小马套上。"

科勒姆看着她驾驶着马车离去,心里感到如释重负。他回到自己住的那间门房里,带着一种得意扬扬的感觉看着他的书、他的烟斗和那个专门用来喝上等威士忌的酒杯。在他所遇到过的任何性别、任何年龄和任何国籍的人当中,斯嘉丽·奥哈拉都是最让人累心的。

他又问自己:为什么只要一想到她,我就会同时想到可怜的小羊羔呢?

当夏夜的黑暗即将降临的时候,她突然冲进了他的小屋里,那模样看上去确实像一只可怜的小羊羔。她向奥哈拉家的人发出了搬到巴利哈拉去住的邀请,被他们非常友好地拒绝了;接着她又请求他们搬去那里住,仍然被友好地拒绝了。

科勒姆曾经认为,斯嘉丽已经变成了一个不会流泪的女人。当她接到离婚通知的时候,她没有哭,甚至当瑞特又结婚的消息给她带来最沉重的打击的时候,她也没有哭。但是,就在八月这个温暖的雨夜,她痛哭、抽泣了好几个小时,直到最后在他那张舒适的沙发上睡着了为止。在她非常简朴的两个房间里,至今也还没有一件如此奢侈的家具。他给她盖上一条薄被单,然后走进自己的卧室里。他高兴的是她的悲痛已经释放出来,但他担心的是她以后再也不会有如此激烈的情绪大爆发。所以,他让她独自待在那里,她可能未来几天都不愿意再见到他。性格倔强的人都不喜欢让别人看到自己软弱的一面。

但是,他错了。第二天早晨,他发现斯嘉丽正坐在他厨房的餐桌前,嘴里吃着他剩下的唯一一个鸡蛋。他心里禁不住想,我又错了。他还有可能真正了解眼前这个女人吗？"你知道吗，科勒姆，你是对的，放点盐确实好吃多了……现在，你可以开始考虑为我的房子寻找好租户的问题了。他们必须是很富裕的人，因为这儿房子里的所有东西都是最好的，所以我希望租个好价钱。"

斯嘉丽虽然受到了极大的伤害，但是她再也没有表现出来，也再也没有提起过这件事。尽管怀孕的身体变得越来越沉重，但是她仍然每周驾着马车去丹尼尔家几次，在巴利哈拉的工作也仍像以前一样努力。到九月末，全镇的修复工作宣告完成，每座房子都变得干净整洁，里里外外都刷上了新漆，门很结实，烟囱很好用，屋顶很严实。巴利哈拉镇的人口也在急剧增加。

镇上又多了两个酒吧、一个修补鞋子和马具的鞋匠铺和从贝克蒂夫搬来的那家干货店，小天主教堂配了一位已经上了些年纪的神父，学校也有了两名教师，一旦获得都柏林的批准就可以立即开课。一个心怀忐忑的年轻律师正准备在这里开业，他年轻的妻子比他更加紧张，总是站在他们家的花边窗帘后悄悄窥视着街上的行人。农民的孩子们在街上玩耍，妻子们坐在家门口闲话家常，特里姆的骑马邮差每天都来到这里，把邮件留在干货店旁边仅有一个房间的文具店里，开店的是一位有文化的绅士，店里出售各种书本、纸张和墨水。有关当局已经承诺，一年之后将在这里设立一个正式的邮局。一位医生已租下了这里最大的一所房子，十一月的第一周就要入住。

对斯嘉丽来说，最后这个消息也是最好的消息。这个地区唯一的一所医院远在十四英里之外邓肖格林镇的济贫院里。她从来没有见过济贫院,只知道那是穷困潦倒的人们最后的避难所,希望自己永远也不要见到它。她坚信工作才是最好的出路,而不是乞讨,因此她决不愿意看到那些不幸沦落到济贫院里的人。也因此,一个刚刚开始其新生命的婴儿更是断然不能出生在那里。

她必须有自己的医生,那才更符合她的风格。他必须时刻待在她的身边,因为婴儿经常会得喉炎、水痘和其他常见儿科疾病。就目前而言,当务之急是要放出话去,让人们知道她在十一月中旬需要一个奶妈。

还要把房子准备妥当。

"科勒姆,你说的那个无所不能的菲茨帕特里克女人呢?我记得你告诉我她一个月前就同意来了。"

"她确实一个月前就同意了。但是,任何一个负责的人辞去工作时都要留给雇主一个月雇新人的时间,所以她会在十月一日到达这里,也就是下星期四。我让她先使用我的房子。"

"哦,是吗?我以为她是来帮我操持家务的,可她为什么不住在我这里呢?"

"因为,斯嘉丽宝贝,你的房子是巴利哈拉唯一没有进行修缮的房子。"

斯嘉丽不无惊讶地环顾了一下她的厨房兼工作室,她以前从来没有注意过这个房间像什么样,这里唯一的好处就是能够方便地观察到镇上工作的进展情况,但这里毕竟只是临时的凑合之所。

"很恶心,对吧?"她说,"我们最好尽快把我的房子修好,这样我就能搬进去住了。"她笑了笑,但是笑得很勉强:"说实话,科勒姆,我已经快要累趴下了。我真巴不得立刻把工作全部做完,那样我就可以休息一下。"

斯嘉丽没有说出口的是,自从堂兄们都说他们不愿意搬到巴利哈拉来之后,这里的工作就变成仅仅是"工作"了。当奥哈拉家的人不能享受重建奥哈拉家园的乐趣的时候,斯嘉丽的快乐也就荡然无存了。她思来想去,想弄明白他们为什么要拒绝她的好意,对她来说唯一说得通的原因就是他们并不想和她走得太近,他们并不真的爱她,他们对她表现出的善意和温暖都不是出于真心。现在,她感到孤独,即使和他们在一起或者科勒姆在一起的时候也不例外。她曾经以为他是她的朋友,但是他一开始就明确告诉她,他们永远不会搬到巴利哈拉来。还是他了解他们,因为他就是他们中的一员。

现在她的背一直很疼,腿也疼,脚和脚踝都肿得很厉害,走路很痛苦。她甚至希望自己没有怀这个孩子,因为他使她感到难受,而且也是他使她产生了买下巴利哈拉的想法。她还有六个——不对,六个半——星期的时间才会生产。

她心情沮丧地想,要是还有力气,我真想大哭一场。但就在这个时候,她又看到了科勒姆淡淡的微笑。

他看起来好像有话要说但又不知道说什么好。算了吧,我帮不了他,我现在也不想说话。

有人敲响了朝街的那扇门。"我去开门。"科勒姆说。那就对了,像兔子那样跑快点儿。

他手里拿着一个包裹回到了厨房里,脸上带着勉强的微笑:"是杂货店的弗拉纳根太太。你给祖母订的烟草到了,她专门把它送过来。我帮你把它给老人家送去吧。"

"不用。"斯嘉丽挣扎着站了起来,"这是她让我订的,也是她给我提出过的唯一要求。你套上小马,再把我扶上马车,我要亲自给她送去。"

"我和你一起去。"

"科勒姆,马车上的座位连我一个人都要坐不下了,更别说我们俩了。你把马车赶过来,再把我弄上马车就行。求你了。"

上帝啊,我怎么才能摆脱这一切啊。

堂弟肖恩听到斯嘉丽到来的声音就从祖母的小屋里走了出来,她心里有些不快。"阴沉的肖恩",她在心里对自己说。在萨凡纳的时候,每次见到堂兄斯蒂芬她也总会在心里对自己说一句"阴沉的斯蒂芬"。

他们之所以会让她觉得有些不寒而栗,是因为当其他奥哈拉家人都有说有笑的时候,他们却总是悄无声息地站在一旁看着,她不太喜欢不苟言笑或者心里总是揣着秘密的人。所以,当肖恩伸出手要扶着她进屋时,她立刻笨拙地躲开了。

"不用了,"她快活地说,"我还能应付。"相比之下,肖恩比斯蒂芬更让她感到紧张。任何失败的事情都会让斯嘉丽感到紧张,而肖恩正是那个失败的奥哈拉人。他是帕特里克的第三个儿子。长子去世后,杰米没有务农而是在特里姆镇找了一份工作,所以当一八六一年帕特里克去世之后,肖恩就继承了农场。他当时"只有"三十二岁,他认为他的所有麻烦都是因为他年龄"太小"的缘故。他管理下的农场毫无收成,一度几乎让他失去租约。

作为长子的丹尼尔把帕特里克的孩子们召集到了一起。虽然他已经六十七岁了,但是他对肖恩和他同样"只有"三十二岁的儿子谢默斯感到很失望,而对自己却充满信心。他之前一直都在帕特里克身边工作,现在帕特里克走了,他不能保持沉默,眼睁睁地看着他们一生的工作被肖恩毁掉。肖恩必须让位。

于是,肖恩让出了农场,但是并没有离开亚当斯敦。他已经和祖母一起生活了十二年,让她照顾他的生活。他拒绝到丹尼尔的农场里干活。所以,见到他斯嘉丽就有气。她努力迈动着自己那双肿胀的脚,尽快从他身边走开了。

"杰拉尔德的姑娘!"她的祖母说,"很高兴见到你,小凯蒂·斯嘉丽。"

斯嘉丽最相信祖母的话,始终都相信。"我给你带烟草来了,老凯蒂·斯嘉丽。"她真心快乐地说。

"真是太好了。你愿意陪我抽一口吗?"

"不了,谢谢你,祖母。我还没有学到爱尔兰人的这个嗜好。"

"啊,真可惜。上帝赋予爱尔兰人的嗜好,我都有。那么,你就帮我把烟斗装上烟丝吧。"

小茅屋里静悄悄的,只有祖母轻轻吮吸烟斗的声音。斯嘉丽把脚搁在一张凳子上,闭上了眼睛,享受着这个平静的时刻。

突然,有人在门外开始大喊大叫,她立刻感到怒不可遏,就不能让她安安静静地待上半个小时吗?她立刻跑到外面的院子里,准备呵斥一顿那些乱嚷嚷的家伙。

然而,眼前的情景却把她吓坏了,她立刻就把她的愤怒、背部的疼痛和双脚的肿痛统统抛到了九霄云外,只有恐惧笼罩在她的心头。丹尼尔家的院子里站着不少英国士兵和爱尔兰警察,一个英国军官骑着一匹躁动不安的马,手里拿着一把明晃晃的剑,士兵们正在用树干架起一个巨大的三脚架。她一瘸一拐地走到站在门口哭泣的凯瑟琳的身旁。

"这儿还有一个人,"一个士兵说,"看看她吧,这些苦难的爱尔兰人繁殖得像兔子一样快。他们为什么就学不会穿鞋呢?"

"躺在床上不需要穿鞋,"另一个士兵说道,"躺在灌木丛里也不需要穿鞋。"英国人说完得意地哈哈大笑,爱尔兰警察们都默默地低头看着地面。"你!"斯嘉丽大声喊道,"骑着马的你,你和这帮家伙跑到这个农场里来做什么?"

"你在跟我说话吗,小姑娘?"军官的目光越过他的长鼻子看着她。

她抬起下巴,瞪着一双绿眼睛冷冷地看着他。

"我不是什么小姑娘,先生,你也不是什么绅士,就算你打扮得像一个军官也没用。"

他惊讶得目瞪口呆,那个长鼻子似乎也没那么长了。我猜那是因为鱼都没有鼻子,他现在看起来就像一条被扔在岸上的鱼。

渴望战斗的喜悦使她充满了活力。

"可你不是爱尔兰人,"英国军官说,"你就是那个美国人吧?"

"我是什么人与你无关,而你在这里做什么却与我有关,你给我说清楚。"

军官没有忘记他是谁,他闭上嘴,挺直了后背。斯嘉丽注意到士兵们也立刻站立得笔直并紧张地东张西望,一会儿看着她一会儿又盯着他们的长官。警察们则斜着眼偷偷地观察着事情的发展。

"我正在执行女王陛下政府的命令,驱逐这个农场上不交租金的居民。"他一边说一边挥动着一卷纸。

斯嘉丽的心紧张得提到了嗓子眼儿里,但她故意把下巴抬得更高了。越过士兵们的身体,她看到了丹尼尔和他的儿子们拿着干草叉和棍棒从地里跑出来,显然准备同英国人拼命了。

"这显然是弄错了,"斯嘉丽对军官说道,"你所说的未付的租金是多少?"她心想,快点儿,看在上帝的分上快点儿,你这个长鼻子的傻瓜。如果奥哈拉家的某个男人——或几个男人——打伤了一个英国士兵,他们就会被送进监狱,或者更糟。

眼前的一切似乎都慢了下来,军官好像永远也打不开那张卷着的纸,丹尼尔、谢默斯、托马斯、帕特里克和蒂莫西就好像在水下移动的人影。斯嘉丽解开衬衫纽扣,她的手指摸起来像一根根香肠,纽扣则像一块难以控制的板油。

"三十一镑八先令九便士。"军官终于说道,斯嘉丽觉得这几个字他好像花了一个钟头才把它们说完。这时,她听到了从地里传来的喊叫声,看见奥哈拉家的那几个大块头男人一边奔跑一边挥舞着拳头和手里的武器。她疯狂地拉扯着她脖子上的那根绳子,当钱袋终于拉出来之后,她又拼命拉扯着扎着袋口的带子。

她的手指终于摸到了钱袋里的硬币和叠起来的钞票,不禁在心里默默地感谢上帝。她手里拿着的是巴利哈拉所有工人的工资,总数超过五十英镑。现在,她的心里已经变得非常冷静而泰然自若。

她从脖子上提起绳子,举过头顶后再摘下来,握着钱袋摇晃了几下,让硬币发出叮叮当当的声响,然后说道:"你们这帮没教养的无赖,我就多给你们几个子儿,算是辛苦费吧。"说着,她扬起手臂把钱袋使劲朝军官脸上扔了过去。钱袋不偏不倚地打中了军官的嘴,袋子里的先令和便士掉到他的军服上,然后散落一地。"把你们弄得乱七八糟的东西收拾干净,"斯嘉丽说,"你们带来的那堆垃圾也带走!"

她转过身背对着士兵。"看在上帝的分上,凯瑟琳,"她低声说道,"快到地里去,把那帮男人拦住,不然麻烦就大了。"

英国人走后,斯嘉丽气呼呼地走到老丹尼尔的面前。要不是她今天碰巧给祖母带烟草过来怎么办?要是她今天没有收到烟草怎么办?她怒视着她的伯伯,接着便脱口而出:"你为什么不告诉我你需要钱?我会很乐意给你钱的。"

"奥哈拉家人不接受施舍。"丹尼尔回答说。

"'施舍'?丹尼尔伯伯,我们是一家人,家人之间不存在施舍。"

丹尼尔那双苍老的眼睛紧盯着她。"不是自己的双手挣来的钱就是施舍。"他说,"我们都听说过你过去的经历,小斯嘉丽·奥哈拉。当我的兄弟杰拉尔德失去理智时,你为什么不去萨凡纳向他的哥哥们求助呢?他们也都是你的家人。"

斯嘉丽的嘴唇抖动了几下。他说得很对,她确实没有要求或者接受过任何人的帮助,而是独自一人承担起了整个家庭的重担。她的自尊心太强,不允许她有任何屈服和软弱的举动。

"那么,要是在大饥荒时期呢?"她必须知道他的态度,"爸一定会倾其所有帮助你,詹姆斯伯伯和安德鲁伯伯也会这么做的。"

"我们错了,我们以为饥荒很快就会结束,当我们发现它有多么严重的时候,一切都已经太晚了。"

她看着丹尼尔伯伯瘦削却挺直的肩膀和骄傲地歪着的头,已经完全能够理解他,她自己也会这么做的。同时她也明白了,她不该用巴利哈拉来替代他耕种了一生的土地,因为那样一来,他所有的付出,包括他的儿子们、兄弟们以及他的父亲乃至父亲的父亲的全部付出,都将化为乌有。

"罗伯特提高了租金,是吗?因为我对他戴着手套干活说了那句俏皮话,他就用你来报复我。"

"罗伯特本来就是个贪得无厌的人,这件事不怪你。"

"那么,你能允许我提供帮助吗?我会感到荣幸的。"

斯嘉丽在老丹尼尔的眼中看到了赞许的目光,接着那双眼睛里又露出了一丝幽默:"帕特里克有个儿子叫迈克尔,在一所大房子的马厩里工作,他对养马有好多大胆的想法。他要是付得起学费的话,肯定会跑到卡勒去当学徒。"

"我感谢您。"斯嘉丽郑重其事地说。

"有人要吃晚饭吗?不然我扔给猪吃了。"凯瑟琳假装生气地说。

"我都饿得想哭了,"斯嘉丽说,"你是知道的,我的厨艺糟糕透了。"她心想,我很开心,虽然从头到脚都疼,但我还是很开心。如果这个婴儿将来不能以自己是一个奥哈拉人而感到骄傲,我就拧断他的脖子。

第六十一章

"你需要一个厨师,"菲茨帕特里克太太说,"我自己不太会做饭。"

"我也不会。"斯嘉丽说,菲茨帕特里克太太看着她。"我也不太会做饭。"斯嘉丽急忙说道。她觉得不管科勒姆说得怎么好,她可能都不会喜欢上这个女人。当我问她叫什么名字时,她竟然毫不犹豫地就说是"菲茨帕特里克太太",她明明知道我问的是她的名字。我从来不把仆人叫成"太太""先生"或"小姐",不过我也从来没有用过白人仆人。凯瑟琳当贴身侍女不算,布蕾迪也不算,因为她们都是我的堂妹,还好菲茨帕特里克太太不是我的亲戚。

菲茨帕特里克太太是个高个子女人,至少比斯嘉丽高出了半个头。她并不瘦,但是身上没有多少肥肉,看上去就像树干一样结实。从她的外表上很难看出她的年龄,她的皮肤完美无瑕,同大多数爱尔兰妇女的皮肤一样,是空气中柔和的湿气不断滋润出来的,看起来就像多脂奶油。她脸颊的颜色尤其引人注目,不是一片红晕，而是一缕深玫瑰色。她的鼻子很厚，典型的农民的鼻子，但是鼻骨很突出。她的双唇抿成又细又长的一条缝。最让人吃惊和与众不同的地方是她那一对乌黑而又精致得令人惊叹的眉毛，像两道弯弯的羽毛长在一双蓝眼睛的上方，与她雪白的头发形成了奇怪的对比。她穿着一件朴素的灰色长袍，朴素的白色亚麻领子和袖口，一双干练有力的手交叉着放在腿上。斯嘉丽真想把自己那双粗糙的手放到大腿下藏起来，因为菲茨帕特里克太太的双手看上去那么光滑，指甲也修剪得很短且都长着完美的白色半月痕。

她的爱尔兰口音中带有一点儿英国口音，虽然也很柔和，但是由于辅音发得过于短促，所以少了一点儿音乐的节拍韵律感。

斯嘉丽突然意识到，我知道她是个什么样的人了，她的性格就像一个务实的商人。这个想法让斯嘉丽感觉好多了，不管我喜不喜欢她，我都能应付一个女商人。

菲茨帕特里克太太说：“奥哈拉太太，我相信我的服务会让你满意的。”毫无疑问，菲茨帕特里克太太对自己的一言一行都相当有信心。斯嘉丽感到恼怒，这个女人是想挑战我的权威吗？她想掌管这里的一切？

菲茨帕特里克太太仍在不停地说话：“我想告诉你，能够认识你并为你工作，我感到高兴。我很荣幸能成为奥哈拉族长的管家。”

她这是什么意思？

她扬起两道黑眉毛。“你还不知道吗？现在大家谈论的都是你。"菲茨帕特里克太太薄薄的嘴唇张得大大的,露出一丝笑意,"在我们这一生当中,还没有哪个女人赢得过这样的殊荣,也许这几百年来也都没有过。他们称你为奥哈拉族长,就是整个奥哈拉家族及其所有分支的首领。在至高王时代,每个家族都有自己的领袖、代表或首领,你的某个远祖曾经也是奥哈拉族长,他代表着所有奥哈拉人的勇气和骄傲。今天,这个称号落到了你的头上。"

"我不明白。我该做些什么?"

"你已经做过了。你受到了族人的尊敬和仰慕,得到了他们的信任和尊敬。这个头衔是授予的,不是继承的。你只需要做你自己,因为你是奥哈拉族长。"

"我觉得我要喝杯茶。"斯嘉丽软弱无力地说。她完全不明白菲茨帕特里克太太说的是什么。她在开玩笑吗?在嘲笑我吗?不会,我看得出来她不是一个开玩笑的女人。那么,这个奥哈拉族长到底是什么?斯嘉丽默默地念着这个称号:奥哈拉族长。它就像一个鼓点,激起了深深埋藏在她心底的某种东西。奥哈拉族长。她苍白而疲惫的眼睛里渐渐放射出一道光芒,使双眼绿得发光,像两团翡翠火焰。奥哈拉族长。

我明天再想这个问题吧……后半辈子的每一天都要思考这个问题。噢,我感觉自己已经变得截然不同,变得如此坚强。"……只需要做你自己……"她就是这么说的。那到底是什么意思?"奥哈拉族长"。

"你的茶,奥哈拉太太。"

"谢谢你,菲茨帕特里克太太。"无形之中,这个老妇人令人生畏的自信态度已经变得令人欣赏而不是令人恼火了。斯嘉丽接过杯子,望着她的眼睛说道:"请和我一起喝点儿茶吧,我们还要谈谈厨师和其他一些事情。现在只剩下了六个星期的时间,而要做的事情还很多。"

斯嘉丽之前还一直没有走进过这幢大房子,菲茨帕特里克太太对它也感到很惊讶和好奇,但丝毫没有表露出来。她虽然曾经当过一个显赫家庭的管家,管理过一所相当大的房子,但是那所房子远远没有巴利哈拉这所大房子这么富丽堂皇。她帮着斯嘉丽用一把生锈的大铜钥匙打开了一把生锈的大锁,然后用身体推开了房门。一股气味迎面扑来,她说道:"好大的霉味。我们需要一大群女人带着水桶和刷子来彻底打扫一遍。我们先看看厨房吧,要是没有一流的厨房,就请不来手艺好的厨师。房子的这一部分可以稍后再清理,暂时不用管墙上掉下来的那些纸和地板上的动物粪便,因为厨师根本看不到这些房间。"

一道弯曲的柱廊把两栋大厢房与房子主体连接在一起。她们首先走向东厢房,来到了一间宽大的转角房间里。房间的几个门分别开在内侧的几个走廊上,这些走廊通向其他房间和一个楼梯,楼梯之上又有更多的房间。"你将把你的总管安排在这里工作。"当她们回到大转角房时菲茨帕特里克太太说,"其他房间可以用作仆人的卧室和储藏室。总管不能住在大房子里,你得在镇上另外给他找一个住处,还必须要大一些,这样才能与他管理这个大宅邸的地位相称。这一间显然就是大房子的管理办公室了。"

斯嘉丽没有立即回答,她的脑海里浮现出了另一间办公室和另一座大房子的厢房。瑞特曾经说过,来到丹漠兰丁的单身客人们都住厢房。可是,她并不打算用十几个房间接待什么单身客人,也不需要接待任何其他客人。不过,她一定要像瑞特那样有一间自己的办公室。她要找一个木匠来,给自己做一张比瑞特的办公桌大一倍的大桌子,再把整个巴利哈拉的地图挂在墙上,她也要像他那样站在办公室里朝窗外看。但是,她将看到的是巴利哈拉漂亮的石块,一块块棱角分明,而不是一堆焚毁的砖头;她将看到的是成片的土地,一片片都长满了麦子,而不是一大块地的花丛。

"我自己当巴利哈拉的总管,菲茨帕特里克太太,我不打算让一个陌生人来管理我的地方。"

"我无意冒犯你,奥哈拉太太,但是你恐怕并不明白你在说什么。总管是一份全职工作,他不仅要管理商店和物资供应,还要听取工人、农民和镇上居民的抱怨和解决他们之间的争端。"

"这些都由我来做。我们可以在走廊里放上长凳让人们坐,我每个月的第一个星期天做完弥撒后,就来解决他们的问题。"斯嘉丽坚定的表情已经表明,再争辩已经毫无意义了。

"还有一点,菲茨帕特里克太太,不许摆痰盂,明白了吗?"

菲茨帕特里克太太点了点头,其实她以前根本没有听说过这个东西。因为爱尔兰人是用烟斗吸烟,他们并不嚼烟草。

"很好。"斯嘉丽说,"现在我们就去找到你一直担心的厨房,它肯定在另一边的厢房里。"

"你感觉还能走那么远吗?"菲茨帕特里克太太问。

"我必须去。"斯嘉丽说。走路对她的脚和背都是一种折磨,但是她还是必须亲自去看一看。房子的状况让她感到惊骇,六周之内怎么可能完成清理工作?但是又必须完成,因为这个婴儿必须出生在这所大房子里。

"好极了。"这是菲茨帕特里克太太对厨房的评价。这个巨大的厨房十分宽敞,有两层楼高,屋顶上有天窗,玻璃已经破损。斯嘉丽很肯定,连这个厨房一半大的舞厅她都没有见到过。厨房尽头的那堵墙几乎完全被一个巨大的石头烟囱所占据,烟囱两边各有一个门,都通向位于北面带有石头洗碗槽的餐具洗涤室,南边有一个空房间。"厨师可以睡在这里,这很好。"菲茨帕特里克用手向上指了指,接着说,"这是我见过的最巧妙的安排。"沿着厨房二楼的墙壁是一道带栏杆的长廊。"我就用厨师和餐具洗涤室上面的那个房间。我可以随时从长廊上监督厨房里的女佣和厨师,而他们根本不会知道,这样应该会迫使他们时刻保持警惕。那条长廊肯定一直连接到主楼的二楼,所以你也可以随时过来看看下面厨房里的工作情况。这样一来,他们就会一直不停地工作。"

"为什么我不能直接去厨房看呢?"

"因为一看到你他们就要停下手里的活对你行屈膝礼,然后站着等候你的指示,而这个时候锅里的饭菜就会烧煳了。"

"你一直都在说'他们'和'女佣',菲茨帕特里克太太,那么厨师呢?我还以为我们只需要一个厨娘就够了。"

菲茨帕特里克太太用手指了指宽大的地板、墙壁和窗户,说:"一个女人干不了这么多活儿,再能干的女人也做不了的。我想看看储藏室和洗衣房,可能都在地下室,你想下来看看吗?"

"我不想,我要到外面坐一坐,躲开这股霉味。"她找到了一扇门,打开门,发现门外是一个由围墙围起来的花园,里面杂草丛生。斯嘉丽只好退回到厨房里。另一扇门通向柱廊,她走到柱廊上,在铺砌过的地面上坐下来,背靠在一根柱子上,她感到十分疲劳。这房子从外面看起来几乎完好无损,她哪里知道还有这么多的工作要做。

这时,肚子里的婴儿不知用脚还是用手捅了她一下,她漫不经心地用手把肚皮上鼓起的包往下按了按。"嘿,小宝贝,"她喃喃低语道,"他们都把你妈妈称作'奥哈拉族长',你觉得怎么样?希望你为此感到骄傲,我就感到很骄傲。"斯嘉丽闭上眼睛享受着这温馨的一刻。

菲茨帕特里克太太从地下室走了上来,一边走一边抹去衣服上的蜘蛛网。"能用。"她简单明了地说道,"现在我们俩都需要一顿美餐,我们去肯尼迪酒吧吧。"

"去酒吧?没有男士陪伴,淑女是不会去酒吧的。"

菲茨帕特里克太太微笑道:"奥哈拉太太,那是你的酒吧,你愿意什么时候去就什么时候去,你愿意去哪儿就去哪儿。你可是'奥哈拉族长'。"

斯嘉丽在心里仔细琢磨了一下这个说法。这里既不是查尔斯顿也不是亚特兰大,她为什么就不能去酒吧呢?那里地面上一半的地板不都是她亲手钉的钉子吗?人们不是都在说,酒吧老板的妻子肯尼迪夫人为她的肉馅饼配了一种甜点,入口即化吗?

天气变得多雨,而这时的雨已不是斯嘉丽已经习惯了的阵雨或雾蒙蒙的天气,而是真正的倾盆大雨,有时一下就是三四个小时。农民们抱怨说,如果他们把斯嘉丽买回来的一车车肥料撒到新开垦出来的土地上,双脚就会沾满烂泥。但是,斯嘉丽强迫自己每天步行去查看大房子的工作进展,她很庆幸她的车道还是泥土路面,没有铺上碎石,所以她肿胀的脚走在上面感到松软、舒服。她现在已经不再穿任何鞋子,而是在前门后面放了一桶水,每次进门后先用水把脚清洗干净。科勒姆看到那个桶忍不住笑道:"你一天比一天更像爱尔兰人了,斯嘉丽宝贝,这个做法是从凯瑟琳那儿学来的吗?"

"从奥哈拉的男人那里学来的,他们每次从地里回到家里的时候,总是先用水把脚上的泥土冲洗干净。我想那是因为如果他们踩脏了干净的地板,凯瑟琳会发疯的。"

"根本不是这个原因,而是因为所有爱尔兰男人——还有爱尔兰女人——祖祖辈辈都是这么做的。在你把水倒掉之前,你会喊一句'(精灵们)请回避'吗?"

"别傻了,我当然不会喊的,我也不会每天晚上在门阶上放一碗牛奶。我不相信我的洗脚水会把精灵们淋成落汤鸡,也不相信他们需要我来提供晚饭。那都是幼稚的迷信。"

"这可是你说的。但是总有一天,你的傲慢会遭到某个恶精灵的报复的。"说着,他紧张地看了看她的床底下和枕头底下。

斯嘉丽不得不笑起来:"好吧,我就相信有精灵吧,科勒姆。什么是恶精灵?我估计准是某个矮妖精的远房亲戚吧。"

"小矮妖们要是听到你这么说也会不寒而栗的。恶精灵是一种可怕的生灵,又狠毒又狡猾,他能够瞬间让你抹在脸上的乳霜凝结,也能让你一梳头头发就死死地缠结在一起。"

"我估计,还能让我的脚踝肿胀,这是我所经历过的最恶毒的事情。"

"可怜的小羊羔。你的预产期还有多久?"

"大约三个星期。我已经告诉菲茨帕特里克太太在大房子里给我打扫出一个房间,再给我定制一张床。"

"你对她满意吗,斯嘉丽?"

她不得不承认她很满意。菲茨帕特里克太太对自己的女管家地位并不在乎,所以工作起来毫不惜力。斯嘉丽已经多次发现,为了教会女仆们该怎么做,菲茨帕特里克太太竟然亲自擦洗厨房的石头地面和石头水池。

"但是,科勒姆,她一直大手大脚地花钱,没完没了。她已经帮我雇了三个女仆,只是为了把厨房收拾得漂漂亮亮的,以便吸引到一个好厨师来这里工作。她还订购了一个我都没有见过的高级火炉,各种不同的灶具和烤箱,还有一个专门烧热水的家什。这些东西就花了差不多一百英镑,然后又花了十多英镑把它们从铁路上拖回来。买了这么多东西还不够,为了预防厨师不喜欢烤炉，还要让铁匠定做壁炉用的各种吊臂、烤肉叉和挂钩。这里的厨师恐怕比女王还要受宠。"

"也比女王更加实用。当你在自己的餐厅里坐下来享用第一顿美餐的时候，你就会觉得开心了。"

"这可是你说的。我对肯尼迪夫人做的肉馅饼已经很满意了，我昨晚就吃了三个。一个给我自己，两个给我肚子里的这头大象。噢，当这一切都结束之后我才会开心……科勒姆？"他的注意力已经转到别处去了，斯嘉丽觉得和他相处已经不像以前那样默契了，但是有件事她无论如何也得问问他，"你听说了奥哈拉族长的事吗？"

他确实听说了并且为她感到骄傲，他还认为她当之无愧。"你是个了不起的女人，斯嘉丽·奥哈拉，凡是认识你的人都有同感。你经受住了很多弱女子——或者男人——难以经受住的打击，而且从来没有痛苦呻吟，更没有祈求别人的怜悯。"他调皮地笑了笑，"你还做了一件近乎奇迹般的事情，让这些爱尔兰人以他们自己的方式工作。还有，你对着英国军官的眼睛吐唾沫——这个嘛，他们的说法是，你在一百步开外吐出一口唾沫，打瞎了一个英国军官的眼睛。"

"没有那么回事儿！"

"这么美好的传奇故事为什么要顾忌它是不是真实呢？第一个把你称作奥哈拉族长的人就是老丹尼尔自己，事发时他就在现场。"

老丹尼尔？斯嘉丽高兴得满脸通红。

"用不了多久,你就可以和芬恩·麦克库尔的鬼魂交流自己的传奇故事,并且听到这些故事被人们口口相传。有了你,我们的整个乡村文化都变得更加丰富了。"科勒姆的目光突然暗淡下来,"但是,斯嘉丽,有件事我要提醒你,不要对别人的信仰嗤之以鼻,那是对他们的侮辱。"

"我从来没有对任何人的信仰嗤之以鼻!尽管弗林神父总是一副打瞌睡的模样,可是我还是每个星期天都去做弥撒。"

"我说的不是教会的事情,我说的是精灵和恶精灵一类的事情。人们在传颂你的伟大事迹之一,就是你重新夺回了奥哈拉家的土地,但所有人也都知道,死在这片土地上的那个年轻领主一直阴魂不散。"

"你这是吓唬我吧?"

"我没有,我是认真的。你信不信并不重要,但是爱尔兰人信。如果你嘲笑他们的信仰,你就是在朝他们的眼睛里吐唾沫。"

尽管这一切很可笑,但是斯嘉丽还是明白其中的道理:"对此我会缄口不语,也不会笑话他们,但是你除外。不过,倒洗脚水的时候,我还是不会像你说的那样喊叫的。"

"你也不必那么做。人们都说你彬彬有礼,说起话来声音很轻柔。"

斯嘉丽哈哈大笑起来,直笑得惊动了肚子里的孩子,被狠狠地踢了一脚:"看看你干的好事,科勒姆,我肚子里已经被他踢得到处是伤了。不过,这也值得,自从你上次离开之后,我就再也没有这样开心地笑过了。这次在家里多待一阵子,好吗?"

"我会的,我还想成为第一个看到你肚子里这个大象一样的孩子的人。我希望你能请我做孩子的教父。"

"你真能做孩子的教父吗?我还指望由你给他或她或他们做施洗呢。"

科勒姆脸上的笑容立刻消失了:"这个我做不了,斯嘉丽宝贝,你可以要求我做其他任何事情,哪怕是要我为你把月亮摘下来当玩具都行。但是,我不能主持圣洗礼。"

"为什么不能?那是你的工作。"

"不是的,斯嘉丽,那是教区神父的工作,或者在特殊场合下是主教或大主教的工作。我只是一个传教的神父,致力于减轻穷人的痛苦,我不主持圣礼。"

"你可以破一次例。"

"我不能。此事到此为止。但是,如果有人请我的话,我会成为一个最好的教父,我还会确保弗林神父不会失手把孩子扔到圣水盆里或者地板上。我会雄辩地向他传授教义,让他感觉就像学习打油诗一样容易。斯嘉丽宝贝,你一定要请我做孩子的教父,否则你会伤透我这颗渴望的心的。"

"我当然会请你的。"

"那我这一趟就如愿以偿了,现在我可以到某所往粥里加盐的房子里讨口饭吃了。"

"那就去吧。我要休息一下,雨停之后我得趁着现在还走得动再去看看祖母和凯瑟琳。博因河的水已经涨得太高,几乎没法涉水过河了。"

"你再答应我一件事,我就再也不烦你了。这个周六的晚上一定要待在家里,紧闭房门,拉上窗帘。那天是万圣节前夕,爱尔兰人认为从地球诞生以来的所有精灵都会在那天夜里出来活动。还有各种妖魔鬼怪,一个个都把脑袋夹在胳膊之下或者做着其他各种荒诞不经的事情。按照我们的习俗,你要把自己关在一个安全的地方,千万不要见到他们。不能去肯尼迪夫人那里吃肉馅饼,自己煮一些鸡蛋吧。或者,如果你真的觉得自己已经爱尔兰化了,那就吃一顿威士忌加爱尔兰啤酒的晚餐吧。"

"难怪他们总是看到精灵!不过,我会照你说的做。你为什么不过来保护我呢?"

"和你这样一个迷人的姑娘待上一整夜?人家知道了会剥夺我的罗马领的。"

斯嘉丽朝他吐了吐舌头。迷人,倒也是。在一头大象看来可能还有点魅力。

马车可怕地摇晃着勉强驶过了博因河的徒涉渡口,她决定不在丹尼尔家待得太久。老祖母看上去昏昏欲睡的样子,所以斯嘉丽没有在她身边坐下来:"祖母,我只是顺便进来看你一眼,不会影响你小睡的。"

"那就过来和我吻别吧,小凯蒂·斯嘉丽。你真是个可爱的女孩儿。"斯嘉丽温柔地拥抱着祖母结实而瘦小的身体,紧紧地吻着她衰老的面颊。几乎就在这同一时刻,祖母的头又垂到了胸前。

"凯瑟琳,我不能待太久,河水已经涨得很高了,要是等它退下来,我恐怕就再也塞不进那辆轻便马车了。你见过这么巨大的婴儿吗?"

"是的,我见过,但是我要是说出来,你肯定又不愿意听。根据我的观察,每个做母亲的都觉得自己的孩子很特别。你有时间吃点儿东西、喝杯茶吗?"

"我不该吃的,不过我还是要吃。我可以坐丹尼尔的椅子吗?那把椅子最大。"

"欢迎你去坐那把椅子。丹尼尔对我们从来没有像对你那么热情过。"

斯嘉丽心想,因为我是奥哈拉族长。想到这里,她感受到了比热茶和散发着烟味的炉火更加炽热的温暖。

"你有时间去看看祖母吗,斯嘉丽?"凯瑟琳在丹尼尔的椅子旁放下一张凳子,然后把茶和点心放到凳子上。

"我刚才先去看了她,她现在正在打盹。"

"那太好了,如果她失去了跟你说再见的机会,就太遗憾了。她已经把她的寿衣从她那个宝贝盒子里取了出来,她不久就要去世了。"

斯嘉丽惊讶地盯着凯瑟琳那张平静的脸,心想她怎么能用谈论天气或其他事情的口气说出这样的话来,并且说完还能若无其事地继续喝茶、吃点心。

"我们都希望能有几个晴天,"凯瑟琳继续说道,"道路这么泥泞,来奔丧的人一路上都不好走。不过,无论发生什么我们都会坦然应对的。"她注意到了斯嘉丽的可怕表情,知道被误解了。

"我们都会怀念她的,斯嘉丽,但是她已经作好离开我们的准备了。凡是像老凯蒂·斯嘉丽那样的长寿老人,都能预感到自己将不久于人世。我再给你添点儿热茶吧,杯子里的茶水肯定都凉了。"

斯嘉丽猛地放下杯子,碰得碟子叮当响:"我真不能再喝了,凯瑟琳,我得尽快通过博因河的徒涉渡口,我得走了。"

"阵痛一开始你就派人来通知我,行吗?我很乐意陪在你身边。"

"行,谢谢你。你能把我扶上马车吗?"

"你带上一点儿糕点待会儿吃,好吗?我可以马上把它包起来。"

"不用,不用,谢谢,真的不用。我现在最担心的是河水。"

* * *

斯嘉丽一边驾着马车离开,一边在心里想,我更担心的是我会发疯。科勒姆是对的,爱尔兰人满脑子都是精灵,谁会想到凯瑟琳也如此深信不疑?还有,老祖母居然把自己的寿衣都准备好了。天知道他们会在万圣节做出什么事情来。我要把门锁上,再用钉子把它钉死。这些鬼东西让我不寒而栗。

小马在蹚过博因河的徒涉渡口的时候,脚步始终不稳,让斯嘉丽一直感到惴惴不安。

还是面对现实吧,在孩子出生之前我再也不外出了。我刚才真该带上凯瑟琳的点心。

849

第六十二章

三个乡下姑娘站在大房子的一个房间的宽大门口,这里是斯嘉丽为自己选择的卧室。她们都穿着大土布围裙,戴着宽褶边的头巾帽,不过她们的相同之处也仅限于此。安妮·多伊尔长得又小又圆,活像一只小狗;玛丽·莫兰则高挑、笨拙,就像一个稻草人;佩吉·奎因整洁而漂亮,活脱脱一个昂贵的洋娃娃。三个姑娘手拉着手挤在一起。"菲茨帕特里克太太,如果你同意,我们现在就回家,不然就要下大雨了。"佩吉说道,其他两个姑娘都使劲地点点头。

"好的,"菲茨帕特里克太太说,"不过星期一要早点儿来,把今天的时间补上。"

"噢,是的,小姐。"她们齐声说道并笨拙地行了屈膝礼。接着,三个人转身离去,楼梯上立刻传来一阵纷乱的脚步声。

菲茨帕特里克太太不禁叹道:"我有时真的感到绝望,过去我用比这几个更糟糕的材料也培养出过不错的女仆。不过,好在她们至少还愿意做这份工作。如果今天不是万圣节,即使下雨她们也不至于感到忧虑的。我估计她们肯定觉得很快就要乌云密布，天空就会变暗，那就相当于夜幕降临了。"她看了看别在胸前的金表，说："现在两点刚过……我们继续刚才说的事情吧，奥哈拉太太。这样不断地下雨，恐怕会延误我们的工期。我不希望延误工期，但是我不想对你撒谎，虽然我们已经把墙上旧的壁纸都刮掉了，一切都擦洗得干干净净，但是有些地方还需要用灰泥重新填补，那首先就必须把墙晾干。然后，又必须等待补上的灰泥干透之后，才能重新粉刷或贴墙纸，两个星期的时间是不够的。"

斯嘉丽的下巴绷得紧紧的："我要在这所房子里生孩子，菲茨帕特里克太太，这一点我一开始就告诉过你。"

但是，她的怒气马上就被菲茨帕特里克太太圆滑的应对消除了。"我有一个建议——"女管家说。

"只要不是让我去别的地方生孩子就行。"

"恰恰相反。我相信，我们只要在壁炉里生上一炉好火，给窗户挂上几道赏心悦目的厚窗帘，这些光秃秃的墙壁也就无所谓了。"

斯嘉丽忧郁地朝墙上看了看，墙面灰蒙蒙的一片，到处都有水渍，还有不少裂缝。"看起来很糟糕。"她说。

"铺上地毯再摆上家具以后会大不一样。我还给你准备了一个惊喜，是我们在阁楼上找到的。来看看吧。"她打开了通往隔壁房间的门。

斯嘉丽拖着沉重的脚步走到门口，接着便大笑起来："我的上帝啊！这是什么啊？"

"我们称之为'国宾床'，是不是很棒？"她和斯嘉丽都紧盯着摆在房间中央的那个奇怪的东西，一起笑了起来。这张床可谓巨大，至少有十英尺长，八英尺宽。四根粗大的黑色橡木柱子雕刻成希腊女神的样子，用戴着月桂花冠的头支撑着床顶盖。床头板和床尾板都刻有很深的浮雕，浮雕图案中有鲜花和葡萄交织而成的凉棚，凉棚下是身穿古罗马长袍的英雄群像。在高高的床盖的圆顶上，有一顶金叶王冠。

"你认为睡在这张床上的是哪个巨人？"斯嘉丽问道。

"这张床很可能是为总督来访而专门制作的。"

"总督又是什么人？"

"爱尔兰政府的首脑。"

"好吧，我得说，这张床对我肚子里的这个巨婴确实也够大了。但愿生产的时候，站在床边的医生伸出手能够得到我生出来的孩子。"

"那么，我可以订床垫了吗？特里姆镇上有一个人可以在两天内完成。"

"可以，订吧。床单也要订，要不就把几条普通床单缝到一起。我的天哪，我就是在那玩意儿上睡一个星期，也不会在它上面睡个遍。"

"加上床盖和帷幔，这张架子床本身就像一个房间。"

"房间？简直就是一幢房子。不过你刚才说得对，一旦躺进去，我根本就看不到肮脏的墙壁了。你真有高招，菲茨帕特里克太太,几个月来我第一次感觉这么好。你想象一下,一个婴儿在那里面来到这个世界会怎么样?它大概要长到十英尺高!"

两人一起慢慢地走下擦得干干净净的花岗石楼梯来到一楼,一路都在开心地笑。斯嘉丽心想,这里要首先铺上地毯,或者我干脆把二楼整个封起来。这里的房间都很大,我在一层有一个大房间就行了。菲茨帕特里克太太和厨师会同意吗?他们怎么会不同意呢?如果我都不能随心所欲,这个奥哈拉族长就没有什么意义了。斯嘉丽站到一旁,让菲茨帕特里克太太打开了沉重的前门。

她们眼前是雾蒙蒙的一片雨帘。"该死!"斯嘉丽骂道。

"这是倾盆大雨,不是小雨,"女管家说,"照这种下法,这雨下不了太久。你想喝杯茶吗?厨房里既暖和又干燥,为了测试一下火炉,我已经让炉火燃烧了一整天。"

"也好。"她若有所思地跟着菲茨帕特里克太太缓步走向厨房。

"这里的东西都是新买的。"斯嘉丽心里感到疑虑,她不喜欢别人不经她同意就花她的钱。火炉边的椅子都配有厚实的坐垫,这对来这里工作的厨师和女仆来说显然过于舒适了。"这东西花了多少钱?"她敲了敲一张笨重的大木桌。

"只花了几块肥皂而已。这张桌子原来就放在马具屋里,非常脏。这些椅子是从科勒姆的那所房子里搬来的。他建议我们让厨师先看厨房,给她一个好印象,然后再让她看其他的地方。我已经为她的房间列了一张家具清单,就在那边的桌子上,请你批准。"

斯嘉丽感到有些内疚。紧接着,她又怀疑女管家这是有意要让她感到内疚,于是她生气了:"我上周批准的那些购物清单怎么样了?那些东西什么时候能送来?"

"大多数东西已经到了,就在碗碟洗涤室里。我本来打算下周和厨师一起拆包的,因为各种炊具怎么摆放都是很有讲究的。"

斯嘉丽又生气了。她的整个后背突然疼得比平时都要厉害,她用双手按了按疼痛的地方,结果一阵新的疼痛又在她的腰部和大腿上蔓延开来,背部的疼痛反而显得无足轻重了。她立刻抓住桌子的边沿支撑着自己的身体,呆呆地望着一股液体从她的腿上流下来,流过她的赤脚,然后在擦洗过的石头地板上形成一摊。

"羊水破了,"她终于开口说,"还有血。"她抬头看看窗外的瓢泼大雨。"对不起,菲茨帕特里克太太,这下你全身都要淋透了。扶我躺到这张桌子上,再拿什么东西来擦干我身上的羊水……还有血。然后,你立刻跑到酒吧或商店去,告诉某个人马上骑马去叫医生来。我要生孩子了。"

撕裂般的疼痛没有再出现,斯嘉丽的头和腰背部下面都垫着椅垫,感觉很舒服。她想喝点儿什么,但还是觉得暂时不要离开这张桌子为好,因为一旦疼痛再次发作,她可能会摔倒从而伤到自己。

我也许不应该把菲茨帕特里克太太派出去,会把别人吓死的。从她离开到现在,我只有三次阵痛,而且都很轻微。要是没有这么多血，我确实感觉很好。每一次阵痛和宝宝每一次踢我，都会有血涌出来，这是以前从来没有过的事情，以前破了的羊水都是清澈而不带血的。

一定是出了什么问题。

医生在哪里？再过一个星期，就有医生来到家门口了。我估计，现在只能是从特里姆镇请来的某个陌生人了。你好，医生，世事难料，事情本来不应该是这个样子的，我该头戴金冠躺在一张床上，而不是躺在一张从马具屋里搬来的桌子上。对一个婴儿来说，这算是一个什么样的开局？看来，我得给他起一个跟马有关的名字，比如"马驹""跳马"或其他什么马。

血又流出来了，我不喜欢这样。为什么菲茨帕特里克太太还不回来——看在上帝的分上，她回来我至少还可以喝口水，我已经干得像一根骨头了。别踢了，宝贝儿，就因为我们躺在一张马具屋的桌子上你就像一匹马一样踢来踢去，这没有必要。别踢了！你弄得我不停地流血。稍微等一等，医生来了你就可以出来了。跟你说实话吧，我真巴不得立刻就摆脱你。

怀上你比生下你可容易多了……不行，我决不能去想瑞特，否则我会发疯的。

这雨为什么一直下个不停？这简直就是倾盆大雨，风也越刮越猛，分明是一场暴风雨。我在这个时候羊水破了，要生孩子，真是会挑时间……为什么羊水里有血？看在上帝的分上，我难道连一杯茶都喝不上就要在一张马具屋的桌子上流血而死吗？噢，我好想喝点咖啡。有时候我特别想喝咖啡，想得要尖叫……或者要哭……噢,上帝啊,又有血涌出来了,好在并不疼。这还算不上宫缩,只是一次抽搐或什么……可是,为什么会有这么多的血涌出来?当分娩真正开始的时候又会怎么样?亲爱的上帝,那岂不是要血流成河,满地都是?到时屋里的每个人都不得不洗脚。我不知道菲茨帕特里克太太是不是常备着一桶洗脚水,也不知道她倒掉洗脚水之前会不会大喊一声"请回避"。我不知道她现在到底在哪儿?这件事一结束我就辞了她——也不给她写推荐信,至少她不要想得到可以向任何人炫耀的任何东西。她居然跑得无影无踪,把我一个人留在这里渴死。

别再踢了。你不像一匹马,更像一头骡子。噢,天啊,这么多血……我不能失去自我控制,决不能。我不会让自己失控的。奥哈拉族长是不会失控的。奥哈拉族长,我太喜欢这个称号了……那是怎么了?是医生来了吗?

菲茨帕特里克太太走了进来:"你还好吗,奥哈拉太太?"

"很好。"奥哈拉族长说。

"我带来了床单、毯子和柔软的枕头,其他一些人正带着床垫赶来。我能为你做点儿什么吗?"

"我想喝水。"

"这就来。"

斯嘉丽用胳膊肘支起上身,大口地喝了几口:"谁去叫医生了?"

"科勒姆去了。他本来想过河去叫亚当斯敦的医生,但是博因河已经过不去了,所以他只好去了特里姆镇。"

"我已经估计到了。请再给我一些水,再拿一块干毛巾来,这一块已经湿透了。"

菲茨帕特里克太太看到斯嘉丽两腿之间那条浸满血水的毛巾时,竭力掩饰住了自己脸上的恐惧。她接过那条毛巾,把它揉成一团,然后紧走几步把它扔进了一旁的一个石头水池里。斯嘉丽看着滴落在地面上的一串鲜红的血点,心里对自己说:那都是我的一部分,但是同时她又难以相信自己看到的这一切。她一生中受过许多伤,孩提时代玩耍时受过伤,在塔拉的棉田里锄地时受过伤,甚至在前几天拔起荨麻的时候也受过伤,但是就算把这些伤情统统放在一起,也没有从那条毛巾里流出来的血多。这时,她的腹部突然猛地收缩了一下,一股鲜血立刻涌到了桌面上。

真是个蠢女人,我告诉过她我需要另一条干毛巾。

"你的表几点了,菲茨帕特里克太太?"

"五点十六分。"

"我估计是这场暴风雨延缓了行走的速度。请再给我拿一些水和一条毛巾。不,想来想去,我还是想喝茶,多加点儿糖。"我得给那个女人找点事情做,这样她也许就不再像鬼一样缠着我了。我很累,既不想说话也不想不停地赔笑脸。我要是知道自己出了什么问题,恐怕会被吓傻的。宫缩没有继续加强,间隔时间也没有缩短。我哪儿也去不了。睡在床垫上至少比睡在桌子上的感觉要好,但是等床垫被血水浸透之后又是什么感觉呢?暴风雨越来越大了吗,还是我被吓坏了?

一阵狂风吹过,雨水敲打在窗户上。就在离这所大房子不远处的树林里,科勒姆·奥哈拉差点儿被树上断落的一大段树枝撞倒。他从树枝上爬过去,弯着腰顶风继续往前走。这时他突然想起了什么,转过身来,又一阵狂风吹来,把他刮到了树枝上,他在泥泞中挣扎着努力站稳脚跟,然后把大树枝拉到一边,再次迎着风朝大房子走去。

"现在几点了?"斯嘉丽问道。

"快七点了。"

"请拿一条毛巾。"

"斯嘉丽宝贝,情况很糟吧?"

"哦,科勒姆!"斯嘉丽勉强半坐起来,"医生跟你来了吗?小家伙已经踢得不如之前那么厉害了。"

"我在邓肖格林找到了一个接生婆。博因河的河水已经淹没了道路,我去不了特里姆镇了。现在,你先躺好,做个好妈妈,不要让自己过度劳累。"

"她在哪儿?"

"在路上。我的马跑得快一些,不过她就跟在我后面不远的地方。她已经为数百个婴儿接过生,所以你会得到很好的照顾。"

"我以前生过孩子,科勒姆,但这次情况不一样,肯定出了严重的问题。"

"她肯定知道该怎么做,亲爱的,不用担心。"

八点刚过,科勒姆找的接生婆就急匆匆地闯进门来。她那身浆过的制服已经被雨水淋透,松松垮垮地挂在身上,但是她沉稳的举止给人干练利落的感觉,仿佛她根本不是被叫来应付紧急情况的。

"临盆了,是吗?放心吧,太太,我知道怎样帮助小宝贝们来到这个伤心的世界。"她脱下斗篷,把它递给科勒姆。"把它摊开放在壁炉前,让它烤干。"她用习惯于发号施令的声音说,"太太,我需要洗手的肥皂和温水。哦,这里就行。"她轻快地走向石头水池。当她看到水池里那些浸透血水的毛巾时,立刻就变得神情低落了,她疯狂地挥手把菲茨帕特里克太太叫过去,两人低声商量了一下。

刚刚出现在斯嘉丽眼睛里的光立刻暗淡下去了,她闭上眼睛,强忍住自己的眼泪。

"我们先看看到底什么情况。"接生婆装出一副轻松的神情说道。她撩起斯嘉丽的裙子,摸了摸她的肚子。"一个健康强壮的婴儿,他刚才踢了我一下以示问候。我们现在就请他出来,好让他妈妈休息一会儿。"她转向科勒姆说道,"先生,你最好离开,把这里的事情留给我们女人来做。等你儿子出生后,我会告诉你的。"

斯嘉丽忍不住咯咯笑出声来。

科勒姆脱下身上的粗呢大衣,他的罗马领在灯光下闪闪发光。"哦,"接生婆说,"对不起,神父。"

"是我的错。"斯嘉丽尖声说。

"行了,斯嘉丽。"科勒姆平静地说。

接生婆把他拉到水池边。"也许你应该留在这里,神父,"她说,"为她主持最后的仪式。"

她的声音很大,斯嘉丽听到了她的话。"噢,天哪!"她叫道。

"帮我一下,"接生婆对菲茨帕特里克太太命令道,"我教你怎么抱住她的腿。"

那女人用力把手伸进斯嘉丽的子宫里,她立刻尖叫起来。"住手!上帝啊,太痛了,快住手。"接生婆检查完胎儿的情况后,斯嘉丽仍然因为刚才的伤痛而在不停地呻吟。她的血溅满了床垫和她的大腿,也溅到了菲茨帕特里克太太的裙子上、接生婆的制服上,以及桌子两侧三英尺以内的地板上。接生婆把左臂上的衣袖往上撸起,她的右臂肘部以下都已经被血染红。

"我只能用双手试试了。"她说。

斯嘉丽继续痛苦地呻吟着。这时,菲茨帕特里克太太一步走到了那个女人的前面。"我生过六个孩子。"她说,"从这里滚开。科勒姆,把这个屠夫赶出去,不然她会害死奥哈拉太太,而我会杀了她。上帝啊,帮帮我吧。"

突然,一道耀眼的闪电透过天窗和窗户照亮了整个房间,一阵更加猛烈的狂风暴雨噼噼啪啪地打在窗户玻璃上。

"我不能出去,"接生婆咆哮道,"天已经全黑了。"

"那就把她关到另一个房间去,反正不能让她留在这里。科勒姆,她离开之后,你去把铁匠叫来。他能医动物的病,女人也没有多大不一样。"

科勒姆抓住那个怯懦的接生婆的上臂。一道闪电划过天空,她发出一声尖叫。他使劲摇晃她几下,吼道:"镇静,女人!"他呆滞而绝望地看着菲茨帕特里克太太:"他不会来的,罗莎琳,天已经黑了,谁也不会来的。你难道忘了今夜是什么时刻了吗?"

菲茨帕特里克太太用一块凉爽的湿布擦了擦斯嘉丽的太阳穴和面颊:"如果你不去把他带来,科勒姆,那么我去。我在你家的书桌里放着一把刀和一把手枪,我要让他知道还有比鬼魂更可怕的事情。"

科勒姆点点头说:"我去。"

铁匠约瑟夫·奥尼尔在胸前画着十字,满脸是汗。因为刚刚从暴风雨里走来,所以一头湿淋淋的黑发紧贴在头皮上,不过脸上的汗水却是刚出的。"我只给一匹马接过生,也是难产,但是我不能那样粗暴地对待一个女人。"他低头看了看斯嘉丽,然后摇摇头说,"这是违反自然的事情,我不能做。"

所有水槽边都点着灯,一道又一道的闪电不断地投下明晃晃的光芒,除了几处阴暗的角落之外,偌大的厨房被照得比白昼更加明亮。屋外的暴风雨似乎正在对房子厚厚的石墙发起一阵阵猛烈攻击。

"你必须做,先生,否则她会死的。"

"她肯定会死的,如果胎儿现在还没死,一会儿也会死的。现在已经没有动静了。"

"那就不能再等了,约瑟夫,看在上帝的分上,你是她唯一的希望。"科勒姆的声音沉稳而威严。

斯嘉丽在血淋淋的床垫上激动地动了动,罗莎琳·菲茨帕特里克用水擦了擦她的嘴唇,然后又往她嘴里挤了几滴水。斯嘉丽的眼皮颤动了一下,然后睁开了。因为发烧,她的目光已经有些呆滞,她无助地呻吟起来。

"约瑟夫!我命令你马上行动。"

铁匠浑身战栗着,举起粗壮的胳膊,伸向斯嘉丽隆起的肚子。一道闪电划过,他手里的刀刃发出一道寒光。

"这人是谁?"斯嘉丽清楚地问道。

"圣帕特里克保佑我!"铁匠叫道。

"科勒姆,那位可爱的女士是谁,穿着漂亮白色长袍的那位?"

铁匠手里的刀掉到了地上,他的脚向后退去,双手向前伸出,掌心朝外,像是抵御着恐惧。

风呼啸旋转着,扯断了一根树枝,砸碎了石头水槽上方窗户的玻璃。落下的碎玻璃划破了约瑟夫·奥尼尔的手臂,他举起双臂护住自己的头,尖叫着倒在地板上,狂风透过砸烂的窗户在他头顶上肆意呼啸。到处都充满了尖利的噪声——屋外、屋内、铁匠的尖叫中、咆哮的狂风周围、暴雨里以及暴风雨之外遥远的地方,风在哭号。

所有油灯的火苗都在跳动、摇曳,一些随即熄灭了。就在这风雨交加的时候,厨房的门静静地打开又关上了,一个披着宽大披肩的身影走进厨房,从惊恐万状的几个人中间走到窗前。这是一个满脸皱纹的圆脸女人,她把手伸进石头水池里,拿起一条毛巾,然后把血水拧干。

"你在干什么?"罗莎琳·菲茨帕特里克猛地从恐惧中清醒过来,一边朝那女人走去一边厉声吼道。科勒姆伸出胳膊拦住了她,他已经认出了这个老太婆,她就是住在瞭望塔附近的那个"聪明女人"。

"聪明女人"把浸透血水的毛巾一条接一条地塞进窗户的破口里,直到把洞口全部堵住为止。然后她转过身,说道:"把熄灭的灯都重新点上。"她的声音嘶哑,好像喉咙里生满了锈。

她从身上脱下湿漉漉的黑色披肩,整整齐齐地叠好,放到椅子上。黑色披肩下是一条棕色披肩。她又把那条棕色披肩脱下来,同样整齐地叠好,也放到椅子上。然后又是一件深蓝色的披肩,肩部位置上有一个洞。最后是一件红色披肩,上面已经破了许多洞。"你还没有按我的话去做。"她责备科勒姆说。然后她走到铁匠跟前,狠狠地往他腰上踢了一脚:"你挡道了,铁匠,回你的铁匠铺去。"她再次看了科勒姆一眼。他赶紧点亮了一盏油灯,接着找到另一盏并把它点燃,很快两盏灯里的火苗都稳定地燃烧起来。

"谢谢你,神父。"她礼貌地说。"打发奥尼尔回家去吧,暴风雨已经过去了。然后拿着两盏灯站到桌子边上来,高高地举着它们。你,"她转向菲茨帕特里克太太,"也把灯举起来,我要为奥哈拉族长作一些准备。"

她腰上系着一根长长的绳子和十几个用不同颜色的破布做成的布袋。她把手伸进其中一个布袋里，从中取出一个装着黑色液体的小瓶子，然后用左手抬起斯嘉丽的头，用右手把瓶子里的药水倒进她嘴里。斯嘉丽伸出舌头，舔了舔嘴唇。"老太婆"咯咯地笑笑，轻轻把她的脑袋放回到枕头上。

接着，"老太婆"用她"生锈"的嗓音完全不着调地哼唱起了一个曲子，用关节凸起的粗糙手指碰了碰斯嘉丽的喉咙，又碰了碰她的前额，然后拉起她的眼皮又把眼皮放下。然后，"老太婆"从另一个布袋里拿出一片折叠起来的树叶，把它放到斯嘉丽的肚子上。接着，她又从另一个布袋里取出一个锡制的鼻烟壶，把它放到那片树叶旁边。科勒姆和菲茨帕特里克太太双双站在桌旁，手里高举着油灯，就像两尊雕像，但是他们的眼睛密切地注视着"老太婆"的每一个动作。

她展开折叠的树叶，里面有一些药粉。"老太婆"把它洒在斯嘉丽的肚子上。然后，她从鼻烟盒里取出一团膏状物，把它涂抹在洒满药粉的肚皮上。

"我要把她捆起来，免得她伤着自己。""老太婆"说。她从腰上解下那根长绳，拴住斯嘉丽的小腿和肩膀，然后牢牢地系到粗壮的桌子腿上。

她用那双老迈的小眼睛先看了看菲茨帕特里克太太，然后又看了看科勒姆，说道："她肯定会尖叫，但是她不会感到疼痛。你们都不能动，光线至关重要。"

不等他们回答,她已经拿起一把薄薄的小刀,从一个布袋里掏出什么东西来擦了擦刀身,然后一刀划开了斯嘉丽的肚皮。斯嘉丽的尖叫声就像一个迷失的灵魂在哭泣。

斯嘉丽的尖叫声还没有停止,"老太婆"的双手已经托起了一个满是血污的婴儿。她把嘴里一直含着的什么东西吐到地板上,然后对着婴儿的嘴开始吹气,一次,两次,三次。婴儿的胳膊突然抽搐了一下,接着腿也动起来。

科勒姆轻轻说了一声:"万福玛利亚。"

接着,"老太婆"挥动手里的小刀,割断了婴儿的脐带,把孩子放到叠好的床单上,然后又回到斯嘉丽的身旁。"把灯拿近一点儿。"她说。

她的手和手指的动作都十分敏捷,不时随着刀光一闪,一块带血的胎盘碎片就掉落在她脚边的地板上。她又往斯嘉丽的嘴唇里倒了一些黑色液体,然后又往她肚子上那道可怕的伤口上倒了一些无色的液体。接着,她把伤口缝到了一起。伴随着她这一个个精准的小动作,她嘴里还一直不着调地哼着曲子。

"先用亚麻布然后再用纯毛织品把她裹起来,我去清洗婴儿。"她一边说,一边用刀割断了捆绑着斯嘉丽的绳子。

当科勒姆和菲茨帕特里克太太把斯嘉丽裹好之后,"老太婆"抱着躺在柔软白色毯子做成的襁褓中的婴儿回到了他们身边。她说:"接生婆把这个忘掉了。"她的笑声引来婴儿发自喉头的一声回应,这个女婴随即睁开了眼睛。她蓝色的虹膜看起来就像环绕着黑色瞳孔的两个浅色圆环。她长着长长的黑色睫毛和两条细细的眉毛。因为她没有通过产道产出,所以不像大多数新生儿那样显得又红又畸形,她的小鼻子、小耳朵、小嘴巴和覆盖着柔软胎发的头盖骨都十分完美。她的橄榄色皮肤在白色毯子的衬托下显得十分黝黑。

第六十三章

麻药的作用还没有完全消退，斯嘉丽只是隐约感觉到了周围的声音和灯光，她挣扎着想睁开眼并听清楚人们说的话。好像发生了什么事情……很重要的事情……有一个问题……有一双有力的手托着她的头，有人温柔地用手指分开了她的嘴唇，一股清凉甘甜的液体流到她的舌头上，接着又流下她的喉咙，于是她又睡着了。

当她第二次努力找回自己的意识的时候，她终于想起了那个问题，那个至关重要的问题，那个有关胎儿的问题。他死了吗？她抬起双手去摸自己的肚皮，可这一摸却让她感到火辣辣的疼痛。于是她咬紧牙关，用力往肚子上按了一下，接着便颓然地放下了双手。她已经感觉不到胎儿的踢动，也没有它伸展的脚在肚皮上顶出来的那种圆圆的鼓包——孩子死了。斯嘉丽发出一声微弱的痛苦呻吟，那声音充其量也比不上小猫的叫声，接着那种甜甜的药水再次流进了她的嘴里。在她昏睡的整个过程中，她紧闭着的双眼一直不停地渗出泪水。

第三次回到半睡半醒状态之后,她试图抓住黑暗,继续睡下去,把现实世界拒之门外。但是,她肚皮的疼痛进一步加剧,痛得撕心裂肺一般,迫使她移动身体减轻疼痛,而这一动又让她更加疼痛,她无助地抽泣起来。那个冰凉的小玻璃瓶又递到了她的嘴唇上,她很快又失去了知觉。后来,当她再次飘浮在意识的边缘时,她主动张开了嘴,急于再次接受带给她无梦黑暗的那种液体。但是,这一次取而代之的是一块冰冷潮湿的布,有人用这块布擦了擦她的嘴唇,同时她听到了一个熟悉但记不起来是谁的声音:"斯嘉丽宝贝……凯蒂·斯嘉丽·奥哈拉……睁开你的眼睛……"

她的脑子在极力搜索,意识又消逝了,接着又增强了——科勒姆。这是科勒姆。她的堂兄,她的朋友……既然他是她的朋友,他为什么不让她睡觉呢?为什么他不在她的疼痛复发之前让她服药呢?

"凯蒂·斯嘉丽……"

她半睁开眼睛,光线刺痛了她的眼,她不得不赶紧又闭上了眼睛。

"真是个好姑娘,斯嘉丽宝贝。把眼睛睁开,我有东西让你看看。"他不停的劝诱让她不得不从命。斯嘉丽终于睁开了眼睛,有人已经拿走了油灯,昏暗的光线让她感觉好多了。

那是我的朋友科勒姆。她试图微笑一下,但是记忆突然涌上心头,她的嘴唇立刻像孩子般地噘起来,开始啜泣:"我的孩子死了,科勒姆,还是让我睡过去吧。帮帮我,让我忘记这件事。

求你了,求你了,科勒姆。"

那块湿布又擦了擦她的脸颊和嘴:"不,不,不,斯嘉丽,不,不,孩子在这儿,孩子没死。"

她渐渐地明白了他的意思,她在心里说:没死。"没有死吗?"她问道。

她能看到科勒姆的脸,清楚地看到了他的微笑。"没死,亲爱的,孩子没死。在这里,你看。"

斯嘉丽在枕头上转过头。为什么转个头都这么艰难?她看到有人双手捧着一个白色的布包递到她的眼前。"凯蒂·斯嘉丽,这就是你的女儿。"科勒姆说着,掀开了毯子的皱褶,她看到了一张沉睡中的小脸。

"噢。"斯嘉丽轻声道。她是那么小,那么完美,那么无助。看她的皮肤,像玫瑰花瓣,又像奶油——不对,她的肤色比奶油深,是棕色的,而玫瑰花只有淡淡的玫瑰色。她看起来像是晒黑了,就像……就像一个小海盗。她和瑞特长得一模一样!

瑞特!你为什么不来这里看看你的孩子?你漂亮的黑宝贝。

我漂亮的黑宝贝。让我好好看看你。

斯嘉丽感到一种奇怪而可怕的虚弱感,同时一股暖流又像一阵强有力、轻缓而无痛的灼烧感弥漫了她的全身。

婴儿睁开了她的眼睛,目不转睛地直视着斯嘉丽,斯嘉丽立刻感到了心中对她的爱。这种爱没有条件,没有要求,没有理由,没有疑问,没有界限,没有保留,也没有自我。

"嘿,小宝贝!"她对她说。

"好了,现在把药喝了。"科勒姆说。那张小黑脸随即从她眼前消失了。

"不!不!我要我的孩子。她在哪里?"

"下次醒来你就能看到她了。张开嘴,斯嘉丽宝贝。"

她想说"我不干",可是几滴液体又滴到了她的舌头上,很快黑暗再次笼罩了她。这一次,她脸上带着微笑睡着了,在死一般苍白的面容下却透出了一股生命的闪光。

也许是因为孩子长得像瑞特,也许是因为斯嘉丽一向最为珍视她竭尽全力为之奋斗的东西,也许是因为她已经和爱尔兰人一起度过了数月的时光,爱尔兰人都酷爱孩子。而更有可能的是,这个孩子是生命给予斯嘉丽的奇迹之一,并不需要任何理由。不管真正原因是什么,在斯嘉丽·奥哈拉度过了空虚的前半生之后,她终于得到了纯粹而强烈的爱,她已经知道自己现在不再缺少任何东西。

斯嘉丽拒绝再吃止痛药。她身上那道长长的红色伤疤就像白热的钢上的一道条痕,但是只要她一触摸到自己的孩子,甚至哪怕只是看到孩子一眼,那种无比喜悦的心情就会使她忘掉那道伤疤。

"把奶妈送走!"当一个健康的年轻奶妈被带进门来的时候,斯嘉丽立刻说道。"我一次又一次不得不把自己的乳房绑起来,忍受着断奶的痛苦,都是为了成为一个淑女,为了保持一个好身材。这一次,我要自己给这个婴儿喂奶,让她始终待在我的身旁。我要喂她，让她强壮起来，看着她成长。"

当婴儿第一次找到她的奶头后，便贪婪地吸吮起来，额头露出一道专注的细纹，斯嘉丽不无得意地看着她笑起来："你是妈妈的好女儿，好吧，饿得像头狼似的，就想得到你想吃的东西。"

因为斯嘉丽的身体太虚弱不能走路，所以孩子就在她的卧室里接受了洗礼。弗林神父站在"总督"大床边上，斯嘉丽背靠着花边枕头坐在床上，怀里抱着孩子，直到不得不把孩子交给科勒姆——孩子的教父。凯瑟琳和菲茨帕特里克太太都是孩子的教母。孩子身上穿着一件带有刺绣的亚麻袍子，那是一件已经洗得很薄的袍子，是奥哈拉家一代又一代数百个婴儿穿过的衣服。她被命名为凯蒂·科勒姆·奥哈拉。当圣水碰到她的额头的时候，她挥动着手臂，踢了几下腿，但是没有哭。

凯瑟琳穿着她最好的一件带花边领的蓝色连衣裙，其实她本来应该穿的是丧服，因为老凯蒂·斯嘉丽死了。然而，大家一致认为，在斯嘉丽的身体还没有恢复强壮之前，他们不能把这件事告诉她。

罗莎琳·菲茨帕特里克用鹰一般敏锐的目光注视着弗林神父，要是他稍有闪失，她就会一把把孩子抓过来。当斯嘉丽提出请她当孩子的教母时，她激动得好一阵子都说不出话来。当她终于能说话时，她问斯嘉丽："你怎么猜得到我对这个孩子的感受？"

"我猜不到，"斯嘉丽回答说，"但是我知道一件事，如果不是你及时阻止了那个可怕的女人，她会害死孩子，我就不会有这个孩子了。那天晚上的事我记得很清楚。"

洗礼结束之后,科勒姆把凯蒂从弗林神父手上接过来,交还到斯嘉丽张开的双臂之中。然后,他给神父、自己和两个教母各倒了一小杯威士忌,说道:"为这对母子——奥哈拉族长和奥哈拉家的最新成员——的健康和幸福,干杯!"之后,他陪着那位步履蹒跚的圣洁老人去了肯尼迪酒吧,为在场的所有人买了几杯酒,以庆祝这个可喜的时刻。他心里还抱着一线希望,希望这样能够阻止那些已经开始在米斯郡满天飞的谣言。

铁匠约瑟夫·奥尼尔一直蜷缩在巴利哈拉厨房的一个角落里,直到天亮之后才跑回他的铁匠铺里,靠喝酒给自己壮胆。后来,只要有人愿意听他的故事——这样的人还不少——他就会告诉他们说:"就算是圣帕特里克自己遇到那天晚上发生的事情,再怎么祈祷也是没用的。"

"我正准备要挽救奥哈拉族长的性命时,那个女巫就从石墙里钻了出来,她用可怕的力量把我摔倒在地板上,并且狠狠地踢了我一脚——我的身体很清楚地感觉到了那绝不是人的脚,而是一只偶蹄[1]。她对着奥哈拉族长施了一个咒语,立刻就把那个胎儿从她子宫里扯了出来。那个婴儿浑身上下都是血,地板上、墙上、空气中到处都是血。只要是胆子小一点儿的人都会吓得遮住自己的眼睛,不敢去看那样可怕的景象。但是,约瑟夫·奥尼尔亲眼看到了那个浑身是血的婴儿身体很强壮,我可以明确

---

[1] 偶蹄(cloven hoof)是撒旦或邪恶的象征。

地告诉你，那是一个男孩儿，两腿之间明明白白地带着男人的特征。

"'我去把血洗掉。'那个魔鬼一边说一边转过身去，等她再转过身来的时候，却把一个虚弱得几乎毫无生命的生灵——一个像坟墓上的褐色泥土颜色一样的棕色女孩儿——递给了奥哈拉神父。现在你们谁能告诉我，在那个可怕的夜晚我看到的如果不是一个被魔鬼偷换后留下来的孩子，那我看到的是什么？这件事绝不会有什么好结果，不仅对被偷走儿子的奥哈拉族长不利，也对笼罩在那个精灵女婴阴影下的所有人不利。"

* * *

一周之后，源自邓肖格林的故事也传到了巴利哈拉。这个故事是那个接生婆讲出来的：眼看着奥哈拉族长性命不保，只有取出她腹中死去的胎儿才能救她一命。不管他们多么可怜，在当时的情况下，还有谁能比一个接生无数的接生婆更有经验呢？突然之间，那个苦难的母亲痛得从床上坐了起来。"我看到她了，"她说，"报丧女妖来了！身材高大，穿着一身白衣，长着一张仙女般美丽的脸。"紧接着，恶魔们从地狱里射出一支长矛，击穿了窗户，女妖从窗洞中飞了出去，哭号着召唤死亡。她是在召唤那个死去胎儿的灵魂，而那个胎儿却吸走了奥哈拉族长的祖母——一个善良的老太太——的灵魂，然后在人世间复活了。这就是魔鬼的杰作，绝对不会错的，奥哈拉族长得到的那个婴儿根本不是人,而是一个食尸鬼。"

"我觉得我应该告诉斯嘉丽警惕这些谣言,"科勒姆对罗莎琳·菲茨帕特里克太太说,"可是我又该怎么对她说呢?说这里的人都很迷信,还是说孩子在万圣节前夜出生很危险?我找不到可以给她的任何好的建议,我也没有办法保护这个婴儿不被别人说三道四。"

"我会保证凯蒂的安全,"菲茨帕特里克太太说,"没有我的同意,任何人和任何东西都休想进入这所房子,这个小孩子也不会受到任何伤害。闲言碎语迟早会被人们遗忘的,科勒姆,这你知道。等其他什么事情发生之后,又会有新的故事编造出来,那时所有人都会意识到凯蒂只不过是一个小女孩儿,同其他小女孩儿并没有什么不同。"

一个星期后,菲茨帕特里克太太用托盘端着茶和三明治来到斯嘉丽的房间,然后耐心地站在那里静静地听着斯嘉丽的抱怨,这些天来她一直在抱怨。

"我不明白为什么我要永远待在这个房间里,我觉得我的身体已经好多了,完全可以起来走动了。你看看今天的阳光多好,我就想带着凯蒂坐上马车兜风去,但我只能坐在窗子边上,看着外面的落叶。我敢肯定她也在看。她的眼睛先看着上面,然后跟着落叶往下移动——噢,快看!你过来看!你看看阳光下凯蒂的眼睛,本来是蓝色的,现在变了。我觉得它们会变成瑞特那样的棕色,因为她就是他的翻版。但是我也看到了一些小斑点,都是绿色的。她肯定会拥有一双和我一样的眼睛!"

斯嘉丽用鼻子蹭了蹭婴儿的脖子:"你是妈妈的女儿,对吗,凯蒂·奥哈拉?不对,不能叫凯蒂,因为任何人都可以叫凯蒂。我要叫你'小猫咪',因为你长着一双绿色的眼睛。"她把一脸严肃的婴儿抱起来面对着女管家。

"菲茨帕特里克太太,我想介绍你认识'小猫咪·奥哈拉'。"斯嘉丽的笑容像阳光一样灿烂。

罗莎琳·菲茨帕特里克却感到了前所未有的恐惧。

第六十四章

在康复期间,斯嘉丽被迫休息,一直无所事事,而她的婴儿又跟别的孩子一样,白天和晚上的大部分时间都在睡觉,这就使得她有了许多时间可以思考。她尝试过看一两本书,但是书本始终提不起她的兴趣,积习实在难改。

现在她已经作出改变的事情只有一样,那就是她思考的对象。

对她说来,最为重要的事情莫过于她对"小猫咪"的爱。虽然这个婴儿只有几个星期大,还太小,除了会对自己的饥饿以及对斯嘉丽温暖的乳房和奶水作出反应外,对其他事情还一概没有反应。斯嘉丽意识到,是爱使我感到如此幸福,与被爱无关。我总在想"小猫咪"也爱我,但是实际上她现在爱的只是吃奶。

斯嘉丽已经学会了自嘲:斯嘉丽·奥哈拉,一个曾经使得无数男人争相拜倒在她的石榴裙下的女人,现在只不过是她一生中从未如此爱过的一个人的食物来源。

因为她并没有真正爱过阿什利,她自己也早就明白了这一点。她以前只是想得到她得不到的,并且把那称为了爱。

为了那一段虚假的爱情,我还白白扔掉了十多年美好的时光,并且失去了瑞特,一个我真正爱的男人。

……是我失去他了吗?

尽管回忆让人痛苦,她还是努力在脑海里搜寻着每一个记忆的片段。只要她一想到瑞特,想到自己失去了他,想到她的失败,她就感到伤心。只有当她想到他如何无情无义地对待她的时候,痛苦才会减轻一些,仇恨能将伤痛烧尽。但在大多数情况下,她还是能设法把他抛到脑后,那样她的心里就不会那么烦扰。

然而,在目前这些个无事可做的漫长日子里,她的思绪总会不断地回到她过去的生活中去,不想起他是不可能的。

她爱过他吗?

她心里想,我肯定是爱过他的,现在肯定也仍然爱他,否则每当我脑海里出现他的微笑、听到他的声音时,我的心就不会如此疼痛了。

可是,在过去长达十年的时间里,她也曾经同样迷恋过阿什利,想象着他的微笑和声音。

在斯嘉丽的内心深处,她坦诚地提醒自己:在瑞特离我而去之后,我却越来越渴望得到他。

这太令人困惑了。这让她头痛,甚至更胜于心疼。她不能再想这件事情了。想想"小猫咪",想想自己多么开心,这就好得多了。

想想自己多么开心?

即使在"小猫咪"还没有出世之前,我就已经很开心了。从我走进杰米家家门的那一天开始,我就很开心了。那时可不像现在,我从来没有梦想过有谁还能像我现在每次看到"小猫咪"、抱着她或给她喂奶时那样快乐。但是我那时仍然是开心的,因为奥哈拉家的人无条件地接受了我,他们从不要求我变成他们那样,从没让我觉得我必须改变自己,他们也从来没有让我觉得自己错了。

就算在我确实错了的时候也一样。我没有料到凯瑟琳会帮我梳头、补衣服、铺床。我和他们这些从不装腔作势、毫无世俗之气的人在一起,却总要摆出一副臭架子,然而他们却从来没有对我说过:"得了吧,不要装模作样了,斯嘉丽。"从来没有。他们只是让我做我想做的事情,就算我摆出一副臭架子也完全接受了我,接受了我本来的样子。

我对丹尼尔的看法以及要所有人都搬到巴利哈拉的想法,都大错特错了。我那是想让他们成就我的功劳,想让他们住进豪华房子里、成为拥有大片土地和雇工的大农场主。我总想改变他们,却从来没有想过他们想要的是什么,我没有接受他们本来的样子。

噢,我决不能像这样对待"小猫咪",决不能让她改变自己。不管发生什么事情,我都要永远像现在这样爱她——全心全意地爱她。

＊　＊　＊

妈妈从来没有像我爱"小猫咪"那样爱过我，也没有这样爱过苏埃伦和卡琳。她希望我不同于我本来的样子，希望我变成她那个样子。她对我们三姐妹的希望都是一样的，没有例外。她错了。

斯嘉丽脑子里的这些想法让她感到畏缩，她以前一直坚信她的母亲是个完人。埃伦·奥哈拉竟然可能在什么事情上出错，这完全是不可想象的。

然而，现在这种想法已经挥之不去。当她不再准备把它拒之门外的时候，它就一次又一次地回到她的脑海里；它总是以各种不同的面目、伪装成不同的模样反复出现，始终不愿放过她。

母亲错了。做一个她那样的淑女并不是唯一的出路，那甚至也并不是最好的出路。如果那不能让你快乐，那就不是最好的出路。快乐才是最好的出路，因为这样你也可以让别人感到快乐，让他们以他们自己的方式去感受快乐。

妈妈并不开心。她心地善良，有耐心，关心他人——无论对我们这些孩子、对父亲还是对那些黑人都一样，但那不是爱，也不代表她感到开心。噢，可怜的母亲，我希望你能有我现在的感觉，我希望你能开心。

外公是怎么说的？他说他的女儿埃伦之所以嫁给杰拉尔德·奥哈拉，是为了逃避她爱情的失意。这就是她从未感到快乐的原因吗？她是不是也像我为阿什利而憔悴那样，为一个她不能得到的人而憔悴呢?就像我现在一样,不由自主地为瑞特而憔悴。

真是浪费!多么可怕而毫无意义的浪费。既然快乐如此美好,人们怎么还会死抱着不快乐的爱情不放呢?斯嘉丽发誓她决不做那样的事情。她知道什么是快乐,她不会毁了自己的快乐。

她把睡梦中的孩子抱起来,拥抱在怀里。"小猫咪"醒了,无可奈何地挥着手表示抗议。"噢,'小猫咪',对不起。我只是必须拥抱你一下。"

他们都错了!这个想法是如此具有爆炸性,以致惊醒了酣睡中的斯嘉丽。他们错了!他们所有人都错了——那些对我不理不睬的亚特兰大人,尤拉莉姨妈和宝琳姨妈,还有查尔斯顿的每一个人。他们都要我变得跟他们一样,而因为我没有变,他们就排斥我,让我觉得是我自己存在严重问题,让我觉得我是一个坏人,就该被人鄙视。

我并没有做过任何可怕的事情,他们没有理由那么对待我。他们惩罚我,只是因为我不遵守他们的规定。为了挣钱,我干起活来比任何一个地里的农民都更加努力,而他们却认为挣钱不是淑女该干的事情。我维持了塔拉农场的运转,保障了两位姨妈的生活,养活了阿什利和他的家庭,为皮蒂姑妈一家餐桌上的几乎所有食物付了钱并且修好了她家的屋顶、买来煤装满了她的煤箱,他们对我做的这一切都熟视无睹。他们都认为我不应该自己管理杂货店的账目，不应该对前来买木材的北方佬露出笑脸。我确实做过很多不该做的事情，但是挣钱绝不是不该做的事情，而他们责备我最多的恰恰是这件事情。不，也不完全因为挣钱的事，他们之所以责备我是因为我的很多事情都干得很成功。

我及时拉住了阿什利，不然他会摔断脖子，跟着梅丽躺进坟墓里。要是他们俩交换一下，我在阿什利的葬礼上救了梅丽的命，那就没有任何问题。真是一帮伪君子！

那些人一辈子都没有说过一句真话，他们有什么权利对我说三道四？我一直竭尽全力努力工作，不停地工作，这有什么错？一个人主动站出来阻止灾难发生在别人身上，尤其是发生在朋友身上，为什么却成了十恶不赦的事情？

他们错了。在巴利哈拉这里，我同样竭尽所能努力工作，为此我得到了人们的钦佩；我保住了丹尼尔叔叔的农场，从此他们尊我为奥哈拉族长。

这就是成为奥哈拉族长既让我感到奇怪又让我感到快乐的原因所在，正是因为这些年来我一直以为不好的那些事情却让我获得了奥哈拉族长的荣耀。奥哈拉族长就应该亲自熬夜记下杂货店的每一笔账，奥哈拉族长就应该把阿什利从坟墓里拖出来！

菲茨帕特里克太太那句话是怎么说的？"你只需要做你自己，其他任何事情都不需要做。"我就是斯嘉丽·奥哈拉，虽然我有时做对事，有时做错事，但是我从来不会把自己假装成别人的样子。我是奥哈拉族长，如果我真像亚特兰大人说的那样坏，这里的人是绝不会这样尊称我的。我一点儿也不坏，可上帝知道我也不是圣人。但是，我希望与众不同，希望做我自己，而不是假装成不是我的样子。

我是奥哈拉族长，我为此感到骄傲，它让我感到快乐和完整。

"小猫咪"发出了咯咯的声音，表示她又醒了，准备吃奶了。斯嘉丽把她从篮子里抱起来，一起坐到床上。她用一只手托住那个需要保护的小脑袋，把"小猫咪"推到胸前。

"我以我的名誉向你保证，'小猫咪·奥哈拉'，你可以成长为你自己，哪怕你和我有如白天和黑夜一样截然不同。如果你想成为一个淑女，我甚至会教你怎么去做，你不用管我内心里怎么想。虽然我自己不守规矩，但是所有的规矩我都了然于心。"

第六十五章

"我要出去,你什么也不要说了。"斯嘉丽倔强地瞪着菲茨帕特里克太太说。

女管家站在敞开的门口,像一座岿然不动的大山:"不行,你不能出去。"

斯嘉丽立刻改变了战术。"求求你让我出去吧,"她露出最甜蜜的微笑,哄着菲茨帕特里克太太说,"新鲜空气对我大有好处,会大大增加我的食欲,你不是一直唠叨我吃得太少了吗?"

"这种情况很快就会得到改善,因为我们的厨子到了。"

一听说厨子到了,斯嘉丽立刻忘记了她正在哄骗女管家让她出去的事情:"早就该到了!请问这位厨子阁下是否解释过为什么耽误了这么长的时间才到?"

菲茨帕特里克太太笑道:"她确实是按时出发的,但是半道上她的痔疮发作了,以至于每走上十英里就不得不停下来过夜。看来,我们以后似乎不用担心她应该站着工作时却坐在摇椅上偷懒了。"

斯嘉丽本想忍住不笑,但还是忍不住笑出声来。她实在是没法对菲茨帕特里克太太真的生气,因为她们俩的关系已经变得很亲密。这个比她年长的女人在"小猫咪"出生后的第二天就搬进了女管家的房间,在斯嘉丽生病期间她一直陪伴在斯嘉丽的身旁,即便在那之后她也是随叫随到。

斯嘉丽在"小猫咪"出生后的长时间恢复期里,有许多人来看望她。科勒姆几乎每天都来,凯瑟琳几乎每隔一天来一次,她那些大个子的奥哈拉堂亲每个星期天做完弥撒后也会来,莫莉来的次数甚至多得让斯嘉丽觉得心烦。但是,菲茨帕特里克太太始终陪伴在她身边,给客人们端茶送水、拿蛋糕,男人们来了就给他们端来威士忌和蛋糕。客人们走后,她就坐在斯嘉丽身边听斯嘉丽讲述客人们带来的新闻,把剩下的点心吃完。她自己也给斯嘉丽带新闻来——有关巴利哈拉镇和特里姆镇发生的事情,还带来她在商店里听到的各种闲言碎语。正是她使得斯嘉丽的生活不至于太寂寞。

斯嘉丽要菲茨帕特里克太太叫她"斯嘉丽",然后问道:"你的名字叫什么?"

菲茨帕特里克太太始终没有告诉她。她非常坚定地告诉斯嘉丽,任何不拘礼节的做法都是不被允许的,她还对斯嘉丽详细解说了爱尔兰大房子里的严格等级制度。如果任何人因为熟悉程度增加就减少对管家的尊重,那么管家的地位就会受到损害,甚至连女主人也不能这么做。也许,女主人更不能这么做。

这一切对斯嘉丽来说都太微妙了,但是菲茨帕特里克太太决不妥协的态度让她感到高兴，同时也让她知道了这绝不是一个无关紧要的问题。于是，斯嘉丽接受了女管家提出的其他几种变通的称呼，斯嘉丽可以叫她"菲茨太太"，她也可以叫斯嘉丽"奥太太"，但是这些称呼只能在她们俩单独在一起的时候使用，在别人面前，还是必须遵从正式的礼节。

"在科勒姆面前也不行吗？"斯嘉丽想知道。菲茨太太思考了一下，还是作出了让步："科勒姆算是一个特例吧。"

于是，斯嘉丽就想好好利用一下菲茨太太对科勒姆的偏心。"我只是想到科勒姆那里走一趟，"她对女管家说，"他好久都没有来看我了，我很想他。"

"他外出办事去了，你是知道的。我听见他对你说过他要出去。"

"可恶！"斯嘉丽嘟囔道，"你赢了。"她回到靠窗的那张椅子上坐下来："你还是去跟痔疮小姐聊吧。"

菲茨太太放声大笑起来。"顺便说一句，"她离开前说道，"她叫基恩太太。不过，你要是想这么叫，也可以叫她'痔疮小姐'，反正你永远不大可能见到她，因为那是我的工作。"

斯嘉丽按兵不动，她要等到菲茨太太绝对发现不了的时候再溜出去。她顺从的时间已经够长了。按照人们公认的事实，女人分娩后要休养一个月，这期间大部分时间还必须待在床上，这一点她已经做到了。她不明白的是，为什么仅仅因为"小猫咪"不是正常生产的，她就必须增加三个星期的休养时间。巴利哈拉的那位医生给她留下的印象是一个好人，他甚至还使她想起了米德大夫,但是德夫林大夫自己也承认,他从未见过剖腹产的母子。既然如此,她为什么要听他的话呢?尤其是现在,她确实有正事要做。

菲茨太太早就告诉过她万圣节前夜发生的事情,那个在暴风雨中不期而至的老女人如何魔法般地把"小猫咪"接到了这个世界上。科勒姆也告诉过她那个女人是谁,她就是住在瞭望塔下的那个老太婆。斯嘉丽自己和"小猫咪"的生命都是这个"聪明女人"救下来的,她必须去对她表示感谢。

屋外的寒冷使斯嘉丽感到意外。十月时还十分温暖,刚过去一个月怎么就有了如此大的差别呢?她拉起斗篷盖在裹得严严实实的婴儿身上。"小猫咪"醒着,一双大眼睛望着斯嘉丽的脸。"你这个可爱的小东西,"斯嘉丽轻声对她说,"你真是个好孩子,'小猫咪',从来不哭,对吧?"她穿过用砖砌成的马厩院子,走到她经常驾着马车走过的那条路上。

"我知道你就在这里的什么地方,"斯嘉丽对着瞭望塔周围树林下的灌木丛喊道,"你还是出来跟我说句话吧,因为如果你不出来,我就站在这里直到冻死为止。如果你不在乎,这孩子也会冻死的。"她很自信地等待着,那个把"小猫咪"带到这个世界上的女人是不会让孩子长时间暴露在瞭望塔下湿冷的阴影里的。

"小猫咪"的目光从斯嘉丽脸上移开,左顾右盼,好像在寻找什么东西。几分钟后,斯嘉丽听到了从她右边茂密的冬青灌木丛中传来的沙沙声响。紧接着,那个"聪明女人"出现在她的面前。"这边走。"说罢又退了回去。

斯嘉丽走上前去,这才发现灌木丛中有一条隐秘的小路,要不是那个"聪明女人"用一条披肩把多刺的冬青树枝挡在一旁,她永远也不会发现它。斯嘉丽顺着小路往前走,很快却发现它消失在一片低矮而茂密的小树林里。"我迷路了,"她说,"现在该往哪里走?"

一阵沙哑的笑声从她身后传来:"这边走。""聪明女人"回答说。她绕到斯嘉丽的前面,弯下腰从树枝下钻了过去。斯嘉丽也如法炮制。走了几步之后她终于又能挺起腰来了。她已经来到了小树林中心的一片空地上,中间有一间小泥屋,屋顶盖着芦苇,一缕灰烟从泥屋的烟囱里袅袅升起。"进来吧。"女人说着打开了门。

"她是个很健康的孩子。""聪明女人"说。她已经仔细检查了"小猫咪"身体的每一个地方,连她小脚趾上最小的指甲都看过了:"你给她取的名字叫什么?"

"她叫凯蒂·科勒姆·奥哈拉。"这只是斯嘉丽第二次开口说话。一走进泥屋,她就开口感谢"聪明女人"为她所做的一切,但是"老太婆"不让她说下去。

她向她伸出手,说道:"让我抱抱孩子吧。"斯嘉丽立刻把"小猫咪"递了过去,然后静静地看着她详细检查孩子的身体。

887

"凯蒂·科勒姆,"女人重复道,"这个孩子很强壮,她的名字显得太柔弱了。我叫格兰妮,这可是一个强大的名字。"

这个盖尔语的名字经她粗糙的声音说出来,就好像是发出了一个挑战。斯嘉丽坐在凳子上扭动了一下身体,不知道该如何回答。

"老太婆"用她的餐巾和毯子把"小猫咪"裹起来,然后把她抱起来,在她的小耳朵边轻声低语了几句,斯嘉丽竭力想听到她说的话,但还是没有听到。"聪明女人"让"小猫咪"靠在她的肩头上,"小猫咪"的手抓住了"老太婆"的头发。

"就算你听到了,你也不会明白的,奥哈拉族长。我说的是古爱尔兰语,是一句咒语,你肯定已经听说过我对魔法和草药都很精通。"

斯嘉丽承认她确实听说过。

"也许我真的懂。我确实知道一些古老的词语和习俗,但是我根本不认为它们有什么魔力,我只是善于看、善于倾听和善于学习而已。对有些人而言,一个盲人能看得见或者一个聋子能听得见,那就是魔法。是不是魔法取决于你是否相信魔法,你千万不要指望我能为你施展什么魔法。"

"我并没说过我是为你的魔法而来的。"

"只是为了说声'谢谢'吗?仅此而已?"

"是的,确实如此。现在我已经表示过感谢了,我得走了,不然家里有人会担心我的。"

"我请求你原谅我,""聪明女人"说,"每当我进入人们的生活时，很少有人会对我心存感激。我还担心你会因为我对你身体做的事情而生气呢。"

"你救了我的命，也救了我孩子的命。"

"但是我夺走了其他孩子的命。要是换一个高明的医生，他可能为你做得更好。"

"可是，我当时找不到医生，本来我身边早就该有一个医生的。"斯嘉丽突然紧紧闭上了嘴，不让自己继续说下去。她是来向"聪明女人"道谢的，不是来侮辱她的。可是，这个"聪明女人"为什么要用刺耳而可怕的声音说那些让人捉摸不透的话呢？她的话让人听了浑身起鸡皮疙瘩。

"对不起，"斯嘉丽继续说道，"我太失礼了。我肯定没有任何医生能够做得比你更好，他们甚至可能连你的一半都做不到。我不明白你说的其他孩子是什么意思。你是不是想说我本来怀的是一对双胞胎，只是另一个死了？"斯嘉丽心想，这完全是可能的，她怀孕的时候肚子就很大。但是，如果是这样，菲茨夫人或者科勒姆肯定会告诉她的。也许不会，老凯蒂·斯嘉丽死了，他们就瞒着她，直到两周后才告诉她。

失去孩子的恐惧让斯嘉丽的心难以承受："是不是还有一个孩子？你必须告诉我！"

"嘘，你惊动凯蒂·科勒姆了。""聪明女人"格兰妮回答说，"你肚子里并没有第二个孩子，我没有想到你可能误解我的话。屋里那个白头发的女人看起来很有见识，我以为她能理解并把实情告诉你。我把胎儿连同子宫一起取出来了，但是我没有办法把你的子宫放回去,所以你再也不能生孩子了。"

这个女人的话和她说话的方式都给人一种可怕而不容置疑的感觉,斯嘉丽完全清楚她说的是真话,但是她不能相信,也不会相信的。现在,当她终于发现了做母亲的巨大快乐时,当她终于懂得了——虽然未免太晚——什么是爱的时候,难道要她相信"老太婆"的这种话?不可能是真的,那太残忍了。

斯嘉丽以前一直不明白梅兰妮为什么非要冒着生命危险再生一个孩子,但是现在她明白了,她也会这么做的。她会一次又一次地忍受痛苦、恐惧和流血,只为了能够得到看到孩子脸蛋的那第一眼。

"小猫咪"发出轻柔的喵的一声,这是她发出的警报:她饿了。斯嘉丽立刻感到自己的乳房有了反应,乳汁开始流出来。我这是在干什么?我难道不是已经得到了世界上最美好的孩子了吗?我的"小猫咪"实实在在地躺在我的面前,她需要自己的妈妈,在这个时候我不能因为想象中的孩子白白浪费掉我的乳汁。

"我得走了,"斯嘉丽说,"快到给孩子喂奶的时间了。"她伸出手要把"小猫咪"接过来。

"再说一句话,"格兰妮说,"一个警告。"

斯嘉丽感到害怕,她很后悔把"小猫咪"带来了。那个女人为什么不把孩子交还给她?

"看紧你的孩子,那些人说她是一个女巫带到人间来的,所以她肯定已经被施了魔法。"

斯嘉丽不禁一阵颤抖。

格兰妮用脏兮兮的手指轻轻地掰开"小猫咪"抓着她头发的手指,低头轻吻了一下孩子那覆盖着柔软胎发的头,喃喃地说道:"一切顺利,达拉。"然后她把孩子交还给了斯嘉丽:"在我这里,她的名字叫'达拉',橡树的意思。我感谢你让我见到她,也感谢你的谢意。但是,再也不要把她带到这里来了,让她和我牵扯在一起是很不明智的做法。走吧,有人来了,不能让别人看到你……不,你不能走那条路,那是别的人走的。那条路从北边来,是那些愚蠢女人走的,她们到这里来是为了买我的魔药,为了得到爱情、美丽或者为了伤害她们的仇人。你走吧,保护好你的孩子。"

斯嘉丽真是求之不得。天又开始下雨,她冒着冰冷的雨迈开坚定的步伐往前走去,低着头、弓着背保护着她的孩子不受任何伤害。在斯嘉丽的斗篷下,"小猫咪"发出一阵舒服的吮吸声音。

菲茨帕特里克太太看了看壁炉边地板上湿淋淋的斗篷,但是未置可否。"'痔疮小姐'看来有一双灵巧的手,善于做面食。"她说,"我给你带来了她做的烤饼,作为你喝茶的点心。"

"太好了,我快饿死了。"她已经给"小猫咪"喂过奶并小睡了一会儿,太阳也再次出来了。斯嘉丽现在很肯定,刚才外出那一趟对她确实大有裨益,下次她再想出去的时候,谁也别想拦住她。

菲茨太太没有试图拦住斯嘉丽,她已经意识到那样做徒劳无益。

等科勒姆终于回到家之后,斯嘉丽走去他的房子,想同他喝喝茶,还想听听他的建议。

"科勒姆,我想买一辆小型封闭式单座马车。天太冷了,坐在轻便马车里四处走动感觉很冷,可是又有那么多事情要做。你能帮我挑选一辆吗?"

科勒姆表示他愿意效劳,但她要是愿意,也可以自己挑选。她是这座大房子的女主人,无论她想要得到什么东西,制造这些东西的人都会把图样给她送来的,马车的制造者也不会例外。

"你看,我怎么就没有想到呢?"斯嘉丽说。

不出一个星期,她就驾上了一辆漂亮的黑色双轮单座马车,车身上饰有一条细细的黄色条纹,由一匹漂亮的灰色骏马拉着。按照那个马贩子的说法,这匹马很有灵性,不用你挥动鞭子就能跑起来。

她还定制了一整套客厅家具,全部是用光滑的橡木做成的,都配有绿色的软垫,包括十张可以拉到壁炉边的椅子,以及一张大理石台面的大圆桌,足以供六个人一起坐在桌前吃饭。所有这些东西都放在她卧室隔壁的房间里,地上铺着威尔顿地毯[1]。不管科勒姆可能会讲什么耸人听闻的故事,说什么法国女人才会躺在床上招待一大帮客人,她一定要有一个适合会见客人的地方。也不管菲茨太太怎么说,她还是认为既然楼上有很多空房间

---

[1] 威尔顿地毯(Wilton carpet)是编织地毯的一种,由于生产工艺源于英国的威尔顿地区而得名。威尔顿地毯用英国羊毛制成,因其设计高雅、经久耐用而闻名遐迩。

又很方便，用楼下的房间招待客人就毫无道理。

她现在还没有大书桌和椅子，因为巴利哈拉的木匠还没有做好。如果你没有足够的智慧来支撑小镇上的生意，那么拥有一个自己的小镇又有什么意义呢？只要他们能赚到钱，你就肯定能收到租金。

无论斯嘉丽走到哪里，她身旁的马车座位上都放着一个带软垫的篮子，"小猫咪"就躺在这个篮子里。孩子不时发出婴儿特有的声音，嘴里吹出一些小泡泡，斯嘉丽相信她驾着马车行驶在路上的时候，那就是她们俩的二重唱。走到巴利哈拉的每一家商店和房子前的时候，她都要向人们炫耀她的"小猫咪"，而当人们看见她那个黑皮肤、绿眼睛的婴儿时，都会不停地在胸前画十字。斯嘉丽为此感到高兴，她以为人们都在为她的孩子祈福。

随着圣诞节的临近，斯嘉丽刚从身体恢复的囚禁中解脱出来时所感到的那种兴高采烈的心情，也逐渐消失了。"就算亚特兰大的所有聚会都给我发邀请，我也不愿去他们那里喝什么中国茶，查尔斯顿也一样，我讨厌他们那些愚蠢的跳舞卡和迎宾队列。"她对"小猫咪"说，"不过，我倒是想去某个不是始终这么潮湿的地方。"

斯嘉丽想，要是她能住在一间农舍里就好了，那样她就可以像凯瑟琳和堂兄弟们那样把房子粉刷成白色并用油漆刷上装饰图案。亚当斯敦和道路两旁的所有村民都是这么做的。十二月二十二日，当她走到肯尼迪酒吧时，看到各个店铺和房屋都在粉刷和油漆，而那些房子都在秋天时刚刚粉刷油漆过，她立刻高兴得手舞足蹈起来。她的小镇已经出现了繁荣的景象,这让她很开心,也使她到自己的酒吧里寻求朋友陪伴时常常感到的那种淡淡的忧伤消失得无影无踪。因为,有时候她似乎感觉到,每当她走进酒吧之后,人们的谈话就会变得不自然起来。

"圣诞节快到了,我们必须把房子装饰一下,"她对菲茨太太说,"爱尔兰人通常会怎么做?"

女管家告诉她,要在壁炉架和门窗上都挂上冬青树枝,还要点起一根大蜡烛,通常是红色的,放在一扇窗户上,照亮圣婴的路。斯嘉丽说,我们要在每扇窗户都点上一根大蜡烛,但是菲茨太太毫不妥协地坚持说,只能在一个窗户上点燃一根蜡烛。她说,斯嘉丽想点多少蜡烛都可以,但是只能放在桌子上,也可以放在地板上,只要斯嘉丽高兴就行,但是只能在一个窗户上点燃一根蜡烛,并且这根蜡烛也只能在平安夜里、当祈祷的钟声响起之后才能点燃。

女管家微笑道:"按照传统,祈祷的钟声敲响之后,必须由家里最小的孩子在壁炉里的煤块上点燃灯芯草,然后再用灯芯草的火点燃蜡烛。看来,这件事得由你帮她完成了。"

斯嘉丽和"小猫咪"在丹尼尔家中度过了圣诞节。大家对"小猫咪"的喜爱甚至让思乡的斯嘉丽也感到心情大为舒畅,客人们络绎不绝地从敞开的大门走进来,使得她没有时间回想以前在塔拉过圣诞节时的那些乐趣。那个时候,每当他们全家人和家仆们刚一吃过早饭,就会听到一声高喊:"送圣诞礼物了!"于是,大家一起涌到宽阔的门廊上,杰拉尔德·奥哈拉给每一个种地的雇工发一套新衣和一双新靴子,同时请他们喝一杯威士忌,抽一袋烟。埃伦·奥哈拉则为每个女人和孩子做一个简短的祈祷,然后送给她们每人几匹印花布和法兰绒,再加上一些橘子和棒棒糖。有时候,斯嘉丽甚至会回想起黑人们吃东西时含混不清的说话声和他们脸上灿烂的笑容,对那种温暖感觉的思念几乎让她无法承受。

"我得回家看看,科勒姆。"一天,斯嘉丽突然对他说。

"你现在难道不是在家里吗,你不是正站在你自己族人的土地上,站在你重新夺回来的奥哈拉人的土地上吗?"

"科勒姆,不要用爱尔兰人的那一套对付我!你知道我的意思。我想家了,想念美国南方的口音、阳光和食物,我想吃玉米面包、炸鸡和玉米粥。爱尔兰人甚至都不知道玉米是什么,对他们来说,那只是随便某种谷物的名字而已。"

"我知道,斯嘉丽,我很抱歉你感到伤心了。等适合航行的季节到来后,干吗不回去看一看呢?你可以把'小猫咪'留在这里,菲茨帕特里克太太和我会照顾她的。"

"决不!我决不会离开'小猫咪'的。"

再也没什么可说的了。但是,斯嘉丽的脑海里总会时不时冒出这样的想法:横渡大西洋只需要两星期零一天,其间有时候海豚会出现在班船旁的海面上,一直不停地玩耍上几个小时。

元旦那天,斯嘉丽得知了身为奥哈拉族长的第一个义务。这天早上,菲茨太太没有让佩吉·奎因送早餐,而是亲自端着早茶来到了她的房间里。"愿所有圣徒保佑你们母女新年平安!"她兴高采烈地说,"不过,我必须告诉你,吃早餐之前你必须首先完成一项你的义务。"

"也祝你新年快乐,菲茨太太。你到底说的是什么?"

菲茨太太说:"这是一个传统,一个仪式,也是一个要求,要是缺少了它,这一年都不会有好运气。斯嘉丽可以先尝一口茶,但也仅限于此。在家里吃的第一样食物必须是用托盘送来的新年特制的穗醋栗甜点。你必须以三位一体[1]的名义,在这个点心上咬三口。"

"不过,在你开始咬之前,"菲茨太太说,"请先走到我准备好的那个房间里去,因为你以三位一体之名咬过三口之后,必须用尽全力把这个穗醋栗甜点心摔到墙上去,把它摔碎。我昨天已经把墙和地板都擦洗干净了。"

"这是我听说过的最疯狂的事情了。我为什么要毁掉一个完好的蛋糕?还有,为什么早餐要吃蛋糕呢?"

"因为这就是我们的传统。来吧,奥哈拉族长,尽你的职责吧,你要是再不摔,这房子里的所有人都要饿死了。在你摔碎这块穗醋栗甜点心之前,任何人都是不能吃东西的。"

---

[1] 三位一体(Trinity),即圣父、圣子、圣灵合为上帝。

斯嘉丽披上羊毛衫,准备履行她的职责。她先喝了一口茶润润口,然后按照菲茨太太的吩咐,在这块美味的水果蛋糕边缘咬了三口。这个蛋糕很大,所以她不得不用双手捧着它。她按照菲茨太太教她的话祈祷这一年大家都不要挨饿,然后她举起双臂奋力把蛋糕扔了出去,蛋糕从空中飞过在墙上摔得粉粹,碎屑溅得满地都是。

斯嘉丽开心地笑了:"看看这一片狼藉,不过,摔得很过瘾。"

"你喜欢我就高兴,"女管家说,"不过,你还有五个蛋糕要摔。巴利哈拉的每个男人、女人和孩子,都必须得到一小块你摔碎的蛋糕,这是你送给他们的好运气。他们现在都在外面等着呢。你摔完之后,女仆会用盘子盛起碎蛋糕送到楼下等待的人们手里。"

"我的天哪,"斯嘉丽说,"要是早知道,我就该只咬三小口。"

早餐后,科勒姆陪着她在镇上转了一圈,以完成她的下一个仪式。人们相信,元旦那天如果有一个黑头发的人登门拜访,就会给家人带来一整年的好运气。不过,按照传统的要求,这个人进来之后,主人要先把他领出家门,然后再领他回到屋里。

"不许笑,"科勒姆命令道,"只要是黑头发的人都能带来好运,如果这个人又是家族首领,那就能带来十倍的好运。"

这一趟走下来,斯嘉丽已经累得步履蹒跚了。"谢天谢地,还好许多房子还没有住人。"她喘着气说,"喝了一肚子的茶,又塞进去一大堆蛋糕,我已经什么也干不了了。难道我们每到一个地方都必须又吃又喝吗？"

"斯嘉丽宝贝，如果主人不热情接待你，又怎么能称之为拜访呢？要是你是个男人，那就要喝威士忌而不是茶。"

斯嘉丽咧嘴笑道："'小猫咪'也许会喜欢威士忌。"

在爱尔兰，人们把每年的二月一日看作当年农业季的开始。在劳动和生活在巴利哈拉镇的所有人的陪同下，斯嘉丽站在一大块土地的中央，首先祈祷五谷丰登，然后拿起一把铁锹插进土里，再用力把这第一锹土翻起来。现在，当人们享用过苹果蛋糕——当然还有牛奶——之后，新的一年就可以开始了，因为二月一日同时又是圣布里吉德节[1]。圣布里吉德不仅是爱尔兰的另一位守护神，也是奶业的守护神。

仪式结束后，大家都在吃饭聊天时，斯嘉丽在新开垦的土地边上跪下来，伸手抓起一把肥沃的土壤。"爸，这是给你的。"她低声说道，"你看，凯蒂·斯嘉丽没有忘记你对她说过的话，米斯郡的土地是世界上最好的土地，甚至比佐治亚州的土地更好，也比塔拉的土地更好。爸，我会按照你的教导，尽我最大的努力去照料它，热爱它。这是奥哈拉的土地，它已经物归原主了。"

---

[1] 圣布里吉德节（St. Brigid's Day），又称为圣烛节（Candlemas），是一个凯尔特节日，庆祝春天的到来。北半球的圣布里吉德节通常在2月1日或2日，南半球则在8月1日。这一天大致在冬至与春分的中间。

* * *

古老的耕地、耙地、播种和祈祷的过程，蕴含着一种朴素和勤劳的尊严，它让斯嘉丽对生活在这片土地上的人产生了由衷的钦佩和尊敬。当她住在丹尼尔家的茅屋里时就已经有了这种感觉，现在她又在巴利哈拉的农民身上再次获得了这种感觉。她也为自己感到骄傲，因为她也是他们中的一员，只是表现方式不同而已。她没有力气去耕地，但是她能提供耕地的犁和拉犁的马，还能提供撒进犁沟里的种子。

她的那间办公室，现在越来越像她在大房子里的家而不像一个普通的房间。在她办公桌的旁边放着"小猫咪"专用的另一个摇篮，这个摇篮同她卧室里的那个一模一样，她可以一边用脚摇着它一边记账和管理账目。那些始终让菲茨帕特里克太太愁眉不展的矛盾和争执，其实都不过是一些很好解决的小问题，尤其是当你身为奥哈拉族长的时候，因为你的话就是法律。斯嘉丽以前总是强迫别人按照她的想法行事，但是现在她只需要轻言细语地说上一句话，事情就能办成，没有人会同她争辩。这个月的第一个星期天让她觉得非常享受，她甚至开始意识到了其他人的意见偶尔也是值得倾听的。就种地而言，农民们确实比她懂得多，她可以向他们学习，她也需要向他们学习。她把巴利哈拉的三百英亩土地划为自己的农场，农民们租用她的农场的土地种庄稼，只需支付通常租金的一半。斯嘉丽深谙佃农制之道，美国南方的农场主都是这么做的。虽然当一个地主对她来说还是一件新鲜事，但是她已经下定决心要做全爱尔兰最好的地主。

"农民们也在向我学习，"她对"小猫咪"说，"要不是我把一袋袋的磷酸盐分发给他们使用，他们根本就不知道这东西还可以做肥料。只要能让我们的小麦丰收，就让瑞特赚几个子儿回去也无妨，这钱反正也是他给的。"

在"小猫咪"的听觉范围之内，她从来没有使用过"父亲"这个字眼，因为天知道一个小小的婴儿能够听懂多少，又能记住多少？尤其是当这个婴儿在各方面都明显优于世界上其他任何一个婴儿的情况下。

随着白昼的延长，微风和雨水逐渐变得越来越柔和和温暖。"小猫咪·奥哈拉"也变得越来越迷人，且已经渐渐有了个性。

"我给你取的名字无疑是取对了，"斯嘉丽对她说，"你是我见过的最有主见的小家伙。"她说话的时候，"小猫咪"那双绿色的大眼睛一直聚精会神地望着母亲，然后又聚精会神地继续吮吸她的手指。这个婴儿从不给大人添麻烦，她有无限的自娱自乐能力。给她断奶对斯嘉丽而言是一件相当艰难的事情，但是对"小猫咪"不然。面对端到她面前的稀粥，她兴趣盎然地用手指和嘴细细地品尝，仿佛要发现所有有趣的事儿。她是一个强壮的婴儿，总是挺直了背，高昂着头。斯嘉丽崇拜她，并且以一种特殊的方式尊重她。她喜欢把"小猫咪"抱起来，亲吻孩子柔软的头发、脖子、脸颊、手和脚，她也总想把孩子抱在腿上轻轻地摇晃。但是，孩子对她的搂抱只能忍受几分钟，然后就会拳脚并用从她手里挣脱出去，那张小小的黑脸上还会流露出愤怒的表情，让斯嘉丽觉得虽遭断然拒绝却还不得不一笑了之。

对她们母子二人来说,最幸福的时刻是一天快结束的时候,那时"小猫咪"和斯嘉丽要一起洗澡。她用小手使劲拍打着水,看着溅起的水花咯咯笑个不停。接着,斯嘉丽会把她抱起来,一边上下悠荡一边唱歌给她听,最后擦干"小猫咪"身体。看着她完美的小手小脚以及每一根手指和脚趾,把爽身粉抹在她丝滑的皮肤上和每一条婴儿褶里,那甜蜜的感觉真是一言难尽。

在斯嘉丽二十岁的时候,战争在一夜之间夺走了她的青春,从此铸就了她坚强的意志和忍耐力,也给她姣好的面容增添了几分坚毅。在一八七六年的这个春天,她三十一岁的时候,希望和青春的温柔又渐渐回到了她的性格中。她自己丝毫也没有意识到这一点,因为她前半生对虚荣的关注已经被现在对农场和孩子的关注所取代了。

"你需要添置一些新衣服,"一天菲茨太太说,"我听说有个裁缝想租一间你住的房子,只要你把里面重新粉刷一下。她是个寡妇,家境很好,付得起合理的房租。这件事肯定会让镇上的女人高兴的,你又正好需要,除非你想在特里姆镇找一个女裁缝。"

"我这样子怎么了?我穿着体面的黑衣服,寡妇就该这么穿。我的衬裙又从来不曾露出来。"

"你穿的根本不是什么体面的黑衣服,而是沾满泥土、卷着袖子的农妇装,可你是大房子的女主人。"

"噢,胡说八道,菲茨太太。如果我穿上了所谓女主人的衣服,怎么能骑着马去察看梯牧草[1]的长势呢?再说,我就喜欢穿舒适的衣服。一旦我可以重新穿上鲜艳的裙子和衬衫的时候,我又会整天害怕它们沾上污点。我一直都讨厌穿丧服,我也不知道黑衣服怎么能做得清新一点,不管你怎么处理,它始终都是黑的。"

"这么说,你对这个裁缝没兴趣了?"

"我当然有兴趣了。对我来说,多一份租金总是让我感兴趣的事情。总有一天我会定做一些连衣裙,播种季过后再说吧,这个星期地里就可以播种小麦了。"

"还有另一个人可能租你的房子。"女管家小心翼翼地说。斯嘉丽的机敏已经不止一次让她感到意外和震惊。"布兰登·肯尼迪认为,如果给他的酒吧增加一个小客栈,他的生意可以做得更好。他旁边的那幢房子正好可以用作小客栈。"

"到底有谁会到巴利哈拉来住客栈呢?这个想法太异想天开了。另外,如果布兰登·肯尼迪要租我的房子,他应该把帽子拿在手里,自己来找我,而不是麻烦你来试探我。"

"哦,这个嘛,可能只是随口一说而已。"菲茨杰拉德太太把这个星期的家庭账本交给了斯嘉丽,暂时不再说客栈的事情。这件事只能让科勒姆去完成了,他比她更有说服力。

---

[1] 梯牧草(Timothy grass)学名"猫尾草"(Phleum pratense),又叫"提摩草"或"提摩西草",是一种多年生禾本科植物,原产于除地中海地区外的欧洲大部分地方。梯牧草之名大概是根据蒂莫西·汉森(Timothy Hanson)的名字命名的,他是一位美国农民和农学家,据说他在18世纪早期把这种草从新英格兰带到了美国南方各州。在他的建议下,它成为18世纪中期英国农民使用的干草和牛饲料的主要来源。

"我们的仆人快要比英国女王的还多了。"斯嘉丽看着账本说。其实,她每周都会重复这句话。

"如果你要养奶牛,你就需要人手来挤牛奶。"女管家说。

斯嘉丽接着她的话说道:"……还需要人手分离奶油、做黄油——我知道,黄油还要卖。我估计,这只是因为我不喜欢牛。菲茨太太,这些账我待会儿再看,现在我想带'小猫咪'去沼泽地里看看他们割泥炭。"

"你最好现在就把它看了,厨房的钱已经用完了,而明天又要给姑娘们付工钱。"

"真烦人!我还得从银行里取一些现金回来。我这就驾车到特里姆镇去一趟吧。"

"如果我是银行家,我决不会把钱交给一个穿成你这样的人。"

斯嘉丽笑道:"叨叨,叨叨,叨叨。好吧,告诉那个裁缝,我马上让人把房子油漆出来。"

菲茨帕特里克太太心想,但客栈还是开不了张,她今晚必须得跟科勒姆谈谈这件事。

* * *

在爱尔兰各地,芬尼兄弟会在力量和人数上都一直在稳步增长。就巴利哈拉而言,他们现在最需要的是一个安全的地方,除了供各郡来的领导人商讨战略问题之外,也能为逃避军警搜捕的人提供一个藏身之处,可问题是在这个比村庄大不了多少的小镇上,陌生人无疑会非常显眼。虽然从特里姆镇来的军警和警察巡逻队很少,但是只要有一个目光敏锐的人,就足以使最周密的计划毁于一旦。

"我们确实需要这么个客栈,"罗莎琳·菲茨帕特里克急切地说,"一个到特里姆镇做生意的人之所以选择住在这里,那是因为这里很近而且价格又比城里便宜,所以是完全说得通的。"

"你说得对,罗莎琳,"科勒姆安慰道,"我会同斯嘉丽谈的,但不是马上。她脑子转得太快,现在说会起疑心的。先淡化一下它,之后我再提出这件事,她就不会因为我们俩都这么急切而怀疑我们别有用心了。"

"但是,科勒姆,我们不能再浪费时间了。"

"我们更不能因为一时匆忙而失去一切。我觉得时机成熟后,就会马上同她谈。"菲茨帕特里克太太只好作罢,毕竟科勒姆是负责人。她只能安慰自己说,她至少已经把玛格丽特·斯坎伦安插进来了,甚至没有编造一个能打动人的故事。斯嘉丽也确实需要一些新衣服,这个女主人坚持穿最廉价的衣服,二十个房间的大房子只拿出两间来住,这样的生活方式有些丢人现眼。要不是亲耳听到科勒姆说,菲茨帕特里克太太根本不会相信斯嘉丽不久之前还是一个很时髦的女人。

"……如果那钻石戒指变成了黄铜,妈妈就给你买一面镜子。"斯嘉丽唱道。"小猫咪"正坐在洗澡盆里,双手使劲地拍打着盆里的肥皂水。"妈妈要给你买几件漂亮的衣服,"斯嘉丽对她说,"也给妈妈买几件,然后我们就一起登上那艘大船。"

再推迟她的行期已经没有任何理由了,她必须去一趟美国。如果复活节一过就出发,她就有充足的时间在收获季节到来之前赶回来。

一天,就在斯嘉丽用铁锹挖起第一锹泥土的那片牧场上,她看见泥土中长出来一层淡淡的新绿,于是便下定了决心。一阵强烈的兴奋和自豪感让她激动得想号啕大哭一场:"这是我的土地,我的种子发芽了。"她看着那些刚刚出土的嫩芽,想象着它们向上伸展,长得越来越高、越来越强壮,然后绽放出花朵,把香气弥漫到空中,让蜜蜂们陶醉得再也飞不起来。男人们来了,手里挥舞着银光闪闪的镰刀,把草割下来,堆起一个个高大而甘甜的金色草垛。就这样,年复一年地周而复始——播种然后收获——年年都有生命开始和成长的奇迹。小草会长大,变成干草;小麦会长大,变成面包;燕麦会长大,变成碗里的燕麦粥。"小猫咪"也会长大——会爬,会走,会说话,会吃燕麦粥和面包,还会像斯嘉丽小时候那样,从谷仓的阁楼上跳到堆得高高的干草上。巴利哈拉就是她的家。

斯嘉丽眯起眼睛望着太阳,看到正冲着太阳滚滚而来的乌云,她知道很快就会下雨,但是很快又会放晴,太阳会再次使田野温暖起来,直到下一场雨的到来和下一次温暖阳光的普照。

她决定了:我要再次感受佐治亚州炽热的阳光,我有权这么做。我有时非常想念那里的阳光。但是,不知为何塔拉对我就像是一个梦,而不是一段记忆。它属于过去,就像过去的那个斯嘉丽。那种生活和那个人都已经与我无关,我已经作出了选择。"小猫咪"的塔拉是爱尔兰的塔拉,我的塔拉也是爱尔兰的塔拉。我是巴利哈拉的奥哈拉族长,我要把佐治亚州的塔拉的份额留给韦德和埃拉去继承,但是我要卖掉亚特兰大的一切,断绝与那里的一切联系。现在巴利哈拉才是我的家,是我们根深蒂固的家,是"小猫咪"、我还有爸的家。回美国的时候我要带上一些奥哈拉家族的泥土,把它掺到杰拉尔德·奥哈拉坟上的佐治亚州泥土中去。

她在脑子里大概地想了想她必须处理的一些生意上的事情。不过,所有这些事情都可以等一等,她必须集中精力处理好的最重要的事情,是如何以一种最好的方式告诉韦德和埃拉他们有了一个美好的新家。他们不会相信她还要他们——怎么能相信呢?事实上,她以前也从来没有想到过他们,直到最近她才发现,爱一个孩子和做一个真正的母亲是一种什么感觉。

斯嘉丽多次对自己说:这件事很难,但是我能做到,我可以弥补过去的过失。我心里充满了爱,发自内心的无穷无尽的爱,我想把我的爱赋予我的儿子和女儿。他们一开始可能不喜欢爱尔兰,因为爱尔兰和美国截然不同,但是一旦我们去过几次集市,看过几次赛马,我再给他们买几匹小马……埃拉穿上裙子和衬裙也会很可爱的,所有小女孩儿都喜欢打扮得漂漂亮亮的……她们在这里有数不清的表兄弟和表姐妹,周围都是奥哈拉家的人,还有巴利哈拉镇的孩子们,他们可以在一起玩耍……

第六十六章

"你要等到复活节之后才能走,斯嘉丽宝贝,"科勒姆对她说,"耶稣受难日[1]有一个仪式,必须由奥哈拉族长主持。"

斯嘉丽没有争辩,对她来说,做奥哈拉族长太重要了。但是她心里还是感到懊恼,由谁来种下第一个土豆有什么区别呢?科勒姆不肯跟她一起回美国,这使她很生气。他最近经常不在家,说是"出差",那么他为什么不能再去萨凡纳筹款,而非要去别的地方呢?

实际上,所有事都让她生气。既然她已经决定要走,她就想尽快成行。她对裁缝玛格丽特·斯坎伦很生气,因为她花了很长时间才把衣服做好,还因为斯坎伦太太对斯嘉丽不仅订购了花花绿绿的丝绸和亚麻布衣服还同时订购了黑色的丧服感到很好奇。

"我要到美国看望我的妹妹,"斯嘉丽若无其事地告诉裁缝

---

[1] 耶稣受难日(Good Friday)是复活节前的星期五。

说,"这些花花绿绿的衣服是送给她的礼物。"她心里却气呼呼地想,你爱信不信,我并不是一个真正的寡妇,我才不打算穿得邋里邋遢地回到亚特兰大去。突然之间,她那一身实用主义的黑色裙子、长袜、衬衫和披肩,都让她觉得说不出来的郁闷,她迫不及待地想穿上那件有深奶油色花边的绿色亚麻连衣裙,或者那件粉红和海军蓝条纹丝绸的……要是玛格丽特·斯坎伦还做得出来的话。

"等你看到妈妈穿上新衣服多么漂亮的时候,你会感到惊讶的。"斯嘉丽对"小猫咪"说,"我也为你定做了一些漂亮的小衣服。"婴儿咧开嘴笑了,露出一排新长出来的小牙齿。

"你肯定会喜欢那艘大船的。"斯嘉丽向婴儿保证说。她已经预订了"布莱恩·博茹号"上最大最好的一间房舱,准备在复活节后的那个星期五从戈尔韦起航。

"圣枝主日"[1]那天天气突然转冷,直到"耶稣受难日"滂沱大雨一直下个不停。斯嘉丽在旷野上主持完漫长的仪式之后,已经浑身湿透,冷得透不过气来。

仪式刚一结束,她就尽快赶回了大房子,希望马上洗个热水澡,喝一壶热茶。但是,她一进门就发现凯瑟琳正焦急地等待着她,使得她连换一身干衣服的时间都没有。她带来了一个紧急口信:"老丹尼尔要见你,斯嘉丽。他的胸部得了重病,就要死了。"

---

[1] 圣枝主日(Palm Sunday)是复活节前的星期日。

斯嘉丽一看到老丹尼尔的样子，便禁不住深吸了一口气。凯瑟琳在胸前画了个十字。"他越来越虚弱了。"她平静地说。

丹尼尔·奥哈拉的双眼深陷在眼窝里，脸颊也凹陷进去，整个脸就像一个包着一层皮的头骨。斯嘉丽在老丹尼尔躺着的那张简朴的折叠床边跪下来，拉起他的手。他的手很烫，像纸一样干燥、脆弱。"丹尼尔伯伯，我是凯蒂·斯嘉丽。"

丹尼尔睁开眼睛。看着他用了极大的意志力才睁开了眼睛，斯嘉丽真想放声大哭。"我想请你帮个忙。"他说。他的呼吸已经很短促。

"任何事情都行。"

"把我埋在奥哈拉的土地上。"

斯嘉丽很想说：别傻了，你离那一步还远着呢。可是，她不能对老人撒谎。"我会的。"她像爱尔兰人那样保证道。

丹尼尔疲倦地闭上了眼睛。斯嘉丽开始哭泣，凯瑟琳把她带到火炉边的一把椅子上："你能帮我把茶泡上吗，斯嘉丽？他们很快都会到了。"斯嘉丽说不出话来，只是点点头。直到这一刻她才意识到她的这位伯伯在她的生活中有多么重要。他说话很少，她也几乎从不和他说话，但是他一直就在她身旁——那么坚定、安静、严厉、坚强。他是一家之主，在她的心目中，丹尼尔伯伯才是真正的奥哈拉族长。

凯瑟琳赶在天黑前把斯嘉丽送回了家："你要照料孩子，这里已经没事了。明天再来吧。"

星期六一整天，情况都没有什么变化。人们整天络绎不绝地前来表达他们的敬意,斯嘉丽不停地泡好一壶又一壶的茶,切开人们送来的一个个蛋糕,在面包上抹上黄油做成三明治。

星期天,凯瑟琳和奥哈拉家的男人们去做弥撒,她就坐在伯伯的身旁守着他。当他们回来之后,她立刻赶回了巴利哈拉。奥哈拉族长必须参加巴利哈拉教堂里举行的复活节庆祝活动。她不仅感觉弗林神父的布道似乎永远也没完没了,也觉得她再也无法摆脱镇上人的问询,他们纷纷问起她伯伯的病况,并希望他早日康复。虽然刚刚经过了四十天的严格斋戒——巴利哈拉的奥哈拉家人并不能得到豁免——斯嘉丽对复活节大餐还是毫无胃口。

"拿到你伯伯家去吧,"菲茨帕特里克太太建议道,"那些大个子男人还要干地里的活,不能没有食物,而可怜的凯瑟琳又一直忙着照顾老丹尼尔。"

斯嘉丽离开前拥抱并亲吻了"小猫咪","小猫咪"用一只小手拍了拍妈妈满是泪痕的脸颊。"多体贴的'小猫咪'啊,谢谢你,我的宝贝。妈妈很快就会好起来,然后我们又可以一边洗澡一边玩耍和唱歌了。接下来,我们就要乘坐一艘大船来一次奇妙的旅行。"斯嘉丽虽然觉得自己不该这样想,但是她仍然希望她们不会错过"布莱恩·博茹号"。

那天下午,丹尼尔的精神多少有些恢复,他能认出人,并能说出他们的名字。"感谢上帝。"斯嘉丽对科勒姆说。她也感谢上帝,科勒姆终于回到了他们中间。他为什么总要不断地离开我们呢?在过去这个漫长的周末里,她一直都在想念他。

星期一早上,正是科勒姆给她带来了丹尼尔昨夜去世的消息。"葬礼什么时候举行?我的船星期五起航。"有科勒姆这样的朋友就是好,她有任何事情都可以对他如实相告,而不用担心他会误解或反对。

科勒姆慢慢地摇了摇头,说:"那不可能,斯嘉丽宝贝。很多尊敬丹尼尔的人和奥哈拉家的亲戚都是远道而来,而且是在如此泥泞的路上跋涉,守灵至少要持续三天,很有可能要四天,在那之后才能举行葬礼。"

"噢,科勒姆,不行!快说我不必参加守灵。那太可怕了吧,我想我受不了。"

"你必须参加,斯嘉丽,我会和你在一起的。"

斯嘉丽还没有看到丹尼尔的房子,就听到了人们的痛哭声。她绝望地看着科勒姆,但是他的脸毫无表情。

低矮的屋门外站着一群人。前来悼念丹尼尔的人太多,屋内已经无法容纳所有的人。斯嘉丽听到有人喊了一声"奥哈拉族长来了",随即看到人群中为她让开了一条路。此时此刻,她真希望自己没有这份荣耀,但她还是低着头从人群中走了过去。是丹尼尔帮她下定了决心,她要做好她该做的事情。

"他在客厅里。"谢默斯告诉她说。可怕的哀号声从客厅里传来,斯嘉丽狠狠心,抬腿走了进去。

在大床床头和床脚的两张桌子上燃烧着几根粗大的蜡烛。丹尼尔穿着一件黑边的白色衣服躺在床单上,那双饱经风霜的手交叉放在胸前,手中夹着一串念珠。

你为什么离我们而去?呜!

呜,呜,呜哎哟呜!

那个哭喊的女人左右摇晃着身体,斯嘉丽认出了她是住在村子里的堂姐佩吉。斯嘉丽走到床边跪下来,为丹尼尔祷告,但是她的耳朵里充斥着佩吉的哀号声,使她难以思考。

呜,呜。

这悲怆、原始的哀号让她揪心,让她害怕,她站起来,走进厨房里。

看到厨房里满屋子边吃边喝边交谈、仿佛什么事也没有发生似的男男女女,她感到难以置信。尽管门窗都大开着,但是屋里的空气中仍然弥漫着从陶制烟斗里冒出来的浓浓烟雾。斯嘉丽绕过达纳赫神父走到人群面前。"是啊,他醒过来叫出了别人的名字,带着清醒的灵魂走到了生命的尽头。啊,这是他伟大的告白,我还没有听说过比这更好的了。丹尼尔·奥哈拉是个好人,我们这辈子再也见不到他这样的好人了。"她慢慢地走开了。

"吉姆,你记得吗?丹尼尔和他的兄弟帕特里克——愿上帝保佑他的灵魂得到安息——抓走了那个英国人的获奖母猪,把它带到泥炭沼泽地里生小猪的那件事?还有,生下来的那十二只小猪吱吱乱叫成一团,那头母猪又像野猪一样凶狠。那片土地的经纪人吓得浑身发抖,那个英国人一直骂骂咧咧个不停,而全世界看着这出戏都乐开了花。"

吉姆·奥戈尔曼笑一笑,用他铁匠的大手拍了拍说话人的肩膀,说:"我是不记得,泰德·奥哈拉,你也不可能记得,这是事实。母猪冒险事件发生的时候,我们俩都还没有出生呢,这你是知道的。你肯定是从你父亲那里听到这个故事的,我也是从我父亲那里听来的。"

"不管怎么说,杰姆,要是能亲眼看见这件事不是很有趣吗?你的丹尼尔伯伯是个了不起的人,这是事实。"

斯嘉丽想:是啊,他确实是一个了不起的人。她在人群里四处走动,听到了许多丹尼尔一生中的故事。这时,有人注意到了她,对她说:"你能告诉我们吗,凯蒂·斯嘉丽,你伯伯拒绝了你送给他的农场和一百头牛的事?"

她在脑子里很快地思考了一下。"事情是这样的。"她开始说道。十几个好奇的听众立刻围拢过来,现在我该说些什么呢?"我……我当时对他说,'丹尼尔伯伯'……我说,'我想送给你一个礼物'。"干脆编个好故事吧,"我说,'我有一个农场……一百英亩……其中还有一条湍急的小溪和一片沼泽地……农场里有一百头公牛、五十头奶牛、三百只鹅、二十五头猪……还有六队马'。"听众纷纷为如此阔绰的礼物而叹气,斯嘉丽则越说越有灵感。"'丹尼尔伯伯,'我说,'这些统统送给你,外加一袋金子。'但是,他对我大叫起来,吓得我浑身发抖。'我才不要这些东西呢,凯蒂·斯嘉丽·奥哈拉。'"

突然,科勒姆抓起她的胳膊,拉着她走到屋外又穿过人群,最后来到谷仓后面。直到这时他才让自己哈哈大笑起来:"你总是让我吃惊,斯嘉丽宝贝,你都把丹尼尔说成一个巨人了。不过,我也说不好,他到底是一个傻乎乎的巨人呢,还是一个高尚得不愿意利用一个傻女人给自己的好处的巨人。"

斯嘉丽也跟着他笑起来:"我刚才讲得正来劲呢,科勒姆,你应该让我讲下去。"她突然用手捂住了嘴,她怎么能在为丹尼尔伯伯守灵时大笑呢?

科勒姆握住她的手腕,把她的手从嘴上放下来。"没关系,"他告诉她说,"守灵是为了纪念一个人的一生和他对所有人的重要性。欢笑和悲伤一样,都是守灵的一部分。"

丹尼尔·奥哈拉是在星期四下葬的,葬礼的规模几乎和老凯蒂·斯嘉丽的葬礼一样盛大。斯嘉丽领着队伍一路走到坟墓前,这座坟墓位于巴利哈拉,就在她和科勒姆发现并清理出来的那座带有围墙的古老墓地里,是老丹尼尔的儿子们亲手挖的。

斯嘉丽从丹尼尔的坟墓上抓起一些泥土塞进一个皮袋子里,她要把它撒在她父亲的坟墓上,这样他们兄弟俩就好像埋在了一起。

葬礼结束之后,全家人都来到大房子里吃点心。斯嘉丽的厨子很高兴有机会可以炫耀一番自己的手艺,用搁板搭起来的长桌子沿着闲置的客厅和书房摆了一长溜,摆满了火腿、鹅肉、鸡肉、牛肉、一堆堆的面包和蛋糕、大量波特啤酒、成桶的威士忌和喝不完的茶水。尽管一路上泥泞不堪,仍有数百个奥哈拉人来到了这里。

斯嘉丽把"小猫咪"抱到楼下同亲戚们见面,人们对这个孩子的一致赞美让斯嘉丽如愿以偿,甚至远远超过了她的期盼。

然后，科勒姆拿出来一把小提琴和一面鼓，他的三个堂兄弟各自拿出了哨笛，于是音乐声响起并持续了几个小时。"小猫咪"一直随着音乐声挥动着双手，直到筋疲力尽，才躺在斯嘉丽的腿上睡着了。斯嘉丽心想，虽然错过了那班船，但是我很高兴。这一切都那么美好，如果这不是丹尼尔的死带来的就好了。

这时，两个身材高大的堂兄走到她的跟前，丹尼尔的儿子托马斯俯下身来轻轻说道："我们需要奥哈拉族长的裁决。"

"你明天早饭后能到丹尼尔伯伯家来吗？"帕特里克的儿子乔问。

"什么事情？"

"等明天你可以安静地思考的时候，我们再告诉你。"

需要她裁决的问题是：谁应该继承丹尼尔的农场？由于老帕特里克死后这个问题就一直悬而未决，而奥哈拉家的两个堂兄弟都想得到这份遗产。丹尼尔和他弟弟杰拉尔德一样，一直没有立过遗嘱。

斯嘉丽心想，塔拉的问题又出现了，不过作出这个裁决并不难。丹尼尔的儿子谢默斯在这个农场上辛勤工作了三十年，而帕特里克的儿子肖恩一直和老凯蒂·斯嘉丽住在一起，什么农活也没有做。所以，斯嘉丽把农场判给了谢默斯，就像爸应该把塔拉留给我一样。

她是奥哈拉族长，所以没有什么可争辩的。斯嘉丽感到很高兴，她相信自己对待谢默斯比任何人都更公正。

第二天,一个早已不再年轻的女人把一篮子鸡蛋放到了大房子的门阶上,菲茨太太发现那个女人正是谢默斯的心上人。差不多二十年了,她一直等着他向她求婚,没想到就在斯嘉丽作出裁决的一个小时之后,他立刻向她求婚了。

"这太甜蜜了!"斯嘉丽说,"不过,我希望他们不要马上就结婚,否则照我现在的速度,恐怕永远也回不了美国了。"她已经又在四月二十六日起航的另一艘船上订了一个客舱,早在那天的一年零一天之前,她在爱尔兰的"假期"本来就该结束了。

这艘船并不是豪华的"布莱恩·博茹号",甚至都不是一艘真正的客轮,但是斯嘉丽自己有一个迷信的观点——如果再拖到五一节之后,她就再也走不了了。此外,科勒姆恰好认识这艘船的船长,也熟悉那艘船。那艘船虽然是一艘货船,没错,但是船上装载的只是整包的爱尔兰最好的亚麻布,一点儿也不脏。再说,船长的妻子经常跟他一起随船旅行,所以斯嘉丽在船上还会有一个伴儿和女陪护。而它最大的好处却是,这艘船没有明轮,也没有蒸汽机,它是一艘完全靠风行驶的帆船。

第六十七章

一个多星期以来,天气一直很好。道路干了,灌木篱墙上开满了花,"小猫咪"折腾了一夜都不睡觉,原来只是因为长出了一颗新牙。在动身的前一天,斯嘉丽几乎是一路蹦跳着跑到巴利哈拉镇,去裁缝那里取为"小猫咪"定做的最后一件连衣裙。她相信,事到如今再也不会出什么差错了。

当玛格丽特·斯坎伦用纸把连衣裙包起来的时候,斯嘉丽抬头看了看窗外,正值吃饭时间的小镇上空荡荡的,但她突然看见科勒姆走进了宽阔街道另一边早已废弃了的爱尔兰新教教堂。

她想,嗯,很好,他终于还是要接受这个教堂了,我还以为他要顽固到底呢。每到星期天,全镇的人都挤在那座小教堂里做弥撒,而这座宏大的教堂却空无一人,仅仅因为它是由新教徒建造的,天主教徒就不能接过来使用。这也太荒唐了!我虽然不知道他为什么这么长时间以来一直固执己见,但我也不想责怪他,我只会告诉他,他改变主意了我很高兴。

"我这就回来。"她对斯坎伦太太说。她匆匆沿着杂草丛生的小路走到教堂不大的侧门前,敲敲门,然后推门而入。随即,她听到了一声巨响,接着又听到了第二声,斯嘉丽感到有什么东西猛地打到了她的袖子上,接着又听见许多小石子雨点般地落到她的脚下,隆隆的声响在教堂里回荡。

一束亮光从打开的门外直射到屋内一个陌生男人的身上,他转过身来面对着她,胡子拉碴的脸扭作一团,一双野兽般阴沉的眼睛死死地瞪着她。

他半蹲在地上,双手握着一把手枪直直地指着她。他衣衫褴褛,两只手虽然肮脏却稳如磐石。

斯嘉丽立刻明白了,是他向我开了一枪。他肯定已经杀了科勒姆,现在又要杀我。"小猫咪!"我再也见不到我的"小猫咪"了。她感到怒不可遏,随即就从震惊后的呆滞状态中摆脱出来,举起拳头向那个人冲了过去。

又一声震耳欲聋的枪响在拱形石头天花板下久久回荡,时间似乎凝固了。斯嘉丽扑倒在地,嘴里发出一阵尖叫。

"我要你安静下来,斯嘉丽宝贝。"科勒姆说。她听出了他的声音,但又好像不是他的声音,这声音里透着一丝刚毅,也透着一丝冷酷。

斯嘉丽抬起头来,只见科勒姆用右手搂着那个男人的脖子,左手抓住了男人的一只手腕,迫使他手枪的枪口指向天花板。她慢慢站了起来。

"这是怎么回事?"她小心地问道。

"请把门关上,"科勒姆回答说,"从窗户里透进来的光线已经足够亮了。"

"这……到底是……怎么……回事?"

科勒姆没有搭理她,而是对那人说道:"把枪扔了,戴维。"手枪落到了石头地上,发出金属的声响。科勒姆慢慢放下了那人的手臂,接着又迅速松开了自己勒住那人脖子的胳膊,然后攥起两个拳头,用力向那人头上挥去。那人被打晕过去,倒在了科勒姆的脚下。

"他没事。"科勒姆说。他灵巧地从斯嘉丽身边走过,悄无声息地关上侧门,再把门闩插上:"好了,斯嘉丽宝贝,我们得谈谈。"

科勒姆的手从背后抓住了她的上臂,斯嘉丽扭身躲开了,转过身面对着他说:"不是我们要谈谈,科勒姆,是你,你要告诉我这是怎么回事。"

他的声音又恢复了温暖而轻快的特点:"发生这种事真是不幸,斯嘉丽宝贝。"

"别跟我说什么'斯嘉丽宝贝',科勒姆,我才不吃你这一套呢。那个人刚才想杀了我,他是谁?你为什么要偷偷摸摸地溜到这里来见他?这到底是怎么回事?"

科勒姆的脸处在阴影下,看上去模糊而苍白,只有他的罗马领白得耀眼。"我们到亮一些的地方。"他轻声说着走到另一个地方,站到了从封死的窗板之间斜射下来的几缕薄薄的阳光之下。

斯嘉丽简直不敢相信自己的眼睛,科勒姆居然正对着她微笑:"唉,真遗憾,如果我们当初开了那家小客栈,这件事也就不会发生了。斯嘉丽宝贝,我本来不想让你卷进来的,因为一旦你知道了,肯定会担心。"

他怎么还笑得出来?他怎么敢这么做?她已经吓得话都说不出来了。

科勒姆向她和盘托出了芬尼兄弟会的事情。

当他讲完之后,她也终于能说话了:"犹大!你太肮脏了,满口谎言,背信弃义。我这么信任你,居然把你当成了我的朋友。"

"我说过了,这是件让人担心的事。"

看着他脸上微笑和遗憾的表情,她感到的已经不是生气而是伤心了,这一切不过是虚情假意,全是假的。从他们相识的那一刻起,他就一直在利用她、欺骗她。其他人也一样——杰米和莫琳,她在萨凡纳和爱尔兰的所有堂兄弟姐妹,巴利哈拉的所有农民以及其他所有人,甚至也包括菲茨太太。斯嘉丽的幸福生活只不过是一种幻觉,所有的一切都是幻觉。

"你能听我说吗,斯嘉丽?"她讨厌科勒姆的声音,讨厌他声音里的音乐感和魅力。我不想听。斯嘉丽竭力捂住自己的耳朵,但是他的话还是从她的手指缝里溜了进来:"回想一下你们美国南方的经历,征服者的皮靴是如何肆无忌惮地践踏它的,再想想爱尔兰,想想她的大好河山和命脉正被凶残的敌人攥在手里。他们偷走了我们的语言,把在这片土地上教孩子说爱尔兰语变成了犯罪。你难道不明白吗，斯嘉丽，如果你们的北方佬讲的是一种你听不懂的语言，而在刀剑的威逼之下你又不得不学习这种语言，然而你学来学去就只有'不许动'这一句话，否则你会因为乱动而被杀死。接下来就是你的孩子，那些北方佬还要教她说话，教她说你听不懂的话，让她从此再也听不懂你对她说的那些充满爱的话，你也听不懂她那一口北方佬的话，再也不能满足她的要求。英国人剥夺了我们的语言，并因此抢走了我们的孩子。

"他们夺走了我们的土地，也就是我们的母亲。当我们失去了孩子和母亲之后，我们已经一无所有。我们的灵魂已经被打上了失败的烙印。

"斯嘉丽，你再想想塔拉被人夺走时你是怎么做的。你告诉过我你如何为它冒死战斗，你用尽了你的意志、心力、智慧和力量。当需要谎言时，你可以撒谎；需要欺骗时，可以欺骗；需要杀人时，你同样可以杀人。我们为爱尔兰而战，又何尝不是如此。

"不过，我们比你们幸运，因为我们还有时间享受生活的甜蜜——音乐、舞蹈和爱。你知道爱一个人是什么感觉，斯嘉丽。我一直在观察着你的宝贝一天天长大，就像一朵绽放的花朵。你难道不明白吗？爱就是没有索取只有付出，爱是一个永远装满水的杯子，无论你怎么喝它始终都是满满的。

"我们对爱尔兰和她的人民的爱就是如此。我爱你，斯嘉丽，我们大家都爱你。我们并不因为最爱爱尔兰而不爱你，难道你会因为爱你的孩子而不爱你的朋友吗?一种爱并不排斥另一种爱。你说,你以为我是你的朋友,你的兄长。我确实是,斯嘉丽,直到天荒地老都不变。你的快乐就是我的快乐,你的悲伤就是我的悲伤。但是,爱尔兰是我的灵魂,只要能把她从束缚中解放出来,任何叛逆之事我都可以干。但是,她不会带走我对你的爱,她只会让我对你爱得更深。"

斯嘉丽捂着耳朵的双手不由自主地滑落下来,无力地垂在身旁。虽然科勒姆的话她只能听懂一半,但是同往常一样,他慷慨激昂的一席话还是把她迷住了,她觉得自己好像被一层又一层的蛛丝裹了起来,又温暖又动弹不得。

躺在地上不省人事的男人发出了一声呻吟。斯嘉丽心有余悸地望着科勒姆:"那个人是芬尼兄弟会的人?"

"是的,他正在逃亡。一个他认为是朋友的人向英国人告发了他。"

"你给了他那把枪。"这并不是一个提问。

"是的,斯嘉丽。你看,我对你已经没有更多的秘密了。我在这座英国教堂里的各个角落里都藏着武器。我是兄弟会的军械师。当那一天到来的时候——它很快就会到来——成千上万的爱尔兰人将要揭竿而起,这个英国人建造的地方将为他们提供武器。"

"什么时候?"斯嘉丽心里其实很害怕听到他的回答。

"日子还没有定下来。我们还需要五批武器,如果做得到六批更好。"

"这就是你在美国做的事情。"

"正是。我到处筹款,也得到了很多人的帮助,然后其他人设法用我筹到的钱购买武器,再由我把武器运到爱尔兰。"

"通过'布莱恩·博茹'号运来。"

"还有其他船。"

"你要射杀英国人。"

"是的,但是我们会更仁慈。他们杀害了我们的男人,也杀害了我们的妇女和儿童,我们只会杀死他们的士兵。士兵就是拿钱去送死的人。"

"但你是个神父,"她说,"你不能杀人。"

科勒姆沉默了几分钟。他低着头,一缕光线从窗户照射到他头上,灰尘在光柱中懒洋洋地旋转着。当他抬起头来的时候,斯嘉丽看到了他眼睛里悲哀的目光。

"当我还是个八岁的孩子时,"他说,"我看到大路上一车车的小麦和一群群的牛从亚当斯敦送往都柏林,最后送上了英国人的餐桌。我还亲眼看见了我妹妹被饿死,因为她只有两岁,没有食物她撑不了几天。我的弟弟也只有三岁,他也同样没能撑过去——年幼的孩子总是最先死。他们饿得直哭,大人告诉他们没有吃的东西时,他们又太小,根本不明白。可我明白,因为我已经八岁了,也更聪明。我没有哭,因为我知道在没有食物的情况下,哭会消耗掉我仅存的力气。不久另一个弟弟也死了,他七岁,然后是六岁和五岁的两个孩子。让我永远都感到羞愧的是,我竟然忘记他们俩哪个是女孩哪个是男孩。后来母亲也撒手而去,但是我一直认为,她并不是完全死于饥饿,更是死于心碎。

"饿死一个人是要经历几个月的时间的,斯嘉丽,这样的死亡非常残酷。然而就是在这几个月的时间里,我们还得眼看着一车又一车满载食物的大车从我们眼前驶过。"科勒姆的声音变得越来越小,过了一会儿才渐渐恢复了生气。

"在大人们眼里,我是个有出息的孩子。在我十岁那年,连续数年的大饥荒终于过去了,我又能吃饱肚子了。我学习能力强,成绩也好,我们的神父认为我大有前途。他告诉我父亲,如果我勤奋努力,说不定最终会被神学院录取。于是,父亲给我提供了他所有的一切,几个哥哥都额外承担起了农场里的活儿,让我什么活也不用干,只需勤奋读书。所有人都竭尽全力帮助我,因为一个儿子当上神父就是整个家庭的莫大荣耀。我毫不犹豫地接受了他们的帮助,因为我对上帝的仁慈和对圣母教会的智慧怀有纯洁而坚定的信仰,我相信做一名神父是我的天职,是上帝对我的召唤。"他的声音越来越高了。

"我那时以为,我就要学到解决所有问题的答案了。神学院里有许多圣书和圣人,还有教会的智慧。我潜心学习,虔诚地祈祷,苦苦寻觅。我在祈祷中获得了欣喜,在学习中获得了知识,但这些知识都不是我所追寻的知识。于是,我问我的老师:'为什么小孩子就得饿死?为什么?'但我得到的唯一回答是:'相信上帝的智慧,相信他的爱。'"

科勒姆把双臂举过他那张痛苦得扭曲的脸,提高嗓门叫道:"上帝啊,我的父,我虽然感觉得到你的存在和你全能的力量,但是我看不到你的脸。你为什么抛弃了你的爱尔兰子民?"话音刚落,他的手臂也垂落下来。

"没有回答,斯嘉丽,"他哽咽着说,"从来就没有过。但是,我看见了另一种景象,于是我追随着它而去。在这个景象中,我看到饥饿的孩子们聚集起来,数量上的优势让他们不再像过去那样脆弱。成千上万的孩子站了起来,一起伸出瘦骨嶙峋的小胳膊,掀翻了满载着食物的马车,结果他们都没有死。现在,我的天职就是掀翻那些马车,把饱食终日的英国人从他们的餐桌前赶出去,让爱尔兰得到上帝拒绝给予它的爱和怜悯。"

斯嘉丽听了他这番亵渎上帝的话,不禁倒吸一口冷气:"你会下地狱的。"

"我已经在地狱里了!我看到英国士兵嘲笑一个为给孩子买食物而乞讨的母亲,那就是地狱里的景象;我看到横行霸道的英国士兵们把一位老人推倒在街边的泥坑里,那就是地狱里的景象;我看到人们被赶出家园,被鞭打,看到装满粮食的马车从一家人面前驶过,而这个家庭却只有一平方米土地的土豆赖以生存。我要说,整个爱尔兰就是一座炼狱,只要能免除她一个小时人间地狱般的苦难,我将高兴地接受死亡,接受来世受尽折磨的惩罚。"

斯嘉丽被他的激烈情绪所震撼,极力去理解他所说的这一切。要是那一次英国人带着破拆槌来到丹尼尔家的时候,她不在现场会怎么样?假设她所有的钱都没有了,"小猫咪"饿了怎么办?假如英国士兵真的像北方佬一样,偷走了她的牲畜,烧毁了她眼看着已经长出新芽的田地,又会怎么样?

她深知一个人面对军队是如何无奈,她也深知饥饿的痛苦,就算有再多的黄金,这些记忆也是抹不掉的。

"我怎么才能帮你?"她问科勒姆。他正在为爱尔兰而战斗,而爱尔兰是她的人民和孩子的家园。

第六十八章

船长的妻子是个结实的红脸女人,她看了"小猫咪"一眼就伸出了双臂。"她会要我抱吗?""小猫咪"立刻向她伸出手作为回应。斯嘉丽很肯定,"小猫咪"是对那女人脖子上用链子挂着的那副眼镜感兴趣,不过她并没有说出来。她喜欢听人们称赞她的"小猫咪",而船长的妻子现在正在称赞她。"真是个小美人啊——不对,小可爱,这东西是架在鼻子上用的,不是放进嘴里吃的——她的橄榄色皮肤好可爱。她父亲是西班牙人吗?"

斯嘉丽迅速思考了一下,说:"她祖母是。"

"真好。"船长的妻子从"小猫咪"手中取下眼镜,然后塞给她一块轮船上的饼干。

"我已经有四个孙子和外孙了,这真是世界上最美妙的事情。孩子们长大以后,我感到无法忍受空荡荡的家,于是就开始和船长一起在海上航行。但是,现在有了孙辈们,又给我增添了许多乐趣。在萨凡纳停靠之后,我们要去费城装货,到时候我有两天的时间和我女儿以及她的两个孩子待在一起。"

斯嘉丽心想,不等我们驶出海湾,她已经把我唠叨死了。接下来的两个星期我怎么受得了。

不过,她很快就发现她大可不必担心。船长的妻子翻来覆去总是那些话,斯嘉丽只要不时点点头,说一声"我的天啊"就行了,根本不用管她说了些什么。再说,这个老妇人对"小猫咪"很好,斯嘉丽可以放心地在甲板上活动活动身体,不用担心孩子的事情。

于是,她迎着带点儿咸味的海风开始认真思考她接下来要做的事情,主要是做好下一步的行动计划,她要做的事情很多。她必须找一个买主把杂货店接手过去,还有桃树街的房子。虽然日常费用都是瑞特支付的,但是既然她再也用不着它了,让它空着放在那里也太荒唐了。

所以,她要卖掉桃树街的房子和杂货店,酒吧也要卖。真是太可惜了,这个酒吧利润颇丰,而且一点麻烦事也没有。但是,既然她已经下定决心同亚特兰大一刀两断,这个酒吧就必须割舍。

那么,她那些在建的房子怎么办呢?她对这个项目目前的状况一无所知,她必须确保建筑商继续购买阿什利的木料……

她还必须确保阿什利安然无恙,还有博,因为她答应过梅兰妮。

等她处理完亚特兰大的事情之后,就回塔拉去。塔拉之行必须放在最后,因为一旦韦德和埃拉得知他们要跟着她回爱尔兰的家,肯定会迫不及待就动身的,让孩子们悬着一颗心不公平。

告别塔拉将是她不得不做的最艰难的一件事,最好是快刀斩乱麻,免得让人太痛苦。噢,她是多么渴望再次见到塔拉啊!

从海上进入萨凡纳河,再逆河而上至萨凡纳,这段数英里的航程似乎慢得永远也走不到头。一艘蒸汽拖船拖着他们的船缓缓前行,斯嘉丽怀抱着"小猫咪"焦躁不安地从甲板的一边走到另一边,竭力把心思集中到孩子身上,欣赏孩子看到沼泽地里被惊起的鸟儿的激动反应。他们现在离那儿已经很近了,为什么就是到不了呢?她想看看美国,想听听美国人的声音。

终于到了。就是这座城市,就是这个码头。"噢,你听听,'小猫咪',听到歌声了吗?那是黑人们唱的歌。这里是美国南方,感觉到阳光了吗?这里的太阳会持续好多天。噢,亲爱的'小猫咪',妈妈回家了。"

莫琳的厨房还是原来的老样子,什么也没变。她的家庭也没变,同样的深情,同样到处是一群群奥哈拉家的孩子。帕特丽夏生了个男孩儿,快一岁了。凯蒂也怀孕了。"小猫咪"立刻就融入了这个三房之家的日常生活节奏之中,她好奇地打量着其他的孩子,用手揪着他们的头发,也顺从地让他们揪她的头发,她成了他们中的一员。

斯嘉丽不禁有些嫉妒。她根本不会想我,可是我却不忍心离开她,但又不得不离开她。亚特兰大认识瑞特的人太多,很可能立刻就会有人把她的事告诉给他。如果他敢把她从我身边夺走,我就会杀了他。我不能带着她一起去亚特兰大,别无选择。我走得越早,回来得就越早。我会带着她的哥哥和姐姐回来,那是给她的最好的礼物。

她给亨利·汉密尔顿叔叔的办公室和住在桃树街那幢房子里的潘西发了几封电报,然后乘坐五月十二日的火车前往亚特兰大。她心里既兴奋又紧张,离开了这么长的时间,什么事情都可能发生。她现在犯不着为它们烦恼,反正她很快就会知道了。在这个时刻,她要尽情享受佐治亚的艳阳和盛装打扮的兴奋心情。在船上的时候,她还不得不穿着丧服,但是现在她已经穿上了一件祖母绿的爱尔兰亚麻布衣裳,整个人容光焕发。

但是,斯嘉丽已经忘记了美国的火车有多脏。车厢两端的痰盂周围,很快就布满了难闻的烟草痰。火车驶出不过二十英里,车厢里的过道就变成了肮脏的垃圾场。一个醉汉踉踉跄跄地从她座位旁走过,她突然意识到她不应该独自旅行。是啊,谁都可以拿开我的手提箱,然后在我身旁坐下来!我们在爱尔兰情况就要好得多,头等车厢就是名副其实的头等,没有人会闯进你的小隔间里来。她拿起一张萨凡纳的报纸遮住了自己的脸,她身上那套漂亮的亚麻布衣服已经变得皱皱巴巴,还落满了灰尘。

熙来攘往的亚特兰大火车站和五点路口的大喊大叫的鲁莽大胆马车夫,都让斯嘉丽激动不已,她立刻忘记了火车上的污秽遭遇。这里的一切是多么鲜活和富有生命力,并且总是在不断地变化之中。一些她以前从未见过的建筑拔地而起,许多旧店面换上了新店名,到处是喧闹声和匆忙、拥挤的人群。

她急切地望着马车车窗外桃树街上的房子,一一认出了它们是谁的家,也注意到了他们的生活有了改善。梅里韦瑟家铺了新屋顶,米德家刷了新油漆。一年半之前她离开这里的时候,一切还是那么破败和寒酸。

看,那是她的房子!噢,我怎么记得房子没有这么局促,甚至连一个像样的院子都没有。它以前也那么靠近街道吗?真可笑,我这是犯什么傻。我反正已经决定要卖掉它,它怎么样还有什么关系吗?

* * *

亨利·汉密尔顿叔叔说,现在可不是卖房的时候。大萧条并没有缓解的迹象,各地的生意仍然很萧条,遭受打击最沉重的行业就是房地产市场,而房地产中受打击最大的恰恰就是她这样的大房子。人们的生活还是一天比一天更糟,而不是一天比一天更好。

现在,最好卖的是小房子,就像她在城边盖的那种房子,刚一盖好就被抢购一空。那个项目让她发了不少财。话说回来,她究竟为什么要卖掉桃树街的房子呢?瑞特留下的钱足以支付所有的账单,根本不用花她自己的一分钱。

斯嘉丽心想,看看他那种眼神,就好像我身上臭气熏天似的,他把我离婚的事归罪于我。有那么一瞬间,她很想为自己争辩，想把事情的真相一五一十地讲给他听。亨利叔叔是唯一还站在我这一边的人，失去了他，整个亚特兰大就再也没有一个瞧得起我的人了。

突然，就好像一根罗马烟火筒突然开始喷发出焰火一样，她的脑子猛然明白过来：这根本就无所谓了。其实，亨利·汉密尔顿就像亚特兰大所有人一样，对我的评价是大错特错了。我和他们不一样，我也不想成为他们那样的人；我有别于他们，我就是我。我是奥哈拉族长。

"如果你不想为我卖房产的事再操心，我是不会生气的，亨利，"她说，"你就直说吧。"她的态度丝毫不失自尊。

"我老了，斯嘉丽，恐怕你还是找个年轻的律师更好。"

斯嘉丽从椅子上站起来，向他伸出手，脸上露出真诚的微笑。

等她走出房门之后，他才想到了该用什么话描述她的变化："斯嘉丽长大了，她刚才没有再叫我'亨利叔叔'。"

"巴特勒太太在家吗？"

斯嘉丽立刻就听出了这是阿什利的声音。她匆匆从客厅走到大厅，迅速做了个手势把准备去开门的女仆打发走。"阿什利，亲爱的，真高兴见到你。"她向他伸出了双手。

他紧紧地握住她的双手，低头看着她："斯嘉丽，你真是越来越可爱了，看来外面的气候很适合你。告诉我你去了哪儿，都在做什么。亨利叔叔说你去萨凡纳了，但是后来他也失去你的联系。我们都想知道。"

她想，我就知道你们都想知道，尤其是你那个口舌尖刻的妹妹。"进来坐，"她说，"我很想听听都有什么新闻。"

女仆在旁边徘徊。斯嘉丽从她身边走过时悄悄告诉她说："给我们拿一壶咖啡和一些蛋糕来。"

她把他引到客厅里，自己在一把长椅的一角坐下来，然后拍拍身旁的座位说："坐在我旁边，阿什利，快坐。我想好好看看你。"感谢上帝，他脸上已经看不到那种失魂落魄的表情，亨利·汉密尔顿说阿什利一切都好，显然没错。斯嘉丽一面收拾桌子、腾出一块放咖啡托盘的地方，一面眯缝起眼睛继续打量着他。阿什利·威尔克斯仍然不失为一个英俊的男人，年龄的增长更加突显出了他棱角分明的贵族式面容，但是他看上去比实际年龄要老。斯嘉丽心想，他不可能超过四十岁啊，可是他的金色头发已经开始变成银白色。他在木材场里待的时间肯定比以前多多了。他的肤色很好，不再是以前那种久坐办公室的灰色。她微笑着抬起头，再次见到他让她很高兴，特别是他看起来还很健康，她对梅兰妮负有的义务现在似乎不再那么沉重了。

"皮蒂姑妈好吗？茵迪娅好吗？博好吗？他一定长成大人了！"

阿什利撇了撇嘴说，皮蒂和茵迪娅还和过去一样。皮蒂仍然整天疑神疑鬼，心神不宁，茵迪娅则始终忙着委员会的事，主要是改善亚特兰大的道德风气。她们把他宠坏了，两个老处女都想成为最佳老母鸡。她们也想把博宠坏，可他本人绝不接受。阿什利灰色的眼睛里流露出无比骄傲的眼神。博是一个真正的小男子汉,他马上就十二岁了,但你会以为他快十五岁了。博当上了邻里男孩们成立的那个俱乐部的主席,他们还用锯木厂最好的木料在皮蒂家的后院里盖了一间树屋,博亲自把关。阿什利带着既悲哀又得意的口气告诉她,这孩子现在对木材行业的了解已经远远超过了他这个父亲。接着,他又更加自豪地补充说,这孩子可能还是一块做学问的料,他已经获得了学校颁发的拉丁语作文奖,而且他看的书都远远超出了他那个年龄段——

"不过,你对这些肯定烦透了,斯嘉丽,自豪的父亲常常都非常乏味。"

"一点儿也不,阿什利。"斯嘉丽并没有说真话。书、书、书,威尔克斯家的问题就是出在书上,他们靠读书为生,根本没有生活。但是,这个男孩儿也许不会有同样的问题,如果他现在对木材行业都那么了解,那么他还有希望。现在,她只希望阿什利不要再那么固执,因为她还要实现对梅兰妮作出的另一个承诺。斯嘉丽把手放到阿什利的衣袖上:"我要请你帮我一个大忙。"她一边说一边睁大眼睛恳求地望着他。

"任何事情都行,斯嘉丽,这你是知道的。"阿什利用手捂住了她的手。

"我希望你答应我,一是让我送博读大学,二是让我送他和韦德去一趟欧洲,来一次壮游。这两件事对我来说意义重大——毕竟,我也把他当成了我的儿子,因为他出生的时候我就在他身边。我最近赚了不少钱,所以钱不是问题。你不会那么吝啬,对我说不吧？"

"斯嘉丽——"阿什利脸上的笑容突然消失了，变得十分严肃。

噢，真讨厌，他要给我找麻烦了。谢天谢地，那个慢条斯理的女孩端着咖啡来了。有她在，他有些话就不会讲，我得抓住机会，在他拒绝我之前把话岔开。

"放几匙糖，阿什利？我给你倒咖啡。"

阿什利从她手里抓过杯子放到桌上。"咖啡的事待会儿再说，斯嘉丽。"他抓起她的手握在手里，"看着我，亲爱的。"他的眼睛微微发亮，让斯嘉丽看得走神了。噢，他看上去几乎就像过去的阿什利了，那个住在十二橡树庄园的阿什利·威尔克斯。

"我知道你怎么赚到那笔钱的，斯嘉丽，亨利叔叔说漏了嘴。我很理解你的感受，但是你完全没有必要那么想。瑞特根本就配不上你，不管是什么原因，你已经彻底摆脱他了。你应该把这一切抛到脑后，就当它从来没有发生过一样。"

真是荒唐，阿什利要向我求婚了！

"你摆脱了瑞特，已经自由了。斯嘉丽，嫁给我吧，我用我的生命发誓，一定让你过上你应得的幸福生活。"

斯嘉丽心想，过去有一段时间，我曾经多么渴望听到这些话，哪怕要我出卖灵魂也在所不惜。可是我现在听到了，却根本没有任何感觉，这太不公平了。阿什利为什么非要向我求婚呢？其实，在她还没有想到这个问题之前，她就已经知道答案了，这都是因为过去的那些流言蜚语，现在想起来那似乎已是很久以前的事情了。阿什利决心把她从亚特兰大人对她的鄙视中赎出来,这不正是他的禀性吗?即使这样做意味着毁掉他的全部生活,他也要做这种所谓具有绅士风度的事情。

不仅如此,他也会毁掉我的生活。依我看,他恐怕根本就没有想到这一点。斯嘉丽咬住舌头,强迫自己不要发火。可怜的阿什利,变成现在这个样子并不是他的错。瑞特说过,阿什利属于内战前那个时期,在今天这个时代他已经没有了立足之地。我不能生气也不能太刻薄,因为我不想失去任何一个曾经属于那个光荣时代的人,那个世界留下的只有记忆和那些与我有着相同记忆的人。

"我最亲爱的阿什利,"斯嘉丽说,"我不想嫁给你。就这样。我再也不会跟你玩美女游戏,不会撒谎,不会让你气喘吁吁地在后面追我。我太老了,也太在乎你了,你一直都是我生命中重要的一部分,永远不会改变。答应我,你会让我把这一切珍藏在心里。"

"当然会的,亲爱的。你这样想,让我感到荣幸。我再也不提结婚的事了,不再让你苦恼。"他微笑起来,那模样显得那么年轻,那么像十二橡树庄园的那个阿什利,这不禁让斯嘉丽感到有些惊讶。最亲爱的阿什利,他肯定猜不到她已经从他的声音里清楚地听出了宽慰的感觉。一切顺利,不对,岂止是顺利而已,现在他们可以成为真正的朋友了,过去的恩怨已经全部了结了。

"你有什么计划,斯嘉丽?你这次回来是不是如我所愿,再也不走了?"

早在她离开戈尔韦之前，就已经准备好了对这个问题的答复。她必须确保亚特兰大的任何人都无法找到她，否则她在瑞特面前就会变得很脆弱，就会失去"小猫咪"。"我准备变卖我在这里的财产，阿什利，将来相当长一段时间我也不想被束缚在某一个地方。去过萨凡纳之后，我又到爱尔兰拜访了爸的家族成员，然后就四处旅行。"她说话必须小心，因为阿什利到过国外，如果她贸然说出她到过一些她根本没有去过的地方，他马上就会发现。"不知怎么的，我一直没能抽出时间去伦敦看看，所以我想我有可能去那里住上一段时间。你得帮我出出主意，阿什利，你认为我去伦敦住一段时间怎么样？"斯嘉丽从梅兰妮那里得知，他认为伦敦是一个尽善尽美的城市。现在，他肯定会说个没完了，再也不会问我其他任何问题。

"今天下午我很开心，阿什利。你会再来的，是吧？我还要在这里待一些日子，处理各种事情。"

"我会尽可能多来几次，这可是难得的乐趣。"阿什利从女仆手里接过他的帽子和手套，"再见，斯嘉丽。"

"再见。哦——阿什利，你会答应我的请求的，是吗？你要是不答应，我会很难过的。"

"恐怕——"

"我向你发誓，阿什利·威尔克斯，如果你不让我为博存点钱，我会痛哭不已，泪水会像漫过河堤的洪水一样。你和我都懂得这个道理，只要是绅士就绝不会故意让女士哭泣的。"

阿什利把手举到胸前向她鞠了一躬:"我刚才还在想你会有多大的改变,斯嘉丽,但是我错了。你仍然可以仅靠一颦一笑就把男人迷倒,让他们围着你团团转。我要是拒绝你给博的这份礼物,我就真不是个好父亲了。"

"啊,阿什利,我真的爱你,永远爱你。谢谢你!"

看着女仆在阿什利身后关上了房门,斯嘉丽心想,接下来女仆就该跑到厨房去,把她听到的一切说给其他人听。就让那些虚伪的老长舌妇得到一些嚼舌头的好处吧。再说,我就是爱阿什利,而且永远爱他,我爱他的方式是她们永远也不会理解的。

结束在亚特兰大的各种生意所花的时间,远远要比斯嘉丽预料的多得多,直到六月十日,她才动身前往塔拉。

离开"小猫咪"已经快一个月了!我受不了了。她可能会忘记我,我很可能错过了她长出的又一颗新牙,也许两颗。她有时候会感到烦躁,可是谁也不知道只要把她放在水里扑通一阵,她的情绪就会立刻好起来。天气又很热,她可能会长痱子,她只是个幼小的爱尔兰婴儿,还从来没有经历过炎热的天气。

在亚特兰大的最后一个星期里,斯嘉丽紧张得几乎难以入眠。天为什么还下不下雨呢?这里的所有东西上都覆盖着一层灰尘,你把它擦去不过半个小时,它们就会再一次被红色尘土所覆盖。

但是,一旦她坐上了开往琼斯博罗的火车,她的紧张心情就可以放松了。尽管一再耽搁,她还是把需要做的所有事情都做完了，而且做得比亨利·汉密尔顿和她的新律师所说的还要好。

酒吧自然是最容易处理的。大萧条使它的生意大增，从而极大地提升了它的价值。杂货店让她感到难过，因为它占用的那块土地比它本身更有价值，新业主打算把它拆掉，在原地建一座八层高的大楼。不管有没有大萧条，至少五点路口的地域优势都是不可动摇的。所以，她从这两桩买卖的拍卖中都赚了不少钱，然后用这笔钱又买下了城市边缘的另外五十英亩土地，准备再盖一百栋住房。这样一来，阿什利的木材生意又可以兴旺好几年。除此之外，乔·科尔顿还告诉她，其他建筑商也开始只买阿什利的木材了，因为他们都发现他是个可以信赖的人，绝不会卖给他们没有干的生材，而亚特兰大的其他锯木厂就不一定靠得住。看来，就算他自己不情愿，也要大获成功了。

而且，她也要再赚一大笔。亨利·汉密尔顿说得没错，她的小房子只要一完工，就立刻被人们抢购一空。

他们俩都赚了钱，而且是一大笔钱。当她看到她的银行账户里迅速积攒起来的那些钱时，着实大吃了一惊。这些钱已经足够支付数月来她在巴利哈拉的所有开支，而前不久她还一直因为那里花费巨大且收入甚微而忧心忡忡。现在，她已经收支平衡了。收获季节将给她带来新的收入，扣除成本并留足购买明年播种的种子钱之后，仍然会有盈余。镇上房屋的租金肯定还会不断增加，在她离开之前，一个桶匠已经前来询问租用一间空农舍的价格，而且科勒姆还说他想再找一个裁缝租下另一间农舍。

即使她没有赚到这么多钱，她也会做这些事情，但是既然她赚到了这么多钱,那么做起来就容易多了。她已经明确告诉建筑商,以后售房所得的全部利润都汇给萨凡纳的斯蒂芬·奥哈拉,她要让他有足够的钱来执行科勒姆的指示。

斯嘉丽心里想:桃树街那幢房子真是有意思,本以为卖了它我肯定会心痛,因为不管怎么说那都是我和瑞特曾经一起生活过的地方,也是邦妮出生和度过她极其短暂一生的地方,然而卖掉它之后我唯一的感觉是解脱了。当那所女子学校给我出价时,我真想给那位面容憔悴的老校长一个热烈的吻。那感觉就好像我终于卸下了身上的沉重锁链一样。我现在自由了,在亚特兰大再也没有任何牵挂,再也没有任何羁绊。

斯嘉丽暗自发笑,那房子就像她的紧身衣一样。自从科勒姆和凯瑟琳在戈尔韦把她的紧身衣割开之后,她就再也没有穿过那东西。现在,她的腰围比以前大了几英寸,但是她仍然比她在街上看到的大多数女人要苗条,她们一个个还穿着紧身衣,勒得自己几乎不能呼吸。而她现在感到很舒服——至少在这种炎热的天气里,她无疑是穿得最舒服的女人。她已经能够自己穿衣服,不再依靠女仆;她头上那个厚实的发髻也是她自己梳的,一点也不麻烦。自给自足的感觉真好,不在乎别人做什么或者没做什么,也不在乎别人赞成什么或者反对什么,这真是一件再好不过的事情。而最为美好的事情则是她即将回到这里的塔拉家中,然后带着她的孩子们回到另一个塔拉的家中。她很快就能和她心爱的"小猫咪"团聚了,然后她就又能回到清新、甜美、凉爽如洗的爱尔兰了。斯嘉丽用手拍了拍放在腿上的那个柔软的皮袋，她要做的第一件事情就是把从巴利哈拉带来的泥土撒到父亲的坟墓上。

爸，你在那里能看到我吗？你知道吗？你肯定会为你的凯蒂·斯嘉丽感到骄傲的，爸。我是奥哈拉族长了。

第六十九章

在琼斯博罗火车站,威尔·本廷正等着她。斯嘉丽看了看他那张饱经风霜的脸和看似开始发福的身体,咧嘴大笑起来。威尔肯定是上帝创造的唯一一个看上去像是躺在一条假腿上的人。她冲上前给了他一个热烈的拥抱。

"上帝啊,斯嘉丽,你应该先警告我一声,差点儿撞得我摔掉假腿。很高兴见到你。"

"很高兴见到你,威尔。我就知道,在这整个旅途中,见到你比见到其他任何人都让我高兴。"这确实不假。对她来说,威尔甚至比萨凡纳的奥哈拉亲戚还要亲密,也许是因为他和她一起度过了那段最艰难的日子,也许是因为他和她一样对塔拉有着深深的爱,也许只是因为他是个诚实的好人。

"你的女仆呢,斯嘉丽?"

"噢,威尔,我再也不跟女仆纠缠不清了,以前常做的很多傻事我现在都不做了。"

威尔把嘴里嚼着的一根稻草移到另一个嘴角。"注意到了。"

他简单地说。斯嘉丽笑了，她从来没有想过一个男人拥抱一个没穿紧身胸衣的女孩时，会是什么感觉。

"威尔，我再也不想被人约束了，任何约束都不要，永远不要。"她说。她很想把她如此开心的原因告诉他，也想把"小猫咪"的事告诉他，还有巴利哈拉的事。要是只涉及威尔，她会毫不犹豫地告诉他，因为她信任他，可他是苏埃伦的丈夫，而她对她这个妹妹却一丝一毫也不敢信任。威尔作为丈夫，很可能觉得有义务把一切都告诉自己的妻子，所以斯嘉丽不得不守口如瓶。她爬到马车的座位上，她还从来没见过威尔驾驶那辆轻便马车来接她，他总是用这辆四轮载货马车，这样就可以把在琼斯博罗购物和到火车站接她二者兼顾起来。现在，马车上也已经装满了麻袋和箱子。

"威尔，有什么新闻都告诉我，"他们上路后斯嘉丽说道，"我已经很久没有听到任何消息了。"

"让我想想，我想你肯定希望先听到孩子们的事情。埃拉和我们的苏西两个人现在很亲密。苏西的年龄比埃拉小一点儿，所以总是埃拉占主导地位，这对她倒是大有好处。等你见到韦德，你恐怕会觉得他已经完全变了个人。自从今年一月满十四岁之后，他就开始长个儿，看样子要一直往上长了。虽然他看上去有些单薄，其实像骡子一样强壮，工作起来也像一头骡子。多亏有了他，今年我们的庄稼面积增加了二十英亩。"

斯嘉丽脸上露出了微笑，韦德到巴利哈拉后肯定会成为一个好帮手，他也一定会爱上那里。她以前还从来没有想到过，他竟然是一个天生的农民,这显然是随了他的外公,她立刻感觉到放在腿上的皮口袋很温暖。

"我们的玛莎现在七岁了,最小的简去年九月满了两岁。苏埃伦去年失去了一个孩子,是一个小女孩儿。"

"噢,威尔,我很难过。"

"我们决定不再尝试了,"威尔说,"医生劝过苏埃伦,说她再生孩子会很艰难。我们已经有三个健康的女儿,她们带给我们的幸福已经超过了大多数人。我当然想要一个男孩儿,男人都想要,我这并不是抱怨。再说,韦德就是一个再好不过的儿子了,他真是个好孩子,斯嘉丽。"

她听了很高兴,也感到惊讶。威尔说得对,她可能已经认不出韦德了,如果他真的像威尔说的那样,她就真的认不出他来了。在她的记忆中,韦德还是一个胆小怕事、脸色苍白的小男孩儿。

"我很喜欢韦德,我答应替他跟你谈一谈,不过我一般是不愿意管别人的闲事的。他一直有点怕你,斯嘉丽,这你是知道的。不管怎样,他要我告诉你他不想再上学了。这个月他的学习就结束了,法律也并不要求他必须继续上学。"

斯嘉丽摇了摇头,说:"不行,威尔,你就这样告诉他,要不我自己告诉他。他爸爸可是上过大学的,韦德也要上大学。我无意冒犯你,威尔,但是一个不受教育的人是没有大好前程的。"

"我也没觉得你冒犯了我。虽然你丝毫没有冒犯我,但是我认为你错了。韦德会读会写,会做一个农民需要的所有算术。他想做的就一件事：种地。准确地说，是在塔拉种地。他说，他外公读过的书并不比他多，却建起了塔拉，所以他认为他不必有所不同。斯嘉丽，这孩子和我不一样。见鬼，我只会写我自己的名字。可是，他在亚特兰大那所好学校读了四年书，又在这里的学校读了三年，同时在农田里学习了三年，一个乡下男孩儿应该懂得的一切他都懂。这就是韦德，斯嘉丽，一个地道的乡下孩子，而且他自己也乐在其中。我不想看到你把他的生活搅得一团糟。"

斯嘉丽感到气不打一处来，威尔·本廷以为他在跟谁说话？她是韦德的母亲，她知道什么对他最好。

"既然你已经生气了，我就干脆把要说的话都说完。"威尔拉着他慢吞吞的穷白佬的腔调继续说着，两眼直视着前方尘土飞扬的红色道路，"他们把送给县法院的新文件给我看了，是有关塔拉的所有权转移的，看来你已经拿到了卡琳的那一份所有权。我不知道你在想什么，斯嘉丽，我也不会问，但是我要告诉你，如果有人想拿着什么法律文件在我面前晃两下，然后夺走塔拉，我就打算拿着猎枪在路口等着他。"

"威尔，我可以对着一大摞《圣经》发誓，我并不想对塔拉做任何事情。"斯嘉丽暗自庆幸她现在确实是这么想的了。威尔带着鼻音、拖着长腔的声音虽然很轻，但比最大声的叫喊还要可怕。

"听你这么说我很高兴。我想塔拉以后应该留给韦德，他是你爸爸唯一的孙子，土地就应该留在自己家人的手里。我希望你把他也留在他现在所在的地方,斯嘉丽,让他做我的左膀右臂,就像我的儿子一样,就像他现在这样。你自己想做什么尽管去做,你反正一直是个随心所欲的人。我答应过韦德跟你谈谈,现在我谈完了,如果你不介意的话,我们就到此为止,我要说的都已经说了。"

"我会考虑的。"斯嘉丽向他保证。马车沿着她熟悉的道路嘎吱嘎吱地前行,她看到她过去熟悉的耕地现在都变成了灌木和杂草丛生之地,她很想哭。他看到她肩膀下垂、嘴角耷拉着,于是问道:"斯嘉丽,这几年你去哪儿了?要不是听卡琳说,我们根本就不知道你到哪里去了,可是后来她也不知道你的去向了。"

斯嘉丽勉强笑了笑,道:"威尔,我一直在冒险,在四处旅行。我还拜访了奥哈拉家的亲戚们,他们中的一些人住在萨凡纳,是一群你要见见的最好的人。我和他们一起待了很长一段时间,然后又去了爱尔兰,见到了更多奥哈拉家的亲戚,你都无法想象那里有多少奥哈拉人。"泪水让她的喉咙有些哽咽,她情不自禁地抓起皮口袋捂在胸前。

"威尔,我给爸带了点儿东西,你能不能让我在墓地下车,然后在那里守一会儿,别让人过来?"

"愿意效劳。"

阳光下,斯嘉丽跪在杰拉尔德·奥哈拉的墓前。爱尔兰的黑土从她的手指间慢慢落下,与佐治亚州的红土混在了一起。"啊,爸,"她喃喃地说,她用的完全是爱尔兰的语调,"米斯郡确实是一个了不起的地方。爸，他们都记得你。对不起，爸，我当时不懂事，不知道我们应该为你守灵，也不知道你当孩子时的那些故事。"她抬起头，阳光照在泪如雨下的脸上闪闪发亮。她的声音嘶哑，泣不成声，但是她已经尽力了，她心中是那么悲伤。

你为什么要离开了我？呜！

呜，呜，呜哎哟呜！

斯嘉丽感到很庆幸，她事先没有把带韦德和埃拉回爱尔兰的计划告诉萨凡纳的任何人，否则她现在就不得不向他们解释为什么她又把两个孩子留在了塔拉。如果如实相告，她这张脸就要丢光了，因为她自己的孩子都不要她，他们和她彼此都变成了陌生人。她决不能向任何人承认这件事让她多么伤心和自责，甚至对她自己都不想承认。她觉得自己是如此渺小和卑鄙，因为明摆着埃拉和韦德的生活都过得很快乐，可是她竟然没有为他们感到高兴。

塔拉的一切都让她感到痛苦。她觉得自己像个陌生人，家里除了罗比拉德外婆的画像，已经没有任何她熟悉的东西。苏埃伦把她每个月给的钱都用来买了新家具和新摆设。在斯嘉丽眼里，那些没有任何疤痕的桌子显得格外耀眼，地毯和窗帘的颜色也太鲜亮了，令她讨厌。在爱尔兰没完没了的下雨天里，她总是渴望见到塔拉的阳光，可是在塔拉的这一个星期里，炽热的阳光却让她头痛。

拜访亚历克斯和萨莉·方丹夫妇本来倒是很愉快，但是一看到他们刚出生的孩子，就又勾起了她对"小猫咪"的无限思念。

只有对塔尔顿家的拜访一直让她感到开心。他们的农场经营得很好,塔尔顿太太依然滔滔不绝地谈她的马,尤其是她那匹已经怀上小马的三岁母马以及她对它的期望,她还坚持要斯嘉丽也喜欢它。

在这里,拜访任何人都不需要请柬,随时登门即可,既轻松又愉快,这一直是克莱顿县最让她感到舒心的事情。

但是,离开塔拉后她感到高兴,同时也感到伤心。如果她不知道韦德多么热爱塔拉,她的心早就碎了,她也早已离开塔拉了。现在,至少她的儿子取代了她在塔拉的位置。离开塔拉之后,她在亚特兰大约见了她的新律师,立了一份遗嘱,把她拥有的塔拉三分之二的所有权留给了她的儿子。她不会像她父亲和丹尼尔叔叔那样,死后还把家里搞得一团糟。再说,如果威尔先死,天知道苏埃伦会干出什么事来,她信不过她这个妹妹。斯嘉丽在文件上花哨地签上了自己的名字,从此她再无后顾之忧了。

该回到她的"小猫咪"身边了。在看到"小猫咪"的那一瞬间,斯嘉丽心中所有的伤痛都立刻不治而愈。孩子一看到她,小脸也立刻亮起来,向她伸出了小胳膊。"小猫咪"这时竟然愿意被她拥抱,并且还忍受了她的十几个吻。

"你看她漂亮的棕色皮肤,身体多么健康!"斯嘉丽大声说道。

"这是自然,"莫琳说,"她那么喜欢阳光,只要你一转身,她就会立刻把她的帽子扯下来。她就像个小吉卜赛人,一天到晚都很欢乐。"

"白天、晚上都快乐。"斯嘉丽说,双手把"小猫咪"紧紧抱在胸前。

斯嘉丽就要返回戈尔韦了,行前斯蒂芬把几件事情吩咐给了她。她不喜欢那些事情,说实话,她也不喜欢斯蒂芬。但是,科勒姆明确告诉过她所有事情都由斯蒂芬负责安排,所以她只好再次穿上了丧服,把抱怨藏在心里。

这艘船名叫"金羊毛号",是一艘新式的豪华船。斯嘉丽对她套间的大小和舒适程度都不挑剔,但是这艘船并不是直航戈尔韦,它的航程比一般班船多出了一个星期,而她却急于回到巴利哈拉,看看庄稼长得怎么样了。

斯嘉丽直到踏上登船的跳板,才看到了那张附带着详细航行日程的《起航通知》,否则无论斯蒂芬说什么,她也会拒绝坐这艘船的。"金羊毛"号将驶往萨凡纳、查尔斯顿和波士顿装载旅客,并先后停靠利物浦和戈尔韦。

斯嘉丽惊慌失措地转过身来,想要跑回到码头上去。她不能去查尔斯顿,就是不能!瑞特会发现她在船上——他什么事都知道——他会径直走进她的舱房,然后把"小猫咪"带走。

我要先杀了他。愤怒驱散了斯嘉丽心中的恐慌,她又转过身去,大步走到了甲板上。瑞特·巴特勒是不会让她掉头跑掉的,再说她所有的行李都已经上船,而且她可以肯定她的箱子里藏着许多斯蒂芬为科勒姆走私的枪支。他们都要依靠她才能得到这批武器。除此之外,她很想立刻回到巴利哈拉,任何人和任何事都别想阻止她。

等到斯嘉丽进入自己的套间时,她对瑞特早已是怒火中烧。从他同她离婚并迫不及待地和安妮·汉普顿结婚到现在,已经过去了一年多。在这一年多的时间里,斯嘉丽因为一直很忙并且经历了生活中的种种变故,所以一直都还能够把他带给她的痛苦扔在一边,可是现在这种痛苦却开始无情地撕扯着她的心,而且在这种痛苦之中还掺杂着她对瑞特不可预测的可怕能力的恐惧。于是,她把这一切都化作了她对他的愤怒,这种愤怒正变得越来越强烈。

在这一次航程中,从萨凡纳到波士顿布蕾迪会和斯嘉丽同行,因为波士顿的奥哈拉亲戚给她找到了一个做贴身侍女的好人家。斯嘉丽本来一直很高兴能有布蕾迪给她做伴,但是当她得知这艘船要在查尔斯顿停靠时,就变得紧张得要命,以至于这个小堂妹喋喋不休的唠叨几乎要把她逼疯了。布蕾迪就不能让她一个人待一会儿吗?在帕特丽夏的悉心指导下,布蕾迪已经学会了做贴身女仆的所有职责,很想在斯嘉丽身上实践一下,所以当她得知斯嘉丽已经不再穿紧身胸衣时,立即大声表示惋惜,并且对斯嘉丽没有一件需要缝补的衣服表示很失望。斯嘉丽很想告诉她,对一个贴身女仆来说,第一件重要的事情就是主人没让她说话的时候就不要说话。可是她又很喜欢布蕾迪,而且这艘船要在查尔斯顿停靠也不是布蕾迪的错,于是她只好勉强微微一笑,装出一副并无烦心事的样子。

* * *

"金羊毛号"沿着海岸线连夜向北航行,第二天天一亮就驶入了查尔斯顿港。斯嘉丽一夜未眠,一大早她来到甲板上看日出。海港宽阔的水面上笼罩着一层玫瑰色的迷雾,在迷雾的后面就是查尔斯顿城,它像一个梦幻般的城市一样模糊而虚悬。圣迈克尔教堂的白色尖塔在一片白雾中沐浴着粉红色的阳光,斯嘉丽想象着自己听见了在班船引擎缓慢的轰鸣声中从远处隐约传来的熟悉的钟声。在市场边上,渔船一定正在卸下鱼获。不对,现在还太早,渔船应该正在返回港口的途中。她睁大眼睛往前看,但是如果那些渔船真的就在她的前方,迷雾也把它们遮住了。

她努力回忆查尔斯顿市场上各种不同的鱼和蔬菜的名字,以及那些咖啡摊贩和那个卖香肠的男人的名字——任何能让她分心的事情,只要不让她想起她不敢面对的那些记忆就行。

但是,当太阳从她身后的地平线上升起时,玫瑰色的迷雾便很快消散了,她看到了位于船的一侧的萨姆特堡布满弹坑的高墙。"金羊毛号"正驶入她和瑞特一起航行过的那片水域,正是在这里她和瑞特一起对着海豚欢笑,并一起遭受到暴风雨的袭击。

该死的瑞特!我恨他,也恨他那该死的查尔斯顿。

斯嘉丽告诉自己,她应该回到她的特等舱里去,把自己和

"小猫咪"一起反锁在房间里，但是她一动不动地站在那里，就像在甲板上生了根。渐渐地，查尔斯顿城在她眼前变得越来越大、越来越清晰可辨，掺杂着白色、粉红色和绿色的城市在微微发亮的晨曦中显得色彩斑斓。她已经能够听到圣迈克尔教堂的钟声，闻到热带鲜花浓郁的芳香，看到怀特角花园里的棕榈树，以及布满碎牡蛎壳的小径上发出的乳白色闪光。接着，船开始沿着东炮台街海滨大道并行，斯嘉丽站在甲板上可以看到海滨大道上方的建筑。她看到了巴特勒家齐树高的廊柱、遮阴的走廊、前门、客厅的窗户、她的卧室——想想那些窗户！还有牌屋里的望远镜。她撩起裙摆跑开了。

她在自己的套房里点了早餐，并且一再要求布蕾迪始终陪着她和"小猫咪"。唯一安全的地方就是她的舱房，把自己锁起来，不让任何人看见。待在这里瑞特就不可能发现并找到"小猫咪"，也就不可能把她带走。

客舱服务员在斯嘉丽套房客厅的圆桌上铺了一块白得耀眼的布，然后推进来一个双层送餐推车，上面摆着几个银制餐盘，餐盘上都扣着餐盘盖。布蕾迪咯咯笑了起来。服务员一边小心翼翼地摆放着餐具和插花摆设，一边向她们介绍起了查尔斯顿。可是，他的介绍错误百出，斯嘉丽只能忍住不去纠正他。这是一艘苏格兰的船，这个服务员也是苏格兰人，人们怎么能指望他真正了解查尔斯顿呢？

"等装好货、新乘客都上船后，"乘务员继续说道，"我们会在下午五点钟再次起航。在这期间，女士们不妨趁此机会游览一下这个城市。"他把盘子摆好，揭开餐盘盖："在下船的跳板旁边有一辆漂亮的马车，马车夫知道所有该去的地方，收费只要五十便士，或者二美元五十美分。如果你想呼吸河上更凉爽的空气，在往南的下一个码头那儿有一条船，可以乘船溯江而上。大约十年之前，美国发生了一场大规模的内战，你可以看到许多在战争期间被军队烧毁的大宅邸留下的废墟。不过，你们要是想去就得快点儿，那艘船大约四十分钟后就要出发了。"

斯嘉丽想吃下一片烤面包，可是它却卡在了喉咙里。一旁书桌上那只镀金的钟正嘀嗒嘀嗒地走着，那声音让她觉得非常刺耳。半小时之后，她猛地跳了起来："我要出去一趟，布蕾迪，但是你不许离开这里一步。把舷窗打开，再把那边那个棕榈扇用起来，但是不管天气有多热，你和'小猫咪'都必须待在这里，并且还要锁上门，想吃什么就自己点。"

"你要去哪儿，斯嘉丽？"

"你别管，我会在开船之前赶回来。"

游船是一艘小型的船尾明轮船，漆成鲜明的红白蓝三色，它的船名"亚伯拉罕·林肯"用金色的字母漆在船身上。斯嘉丽对这艘船记忆犹新，她曾经看见过它从丹漠兰丁驶过。

七月到美国南方旅游的人并不多，游船上仅有十几名乘客。她在上层甲板的遮阳篷下坐下来，一边扇着扇子一边诅咒着身上的丧服，因为这种衣服袖子长领子高，让人在南方的夏日热浪中感到闷热难耐。

一个戴着红白相间条纹高礼帽的男人打开了扩音器，开始大声介绍起这一带的历史,听着他的介绍她更加生气了。

她在心里不无仇恨地想,看看那些肥头大耳的北方佬,他们竟然对他的话信以为真。什么"确实是一些残忍的奴隶主"!什么"奴隶被卖到河的下游"!我们爱我们的黑人,就像爱自己的家人一样,对有些黑人而言,与其说是我们拥有他们,不如说他们拥有我们。什么《汤姆叔叔的小屋》,全是一派胡言!正派人是不会读那种垃圾读物的。

她真后悔自己竟然一时冲动跑到这条游船上来,看来这一趟只会给她添堵。他们现在还没有驶出港口,更没有进入阿什利河,但是她已经心烦意乱了。

好在讲解员已经无话可说了,在接下来的很长一段时间里,她能听到的唯一声音就是活塞发出的噗噗声和水从明轮上落到河面的溅水声。河两岸的沼泽地里长着绿色和金黄色的草,沼泽地后面的河岸上长着一些粗大的挂满苔藓的橡树。在草的上方聚集着一群又一群飞舞的蚊虫,蜻蜓在蚊群中穿梭觅食;偶尔会有一条鱼跃出水面,接着又扑通一声落入水中。斯嘉丽静静地坐在甲板上,远离其他乘客,心中的怨恨仍然难消。瑞特的种植园被毁之后,他没有采取任何挽救措施,而是种起了什么山茶花!在巴利哈拉,她不仅在数百英亩杂草丛生的土地上种上了正经的农作物,而且重建了整个小镇。再看看他,只知道待坐在那里,望着被焚毁的家园里残存的烟囱。

她对自己说:这就是她来到这条明轮船上的原因,她要亲眼看一看自己的成功到底比他大多少，这会使她感到开心。每当游船驶近一个拐弯处的时候，她都会马上变得紧张起来，等到拐过弯去、瑞特的房子并没有出现时，她才会放松下来。

她刚才一直忘记了的阿什利男爵领地这时出现在眼前。茱莉亚·阿什利的方形大砖房矗立在大片朴实无华的草坪中央，看上去富丽堂皇，令人生畏。"这里是唯一一个没有被英勇的联邦军队摧毁的种植园，"那个戴着可笑的高帽子的人再次大声喊道，"因为他们的指挥官不忍心伤害躺在这幢大房子里病床上的那个孱弱的老处女。"

斯嘉丽哈哈笑出声来。"孱弱的老处女！"这话说得好。要是那个指挥官能见到茱莉娅小姐，恐怕会吓得半死！其他乘客都好奇地看着斯嘉丽，但是她没有注意到他们打量她的目光，丹漠兰丁就要到了……

没错，那就是那个磷矿，它的规模已经扩大了好多！有五艘驳船正在那里装磷酸盐。码头上站着一个戴宽边帽的男人，她仔细看了看帽檐下的那张脸，他正是那个穷白人士兵——她记不起他的名字了，像是霍金斯什么的——无所谓，就是他站在拐弯处那棵大橡树的后面……

丹漠兰丁阶梯状的大片草坪沐浴在阳光下，好似一个个巨大的绿色天鹅绒台阶，河边的蝴蝶湖上一片波光粼粼。斯嘉丽不由自主地叫出声来，但她的叫声淹没在了北方佬的惊叹声中，他们正沿着栏杆站在她的周围。在阶梯草坪的最上面一层，几支焦黑的烟囱像哨兵一样矗立着，映衬在格外明亮的蓝天背景中；一只短吻鳄在蝴蝶湖两个湖之间的草地上晒太阳。丹漠兰丁就像它的主人一样：发展、受损、危险，显得那么遥不可及。那幢幸存下来的厢房——也就是瑞特用做办公室和家的地方——百叶窗都关上了。

她贪婪的目光迅速地从一个地方跳到另一个地方，把它们同她记忆中的样子作比较。花园里很多地方已经清理干净了，到处看上去都是一派欣欣向荣的景象，在老房子的后面，一座新建筑正拔地而起，她能够清楚地闻到新木材的气味，看到一个屋顶的顶部。老房子的百叶窗都已经修复，也许都是新换的，因为它们丝毫没有下坠的迹象，并且绿色的油漆都闪闪发亮。看来，在过去的那个秋天和冬天里，他确实做了不少的事情。

或者是他们一起做的。斯嘉丽想把目光移到别处，她不想看到新近清理出来的那些花园，因为安妮和瑞特一样喜欢花。那些已经修复的百叶窗也意味着修葺一新的房间，他们俩就一起住在那里。瑞特会不会为安妮做早餐呢？

"你没事吧，小姐？"斯嘉丽一把推开了那个关心她的陌生人。

"太热——"她说，"我要过那边去，到阴凉处待着。"在剩下的旅途中，她的双眼一直盯着油漆过的凹凸不平的甲板，这一天似乎永远也没有结束的时候。

第七十章

当斯嘉丽慌慌张张地跑下"亚伯拉罕·林肯号"的跳板时，五点的钟声正好敲响。这该死的游船！她在码头上停下来喘口气，同时看到"金羊毛号"的跳板还没有撤掉，庆幸自己并没有误船。尽管如此，游船的船长还是该挨一顿马鞭的。从四点钟起，她就一直因为担心误船而悬着一颗心。

"谢谢你等着我。"她对站在跳板尽头的"金羊毛"号船长说。

"噢，你后面还有不少人呢。"他说。听到这话，斯嘉丽又开始迁怒于这位船长，既然他说五点开船，那么到了五点就得开船，尽早离开查尔斯顿她才会高兴。这鬼地方肯定是地球上最热的地方，她用手遮住眼睛看看天空，连一片云彩也看不见，没有雨，也没有风，只有酷热。她沿着甲板朝自己的舱室走去。可怜的"小猫咪"肯定被热坏了，一会儿船一离开港口，我就把她带到甲板上来，让她吹一吹船行驶起来后带来的风。

一阵马蹄声和女人的笑声引起了她的注意，这些人可能就是这艘船正在等待的那些人。她俯身向船下望去，只见一辆敞篷维多利亚马车远远驶来，车上坐着三个头戴时髦漂亮帽子的女人。她从来没有见过这么漂亮的帽子，虽然她们离她还很远，但她也能看出那些帽子很昂贵。帽子的帽檐都很宽，上面饰有一簇簇羽毛或装饰着闪闪发光珠宝的羽饰，帽檐上垂下一圈飘逸的薄纱。在斯嘉丽看来，这些帽子就像一把把美丽的太阳伞，又像摆放在大托盘上的一个个精美的糕点。

要是我戴上一顶那样的帽子一定很好看。她轻轻地靠在栏杆上，继续观察着那几个女人。即使天气十分炎热，她们也十分优雅，穿着蝉翼纱或镶边的巴里纱的裙子，紧身衣的前面好像饰有宽大的丝绸蝴蝶结或者褶饰——斯嘉丽眨眨眼睛想，压根没有裙撑甚至类似的东西，连裙摆都没有。无论是在萨凡纳或者亚特兰大，她从没有见过这样的服装。这些人是谁？她的眼睛贪婪地盯着她们手上灰白色的羊羔皮手套和手里拿着的收起来的阳伞，她觉得那些阳伞很可能都带有花边，但她不能肯定。不管她们是谁，她们显然都很开心，一个个笑得合不拢嘴，也不急于登上因为她们而未能按时起航的班船。

一个头戴巴拿马草帽的男人从马车上走下来，先用左手摘下帽子，然后伸出右手扶车里下来的第一个女人。

天啊，是瑞特！斯嘉丽的双手情不自禁地紧紧抓住了栏杆。我得跑进舱室里躲起来。不，不行，如果他也在这艘船上，我就必须立刻把"小猫咪"带走，另外找个地方躲起来，然后再找另一条船。但是，这也不行，因为我的两只大箱子都放在货舱里，里面装着我镶边的衣服和科勒姆的步枪。看在上帝的分上，我该如何是好？她一边茫然地盯着下面的那几个人，一边否定掉一个又一个不切实际的想法。

渐渐地，她的脑子明白了她的眼睛看到的情景：瑞特在向那几个女人鞠躬，接着一一吻过她们优雅地向他伸出来的手。她的耳朵听到女人们不断对他重复着"再见"和"谢谢"。看来，"小猫咪"是安全的。

但是斯嘉丽不安全了，因为随着刚才那一阵保护着她的怒气的消散，她柔软的内心开始暴露出来了。

他没有看见我，所以我可以随便看着他。求你了，瑞特，别戴上你的帽子。

他看上去非常好，漂亮的棕色皮肤，微笑起来像他身上那件白色亚麻布西装一样纯洁。他是世界上唯一一个不会把亚麻衣服穿皱的人。啊，那一绺总是让他烦恼的头发又耷拉在他的前额上了，他用两个手指把它往后捋了捋，斯嘉丽对他这个动作太熟悉了，以至于一时间她突然感到膝盖发软。他在说什么？她可以断定一定又是一些让她痛恨的甜言蜜语，但是他的声音很低，无疑还是用的他专门对付女人的那种亲昵的轻声细语。我诅咒他，也诅咒那些女人。她想听到他的轻声细语，而且只希望她一个人听到。

船长一边整理着带有金肩章的上衣一边沿着跳板往下走去，斯嘉丽恨不能冲他大喊一声：千万不要催他们，让他们留在那里，再多待一会儿。这是我最后的机会，以后我就再也见不到他了，让我把他的脸庞牢牢记在心里。

他一定刚刚剪过头发，耳朵上面还看得见一条细细的白线。他的鬓角是不是多了一些灰白的头发？几丝银发镶嵌在他乌黑的头发中，看起来是那么优雅。我还记得我的手指摸着他的头发的感觉，既坚挺又惊人地柔软。他肩膀和手臂上的肌肉在皮肤下平滑地移动，肌肉凸起时则会绷紧皮肤。我想……

轮船拉响了震耳的汽笛声，斯嘉丽吓得一愣。接着她就听到了急促的脚步声和跳板发出的咚咚声响，但她的眼睛仍然始终盯着瑞特。他一直保持着微笑，注视着她右边，慢慢抬起头。她已经看见了他的黑眼睛、粗黑的眉毛和精心修饰的胡子，看清了他那张强壮、阳刚且令人难忘的海盗脸。"我的爱人，"她低声说，"我的爱。"

瑞特又鞠了一躬，船已经开始驶离码头。他戴上帽子，转过身去，用拇指把帽子往脑后推了推。

斯嘉丽心里喊道：不要走！

瑞特回头看了一眼，仿佛听见了什么声音。他的目光和她相遇了，一时间他惊讶不已，柔软的身体立刻变得僵硬了。两人久久地凝望着对方，他们之间的距离却变得越来越大。接着，瑞特用两根手指碰了碰帽檐以示问候，脸上的表情也变得温和了，斯嘉丽向他举起了一只手。

当轮船转向出海的通道时，他仍然站在码头上。等他从斯嘉丽的视线里消失之后，她颓然地坐在了甲板上的一张躺椅上。

"别傻了，布蕾迪，客舱服务员就坐在门外，哪怕'小猫咪'翻一个身，他都会马上来叫我们的。你没有任何理由不到餐厅吃饭，你总不能每天晚上都在这里吃饭吧。"

"我这么做是有充分理由的，斯嘉丽。跟那些穿得花里胡哨的先生和女士坐在一起，假装自己是他们中的一员，让我感觉很不自在。"

"我早就告诉过你，你和他们没什么不同。"

"你的话我听见了，斯嘉丽，但是我的话你没有听见。我宁愿在这儿，用这些扣着银餐盘盖的盘子，用我自己的餐桌礼仪，自由自在地吃饭。很快我就得做一个贴身女仆了，一切都得按照女主人的吩咐去做。毫无疑问，女主人是不可能让我在一个舒适的房间里独自享用大餐的，我可不能放弃眼下的机会。"

斯嘉丽不得不同意布蕾迪的观点，但是她又不能陪着布蕾迪在套间里吃晚饭，今晚肯定不行，因为她必须弄清楚那些女人是谁，她们为什么会跟瑞特在一起，否则她会发疯的。

她一走进餐厅，就知道了她们是英国人。她们正和船长同桌就餐，英国人独特的口音就是从她们那里传来的。

斯嘉丽告诉餐厅招待，她想把座位换到靠墙的那张小桌子上。靠墙的那张桌子也靠近船长的餐桌。

船长和他的大副正同十二个英国乘客一起吃饭。斯嘉丽的耳朵向来灵敏，虽然她马上就听出来了那些乘客和船长大副的口音不一样，但他们肯定都是英国人，因此任何一个有一丁点儿爱尔兰血统的人都应该鄙视他们。

他们正在谈论查尔斯顿,斯嘉丽发现他们并不喜欢这座城市。"亲爱的,"一个女人大声说道,"我这辈子还从来没有见过这么沉闷的地方。我亲爱的妈妈怎么能告诉我这是美国唯一的文明之地呢!这让我担心她脑子糊涂了,只是我们没有注意到。"

"不过,萨拉,"坐在她左边的男人说,"你必须考虑到他们经历过战争。我发现这里的人都很正派。我很肯定,虽然他们只字未提,但是他们的酒都是上等酒,你花的每一先令都很值。酒吧里卖的都是单一麦芽威士忌[1]。"

"杰弗里,亲爱的,你可能认为撒哈拉沙漠里只要有个酒吧,酒吧里只要有威士忌卖,那里也就是文明之地了。可上天知道那里气候恶劣,能热死人。"

在座的人纷纷表示同意。

"另一方面,"一个年轻女人的声音说道,"那个叫巴特勒的英俊男人说了,这里的冬天很宜人。他邀请我们到时候再来。"

"我相信他已经邀请你再来了,费莉希蒂,"一个年长的女人说,"你的举止可不怎么检点。"

"弗朗西丝,我没有做过任何不检点的事情,"费莉希蒂抗

---

[1] 单一麦芽威士忌(single malt whisky)是由单一酿酒厂酿造的麦芽威士忌。单一麦芽威士忌通常指单一麦芽苏格兰威士忌,但其他国家也生产这种威士忌。按照英国对苏格兰威士忌的规定,一瓶"单一麦芽苏格兰威士忌"必须完全由大麦麦芽酿制,由同一个酿酒厂的罐式蒸馏器蒸馏,必须在容量不超过700公升(180美国加仑)的橡木桶内至少存放三年。不过这些限制并不适用于在其他地方生产的单一麦芽威士忌。例如,美国法律中没有关于威士忌的"单一"一词的定义,有些美国威士忌广告上宣传的"单一麦芽威士忌"是用黑麦麦芽酿制的,而不是用大麦麦芽酿制的。

议说,"这次旅行太沉闷了,我不过是第一次找点乐子而已。我不明白爸爸为什么非把我们送到美国走一趟不可,这地方糟透了。"

一个男人笑了起来,说:"亲爱的妹妹,他把你送走,就是为了把你从那个企图通过婚姻发一笔横财的骗子手里拯救出来。"

"但是他的确很有魅力啊。如果无论多么英俊的英国男人只要不是腰缠万贯我就必须躲开,那我手里攥着大笔财富又有什么意义?"

"费莉希蒂,你至少应该把他们挡在门外,"一个女孩儿说,"做到这一点并不困难。想想我们可怜的弟弟罗杰吧,我们都指望他吸引一大帮像苍蝇一样的美国女继承人,娶回一大笔财产来充实我们家庭的金库。"罗杰不安地嘟囔了几声,其他人都开心地笑了。

"说说瑞特的事吧。"斯嘉丽默默地恳求他们。

"贵族已经不吃香了,"罗杰说,"我就是搞不懂爸爸的心思,女继承人要找的是皇亲国戚。"

那个名叫弗朗西丝的年长女人说,她认为他们这些人都很无耻,当今的年轻人让她无法理解。"当我还是个小姑娘——"她准备发一通议论了。

费莉希蒂咯咯地笑起来:"弗朗西丝,亲爱的,当你还是个'小姑娘'的时候,世界上根本就没有年轻人。你们那一代人一出生就已经四十岁了,任何事情你们都看不顺眼。"

"你太无礼了,让人无法容忍,费莉希蒂。我得和你父亲谈谈。"

餐桌上出现了一阵短暂的沉默。斯嘉丽心想,那个叫费莉希蒂的女人为什么不再继续说瑞特的事了呢?

还是罗杰终于又提到了瑞特。他说,巴特勒告诉他,如果他秋天再来,巴特勒可以给他提供一次打猎的好机会。巴特勒家原来的稻田好像都变成了草地,到时候到处是野鸭子,简直都要落在你的枪管上来。

斯嘉丽把一个面包卷撕成碎片,谁在乎野鸭子的事情啊?不过,其他几个英国男人似乎有兴趣,从晚餐的主菜上来之后,他们就一直在谈打猎的事。她正在想还不如回到舱室里同布蕾迪一起吃饭时,却听到了费莉希蒂和她妹妹之间的低声交谈,这才知道了她妹妹的名字叫玛乔丽。她们两个人都认为瑞特是他们所见过的最有趣的男人,斯嘉丽怀着既好奇又自豪的心情继续听着她们说话。

"只可惜他对妻子那么忠诚。"玛乔丽说。斯嘉丽的心立刻一沉。

"其实她不过就是个乏味的小东西。"费莉希蒂说。斯嘉丽顿时又感觉好些了。

"我听说,他的婚姻颇多周折,没人告诉你吗?他以前结过婚,娶了一个绝代佳人,结果她把瑞特·巴特勒扔在了家里,和另一个男人私奔了。他对这件事一直耿耿于怀。"

"天啊,玛乔丽,要是她能把巴特勒这么优秀的男人扔了,你能想象同她私奔的那个男人会是什么样子?"

斯嘉丽暗自笑了。她很得意，原来社会上的流言蜚语说的是她离开了瑞特，而不是瑞特离开了她。

她感觉自己的心情比刚坐下来时已经好多了，她甚至想吃一些甜点了。

第二天，那几个英国人在船上发现了斯嘉丽。三个年轻人一致认为她是一个超级浪漫的人物，一个神秘的年轻寡妇。"还真他妈漂亮！"罗杰补充说。他的两个姐姐对他说，他恐怕要看瞎眼了，那么白皙的皮肤、乌黑的头发和一双绿色的眼睛，简直漂亮得难以置信。她只需要穿上一件像样的衣服，无论走到哪里都会引人注目的。他们决定"占有她"，当斯嘉丽抱着"小猫咪"来到甲板上透气时，玛乔丽借欣赏孩子接近了斯嘉丽。

斯嘉丽正巴不得自己被他们"占有"，因为她很想知道他们在查尔斯顿度过的每一个小时的每一个细节。她毫不费力就编造出了一个有关她婚姻和丧夫之痛的悲惨故事，满足了他们猎奇的渴望。他们认识不到一个小时，罗杰就爱上了她。

斯嘉丽的母亲曾经教导过她，一个淑女的重要特征之一就是审慎地对待家庭事务，费莉希蒂和玛乔丽·考帕斯维特随意暴露家族丑闻的举动，让她感到震惊。他们说，他们的母亲是一个聪明的漂亮女人，是她把他们的父亲骗到了手。在他一次外出骑马的时候，她设法让他的马把自己撞倒了。"可怜的爸爸真是太笨了，"玛乔丽笑着说，"他看到她的衣服破了，乳房也露了出来，心想他可把这姑娘给毁了。我们都知道，从家里出来之前她就把衣服撕开了。于是,不等他弄明白她想干什么,她就闪电般地嫁给了他。"

让斯嘉丽更加困惑的是,费莉希蒂和玛乔丽都是勋爵。这个"勋爵"[1]并不仅仅是表示性别的那个"女士",她们之所以被称为"费莉希蒂勋爵"和"玛乔丽勋爵",是因为她们那个"笨爸爸"是个伯爵。

她们解释说,总是批评她们的那个年长女人叫弗朗西丝·斯特布里奇,是她们的陪护,其实她也是一个"勋爵",但她是"斯特布里奇勋爵",而不是"弗朗西丝勋爵",因为她并不是生来就是"勋爵"的,而是因为嫁给了一个"准男爵"才变成"勋爵"的。

"而我可以嫁给一个男仆,玛乔丽也可以和一个下人私奔,就算我们的丈夫在布里斯托尔肮脏的贫民窟里靠抢劫济贫箱养活我们,我们仍然是费莉希蒂勋爵和玛乔丽勋爵。"

斯嘉丽只好笑着承认说:"这些对我来说太复杂了。"

"噢,但是亲爱的,这一套可比我们那个无聊的小家庭要复杂得多。要是你碰到的是几个寡妇、一帮讨厌的小子爵或者三儿子的几个老婆等等,那简直就是一个迷宫。妈妈每次请客都得雇一个人当顾问,否则她肯定会糊里糊涂地就把某个非常重要的人物给得罪了。比如说一个伯爵的小儿子——就像罗杰那样的人——的女儿,你就绝对不能让她坐在可怜的弗朗西丝那样的人的下首。这一切都太愚蠢了,很难说清楚。"

---

[1] 此处英文为Lady,亦有"女士"含义。

考帕斯维特家不仅女士们有点轻浮和缺心眼，罗杰似乎也继承了他父亲的愚笨，但他们是快活而热心的三姐弟，而且真心喜欢斯嘉丽。有了他们，单调的航程也变得有趣了，所以当他们在利物浦下船时，斯嘉丽感到很遗憾。

现在，离她到戈尔韦还有差不多整整两天的时间，她再也不能不想想和瑞特在查尔斯顿不期而遇的事了，其实那根本算不上是一次见面。

当他们的目光相遇而认出彼此的时候，他是不是也同样感到了震惊呢？对她来说，那一刻世界上其他的一切好像都消失了，只剩下在某个时刻、某个地方孤零零待在一起的他们俩，与世间的一切人和事都彻底隔绝了。很难想象她只看到了他一眼就觉得如此难舍难分，也很难想象他没有同样的感觉。是这样吗？

那一刻不仅让她忧心忡忡，还一遍又一遍地在她脑海里重现，以至于她开始觉得那只是她梦中的情节或者完全是她凭空想象出来的事情。

当"金羊毛号"进入戈尔韦湾时，她终于清醒过来，随即把这个记忆同她对瑞特的其他珍贵记忆一起储存起来。巴利哈拉正等待着她，收获季节即将来临。

但是，眼下要做的第一件事情就是微笑着把她的箱子从海关检查员面前蒙混过去，科勒姆正期盼着藏在箱子里的武器。

考帕斯维特家的三姐弟那么迷人，她几乎已经忘记了英国人都是恶贯满盈的歹人。

第七十一章

斯嘉丽从"金羊毛号"上走下来时,发现科勒姆正站在跳板尽头等着她。她没料到他会来,因为她只知道有人会来接她,帮她照看箱子。斯嘉丽一看见他那穿着破烂的黑色神父服的矮胖身体和爱尔兰人的笑脸,就感到自己回家了。她的行李顺利通过了海关,那里的官员只问了问:"在美国一切都好吗?"她回答说:"热得要命。"接着又问:"这个漂亮的宝贝多大了?"斯嘉丽骄傲地回答说:"还差三个月满一岁,已经想走路了。"

从港口到火车站的距离很近,但马车在这段短短的路上行驶了将近一个小时。斯嘉丽从来没有见过如此拥堵的交通,甚至在五点路口也没有见过。

科勒姆告诉她,这都是戈尔韦赛马大会造成的。不等斯嘉丽回忆起一年前她在戈尔韦遇到的事情,他已经开始介绍一些具体的情况。赛马大会每年七月举行,历时五天,主要有障碍赛马和平地赛马。这就意味着英国军人和爱尔兰警察都在城里忙得团团转,没工夫到码头一带闲逛。不过,这也同时意味着城里已经不可能找到一间旅馆房间，无论什么价格的都没有。所以，他们要乘坐当天下午的火车去巴利纳斯洛并在那里过夜。斯嘉丽真希望能有一趟直达马林加的火车，她想回家。

"地里的庄稼怎么样了，科勒姆？小麦快熟了吗？干草都割了吗？最近一直阳光充足吗？割泥炭的工作顺利吗？产量足够吗？都能达到要求的干燥程度吗？质量好吗？烧起来够热吗？"

"等着自己看吧，斯嘉丽宝贝儿。我敢肯定，你的巴利哈拉会让你感到满意的。"

斯嘉丽岂止感到满意，她简直觉得喜出望外。人们在镇里她必经的路上搭起了拱门，上面装饰着新鲜的绿色植物和金丝带。他们都站在拱门外，挥舞着手帕和帽子，为她的归来欢呼。"噢，谢谢你们，谢谢你们，谢谢你们！"她噙着泪水一遍又一遍地向人群喊道。

来到大房子前，菲茨帕特里克太太和三个不相称的女仆、四个挤奶女工和几个马夫站成一排迎接她。斯嘉丽很想上前拥抱一下菲茨太太，但她还是遵从了女管家的规定，保持住了自己的威严。"小猫咪"不受任何规定的约束，她笑着向菲茨帕特里克太太伸出双臂，立即被女管家热情地拥抱到了怀里。

不到一个钟头，斯嘉丽就换上了戈尔韦买的农家衣服，怀抱着"小猫咪"大步走到了她的庄稼地里。终于可以四处走动、伸伸腿，感觉真好。在过去数周的日子里，不管是在火车上、轮船上、在办公室里还是在某把扶手椅上，她已经呆坐了无数个小时，现在她只想走路、骑马、弯腰、伸手、跑步、跳舞。她是奥哈拉族长,又回到了自己的家里,在柔和、清凉、转瞬即逝的爱尔兰阵雨之间享受着太阳的温暖。

一个个七英尺高的金色干草堆散布在牧场上,散发出沁人心脾的芳香。斯嘉丽在一个干草堆下挖出一个洞,然后和"小猫咪"一起爬进这个"屋"里。"小猫咪"用手一抓,"屋顶"的一些干草立刻落了她们一身,让她兴奋地尖叫起来。不一会儿,干草里的尘土使她打起喷嚏来。她捡起一些干枯的花朵放进嘴里嚼了嚼,立刻做了个鬼脸又把它们吐了出来。看到这些,斯嘉丽忍不住哈哈大笑,她的笑声却让"小猫咪"担心地皱起了眉头,于是斯嘉丽笑得更厉害了。"你要习惯别人对你的嘲笑,奥哈拉小姐,"她说,"因为你是一个傻得十分可爱的小姑娘,你让妈妈非常、非常高兴,人们高兴的时候就会笑个不停。"

看到"小猫咪"开始打呵欠,斯嘉丽带着她回到了家里。"她会睡一会儿,你把她头发上的干草拣出来。"她吩咐佩吉·奎因说,"我会赶回来给她吃晚饭和洗澡。"她到马厩里牵出来一匹慢吞吞地嚼着干草的耕马,分腿跨上了光溜溜的马背,骑着它在渐渐昏暗下来的暮色中四处查看她的巴利哈拉。即使在暗蓝色的光线下,麦田也依然呈现出一片黄澄澄的迷人景象。今年会丰收的。斯嘉丽心满意足地骑着马回到家里。同她在亚特兰大建造和出售廉价房屋中赚到的利润相比,巴利哈拉可能永远不会给她带来那么丰厚的盈利,但是它带给她的满足感远远超过了赚钱。奥哈拉的土地再次恢复了生机,她已经至少在一定程度让它重生了,明年会有更多的土地开始耕作;后年,还会更多。

"回来真好,"第二天早上斯嘉丽对凯瑟琳说,"我给你带来了数不清的新闻,都是关于萨凡纳的亲人的。"她在壁炉边愉快地坐下来,把"小猫咪"放在地上,随她到处爬。没过多久,半扇开着的门里就出现了许多人的头,他们个个都急切地想听到她带回来的消息,不管这些消息是关于美国的还是关于布蕾迪和其他任何人的。

当祈祷的钟声传来时,妇女们匆匆沿着一条条小径回到了她们各自的村子里,奥哈拉家的男人们也从地里回到了家里,准备吃午饭了。

只有谢默斯没有来,当然还有肖恩,因为他以前就一直和老凯蒂·斯嘉丽·奥哈拉在那间小屋里吃饭。斯嘉丽开始并没有注意到这一情况,因为她一直忙着同托马斯、帕特里克和蒂莫西打招呼,还要哄着"小猫咪"换一把小一点的勺子吃饭。

直到男人们回到地里干活之后,凯瑟琳才把她不在爱尔兰期间发生的一些事情告诉她。

"我很抱歉这么说,斯嘉丽,但是谢默斯因为你没有留下来参加他的婚礼而心怀不满。"

"我也希望参加他的婚礼,但是我做不到。他肯定知道的,我在美国有生意。"

"我有一种感觉,主要是佩金[1]对你很不满。你没有注意到

---

[1] 佩金(Pegeen)是玛格丽特(Margeret)的变体,两个单词均源于希腊语,都是"珍珠"的意思。这个"佩金"即谢默斯的妻子玛丽·玛格丽特。

吗,她今天上午没有过来看你?"

斯嘉丽承认她实际上完全没有注意到。她只见过佩金一次,并不真正认识她。她是个什么样的人?凯瑟琳措辞谨慎地告诉她,佩金是一个尽职尽责的女人,屋子收拾得很干净,饭桌也摆放得很好,在那间小屋里把谢默斯和肖恩照顾得很好。如果斯嘉丽能去看看她,对她持家有方表示一下赞赏,那对全家都是一件好事。她的自尊心很脆弱,需要别人先拜访她,然后她才会去拜访别人。

"我的天,"斯嘉丽说,"那太愚蠢了。'小猫咪'正在午睡,我得先把她叫起来。"

"留在这里吧,我可以一边补衣服一边看着她。我还是不陪你去更好。"

斯嘉丽心里想,看来,凯瑟琳不太喜欢她堂兄的这个新婚妻子,这很有意思。而且,佩金显然准备一家人单独过,而不会同凯瑟琳一起融入大屋子里的生活,至少吃饭已经是这样了。真是脆弱的自尊心!本来做一桌饭就行了,非要做成两桌,这不是浪费精力吗?她觉得自己也不会喜欢这个佩金,但她还是要对佩金以礼相待。要融入一个共同生活了多年的家庭并非易事,她非常清楚作为一个"外来人"的感觉。

佩金的表现让斯嘉丽觉得这个女人根本不值得同情。斯嘉丽认为,谢默斯的老婆是个脾气暴躁的女人,看上去就像是整天都在喝醋似的。佩金给她倒了一杯茶,可是她的茶煮得太久,已经没法喝了。我估计,她是想以此告诉我,她已经等了我很久。

"很遗憾我没能参加你们的婚礼,"斯嘉丽鼓起勇气说道,与其被动挨打,还不如主动进攻,"我祝福你们,我也带来了在美国的所有奥哈拉人的祝福。我希望你和谢默斯生活美满幸福。"她觉得她的话说得很得体,颇有些沾沾自喜。

佩金不自然地点了点头。"我会转告谢默斯你的好意,"她说,"他想和你说一句话。我叫他不要走远,我现在就去叫他。"

太好了!斯嘉丽在心里对自己说,我觉得自己是越来越受人欢迎了。她一点儿也不想让谢默斯跟她"说一句话"。从来到爱尔兰到现在为止,她同丹尼尔的这个大儿子说过的话就没有超过十个字。

当她听到谢默斯的那"一句话"之后,斯嘉丽确实希望她没有听到过这句话。他要她为他们支付农场即将到期的租金,还认为因为他已经取代丹尼尔成为农场的主人,所以他和佩金应该住在大屋子里才合情合理:"玛丽·玛格丽特愿意为我和我的兄弟们做饭洗衣服,而凯瑟琳既然是肖恩的妹妹,她可以住到小屋来照顾他。"

"我很乐意为你们付地租。"斯嘉丽说。但是,她希望别人来请她代付,而不是要求她代付。"但是,我不明白你为什么要跟我说谁应该住在哪里的问题,这件事应该由你和佩金——我是说,玛丽·玛格丽特——同你的兄弟们和凯瑟琳去商量。"

"可你是奥哈拉族长,"佩金近乎大叫道,"你有决定权。"

*　*　*

"她说的不假,斯嘉丽,"当斯嘉丽向凯瑟琳诉苦时,凯瑟琳说,"你就是奥哈拉族长嘛。"不等斯嘉丽说话,凯瑟琳又微笑着继续对她说,其实这已经无所谓了,因为她很快就要离开丹尼尔的家,嫁给一个来自米斯郡邓塞尼领地的小伙子,他是在上星期六特里姆镇的集市日那天才刚刚向她求婚的。"我还没有告诉其他人,我想等你回来再说。"

斯嘉丽热烈拥抱了凯瑟琳:"多么令人激动啊!你一定要让我为你操办这个婚礼,行吗?我们要举办一个盛大的聚会。"

"这样一来,我也解脱了。"当天晚上她对菲茨太太说,"但这次只是勉强逃脱而已。我现在也搞不清楚了,当这个奥哈拉族长跟我原来的想法可不大一样。"

"你原来想的是什么,奥太太?"

"我不知道。我想,应该是乐趣更多一些吧。"

八月,土豆收获了。农民们都说这是他们有生以来收成最好的一年。接下来,他们又开始收割小麦。斯嘉丽喜欢看他们干活,镰刀在阳光下闪闪发光,金黄色的麦子像飘动的丝绸一样倒下。有时她也替代一会儿跟在割麦者后面的那个人,用一种他们称之为"钩子耙"的东西把割下的小麦拢成小堆。她虽然始终掌握不了他们用麦秆快速一拧就能把麦子捆成一捆的技巧,但是她使用起钩子耙来很快就熟练自如了。

她告诉科勒姆，这比摘棉花有趣多了，但是有时候她心中仍然会猝不及防地涌起一股乡愁。他说他很理解她的感受，她也相信他真的理解她，他确实就是那个她一直想要的兄弟。

科勒姆似乎有些心不在焉，但是他说他只是有些着急，因为收割小麦是现在的头等大事，所以布兰登·肯尼迪把他酒吧隔壁的房子改建成小客栈的工作迟迟没有完工。斯嘉丽想起了教堂里那个绝望的人，那个科勒姆说正在逃亡的人，她不知道这样的人是不是还有很多，也不知道科勒姆为他们都做了些什么，但是她宁愿不知道，也从来不打听。

她更愿意想一些开心的事情，比如凯瑟琳的婚礼。在斯嘉丽看来，凯文·奥康纳同凯瑟琳并不般配，但很显然他对她爱得很深，而且他有一个不错的农场，还有二十头奶牛，所以有人认为他就是一个乘龙快婿。凯瑟琳有丰厚的嫁妆，不仅有卖黄油和鸡蛋积攒下来的一大笔钱，还拥有丹尼尔家的全部厨用具。她很聪明地接受了斯嘉丽作为礼物送给她的一百英镑，然后狡黠地眨了眨眼睛说，这笔钱就不必纳入她的嫁妆里了。

最让斯嘉丽感到失望的事情是她不能在自己的大房子里为凯瑟琳举行婚礼。按照传统，婚礼必须在新人准备婚后居住的房子里举行，斯嘉丽所能做的事情最多也就是为婚宴送去几只鹅和半桶波特啤酒。科勒姆警告她说，即使这么做也有点越界了，因为新郎家的人才是主人。

斯嘉丽回答说："好吧，既然我已经越界了，那就一不做二不休。"为了防止凯瑟琳反对,她还特意事先警告凯瑟琳:"我要停止服丧了,这身黑衣服真让我烦透了。"

在婚礼上,她穿着明快的蓝红相间的衬裙,外面穿着一条深绿色的裙子,脚上穿着黄色和绿色条纹长袜,尽情地跳完了每一支里尔舞曲。

婚礼后,她一路哭着回到了巴利哈拉的家中:"我会非常想念她的,科勒姆,我也会想念丹尼尔的那所房子,想念所有的客人。我再也不到那里去了,再也不喝可恶的佩金让我喝的该死的煮过头的茶了。"

"十二英里的距离又不是地球的尽头,斯嘉丽宝贝。你都不用驾马车,只需要找一匹好马,转眼之间不就到了邓萨尼了!"

虽然十二英里的距离并不近,但斯嘉丽明白他说得在理,而她拒不接受的是科勒姆要她考虑再婚的暗示。

有时候她会在半夜里醒来,房间里漆黑一片,就像她的船离开查尔斯顿时瑞特看着她的那双神秘的黑色眼睛。他当时心里是什么感觉?

斯嘉丽孤独地面对着黑夜里的寂静,孤独地躺在华丽的大床上,孤独地淹没在没有灯光的房间里的一片黑暗空虚之中,思绪万千,梦见了很多不可能的事情,并好几次因为想他而哭泣。

"小猫咪"在镜子里看到了自己,突然开口清楚地说道:"小猫咪。"

"噢,感谢上帝!"斯嘉丽大声说。她一直担心这个孩子永远不会开口说话。"小猫咪"同其他婴儿不同，很少咯咯地笑和咕咕地叫，每当有人逗她、跟她说话的时候，她就会愣愣地看着对方，脸上露出十分惊讶的表情。她十个月大的时候开始走路，斯嘉丽知道她属于走路比较早的孩子，可是又过了一个月，她除了会发出笑声之外，几乎就是一个哑巴。"说'妈妈'。"斯嘉丽一遍又一遍地恳求她，可都无济于事。

听到她第一次开口说话后，斯嘉丽又试了一次："叫'妈妈'！"但是小姑娘挣脱了她的手，不顾一切地跑开了。她走起路来激情有余，技巧不足。

"你是个自负的小怪物，"她冲着孩子的后背叫道，"所有婴儿说的第一个词都是'妈妈'，而不是自己的名字。"

"小猫咪"摇摇晃晃地站住了，回头朝斯嘉丽微微一笑，按斯嘉丽后来的说法，那完全就是恶魔的微笑。"叫'妈妈'。"她假装不在乎地又对孩子说了一句，可她还是转身蹒跚着走了。

"她其实早就会说了，只是不想说而已。"斯嘉丽对弗林神父夸口说，"她只给我说了'小猫咪'三个字，就好像扔给狗一根骨头一样。"

老神父宽容地笑了笑。在漫长的生活岁月里，他已经无数次听过母亲们骄傲地说起自己的孩子。"这是值得纪念的一天。"他愉快地说。

"从各个方面讲，这都是值得纪念的一天，神父。"巴利哈拉最年轻的农民汤米·多伊尔喊道，"我们已经获得了前所未有的大丰收，这已经没有悬念了。"他给自己和弗林神父再次斟满了酒。在庆祝颗粒归仓的丰收节[1]活动上,所有人都有权放松心情,好好享受一番。

斯嘉丽也让他给自己倒了一杯波特啤酒,因为马上就该她致祝酒词了,如果她连一小口都不喝会带来霉运的。在巴利哈拉已经得到整整一年的好运气之后,她可不想冒险招来任何霉运。

她望着沿着整个巴利哈拉大街摆放的一个个长餐桌,不仅每个餐桌上都堆满了食物,还装饰着一小把系着丝带的麦穗,餐桌前都坐满满面笑容的巴利哈拉人。这才是当奥哈拉族长最痛快的事情。在座的每一个人都以自己的方式辛勤劳作了一年,现在整个巴利哈拉镇的人都齐聚在此,庆祝劳动得来的成果。

庆祝现场不仅有食物、饮料、糖果,还有供孩子们玩乐的小旋转木马,在尚未完工的小客栈前还搭起了一个跳舞用的木制平台。在午后的阳光照耀下,餐桌上的麦穗金灿灿的,吃饱喝足的人们心中也洋溢着金灿灿的幸福感,整个蓝天之下都是一派金灿灿的景象。这不正是丰收庆典活动的意义所在吗?

就在这个时候,一阵急促的马蹄声传来,母亲们吓得纷纷寻找他们年幼的孩子。斯嘉丽发现"小猫咪"不在自己身边,也着实吓了一跳。不过她很快就发现她正坐在桌子尽头科勒姆的膝盖上,他一边同旁边的人说话,"小猫咪"一边不住地点头,就好像她每个字都听得懂一样。斯嘉丽咧嘴笑了笑,她女儿真是个有

---

[1] 丰收节(Harvest Home),即庆祝最后一粒粮食入仓的活动,是英国的传统节日,从古代一直延续至今。9月下旬,人们通过唱歌、叫喊和用树枝装饰村庄来庆祝丰收的最后一天。在爱尔兰、苏格兰和北欧的部分地区也有类似的传统节日。

意思的小姑娘。

几个英国军人骑着马来到了街的尽头,他们一共三个人,都是军官,军服上的铜纽扣擦得比麦穗还金灿灿地发亮。他们放慢了马的脚步,餐桌旁的喧闹声立刻消失了,有些人站了起来。

"这些军人至少还懂点礼貌,没有一路策马跑过来,弄得尘土飞扬。"斯嘉丽对弗林神父说。但是,当他们来到废弃的教堂前勒住缰绳时,她也闭上了嘴。

"到大房子怎么走?"一个军官说,"我有事找它的主人谈谈。"

斯嘉丽站起身来。"我就是大房子的主人。"她说。她自己也感到惊讶,她突然变得干涩的嘴竟然还能说出话来。

那个军官看了看她蓬乱的头发和一身鲜艳的农民打扮,撇起嘴露出不屑的冷笑,道:"很有趣,姑娘,不过我们可不是来这里跟你开玩笑的。"

斯嘉丽心中感到一阵冲动,一种疯狂而激烈的愤慨,连她自己也觉得很少见。她抬腿站到了她刚才坐着的长凳上,双手叉腰,摆出一副她也知道纯属傲慢无礼的样子。

"士兵,没有人邀请你到这里来开什么玩笑或干任何事情,你们想干什么?我就是奥哈拉太太。"

另一个军官催马向前走了几步,下了马,又向前走了几步,站在高高在上的斯嘉丽下方,抬头看着她。"奥哈拉太太,我们是来送这个的。"他脱下军帽和一只手上的白色长手套,把一个羊皮纸卷递给斯嘉丽,"要塞部队准备派一个小队来保护巴利哈拉的安全。"

斯嘉丽心里立刻紧张起来，就好像在夏末的温暖天气中一场暴风雨突然来临一样。她展开羊皮纸卷，慢慢地读了两遍，当她确信自己已经完全看明白这份文件的内容之后，她顿时感觉到肩膀上紧绷的肌肉已经放松了。她抬起头，露出微笑，让在场的所有人都能看得到。然后，她把微笑着的脸转向抬头看着她的军官。"上校的好意真让我受宠若惊，"她说，"但是我真的没有太大兴趣。没有我的同意，他不能派任何士兵到我的镇上来，你能替我转告他吗？我在巴利哈拉没有遇到任何令人不安的状况，大家相处得很和睦。"她把羊皮纸递给那个军官。"你们一个个看起来都有点儿热，要不要来一杯啤酒？"自从十五岁那年起，她脸上随时都能表现出来的那种赞赏表情让许多像这位军官一样的男人心旌荡漾。他立刻涨红了脸，结结巴巴地连一句囫囵话也说不出来，那样子就像当年在佐治亚州的克莱顿县被她迷惑过的几十个小伙子。

"谢谢你，奥哈拉太太，不过——呃——条例——就是说，就我个人而言，不来这里更好——可是上校不会——嗯——他会认为——"

"我明白，"斯嘉丽温和地对他说道，"那就改天吧？"

丰收庆典的祝酒活动开始了，首先是向奥哈拉族长祝酒。本来这不过是庆典活动上的第一次祝酒而已，但是现在变成了众人纷纷向她致敬的一阵喧嚣。

第七十二章

冬天使斯嘉丽感到坐立不安,除了骑骑马没有任何有意义的事情可做,而她需要的恰恰是忙碌。到十一月中旬,新土地已经开垦出来并施过了肥料,接下来她又该想什么,做什么呢?在十一月的第一个星期天,就连来到她的办公室里投诉或解决纠纷的人也很少。确实,"小猫咪"已经可以自己穿过房间去点燃圣诞蜡烛,元旦那天还要举行把蛋糕摔到墙上的迎新年仪式,她也同样还要作为黑头发的客人给各家各户带去好运,但即便如此,短暂的冬日对她来说还是太长了。现在大家都知道她在支持芬尼兄弟会的事业,所以每次她走进肯尼迪酒吧都会受到热烈欢迎,但酒吧里不时响起的歌颂爱尔兰的自由斗士的歌曲和把英国人赶出去的大声叫喊,很快就让她感到厌倦了。所以,她只有在非常渴望陪伴的时候才会去酒吧。二月一日圣布里吉德节到来,新一年的耕种又开始了,这让她非常高兴。她兴高采烈地用铁锹翻起第一锹土,用力一扬,泥土在空中划出一条大大的弧线落在她的周围。她大胆地预言道:"今年肯定会比去年更好。"

但是新开垦出的土地带来的新的工作量使农民们难以承受，要做的事情太多，所以总是顾此失彼。斯嘉丽不停地向科勒姆唠叨，要他雇佣更多的劳动力到巴利哈拉来，镇上也还有许多空置的农舍。但他不同意让陌生人进来，斯嘉丽也只好作罢，因为她知道为芬尼兄弟会保密的极端重要性。最后，科勒姆找到了一个折中的办法——只在夏天的农忙季节临时多雇一些人。他会带她去德罗赫达的劳工集市。马市也即将开始，她可以同时把她认为需要的马一起买回来。

"我'认为'？天哪，科勒姆·奥哈拉，我们现在使用的那些犁马都是我花了大价钱买来的，可它们干起活来比在石头路上爬行的箱龟还要慢。我要不是眼瞎了就肯定是蠢到家了，我再也不会受骗上当了。"

科勒姆暗自笑了笑，斯嘉丽真是个了不起的女人，很多事情都能干得得心应手，让人刮目相看。但是，他也很肯定，她永远也斗不过爱尔兰的马贩子。

"斯嘉丽宝贝，你看起来像个乡下姑娘，哪里像个地主。人们会以为你连坐一次旋转木马的钱都付不起，更别说买马了。"

她拧起眉毛，装出一副吓唬人的样子。她并不知道自己看上去确实像个打扮得漂漂亮亮去赶集的小姑娘，身上的绿色衬衫使她的眼睛显得更绿，蓝色的裙子就像春天天空的蔚蓝色。"科勒姆·奥哈拉神父，请你行行好，让这马车走起来好吗？我做的事情我有数。如果我打扮成一个富婆的样子，马贩子就会认为他可以把手里的破烂货都塞给我。我穿着乡下人的衣服他们才不敢骗我。行了，走吧，我已经等了不知道多少个星期了。我就不明白，既然每年的劳作都是从圣布里吉德节开始的，劳工集市为什么不能在那天举办呢？"

科勒姆冲她笑笑："有些小伙子还在上学，斯嘉丽宝贝。"他轻轻一抖缰绳，他们上路了。

"那可对他们是大好事啊。当他们本可以外出挣笔好工钱时，却被书本毁了眼睛。"她不耐烦地嚷嚷说。

马车一路前行，路边的灌木篱墙上开满了黑荆棘花，空气中飘散着甜蜜的芳香。他们刚一上路，斯嘉丽的心情就立刻变得舒畅了："我还没有去过德罗赫达，科勒姆，我会喜欢它吗？"

"我想你会的。这个集市非常大，你肯定从来也没有见过这么大的集市。"他知道，斯嘉丽问德罗赫达，并不是问那座城市，她喜欢的是热闹的集市带给她的激动心情。她无法理解那些古老城镇里曲里拐弯的街巷有什么迷人之处，她喜欢的是明明白白、浅显易懂的事情，她这个特性经常让科勒姆感到不安。他很清楚，她根本不知道卷入芬尼兄弟会的事会带来什么样的危险，而无知是可能导致灾难的。

不过今天他是来为她办事的，跟他的政治抱负无关，他打算像斯嘉丽那样享受集市带给人们的乐趣。

"看哪，科勒姆，这个集市好大！"

"恐怕有些太大了。你想先挑选小伙子还是先挑选马？他们分别在集市的两头。"

"噢,这就麻烦了!只要是好东西,一开始就会被抢光的,总是如此。我说这样吧,你去挑选小伙子,我直接去挑选马,选好之后你就来找我。你肯定那些小伙子能自己走到巴利哈拉去吗?"

"他们是来这里找工作的,走路对他们来说是习以为常的事,他们中的一些人可能走了一百英里才来到这里。"

斯嘉丽笑道:"那么,你跟他们签合同之前,最好先看看他们的脚,而我呢,要看的是牙齿。我该往哪里走?"

"在那个角落,就是挂着横幅那里。在德罗赫达集市上,你能看到爱尔兰最好的马。我听说这里的一匹马曾经卖过一百多个几尼[1]。"

"胡说!你就是会编故事,科勒姆,我买三对犁马也花不了那么多钱。你看着吧。"

这个马市上搭着一些巨大的帆布帐篷,作为马匹的临时马厩。斯嘉丽心想,哼!想在昏暗的环境里把不好的牲口卖给我,休想。她迈步挤进了一个帐篷里喧闹的人群中。

天哪,我这辈子还从来没有在一个地方同时看到过这么多马!科勒姆真是个聪明的家伙,把我带到这个好地方来了,我可

---

[1] 几尼(Guinea)是英格兰王国以及后来的大英帝国及联合王国在1663年至1813年所发行的货币。它是英国首款机器铸造的金币,起初1几尼的价值等于1英镑或20先令,后金价上涨导致几尼价值上升,在1717年至1816年间1几尼的价值等于21先令。1816年金币本位制后,几尼的法定货币地位被镑取代。"几尼"之名来自西非国家几内亚(Guinea),当时那里盛产黄金。

以充分地精挑细选。她用胳膊肘推开前面的一个个人,从一个地方挤到另一个地方,看看这匹马又看看那匹马。交易商一个接一个挤到她的面前,她不停地对他们嘟囔道:"没看中呢。"她很不喜欢爱尔兰的这一套买卖方式,你不能直接走到马的主人面前问他卖什么价,那样不行,那样做岂不是太容易了?只要你对某匹马表现出丝毫的兴趣,立刻就会有一个交易商出现在你的面前,给你提出一个非常离谱的价格,然后就死缠烂打非要买卖双方立即达成协议不可。她可是付出了惨痛的代价才了解到他们的这些小把戏的,他们会一把抓住你的手,然后狠狠一巴掌打在你的手上——感觉很疼,你要是疏忽大意的话,这一巴掌很可能就促使你买下了一匹马。

她看到一对杂色马,长相还让她满意,交易商大叫着告诉她,那两匹马都是三岁口,非常匹配的一对犁马,而且一对只要七十英镑。斯嘉丽把双手放到背后藏起来,然后对交易商说:"把它们牵到日光下让我仔细瞧瞧。"

马主人、交易商和周围的人都表示反对。一个穿着马裤和毛衣的小个子男人说:"开什么玩笑!"

斯嘉丽毫不让步,但是语气相当温柔。她提醒自己,要想抓到更多的苍蝇,就得用蜂蜜。她仔细看了看两匹马闪亮的毛色,伸出手在它们身上摸了摸,然后看了看沾满手掌的发油。接着,她又熟练地抓住一匹马的头,检查了它的牙齿,最后哈哈大笑起来。三岁口,我的老天爷啊!"把它们牵进去吧。"她说着对交易商眨眨眼睛,"我爷爷的年龄都比它们小。"她对自己的表现感到十分得意。

不过,一个小时过去了,她只发现了三匹既喜欢又合算的马。每一次她都成功地哄着马主人把马牵到了帐篷外,让她在日光下仔仔细细地查看了一番。看到那些买猎马的人,她心里很羡慕。集市上专门留出了一片空地,在那里设置了障碍,买主不仅能够看清楚他们想买的马长得如何,还能看到它们的表现是否符合打猎的需要。这些马都长得十分漂亮。对于犁马来说,外表就不重要了。她转过身,不再看那些正在跳跃的猎马,她还需要再买三匹犁马。斯嘉丽再次走进帐篷,把身体靠在一根粗大的帐篷立柱上,让眼睛适应帐篷里昏暗的环境。她开始感到累了,但是她的任务只完成了一半。

"你那匹骏马在哪儿,巴特?我怎么没有见它跳障碍?"

斯嘉丽不禁一把抓住了那根粗大的立柱,是我脑子迷糊了吗?听起来那好像是瑞特的声音。

"你这不是让我白费工夫——"

是他的声音!就是他的声音!不会错的,世界上再也没有第二个像瑞特那样说话的人。她立即转过身,眨着眼朝阳光下的广场看去。

那就是他的后背,不是吗?是的,我肯定是的。要是他再说点儿什么或者转过头来。不可能是瑞特吧,他没有理由来爱尔兰,但是他的声音我是不会听错的。

他转过身来,对身旁那个略显健壮的金发男人说话。他正是瑞特。她抓着立柱的手越抓越紧,指关节也变得苍白了,浑身开始颤抖。

另一个人一边说话一边用鞭子指了指什么地方,瑞特点了点头。然后,金发男人离开了,很快走出了她的视线,只剩下瑞特一个人站在那里。斯嘉丽站在帐篷里的暗处望着他。

当他开始走动时,她命令自己不要动,但她的腿不听从她的命令,她从阴暗处一个箭步冲出来,一边朝他追去一边大声喊道:"瑞特!"

瑞特愣愣地停下了脚步,显得很别扭,他可向来都是动作敏捷的人。他转过身来,脸上露出一种她从来没有见过的表情,帽檐阴影下的那双黑眼睛显得非常明亮。接着,他脸上又浮现出了她非常熟悉的嘲讽表情,他说:"你总是出现在人们最意想不到的地方,斯嘉丽。"

他在嘲笑我,我不在乎。只要他肯说出我的名字并且站在我的身边,我什么都不在乎。她能清楚地听到自己怦怦的心跳。

"喂,瑞特,"她说,"你身体还好吗?"她知道说这种话很愚蠢,完全不合时宜,但是她必须说点儿什么。

瑞特的嘴抽搐了一下。"对一个死人来说,我的身体真是太好了。"他拉长声音说道,"我记得在查尔斯顿的码头上我看到的是一个寡妇,是我弄错了吗?"

"嗯,是你看错了。我得告诉你,我没有结婚,我是说我没有丈夫。"

"不要解释,斯嘉丽,这不是你的长项。"

"四十岁[1]？你想说什么？"他为什么这么刻薄？请不要那么刻薄，瑞特。

"那不重要。是什么风把你吹到爱尔兰来了？我还以为你在英国呢。"

"你怎么会那么想？"我们站在这里胡扯些什么？我怎么脑子糊涂了？为什么要说这些蠢话？

"因为你没有在波士顿下船。"

这话背后的含义让斯嘉丽的心狂跳不已。他不厌其烦地打听过她的去向，这说明他关心她，不想让她销声匿迹，她心里立刻洋溢起一阵幸福感。

"从你欢快的衣着上看，我是否可以推测你已经不再为我的死而服丧了？"瑞特说，"真可耻啊，斯嘉丽，我在坟墓里还尸骨未寒呢。"

她惊恐地低头看了看自己的农家打扮，然后抬头看了看他那一身剪裁得无可挑剔的夹克骑装和系得整整齐齐的白色高筒袜。他为什么总要让她觉得自己像个傻瓜，而她又为什么一点儿也不感到生气呢？

因为她爱他，不管他相信与否，这是事实。

斯嘉丽看着这个曾经做过她丈夫多年的男人，不假思索、也不考虑后果就脱口而出："我爱你，瑞特。"这句话说得简单明了又不失尊严。

---

[1] 英文的"长项"（forte）同"40"（forty）读音相近，斯嘉丽误以为瑞特说她老了。

"这真是你的不幸,斯嘉丽,你似乎总是爱上另一个女人的丈夫。"他礼貌地把帽子举起一下,"我是个有妇之夫。我现在要离开了,请原谅。再见。"他转身走开了。斯嘉丽久久望着他远去的背影,感觉自己就像被他扇了一记耳光。

不应该啊,她并没有对他提出任何要求,只是把她最真挚的情感作为礼物送给了他。然而,他却把它踩进了烂泥里,他愚弄了她。

不,是她愚弄了自己。

斯嘉丽颓然站在那里,在马市的喧闹声和人流中,她那色彩鲜明而形单影只的弱小身影不知在那里矗立了多久。后来,她眼前的世界终于又变得清晰起来,她看见瑞特和他的朋友正站在另一个帐篷附近,同其他一些人一起围成一圈聚精会神地看着一匹马。一个身穿花呢衣服的男人正抓着一匹焦躁不安的猎马的缰绳,一个穿着格子背心的红脸男人举起右臂用力向下挥去。斯嘉丽仿佛听到了两只手掌击打的声音,显然红脸男子正竭力劝说瑞特的朋友和马的主人达成交易。

她情不自禁地迈动双脚,径直向他们走去。虽然不断有人挡住她的去路,但她丝毫也没有注意到,那些人不知为何都很快从她面前消失了。

交易商的声音就像唱着一首赞美诗,节奏鲜明而催人入眠:"……一百二十英镑吧,先生。你知道你的价开得高了点儿,就算是这样漂亮的马也还是高了点儿……至于你,先生,完全可以加到一百二十五英镑,实际上增加五英镑你的马厩就能马上多了这么一匹骏马……英镑行吗?当然,你得合情合理地想一想,那位先生已经增加到一百二十五英镑了,你只要再向前迈出一小步就两相情愿了。说句话,从一百四十二英镑降到一百四十英镑,今天闭市之前我们就能成交了……那就一百四十英镑了,现在你看看这位先生多么慷慨大度,你肯定也要把你的慷慨本性证明给他看,难道不是吗?说句话,从一百二十五英镑增加到一百三十英镑,你们俩的价格已经相差无几了,最多也就是一两品脱牛奶的价钱……"

斯嘉丽跨着大步走到了卖主、买主和交易商三者的中间,她的脸在绿色衬衣的衬托下惨白得吓人,眼睛却比绿宝石更绿。"一百四十英镑。"她明明白白地说道。交易商十分困惑地看着她,他的生意节奏被打乱了。斯嘉丽往右手掌心里吐了一口唾沫,然后举起手狠狠地拍打在他的手上。紧接着,她又往掌心里吐了一口唾沫,两眼看着那个卖主。他立刻举起手往掌心里吐了一口唾沫,朝她手掌上拍了一掌,紧接着又拍了第二掌,就这样一笔交易就按照这个古老的传统签字画押了。至此,交易商也只能往自己的掌心里吐一口唾沫,默认了这笔买卖。

斯嘉丽看看瑞特的朋友,甜甜地说:"希望你不要太失望。"

"呃,当然不会,这就是说——"

瑞特打断了他的话:"巴特,让我介绍你认识……"他突然停住了。

斯嘉丽也不看瑞特一眼,而是向他感到迷惑的同伴伸出了满是唾沫的右手,说道:"我是奥哈拉太太,一个寡妇。"

"约翰·莫兰德。"他一边说一边拉起她肮脏的手,向她鞠了一躬,又吻了她的手,然后苦笑着望着她炽热的眼睛,"奥哈拉太太,你肯定是一个骑着马跨越栅栏的好手,在旷野上更是风驰电掣!你经常在这一带打猎吗?"

"我嘛……呃……"天啊,她都干了些什么?她该怎么说?她在巴利哈拉的马厩里养一匹纯种猎马有什么用?"我承认,莫兰德先生,我这只是女人的一时冲动。我必须得到这匹马。"

"我也一样啊,但看来我的动作不够快。"这个英国口音的男人很有教养地说道,"如果你有时间到我那里去,我是说到我那里和我们一起打猎的话,我将不胜荣幸。就在邓萨尼附近,如果你熟悉米斯郡的这个地区,就一定知道那里。"

斯嘉丽笑了。不久以前,她刚刚去那个地方参加过凯瑟琳的婚礼,难怪约翰·莫兰德这个名字那么耳熟。她听凯瑟琳的丈夫凯文·奥康纳多次提到过"约翰·莫兰德爵士",他反复强调说:"他是个地主,更是个了不起的人。他不是亲口对我说,要把地租减少五英镑作为我的结婚礼物吗?"

她想,就五英镑而已,对于一个能拿出三十倍这个数的价钱买一匹马的人来说,他真是够慷慨的。"我对邓萨尼很熟悉,"斯嘉丽说,"我正要去拜访几个朋友,他们离那里不远。我很愿意哪天和你一起打猎,你说哪天都行,我可以骑马过去。"

"下星期六?"

斯嘉丽狡黠地笑了笑,然后朝掌心里吐了口唾沫,举起手来:"一言为定!"

约翰·莫兰德也笑了。他也往自己的掌心里吐了口唾沫,然后朝她手掌上连续拍打了两次:"一言为定!七点喝雪莉酒[1],猎完狐吃早餐。"

从斯嘉丽闯进来抢生意的那一刻起,她现在才第一次看了瑞特一眼。他的眼睛正看着她,看样子他刚才一直都在看着她,他的目光里不仅流露出很开心的神情,还有某种她也说不清楚的东西。很好,你会以为他之前根本没有见到过我。"巴特勒先生,很高兴见到你。"她一边和颜悦色地说,一边优雅地向他伸出那只脏手轻轻地晃了几下。

瑞特脱下手套握住了她的手,鞠了一躬并说道:"奥哈拉太太。"

斯嘉丽向还在发呆的交易商和笑容满面的卖主点点头。"我的马夫马上就来,他会处理剩下的事情。"她轻快地说着,然后撩起裙子从膝盖上方红绿相间长筒袜的袜带里取出一捆钞票,"付几尼,对吗?"她把钱如数数到卖主手里。

她随即转过身体,裙摆旋了起来,然后径直离开了。

"真是个不同凡响的女人。"约翰·莫兰德说。

瑞特的嘴微微一笑,附和道:"确实令人惊叹。"

当斯嘉丽看到堂兄从帐篷附近的人群中走出来时,她对他

---

[1] 在英国传统的猎狐活动开始之前,主办者会为参加猎狐的猎人送上一杯酒,通常是雪莉酒或波特啤酒。喝完这杯酒,猎狐活动正式开始。

说:"科勒姆!我还以为你迷路了呢。"

"没有的事,斯嘉丽,我刚才觉得饿了。你吃点儿东西了吗?"

"没有,我忘记了。"

"你买到中意的马了?"

斯嘉丽高高地坐在围住猎马跳栏场地的栏杆上,低头看着他。突然,她发出一阵傻笑,对他说道:"我觉得我买了一头大象,你这辈子肯定都没见过这么高大的马。我不得不买下它,但我不知道为什么。"她的笑声很刺耳,眼睛里流露出痛苦的目光。科勒姆默默地把一只沉稳的手放到她的胳膊上。

第七十三章

"'小猫咪'要出去玩。"孩子稚嫩的声音说。

"不行,亲爱的,今天不行。你很快就可以出去玩了,但是今天不行。"斯嘉丽觉得她们俩现在处境不妙。她怎么能这样鲁莽呢?她怎么能忽视了"小猫咪"可能面临的危险呢?邓萨尼离巴利哈拉并不远,这个范围之内的人都肯定知道她这个奥哈拉族长和她那个皮肤黝黑的孩子。这些天,她和"小猫咪"一直待在楼上的两个房间里,她不分昼夜地守护着"小猫咪",并无数次忧心忡忡地站在窗前注视着车道上的动静。

菲茨太太成了她的中间人,帮她处理各种必须做的事,而且还要处理得非常快。为了让斯嘉丽试穿她刚刚定做的骑装,裁缝已经来回跑了多次;皮匠为了完成她要的靴子,像一个小矮妖似的天天干到半夜;马夫从马具间里找出了一副三十年前的女士侧鞍[1]，一直拿着破布和油在马鞍干燥并开裂的表面上一边擦一边上油；从劳工集市上雇来的工人中正好有一个擅长骑马的小伙子，他正抓紧时间精心训练她刚买回来的这匹强壮的栗色猎马。到星期六早晨，斯嘉丽已经完全准备好了。

她的马是一匹去势的栗色马，名叫"弦月"。按照她对科勒姆的说法，这是一匹非常高大的马，肩高差不多达到十七手[2]，胸部深，后背长，大腿肌肉发达。这匹马适合大个子的人骑，斯嘉丽骑在它身上越发显得娇小柔弱，十足的小女人。因此，她很担心自己骑在这匹马上会看起来很滑稽。

她很肯定自己一定会出丑的，因为她既不知道"弦月"的性格和特点，也不可能有机会去了解，而且她还要像所有淑女那样使用侧鞍。斯嘉丽还是个小姑娘的时候，很喜欢侧鞍骑乘，那样她可以让裙子优雅地垂下来，更突显出她纤细的腰身。而且，那个时候她骑马的速度通常并不比走路快，因为那样才能更好地同一旁骑在马上的男人调情。

但是，眼下侧鞍给她提出了一个难题：她无法通过膝盖施加

---

1 侧鞍（side saddle）是旧时欧洲女性的专用马鞍。在19世纪中期，欧洲贵妇的着装通常都是一袭长裙，跨骑很不方便，更重要的是当时的观念认为，女士如果像男士一样分腿骑马，是十分不雅的行为。因此，为了彰显贵妇们的淑女形象，就出现了侧骑和侧骑马鞍。这种鞍子的马镫是向外侧张开的，适合侧骑时脚尖向外踩镫，马鞍的一侧还没有一个犄角，用来卡在两腿中间，防止骑士从马鞍上滑下来。直到1900年，随着女权主义的兴起以及女性越来越多地参与骑马运动，女骑士也逐步开始跨鞍骑乘，并延续至今。

2 测量一匹马到肩部位置高度的单位，一手（one hand）约4英寸，即10.16厘米。十七手约1.72米。

的压力与马交流，因为她的右膝被侧鞍的鞍桥牢牢地钩住了，左膝又僵硬得动弹不得，因为左脚必须一直用力踩住唯一的马镫，否则她就很难使这种不平衡的坐姿保持平衡。我恐怕骑不到邓萨尼就已经摔下马去了，她想起来都感到绝望，我肯定跳过第一道栅栏时就会摔断脖子的。父亲曾经告诉过她，猎狐时最让人兴奋的事情就是骑着马跳过栅栏、深沟、树篱、阶梯和围墙。科勒姆告诉她，淑女们通常都会避免剧烈的狩猎活动，这就让她更感到忧虑了。早餐是整个猎狐活动的社交部分，穿骑装非常合适。侧鞍骑乘更容易发生严重事故，女士们感到紧张也在所难免。

她很肯定，瑞特要是看到她表现出胆怯和软弱，一定会得意扬扬，所以她宁愿摔断脖子也不能让他如愿以偿。斯嘉丽用手中的短鞭轻轻触碰了一下"弦月"的脖子，叹道："我们试着小跑一下吧，看看我能不能在这个愚蠢的马鞍上坐稳。"

科勒姆曾经向斯嘉丽描述过猎狐的情景，但她对猎狐即将带给她的第一个冲击仍然没有作好充分的心理准备。莫兰德庄园是一座历经两个多世纪的混合型建筑体，中心是一个石墙围成的庭院，庭院四周杂乱无章地修建了不少厢房、烟囱、窗户和墙壁，这个庭院就是第一位莫兰德准男爵于一六一五年建造起的城堡的中庭。庭院里已经挤满了骑在马上的猎人和情绪亢奋的猎狗，斯嘉丽一看到眼前的情景，就立刻把先前的恐惧忘得一干二净。科勒姆的介绍中并没有提到猎人们都穿着猩红色猎装，很多人都错把这种衣服叫作"大红夹克",她一生中还从未见过如此迷人的装束。

"奥哈拉太太!"约翰·莫兰德爵士骑着马来到她面前,手里拿着一顶闪闪发亮的大礼帽,"欢迎,欢迎,我一直认为你不会来。"

斯嘉丽眯起眼睛问道:"这是瑞特说的吗?"

"恰恰相反,他说再野的马也挡不住你的。"莫兰德的话说得很诚恳。"你喜欢你的'弦月'吗?"准男爵抚摸着高大的"弦月"光滑的脖子,"真是匹骏马啊!"

"嗯?是的,是吗?"斯嘉丽心不在焉地说道,两只眼睛在人群中飞快地寻找着瑞特。人真多啊!这该死的面纱,什么都看不清楚。她今天穿着一身最保守的骑装:高领黑色羊毛衫,黑色低顶礼帽,脸上的面纱紧紧地系在脖子后用发网兜起来的浓密发髻上。她觉得,这身衣服比丧服更难看,但非常受人尊敬,同她惯常穿的鲜艳裙子和条纹长筒袜形成了极大的反差。斯嘉丽只有一件事是绝对不愿做的:她不愿穿紧身胸衣,侧鞍骑乘就已经让她遭了大罪了。

瑞特正注视着她,当她终于看到他时,又立刻避开了他的目光。他是想看到我出丑,我要让瑞特·巴特勒先生看看,我可能会摔断身上的每一根骨头,但是任何人也不能嘲笑我,尤其是他。

科勒姆说过:"轻轻松松地骑,跟在别人后面,注意看别人怎么做。"斯嘉丽按照他的建议跟着大家出发了,她感到她戴着手套的手掌心已经冒出了汗水。前面的猎马开始明显加快步伐，她旁边的一个女人大笑一声，举鞭策马，立即疾驰起来。斯嘉丽匆匆地看了一眼她的前方，只见一个个红色和黑色的背影正朝山坡下冲去，一批批猎马轻松自如地从山脚下低矮的石墙上越过。

她想，就这样了，现在再担心也来不及了。她的身体自动调整着重心，只感到"弦月"跑得越来越快，但是它的步伐非常稳健，显然是久经沙场的老手。那堵墙已经被她甩在了身后，她竟然没有注意到那一跳，难怪约翰·莫兰德如此渴望得到"弦月"。斯嘉丽放声大笑起来，她这辈子从来没有打过猎又有什么关系，十五年没有使用过侧鞍骑乘又有什么关系！她没事，而且可以说好得很，她现在非常开心。难怪爸从来不给栅栏开一个门，既然可以骑着马一跃而过，又何必费那个事呢？

父亲和邦妮的阴影曾经一直缠绕在她的心头，现在它们已经消失了。她的恐惧也消失了，心中只感到雾气刮过她皮肤带来的兴奋感和她控制下的这匹猎马的无穷力量。

除此之外，还有一个她刚刚建立起来的决心，那就是赶上瑞特·巴特勒，超过他，把他远远甩到身后。

* * *

斯嘉丽站在那里，左胳膊上挽着沾满泥污的裙摆，右手端着一杯香槟酒。约翰·莫兰德告诉她，如果她允许的话，他会让人把她赢得的那只狐狸的爪子做成标本，安放在一个银色的底座上。

"我很乐意，约翰爵士。"

"请叫我巴特，我所有的朋友都这么叫我。"

"请叫我斯嘉丽。不管是不是朋友，每个人都这么叫。"打猎和成功带来的兴奋心情让她有些头晕目眩、两颊绯红，她对巴特说："今天是我过得最快乐的一天。"这句话并不完全是客套话。其他骑手已经向她表示了祝贺，她看到了男人们眼中显而易见的羡慕和女人们眼中的嫉妒。她抬眼望去，目光所及之处都是英俊的男人和漂亮的女人、银托盘上的香槟、仆人和财富，人们都很开心，生活十分美好。这很像美国内战前的生活，只是现在她已经长大了，可以想说什么就说什么，想做什么就做什么了。她就是那个来自北佐治亚州的乡下姑娘斯嘉丽·奥哈拉，现在却站在一位准男爵的城堡里，同某某女士、某某爵士甚至还有一位女伯爵在一起聚会，这就像是一本书里的故事。斯嘉丽突然扭过头来。

她刚才几乎已经忘记了瑞特也在这里，她被他侮辱和鄙视的记忆也几乎完全被她置之脑后。

但仅仅是"几乎"而已，她叛逆的脑子里还是不断地回忆起刚才骑马回到这里来的路上看到和听到的事情：她明明在猎狐中打败了瑞特，他却装出一副若无其事的样子……完全不把女伯爵放在眼里，一路上一直都在戏弄她……摆出一副他妈的轻松自在、毫不在乎的模样……完全是……典型的瑞特做派。总之，让他见鬼去吧。

"祝贺你,斯嘉丽。"瑞特就站在她身边,她完全没有看到他走过来。斯嘉丽吓得胳膊一抖,香槟酒洒到了她的裙子上:"该死的,瑞特,你非得偷偷摸摸地走过来吓人一跳吗?"

"我很抱歉。"瑞特递给她一块手帕,"我对我在马市上的粗鲁行为道歉。我找得到的唯一借口就是在那里见到你让我很震惊。"

斯嘉丽拿起手帕,弯下腰擦了擦洒到裙子上的香槟酒。其实擦不擦都一样,刚才在旷野上追逐狂奔时早就弄得满身是泥了,不过这倒是给了她一个思考的机会,也让她不知所措的表情暂时可以躲开他的视线。她默默地发誓:我决不能让他看出我很伤心,也决不能让他看出他对我的伤害有多深。

她慢慢抬起头来,眼睛炯炯有神,嘴角挂着微笑。"你感到很震惊,"她回答道,"那么想象一下我是什么感觉。你究竟在爱尔兰干什么?"

"买马。我下定决心一定要在明年的赛马中赢得胜利,而约翰·莫兰德的马厩以出产一周岁的赛马闻名于世。星期二我还会去巴黎再看一看。你怎么会穿着爱尔兰的服装跑到德罗赫达去了?"

斯嘉丽笑道:"瑞特,你知道我喜欢打扮。我在那里拜访一个朋友,从他家的女佣那里借了那些衣服。"她左右看看,想找到约翰·莫兰德。"我得去收拾一下,该走了,"她回过头说道,"如果我再不马上回去,我的朋友们会生气的。"她看了瑞特一眼,便匆匆离开了。她不敢再待下去了,不能离他那么近……甚至不能同他待在同一个房间里……也不能待在同一幢房子里。

就在她回去的路上，距离巴利哈拉还有五英里多一点儿的时候，天下起雨来了。斯嘉丽满脸淌着雨水，诅咒这场雨。

星期三她带着"小猫咪"来到了塔拉。那些古老土丘的高度刚好适合"小猫咪"，她很快爬了上去，显得十分开心。斯嘉丽看着"小猫咪"毫无顾忌地跑下土丘，强忍着没有警告她那样做很可能会摔倒。

她把塔拉的故事、她的家的故事以及至高王举行盛宴的故事一一讲给"小猫咪"听，离开之前，她还把小姑娘高高地举到空中，让她眺望这个自己出生的国度："你是一只爱尔兰'小猫咪'，你的根深深地扎在这里……你明白我说的这些吗？"

"不明白。""小猫咪"回答说。

斯嘉丽把她放下来，随她自己四处跑。她那双强壮的小腿小脚现在不想走路，只想一个劲儿地跑。由于绿草下的这片古老的土地并不平坦，所以"小猫咪"很快就摔倒了好几次，但是她一直没有哭，摔倒了自己再爬起来，接着继续跑。

只要看着她，斯嘉丽就感到一种安慰，就觉得自己的人生很完整。

"科勒姆，这个帕内尔是什么人？在猎狐的早餐会上，他们都在谈论这个人，但我听不明白他们说的是什么。"

"一个新教徒，"科勒姆说，"是个英国人。谁还关心那种人。"

斯嘉丽很想跟他争辩,但她知道那是浪费时间,科勒姆从不谈论英国人,尤其是爱尔兰的英国地主,他们被这里的人称为英裔爱尔兰人。一谈及他们,他总会很快不动声色地改变话题,他甚至不肯承认有些英国人也可能是好人,这一点确实让她很懊恼。她喜欢从美国回来时同船的英国姐妹俩,参加猎狐的那些英国猎手一个个也都对她非常友好。科勒姆毫不妥协的态度使她感到他们之间开始有了距离,她真希望他不要那么顽固地拒绝谈论这些事。

她脑子里其实还有另一个问题,于是她只好去问菲茨太太:人人憎恨的爱尔兰的巴特勒一家人又是什么人?

女管家给她拿来了一张爱尔兰地图。"看到这里了吧?"她用手在一片同米斯郡同样大小的另一个郡上划过,"这里是基尔肯尼郡,这就是巴特勒人的家乡。他们历代人都是奥蒙德公爵,很可能是爱尔兰最强大的英国家族。"斯嘉丽仔细看了看地图,在离基尔肯尼市不远的地方,她看到了一个地名:丹漠洞[1]。瑞特

---

1 丹漠洞(Dunmore Cave)是一个位于爱尔兰基尔肯尼郡的考古地点。公元928年,维京海盗袭击基尔肯尼,当地居民为了逃命,在海盗来袭的几个小时前躲进了村庄附近的一个大溶洞——丹漠洞。丹漠洞地形复杂,内部小洞盘根交错,避难的人希望在洞中躲过海盗的劫掠。但海盗很快发现了丹漠洞中藏有人,便进入洞里,杀死了躲在洞中的一千多人,然后驻守在洞口,将其他幸存的人全部饿死。

1940年,一群考古学家对丹漠洞进行考察,在洞穴里发现了四十四具骸骨,包括尚未出世的胎儿的骸骨,证实了丹漠洞曾经发生的悲剧。1973年,爱尔兰政府将丹漠洞确定为爱尔兰国家博物馆。1999年的冬天,一个博物馆职员在冬季休馆前做清洁时,在其中一个洞穴中隐隐看到了闪烁的绿光,结果发现那是一只镶嵌着绿宝石的银镯子。他随后向有关部门报告,当局派出考古小组进洞穴调查,结果挖出了几千枚古钱币,一些银条、金条和首饰,以及数百个银制纽扣。

的种植园叫"丹漠兰丁",这两者之间一定有着某种联系。

斯嘉丽忍不住笑起来。她以前一直有一种优越感,因为奥哈拉家族曾经统治过一块大约一千二百英亩的土地,然而在这里巴特勒家族却拥有整整一个郡!瑞特不费吹灰之力又胜过了她,他总是赢。你怎么能够责备一个女人爱上了这样一个男人呢?

"什么那么有趣,奥太太?"

"太有趣了,菲茨太太。感谢上帝,我还能一笑了之。"

玛丽·莫兰没有敲门就将头探进了门里。斯嘉丽也懒得说她,因为如果有人批评了这个瘦削、神经质的女孩儿,她的表现就会更糟。这就是仆人,就算你任何问题都没有,他们也始终是一个问题。"怎么了,玛丽?"

"一位先生要见你。"女佣递上一张名片。她的眼睛瞪得比平时更圆了。

约翰·莫兰德爵士,巴特

斯嘉丽三步并作两步跑下楼梯:"巴特!真是个惊喜啊。请进,我们就坐在楼梯上吧,我家没有什么家具。"她确实很高兴见到他,但她不能把他带到楼上的客厅去,因为"小猫咪"正在客厅隔壁小睡。

巴特·莫兰德径直走到楼梯上坐下来,那神情就好像房间里没有家具是世界上最自然不过的事情。他说,他开始一直找不到她的住址,后来有一天在酒吧里碰到了一个邮递员,才知道她住在这里。正因为如此,他才迟迟未能把她猎狐的战利品送过来。

斯嘉丽看着写着她名字和狩猎日期的银匾,上面固定着一只狐狸爪子,爪子上已经看不到血迹,虽然也算是一件艺术品,却毫无美感可言。

"很恶心,是吧?"巴特开心地说。

斯嘉丽笑了。不管科勒姆说什么,她还是喜欢约翰·莫兰德:"想不想去给'弦月'打个招呼?"

"我还一直担心你不会想到这件事,正在琢磨怎么才能给你一个明确的暗示。它还好吗?"

斯嘉丽做了个鬼脸:"恐怕锻炼不够。我心里也感到内疚,但是我确实一直很忙,现在正是割干草的季节。"

"你的收成如何?"

"到目前为止,还算不错,只是千万不要下大雨。"

他们穿过柱廊,向马厩方向走去。斯嘉丽准备带巴特去牧场上看"弦月",但是当他们从马厩旁经过时他伸手拦住了她。他想进马厩看看吗?她的马厩很有名,他也从来没有见到过,但斯嘉丽还是觉得有些迷惑,因为这个时候所有马都在地里干活或在牧场上吃草,空荡荡的马厩其实没有什么可看的。不过,既然他想看,她还是欣然同意进去看看。

马厩里的畜栏之间用带有多立克式[1]柱头的花岗岩石柱隔开,石柱撑起的高高拱顶形成一个石头天花板,看起来像空气和云天一样轻盈。

约翰·莫兰德用手按着指关节发出啪啪的响声。他立即道歉说,每当他非常兴奋的时候,他就会不由自主地这么做。"你难道不觉得你的马厩看起来就像一座大教堂,非常特别吗?要是我就会在这里放一个管风琴,每天给它们演奏巴赫的曲子。"

"它们恐怕会染上马腺疫[2]的。"

莫兰德开怀大笑起来,斯嘉丽也跟着笑起来,因为他的话听起来很滑稽。她拿起一个小袋子,往里面装了些燕麦,一会儿让他喂给"弦月"吃。

斯嘉丽走在莫兰德身边,他一直喋喋不休地赞扬她的马厩,她却绞尽脑汁想要转移他的话题,让他自然而然地谈起瑞特。

其实根本没有这个必要。"要我说,你和瑞特·巴特勒是朋友,这真是我的幸运。"巴特大声说,"要不是他介绍我们认识,我永远也不可能看到你的马厩。"

"我也很意外突然碰上了他,"斯嘉丽赶紧说,"你怎么会认识他?"

---

[1] 多立克式(Doric)或多立克柱式,是古典建筑的三种柱式中出现最早的一种,另外两种柱式是爱奥尼柱式和科林斯柱式,它们都源于古希腊。著名的雅典卫城中的帕特农神庙即采用多立克式石柱。在希腊,多立克式石柱一般都建在阶座之上,特点是粗大雄壮,柱头是个倒圆锥台,没有柱基。柱身有时雕有二十条槽纹,有时是平滑的,柱头没有装饰。

[2] 马腺疫(strangles)是由马腺疫链球菌引起的马属动物的一种急性接触性传染病。

巴特说,他其实根本不认识瑞特,一个月前,几个老朋友写信给他,说他们要派一个名叫瑞特的人来看看他的马。结果,瑞特就来了,还带着一封他们写的介绍信。"他是个相当出色的人,对马的事很上心,也很了解。我希望他能在这里多待一些日子。你们是老朋友吗?他还一直没有时间告诉我。"

斯嘉丽想,真是谢天谢地。"我在查尔斯顿有亲戚,"她告诉他说,"我是到那里走亲戚时认识他的。"

"那你肯定见过我的朋友布鲁顿一家了!我在剑桥读书的时候常到伦敦去参加社交季,就盼望着能在那里见到萨莉·布鲁顿。我那时候跟好多人一样,对她很着迷。"

"萨莉·布鲁顿!那个猴子脸吗?"斯嘉丽不假思索地脱口而出。

巴特笑道:"正是。她是不是一个不同凡响的人?一个相当别出心裁的人。"

斯嘉丽使劲点了点头,微微一笑,但是实际上她心里怎么也想不明白男人怎么会为那么个丑八怪而疯狂。

约翰·莫兰德认为,凡是认识萨莉的人肯定都会崇拜她。于是,在接下来的半个小时里他就一直靠在牧场的围栏上谈论着这个女人,同时试图引诱"弦月"过来吃他手里的燕麦。

斯嘉丽想着自己的心事,并没有认真听他讲,但这时他又提到了瑞特的名字,立刻再次引起了她的注意。巴特咯咯笑着说起了萨莉在给他的信中讲过的一个闲话,说是瑞特落入了历史上最古老的一个圈套。一天,一个孤儿院的老师带着孩子们来他的农场郊游，准备离开的时候却发现一个孤儿失踪了。他怎么办呢，只能同孤儿院的那个老师一起去寻找。结果还好，孩子找到了，但是那个时候天也早已经黑了。当然了，这就意味着那个老处女教师的名声不保，瑞特不得不娶了她。

最有意思的是，多年前他曾经夺走过另一个姑娘的童贞，本可以娶她为妻从而保住姑娘的名声，但是他拒绝了，结果被人们赶出了查尔斯顿。

"你肯定以为有了第一次的教训他就学乖了，结果没有。"巴特笑着说，"虽然他看起来就是个漫不经心的人，但谁也不会想到他竟然这么疏忽大意。你不觉得很好笑吗，斯嘉丽？斯嘉丽？"

她回过神来，立刻回答说："作为一个女人，我认为这都是巴特勒先生自找的。看他那个样子，全神贯注的时候肯定给很多女孩子带来过不少烦恼。"

约翰·莫兰德放声大笑起来。他的声音引来了"弦月"，它小心翼翼地靠近了栅栏，巴特冲它摇了摇手中的那袋燕麦。

斯嘉丽感到很解气，但是同时又很想哭。这么说，这才是瑞特那么突然就同她离婚并再婚的原因所在了。安妮·汉普顿真是个狡猾的家伙，她把我欺骗得好惨。也许,她并没有欺骗我，只是因为我运气不好，他们俩因为寻找那个走失的孤儿偶然走到了一起。安妮毕竟是埃莉诺小姐特别喜欢的人，长得又很像梅丽。

"弦月"后退几步，不想继续吃燕麦了。约翰·莫兰德把手伸进夹克口袋里，拿出了一个苹果。"弦月"兴奋得嘶叫起来。

"你看，斯嘉丽，"巴特边说边把苹果掰成几块，"我有件棘手的事情要跟你谈。"他摊开手掌，把苹果的四分之一递给"弦月"。

"有点棘手"！他哪里知道他刚才的那番话才是真正棘手的事情。斯嘉丽说："如果你想说你要把'弦月'宠坏了，我并不介意。"

天哪，不对！巴特的灰色眼睛瞪得大大的，她怎么会想到那儿去了？

他解释说，这是一件非常微妙的事情。爱丽丝·哈林顿——她就是那个猎狐时最后掉到了沟里的胖乎乎的女人——准备于仲夏夜那天在她家里举办一次聚会活动，她想邀请斯嘉丽，但是又没有勇气自己来邀请她。于是，她就指派他来试探一下她的意思。

斯嘉丽的脑子里立刻涌现出了一个又一个的问题，实际上这些问题归结起来不外乎是什么时候、什么地点、穿什么衣服等。科勒姆也肯定会大发雷霆，但是她不在乎，她只想把自己好好打扮起来，喝喝香槟，再一次骑上"弦月"风驰电掣，跨过溪流，越过篱笆，跟着猎狗追逐狐狸。

第七十四章

哈林顿府是一幢由波特兰石[1]修建而成的大房子,离巴利哈拉并不远,就在一个叫作派克角的十字路口村庄的另一面。府邸的入口很难找,既没有大门也没有门房,只有一对毫不起眼的石柱。砾石车道绕过一个宽阔的湖泊,然后一直延伸到府邸前面的一块铺满砾石的平地。

一个男仆听到马车的车轮声,从前门走了出来。他伸手把斯嘉丽扶下马车,然后把她带到等候在走廊上的一个女仆面前。"我叫威尔逊,小姐。"女仆行了个屈膝礼,说道,"舟车劳顿,您是想先休息一下,还是想现在就去同其他人会合?"斯嘉丽决定直接到其他人那里去,于是那个男仆便领着她穿过门厅,再穿过一道敞开的门,来到一片草坪上。

"奥哈拉太太!"爱丽丝·哈林顿大声叫道。看到她,斯嘉

---

[1] 波特兰石(Portland stone)是一种产于英国波特兰岛的灰白色石灰石,是侏罗纪提通期形成的岩石。波特兰石作为英国的一种常见的建筑材料,自罗马不列颠时期就开始开采,14世纪开始运往伦敦,白金汉宫和圣保罗大教堂等建筑都是由波特兰石修建的。

丽立刻回忆起了那个生动的画面,只用"最后掉到了沟里"还不足以描述她,加上"胖乎乎"也还不够。在斯嘉丽看来,"胖乎乎"再加上"咋咋呼呼"才足以形容爱丽丝·哈林顿。她迈着出人意料的轻快步伐向斯嘉丽走来,大声说她很高兴见到斯嘉丽:"我希望你会喜欢槌球,我打得很糟糕,我的球友都巴不得有人把我替换下去。"

"我可从来没有打过槌球。"斯嘉丽说。

"那才好呢!初学者都有好运气。"她把一个木槌塞到斯嘉丽手里,"绿色条纹的,非常适合你,因为你的眼睛特别绿。请允许我先给你介绍这里的各位,然后你就替代我上场,给我的球队一个获胜的机会。"

爱丽丝的球队——现在是斯嘉丽的球队——包括一位穿粗花呢衣服的老人和一对二十出头的夫妇,大家都称那位老人为史密斯-伯恩斯将军,那对夫妇是艾玛和齐兹·富尔维奇,两人都戴着眼镜。将军把他们的对手介绍给斯嘉丽:夏洛特·蒙塔古,一个瘦高个的女人,长着一头漂亮的花白头发;爱丽丝的堂兄德斯蒙德·格兰特利,同他的堂妹一样长得胖乎乎的;还有一对优雅的姐弟,吉纳维芙·本内特和罗纳德·本内特。"你得小心罗纳德,"艾玛·富尔维奇说,"他会作弊。"

斯嘉丽觉得这个游戏很有趣,而且新割过的草坪散发出的气味比鲜花还沁人心脾。打到第三个回合时,她的竞争本能开始充分发挥出来,把罗纳德·本内特的球远远击打到了界外,将军走过来拍拍她的肩膀说:"好球!"

比赛结束后，爱丽丝·哈林顿邀请他们去喝茶。茶桌摆放在一棵高大的山毛榉树下，树荫让人感到很舒心。这时，她看见了约翰·莫兰德，心里又是一阵喜悦。他正坐在一根长凳上，专注地听着身旁的一个年轻女人说话，但他还是对斯嘉丽摇摇手指表示问候。参加这个家庭聚会的其他人也都在这里，斯嘉丽接着又认识了弗朗西斯·金斯曼爵士和他的妻子，爵士显然是一个英俊的浪荡公子。斯嘉丽还见到了爱丽丝的丈夫亨利，并且恰如其分地假装出她还记得曾一起参加巴特的猎狐活动的他。

"这位是路易莎·芬克利夫。"爱丽丝快活地把巴特的女伴介绍给斯嘉丽。不过，很显然这个女人不喜欢自己的谈话被打断，态度冷淡但也彬彬有礼。爱丽丝低声对斯嘉丽说："你得在她的名字前加上'尊敬的'三个字。"

斯嘉丽微微一笑，说道："你好！"然后，她也不再多说一个字。她心里很肯定，这个冷若冰霜的年轻女人不喜欢刚认识她的人就叫她路易莎，而你也不能随便见到一个人就叫他"尊敬的"，尤其是他们俩看起来都巴不得躲进小树林里，约翰·莫兰德就可以大不敬地同她接吻。

德斯蒙德·格兰特利扶着一把椅子让斯嘉丽坐下，然后问是否允许他给她拿一些三明治和蛋糕来，斯嘉丽大方地同意了。她轻蔑地望着这群科勒姆称之为"上等人"的人，却在心里再次对自己说，他不应该这样固执己见，这些人真的是好人，她相信自己一定会玩得很开心。

* * *

喝完茶之后,爱丽丝·哈林顿领着斯嘉丽朝她的客房走去。这段路还相当长,先穿过几间十分破旧的接待室,然后走上一段铺着破烂防滑毯的宽阔楼梯,再穿过一个没有地毯的大厅。斯嘉丽觉得她的这间客房很大,但是家具很少,墙纸也早已褪色。"萨拉已经为你打开了行李。如果可以的话,她七点钟会上来帮助你洗澡和穿衣服,八点吃晚饭。"

斯嘉丽让爱丽丝放心,一切都安排得很好。

"书写用的东西都在书桌里,那边桌子上还有一些书,当然你也可能想做其他的事——"

"天哪,不用了,爱丽丝。我不能占用你更多的时间,你还有其他客人需要照顾。"她随手从桌子上抄起一本书,"我就想看看这本书,想了很久了一直没有时间。"

其实,她现在最需要的就是尽快摆脱爱丽丝,她一直没完没了地大声向斯嘉丽讲述她的堂兄德斯蒙德是个多么优秀的男人。斯嘉丽心想,难怪她心虚不敢直接邀请我,她应该很清楚德斯蒙德就是一个非常平庸的男人,没有哪个女孩子见了他会心跳不已。我估计她已经发现我是个有钱的寡妇,所以想在别人发现我之前帮助他抢得先机。太不幸了,爱丽丝,他毫无机会,再过一百万年也不会有。

爱丽丝刚走,派给斯嘉丽的女仆就敲门走了进来。她行了个屈膝礼,热切地微笑着说:"我叫萨拉。我很荣幸能帮助奥哈拉族长穿衣打扮。那么,你的衣箱什么时候能到呢?"

"衣箱?什么衣箱?"斯嘉丽问道。

女佣立刻用手捂住了嘴,嘟囔着说自己太多嘴。

"你最好坐下来,"斯嘉丽说,"我有一大堆问题想问问你。"

女孩儿很乐意效劳。但是,在斯嘉丽发现自己对这次聚会根本不了解之后,她的心情立刻变得越来越沉重了。

最糟糕的事情就是这次聚会根本不举办猎狐活动。狩猎是秋天和冬天的事,约翰·莫兰德爵士之所以组织了一次猎狐,是为了向他那位富有的美国客人炫耀他的马。

另一个差不多同样糟糕的消息是,女士们早餐前要换一次衣服,中餐前要换一次衣服,下午要再换一次衣服,晚餐前还要换一次衣服,并且同样的衣服还不能穿两次。斯嘉丽只带来了两件白天穿的连衣裙、一件晚礼服和一套骑装,现在再派人到巴利哈拉去取已经无济于事,因为不仅裁缝斯坎伦太太前些日子为了完成斯嘉丽的活儿连觉都没睡,而且她为美国之行做的那些新衣服也早就过时了。

"我想我还是明天一早就走为好。"斯嘉丽说。

"噢,不行,"萨拉叫道,"你不能走,奥哈拉族长。你干吗要在乎别人怎么做呢?他们不过是英国人。"

斯嘉丽看着女孩儿笑了起来:"这么说,是我们比他们优越。萨拉,你是这个意思吗?你怎么知道我是'奥哈拉族长'?"

"米斯郡无人不知'奥哈拉族长',"女孩儿自豪地说,"只要是爱尔兰人都知道。"

斯嘉丽又笑了,心里的感觉也好多了。"好了,萨拉,"她说,"现在你把这里所有英国人的情况给我说一下。"斯嘉丽认为,仆人是一个家中最了解每个人情况的人,无论在哪里都是这样的。

萨拉果然让她如愿以偿。等到斯嘉丽下楼去吃晚饭的时候,她对可能遇到的所有势利之事都已经作好了充分的防范,她现在甚至比那些人的母亲更了解他们。

即便如此,她还是觉得自己像个来自穷乡僻壤的穷白佬。她对约翰·莫兰德很生气,因为他之前只告诉她:"白天穿薄连衣裙,吃晚餐要穿暴露一些的衣服。"她心想,其他的女人都穿着礼服,像女王一样珠光宝气,而她却把珍珠项链和钻石耳坠留在了家里。不仅如此,她还很确信别人一看到她的礼服,就肯定知道那是一个乡下裁缝的手艺。

她咬咬牙下定了决心,无论如何也要玩个痛快,说不定以后再也没有别的人邀请我参加聚会了。

其实,这里让她喜欢的东西很多。除了槌球,他们还到湖上泛舟,射箭,以及玩一种叫网球的游戏。他们告诉她,后两种都是刚刚时兴起来的游戏。

星期六晚餐后,所有人都来到客厅里的几个大箱子前,一起在里面翻找自己中意的服饰。人们插科打诨,放肆大笑,无拘无束的气氛让斯嘉丽非常羡慕。亨利·哈林顿给斯嘉丽披上一件缀满亮片的长摆丝绸斗篷,并在她头上戴上一顶装饰着假珠宝的王冠。他对她说："今晚你就是泰坦尼亚[1]了。"其他男男女女也各自从箱子里挑选出了自己穿的斗篷或衣服，一边大喊着自己装扮的那个角色的名字，一边在大客厅里跑来跑去，一会儿躲在椅子后面，一会儿又彼此追逐。

"我知道这种游戏很愚蠢，"约翰·莫兰德透过一个巨大的纸做的狮子头抱歉地说道，"不过现在是仲夏夜，我们都可以疯狂一下。"

"我对你很生气，巴特，"斯嘉丽告诉他，"你对一位女士一点儿帮助都没有。为什么你不告诉我需要带上几十套衣服？"

"哦，我的天，是吗？我从不注意女士们穿什么，也不明白她们为什么这么大惊小怪的。"

当大家都玩腻了这个游戏的时候，爱尔兰漫长的黄昏也过去了。

"天黑了，"爱丽丝喊道，"我们去看看篝火吧。"

斯嘉丽感到一阵内疚，因为她本来应该留在巴利哈拉的，在农业传统中，仲夏夜几乎和圣布里吉德节一样重要。燃起篝火标志着一年的转折点也就是一年中最短的夜晚的到来，同时也为牲畜和庄稼提供某种神秘的保护。

当参加这场家庭聚会的人们走到漆黑的草坪上之后，他们看到了远处燃起的篝火，也隐约听到了爱尔兰里尔舞曲的声音。斯嘉丽知道她此刻应该在巴利哈拉，奥哈拉族长应该参加篝火

1　泰坦尼亚（Titania）是莎士比亚《仲夏夜之梦》中的仙女皇后，仙王奥布朗的妻子。

仪式。在那里,当太阳升起的时候,人们会赶着牛群从即将燃尽的煤火上跑过。科勒姆劝过她不要去参加英国人家的聚会,不管她是否相信古老的传统,它们对爱尔兰人来说都是很重要的。她很生他的气,她决不会让迷信限制了她的生活,但是现在她怀疑自己错了。

"你怎么不去参加巴利哈拉的篝火仪式?"巴特问。

"你为什么不参加你自己家的篝火仪式?"斯嘉丽生硬地回敬他说。

"因为那里不要我。"约翰·莫兰德说。黑暗中他的声音听起来很悲伤:"我去过一次。我当时觉得,让牛从灰烬上跑过的做法,可能起源于某种民间智慧,对牛蹄子会有某种好处。所以,我想在马身上试试。"

"有用吗?"

"我根本没有机会知道。因为当我到那里之后,欢乐的情绪立刻就消失得无影无踪,所以我只好离开了。"

"我就早该离开这里的。"斯嘉丽脱口而出。

"这太荒唐了,你是这里唯一真实的人,又是一个美国人。斯嘉丽,你是这片荒草地里的一朵奇葩。"

她从来没有那样想过,不过那也说得过去,因为人们总是看重远道而来的客人。她心里感觉好多了,没想到却突然听到了"尊敬的"路易莎说道:"他们是不是很有趣?我就喜欢爱尔兰人作为异教徒和原始人的样子,要是他们不是那么懒惰和愚蠢,我甚至愿意在爱尔兰住下去。"

斯嘉丽暗暗发誓，一回到家里她就要立刻向科勒姆道歉，她不应该离开自己的地方和自己的人民。

"谁能不犯错误啊，斯嘉丽宝贝？你必须通过自己的学习才会获知真相，否则你怎么知道？好了，擦干眼泪，骑马到田野上看看，雇工们已经开始堆干草堆了。"

斯嘉丽在堂兄的脸颊上吻了一下。他忍着一直没有说出那句话来："我早就告诉过你了。"

在接下来的几个星期里，斯嘉丽又接到了两次家庭聚会的邀请，对方都是她在爱丽丝·哈林顿家新认识的人，但她都坚决而礼貌地谢绝了。干草堆堆完之后，她让雇工们开始打理屋后那片荒废的草坪。到明年夏天，草坪上就会重新长出茂密的青草，"小猫咪"肯定会欢天喜地地在那里玩槌球。槌球确实是个有趣的游戏。

当麦子已经熟得金黄、即将收割的时候，一个人骑着马给她送来了一张便条，然后自己进到厨房里要求喝一杯茶"或者一杯更有男子气概的东西"，同时等她写好回信带回去。

如果方便的话，夏洛特·蒙塔古想来拜访斯嘉丽。

这个夏洛特·蒙塔古到底是谁？斯嘉丽绞尽脑汁想了将近十分钟，终于想起在哈林顿家见过的那个和蔼而毫不引人注目的上了一些年纪的女人。她记得在那个仲夏夜,蒙塔古太太并没有像一个疯狂的印第安人那样在客厅里跑来跑去,晚饭后她好像就消失了。尽管如此,她仍然是一个彻头彻尾的英国人。

但是,她要干什么呢?便条上只是说"一件对我们双方都非常重要的事情"。斯嘉丽的好奇心被激发起来了。

她亲自走到厨房里,把一张邀请蒙塔古太太当天下午来喝茶的便条交到了送信人的手里。她知道她已经擅自闯入了菲茨太太的领地,按说她只能站在栈桥似的二楼走廊上往厨房里看,但厨房不也是属于她的吗,对吧?再说,"小猫咪"每天都可以在厨房里玩耍,那么她为什么就不能进去一下呢?

为了接待蒙塔古太太的来访,斯嘉丽差一点儿就穿上了她那件粉红色的连衣裙。那件连衣裙比她在戈尔韦买的那几件连衣裙穿起来会凉爽一些,当天下午的温度对爱尔兰而言可以说相当暖和,但是她还是把它放回了衣柜里,她不想假装成并非她自己的模样。

她只是吩咐厨房做了穗醋栗甜点心,而不是她平常吃的烤饼。

夏洛特·蒙塔古穿着一件灰色亚麻布夹克和一条胸前饰有蕾丝边的裙子,斯嘉丽看得手痒痒,真想摸一摸。她从未见过这么厚实而精致的蕾丝花边。

这个上了一些年纪的女人脱下手上的灰色羔皮手套,摘下灰色羽毛帽子,在茶几旁铺着毛绒垫子的椅子上坐下来。

"谢谢你接待我，奥哈拉太太。我觉得你不会浪费时间谈论什么天气，只想知道我为什么来这里，对吗？"蒙塔古太太的声音和笑容里都流露出一丝有趣的揶揄之意。

"我确实一直很好奇。"斯嘉丽回答说。她喜欢这样的开场白。

"我已经了解到，无论是在这里还是在美国你都是一位成功的女商人……你不用紧张，我知道的事情只会保存在我心里，这也是我最有价值的资产之一。另一方面，你肯定也想到了，我有一些特别的途径，可以了解到很多别人无法了解到的事情。我也是个女商人，如果你允许，我想跟你谈谈我的生意。"

斯嘉丽只能默默地点头。这个女人知道她一些什么事情？她又是怎么知道的？

蒙塔古太太说，说到底她就是一个专门为别人安排各种事情的人。她父亲生在一个不错的家庭里，她是父亲的小女儿，嫁给了另一个不错家庭中的小儿子。早在她丈夫死于一次打猎事故之前，她就已经厌倦了自己的生活——始终徘徊在富人和穷人之间，拼命想保住自己的高贵形象并过着人们期待的有教养的女士和先生养尊处优的生活，然而钱总是不够花。守寡以后，她发现自己越来越被人瞧不起，这种状况实在让她无法忍受。

但是，她拥有智慧、教育、品味和进入爱尔兰所有大户人家的入门券，在此基础上，她又给自己增加了两个新的能力：处事谨慎和消息灵通。

"我是一个——不妨说——专职的客人和朋友。我慷慨地

1019

为别人提供建议——衣着、娱乐、房屋装修、婚丧嫁娶或见面会谈,裁缝、靴匠、珠宝商、家具商和地毯商都给我支付丰厚的佣金。我技巧娴熟、讲究策略,所以我相信人们根本想不到我会从这种事情中赚钱,即使有人有所怀疑,他们要么不想深究,要么实际结果让他们太满意了,以至于他们对此已经毫不在乎,尤其是他们又无须为我的参与付出任何代价。"

斯嘉丽感到既震惊又着迷,为什么在茫茫人海中这个女人要选中她来坦白自己的秘密?

"我之所以告诉你这些,是因为我相信你不是傻瓜,奥哈拉太太。你肯定会想——也应该想——我主动提出帮助你是否如俗话所说是出于我的好心。我并没有所谓的'好心',我想的只是如何增加我个人的幸福。我要为你提供一份商业规划建议,这比寒酸的小女人爱丽丝·哈林顿举办的寒酸的小聚会要有价值得多,这才是你应该得到的东西。你有美貌、智慧和金钱,你完全可以脱颖而出,大放光彩。如果你把自己交到我的手里,接受我的指导,我将使你成为全爱尔兰最受尊敬、最受追捧的女人。实现这个目标需要两到三年的时间,届时整个世界都会向你敞开,由你为所欲为。你会名声大噪,我也会有足够的钱过上奢侈的退休生活。"

蒙塔古太太微笑起来,最后道:"我已经等了将近二十年,就等着一个像你这样的人出现。"

第七十五章

夏洛特·蒙塔古一离开，斯嘉丽就匆匆穿过厨房二楼的长廊来到了菲茨帕特里克太太的房间里。她本该让人把女管家叫到自己的房间里来，但她顾不了那么多了，她得马上找个人谈谈。

斯嘉丽还没来得及敲门，菲茨太太就从房间里走了出来。"你应该让人来叫我的，奥哈拉太太。"她低声说。

"我知道，我知道，但那样太费时间，我有事告诉你，不能等！"斯嘉丽异常激动地说道。

菲茨帕特里克太太冷静的目光使她很快平静下来。"你必须等，"她告诉她，"在这里厨房女佣会听到你说的每一个字，然后添油加醋地传到其他人的耳朵里。跟我走，慢慢跟着我。"

斯嘉丽觉得自己就好像一个犯了错而受到责罚的孩子，但还是照做了。

菲茨帕特里克太太在厨房上方的长廊中间停了下来，斯嘉丽也只好停下来，耐着性子听着她汇报厨房工作的改进情况。斯嘉丽看着长廊边的栏杆走了神:这么宽的栏杆完全可以坐在上面,但她还是像菲茨太太那样笔直地站在那里,俯视着厨房和厨房里忙忙碌碌的女仆们。

菲茨帕特里克太太表现得十分郑重其事,但好在她确实也在继续向前移动。等她们终于来到斯嘉丽的房间,通向长廊的门刚一关上,斯嘉丽就迫不及待地说了起来。

"这当然很荒唐,"她把蒙塔古太太的话转述完之后说,"我也是这么告诉她的。我说:'我是爱尔兰人,我不想受到英国人的追捧。'"斯嘉丽说得很快,满脸涨得绯红。

"你也说得很对,奥太太。从这个女人说出来的那些话看,她不过是一个贼而已。"

菲茨帕特里克太太的激烈言辞让斯嘉丽哑口无言。蒙塔古太太当时还对她说过:"你的爱尔兰人身份是你身上最吸引人的特点之一。你可以今天穿条纹长筒袜、吃煮土豆,明天穿丝绸、吃松鸡,两者兼而有之,这样做只会增加你的传奇色彩。你决定了就写信给我。"斯嘉丽没有把这些话再说给菲茨太太听。

罗莎琳·菲茨帕特里克把蒙塔古太太来访的事告诉了科勒姆,他立刻觉得气不打一处来。"为什么斯嘉丽竟然允许她进门呢?"他怒道。

罗莎琳试图让他平静下来:"她很孤独,科勒姆,除了你和我,她没有更多的朋友。虽说孩子是母亲的一切,但是作为陪伴是不够的。我在想,参加一些有趣的社交活动可能对她有好处。

如果你仔细想想，这样对我们也有好处。肯尼迪的小客栈就要完工了，那里很快就会人来人往，如果能有其他人来来往往，岂不是能够更好地转移英国人的注意力吗？

"我看过那个叫蒙塔古的女人一眼，她就是既冷酷又贪婪的那一类人。你记着我的话，她要做的第一件事情肯定是让斯嘉丽把她的大房子好好装修一番并摆上一大堆豪华家具。蒙塔古的这套把戏每一步都会花钱，但是斯嘉丽完全付得起。这样一来，一年到头每天都会有陌生人带着油漆、天鹅绒和法国时装来到巴利哈拉，谁也不会再注意到同时来到这里的另外一两个人。

"现在，已经有人开始对这个漂亮的美国寡妇感到好奇了，她为什么不找个丈夫呢？依我看，我们主动把她送到英国人的各种聚会上去对我们才更有利，否则一些英国军官很可能会跑到这里来向她求爱。"

科勒姆答应"认真考虑"她的意见。当天晚上，他出去独自走了好几英里，他必须想出两全其美的办法：既对斯嘉丽最好也对兄弟会最好，这样才能使他们之间利益没有冲突。

他最近一直很担心，所以有时候思路不清晰。有报告说一些人失去了对芬尼运动的忠诚，因为连续两年的大丰收让他们的生活变得很舒适，而舒适的生活让他们再也不愿意冒任何风险。此外，打入警察局内部的芬尼兄弟会成员也听到了谣传，说兄弟会中出了一个告密者。只要有告密者，地下组织就始终处在危险之中，过去就曾经有两次起义因叛徒出卖而失败。但是，这一次的计划一直推进得非常缓慢和谨慎，他们采取了一系列非常周密的预防措施,没有放过任何一个细节。现在,他们离揭竿而起的那一天已经很近了,起义的计划绝不能出现任何差池。最高委员会本来计划在即将到来的冬天发出行动信号,因为那时会有四分之三的英国军人离开要塞去猎狐,但是新的命令已经下达了:行动延期,直到找出并铲除这个告密者之后再起义。漫长的等待一直啃噬着他的心灵。

太阳升起的时候,他穿过覆盖着地面的玫瑰色薄雾,来到大房子前,拿出钥匙开门进屋,然后来到罗莎琳的房间。"我想你是对的,"他告诉她,"这能让我得到一杯热茶喝吗?"

当天晚些时候,菲茨帕特里克太太诚恳而得体地向斯嘉丽道了歉,承认自己太武断、太偏心了。她鼓励斯嘉丽接受夏洛特的帮助,创造一个自己的社交生活圈子。

"我已经认定那是个愚蠢的主意,"斯嘉丽回答道,"我太忙,顾不上。"

当罗莎琳把斯嘉丽的回答告诉科勒姆时,他得意地笑起来。她立刻转身离去,砰的一声摔上了他家的门。

收获了,又迎来了丰收节,美好的金秋时节,金黄色的树叶开始飘落。斯嘉丽沉浸在丰收的喜悦之中,同时也为庄稼一年生长期的结束而忧伤。九月是缴纳半年地租的时候,她知道她的佃户们交完地租后也都会有不少余钱。身为"奥哈拉族长",这是最值得她骄傲的事情。

她为"小猫咪"的两岁生日举办了一个盛大的聚会,巴利哈拉所有十岁以下的孩子都来到大房子一楼空着的大房间里玩耍，他们可能是第一次吃到了冰激凌，每个孩子的穗醋栗甜点心里不仅有醋栗和葡萄干，还都藏着一个小礼物。于是，孩子们回家时每个人手里都拿着一枚闪闪发光的硬币。由于有关万圣节的各种迷信传说很多，所以斯嘉丽趁着天色还早就把他们送回了家，然后她带着"小猫咪"来到楼上小睡一会儿。

"喜欢你的生日吗，亲爱的？"

"小猫咪"懒洋洋地笑了："喜欢。我困了，妈妈。"

"我知道，宝贝，已经过了你午睡的时间了。来吧……上床……你可以在妈妈的大床上午睡，因为今天是你的生日。"

斯嘉丽刚把"小猫咪"放到床上躺下，孩子立刻又坐了起来："'小猫咪'的生日礼物呢？"

"我去拿，亲爱的。"斯嘉丽走到"小猫咪"刚才放到地上的一个盒子跟前，从里面取出一个很大的瓷娃娃。

"小猫咪"摇了摇头："我要另一个。"她扭身趴到床上，从羽绒被下砰的一声滑落到地板上，接着爬到床底下，不一会儿怀里抱着一只黄色的虎斑猫倒退着爬了出来。

"发发慈悲吧，'小猫咪'，这是从哪儿来的？快把它给我，免得它抓伤你。"

"你还会把它还给我吗？"

"当然会的，只要你想要就还给你。但是，这是一只谷仓猫，宝贝，它可能并不想待在我们的房子里。"

"它喜欢我。"

斯嘉丽让步了。那只猫并没有把"小猫咪"抓伤，孩子抱着这只猫又显得那么开心，让她留着它又有什么害处呢？于是，她把他们两个一起放到了她的床上。我恐怕不得不同一百只跳蚤一起睡觉了，可是生日毕竟是生日嘛。

"小猫咪"依偎在枕头里，已经闭上的眼睛突然又睁开了。"一会儿安妮给我拿来牛奶后，"她说，"就让我的朋友喝。"她绿色的眼睛随即又闭上了，全身松软地进入了梦乡。

安妮轻轻敲了敲门，端着一杯热牛奶走了进来。她回到厨房后告诉其他人，奥哈拉太太一直在那里笑啊笑啊，不明白她在笑什么，只是一个劲儿地说什么猫和牛奶的事。玛丽·莫兰说，如果有人想听听她的意见，她认为最明智的做法就是立刻给那个孩子取一个像样的教名，愿圣徒保佑她。三个女仆和厨师都在各自胸前画了三个十字。

菲茨帕特里克太太就站在长廊上，厨房里的这一幕她看得很清楚，听得也很真切。她也在自己胸前画了一个十字，默默祈祷了一番。"小猫咪"很快就会长成一个大孩子，到那个时候她们就再也不可能每时每刻地保护着她了。人们都害怕被妖精偷换的孩子，而凡是人们害怕的东西，人们就会想方设法把它毁掉。

这个时候，巴利哈拉的其他母亲们正在各自家里给自己的孩子们洗澡，洗澡的水是用白芷根浸泡了一整天的水，她们认为这样的水可以保护孩子不受女巫和妖精的伤害。

斯嘉丽正在训练"弦月",耳畔突然响起了号角和猎狗的声音,她和马都听见了。就在不远处的乡间,有人正在打猎。据她所知,瑞特有可能就跟那些打猎的人在一起。她骑着"弦月"一口气跳过了巴利哈拉的三条沟和四道篱笆,但是心里仍然感觉缺少了什么东西。第二天,她终于给夏洛特·蒙塔古写了一封信。

两个星期后,三辆满载的马车驶上了大房子的车道。蒙塔古太太房间里使用的家具送来了,她本人和她的女仆乘坐着一辆漂亮的马车随后也到了。

按照她的吩咐,那些家具分别搬进了斯嘉丽房间附近的一间卧室和一间客厅里,然后她留下女仆打开行李。"现在,我们开始吧!"她对斯嘉丽说。

"我还不如干脆离开这里更好,"斯嘉丽抱怨说,"我在这里她们就只许我做一件事情,就是在一张又一张大额银行汇票上签字。"她这话是说给一只黄斑猫听的,那只猫叫"奥克拉斯",就是"小猫咪"的宠物猫。这个名字是他们的厨师一时气急败坏时起的,在爱尔兰语里的意思是"饿"。奥克拉斯没有理睬斯嘉丽,但是她又没有别的人可以交谈,夏洛特·蒙塔古和菲茨帕特里克太太做任何事情都很少征求她的意见,她们俩都知道大房子应该怎样管理,只有她不知道。

不过,她对那些事情也不感兴趣。在她这一生中的大部分时间里,她住过的所有房子就那么摆在那里,是什么样就什么样,她从来没有想过有关房子的更深层次的问题。塔拉就是塔拉,皮蒂帕特姑妈的房子就是皮蒂帕特姑妈的房子,只是有一半是属于她的。她自己亲手管理过的只有瑞特为她建造的那所房子,不仅因为她为它买了最新式、最昂贵的家具和装饰品,还因为那些家具和装饰证明了她是多么富有,所以那房子让她感到非常得意。房子本身并不能给她带来快乐,所以她的眼睛很少看得见房子,就像她现在也没有真正看到巴利哈拉的这幢大房子一样。夏洛特曾经告诉她,它是十八世纪的帕拉第奥式建筑[1]。请问,这有什么重要的?对斯嘉丽来说,重要的是这片土地,因为它很肥沃,能长出好庄稼;另一个重要的就是这座小镇,因为它能带来租金和劳务,没有人拥有自己的镇子,甚至连瑞特也没有。

然而,她心里也很清楚,接受别人的邀请就意味着她已经接受了邀请别人的义务,而她总不能把人们邀请到一所只有两个房间有家具的房子里。所以,她觉得自己还是幸运的,现在有了夏洛特·蒙塔古为她改造这所大房子,她就可以把时间花在她更感兴趣的事情上去。

斯嘉丽对她认为很重要的事情总是固执己见:"小猫咪"必须住在她隔壁的房间里,而不能住在保姆住的厢房里;斯嘉丽要自己做账,而不能把她的全部生意交给别人去打理。除了这些事情之外,夏洛特和菲茨夫人可以为所欲为。虽然她觉得她们太大手大脚,但是她已经同意让夏洛特放手去做,两人已经握过手,

---

[1] 帕拉第奥式建筑(Palladian architecture)是一种欧洲风格的建筑,源自威尼斯建筑师安德烈·帕拉第奥(1508—1580)。今天公认的帕拉第奥式建筑是在他最初设计概念的基础之上演变而来的。帕拉第奥的作品带有古希腊和古罗马古典神庙建筑的对称、透视和价值特征。

达成了协议，那么现在后悔也已经太迟了。再说，现在钱对她已经不像过去那样重要了。

于是，斯嘉丽躲进了自己的办公室里，"小猫咪"则把厨房当成了她的领地，而工人们则连续几个月都在斯嘉丽的这幢房子里忙来忙去，做着许多她自己都不明白、很花钱、很吵闹、很刺鼻的事情。好在她有一个农场要经营，还有奥哈拉族长的职责要履行，另外她还要买马。

"我对马几乎一无所知。"夏洛特·蒙塔古说。听到这句话，斯嘉丽惊讶得竖起了眉毛。她原以为，无论是世界上的什么事情，夏洛特都可以自称为专家。"你至少需要四匹骑乘马和六匹猎马，最好是八匹。你必须请约翰·莫兰德爵士帮助你挑选。"

"六匹猎马！天哪，夏洛特，你说的可是五百多英镑呀！"斯嘉丽大叫道，"你肯定是疯了！"接着，她又立刻把声音降低到了正常的大小，因为她知道对蒙塔古太太大喊大叫只是白费功夫，这个女人向来是油盐不进的。"我来教你一点点关于马的知识吧，"她带着恶毒的甜蜜语气说，"你只能骑一匹马，其他几对马是用来拉车和拉犁的。"

这场争论她又输了，她总是输。所以她对自己说，这就是她不会为找约翰·莫兰德帮助的问题同蒙塔古太太争论的原因所在。但是斯嘉丽心里很清楚，她其实一直都很希望能有个理由让她去见见巴特，因为他也许知道一些关于瑞特的消息。于是，第二天她便骑马去了邓萨尼。莫兰德对她提出的请求感到高兴，他当然会帮她寻找到全爱尔兰最好的猎马……

"你最近有你那位美国朋友的消息吗,巴特?"她希望她这个问题听起来很随意,她已经等了好一阵子才把它提出来的。约翰·莫兰德谈起马来,甚至比爸和比阿特丽丝·塔尔顿还要没完没了。

"你是说瑞特吗?"一听到他的名字,斯嘉丽的心就怦怦直跳。"是的,在信件问题上他比我更有责任心。"约翰指了指他书桌上那一大堆混乱的信件和各类账单。

他就不能说点儿具体的事情吗?关于瑞特什么的?

巴特耸耸肩,转过身背对着书桌:"他已经下定决心了,要让他从我这儿买的那匹小母马参加查尔斯顿的赛马。我告诉他,那匹马天生是障碍赛马的料,不适合平地赛马,但是他坚信它的速度会弥补这个问题。我恐怕他要失望了。再过三四年,也许他会证明自己是对的,但你别忘了,它母亲是……"

斯嘉丽已经没有听他说话了。一说起马的血统问题,约翰·莫兰德就能一直说到天荒地老!为什么他就不能告诉她一些她想知道的事情呢?比如,瑞特快乐吗?他提到过她吗?

看着这位年轻的准男爵生气勃勃、一本正经的脸,她原谅他了。他以自己特有的古怪方式成了世界上最有魅力的男人之一。

约翰·莫兰德的生活是以马为中心的。他是个有良心的地主,对他的产业和佃户都很看重,但是饲养和训练赛马才是他的真正爱好,此外就是每年冬天的猎狐了,为了猎狐他专门为自己保留了几匹非常出色的猎马。

可能这些爱好填补了他情感生活的缺失。巴特一直对一个名叫格蕾丝·黑斯廷斯的女人念念不忘,在他们俩都还只是孩子的时候,她就俘获了他的心。她嫁给朱利安·黑斯廷斯快二十年了,约翰·莫兰德和斯嘉丽一样,都执着地抱着无望的爱情不放。

夏洛特告诉过她一件"爱尔兰岛上都知道的事情"——约翰对找丈夫的女人具有相对的免疫力,因为他没什么钱。他的爵士头衔和财产都是祖上传下来的——虽然名声在外,却早已败絮其中,他的全部收入都来自地租,而收来的这些钱几乎全部被他花在了马的身上。尽管如此,他还是一个很英俊的男人,只是有点心不在焉;他高高的个子,白皙的皮肤,一双充满热情和好奇的灰色眼睛,脸上总是挂着令人透不过气来的甜蜜微笑,一如他善良的本性。对于一个在英国社会的世俗圈子里度过了四十年之久的男人而言,他确实是一个十足的呆子。偶尔也会有一个像"尊敬的"路易莎那样的富婆会爱上他并对他穷追不舍,结果却使莫兰德感到非常尴尬,也使旁观者觉得非常有趣。在这种情况下,他的怪癖就会变得愈发明显:心不在焉几乎变成了毫不用心,马甲的扣子经常扣错,时不时不合时宜地放肆大笑。除此之外,他还会经常重新布置他收藏的乔治·斯塔布斯[1]的绘画,以至于他家里的墙壁已经被他弄得千疮百孔。

---

1 乔治·斯塔布斯(George Stubbs)是18世纪英国著名画家之一,以精心描绘的马而驰名于世。

斯嘉丽注意到,一幅描绘名马"日食"[1]的美丽画像被他随意扔在一堆书上。这对她倒是无所谓的事情,她只想知道瑞特的情况。最后她不得不改变策略,我还是直接问吧,反正巴特很快就会忘记我问过他什么:"瑞特提起过我的事情吗?"

莫兰德眨了眨眼睛,他的思绪还在那匹小母马的祖先身上。过了一会儿他才突然意识到了她刚才问他的问题:"哦,提起过。他问过我你是否有可能把'弦月'卖掉,他正在考虑恢复丹漠狩猎活动,所以他要我帮他留意,能不能再买到'弦月'那样的猎马。"

"我想他必须回到这里来才能买得到。"斯嘉丽说,心里暗暗希望听到巴特的肯定答复,但是巴特的回答使她陷入了绝望。

"他不回来了,他只能把这事委托给我,因为他的妻子怀孕了。你知道的,这个时候他不会离开她。可是,现在我要集中精力帮你买到最好的猎马,所以瑞特的事我就无能为力了,一有时间我就马上写信告诉他。"

斯嘉丽一心想着巴特刚刚告诉她的这个消息,所以他不得不摇摇她的胳膊引起她的注意。他问她,准备什么时候开始寻找她要的猎马?

她告诉他,今天就开始。

整整一个冬天,她每星期六都和约翰·莫兰德一起在米斯郡四处打猎,试乘一匹又一匹别人准备出售的猎马。要找到适

---

[1] "日食"(Eclipse)是一匹在1764年4月1日的日食期间出生的马,故其主人威廉·奥古斯都王子(坎伯兰公爵)将其命名为"日食"。它是18世纪英国最有名的常胜纯种赛马,曾经赢得过十八场比赛,其中包括十一场国王杯赛马。

合她的坐骑并不容易，因为她要求那些马必须像她一样无所畏惧。她只要一骑上马，就会一路狂奔，就好像有魔鬼在身后追赶她似的，这样她的注意力就会得到转移，不再去想瑞特即将成为除"小猫咪"之外的另一个孩子的父亲的事情。

回到家里之后，她努力给小女孩儿更多的关注和热爱，但"小猫咪"还是像往常一样，对她的拥抱不屑一顾。不过，只要斯嘉丽愿意讲马的故事，她就会一直津津有味地听下去。

当二月来临时，斯嘉丽又像往年一样兴高采烈地拿起铁锹，从地里挖起了第一锹土。她也已经成功地把瑞特抛到了脑后，再也不去想他了。

又是新的一年，大家都充满了对美好事物的期待。如果夏洛特和菲茨太太什么时候能够结束她们对她家的不停折腾，她甚至准备举办一次聚会。她很想念凯瑟琳和其他亲人，由于每次她去看望他们时都被佩金闹得不欢而散，所以她几乎再也见不到她的堂兄们了。

这些事都可以等，也必须等，耕种却是不能等的。

六月里，夏洛特·蒙塔古从都柏林请来了一位裁缝，花了一整天的时间给斯嘉丽量尺寸，把她累得够呛。西姆斯太太可是个毫不心慈手软的人，斯嘉丽不得不一次又一次把两只胳膊举起来，伸出来，举在前面，垂在两边，一只向上一只向下，一只向前一只向后，摆出各种姿势，有些甚至是她根本想象不出来的姿势。做这些动作就折腾了好几个小时，然后西姆斯太太又叫她坐下来，还是那些动作又做了一遍。再然后，又要她做出四对方舞、华尔兹和沙龙舞的每个舞姿。斯嘉丽抱怨说:"只有一种衣服的尺寸她没有为我量,那就是我的裹尸布。"

夏洛特·蒙塔古露出了她难得一见的微笑:"说不定她也量了,只是你不知道而已。黛西·西姆斯做起事来滴水不漏。"

"那么可怕的女人怎么会叫'黛西',简直难以置信。"斯嘉丽说。

"你可千万别叫她'黛西',除非她让你叫,身份在公爵夫人以下的人都不能叫她'黛西'。她是这一行的顶尖高手,大家都不敢冒险得罪她。"

"但是你就叫她黛西?"

"我也是我这一行的顶尖高手。"

斯嘉丽笑了。斯嘉丽喜欢夏洛特·蒙塔古,也尊敬她,尽管斯嘉丽不会把她当作自己的知心朋友。

她穿上了她的农家衣服,吃了晚饭——夏洛特提醒她那叫正餐——然后走到奈特斯布鲁克河畔的一座小山上,点燃了仲夏夜的篝火。当她随着熟悉的小提琴、哨笛和科勒姆的宝思兰鼓的音乐翩翩起舞时,她深感自己是多么幸运。如果夏洛特的承诺真能实现,她将拥有两个世界——爱尔兰和英国。她想起了巴特,那个可怜人竟然在自己领地里的篝火旁都不受欢迎。

秋天,斯嘉丽在主持丰收节的宴会时,又想到了自己的好运气。巴利哈拉又获得了一个好收成,虽然略逊于前两年,但是仍然足以让每个人的口袋鼓起来。斯嘉丽发现巴利哈拉的每个人都在兴高采烈地庆祝自己的好运气，只有科勒姆一人一脸无精打采的神情，看上去就好像一个星期都没有睡觉。她真想问问他出了什么事，但是又不能问，因为几个星期以来他一直在生她的气。据菲茨太太说，他好像再也没有去过酒吧了。

好吧，她总不能让他的忧郁毁了她的好心情，丰收节是聚会的日子。

此外，狩猎季节马上就要开始了，她有了一套之前从未见过的最迷人的新骑装。夏洛特太太言之不虚，西姆斯太太就是顶尖高手。

* * *

"如果你准备好了，我们就去参观一圈。"夏洛特·蒙塔古说。斯嘉丽放下茶杯，嘴上虽然不说但是心里很想去看一看。

"你真好，夏洛特，除了我的房间之外，其他的房间都已经被锁上一整年了。"她想尽量让自己的声音听起来带有点怨气，但是她又怀疑夏洛特太聪明，早就看出了她的急切心情，不会上她的当，"我要先找到'小猫咪'，带她一起去。"

"你想带她就带吧，斯嘉丽，不过她早就看过了所有的一切。她是个非常精明的孩子，只要有一扇门窗开着她就会溜进去。所以，有些油漆工突然发现她站在他们的脚手架上时，着实吓了一跳。"

"别告诉我那些事，会把我吓死的。她就是一只小猴子，什么都爬。"斯嘉丽大声喊着"小猫咪",可就是找不到她的人影。这个小女孩儿的独立性有时使她很恼火,现在就是这样,但大多数情况下她都为"小猫咪"感到骄傲。"我估计她要是感兴趣的话,自己就会追上我们的。"她最后说,"咱们走吧,我很想看一看。"还是承认吧,她反正也骗不了任何人。

夏洛特领着她往楼上走,首先来到三楼,看了看沿着长长的走廊两侧的那些房间,它们都是为来客准备的卧室。然后往楼下走,来到"一楼"——斯嘉丽还是无法适应英国人的说法,按照美国的说法那应该是"二楼"。夏洛特把她带到远离她现在住的房间的走廊尽头。"这是你的卧室、浴室、闺房、更衣室,那是'小猫咪'的游戏室、卧室和育儿室。"夏洛特一边说着一边推开了一个又一个房间的门。斯嘉丽对她房间里那些灰绿色和镀金的女性家具和"小猫咪"游戏室里那一排动物字母图画十分着迷,看到专门给孩子们坐的小椅子和小桌子更让她拍手叫好。她以前为什么就没想到过呢?在"小猫咪"的桌子上甚至还放着一套儿童用的小茶具,壁炉旁还摆着一把儿童用的小椅子。

"你的私人房间都是法国风格的,"夏洛特说,"如果你想知道的话,是路易十六风格[1],它们代表了你的罗比拉德血统,而你的奥哈拉血统则主要体现在底楼的各个接待室里。"

---

[1] 路易十六风格(Louis XVI style)是一种建筑、家具、装饰和艺术风格,是在法国大革命之前的路易十六统治的十九年间在法国发展起来的。它见证了巴洛克风格的最后阶段以及法国新古典主义的诞生。这种风格是对前巴洛克时期精心装饰的一种反叛,其灵感部分来自于赫库兰尼姆和庞贝古城中发现的古罗马绘画、雕塑和建筑。

斯嘉丽只知道底层那个大理石地面的大厅，因为她总是通过那扇门走到屋外的车道上，也通过那里宽阔的石阶上下楼。夏洛特·蒙塔古领着她快速穿过大厅，来到一侧高大的双开门前，她推开门，带着斯嘉丽走进餐厅。"我的天哪，"斯嘉丽大声道，"我认识的人都来也坐不满这么多椅子啊。"

"你很快就会认识更多的人了。"夏洛特说。她领着斯嘉丽穿过长长的餐厅，来到另一扇高大的门前："从现在起，这里就是你的早餐室和起居室，人不多的时候，你也可以在这里吃晚餐。"她穿过早餐室走到另外几扇门前。"这里是客厅和舞厅，"她宣布说，"我承认，我自己对此非常满意。"

一边是一堵很长的墙，墙上有多个宽大的法式门，门与门之间的墙上挂着高高的镀金镜子。相对的另一面墙的中央是一个壁炉，上方挂着另一面镀金镜子。所有的镜子都略微有点儿倾斜，使它们不仅能反射出这个房间，也能反射出高高的天花板。天花板上画满了描绘爱尔兰历史英雄的传奇故事，其中塔拉山丘上那些高大的至高王的建筑看上去就像罗马神庙。斯嘉丽很喜欢这个图案。

"这一层楼的所有家具都是爱尔兰的，所有的织物也是——包括羊毛和亚麻布织物——还包括所有的银器、瓷器和玻璃器皿，几乎全是爱尔兰造。这里就是奥哈拉族长做女主人的地方。来吧，现在只剩下图书室了。"

斯嘉丽很喜欢图书室里的皮椅和长靠椅，她觉得书架上那些皮面精装图书也很漂亮。"你做得很好，夏洛特。"她诚心诚意地说。

"是啊。其实，这并没有我开始想象的那么难。以前住在这里的人肯定采用的是'能人布朗'[1]的花园设计，所以只需要修剪和清理一下就行了。果菜园[2]明年就会有很好的产出，不过果树篱墙必须彻底修剪，只留下健壮的主枝，可能还需要两年的时间才能长大结果。"

斯嘉丽根本听不懂夏洛特在说些什么，不过她对那些事情也不感兴趣。她在想，要是杰拉尔德·奥哈拉能看到舞厅里的天花板，埃伦·奥哈拉能欣赏到她闺房里的家具，那该多好啊。

夏洛特又推开了更多的门。"我们从这里回到大厅里，"她说，"大型聚会需要完美的循环流动通道。乔治亚时代建筑[3]的建筑师们非常精于此道……来吧，我们穿过大厅到大门外去，斯嘉丽。"

她陪着斯嘉丽走到大门外的台阶上，台阶下就是新铺了碎石的车道："奥哈拉太太，这些是你的雇员。"

---

[1] 兰斯洛特·布朗（Lancelot Brown）是一位英国风景园林师，其绰号"能人布朗"（Capability Brown）更为知名。他被誉为"18世纪英国最后一位应有尽有的伟大艺术家"和"英格兰最伟大的园丁"。他设计了170多个公园，其中的许多公园至今仍然存在。

[2] 果菜园（Kitchen garden）是指专门栽培蔬菜和水果的花园。果菜园包括多种类型，如专门种植蔬菜的菜园（Vegetable garden）和种植香草的香草园（Herb garden）。现在也有一些家庭利用自己家的庭院种植果菜，被称为家庭菜园。

[3] 乔治亚时代建筑是指1720年至1840年之间，在大多数英语系国家出现的一种建筑风格，其兴盛时期约为汉诺威王朝前四位英国君主从1714年8月到1830年6月统治英国期间，本质上是古典主义建筑，强调结构对称。

"我的天哪！"斯嘉丽有气无力地叹道。

两排穿着制服的仆人正面对着她站在那里。在她的右边，菲茨帕特里克太太站在头里，稍后是厨子、四个厨房女佣、两个客厅女佣、四个楼上女佣、三个挤奶女工、一个洗衣工头和三个洗衣女工。

在她的左边，她看见一个神情高傲的男人，想必他就是男管家了。然后是八个男仆、两个活泼的侍童、她认识的马夫领班和六个马夫。最后还有五个男人，看他们满手沾着泥土，她猜想他们都是园丁。

"我想我必须坐下来休息一会儿。"她低声说道。

"首先你必须对他们微笑，然后说欢迎他们来到巴利哈拉。"夏洛特说，她的口气不容反驳，于是斯嘉丽只能从命。

回到房子里——现在这里已经成为一幢设施齐全的豪宅了——斯嘉丽禁不住咯咯笑起来。"他们穿得都比我好。"说着她看了看夏洛特·蒙塔古毫无表情的脸，"你马上就要放声大笑了，夏洛特，你骗不了我。你和菲茨夫人肯定策划好久了。"

"我们确实费了一番心思。"夏洛特承认说。斯嘉丽在她脸上仅仅看到了一丝微笑，离"放声大笑"还差得远。

斯嘉丽邀请了巴利哈拉和亚当斯敦镇的所有人来参观她重新获得生机的大房子。长长的餐桌上摆满了各种点心，她飞快地从一个房间跑到另一个房间，催促人们不要客气，还拉着他们去看画在舞厅天花板上的至高王画像。夏洛特·蒙塔古静静地站在宽大楼梯的旁边,一脸不以为然的表情,斯嘉丽没有理会她。她看到她的堂兄和村民们纷纷流露出不安和尴尬的神情,她试图不去深究,但是在他们到达这里半小时后,她就难过得几乎流下眼泪。

"这是违反传统的,奥太太,"罗莎琳·菲茨帕特里克低声对她说,"这不是你的问题。在爱尔兰,农民的靴子从来都没有跨过大房子的门槛。我们是一个墨守成规的民族,至今也还没有作好迎接改变的准备。"

"但是我认为芬尼兄弟会就是要改变一切。"

菲茨太太叹了口气:"没错。但是,我们要的改变恰恰是一种回归,是要回到更加古老的传统上去,而不仅仅是不让泥腿子走进'大房子'。我恐怕还是解释得不够清楚。"

"不用费心了,菲茨太太,我只是犯了个错误,仅此而已。我再不会做这种事了。"

"这是出于一颗慷慨之心所犯的错误,应该引以为骄傲。"

斯嘉丽勉强笑了笑,但她心里还是感到困惑和不安。如果爱尔兰人在这些完全按照爱尔兰风格装饰的房间里感到不自在,那还有什么意义呢?为什么她的堂兄们在她家里见到她就像见到陌生人一样?

待到所有人都已经离开,仆人们也把聚会的痕迹全部清除干净之后,斯嘉丽独自从一个房间慢慢走到另一个房间。

最后,她还是认为她喜欢这一切。她心想,我确实非常喜欢这一切,这里比丹漠兰丁更漂亮,甚至也比它曾经最漂亮的时候更漂亮。

她看着镜子里，自己就站在至高王的中间，她还想象着瑞特正满心羡慕和钦佩地站在她的身旁。多年后，等"小猫咪"成长为奥哈拉家族美丽的女继承人的时候，他会因为错过了女儿成长的全过程而伤心欲绝。

斯嘉丽跑向楼梯，拾级而上，穿过走廊来到"小猫咪"的房间里。"你好！""小猫咪"对母亲说道。她正坐在她的小桌子前，小心翼翼地把牛奶倒进她给那只大猫准备的杯子里。奥克拉斯居高临下地坐在桌子中央，聚精会神地看着她的一举一动。"坐下，妈妈。""小猫咪"说道。斯嘉丽蹲下来，坐到一张小椅子上。

要是瑞特现在也同我们在这里一起喝茶就好了，但是他不在，他永远也不会在，她不得不接受这个现实。他会和他的另一个孩子一起喝茶，那是安妮生的孩子。斯嘉丽很想立刻把"小猫咪"抱在怀里，但还是抑制住了自己的冲动。"我要两块糖，奥哈拉小姐。"她说。

当晚，斯嘉丽无法入睡。她把丝面鸭绒被紧紧裹在身上，直愣愣地坐在她那张精致的法式大床的中间，然而她却感觉不到温暖和安慰，因为她想要的是瑞特的拥抱，是听到他用低沉的声音嘲笑今天这个灾难性的聚会，直到最终她自己也开始嘲笑它并嘲笑自己错误地举办了这个聚会。

她感到很失望，需要有人安慰她、爱她，需要成年人对她的关心和理解。她的心已经学会了去爱，可她却不知道自己心中满满的爱能够给予谁。

该死的瑞特,是他碍着我的事!她为什么就不能爱巴特·莫兰德呢?他很善良,也很有魅力,斯嘉丽喜欢和他在一起。如果她真的想要他,她坚信自己一定能让他彻底忘掉那个格蕾丝·黑斯廷斯。

但是她不想要他,这就是问题。除了瑞特,她谁也不想要。

她像个孩子似的对自己说:这不公平!最后,她又像个孩子似的哭着哭着睡着了。

当她醒来时,她已经又一次控制住了自己的情绪。就算所有人都讨厌她的聚会又有什么关系呢?就算科勒姆仅仅待了不到十分钟又有什么关系呢?她还有其他朋友,而且还会结交更多的朋友。现在她的房子终于修缮一新,夏洛特就像一只忙着织网的蜘蛛那样积极筹划着未来。与此同时,现在正值打猎的好时节,西姆斯太太给她做的新骑装真是合体又漂亮。

第七十六章

斯嘉丽骑马来到约翰·莫兰德爵士的庄园，参加他举办的时髦的狩猎活动。她骑着一匹骑乘马，两个马夫分别牵着"弦月"和新买的猎马之一"彗星"紧跟在她身后。她的新骑装的裙摆优雅地从新买的侧鞍上垂下来，她对自己的形象非常满意。为了今天这身打扮，她不得不同西姆斯太太大干了一场，但是最终她赢了：不穿紧身衣。夏洛特着实大吃了一惊，她说从来没有人胆敢同黛西·西姆斯争论并且还能获胜。斯嘉丽心想，大概也只有我一人。同样，同夏洛特的争论我也赢了。

夏洛特对她说，巴特·莫兰德的狩猎活动无助于斯嘉丽进入爱尔兰的社交圈。他本人除了缺钱以外其他无可指责，是这一带最有魅力的单身汉之一，但是他的家根本没有一点大户人家的样子，服侍他吃早餐的仆人其实都是他的马夫，每天穿几个小时制服兼做他的仆人。夏洛特已经为斯嘉丽争取到了一份更有分量的请柬，那个活动才是她进入社交界首次亮相的最理想的地方。斯嘉丽的首秀总不能不去夏洛特挑选的活动而去莫兰德庄园吧。

"我能,我就是要去莫兰德那里。"斯嘉丽坚定地说,"巴特是我的朋友。"她一遍又一遍地重复这句话,夏洛特最后也不得不让步。斯嘉丽并没有告诉她更多的理由,实际上她需要去一个至少能让她感到舒服的地方。现在离她步入爱尔兰社交界的日子已经越来越近了,一想到此她竟然感到有些害怕而不是渴望。她一直记得嬷嬷曾经对她说过的那句话:"你不过是一头套着马具的骡子。"当西姆斯太太把一整套巴黎风格的服装塞进她的衣橱之后,斯嘉丽就经常想象着自己盛装来到了她的第一个重要聚会上,却发现一个个王公贵族、夫人、伯爵和伯爵夫人都在窃窃私语,而他们说的竟然都是嬷嬷说过的这句话。

"巴特,很高兴见到你。"

"我也很高兴见到你,斯嘉丽。'弦月'看起来已经准备好大显身手了。到这里来,和我的一位特别的客人喝一杯雪莉酒。我是个狂妄自大的人,一直在巴结各类大人物。"

斯嘉丽非常优雅地对巴特介绍给她的那位年轻的米斯郡议员笑了笑。她想,他长得倒是很英俊,不过她一向不大喜欢留胡子的男人,即使这位帕内尔先生的胡子修剪得再整齐她也不喜欢他。她早就听说过这个名字——啊,没错,是在上一次巴特的早餐上听到的,她现在都想起来了,科勒姆非常讨厌这个帕内尔。她必须好好看着这个人,回去后好把他的情况告诉科勒姆。打完猎再说吧,现在"弦月"已经急不可待了,她也一样。

"我永远也搞不懂你为什么这么固执,科勒姆。"斯嘉丽的热情很快变成了解释,继而又变成了愤怒,"看在老天的分上,你从来都不愿去听一听那个人说些什么。好吧,我听了,他的话很有吸引力,在场的每个人都听得入了迷。他想要的恰恰就是你一直在说的那些东西——把爱尔兰还给爱尔兰人,不再驱逐爱尔兰人,甚至不收地租,再也没有地主。你还想要什么?"

科勒姆终于失去耐心了:"我请你不要做一个轻信他人的傻瓜!你不知道吧,你的帕内尔先生自己就是一个地主?他还是一个新教徒,并且是在英国牛津大学受的教育。他要的是选票,不是正义。这个人就是一个政客,他那副英俊的面孔和一本正经的话就是包着糖衣的毒药,你还真咽下去了。其实,他鼓吹的地方自治政策,不过是他对付英国人的一根棒子和引诱可怜无知的爱尔兰傻驴的一根胡萝卜罢了。"

"简直跟你无法交流!知道吗?他公开表示说他支持芬尼兄弟会。"

科勒姆一把抓住了斯嘉丽的胳膊:"你跟他到底说什么了?"

她猛地一扭身甩开了他的手:"当然什么都没说。你把我当成傻瓜,还把我当傻瓜来教训,但是我不傻,这一点我很清楚。既然能够和平得到你们想要的一切,你就没有理由再去走私枪支来发动一场战争。我经历了一场战争,一群头脑发热的人就是为了什么崇高的原则才挑起了那场战争,其结果不过是害死了我的大部分朋友并毁掉了一切,简直毫无意义。我现在就告诉你,科勒姆·奥哈拉,明摆着有一种方法可以让爱尔兰回到爱尔兰人的手里而不需要烧杀抢掠，我支持的是这种方法。我再也不会出钱让斯蒂芬买枪了，你听到了吗？我也不再允许你把枪支弹药藏在我的镇上，我要你把它们从那个教堂里统统搬走。我不管你怎么处理它们，哪怕你把它们扔进沼泽地里我也不管，但是我要彻底摆脱它们。现在就要！"

"你是想说，还要彻底摆脱我，对吗？"

"如果你固执己见，那就——"斯嘉丽眼里立刻充满了泪水，"我在说什么？你又在说什么？科勒姆，不要那样做。你是我最好的朋友，简直跟亲兄妹一样。求你了，求你了，求你了，科勒姆，别那么固执。我不想吵架。"她的泪水夺眶而出。

科勒姆一把抓起她的手紧紧握在自己手里："噢，斯嘉丽宝贝，我们俩刚才都发了爱尔兰人的坏脾气，那不是正常的科勒姆和斯嘉丽。可悲啊，我们俩竟然都皱着眉头大喊大叫。原谅我，阿隆。"

"'阿隆'？那是什么意思？"她抽泣着问道。

"它的意思是就是'亲爱的'或'宝贝'，就像'斯嘉丽宝贝'中的'宝贝'一样。用爱尔兰语说，你就是我的'斯嘉丽阿隆'。"

"好听。"

"那么，以后就这么叫你了。"

"科勒姆，你又在给我灌迷魂汤，想蒙混过关，但是这一回我不会上你的当，你要答应我把那些枪处理掉。我不要你给查尔斯·帕内尔投票，只要你答应我你不会挑起战争。"

"我向你保证，斯嘉丽阿隆。"

"谢谢你！我现在感觉好多了，我得走了。虽然已经是晚上了，但你愿不愿意去我家，在我那间漂亮的早餐室里吃晚饭呢？"

"我去不了，斯嘉丽阿隆，我要见一个朋友。"

"带他一起来。你看，我一夜之间就有了九百万个仆人，厨师每天都要为他们准备吃的，我相信那里肯定有足够的食物喂饱你和你的朋友。"

"今晚不行，另找时间吧。"

斯嘉丽没有再强求，她已经得到她想要的东西了。在回家之前，她绕道来到镇上的小教堂，向弗林神父进行了忏悔。她之所以需要忏悔并不仅仅是因为对科勒姆发了脾气，更主要的是为了使自己一时犯下的冷酷无情的罪恶得到赦免——当约翰·莫兰德告诉她，六个月前瑞特的妻子失去了肚子里的孩子时，她竟然在心里暗自感谢了上帝。

斯嘉丽走后不久，科勒姆·奥哈拉走进了小教堂的告解室。他刚才欺骗了她，这是一大罪过。忏悔之后，他立刻去了已经废弃的那座英国人的教堂，仔细查看了他藏在那里的军火，如果她决定来这里调查一番，那么他必须确保他的武器都隐藏得很严实。

星期天做完早弥撒之后，夏洛特·蒙塔古和斯嘉丽就离开了巴利哈拉，去参加斯嘉丽的第一个正式社交活动——一个大型家庭聚会。这个聚会会持续一个星期的时间，虽然斯嘉丽很不愿意离开"小猫咪"那么长的时间,但是她刚刚为女儿举办了生日聚会不久——孩子们在舞厅里跑来跑去,把漂亮的镶木地板糟蹋得不成样子,菲茨太太至今仍然耿耿于怀;另外,女管家还信誓旦旦地告诉她"小猫咪"肯定不会想她。家里来了那么多的新家具和新仆人,"小猫咪"定会一一对他们进行调查,她可是个非常忙碌的小女孩。

斯嘉丽、夏洛特和夏洛特的女仆埃文斯,坐着斯嘉丽那辆雅致的带篷四轮马车来到特里姆火车站。这个家庭聚会将在莫纳汉郡举行,离这里太远,不能坐马车。

斯嘉丽的心情与其说是紧张,不如说是兴奋。事实证明,先去参加约翰·莫兰德的狩猎活动是个好主意。夏洛特不仅为斯嘉丽感到紧张,也为自己感到紧张,只是没有表现出来。这一周,斯嘉丽给人们留下的印象将决定她在爱尔兰上流社会的未来,同样也将决定夏洛特的未来。她瞥了斯嘉丽一眼,告诉自己放心。是的,斯嘉丽穿着绿色的美利奴羊毛旅行装,看上去非常可爱。她那双眼睛简直就是上帝赐给她的礼物,如此与众不同,也如此令人难忘。她身段好又不穿紧身衣,这样的身姿无疑会让人议论纷纷,但更会让男人心跳加速。她的模样完全像夏洛特向她精心挑选的朋友们所暗示的那样:一个漂亮、不太年轻的美国寡妇,带着清新的殖民地特征的容貌和魅力;尚不善交际,却更让人有耳目一新的感觉;一个浪漫的爱尔兰人,具有只有在国外的爱尔兰人才会有的特质;有钱,甚至可以说相当富有,所以完全可以为所欲为;受过良好教育,有法国贵族血统,但她的美国背景又使她显得精力充沛、活力十足;做事常出人意料,但礼貌文雅,天真而老到。总之,对一个人们彼此过于熟悉、渴望见到新面孔和获得新话题的社交圈子来说,她就是那个让人兴趣盎然且喜出望外的新人。

"也许我应该再告诉你一遍哪些人可能出现在这个聚会上。"夏洛特说。

"请别说了,夏洛特,反正我也记不住。再说,最重要的几点我都知道了:公爵比侯爵重要,侯爵之后是伯爵,接下去是子爵、男爵和准男爵。跟我们在美国南方一样,我可以称呼所有男人'先生',所以我不必担心什么'大人''阁下'一类的事儿,但是决不能像在美国那样把所有女士都称作'夫人',因为这是留给维多利亚女王的专用称呼[1],当然她是肯定不会出现在这个聚会上的。所以,除非有人要我称呼她们的教名,否则我只需微微一笑,避免使用任何称呼。至于一般的老'先生'或'小姐',除非他们是带'尊敬的'头衔的,否则就根本不值得交往。我确实认为这太可笑了,为什么不用'可敬的'或者其他类似说法?"

夏洛特禁不住内心一阵紧张,斯嘉丽太自信,太放松了。"你还是没有引起重视,斯嘉丽,有些名字根本不带任何头衔,甚至连'尊敬的'也不带,但是和所有非王室的公爵一样,都是重要人物。比如:赫伯特家、伯克家、克拉克家、勒弗罗伊家、布伦纳

---

[1] 这里的"夫人"指的是"ma'am"一词,而非"madame"或"lady"。在英国,见到女王时应该这样称呼:第一次称呼她时用"陛下"(Your Majesty),之后就可以用"夫人"(ma'am)。

哈塞特家……"

斯嘉丽忍不住咯咯笑起来,夏洛特只好不说了,该来的终究会来。

这是一座巨大的哥特式建筑,带有角楼和瞭望塔,彩色玻璃窗像大教堂里的玻璃窗那么高,仅走廊的长度就超过了一百码。看到眼前这一切,斯嘉丽的信心有些不足了。她提醒自己:"你可是奥哈拉族长。"然后,她昂起头大步走上了入口处的石阶,那架势就好像目空一切似的。

当晚,直到晚餐结束的时候她都一直在微笑,她不仅对其他宾客报以微笑,甚至对站在她高背椅后的男仆也同样报以微笑。饭菜棒极了,不仅品种丰富,摆放得也很雅致,但是斯嘉丽几乎什么都没吃,她只"吃"别人的赞美就心满意足了。参加这个家庭聚会的客人共有四十六位,他们个个都想认识她。

"……而且在新年那一天,我必须敲开镇上每一家的门,走进去再走出来,然后再走进去,喝一杯茶。我说,我恐怕把中国一半的茶都喝下去了,居然没有变成中国人那样的黄皮肤。"她快活地对坐在她左边的男人说。奥哈拉族长的这些职责已经深深吸引了他。

女主人好不容易引起了这个男人的注意,斯嘉丽又向她右边的退役将军讲起了亚特兰大被围困的日日夜夜,像施了魔法似的迷住了他。后来,他们向其他人说起她的时候,都说她的南方口音一点儿不像美国人的发音,并且她这个女人真他妈聪明绝顶。

她也是个"真他妈有魅力"的女人。瑞特送给她的那枚硕大的钻石和祖母绿订婚戒指，经夏洛特找人重新改做成了一个胸坠，用一条几乎看不见的精致白金项链挂着，在她似露非露的胸脯上闪闪发光，给人留下了极其深刻的印象。

晚餐后，斯嘉丽又在惠斯特牌的牌桌上大显身手，让她的搭档赢回了她在前三次家庭聚会上的全部损失，因此斯嘉丽又成为女士们和先生们都极为欢迎的玩牌搭档。

第二天早上以及在那之后的连续五个早上，都有一次狩猎活动。虽然斯嘉丽骑的是主人马厩里的马，但是她同样骑得娴熟而无所畏惧。至此，她的成功已经无可置疑。总的说来，整个盎格鲁—爱尔兰贵族最欣赏的莫过于骑术精湛的人。

夏洛特·蒙塔古不得不时刻提醒自己保持低调，否则人们立刻就会发现她正暗暗得意。

"你这次玩得开心吗？"她在回巴利哈拉的路上问斯嘉丽。

"每时每刻都很开心，夏洛特！感谢你为我争取到了邀请，一切都很完美。放在卧室里的三明治更是让人感受到了主人的贴心和周到，我总是一到深夜就感到饿，估计其他人也一样。"

夏洛特立刻大笑起来，一直笑得流出了眼泪，这让斯嘉丽很生气："我看不出健康的食欲有什么好笑的。每天打牌都要打到很晚，等到上床的时候已经是晚餐之后很久了。"

夏洛特终于恢复了平静，赶快为她作了解释。在讲究的主人家里，女宾客的卧室里会放着一盘三明治，她可以用它来给仰慕者发信号。如果她把三明治放到自己门外走廊的地板上，就表示邀请男士进屋。

斯嘉丽听后立刻羞红了脸："我的天哪，夏洛特，我把三明治全部吃光了，女仆们会怎么想啊？"

"不只是女仆，斯嘉丽，那幢房子里的每个人都会猜想哪个男人得到了如此好运，或者是哪几个男人。当然，只要是绅士就绝不会站出来自诩得到了这个殊荣，否则他就不再是一个绅士了。"

"我再没脸见到那些人了。这是我听到过的最可耻的事情，真让人恶心！我还一直觉得他们都是非常体面的人。"

"可是，我亲爱的孩子，正是那些体面的人才想出了这种谨慎的办法。每个人都知道规则，但是谁也不说出来。把秘密藏在心里是人们的一种娱乐方式，大家都秘而不宣。"

斯嘉丽正想说她老家的人都是诚实正派的人，却突然想起了查尔斯顿的萨莉·布鲁顿。萨莉也是这么说的，又是"谨慎"又是"娱乐"，就好像不忠和乱性是一件正常而完全可以接受的事情。

夏洛特·蒙塔古得意地笑了。如果说创造斯嘉丽·奥哈拉传奇需要一个故事的话，那么这个对三明治的误解就是个绝妙的故事。现在，她已经名声在外：既具有清新的殖民地风格，又深谙世故让人放心。

夏洛特开始在心里为她的退休生活作初步打算。只要再过几个月，无论参加哪个上流社会的聚会她都再也不会感到寂寞了。

"我会安排人把每天的《爱尔兰时报》送到你手里,"她对斯嘉丽说,"报纸上的每一个字你都要仔细研究,因为你即将在都柏林遇到的每个人都会认为你对那上面的新闻一定非常熟悉。"

"都柏林?你没有告诉我,我们要去都柏林。"

"没有吗?我还以为我肯定告诉过你。我向你道歉,斯嘉丽。都柏林是一切的中心,你会爱上它的。那才是一座真正的城市,绝不是德洛赫达或戈尔韦那样过度膨胀的乡村小镇可以比拟的,而进入都柏林城堡[1]将成为你一生中最激动人心的经历。"

"一座城堡吗?不是废墟吧?我不知道现在还有城堡。女王就住在城堡里吗?"

"谢天谢地,她不住那儿。女王是一位优秀的统治者,但也是个极其乏味的女人。是这样,都柏林城堡由女王陛下的代表英国总督统治。你会被带到城堡大厅里,引见给总督和总督夫人……"蒙塔古太太接着给斯嘉丽描绘出了一幅她闻所未闻的富丽堂皇的图画,让她觉得查尔斯顿举办圣塞西莉亚舞会的爱尔兰大厅简直什么都不是。同时,这也促使斯嘉丽下定了决心,要在都柏林社交界获得成功,到那时瑞特·巴特勒就变成了一个无名鼠辈,对她再也不重要了。

夏洛特心想,斯嘉丽在过去一周里获得的成功,已经确保了

---

[1] 都柏林城堡(Dublin Castle),建于1204年8月30日,由英格兰的约翰王下令建造,用以盛放国王的金银珠宝。这座城堡式建筑四周是高高的围墙,正门有吊桥,中间的古堡大厅曾经是英国总督的官邸,现在仍然是一些重要活动的场所。紧挨城堡的18世纪建筑是市政厅,也是都柏林市内最古老的建筑之一,其建筑风格和规模在当时堪称欧洲之最。

她们能够得到都柏林方面的邀请,所以现在告诉她这件事已经没有顾虑了。去年接到斯嘉丽的来信后,我就为今年的社交季预订了都柏林谢尔本酒店的一个套房,现在我很肯定预付的定金绝对不会打水漂了。

"我的宝贝'小猫咪'在哪里?"斯嘉丽跑进屋大声喊道,"妈妈回来了,甜心。"她找了半个小时,才终于在马厩里找到了正坐在"弦月"背上的"小猫咪"。她骑在那匹高头大马上,看上去就那么一小点儿,真让人害怕。为了不惊吓到"弦月",斯嘉丽压低声音说道:"来妈妈这里,亲爱的,给我一个拥抱。""小猫咪"翻身跳下马背,掉进了"弦月"钉着金属马掌的强壮马蹄旁的干草堆里,斯嘉丽不禁心头一紧。"小猫咪"从她的视线中消失了,然后她那张黝黑的小脸又从畜栏的半扇门上露了出来,接着她从门上翻了出来,而不是打开门走出来。斯嘉丽跪下来把她拥进怀里:"哦,亲爱的,妈妈见到你好高兴。我很想你,你想我了吗?"

"想了。""小猫咪"从她的怀抱中挣脱出来。行了,至少她想过我,以前她可从来没有这么说过。斯嘉丽站起身,她心中涌起的对"小猫咪"的爱的冲动现在已经冷却下来,融入到了她往常对孩子无限的母爱之中。

"我不知道你这么喜欢马,'小猫咪'。"

"我喜欢马,喜欢所有动物。"

斯嘉丽尽量让自己的话听起来开心一些:"你想不想要一匹

自己的小马？就是那种大小正好适合小女孩儿骑的小马？"我不能去想邦妮的遭遇，不能。我不能因为在一场事故中失去了邦妮而限制"小猫咪"的活动或者用厚厚的棉布把她裹起来。"小猫咪"出生的时候我就向她保证过，我会让她成为她想成为的人，会让她得到一个自由人应有的全部自由。我当时没有想到这样做会如此困难，更没想到我会每时每刻都想护着她，但我必须遵守自己的诺言，我知道这才是正确的做法。如果她想要一匹小马，就让她得到一匹小马，让她去骑着马跳篱笆，就算被吓死我也要强迫自己袖手旁观。我太爱"小猫咪"了，绝对不能把她关起来。

斯嘉丽哪里知道，她不在家期间"小猫咪"曾经独自到巴利哈拉镇上走过一圈。她现在三岁了，开始对其他孩子和玩游戏有了兴趣，她想去找那些参加过她生日聚会的孩子一起玩耍。当她看到四五个小男孩儿在宽阔的街道上玩耍时，便朝他们走了过去，但是他们立刻跑开了。其中两个男孩儿跑了几步又突然停住，然后弯腰捡起石头朝她扔过去。"女巫！女巫！"他们惊恐地冲她喊叫。他们都是从他们的母亲那里学到盖尔语中的"女巫"一词的。

"小猫咪"抬起头看着她的妈妈。"想，我要一匹小马。"她说。小马不会朝她扔石头。"小猫咪"喜欢学习新的词语，所以想把她遇到的那几个男孩子的事告诉母亲，并问问她那个词是什么意思。但是，她很不喜欢那个词，于是她决定不问了。"我今天就想要一匹小马。"

"我今天没办法找到一匹小马,宝贝,但我保证明天就开始找。我们回家吧,去喝茶。"

"有蛋糕吗?"

"肯定有蛋糕啊。"

回到楼上她们的房间里之后,斯嘉丽以最快的速度脱下了她那身漂亮的旅行装。她心中有一种难以名状的渴望,要立刻穿上她的农夫衬衫和裙子,再加上一双艳丽的长袜。

到了十二月中旬,斯嘉丽已经变得像一只关在笼子里的动物一样,不停地在大房子的长廊里来回踱步。她已经忘记了自己多么讨厌昏暗、短暂而潮湿的冬天。好几次她想去肯尼迪酒吧,但是自从举办了那次不幸的全镇人的聚会之后,她同他们在一起的时候就再也不像以前那样融洽了。她也很少骑马,因为根本没有必要,马夫们每天都会让它们得到足够的锻炼。但是,她非常需要走出这幢房子,即使是在冰冷的冬雨中也要出去走走。每当有几个小时的阳光时,她就会走到屋外,看着"小猫咪"兴致勃勃地骑着她那匹设得兰矮种马在上冻的草坪上兜圈子。斯嘉丽知道,这样一来即使到明年夏天她的草坪也不可能长好,但是"小猫咪"就像斯嘉丽一样好动,斯嘉丽只能尽量劝她待在家里,哪怕是待在厨房里或马厩里也行。

在圣诞前夜,"小猫咪"点燃了圣婴蜡烛,然后又点燃了圣诞树上她能够够得着的所有蜡烛。接着,科勒姆又把她举起来,让她点燃更高处的蜡烛。"这都是古怪的英国习俗,"他说,"闹不好你会把整座房子烧成灰烬的。"

斯嘉丽看着圣诞树上鲜艳的装饰品和发亮的蜡烛。"我觉得就算这一时尚是英国女王开创的,它也是很漂亮的。"她说,"科勒姆,别那么气急败坏的,我家所有门和窗户上都挂上了冬青树枝,除了这个房间之外整个巴利哈拉都是爱尔兰传统。"

科勒姆笑了笑:"小猫咪·奥哈拉,你认为你教父是个气急败坏的人吗?"

"今天是的。""小猫咪"回答说。

这一次科勒姆的笑声确实是发自内心。"童言无忌,"他说,"这是我自找的。"

等"小猫咪"上床睡觉之后,他帮着斯嘉丽把一个真马大小的摇动小木马从包装箱里取了出来,那是斯嘉丽给女儿买的玩具。

圣诞节的早晨,"小猫咪"不屑一顾地看了摇动小木马一眼,说:"这不是真马。"

"这是一个玩具,亲爱的,在恶劣天气里待在家里时玩的。"

"小猫咪"爬上摇动小木马,开始来回摇动。她觉得,它虽然是一匹假马,但还是个不错的玩具。

斯嘉丽终于松了一口气。现在,她再离开家去都柏林的时候,就不会感到那么内疚了。她将在新年摔碎穗醋栗甜点心和去各家喝茶后的第二天,到都柏林的格雷沙姆酒店与夏洛特见面。

第七十七章

斯嘉丽这才发现,原来都柏林离她这么近。她在特里姆镇火车站上了火车,好像刚刚坐下就听到列车员叫喊"都柏林站到了"。夏洛特·蒙塔古的女佣埃文斯来火车站接她,并吩咐搬运工拿上她的行李箱。"请跟我来,奥哈拉太太。"埃文斯说着径直向前走去。由于车站里人多拥挤,斯嘉丽很难跟上她的速度。这个火车站是斯嘉丽见过的最大的建筑物,也是最繁忙的地方。

但是,真正最繁忙的地方莫过于都柏林的街道了。斯嘉丽激动得把鼻子紧贴在出租马车的车窗上,目不转睛地看着从眼前闪过的熙来攘往的街道。夏洛特说的没错,她肯定会爱上都柏林的。

出租马车很快就停了下来,一个穿着华丽制服的侍者搀扶着斯嘉丽走下了马车。埃文斯发现她下车后便好奇地盯着一辆经过的双层有轨马车,于是碰了碰她的胳膊说道:"这边请。"

夏洛特正坐在她们套房客厅里的一张茶几后面等着她。"夏洛特!"斯嘉丽嚷道,"我看见了一辆上下两层的有轨马车,两层都坐得满满的。"

"下午好,斯嘉丽。你喜欢都柏林,我很高兴。把你的披肩脱下来交给埃文斯,然后过来喝茶。我们有很多事情要做。"

那天晚上,西姆斯太太带着三个助手来了,她们带来了用棉布包起来的各种外衣和连衣裙。当西姆斯太太和蒙塔古太太讨论着每一件衣服的细节问题时,斯嘉丽则乖乖地站在那里听凭她们的吩咐。她们拿出来的晚礼服一件比一件雅致,当西姆斯太太没有在她身上戳戳这里、掐掐那里的时候,斯嘉丽就兴致勃勃地欣赏着穿衣镜里的自己。

当女裁缝和她的助手们离开之后,斯嘉丽突然发现自己已经筋疲力尽,所以当夏洛特建议她们就在客房里吃饭时,她愉快地同意了并且还吃得津津有味。

"你的腰一毫米都不能再长了,斯嘉丽,否则你又得重新量一遍尺寸。"夏洛特警告说。

"我只要去购物就能把多长出来的肉减掉。"斯嘉丽说着又在另一片面包上抹了黄油,"在从火车站到这里的路上,我至少看到了八个商店,橱窗里的时装看上去漂亮极了。"

夏洛特露出了纵容的微笑,斯嘉丽每光顾一家商店,她就会得到一笔不小的佣金。"我可以向你保证,你的购物愿望一定会得到百分之百的满足的。但是,你只能在下午去购物,上午你必须坐在这里,让人为你画一幅肖像画。"

"别胡说了,夏洛特,我要一幅自己的肖像画做什么?我曾经画过一次,结果看上去我就像一条蛇一样难看,把我气坏了。"

"相信我,这一次你绝不会显得难看了,埃尔韦先生是画女人肖像画的专家。肖像画是很重要的,你必须画一幅。"

"我会画的,因为你说什么我都做,但我不会喜欢的,相信我的话。"

第二天一大早,斯嘉丽就被马车的声音吵醒了。虽然天还没有亮,但是在她卧室窗户下面的街道上,已经有长长四列四轮马车、拉货马车和其他各式各样的马车在路灯下匆匆行驶。她高兴地想,难怪都柏林的街道都这么宽,爱尔兰所有带轮子的东西几乎都集中到这里来了。突然,她闻到了空气中的什么气味,她抽抽鼻子又闻了闻。我要发疯了!我发誓我闻到了咖啡的香味。

这时,她听到了手指轻轻敲门的声音。"你准备好了就出来,早餐放在客厅里了。"夏洛特说,"我已经把服务员打发走了,你只需披上一件罩衫就行。"

斯嘉丽一把推开门,差点儿把蒙塔古太太撞倒。"有咖啡!你都不知道我多么想喝咖啡。哦,夏洛特,你为什么不告诉我都柏林有咖啡喝?要是早知道这里有咖啡,我会每天早上专门坐火车来这里吃早餐的。"

这里的咖啡喝起来比闻起来还要好,幸好夏洛特更喜欢喝茶,所以一壶咖啡全让斯嘉丽给喝了。

然后她顺从地穿上了夏洛特从一个箱子里拿出来的丝袜和连体内衣。这件内衣又轻又滑,同她穿了一辈子的亚麻布或棉布内衣裤完全不同,让她觉得自己显得很邪恶。当埃文斯带着一个她从未见过的女人走进来时,她立刻又把那件羊毛罩衫紧紧地裹在身上。"这是塞拉菲娜，"夏洛特对斯嘉丽说，"她是意大利人，所以如果你完全听不懂她在说什么，也不必担心。她是来给你做头发的，你只需要静静地坐着就好，让她自言自语好了。"

将近一个小时过去了，斯嘉丽心想，塞拉菲娜恐怕是要跟我头上的每一根头发都唠叨一番。她的脖子正变得越来越僵硬，却根本不知道那个女人在她头上做了些什么，夏洛特安排她坐在了客厅里晨光最强烈的窗子旁边。

二十分钟之前，西姆斯太太和她的一个助手也到了，现在她们看上去也和斯嘉丽一样不耐烦。

"看看！"塞拉菲娜说。

"非常好。"蒙塔古太太说。

"该我们了。"西姆斯太太说。

她的助手从西姆斯太太拿着的礼服上取下了棉布外套，斯嘉丽不禁深吸了一口气。白色的缎子在日光下闪闪发亮，银色的刺绣更是耀眼夺目，仿佛就像一个有生命的东西。这是一件梦幻般的礼服，斯嘉丽站在那里，伸出手想要摸摸它。

"先戴上手套，"西姆斯太太命令道，"不然每个手指都会在衣服上留下污痕。"斯嘉丽看了看，裁缝自己也戴着白色羔皮手套。她拿起夏洛特递过来的一副崭新的长手套，手套的长袖筒已经朝上翻起并抹了粉，她不用使劲拉扯就能轻易把它们戴到手上。

当她把长手套的袖筒展开并抚平之后，夏洛特熟练地用一只小巧的银制纽扣钩把袖口的纽扣扣好，然后塞拉菲娜拿起一块丝质手帕盖到斯嘉丽的头上并脱下了她身上的罩衫，接着西姆斯太太举起礼服从斯嘉丽高高举起的双手上穿过，仔细地套在了她的身上。西姆斯太太为斯嘉丽系好礼服后背上的带子，塞拉菲娜灵巧地取下了盖在斯嘉丽头上的手帕并对头发做了一些精细的修饰。

一阵敲门声传来。"来得正是时候，"蒙塔古太太说，"那肯定是埃尔韦先生，西姆斯太太，我们要让奥哈拉太太坐到这里来。"夏洛特把斯嘉丽领到客厅中央。斯嘉丽听见夏洛特打开了门，低声说着话。我想她应该说的是法语，并且希望我也说法语。不，夏洛特现在应该知道我不会说法语。要是有一面穿衣镜就好了，真想看看我穿上这身礼服什么样。

斯嘉丽先后抬起两只脚，让西姆斯太太的助手敲敲她两只脚的脚趾。由于西姆斯太太不停地戳着她的肩胛骨，还命令她身体要站直，结果她连那个助手穿到她脚上的拖鞋是什么样子也没有看到。接着，那个助手又开始摆弄她的裙摆。

"奥哈拉太太，"夏洛特·蒙塔古说，"请允许我为你介绍弗朗索瓦·埃尔韦先生。"

斯嘉丽看到眼前出现了一个长着圆脑袋的秃顶男人，他向她鞠了一躬。斯嘉丽对他说道："你好。"她应该和这个画师握握手吗？

"好极了！"画师说着打了个响指。两个男人把一面巨大的穿衣镜抬到了两扇窗户之间的地方。他们离开后，斯嘉丽立刻在镜子里看到了自己。

她身上穿着一件白色缎子面料做成的礼服，领口比她想象的更低。她凝视着那一大片暴露在外的胸脯和肩膀，又看了看镜子里那个女人的脸，她几乎认不出自己来了。她的头发高高地耸立在头上，一个个发卷重叠在一起，就像一件自然天成的艺术品。闪亮的白色缎子更显露出了她苗条的腰身，一袭银白色的缎子裙摆呈半圆形从腰间向下铺展开来，一直垂到脚上那一双银色后跟的白色缎面拖鞋上。

怎么啦，我看起来不像我自己，倒很像画像里的罗比拉德外婆。

她所熟悉的那个充满女孩子气的时代已经一去不复返了，她现在看到的是一个女人，而不是克莱顿县的那个轻浮的美少女。她非常喜欢她所看到的这个形象，镜子里的这个陌生人让她感到既迷惑又兴奋。她柔软嘴唇的嘴角处微微打战，两眼微微挑起，洋溢着一种更为深沉和更加神秘的光彩。她相当自信地扬起下巴，用挑战和赞许的目光直视着自己的眼睛。

"就这样，"夏洛特·蒙塔古自言自语道，"这就是那个即将俘获整个爱尔兰的女人。她要是愿意，也能俘获全世界。"

"画架！"画师讷讷地说，"赶快，你这个白痴，我要画出一幅让我一举成名的画像来。"

"我不明白，"斯嘉丽坐下后对夏洛特说，"我这辈子好像从来没见过镜子里的那个人，但我又确实认识她……我有些糊涂了，夏洛特。"

"我亲爱的孩子,那正是智慧的开端。"

* * *

"夏洛特,怎么也得坐一趟那么可爱的有轨马车吧。"斯嘉丽央求道,"像一尊雕像似的站在那里好几个小时,我总该得到一点儿奖赏。"

夏洛特也承认,上午画像确实花费了很长时间,不过在这之后每次画像的时间可能就会短一些,原因之一就是天很可能下雨,如果没有良好的光线,埃尔韦先生就无法作画。

"那么你同意了?我们去坐有轨马车?"夏洛特点点头。斯嘉丽很想给她一个拥抱,可是夏洛特·蒙塔古不是喜欢被人拥抱的人,而且斯嘉丽自己也多多少少感到她已经不像以前那样喜欢拥抱了。那个成熟女人而非小女孩的形象使她兴奋不已,但同时也使她有些不安,要适应这一变化确实需要一些时间。

她们顺着螺旋形铁梯爬上了双层有轨马车的上面一层。上层没有遮盖,非常冷,但是视野极好。斯嘉丽从车厢的各个方向向外看去,整个城市拥挤宽阔的街道和人来人往的宽阔人行道一一映入了她的眼帘。都柏林是她见到的第一个真正的城市,它的人口超过了二十五万,相比之下,亚特兰大不过是一个仅有两万人的新兴小镇。

有轨马车沿着铁轨以不可阻挡的优先通行权在车流中前进,行人和其他车辆都在它靠近他们的最后一刻才匆忙躲到一旁,如此疯狂而混乱的惊险场面让斯嘉丽看得心花怒放。

接下来,她看到了一条河。马车在桥上停下来,她沿着利菲河[1]纵向看去,只见一座又一座桥横跨河上,每座桥都形态不一,但桥上都挤满了各种车辆。沿河的各个码头上排列着各种店面,人头攒动,让她觉得极具吸引力。在阳光的照耀下,河面一片波光粼粼。

利菲河很快被抛在了身后,马车突然陷入了一片阴影之中,道路两旁矗立着一幢幢高楼大厦。斯嘉丽感到了一阵寒意。

"我们最好在下一站下到底层,"夏洛特说,"再下一站下车。"她带着斯嘉丽一路往前,穿过一个乱哄哄的十字路口,然后夏洛特朝她们前方一条弯曲的街道指了指。"那就是格拉夫顿大街[2]。"她说,就好像她准备做一番介绍似的,"要回格雷沙姆酒店最好坐出租马车,但是只有步行才能看到商店。我们逛商店之前,你要不要先喝一杯咖啡?你应该很熟悉比尤利咖啡店[3]。"

"我不知道,夏洛特,我想先看看这家商店。橱窗里的那把扇子——看后面角落里那一把带粉红色流苏的扇子——那真是最可爱的东西了。噢,还有那把中国扇子,一开始还没看到。还

---

1 利菲河(Liffey)发源于爱尔兰的威克洛山区,流经基尔代尔、新德罗赫德、塞尔布里奇、莱克斯利普和都柏林市,最后注入爱尔兰海都柏林湾。全长80公里。
2 格拉夫顿大街(Grafton Street)是都柏林市中心的两条主要购物街之一,另一条是亨利街。
3 比尤利咖啡店(Bewley's Café)是一家爱尔兰热饮公司,位于都柏林,成立于1840年。它的主要业务是生产茶叶、咖啡和经营咖啡店。在都柏林最繁华的格拉夫顿大街上,比尤利咖啡店最引人注目,其店内装修的奢华程度可以媲美任何一家五星级酒店。

有那个贵重的香盒!你看哪,夏洛特,看那些手套上的刺绣。你有过那样的手套吗?哦,我的天啊!"

夏洛特朝身穿制服的门童点点头,他立刻把门拉开,并鞠了一躬。她没有告诉斯嘉丽,格拉夫顿大街上至少还有四家类似的商店,里面有数百种扇子和手套。夏洛特相信斯嘉丽自己也会发现,大城市的一个主要特征就是无穷无尽的诱惑。

经过十天坐着画像、试穿新装和购物,斯嘉丽终于要回巴利哈拉了,她带了几十件给"小猫咪"的礼物以及几件给菲茨太太和科勒姆的礼物,还带了她给自己买的十磅咖啡和一个咖啡壶。她已经爱上了都柏林,很想再次回到那里。

她的"小猫咪"正在巴利哈拉等着她。火车刚一离开都柏林,斯嘉丽就急切地盼着快点儿到家。她有那么多的事情要告诉"小猫咪",还要做好各种计划和安排,好把她那个小猴子似的乡下孩子带到都柏林去玩一玩。星期天做完弥撒后,她还得在自己的办公室解决镇民们的矛盾,这事已经推迟了一个星期了。再说,圣布里吉德节也很快就要到了,斯嘉丽始终觉得这个节日是最美妙的日子,因为这一天她要从地里挖起第一锹土,新的一年又将从此开始。她实在是一个非常、非常幸运的人,既拥有乡村又拥有城市,既是奥哈拉族长又是穿衣镜里那个未知的女人。

斯嘉丽先拿给"小猫咪"一本动物图画书,让她津津有味地慢慢看着,其他礼物暂时还没有拿出来。她急忙沿着车道向科勒姆住的那间门房跑去,她给他买了一条羊绒围巾,还要把自己对都柏林的所有印象同他分享。

"哦，对不起。"她看到他屋里有一位客人时，立刻道歉说。来客是一个穿着讲究的男人，她不认识他。

"没关系，没关系。"科勒姆说，"来见见约翰·德沃伊。他刚从美国来。"

德沃伊虽然彬彬有礼，但是很显然并不喜欢自己的谈话被人打断。斯嘉丽立刻放下给科勒姆的礼物，找个借口离开了，轻快地走回了自己家里。现在这个时候，什么样的美国人会来到巴利哈拉这样偏僻的地方，并且遇到另一个美国人却并不高兴呢？他一定是科勒姆的芬尼兄弟会成员之一，必定是！他之所以生气，是因为科勒姆已经不再是他们那个疯狂革命的一分子了。

然而，事实正好相反。约翰·德沃伊是美国最有影响力的芬尼兄弟会成员之一，非常支持帕内尔。如果他放弃了对革命的支持，这一打击几乎会是致命的。科勒姆激烈地反对地方自治，两人一直争论到深夜。

"帕内尔这个人要的是权力，为了得到权力他会不择手段。"科勒姆说道。

"那么你呢，科勒姆？"德沃伊反驳道，"我认为，看看你为了你的事业、为了更好地达到你的目标而做的那些事情，同他比起来你这个人也好不到哪里去。"

科勒姆立即回答说："他会到伦敦去发表他的演讲，奢谈他的地方自治，而且肯定会登上各大报纸的头条。但是我们呢？爱尔兰人仍然要忍饥挨饿，仍然被英国人踩在靴子底下，什么也没有得到。总有一天帕内尔先生的头条新闻会让他们感到失望和厌倦，那时候他们还是会站起来反抗，却没有组织，更没有成功的希望。我告诉你，德沃伊，我们已经等得太久了，当帕内尔、你和我都在夸夸其谈的时候，爱尔兰人民却一直在受苦受难。"

德沃伊去肯尼迪客栈过夜后，科勒姆在他的小客厅里踱来踱去，直到油灯里的油全部燃尽。在寒冷的黑暗中，他就一直坐在炭火即将燃尽的壁炉边的凳子上，想着德沃伊的那一番愤怒的话语。这个人的话有没有可能是对的？难道他的动机是权力，而不是对爱尔兰的热爱？一个人怎么可能知道自己的灵魂深处到底是什么样子？

在圣布里吉德节那天，当斯嘉丽把铲子深深插进泥土里的时候，一抹淡淡的阳光穿过云层洒到了大地上。这是新年的好兆头。为了庆祝新年的好兆头，她特地在肯尼迪酒吧请巴利哈拉镇的每个人喝波特啤酒和吃肉饼，她很肯定今年将是历年来最好的一年。第二天，她去了都柏林，去参加为期六个星期的城堡社交季。

第七十八章

斯嘉丽和夏洛特这次住在了谢尔本酒店的一个套房里，而没有住在格雷沙姆酒店。谢尔本酒店是都柏林社交季的标志性酒店，斯嘉丽上次来都柏林时没有走进过这幢富丽堂皇的砖结构建筑。"我们要寻找在人们面前露面的机会。"夏洛特对她说。现在，斯嘉丽环顾了一下酒店大门内的这个大厅，立刻就明白了夏洛特要她们住进这个酒店的原因。这里的一切——空间、雇员、客人都是那么的豪华、大气，宁静中一片忙碌。她抬起下巴，跟着行李员爬上半截楼梯，来到了最让人着迷的一楼。虽然斯嘉丽自己并不知道，但是她现在正如夏洛特刚才跟门童描述的那样："你马上就会认识她的，她是个极其美丽的女人，她高昂着头就像一位女皇一样。"

除了这个套房之外，夏洛特还专门预订了一间私人会客室供斯嘉丽使用。在她们下楼喝茶之前，夏洛特先带她看了看这间会客室：这是一间墙上装饰着绿色锦缎的房间，一角摆放着一个黄铜画架，画架上摆放着已经完成的斯嘉丽的肖像画。斯嘉丽十分惊奇地看着她的画像,她真的是那个模样吗?那个女人看起来一副无所畏惧的样子,而她却感到非常紧张。她有些茫然地跟着夏洛特下了楼。

走进酒店的豪华酒吧,夏洛特很快认出了坐在其他几张桌子上的一些人。"你最终都会认识他们的。等你被正式介绍给大家之后,你每天下午都要在你的客厅里备好茶水和咖啡,人们会纷纷带着另一些人来拜会你。"

谁?斯嘉丽很想问:谁会带人来?会带谁来?但是她并没有开口,因为夏洛特很清楚她在做什么,斯嘉丽现在唯一需要做的事情,就是确保她被引见给总督后退出来时,不要被自己的裙摆所绊倒。在那个日子之前,夏洛特和西姆斯太太准备每天让她穿上礼服反复模拟练习觐见的全过程。

在斯嘉丽到达都柏林的第二天,一个盖有宫廷大臣印章的沉甸甸的白色信封就被送到了她的旅馆房间里。夏洛特的脸上并没有丝毫显露出她内心的宽慰之情,即使是最周密的计划也做不到万无一失。她用平稳的双手打开了信封:"不出所料:第一会客厅,后天。"

在城堡大厅紧闭的双开门外,斯嘉丽和一群深穿白色礼服的姑娘和妇女一起站在楼梯平台上。她觉得自己已经在这里百无聊赖地等了一百年了,她究竟为什么会同意来这里找罪受?斯嘉丽自己也回答不了这个问题,因为它太复杂了,但部分原因是,她是奥哈拉族长,已经下定决心要征服英国人。另一部分原因是她是一个美国女孩儿,却被大英帝国华丽的皇家服饰所折服。而最根本的原因,是斯嘉丽一生中从来没有在任何挑战面前退缩过,也永远不会。

又一个姑娘的名字被叫到了,但不是斯嘉丽。上帝啊!他们难道要让她排到最后一个?在此之前,夏洛特甚至没有告诉过她要独自完成这个仪式的全过程,直到最后一刻她才得知这个消息。"引见仪式结束后,我在餐厅等你。"直接把她扔给狼群,她们待她可真好!她又偷偷朝自己胸前看了一眼,她一直很害怕那件过分低胸的礼服会从她身上滑落下来。要是确实发生了那样的事情,那就真的变成了——夏洛特是怎么说的?——"一次永生难忘的经历"了。

"巴利哈拉的奥哈拉族长女士"。

噢,天啊,叫我了。她把夏洛特·蒙塔古叮嘱她的那一长串话又背了一遍。走上前,停在门外。一名宫廷侍从会把你挽在左臂上的裙摆提起来放到你身后并整理好,礼仪官会为你打开门,等待他通报你的名字。

"巴利哈拉的奥哈拉族长女士。"

斯嘉丽看着眼前的城堡大厅心里想:爸,你觉得你的凯蒂·斯嘉丽怎么样?我现在要迈步走过五十米长的红地毯通道,去接受爱尔兰总督、也就是英国女王的堂兄弟的一个吻。她瞥了一眼衣着威严的礼仪官,她的右眼皮微微颤动了几下,就好像是诡秘地眨着眼睛。

1071

奥哈拉族长像个女王一样走到了红胡子总督大人的面前,送上脸颊接受他表示欢迎的礼仪性一吻。

现在略转身面对总督夫人,行屈膝礼。背部要挺直,不能太低。站起身,然后往后退,一步、两步、三步,不用担心裙摆,它本身的重量会使它远离你的身体。现在伸出你的左臂,等着,让宫廷侍从有足够的时间把裙摆搭在你的胳膊上。好了,现在转身,走出大厅。

斯嘉丽刚刚在一张餐桌前坐下来,两个膝盖就开始发抖。

夏洛特手里拿着一大把呈扇形展开的白色硬纸卡片,带着毫不掩饰的满意笑容走进了斯嘉丽的卧室:"我亲爱的斯嘉丽,你获得了耀眼的成功。在我还没有起床穿好衣服之前,这些请柬就已经到了。王室舞会,这个邀请有特别意义。圣帕特里克舞会,这个是意料之中的事情。第二会客厅舞会,你可以看到觐见过总督的其他人的表现。城堡大厅的小型舞会,有四分之三的爱尔兰贵族从来没有接到过这个舞会的邀请。"

斯嘉丽咯咯地笑了,被引见给总督时的恐惧早已忘到了脑后,她成功了!"我想,我现在再也不后悔把去年小麦的收入都花在买新衣服上了。我们今天去购物吧,让我把今年小麦的收入也花掉。"

"你没有时间了,已经有十一位先生写信来请求允许他们来拜访你,其中就包括了总督的礼仪官,还有十四位女士和她们的女儿。只用下午喝茶的时间已经不够了,你还得在上午用咖啡和茶接待他们。女仆们现在正在为你准备客厅,我已经订购了一些粉红色的鲜花,所以早上你就穿棕色和玫瑰色的格子塔夫绸,下午穿绿色天鹅绒,正好映衬着粉红色。等你一起床,埃文斯就来帮你做头发。"

* * *

斯嘉丽已经成了今年城堡社交季的新宠,绅士们络绎不绝前来拜访这位富有的寡妇——说来也奇怪,这个女人竟然漂亮得让人难以置信。为了见到那些绅士们,母亲们拉着女儿们也涌入了她的私人会客室。从第二天开始,夏洛特再也没有订购过鲜花,因为崇拜者们送来的鲜花已经太多,以致根本没有足够的地方把它们都摆放出来。许多花束里还带有都柏林最好的珠宝商的皮首饰盒,但是斯嘉丽还是极不情愿地把所有的胸针、手镯、戒指和耳环一一退了回去。"即使是一个来自佐治亚州克莱顿县的美国人,我也知道他们都是要得到回报的。"她告诉夏洛特说,"我不会欠任何人的情,这样的情是不能欠的。"

《爱尔兰时报》的闲话专栏忠实地报道了她的一举一动,有的报道甚至极为精准。身着晨礼服的店主自动前来向她展示他们的精品,希望她能够看得上眼,而她也确实出手不凡,为自己买了许多她已经拒绝接受的首饰。在王室舞会上,总督先后同她跳了两次舞。

所有来她这里喝咖啡和茶的客人都十分欣赏她的肖像画。

每天上午和下午，斯嘉丽都会在第一批客人到来之前看看那幅肖像画，她自己也在不断地了解自己。夏洛特·蒙塔古一直饶有兴趣地观察着她的这种变化：那个老到的调情高手正在消失，取而代之的是一个安详而愉悦的女人，她只要把那双有些朦胧的绿眼睛转向任何一个男人、女人或者孩子，就能立刻把他们吸引到她的身边来。

斯嘉丽心想，我过去用尽了浑身解数去吸引他人，而现在却什么也不用做。她完全无法理解这是为什么，但是她还是怀着淳朴的感激之情接受了这份礼物。

"你是说二百人吗，夏洛特？这就是你所说的小舞会？"

"相对而言小一些。无论是王宫舞会还是圣帕特里克舞会，都有五百或六百个来宾，两个会客厅舞会则有一千多人。在参加今晚这场舞会的那些人中，至少有一半你肯定已经认识了，也可能不止一半。"

"我还是觉得他们不邀请你太势利了。"

"历来如此，所以我并不生气。"夏洛特怀着愉快的心情期待着当天晚上的到来，同时她还准备统计一下她的往来账目。斯嘉丽的成功和奢侈用度已经大大超过了夏洛特最乐观的估计，她觉得自己就像个发了横财的暴发户，到手的财富让她喜不自禁。仅仅接受人们来斯嘉丽这里喝咖啡一项，她每周就能收到近一百英镑的"谢礼"。城堡社交季还剩下两周的时间，她要带着轻松愉快的心情送斯嘉丽去度过这个愉快的夜晚。

斯嘉丽在城堡大厅门口站住脚,欣赏着眼前的宏大场面。"你知道吗,杰弗里,我永远也适应不了这个地方,"她对礼仪官说,"我就像王室舞会上的灰姑娘。"

"我才不会把你看成一个灰姑娘呢,斯嘉丽。"他不无崇拜地说。斯嘉丽走进第一会客厅时只对他眨了眨眼睛,就彻底俘获了他的心。

"你会感到惊讶的。"斯嘉丽说。身旁出现了许多熟悉的面孔,他们纷纷向她鞠躬和微笑示意,她心不在焉地点头作答。这里多么漂亮啊,简直就像一块梦幻之地,她怎么可能真的来到了这么一个富丽堂皇的地方。一切都发生得太快,她需要一段时间才能适应过来。

这个巨大的房间确实金碧辉煌,镀金的柱子支撑着天花板,高大的窗户上挂着带金边的深红色天鹅绒窗帘,窗户之间的墙壁上装饰着镀金的扁平壁柱。沿着墙壁摆放着一长排餐桌,餐桌四周摆放着铺着深红色软垫的镀金扶手椅,每张餐桌中间摆放着一个金色的大烛台。带有精致雕刻图案的煤气吊灯也同样金光灿灿,金色和红色的王座上方是一个巨大的华盖。男人们都穿着锦缎做成的、镶有金色花边的长身宫廷礼服和白色缎子及膝马裤,缎面舞鞋上装饰着金鞋扣。团级军官和总督府官员的制服上都有金光闪闪的金纽扣、金肩章、金饰扣和金镶边。

许多男人胸前都佩戴着明晃晃的饰带,上面别着镶嵌着珠宝的勋章。总督的及膝马裤刚好触到他腿上的袜带。男人们几乎比女人们更加灿烂夺目。

几乎是但并不全是,因为女人的脖子、胸部、耳朵和手腕上都戴着珠宝,许多人还戴着王冠状头饰。她们的礼服都是用缎子、天鹅绒、织锦、丝绸等昂贵的面料做成的,使用的不是闪亮的丝绸线就是金线或银线。

只要你往大厅里看上一眼,再麻木的人也会被这里金灿灿的辉煌所震惊,我还是赶快进去表示一下我的敬意吧。斯嘉丽穿过房间,向总督和总督夫人行了一个屈膝礼。她刚刚行完礼,音乐声就响起来了。

"可以吗?"一只手臂向她伸出,期待着她的手搭上来,红色制服的衣袖上装饰着金色的穗带。斯嘉丽笑了,是查尔斯·拉格兰。她是在一次家庭聚会上认识他的,自从她到都柏林后,他每天都来拜访她,毫不掩饰他对斯嘉丽的倾慕之情。每次她跟他说话的时候,查尔斯英俊的脸膛就会泛红。虽然他是一名英国士兵,但非常可爱,非常有魅力。不管科勒姆怎么说,他们一点儿也不像北方佬,别的不说,仅就穿着而言他们就要好得多。她的手轻轻搭在拉格兰的胳膊上,由他带着进入四对方舞的队形之中。

"你今晚非常漂亮,斯嘉丽。"

"你也一样,查尔斯。我刚才还在想,这里的男人比女人打扮得还要神气。"

"感谢上帝我穿了这身制服,及膝马裤完全是魔鬼的衣服,而穿着绸缎鞋的男人简直就是一个十足的傻瓜。"

"他们活该。他们窥视女士的脚踝已经很多年了,现在让他们也感受一下我们盯着他们的腿时是一种什么感觉。"

"斯嘉丽,你真让我吃惊。"这时,方舞的队形开始变换,他俩分开了。

斯嘉丽想,我可能确实有些让人惊讶,不过查尔斯有时就像一个小学生一样幼稚。她抬头看一看她的新舞伴。

"我的上帝!"她禁不住大声说道。竟然是瑞特!

"真让我受宠若惊啊。"他还是那副狡黠而似笑非笑的表情,没有人会像他那样笑。斯嘉丽突然感到心里豁然开朗,轻松而愉悦,她觉得自己仿佛飘浮在光滑的地板上方,快乐得飘飘然。

紧接着,不等她开口说话,再次变换的方舞队形已经把他带走了。她对来到她面前的新舞伴机械地笑了笑,但是她眼中流露出的炽热的爱意让对方无法呼吸。她的脑子正在拼命转动:为什么瑞特会在这里?难道是因为他想见我吗?因为他必须见到我,因为他不能离开我?

四对方舞仍然按照其一成不变的节奏继续进行,斯嘉丽感到心急如焚。等这支舞结束时,查尔斯·拉格兰又回到了她的面前。她努力控制住自己的急切心情,微笑着向他道谢,然后低声说了句推托的话,便立即转身去找瑞特。

她的目光几乎立刻就同他的目光相遇了,他就站在离她一臂远的地方。

斯嘉丽的自尊心使她不愿意主动向他伸出手去。他知道我会去找他的,一想到这里她就心里有气。他以为他是老几,随随便便跑到我的世界里来,自作多情地站在那里,等着我扑到他的怀里?都柏林的男人多的是——就这个房间里就够多的了,他们都想得到我的青睐,我都应付不过来;他们不停地跑到我的客厅里来,每天给我送花、送信,甚至送珠宝。自命不凡的瑞特·巴特勒先生凭什么以为他只要动一动他的小拇指,我就会不顾一切地跑到他的跟前去呢?

"真是让人惊喜啊。"她说,自己冷淡的语气让她觉得很解气。

瑞特向她伸出手来,她立刻不假思索地把手伸了过去。"我可以和你跳这支舞吗,奥哈拉……呃……太太?"

斯嘉丽警惕地屏住了呼吸:"瑞特,你不会告发我吧?大家都以为我是个寡妇!"

音乐声再次响起,他微笑着把她搂进怀里:"我会为你保密的,斯嘉丽。"她能感觉到他的声音在她的皮肤上震动,也感受到了他温暖的呼吸,这一切立刻让她觉得浑身酥软。

"你到底在这儿干什么?"她问他,她必须知道这其中的缘由。他温暖的手搂着她的腰,强有力地支撑和指引着她的身体,斯嘉丽不知不觉地陶醉在他的力量之中,但是与此同时,即便她依然记得跟他跳华尔兹舞时那些令人眼花缭乱的旋转动作给她带来的巨大乐趣,她也要反抗他对她的控制。

瑞特笑了笑。"我挡不住自己的好奇心。"他说,"我在伦敦出差时,听到所有人都在谈论一个美国人,说她在都柏林城堡社交季上一炮走红。我就问自己:'那个人会不会就是穿着条纹长袜的斯嘉丽呢？'我必须找出答案。巴特·莫兰德证实了我的怀疑，并且他说起你来就没完没了，甚至还拉着我一起坐马车到你的小镇上转了一圈。按照他的说法，是你亲手重建了那个镇子。"

他的眼睛从头到脚扫视了她一遍。"你变了，斯嘉丽，"他平静地对她说，"那个迷人的姑娘已经变成了一个优雅的成年女人了。我向你致敬，这是真心的。"

他毫不掩饰地坦诚和热诚的声音，立刻使斯嘉丽忘记了自己的怨恨。"谢谢你，瑞特。"她说。

"你在爱尔兰快乐吗，斯嘉丽？"

"是的，很快乐。"

"我很高兴。"他这话中更深层的含义耐人寻味。

斯嘉丽认识瑞特这么多年来，这还是她第一次感到自己对他有所了解了，至少是部分了解。她明白了，他确实来看过我，也一直在想我，担心我去了哪里以及过得怎么样。不管他嘴上怎么说，他内心里一直都在关心我。他爱我，而且会永远爱我，就像我会永远爱他一样。

这个想法使她充满了幸福感，她享受着这种感觉，就像喝香槟酒那样每次抿进一小口，慢慢地品尝它迷人的香味。现在瑞特就站在这里，他和她在一起，这一刻他们俩比以往任何时候都更加亲密。

当这支华尔兹舞曲结束后，总督的一名副官向他们走来："阁下有请奥哈拉夫人赏光与他跳下一支舞。"

瑞特带着嘲弄的神情扬起了眉毛，斯嘉丽对他这种表情仍然记忆犹新。她微微噘起嘴唇,对瑞特做出一个会心的微笑。"告诉阁下我很高兴与他跳舞。"她对副官说。接着,她看着瑞特低声说道:"要是在克莱顿县,我们会说'不胜荣幸'。"说罢她挽起副官的胳膊转身离去,耳畔响起了他的笑声。

她告诉自己,这是对我的赞扬,她回头看看他的笑脸。这一看她又觉得这世道太不公平,他让她受不了——他也穿着傻里傻气的缎子马裤和缎面鞋,竟然看起来还是很迷人。她来到总督面前,向他行了一个屈膝礼,然后开始同他跳舞,绿眼睛里闪烁着笑意。

等她跳完这支舞再回来找瑞特时,他已经不在原地了,她也并不感到惊奇。长期以来,瑞特总是不停地突然出现和消失,从来也不作任何解释,所以她觉得他今晚突然出现在这儿也不足为奇。既然我感觉自己就像灰姑娘,那么我唯一想要的那个白马王子为什么不应该来到这里呢?她仍然能够感觉到他搂着她的双臂,就好像他已经在她身上留下了一个印记,若非如此,她很可能会以为这一切——金碧辉煌的房间、音乐、他的出现,甚至她自己来到这里——都是她臆想出来的。

斯嘉丽回到自己在谢尔本酒店的套房里。她把煤气灯拧亮,然后在明亮的灯光下看着那面高高的穿衣镜里的自己,她要看看瑞特刚才看到的她到底是什么样子。她看上去漂亮而自信,就像画像上的她一样,也像画像上她的外婆一样。

她突然觉得心里很难受,为什么她不能像罗比拉德外婆的另一幅画像里的样子呢？在那幅画像里，外婆的脸因为爱和被爱而显得那么温柔和红润。

她知道，在瑞特的那一番关心和体贴的话语中，也包含着哀伤和辞别。

半夜里，在都柏林最好酒店的最好楼层的一间充满花香的豪华房间里，斯嘉丽·奥哈拉突然醒来，接着抽泣着哭个不停。她脑子里就像有一个破拆槌一样一次又一次地敲打着她："要是……"

第七十九章

半夜里的痛哭并没有在斯嘉丽脸上留下明显的痕迹。第二天早上,她仍然带着平静而安详的表情,为挤满她客厅里的男男女女沏茶,倒咖啡,她的笑容依然像往常一样迷人。就在今天黎明到来前的那一段黑夜里,她终于鼓起勇气在瑞特的问题上释怀了。

她明白了,如果我爱他,我就不能总想死死抓住他不放。我必须学会给他自由,就像我一直努力给"小猫咪"自由一样,因为我爱她。

我真希望能把她的事告诉瑞特,他会为她感到非常骄傲的。

我希望城堡社交季结束,我非常想念"小猫咪",想知道她每天在做些什么。

"小猫咪"不顾一切地跑进了巴利哈拉的树林深处。上午的林地地面上仍然飘浮着一些雾气,所以她看不清前方是哪里,她脚下一绊摔倒了,但马上又爬了起来。尽管她已经跑了好远,就要喘不过气来了，但是她还不得不继续跑。她感觉到另一块石头朝她飞了过来，便闪身躲到一棵大树的树干后面。追赶她的一帮男孩子们一边叫喊一边嘲笑她，他们就要追上她了。他们以前从来不敢进入大房子附近的这片树林，但是他们知道现在很安全，因为奥哈拉族长正和英国人一起待在都柏林。这段时间以来，他们的父母整天都在谈论这件事情。

"她在那里！"一个男孩儿大声喊道，其他男孩儿立刻纷纷举起了手里的石头。

但是，从树后走出来的人并不是"小猫咪"，而是那个"老太婆"，她正用一根干枯的手指指着他们。男孩子们吓得哇哇乱叫，一溜烟地逃走了。

"跟我来，"格兰妮说，"我给你倒点儿茶喝。"

"小猫咪"把手放进"老太婆"的手里。格兰妮从隐藏的地方走出来，她走得很慢，所以"小猫咪"可以毫不费力地跟着她。"有蛋糕吗？""小猫咪"问道。

"会有的。""老太婆"说。

尽管斯嘉丽越来越想念巴利哈拉，但是她还是坚持到了城堡社交季结束，因为她答应了夏洛特·蒙塔古要坚持到底。她心里想，这里同查尔斯顿的社交季一样，我很想知道上流社会的人为什么要如此煞费苦心地寻欢作乐，而且每次还要持续这么长的时间。当她在都柏林取得一个比一个更大成功的时候，菲茨太太也在巧妙地利用《爱尔兰时报》上那些吹捧斯嘉丽的文章，为她的成功推波助澜。每天晚上,她都会带着报纸去肯尼迪酒吧,向当地人展示奥哈拉族长如今是多么名声显赫。随着时间一天天地过去,人们对斯嘉丽喜欢英国人的抱怨逐渐被一种自豪感所代替,因为他们的奥哈拉族长比任何一个英国女人都更受人钦佩。

科勒姆并不赞同罗莎琳·菲茨帕特里克的聪明做法,他的心情太忧郁,以至于看不出这件事所表现出的幽默情感。他说:"英国人会引诱她误入歧途,就像他们引诱约翰·德沃伊误入歧途那样。"

科勒姆的观点既是错的又是对的。在都柏林,其实没有任何人希望斯嘉丽抛弃她的爱尔兰人特质,因为在很大程度上这恰恰是她的魅力所在:奥哈拉族长是独一无二的。但是,斯嘉丽也发现了一个令人不安的事实,即那些英裔爱尔兰人也自认为他们和亚当斯敦镇的奥哈拉人一样,是爱尔兰人。有一天,夏洛特·蒙塔古就愤愤不平地对她说:"这些家族在白人踏上美洲大陆之前就已经居住在爱尔兰了,他们不是爱尔兰人还能是什么人?"

斯嘉丽想不明白如此复杂的问题,所以她也不再想它。她认为,她其实也根本没有必要非要把它想明白不可,她可以同时拥有两个世界——巴利哈拉农场的爱尔兰和都柏林城堡社交季的爱尔兰。"小猫咪"长大后也会拥有这两个世界。所以,斯嘉丽十分坚定地告诉自己:这比她留在查尔斯顿显然要好多了。

* * *

凌晨四点，圣帕特里克舞会结束了，至此整个城堡社交季也结束了，下一个重大活动将在几英里外的基尔代尔郡举行。夏洛特告诉她，所有人都会参加潘切斯顿赛马节，他们也都希望能在那里再看到她。

斯嘉丽断然拒绝了："我喜欢马也喜欢赛马，夏洛特，但是我现在要回家，我这个月处理镇务的时间已经推迟了。你不用担心预订旅馆的费用，我来承担。"

夏洛特告诉她，完全没有这个必要，她可以以四倍于原价的价格转卖给别人，再说，她对马也没有任何兴趣。

她感谢斯嘉丽使她成了一个独立的女人："你现在也已经独立了，斯嘉丽，你不再需要我了。你可以继续利用西姆斯太太的一技之长，让她给你做衣服；谢尔本酒店已为你预留了明年社交季的房间。你的大房子可以接待所有你想接待的客人，并且你的女管家又是我见过的最专业的女性。你现在已经拥有了这个世界，你可以为所欲为了。"

"你要做什么去，夏洛特？"

"我会拥有我一直想要得到的东西：罗马某个豪华大楼里的一间小公寓，每天美酒佳肴，日日阳光灿烂。我讨厌下雨。"

今年的春天比所有人记忆中的任何春天都更加明媚，斯嘉丽想，即使是夏洛特也不能抱怨今年的天气不好。牧场上的草长得又高又肥美，三周前在圣帕特里克节那天种下的小麦已经给田野披上了一层嫩绿，今年的收成应该可以弥补去年的遗憾并更上一层楼。回到家的感觉真好。

"你的'国王'怎么样了？"她问"小猫咪"。斯嘉丽不无溺爱地想，只有她女儿才会给一匹设得兰矮种马起名为"国王"。"小猫咪"非常珍惜她热爱的东西，而且她用的是盖尔语里的"国王"一词，这也是一件好事。她总是把"小猫咪"看作一个真正的爱尔兰孩子，尽管她看起来更像个吉普赛人：一头黑发，乱蓬蓬的发辫，而且晴朗的天气使她的肤色变得更深了。她们刚一走到屋外，"小猫咪"就立刻脱下了帽子和鞋子。

"它不喜欢我用马鞍，我也不喜欢用马鞍，不用马鞍骑着更好。"

"不行，你必须用马鞍，我的宝贝。你得学会用马鞍骑马，'国王'也得适应马鞍，没让你用侧鞍就不错了。"

"就是你打猎时用的那个马鞍吗？"

"是的。将来你也会使用那样的马鞍，不过那是很久、很久以后的事情。"到十月"小猫咪"就四岁了，邦妮从马上摔下来的时候比她大不了多少，学用侧鞍的事可以放到很久以后再说。如果邦妮当时不学习侧骑而是分腿骑马——不，她不能这样想，"如果"只会让她心碎。

"我们骑马去镇里吧，'小猫咪'，你想去吗？我们可以去看科勒姆。"他这些天情绪不好，斯嘉丽有些为他担心。

"'小猫咪'不想去镇里，我们骑马去河边行吗？"

"好吧,我好久没去过河边了,这是个好主意。"

"我可以爬到那个塔上去吗?"

"不行,那个门太高了,而且塔里面很可能有好多蝙蝠。"

"我们去看格兰妮吗?"

斯嘉丽立刻攥紧了缰绳。"你怎么认识格兰妮?"那个"聪明女人"曾经警告过她要让"小猫咪"待在家里,不要靠近她的那片林子。那么,是谁把"小猫咪"带到那儿去的?又是为什么要带她去那里?

"她让'小猫咪'喝了牛奶。"

"小猫咪"的话让斯嘉丽感到不安,因为这孩子只有在感到紧张或生气的时候才会用第三人称来称呼自己。"格兰妮怎么让你不开心了,'小猫咪'?"

"她认为'小猫咪'是另一个叫'达拉'的小女孩儿。'小猫咪'告诉她,'小猫咪'就是'小猫咪',但她就是不听。"

"亲爱的,她知道你是谁。当你还是个小婴儿的时候,她就给你起了这个非常特别的名字。'达拉'是盖尔语,就像你起的'国王'和'奥克拉斯'一样,'达拉'的意思是橡树,是一种最好、最强壮的树。"

"一个女孩子不可能是一棵树,她又不长叶子,这个名字太傻了。"

斯嘉丽叹了口气。"小猫咪"平时很安静,所以每当她想说话的时候,斯嘉丽就会感到高兴。但是她和孩子说话并不总是那么容易,因为"小猫咪"是个相当固执己见的小东西,你要是想敷衍她,她总能看出来。要说真话,完完全全的真话,否则她只要看你一眼就会让你无地自容。

"你看,'小猫咪',那就是那座塔,我告诉过你有关它的古老故事吗?"

"是的。"

斯嘉丽想笑。让孩子撒谎肯定是不对的,但是有时候撒一个善意的小谎又是有必要的。

"我喜欢那座塔。""小猫咪"说。

"我也喜欢,亲爱的。"斯嘉丽不明白自己为什么这么长时间没有到这里来了,她几乎忘记了那些古老的石头使她感觉多么奇特,那种感觉既让人觉得可怕又让人觉得安宁。她向自己保证,下一次再也不能间隔数月之久才来这里,这里毕竟是巴利哈拉的真正心脏,是它最初的发源地。

现在虽然还是早春四月,可树篱上已经开满了黑刺李的花。这是一个多么美好的季节啊!斯嘉丽把马车的速度放慢,深深地嗅着空气中的芬芳气息。她正在前往特里姆镇的路上,去取西姆斯太太寄来的一包夏装。衣服可以等,她无须着急这几分钟的时间。她的办公桌上已经放着六张六月份的家庭聚会的请柬,尽管她已经准备好结识一些成年人,但还没有想好是否这么快就开始参加各种聚会活动。"小猫咪"是她的心头肉,但是……菲茨太太一直忙于操持这个家里繁杂的家务,连同斯嘉丽一起友好地喝一杯茶的时间都没有。科勒姆又去了戈尔韦,他去那里接斯蒂芬。她不知道斯蒂芬来到巴利哈拉她会有什么感觉。阴沉的斯蒂芬,也许他在爱尔兰就不会这么阴沉了。可能是因为负责操办购买枪支的事,所以他在萨凡纳才会表现得如此奇怪和沉默寡言。好在至少枪支问题现在已经不存在了!现在,她在亚特兰大修建的那些小房子带给她的额外收入让她感到很愉快,很显然她已经给芬尼兄弟会资助了一大笔钱,那些钱要是能花在连衣裙上岂不是更好,连衣裙不会伤害到任何一个人。

斯蒂芬也应该知道萨凡纳的所有消息,她非常渴望得知每一个亲人的情况。莫琳和她一样不擅长写信,所以她已经好几个月都没有收到萨凡纳的奥哈拉家人的消息了,也没有收到其他任何人的消息。这本来也是意料之中的事情,因为当初她决定卖掉亚特兰大的房子时,就是想把美国的一切都抛在脑后,从此再不回头。

不过,她还是很想听到一些有关亚特兰大的那些人的消息。她也知道一些事情,比如从她赚到的利润就可以得知,她修建的那些小住宅一直卖得很好,那么阿什利的生意也一定很好。但是,还有皮蒂帕特姑妈呢?还有茵迪娅呢?她是不是已经干瘪成一抔尘土了?还有所有那些曾经对她十分重要的人呢?我真不该把姨妈们的生活费留给律师去转交,而应该自己同她们保持直接联系。不让她们知道我在哪里是对的,保护"小猫咪"不受瑞特的伤害也是对的,不过他现在也许不会做出什么坏事来,看看他在城堡社交季上的表现就知道了。如果我写信给尤拉莉姨妈,就能从她那里得到查尔斯顿的所有消息,也就能听到有关瑞特的事情。但是,要是我听到的是他和安妮的生活非常幸福,一起饲养赛马和养育巴特勒的孩子,我能忍受吗?我心里并不想知道这些事情,我还是不要打扰姨妈们了。

不管怎么说,就算收到了尤拉莉姨妈的来信,不就是横七竖八地写满了说教吗?菲茨太太的说教已经足以填补她的这个空白了。菲茨太太劝斯嘉丽自己搞聚会,她的意见可能是对的。斯嘉丽有那么大一所房子和那么多的仆人,而且他们一个个都闲得无聊,不搞聚会岂不是很荒唐吗?但是,在"小猫咪"的事情上,菲茨太太的看法显然是大错特错了。我才不在乎英国妈妈们做什么,我是决不会让一个保姆来控制"小猫咪"的生活的。我现在已经难得见到她一面:她不是在马厩里就是在厨房里,要不就是在某个地方溜达或者爬到了什么地方的某棵树上。菲茨太太觉得应该把她送到一所修道院的学校去,这简直是发疯!当"小猫咪"长到足够大的时候,就在巴利哈拉的学校上学就可以了,她在这里的学校里也会有朋友的。有时我倒是有些担心,她根本不想和其他孩子一起玩耍……前面到底发生了什么事情?今天又不是集市日,为什么桥上挤满了那么多人?

斯嘉丽从马车上俯下身,用手碰了碰一个从旁匆匆走过的女人的肩膀:"发生了什么事情?"女人抬起头,一双眼睛闪闪发亮,满脸兴奋不已的神情。

"正在实施鞭刑。你动作得快一点儿,否则就要错过了。"

鞭刑?斯嘉丽不想看到一个可怜的士兵挨鞭子,在她的印象里鞭刑只是军队里的一种惩罚方式。她想把马车掉一个头,但是渴望看到这一奇观的人们纷纷推搡着往前挤,她已经被密密麻麻的人群包围在其中。她的马也受到了惊吓,马车开始摇晃、震动,她只能立刻走下马车,死死抓住马的缰绳,轻轻拍打着马背并用轻柔的声音安抚它,顺着人群移动方向向前走去。

当人群终于停止移动后,斯嘉丽立即听见了鞭子从空中划过发出的嗖嗖声和它落到人的肉体上发出的可怕的清脆响声。她想捂住自己的耳朵,但是她又必须用手不停地安抚那匹受惊的马,那可怕的鞭挞声似乎没完没了地在她耳畔回响。

"……一百。就这样了。"她听见有人说,接着又听见旁观的人纷纷发出颇有些失望的喃喃低语。她紧紧抓住缰绳,人群开始散去,但是推搡和拥挤得反而比之前更厉害了。

不等她闭上眼睛,她已经看到了那一具体无完肤的尸体,那个景象就像烙印一样立刻深深地印在了她的脑子里。他被绑在一个直立的马车车轮上,手腕和脚踝都被皮绳牢牢地捆着。一件带有紫色斑块的蓝色衬衫挂在他那条粗糙的羊毛裤子的裤腰上,曾经宽阔的后背裸露着,已经变成了一个巨大的血红色的创口,上面挂着一条条红色的肉和皮肤。

斯嘉丽扭过头,把头埋到马浓密的鬃毛里。她想呕吐。她的马也感到不安,猛地把头一扬,甩开了她的头。她闻到空气中有一种可怕的甜丝丝的味道。

她听见了,有人在呕吐,她的胃也在翻腾。她努力抓紧缰绳不松手,弯下腰吐到了鹅卵石地面上。

"没事了,孩子,看了鞭刑把早饭吐光了并不丢人,到前面的酒吧去喝一大杯威士忌就好了。马布里会帮我割掉皮绳把他放下来的。"斯嘉丽抬起头向说话的人看去,那是一个穿着中士制服的英国士兵,他正在同一个面色苍白的列兵说话。列兵跌跌撞撞地走了,另一个士兵走上前来,帮着军士从车轮后面割断了皮绳,尸体立即倒在了车轮下浸满鲜血的泥土里。

斯嘉丽心想,上星期这里的草还是绿的,怎么可能变成这样了?这里本该是一片柔软翠绿的草地。

"他老婆怎么办,中士?"两个士兵架着一个身穿黑色连帽斗篷、神情紧张的沉默女人问道。

"放了她,已经结束了。我们走吧,运尸体的马车稍后会来把他拉走。"

那个女人追上中士,伸手抓住了他带有金色条纹的袖子。"你们的军官答应过我可以埋葬他的,"她哭着说,"他答应过我的。"

中士一抬手把她推开了:"我只接到了实施鞭刑的命令,其他的事跟我无关。离我远点儿,女人。"

那个穿着黑斗篷的身影孤零零地站在大街上,看着士兵们走进了酒吧。她发出一声凄惨的抽泣,转身向车轮下那一具血肉模糊的尸体跑去。"丹尼尔!噢,丹尼尔!噢,亲爱的!"她蹲下来,然后跪在可怕的泥浆里,试图抬起丹尼尔破烂的肩膀,把他的头放到她的膝盖上。她的兜帽从头上掉下来,露出了一张苍白而消瘦的脸和一头梳得整整齐齐的金发,一双蓝色的眼睛笼罩在悲伤的阴影之中。斯嘉丽呆呆地站在那里。她如果现在离开,让车轮在鹅卵石地面上发出轧轧的声响,那将是对这个悲惨女人的侮辱和侵犯。

这时,一个脏兮兮的小男孩儿光着脚跑过广场来到女人身旁。他摇摇那个女人的肩膀,说道:"女士,你能不能给我一粒他的扣子或别的什么东西?我妈妈想要一个纪念品。"

斯嘉丽拔腿跑过鹅卵石地面,跑过溅满血迹的草地和踩烂的泥浆,一把抓住了男孩儿的胳膊。他抬起头,吃惊地张大了嘴,斯嘉丽用尽全身力气朝着他的脸就是一巴掌,啪的一声就像清脆的枪声。"滚开,你这个肮脏的小混蛋!滚!"小男孩儿吓得大叫着跑开了。

"谢谢你。"那个被打死的男人的妻子说。

斯嘉丽知道,她现在再也不能置身事外了,她能做的事情很有限,但她也不得不做。"我认识特里姆镇上的一位医生,"她说,"我这就去叫他。"

"医生?你以为他还能为我丈夫放血疗伤吗?"她那尖刻、绝望的话语带着明显的英国口音,跟城堡社交季舞会上的那些人一样。

"他会为你丈夫清理好遗体,以便下葬。"斯嘉丽平静地回答说。

女人伸出满是鲜血的手抓住斯嘉丽裙子的下摆,把它举到唇边,低声下气地吻了一下表示感谢。斯嘉丽的眼里噙满了泪水:天啊,我不值得你这么做。要不是走不了,我刚才早就调转马车离开了。"不要这样,"她赶紧对那女人说,"请不要这样。"

那个女人的名字叫哈莉特·斯图尔特,她的丈夫叫丹尼尔·凯利。在特里姆镇的天主教堂里,直到丹尼尔·凯利被放进棺材里之后,斯嘉丽也只知道了这一点有限的情况。那个刚刚守寡的女人除了回答神父提出的问题外,一直没有说话,这时她却突然睁大了眼睛环顾四周,问道:"比利呢,比利在哪里?他应该在这里的。"神父发现,为了使孩子远离鞭刑现场,哈莉特事先把他锁在了一个旅馆的房间里。"他们都是好心人,"女人说,"他们让我用结婚戒指抵账,而我那个戒指根本不是金戒指。"

"我会把他带来的,"斯嘉丽说,"神父,你能照顾一下凯利太太吗?"

"我会的,奥哈拉太太,请带一瓶白兰地过来,这位可怜的女士快要崩溃了。"

"我不会崩溃,"哈莉特·凯利说,"我也不能崩溃。我必须照顾我的孩子,他还是个小孩儿,只有八岁。"她的声音十分脆弱,就像一层刚刚凝结的薄薄的冰。

斯嘉丽匆匆来到了那家旅馆。比利·凯利是一个健壮的金发男孩,比一般八岁男孩的个子要大,他对自己被关在一扇厚厚的门内很生气,对英国士兵也很生气,正在房间里愤怒地大喊大叫:"我要到铁匠铺里拿一根铁棒来,砸碎他们的脑袋,让他们开枪打死我。"旅馆老板使出浑身力气紧紧抱着这个男孩儿。

"别犯傻了,比利·凯利!"斯嘉丽严厉的话语像一盆冷水泼在了孩子的脸上,"你母亲需要你,而你还想让她更加悲痛,你算是什么男子汉？"

旅馆老板终于可以放开他了，男孩儿一动不动地站在那里。"我妈妈在哪里？"他问道，那声音听起来和他本人一样稚嫩和惊恐。

"跟我来。"斯嘉丽说。

第八十章

哈莉特·斯图尔特·凯利的故事是后来慢慢讲出来的。直到他们母子俩来到巴利哈拉一个多星期之后,斯嘉丽才了解到了事情的全部真相。哈莉特是一位英国教士的女儿,曾在威特利勋爵家担任过助理家庭教师。她当时十九岁,受过良好教育,但是对这个世界一无所知。

她的职责之一是每天早饭前陪勋爵家的孩子骑马。她爱上了陪同他们骑马的马夫,他笑起来明眸皓齿的模样和活泼轻快的声音让她着了迷。当他要她和他一起私奔时,她只觉得那一定是世界上最浪漫的一次冒险。

那场冒险最终在丹尼尔·凯利父亲的小农场里结束了。由于没有原雇主的推荐信,所以私奔的马夫或家庭教师都找不到工作。丹尼同他父亲和兄弟们一起在满是石头的地里干活,哈莉特则按照丹尼母亲的吩咐做一些家务,基本上都是一些洗洗涮涮和缝缝补补的事情。她很擅长刺绣,这是成为淑女的必备技能之一。当她唯一的孩子比利出生后,她的罗曼史也就宣告结束了。这时候,丹尼尔·凯利开始怀念勋爵家豪华马厩里的骏马,怀念他穿过的时髦条纹马甲、礼帽和高筒皮靴,那些都是一个马夫必不可少的装束。他责备哈莉特使他误入歧途,每天借着威士忌消愁度日,他的家人也因为她是英国人而且是新教徒,对她怀恨在心。

丹尼尔因为在一个酒吧里袭击了一个英国军官而被捕。当他被判处一百下鞭刑时,他的家人都明白他已经必死无疑。所以,当哈莉特拉着比利的手、拿着一条面包步行二十英里前往特里姆镇的时候,他们便开始为他守丧。特里姆镇是那个被侮辱的英国军官所在团的营地,她祈求他们为她丈夫留下一条命,但是她只得到了亲手埋葬他的许可。

"如果你肯借给我路费,奥哈拉太太,我就带着儿子回英国去。虽然我的父母都去世了,但是我还有一些堂兄弟姐妹,他们可能会给我们一个家。我总能找到一份工作的,我会用我的工资偿还你。"

"说什么废话,"斯嘉丽说,"难道你没有发现我有个小女孩儿,整天像一匹野马驹一样到处乱跑吗?'小猫咪'正需要一个家庭教师。此外,她已经像一个影子似的整天跟在比利身后了,而且她更需要有一个朋友。如果你愿意留下来,凯利太太,那真是帮了我一个大忙。"

就斯嘉丽家的现状而言,确实如此,但是她没有说出口的是她根本不相信哈莉特有能力找到一条回英国的船,更不相信她能够在英国谋生。斯嘉丽对她的判断很简单,那就是有骨气但没脑子,她所知道的一切都是从书本上学来的,而斯嘉丽对书呆子的评价从来就不高。

尽管斯嘉丽看不起哈莉特缺乏生存能力,但还是很愿意让她住在自己家里。从都柏林回来以后,斯嘉丽就始终觉得这所空荡荡的大房子让她感到不安。她没有想到她会想念夏洛特·蒙塔古,但是她现在确实想念夏洛特了。哈莉特的出现不仅很好地填补了这个空白,而且作为斯嘉丽的陪伴而言,她在许多方面甚至比夏洛特更合适,因为哈莉特对孩子们做的每一件微不足道的事情都津津乐道,因此让斯嘉丽听到了不少"小猫咪"认为不值得汇报的小冒险故事。

对"小猫咪"而言,比利·凯利也成了她的好伙伴,这使得斯嘉丽不再担心女儿孤独的处境。哈莉特住在这里的唯一缺点就是菲茨帕特里克太太对她的敌意。当斯嘉丽把哈莉特和她儿子从特里姆镇带回来的时候,菲茨帕特里克太太当即就对她说:"我们巴利哈拉不需要英国人,奥太太。那个叫蒙塔古的女人住在这里就已经够糟糕的了,但是至少她还为你做了一些有用的事情。"

"你也许不想要凯利太太住在这里,但是我想要,而这里是我的房子!"总有人想告诉她应该做什么,不应该做什么,斯嘉丽早就烦透了。以前是夏洛特对她指手画脚,现在又轮到菲茨太太了。哈莉特就从来没有批评过她,恰恰相反,她对自己能在这里得到一个家和斯嘉丽送给她的旧衣服一直感激涕零,以至于斯嘉丽有时真想对她大喊一声:你不要那么谦卑和温顺。

斯嘉丽很想对所有人大喊大叫然而又常常为此感到羞愧，因为她根本没有任何大喊大叫的理由。在人们的记忆中，还从来没有见到过今年这样风调雨顺的生长季节，麦子已经长到一半高了，土豆地里一片茂密的深绿；一天又一天阳光灿烂的日子，特里姆镇每周一次集市日上的庆祝活动一直持续到温暖的半夜。斯嘉丽不停地跳舞，直跳到她的鞋袜都磨出了洞，但是欢快的音乐声和笑声并不能使她长时间地振作起来。当哈莉特看着年轻夫妇挽着胳膊沿河散步而为浪漫黯然叹息时，斯嘉丽却不耐烦地耸耸肩转身而去。她心想，谢天谢地，她现在每天都能收到寄来的请柬，家庭聚会很快就要纷纷开始了。在都柏林优雅的欢乐活动和琳琅满目的商店的巨大诱惑下，特里姆镇集市日的吸引力早已变得黯然失色。

到五月底，博因河的水降到了最低位，人们已经可以清楚地看到几个世纪前老祖先为铺设这个徒涉渡口而沉入水底的石头。农民们看着天空中低矮的云层一次次被西风吹走，心急如焚，因为庄稼急需雨水的滋润。偶尔一场阵雨都是转瞬即逝，除了使空气变得清新之外，只能淋湿土皮，反而促使小麦和梯牧草的根往地面延伸，更加削弱了茎干的生长。

"小猫咪"报告说，那条从北面通往格兰妮茅屋的小径已经被来往的人们踏成了一条小路。"人们都到她那里买求雨符，""小猫咪"一边说一边把奶油抹到一块松饼上，"所以她的奶油多得吃不完。"

"你准备和格兰妮做朋友了?"

"是的,比利喜欢她。"

斯嘉丽笑了。对"小猫咪"来说,比利的话就是法律。幸运的是这个男孩儿禀性温柔,要不然她对他的崇拜很可能让他反感,实际上他对她一直像圣人一样有耐心。比利继承了他父亲对马的热爱,他现在正把"小猫咪"训练成一名熟练的骑手,在这件事情上他起到的作用是斯嘉丽远远难以企及的。等"小猫咪"再长大几岁,她就会骑上一匹真正的骏马而不是小马驹了。她现在每天至少都要说两次:小马驹是给小女孩儿骑的,"小猫咪"是大女孩儿了。还好比利发话了,说她还不够大,如果这话出自斯嘉丽之口,"小猫咪"是绝对不会接受的。

* * *

六月初,斯嘉丽到罗斯康芒[1]去参加一个家庭聚会,她相信自己并没有把女儿弃之不顾,因为"小猫咪"很可能根本就不会注意到我已经离开了家。真是丢人啊!

在这个家庭聚会上,几乎所有人都对她说:"多好的天气啊,不是吗?"柔和而明亮的日光每天都会持续到晚上十点以后。午餐后,他们都到草坪上打网球。

斯嘉丽很高兴能再次同她在都柏林最喜欢的许多人在一起,

---

[1] 罗斯康芒(Rosecommon)是爱尔兰中部城市,也是罗斯康芒郡的郡治。

唯一一个她不愿意热情招呼的人是查尔斯·拉格兰。"是你那个团的士兵把那个可怜人打死的,查尔斯。我永远不会忘记这件事,也永远不会宽恕你们。即使你穿着便服也并没有改变你是英国士兵这个事实,也没有改变军队是野兽的事实。"

然而,查尔斯对此毫无歉意,这让她感到非常意外。"我确实很抱歉让你看到了那一幕,斯嘉丽,鞭刑从来都是丑恶的勾当。但是,在我们看来还有比鞭刑更为糟糕的事情,而那些事情是绝对不能任其发展的。"

他不愿意具体说明那些事情是什么,但是斯嘉丽从人们的交谈中已经知道,暴力反抗地主的事件正在整个爱尔兰蔓延开来。田地被付之一炬,牛被割断喉咙,戈尔韦附近一处大宅邸的代理人遭到伏击并被砍死。人们不无忧虑地低声谈论着白衣会[1]卷土重来的危险。一百多年前白衣会曾四处烧杀劫掠,让地主们闻风丧胆。有些头脑的人却说这根本不可能,因为最近发生的这些事件都是零星而分散的,充其量不过是一些众所周知的捣蛋鬼无事生非而已。但是,当你驾着马车行驶时,一帮佃农横眉冷眼地盯着你看,确实会让人感到忐忑不安。

斯嘉丽还是原谅了查尔斯,但是她说他不能指望她会忘记

---

[1] 白衣会(White boys)是1760年前后建立的一个爱尔兰农民秘密组织,他们使用暴力手段保护佃农的土地权利,这个组织的名字来自于其成员在夜间突袭时穿的白色罩衫。他们反对高额地租、什一税、驱逐佃农和其他压迫行为,他们的目标大多是地主和收税人。随着时间的推移,白衣会成了与秘密组织有关的乡村暴力的总称。白衣会在历史上曾三次大爆发:1761—1764年,1770—1776年以及1784—1786年。

这件事。"如果能使你记住我的话,我甚至愿意为那次鞭刑承担责任。"他热切地说,然后像个男孩儿似的涨红了脸,"该死,当我在军营里想到你的时候,我会文思泉涌,出口成章,那些话简直可以同拜伦勋爵[1]的诗媲美。但是,当我站在你面前的时候,我就只会满口废话。你难道不知道我是多么无可救药地爱着你吗?"

"是的,我知道。好了,查尔斯,我恐怕不会喜欢拜伦勋爵,但是我非常喜欢你。"

"我的天使,真的吗?我能不能——"

"不行,查尔斯,别摆出那么绝望的样子。不是你的问题,任何人都不行。"那天夜里,斯嘉丽房间里的那盘三明治慢慢干得卷起来了。

"回到家里真好!哈莉特,我这个人恐怕太糟糕了,离开家的时候吧,不管我多么开心也总是渴望回家,但是我可以跟你打赌,等不到这个星期结束,我就肯定又会盼着下一个聚会了。赶快告诉我,我不在的时候发生了什么事,'小猫咪'是不是一直缠着比利,快把他逼疯了?"

"没有那么严重。他们发明了一个新游戏,叫作'击沉维京海盗船'。我不知道这个名字是怎么来的。'小猫咪'说你能给我

---

[1] 乔治·戈登·拜伦(George Gordon Byron,1788—1824),第六代拜伦男爵,出生于伦敦,逝世于希腊,英国诗人、革命家,独领风骚的浪漫主义文学泰斗。拜伦著名的作品有长篇的《唐璜》及《恰尔德·哈洛尔德游记》。

解释,她记得的东西只够起这个名字。他们在那座瞭望塔上安放了一个绳梯,比利把石头搬上去,然后他们一起往河里扔石头。"

斯嘉丽笑了起来:"真是个狡猾的女子!她一直就缠着我说要爬到瞭望塔上去。你看看,她竟然设法让比利去干那些重活。她现在还不到四岁,等她长到六岁的时候,还不知道会变成一个多么可怕的家伙。你要是想要她学习英文字母,恐怕得拿根棍子逼着她才行。"

"也许不会那样,她现在对她房间里的那些动物字母已经开始感到好奇了。"

斯嘉丽听得出来哈莉特是在暗示她女儿可能是个小天才,不禁笑了。她总是觉得"小猫咪"比人类历史上的任何一个孩子都更早熟、更聪明。

"你能跟我说说这次家庭聚会的事吗,斯嘉丽?"哈莉特急不可待地问道。虽然她的现实生活很悲惨,但是她并没有失去对浪漫生活的梦想。

"很不错,"斯嘉丽说,"我们有——呃,我估计大概二十几个人吧,这还是我第一次没有见到某个无聊的退休将军,他们只会谈论威灵顿公爵[1]教给了他们多少本领。我们举行了一场非常激烈的槌球比赛,还有人像看赛马那样在我们身上下注。我那个队的人有——"

---

[1] 阿瑟·韦尔斯利,第一代威灵顿公爵(Arthur Wellesley, 1st Duke of Wellington, 1769—1852),人称"铁公爵",拿破仑战争时期的英国陆军将领,也是19世纪世界上最具影响力的军事、政治领导人物之一。

"奥哈拉太太！"斯嘉丽突然听到了这一声尖叫，立刻从椅子上跳了起来。一个女仆气喘吁吁、满脸通红地跑了进来。"厨房……"她上气不接下气地说道。斯嘉丽从她身边飞奔而过，差一点儿把她撞倒在地。

她刚跑到厨房走廊一半的地方，就听见了"小猫咪"的哭喊声，斯嘉丽立刻加快了步伐。"小猫咪"可是从来不哭的孩子。

"她不知道锅很烫"……"已经给她抹了黄油"……"她刚抓起来就烫得把它扔掉了"……"妈妈……妈妈……"仆人们在孩子身边乱哄哄地说着话，但是斯嘉丽只听到了"小猫咪"的叫喊。

"妈妈来了，亲爱的，我们马上就把'小猫咪'治好。"她一把把哭泣的孩子抱起来，急匆匆向门口走去。她已经看到"小猫咪"掌心上那一片可怕的红色伤痕，她小小的手指都已经肿胀得彼此撑开了。

她只觉得门前的车道似乎比以前延长了一倍，她以最快的速度向前跑，随时都可能摔倒。要是德夫林医生不在他家里，等他回来时就别想在这里住下去了，我要把他的全部家具和家人统统扔到大街上去。

不过，医生在家。"好啦，好啦，不必这么紧张，奥哈拉太太。孩子们不都是经常发生一些意外吗？让我看看。"

他刚刚碰到"小猫咪"的手，孩子就痛苦地尖叫起来，那叫声像刀子一样剜着斯嘉丽的心。

"烫得不轻啊，确实很严重。"德夫林医生说，"我们要给烫伤的地方涂上一层油，等水疱都鼓起来之后再把它们割破，把里面的液体放出来。"

"她现在很疼,医生,你不能为她止痛吗?""小猫咪"的眼泪浸湿了斯嘉丽的肩膀。

"用黄油最好,黄油很快就能把温度降下来。"

"很快?"斯嘉丽抱起"小猫咪"转身就往外跑。她想起了生"小猫咪"时自己舌头上的那种液体,那才是最快速的止痛剂。

她要把孩子带到那个"聪明女人"那里去。

这个时候,斯嘉丽早已忘记了博因河和那座瞭望塔离她有多远,她的腿很快就会筋疲力尽,但她无论如何也要坚持下去。她跑得很快,就好像地狱猎犬[1]正在她身后紧追不舍。"格兰妮!"她一跑进老巫婆所在的冬青树丛就大喊道,"帮帮我!看在上帝的分上,帮帮我!"

"聪明女人"立刻从树荫下走了出来。"我们就坐在这里,"她平静地说,"不要再跑了。"她在地上坐下来,然后举起双臂:"到格兰妮这里来,达拉,让我帮你把伤痛赶走。"

斯嘉丽把"小猫咪"放到"聪明女人"的腿上,然后自己蹲在地上,那架势好像时刻准备着抓起孩子再跑,跑到任何可能得到帮助的地方,只要她能想到一个这样的地方或者一个这样的人。

"我要你把你的手放到我的手里,达拉,我不会碰你的手,

---

[1] 地狱猎犬(Hounds of Hell)是欧洲神话和民间传说中来自阴间或地狱的会喷火的恶魔犬。

你自己把手放到我手里就行了。我要对烫伤的地方说几句话,它会听我的话,很快就会消失的。"格兰妮的声音平静而自信。"小猫咪"抬起绿眼睛望着格兰妮布满皱纹的温和的脸,伸出受伤的小手,手掌向上放到格兰妮满是青草渍的手掌上。

"你的手烫伤了一大片,烫得很严重,达拉。我必须好好劝劝它,这需要很长的时间,但是你很快就会感觉好一些了。"格兰妮开始对着"小猫咪"手上的伤处吹气,一次、两次、三次。然后,她把嘴唇凑近手,开始对着"小猫咪"的手掌喃喃低语。

斯嘉丽听不出她说的什么,她的声音就像阳光下柔软的嫩叶或从卵石上流过的清澈河水。几分钟之后——不超过三分钟,"小猫咪"就停止了哭泣,斯嘉丽瘫倒在地上,全身终于松弛下来。"老太婆"仍在喃喃低语,声音低沉,单调而舒缓。"小猫咪"的头软软地垂下来,最后靠在了格兰妮的胸前,喃喃低语依然没有停止。斯嘉丽用胳膊肘撑着身体半躺在地上,过了一会儿她的头向后耷拉下去,全身躺到地上,很快也睡着了。当"小猫咪"和斯嘉丽都睡着之后,格兰妮继续对着烫伤的创口喃喃低语,红肿慢慢开始消退,最后"小猫咪"的皮肤恢复了原状,就好像她根本没有被烫伤似的。最后,格兰妮抬起头,舔了舔干裂的嘴唇,把"小猫咪"的一只手放到另一只手上,然后用两只胳膊抱着沉睡的孩子轻轻地前后摇晃,嘴里哼着摇篮曲。过了很久,她终于停了下来。

"达拉,""小猫咪"睁开了眼睛,"该走了。告诉你妈妈,格兰妮累了,现在要去睡觉了。你一定要带着妈妈回家。""聪明女人"把"小猫咪"扶起来站好，然后转过身手脚并用爬进了茂密的冬青树丛中。

"妈妈，该走了。"

"是'小猫咪'吗？我怎么能睡着呢？噢，我很抱歉，我的小天使。这是怎么回事？你感觉如何了，宝贝？"

"我睡着了一会儿，手也好了。我可以爬到瞭望塔上去吗？"

斯嘉丽看着小姑娘毫发无损的手掌，激动地说："噢，'小猫咪'，妈妈现在真的非常需要你的拥抱和吻，求你了。"她把孩子揽入怀中，过了一会儿才放开。这是她给"小猫咪"的礼物。

"小猫咪"把嘴唇凑到了斯嘉丽的面颊上，然后说："我觉得我现在不想爬瞭望塔了，我想喝茶和吃蛋糕。"这是她送给母亲的礼物，"我们回家吧。"

"奥哈拉族长中了魔咒了，老巫婆和族长那个被偷换的孩子一直都在用一种非人类的语言交谈。"内尔·加里蒂说。她还声称自己是亲眼所见，她当时吓坏了，一转身就掉进了博因河里，因为她已经完全忘记了她还没有走到徒涉渡口处。要是河水还是像往常那样深，她肯定已经淹死了。

"肯定就是她们对天上的云施了魔法，让它们从我们头顶上空飞走了。"

"安妮·麦克金蒂的那头奶牛是整个特里姆镇最好的奶牛，不是再也不产奶了吗？"

"纳文镇的丹·霍利翰脚上长了疣子，疼痛难忍，现在已经下不了地了。"

"在大白天里,那个被偷换的孩子骑着一匹伪装成小马的狼。"

"她的影子落到了我的搅乳器上,结果怎么也做不出黄油来了。"

"认识她的人都说,她能在黑暗中看到一切,她的眼睛会发出火一样的光芒,为她照亮潜行的路。"

"赖利先生,你难道没有听说过她出生的故事吗?那天是万圣节前夜,无数彗星划过,撕碎了夜空……"

类似的故事从一家的壁炉前传到另一家壁炉前,广为流传。

一天,菲茨帕特里克太太突然在大房子的门阶上发现了"小猫咪"的奥克拉斯,那只虎斑猫被人勒死并开膛破肚。她用一块布把猫的尸体裹起来藏在自己房间里,准备在不会被人发现的时候再拿到河边去处理掉。

罗莎琳·菲茨帕特里克没有敲门就冲进了科勒姆的房子。他抬头看看她,但仍然稳稳地坐在椅子上。

"我就知道你是这个样子!"她喊道,"你已经不能像一个襟怀坦诚的人那样到酒吧里喝酒,而是借着一个羞于启齿的借口躲在这里喝,以此掩盖你这个大男人的懦弱。"她的声音里充满了轻蔑,她还同样轻蔑地用穿着靴子的脚踹了踹斯蒂芬·奥哈拉的两条软绵绵的腿。他耷拉着一张嘴,忽高忽低地打着呼噜,嘴里和衣服上都散发出浓浓的威士忌的气味。

"别烦我,罗莎琳,"科勒姆无精打采地说,"我和我堂弟正在哀悼爱尔兰希望的破灭。"

菲茨帕特里克太太双手叉腰,厉声道:"那么,你的堂妹的希望呢,科勒姆·奥哈拉?要是斯嘉丽心爱的'小猫咪'死了,她悲痛欲绝地哀悼她的孩子时,你是不是还要再喝一瓶威士忌,把自己醉死吗?当你的教女死了之后,你会和她一起感到悲伤吗?我告诉你,科勒姆,这孩子现在有生命危险。"

罗莎琳跪在他的椅子面前,使劲摇着他的胳膊:"看在对基督和圣母的爱的分上,科勒姆,你必须防患于未然!我已经做了我能做的一切,但是人们不听我的,也许现在让他们听听你的话也已经太晚,但是你必须试一试。你不能像这样躲避这个世界,人们会觉得你遗弃了他们,你堂妹斯嘉丽也会有同样的感觉。"

"凯蒂·科勒姆·奥哈拉。"科勒姆喃喃地说。

"你的双手会沾满她的鲜血的。"罗莎琳冷酷无情地说。

第二天的白天和晚上,科勒姆从容不迫地走访了巴利哈拉和亚当斯敦的每一户人家、每一间农舍和每一个酒吧。他走访的第一个地方就是斯嘉丽的办公室,他走进那里时她正在处理大房子的日常账目。当她看到他站在门口时,她的眉头立刻舒展开来,而当他建议她举办一个聚会欢迎她的堂兄斯蒂芬回到爱尔兰时,她的眉头又皱了起来。

不过,正如他料想的那样,她还是让步了,于是科勒姆就可以借传达邀请为由名正言顺地走进所有人的家门。他在与人们的交谈中都十分留意他们的只言片语,希望找到罗莎琳提出警告的根据和蛛丝马迹,但他什么也没听到,这使他感到大大松了一口气。

星期天的弥撒结束后,所有村民和来自米斯郡的奥哈拉人都来到巴利哈拉参加欢迎斯蒂芬回家的聚会,同时也借机了解一些美国的情况。草坪上搭起了长长的搁板桌子,桌上摆着许多大盘子,盘子里盛满热气腾腾的煮咸牛肉和卷心菜,篮子里堆放着热腾腾的煮土豆,还有一罐又一罐冒着泡沫的波特啤酒。天花板上画着爱尔兰英雄画像的客厅敞开着大门,欢迎人们进去看一看。

这个聚会总体上还算完美。

斯嘉丽事后安慰自己,她已经尽了最大的努力,并且和凯瑟琳一起聊了好长时间。"凯瑟琳,我好想你。"她告诉堂妹,"自从你离开以后,一切都变样了。博因河徒涉渡口处的水就算涨到十英尺深,我都无所谓了,因为就算只走进佩金的家门一步我也无法忍受了。"

"如果一切都一成不变,斯嘉丽,我们活着还有什么意义呢?"凯瑟琳回答说。她现在已经是一个健康男孩儿的母亲,她希望六个月之后再给男孩儿生下一个弟弟。

斯嘉丽十分伤心地感到,她丝毫没有想念我。

斯蒂芬在爱尔兰和他在美国时一样,话不多,但是家里人似乎都不介意:"他是个不爱说话的人,仅此而已。"斯嘉丽一直躲着他,因为对她来说他仍然是那个阴沉的斯蒂芬,不过他给她带回了一条不错的消息:罗比拉德外公去世了,他把财产全部留给了宝琳和尤拉莉。她们俩现在一起住在那幢粉红色的房子里,每天出去散步健身，据说她们现在的生活甚至比特尔菲尔姐妹的还要奢华。

正是在奥哈拉家的这个聚会上，人们听到了远处传来的隆隆雷声。所有人都立刻停止了说话，停止了吃东西，停止了大笑，满怀希望地抬头仰望，而明亮如洗的蓝天似乎正在嘲笑他们。弗林神父从此每天增加了一次特别的弥撒，人们也纷纷点燃蜡烛，内心里祈祷着天上能够降下好雨来。

在仲夏那天，西风吹来的云开始在天空中堆积，而不再像往日那样疾驰而过。到下午晚些时候，深灰色的乌云沉甸甸地笼罩了整个地平线。正在为仲夏夜庆祝活动准备篝火的男男女女在断断续续的阵风中抬起头来，他们终于闻到了雨水的气息。一旦雨水回归，庄稼就能保住，那将是一场真正的庆典。

天刚黑，暴风雨就来了，电闪雷鸣，雷声震耳欲聋，闪电把天空照得比白昼还要明亮，大雨倾盆而下。突然，核桃大小的冰雹从天而降，人们纷纷捂着头倒在了地上，在闪电和雷鸣声中充斥着人们痛苦和恐惧的哭喊声。

斯嘉丽刚刚走出大房子，准备到篝火边去听音乐和跳舞，她立刻退回屋里，仅仅几秒钟的时间她已经全身湿透。她跑上楼去找"小猫咪"，只见"小猫咪"双手捂着耳朵，瞪着两只绿色的眼睛惊恐地望着窗外，哈莉特·凯利紧紧抱着比利蜷缩在一个角落里寻求保护。斯嘉丽在"小猫咪"身旁跪下来，同她一起目睹大自然的疯狂。

半小时之后,天空豁然晴朗,繁星点点,明晃晃的月亮挂在空中,比满月时缺了四分之一。篝火已经被暴雨和冰雹浇灭,灰烬溅得四处都是,今天晚上再也不会有篝火了。地里的牧草和小麦已经全部被冰雹夷为平地,一眼望去地面上覆盖着一层灰白色的不规则冰球。巴利哈拉的爱尔兰人都哭成一片,撕心裂肺的号啕声穿透了石墙和玻璃窗,传入了"小猫咪"的房间里。斯嘉丽不禁打了个寒战,一把把她黑皮肤的孩子拉到怀里。"小猫咪"的手没能挡住凄惨的哭号声,她也呜呜咽咽地哭起来。

"我们失去了今年的收成。"斯嘉丽说,她正站在巴利哈拉宽阔街道中央的一张桌子上,向镇上的所有人讲话,"但是也还有很多东西可以补救。我们还能收获干草,虽然没有了麦粒也就磨不成面粉,但是麦草还在。我现在就到特里姆、纳文和德罗赫达去,为我们购买过冬的物资。我向你们保证:巴利哈拉不会有饥饿,这是我作为奥哈拉族长给你们的承诺。"

人群中爆发出一阵欢呼声。

但是到了晚上,他们依然坐在壁炉边谈论着女巫、被偷换的孩子和瞭望塔的事情,他们都说是那个被偷换的孩子在瞭望塔下惊醒了被绞死领主的鬼魂,他复仇来了。

第八十一章

晴朗的天空和无情的热浪又回来了,并且一直持续不变。《爱尔兰时报》的头版上全是有关天气的报道和预测,第二版和第三版上也出现了越来越多有关针对地主财产和代理人的暴行的报道。

斯嘉丽每天都会大致浏览一遍报纸上的消息,然后就把它扔到一边。感谢上帝,至少她不用担心自己的佃农或租户会对她施暴,因为他们知道她会照顾他们的。

但是,要做到这一点并不容易。很多时候,当她来到一个镇或城市时,却发现那里原本该有的大量面粉和谷物其实只是谣言或者早已售罄。一开始,她还为飞涨的物价与人讨价还价,但是随着物资供应变得越来越紧张,只要能买到任何东西她都兴奋不已,无论什么价钱都立即照付,而很多时候她买到的还只是劣质品。

她心想,现在的情况已经跟内战后佐治亚州的情况一样糟糕了。不,这里的情况更糟。因为那时我们是和北方佬打仗,他们偷走了我们的东西，还把我们的房屋烧得精光。而现在我正在为巴利哈拉所有人的生命而战斗，他们比当时塔拉依靠我活着的人要多得多，而更为糟糕的是我甚至不知道谁是我的敌人，我不敢相信是上帝诅咒了爱尔兰。

但是，她还是买了一百美元的蜡烛，供巴利哈拉的人们在小教堂祈祷时使用。她无论骑马还是驾驶马车，都会小心翼翼地绕过路边或田野里不断出现的一堆堆石头。她虽然并不知道那些古老的神灵是否因此得到了安抚，但是只要神灵能给他们带来雨水，她愿意把米斯郡的每一块石头都奉献给他们，如果有必要，她甚至愿意亲手垒起更多的石堆。

斯嘉丽感到很无助，因为这是一次从未有过的可怕经历。她原以为自己在种植园里长大，对种庄稼的事很在行，但是实际上，不管她如何一直努力工作并要求其他人也同样努力工作，巴利哈拉的好年景并没有她期望的那么多。可是，现在只有强烈的工作意愿还远远不够，那么她该怎么办呢？

她仍然继续兴致勃勃地参加她已经接受邀请的那些聚会，但是她现在的目的早已不再是寻找欢乐，而是为了从其他地主那里得到一些有用的消息。

斯嘉丽来到基尔伯尼修道院参加吉福德家的聚会，她晚到了一天。"我非常抱歉，弗洛伦斯，"她对吉福德夫人说道，"如果我还懂得一点礼貌的话，我就该想到给你发一封电报。但问题是，我一直东奔西跑寻找面粉和谷物，完全忘记了日期。"

吉福德夫人一见到斯嘉丽便大大地松了一口气,她哪里还会生气。因为她之所以能够请到现在满屋的宾客,正是由于她早就宣称斯嘉丽已经接受了聚会的邀请。

"我一直等待着能与你握手的机会,年轻的女士。"一个身穿灯笼裤的绅士使劲地握住斯嘉丽的手说。他叫特拉瓦尼侯爵,下巴上留着散乱的白胡子,可怕的鹰钩鼻子上青筋暴露,他是个精力相当充沛的老人。

"谢谢你,先生。"斯嘉丽说。她心里在想,他为什么想同我握手?

侯爵的声音很大,像一个聋子在讲话,也不管其他人愿不愿意听到他的话,他的声音一直传到了打槌球的草坪上。

他大声道:"我们应该祝贺她,因为她挽救了巴利哈拉。我早就告诉过亚瑟不要做傻事,不要浪费钱去买那两艘船,那些人声称他们的船都是用上好的木料建造的,非常坚固,实际上他们都是抢钱的强盗。但是亚瑟听不进去,他就是要自取灭亡。他付了八万英镑,超过了他父亲留给他的家产的一半,这笔钱足够买下米斯郡的全部土地。他是个傻瓜,一直都是个傻瓜,从来没有一点儿头脑,从我们俩还都是孩子的时候起我就知道了。但是,该死,即便亚瑟是个傻瓜,我仍然像一位兄长一样爱着他,亚瑟是我最真诚的朋友。所以,夫人,当亚瑟上吊自杀后我哭了,实实在在地大哭了一场。我一直都知道亚瑟是个傻瓜,但是谁又能想到他会傻到如此地步呢?亚瑟爱巴利哈拉,他把全身心都献给了它,最后还为它献出了生命。康斯坦丝真不该就那样抛弃了它,那是犯罪。她应该把它保留下来,作为对亚瑟的纪念。"

侯爵对斯嘉丽很感激,因为她做到了亚瑟的遗孀该做而没能做到的事。

"我想再握一次你的手,奥哈拉太太。"

斯嘉丽把手递给了他。这位老人对她说了些什么?巴利哈拉的年轻领主并不是上吊自杀的,而是镇上的某个人把他拖上了瞭望塔,并把他吊死在了塔上。科勒姆就是这么说的。侯爵肯定是说错了,老人们总是把记忆中的事情混淆……要不就是科勒姆错了,他那时还是个孩子,只是道听途说,他自己当时甚至都不在巴利哈拉,而是和他的家人住在亚当斯敦……侯爵也不在巴利哈拉,他也只是道听途说。这事情实在是太复杂了。

"斯嘉丽,你好。"是约翰·莫兰德。斯嘉丽对侯爵甜甜地笑了笑,从他手里把自己的手抽回来,然后伸进了莫兰德的胳膊肘里。

"巴特,见到你真高兴。在整个城堡社交季的每一场聚会上我都在找你,却始终见不到你的影子。"

"我今年没有参加,两匹怀驹的母马比一个总督重要。你过得怎么样?"

自从她上次见到他以后,他们已经有很长时间没有见面,这期间又发生了那么多的事情,斯嘉丽简直不知道该从哪儿说起。"我知道你感兴趣的是什么,巴特,"她说,"你帮我买的猎马中有一匹叫'彗星',它跳跃的能力比'弦月'还好。它好像有一天一抬头突然就醒悟了,觉得跳栅栏比工作更有趣……"他们慢慢溜达到一个安静的角落里继续交谈。很快斯嘉丽就发现了巴特根本没有任何关于瑞特的新消息，她还得知了一些她并不想知道的事情，比如如何改变母马子宫里小马驹的体位以便它能顺利产出。这无所谓，重要的是巴特是她最喜欢的人之一，而且将来也永远都是。

在这个聚会上，人们一直在谈论天气。爱尔兰的历史上还从来没有过干旱的记录，那么像今年这样连续的大晴天又叫什么呢？现在，整个国家没有一个角落不急需雨水，等到九月份交地租的日子到来时，麻烦也就要到来了。

她还一直没有想到这一点，这使得斯嘉丽心里像灌了铅似的格外沉重。很显然，农民们肯定交不起地租，如果她不强迫他们交地租，她又怎么指望镇上的人给她交房租呢？镇上的商店和酒吧，甚至医生，都要依赖农民的消费才能生存。她今年将得不到任何收入。

要斯嘉丽装出一副兴高采烈的样子是相当困难的，但是她又不得不这样做。噢，她希望这个周末尽快结束。

七月十四日是巴士底狱日[1]，当晚的活动也是这次聚会的收官仪式，客人们被告知都要穿上奇装异服。斯嘉丽穿上了她在戈尔韦买来的最漂亮、最鲜艳的服装：四条不同颜色的衬裙外罩着一条红裙子。她还穿着条纹长筒袜，虽然在这样炎热的天气里穿

1　1382年建成的巴士底狱位于法国巴黎的东郊，是囚禁政治犯的监狱，为法国封建专制制度的象征。1789年7月14日，巴黎人民起义，攻克了这座城堡，标志法国资产阶级革命的开始。后7月14日被定为法国的国庆日。

着长筒袜双腿会感到瘙痒，但是只要能引起轰动受点儿小罪都很值得。

"我做梦也没想到农民满身泥土的外表下竟然穿得这么漂亮，"吉福德夫人大声说，"我也要一样买一些明年带到伦敦去，到时候那里的人们肯定都会来求我，要我告诉他们谁是我的裁缝师。"

斯嘉丽心想，真是个愚蠢的女人。谢天谢地，这是最后一个晚上了。

晚饭后舞会即将开始的时候，宾客中突然冒出了查尔斯·拉格兰的身影。他参加的另一个聚会当天上午刚刚结束。"我反正都要离开那里的，"他后来对斯嘉丽说，"我听说你就在离我很近的地方，所以我必须来。"

"很近？你离这里有五十英里。"

"即使有一百英里也一样。"

在一棵大橡树下，斯嘉丽让查尔斯吻了她。她已经很久没有被亲吻过了，也很久没有感受到男人有力的臂膀紧紧搂着她的感觉。她感到自己在他怀里融化了，那感觉很棒。

"亲爱的。"查尔斯声音嘶哑地说。

"嘘，继续吻我，吻到我头晕为止，查尔斯。"

她很快就感到头晕了，于是紧紧抓住他肌肉发达的肩膀以免摔倒。可是当他表示他晚上想到她房里去的时候，她却扭过头把他推开了。接吻是一回事，但和她同床共枕是不可能的。

当天夜里，她烧掉了他偷偷塞进她门缝里的一张忏悔字条，并于第二天一大早就离开了,这样她就不需要对他说再见了。

斯嘉丽一回到家就立即去找"小猫咪",结果得知她和比利去了瞭望塔,她对此并不感到惊讶,因为那里是巴利哈拉唯一凉爽的地方。让她感到惊讶的是,科勒姆和菲茨帕特里克太太正在房子后面的一棵大树下等待着她,树影下摆放着一张桌子,桌子上摆放着丰盛的茶点。

斯嘉丽感到很高兴,因为很长一段时间以来科勒姆似乎已经变成了一个陌生人,对这所大房子一直表现出十分冷漠的态度,现在她的哥哥终于又回来了,真是太好了。

"我有一个最奇怪的故事要告诉你。"她说,"当我听到这个故事的时候,我觉得很好奇,简直让我有些疯狂了。你怎么看,科勒姆,那个年轻的领主是否真有可能是自己在瞭望塔上上吊自杀的?"斯嘉丽笑呵呵地准确描述了特拉瓦尼侯爵的模样并模仿了一遍他所说的那些话。

科勒姆非常小心翼翼地把茶杯放回到杯盘上。"我不知道,斯嘉丽宝贝。"他回答说,他的声音听上去轻松愉快,正是斯嘉丽希望听到的那样。"在爱尔兰一切皆有可能,否则我们同世界上其他地方就没有什么不同了,也会受到蛇的侵扰。"他笑着站起身,"现在我得走了。我放弃了工作在这里等你,只是为了看到你漂亮的脸蛋一眼。不管怎么说,这个女人会告诉你我非常喜欢在这里喝茶时吃的蛋糕。"

他说走就走了,斯嘉丽本想用餐巾包上几块蛋糕让他带回去,却完全没有机会。

"我马上就回来。"菲茨太太说着,急忙追着科勒姆而去。

"那好吧!"斯嘉丽说。这时,她远远地看见了站在褐色草坪尽头的哈莉特·凯利正朝她挥手。"过来喝点儿茶吧!"斯嘉丽喊道。茶和点心都还剩了好多。

罗莎琳·菲茨帕特里克不得不撩起裙子一路小跑,才终于在车道的半道上追上了科勒姆。她静静地走在他的身边,等自己的喘息平复下来。"这是怎么啦?"她问他,"你又迫不及待地要去喝酒了,是吗?"

科勒姆停下脚步,转过身来看着她:"没有任何事情是真的,这正是让我痛心的原因。你刚才听见她说的话了吗?她对英国人的谎言深信不疑,竟然还说给我们听,就像德沃伊之流相信帕内尔和英国人的谎言一样。我不得不马上离开,罗莎琳,因为我怕再待下去我会摔碎她的英国茶杯,像拴在铁链上的狗一样疯狂地号叫、抗议。"

罗莎琳看着科勒姆眼中的痛苦,脸上的表情开始变得严厉起来。长期以来她对他受伤的心灵一直抱着同情的态度,其结果对他并没有任何帮助。失败和遭背叛的感觉折磨着他。他为爱尔兰的自由奋斗了二十多年,成功地完成了他们交给他的任务,在巴利哈拉新教教堂里秘密建起了一个武器库,而现在他却被告知他所做的这一切都毫无价值,帕内尔的政治行动才更有意义。科勒姆早就准备好了为他的祖国献出生命,现在要让他相信他并不是在帮助祖国获得自由,他怎么还能继续活下去?

罗莎琳·菲茨帕特里克和科勒姆一样不信任帕内尔。她同科勒姆一起奋斗,又一起被芬尼兄弟会的领导人所抛弃,所以现在她同他一样感到沮丧。但她可以把自己的感受放到一边,继续听从兄弟会的命令。她献身他们的事业的决心丝毫也不比他小,甚至可能比他更大,因为她要的不仅仅是伸张正义,还更渴望为自己复仇。

然而现在,罗莎琳把对芬尼兄弟会的忠诚放到一边。对她来说科勒姆的痛苦比爱尔兰的痛苦更重要,因为她爱他,而这种爱同其他任何女人对一个神父的爱都截然不同,她不能让他在怀疑和愤怒中毁了自己。

"你到底算是个什么爱尔兰人,科勒姆·奥哈拉?"她严厉地问他,"你难道要让德沃伊之流独霸芬尼运动,让他们的错误继续泛滥下去吗?你已经听到了正在发生的一切,因为没有一个好的领袖,人民只能自己站出来进行抗争,他们为此已经付出了可怕的代价。他们和你一样,也不需要帕内尔。你已经为组建一支军队创造了条件,为什么不马上利用这些条件把这支军队建立起来,而要像一个夸夸其谈的窝囊废那样躲在酒吧角落里喝得烂醉如泥呢?"

科勒姆看看她,然后又看看她的身后,他的眼睛里慢慢充满了希望。

罗莎琳垂下目光看着地面,她绝对不能让他看到自己眼睛里的炽热情感。

"我不知道你怎么受得了这样的炎热。"哈莉特·凯利说。她打着阳伞,精致的脸上渗出了一片汗珠。

"我喜欢炎热,"斯嘉丽说,"我家那里就像这样炎热。我跟你说过美国南方的事情吗,哈莉特?"

哈莉特说,没有说过。

"夏天是我最喜欢的季节,"斯嘉丽告诉她,"夏天就需要炎热和干燥的日子。夏天太美了,地里的棉株一片翠绿,棉桃即将绽开,放眼望去,它们一排又一排地伸展开去,一直绵延到天边。种植园的工人们一边锄地一边唱歌,你可以听到他们的歌声从远处传来,长时间地飘浮在空中。"她耳朵里听到了自己的话,不禁吓了一跳。她在说什么呢?"我家"吗?现在,这里才是她的家,爱尔兰才是她的家。

哈莉特的眼睛里充满了痴迷的神情,叹了口气道:"多美啊!"

斯嘉丽有些不屑地看看她,然后又想到了自己。正是对浪漫的痴迷使哈莉特·凯利陷入了绝境而难以自拔,可她至今仍然不知悔改。

但是,我已经幡然悔悟了。我不用把美国南方置之脑后,谢尔曼将军已经替我做了,而且我也太老了,用不着假装那些事从来没有发生过。

我不知道我出了什么问题,心里总是七上八下地难以平静,也许是炎热的缘故,也许是我已经失去了适应炎热的能力。

"我要去处理账目了,哈莉特。"斯嘉丽说。账本上一排排整齐的数字总能让她平静下来,她觉得自己就要灵魂出窍了。

账簿上的情况却非常令人沮丧,她现在唯一的收入来源只剩下她在亚特兰大郊区修建小型住房的盈利。好吧,至少这些钱已经不再流向科勒姆曾经从事的革命运动了。这当然多少有些帮助——说实话,这帮助不小,但还是远远不够。她在巴利哈拉的住房和镇子建设上已经花费了大笔的钱,还有参加都柏林社交活动的不菲开销,尽管账本上一串串的数字清清楚楚地证明了她的奢侈,但是她自己还是无法相信她在都柏林竟然近乎于挥金如土。

要是乔·科尔顿能够稍微降低一点儿建房的成本就好了,那样的话那些房子不仅照样能卖得很好,而且利润还会高出许多。她不会让他去买比较便宜的木材,因为她当初建那些住房的目的就是让阿什利有生意可做,但他还是有很多其他方法削减开支的,比如房屋的地基……烟囱……砖块也不必用最高品质的。

斯嘉丽不耐烦地摇了摇头,乔·科尔顿自己是绝对不会这么干的。他和阿什利一样,诚实到了骨子里,满脑子都是不切实际的理想主义观点。她现在还记得他们在工地上彼此说过的那些话,如果真有所谓一丘之貉的话,那非他们俩莫属。如果他们在谈论木材价格的时候突然停下来,开始热烈地讨论起他们读过的某一本愚蠢的书来,她也是丝毫不会感到惊讶的。

斯嘉丽的眼睛里流露出若有所思的神情。

我应该把哈莉特·凯利送到亚特兰大去。

她去做阿什利的妻子真是太完美了。他们俩是另一对一丘之貉，都是靠书本生活、在现实世界中愚蠢得无可救药的人。哈莉特在很多方面都是个呆子，但她是一个绝不逃避自己义务的人——她和她那个一无是处的丈夫生活了将近十年，她有一种独特的进取心。她能够穿着破鞋子走到英军指挥官的面前，求他绕过丹尼·凯利一命，那确实需要极大的勇气。阿什利正需要这样坚强的后盾，同时也需要有人照顾他。茵迪娅和皮蒂姑妈一味宠着他，惯着他，对他一点儿好处也没有。再想一想她们这么做对博可能造成的可怕影响，那简直让人难以忍受。要是比利·凯利去了，他一定会给博带去积极的影响。想到这里，斯嘉丽咧嘴笑了。她把比利·凯利送去的时候，一定要同时给皮蒂姑妈送一盒嗅盐。

她的笑容很快又消失了。不，这样不行，比利走了，"小猫咪"会伤心。奥克拉斯跑丢之后，她就足足消沉了一个星期，而这只虎斑猫在她生活中的重要性还不及比利的十分之一。

再说，哈莉特也受不了美国南方的炎热。

不行，这根本行不通，完全不可能。

斯嘉丽又低下头，继续查看她的账本。

第八十二章

"我们再也不能如此大把地花钱了。"斯嘉丽生气地说,她拿起账簿对菲茨帕特里克太太晃了晃,"我们现在光是购买做面包的面粉就要花掉一大笔钱,没有理由再继续供养这么一大群仆人,他们中至少一半的人必须离开。再说,他们到底有什么用?你不要老调重弹,又给我说什么要有人搅拌奶油才能有黄油吃那样的鬼话,因为这些日子以来我们只有一样东西太多了,那就是黄油。你总不能半个便士一磅就把它卖了吧。"

菲茨帕特里克太太耐心地等着斯嘉丽说完她的长篇大论,然后平静地从她手中拿过那本账簿放到一张桌子上。"这么说,你准备把他们都赶到大街上去了?"她回答说,"大街上像他们那样的人已经很多了,因为爱尔兰的大多数大房子都正是像你说的那么做的。现在,没有哪一天我们的厨房门口不会出现十几个可怜人,乞求我们给他们一碗汤,你愿意让这样的人继续增加吗?"

斯嘉丽不耐烦地朝窗口走去:"不,别傻了,我当然不愿意。

但是我们总得找到削减开支的办法。"

"饲养你那些纯种马比养活你那些仆人要昂贵得多。"菲茨帕特里克太太冷冷地说。

斯嘉丽立刻转身面对着她。"打住!"她愤怒地说道,"让我一个人待着。"她拿起账簿,走到了书桌前,但是她心里很乱,无法集中注意力处理账目。菲茨太太怎么能这么刻薄?她肯定知道我一生中最喜欢狩猎,唯一能让我熬过这个可怕夏天的就是盼望着秋天的到来,那时狩猎活动又要开始了。

斯嘉丽闭上眼睛,努力回想那些清冷的早晨:夜晚的轻霜变成了弥漫的雾气,号角声响起,追逐开始了。在她紧绷的下巴上一小块肌肉不由自主地抽动了几下,她不擅于想象,擅于行动。

于是,她睁开了眼睛,顽强地继续做账。由于没有粮食可卖也没有租金可收,她今年要亏本了。一想到这里她就很烦恼,因为她从来做生意都是赚钱的,亏本绝不是一个好兆头。

但是,在斯嘉丽长大的那个世界里,庄稼有时会歉收,暴风雨有时会肆虐,这都不足为怪。她也知道明年将会有所不同,而且肯定会更好。一场旱灾和雹灾并不代表着她的失败,种地同经营木材生意或开杂货店不同,那些买卖要是亏了,肯定是她的责任。

此外,这些损失几乎不会减少她已有的财产,她的下半辈子照样可以过得很奢侈,即使巴利哈拉的庄稼每年都歉收,她也仍然有很多钱。

斯嘉丽下意识地叹了一口气。多年来,她一直努力工作,省吃俭用，积累财富，一心想着有一天能拥有足够的钱，让她过上幸福的生活。多亏了瑞特，现在她有钱了，但是不知为什么这些钱又变得毫无意义了，它带来的唯一结果就是使她失去工作、规划和奋斗的目标。

她当然也不想再次陷入贫困和绝望的境地，她还没有愚蠢到那个地步，但是她需要挑战，需要努力运用她的聪明才智去攻坚克难，所以她只能如饥似渴地想着自己骑上了骏马，用意志的力量驾驭着它冒险跳过一道道篱笆和深沟。

做完账之后，斯嘉丽默默地呻吟一声，开始处理桌上的一堆私人信件。她讨厌写信，而且她已经知道那些邮件里都是什么内容——大多数是请柬。她把它们单独堆放在一起。哈莉特可以帮她写回信，礼貌地拒绝那些邀请，别人也不会知道那些信不是她自己写的。哈莉特能发挥一点儿作用，这让斯嘉丽心里也感到高兴。

另外两封信都是求婚的，这种信她现在每周至少会收到一封。尽管它们看起来都是情书，但是她心里很清楚，如果她不是一个富有的寡妇，这些信也就不会出现在她的书桌上。总之，大部分都是这种情况。

在给第一个人回信的时候，她只是随便写了几句礼貌的套话，诸如："我深感受宠若惊""难以回报你的深情""十分珍视你的友谊"等等。

但是，给第二个人的回信却没有那么容易了，这个人是查尔斯·拉格兰。查尔斯是她在爱尔兰遇到的所有男人中最适合她的,他同大多数刻意讨好她的男人不同,他对她的崇拜是非常真诚的,而不是为了她的钱。这一点她很清楚,因为他自己就是有钱人,他的家人都是英国的大地主。身为家里的小儿子,他选择了参军而不是进入教会,尽管如此他自己肯定也有一笔不菲的财富,她第一次见到他时一眼就看出来了,他的军礼服比她所有的舞会礼服加起来还要昂贵。

还有什么呢?查尔斯也很英俊,体格和瑞特一样高大,只是他的头发是金色而不是黑色的。他的金发同大多数金发男子的头发还不同,不是那种泛白的淡金色,而是金黄,其中略带一点儿红色,在他晒得黝黑的皮肤的映衬下格外引人注目。他真的很帅,女人们看着他的时候眼睛里都会流露出垂涎欲滴的神情。

那么,她为什么却不爱他呢?她早就想过这个问题,而且经常想,想了很久。她不能爱他,她对他的情感还没有那么深。

我很想去爱一个人,我知道爱一个人的感觉,那是世界上最好的感觉。我真正懂得爱的时候已经太晚,这才是让我不堪忍受的事情。查尔斯爱我,我也想被人爱,我需要爱,没有爱,我感到很孤单。可是,为什么我就不能爱他呢?

因为我爱瑞特,这就是原因。无论是对查尔斯还是对世界上的任何人来说,这都是最根本的原因,他们毕竟都不是瑞特。

可她心里却在告诉自己,你永远也得不到瑞特了。

她的心在痛苦地呼喊:你以为我不明白这一点吗?你以为我能够彻底忘掉他吗?你以为每次我在"小猫咪"身上看到他的影子时就不心痛吗?你以为每当我自以为能掌握自己的命运时,

他不会突然出现在我的脑子里吗?

斯嘉丽搜肠刮肚地寻找着能够拒绝查尔斯·拉格兰的最亲昵的语言,仔仔细细地把它们写到了信里。她不能告诉他,她真的喜欢他,也不能说他的爱使她对他也产生了些许爱意,更不能说正是她对他的这种情感使得她不可能嫁给他,因为这一切他都绝不会明白的。她希望他得到一个比她更好的妻子,而不是一个内心永远属于另一个男人的女人。

* * *

今年的最后一次家庭聚会在基尔布赖德附近举行,那里离特里姆镇不远,斯嘉丽可以自己驾马车去,省去了坐火车的种种麻烦。一大早,她就趁着天气凉爽出了门。这些天来,尽管马夫们每天都要用海绵给她的马匹擦洗四次,但是她的马还是中了暑热。就连她自己也开始有了中暑的感觉,每天晚上睡觉的时候,几乎整晚都会感到烦躁并浑身大汗淋漓。谢天谢地,现在已经进入了八月,只要老天爷开眼,夏天很快就可以结束了。

天空仍然泛出淡淡的粉红色,但是远处已经看得见不断升腾的热气。斯嘉丽希望自己计算好了路上所需的时间,能让马和她自己在太阳完全升起来之前及时抵达目的地,躲进阴凉处。

我不知道楠·萨克利夫这时是不是已经起床,我看她就不像一个早起的人。不管它了。我想在见到其他人之前先洗个冷水澡,换上一身干净的衣服。我真希望这里有个像样的女仆,不要像吉福德家那个笨手笨脚的白痴,她差一点儿把我衣服的袖子都扯掉了。菲茨太太可能说得对,她经常都是对的,但是我可不想让一个贴身女仆时时刻刻在我身边转。在家里时,我的事情都由佩吉·奎因负责,这些人既然邀请我到他们家里做客,就该为我准备一个能干的女仆。我确实也应该主办一次家庭聚会了,社交总要有来有往才好。别人都对我这么好……不过,现在还不是时候,明年夏天最合适。我可以找个理由,就说今年太热了,而且农场里还有那么多事情需要操心……

就在这个时候,从路两旁的阴影中突然闪出两个人来。其中一个一把抓住了马的缰绳,另一个则用来复枪指着斯嘉丽。她的心一下子提到了嗓子眼,脑子里慌乱地思考着对策。她为什么没有想到把左轮手枪揣在身上呢?如果她发誓不说出他们的长相,他们也许会抢走她的马、马车和车上的箱子,让她自己走回特里姆镇去。真是些白痴!他们怎么就不知道戴上面具呢,她在报纸上读到过那些抢劫案,强盗们不都戴着面具吗?

噢,上帝啊!他们身上穿的是制服,他们根本不是什么白衣会的成员。

"你们瞎了眼了,吓得我半死!"她现在看着他们仍然觉得不太真切,因为爱尔兰皇家警察的绿色制服在阴影中已经完全同翠绿的树篱融为一体了。

"夫人,我得请你出示你的证件。"牵着她的马的人说,"凯文,你到后面看看。"

"看你敢动我的东西!你以为你们是谁?我是巴利哈拉的奥

哈拉夫人,我要去基尔布赖德的萨克利夫家。萨克利夫先生是法官,他会把你们两个送上被告席的!"她并不知道欧内斯特·萨克利夫是不是法官,但是他留着浓密的姜黄色胡子,看上去就像一个法官。

"你就是奥哈拉夫人吗?"被叫去搜查马车的凯文走到她身边脱下帽子说道,"我们在军营里听说过你,夫人。几周前我还跟这位约翰尼说,我们应该主动到巴利哈拉去一趟,让你认识一下我们。"

斯嘉丽不解地看着他们,问道:"为什么?"

"他们说你从美国来,奥哈拉夫人。事实上,我一听你说话就知道这话不假。他们还说你来自一个叫佐治亚的大州,那里正是我们心中最喜爱的地方,因为我们俩都在一八六三年的时候在那里的军队里打过仗。"

斯嘉丽立刻笑起来:"真的吗?难以想象我在去基尔布赖德的路上竟然碰到了两个从家乡来的人。你们当时在哪里?在佐治亚州的哪一个地方?你们是和胡德将军[1]在一起吗?"

"不,夫人,我是谢尔曼的手下,那边那个叫约翰尼,他是南方联盟军队的士兵,他这个名字就是这么得来的。南方联盟的士兵不是都叫'约翰尼·雷布'吗?"

斯嘉丽摇摇头,她被搞糊涂了。她大概是听错了,但是在反

---

[1] 约翰·贝尔·胡德(John Bell Hood),是美国内战时期南方联盟的将领,被誉为"最好的师长和军长,却是最差的军团长",因其勇敢得近乎鲁莽的进攻而闻名。

复追问并得到多次答复后,她才确定自己没有听错。这两个人都是爱尔兰人,现在是最好的朋友,他们最珍贵的记忆就是在美国那场残酷的南北战争中各自站在敌对两个阵营浴血厮杀的经历。

"我不明白,"她终于不得不承认,"十五年前你们都想杀死对方,现在你们却是朋友了,难道你们连南北之战以及谁对谁错都不争论了吗?"

"造反的约翰尼"笑了:"对一个士兵来说,谁对谁错又有什么关系呢?他是去打仗的,他就是喜欢打仗,跟谁打仗都无所谓,只要能让他好好打上几仗就行。"

等斯嘉丽走进萨克利夫的家门后,她立刻要了一杯咖啡并同时要了一杯白兰地,这让那家的管家很惊讶。她刚才听说的事情实在是让她难以理解。

在那之后,她洗了个澡,穿上一件干净的衣服,走下楼来,脸上的表情也恢复了平静。但是很快她又见到了查尔斯·拉格兰,已经平复的心情又一次涌起了波澜。他不应该来参加这个聚会的!她装作没有看到他。

"楠,你看起来真可爱。我喜欢你的房子,我的房间也很漂亮,我都想永远住在这里不走了。"

"那就太让我高兴了,斯嘉丽。你认识约翰·格雷厄姆吗?"

"久仰大名,一直渴望能有认识的机会。你好,格雷厄姆先生。"

"奥哈拉太太。"约翰·格雷厄姆身材高挑,四肢柔软灵活,是天生的运动员。他是戈尔韦猎狐俱乐部的猎狐大师,他主办的猎狐活动也许是全爱尔兰最著名的猎狐活动了。英国的每一个猎狐爱好者都希望自己能够有幸受邀参加他举办的猎狐活动。格雷厄姆对此心知肚明,斯嘉丽也知道他很清楚这一点。所以,没有必要转弯抹角。

"格雷厄姆先生,你接受贿赂吗?"为什么查尔斯不再像原来那样盯着她看了呢?他究竟来这里干什么?

满头银发的约翰·格雷厄姆昂首大笑起来,当他低下头看着斯嘉丽的时候,两个眼睛仍然充满了笑意:"奥哈拉太太,我一直听说你们美国人总是开门见山,现在我知道此话不假了。告诉我,你到底想说什么?"

"只用一只手和一条腿骑马可以吗?我可以只用一条腿就稳稳地坐在侧鞍上——这也是我能想到的侧鞍的唯一好处——并且也只用一只手握着缰绳。"

大师微笑道:"这个提议很大胆。美国人的这种倾向我也听说了。"

斯嘉丽已经不想继续开玩笑了,因为查尔斯的出现让她紧张不安:"格雷厄姆先生,你可能还没有听说过吧:美国人喜欢跳篱笆,爱尔兰人喜欢走大门,英国人喜欢掉头回家。如果你让我参加你们俱乐部的猎狐活动,我至少能赢得一只狐狸爪子,如果赢不到我就当着你们的面吃掉一群乌鸦——还不加盐。"

"上帝啊,夫人,像你这样气质的人,我们随时欢迎啊。"

斯嘉丽笑了:"那我就接受你的邀请了。"说完她往手心里吐了一口唾沫，格雷厄姆咧嘴一笑，也往自己手心里吐了一口唾沫，两人击掌的声音在长长的走廊上回响着。

然后，斯嘉丽大步走到了查尔斯·拉格兰面前："我在信中已经告诉过你，查尔斯，这是全国唯一一次你应该回避的家庭聚会，你竟然还是来了，太不自重了。"

"我不是来让你难堪的，斯嘉丽，我只是有事要当面告诉你，不想写信。你不必担心我执意强求或胡搅蛮缠，我懂得什么叫拒绝。我们团下周要开拔到北面的多尼哥郡去了，今天是我说出我想说的话的最后机会。当然，我承认我也想再见你一面，我保证绝对不会偷偷摸摸或用悲情的目光看着你。"他苦笑一下，"这番话我也练过好多遍，听起来怎么样？"

"很直白。多尼哥怎么了？"

"'白衣会'闹事，那个郡比其他地方都闹得厉害。"

"在我来的路上，两个警察拦住我要搜查我的马车。"

"现在巡逻队已经全部出动，因为眼看着交地租的日子马上就要到了——不过我不想谈军事上的事情。你刚才对约翰·格雷厄姆说什么了？我好多年没见他那样笑过了。"

"你认识他吗？"

"很熟，他是我的舅舅。"

斯嘉丽哈哈大笑起来，直笑得肚子都痛了："你们这些英国人真是的，这就是你们'有别于他人'的地方吗？查尔斯，你要是稍微吹嘘一下，就可以帮我省去许多麻烦。我一直千方百计要得到一个同戈尔韦猎狐俱乐部一起猎狐的机会，却苦于不认识俱乐部里的任何一个人。"

"你真正喜欢的人应该是利蒂希娅舅妈,约翰舅舅在她面前可是俯首帖耳,一个'不'字都不敢说。来吧,我来为你介绍。"

空中传来了人们期盼已久的隆隆雷声,但是并没有下雨。到了中午,沉闷的空气开始变得令人窒息。欧内斯特·萨克利夫敲响了正餐的铜锣,以引起大家的注意。他紧张地说,他和妻子为下午的活动安排了一个不同寻常的节目:"有通常的槌球和射箭,还有什么?室内有图书室和台球,还有什么?大家熟悉的娱乐项目基本都有,还有什么?"

"欧内斯特,快说正题。"他妻子说。

欧内斯特的话开了头又停下来,结结巴巴地反复了多次才终于说到了正题上。他们在河上拉起了一根绳索,客人们可以拉着绳索从激流中过河,享受清凉和冒险的感觉。他们为客人们准备了泳衣,需要的人都能得到。

"其实算不上'激流',"楠·萨克利夫补充说,"只是一股不错的小水流而已。男仆们会拿着冰镇香槟酒在岸边等着你们。"

斯嘉丽是最先报名参加这个活动的人之一。这个活动听起来好像能让你整个下午都待在一个凉爽的浴盆里。

尽管河水比她所希望的要暖和一些,却比待在一个凉爽的浴盆里舒服多了。斯嘉丽双手交替着拉着绳子朝河中心的深水处走去,突然之间就发现自己已经陷入了激流之中。这里的河水比浅水处冷,冷得她胳膊上都起了鸡皮疙瘩。湍急的河水很快就冲得她的脚再也站立不住,身体被冲得漂起来抵住绳子。为了保命她用双手死死抓住绳子,双腿在河中随波踢打,身体在水流中不停地来回翻转。她强烈地感受到了一种危险的诱惑,想要放开绳索,让自己随波逐流,漂去未知的远方;脚下没有大地,前面没有围墙也没有路,自己既不被控制也不控制任何人。有好一阵子,她一直想象着自己放开了绳索,放开了一切,只感到一颗心怦怦地跳个不停。

她拼命抓住绳子不放松,以至于浑身开始发抖。慢慢地她开始集中自己的注意力,然后定下心神,两只手一把又一把拉着绳子前进,最后终于摆脱了水流的控制。她把目光从水里扑腾、叫喊着的其他人身上移开,不知道为何突然流下了眼泪。

浅水处温暖的水中有许多漩涡,像激流伸出的手指,斯嘉丽渐渐感受到了它们的爱抚,于是她让自己的身体漂浮在漩涡中间。那些"手指"温暖缠绵地抚摸着她的小腿、大腿、躯干、乳房,缠绕着她穿着羊毛束腰外衣和灯笼裤的腰和膝盖,她感到了一种难以言状的渴望,一种填补内心空虚的渴望。"瑞特。"她靠在绳子上喃喃呼喊,嘴唇被绳子碰肿,一阵阵揪心的疼痛。

"是不是很刺激、很过瘾啊?"楠·萨克利夫大喊道,"有人要香槟吗?"

斯嘉丽强迫自己回头看对岸。"斯嘉丽,你真勇敢,竟然直接穿过了最可怕的湍流。你快回来,我们谁也不敢把香槟酒给你送过去。"

斯嘉丽想,是啊,我必须回去。

晚饭后,她来到查尔斯·拉格兰身边。她的脸颊十分苍白,眼睛却很明亮。

"今晚我可以送给你一个三明治吗?"她平静地问道。

查尔斯是个老到而有技巧的情人,他的双手十分轻柔,嘴唇坚定而温暖。斯嘉丽闭上眼睛,让自己的皮肤去接受他的爱抚,就好像白天在河里接受湍流的爱抚一样。就在这个时候,他突然开始呼唤她的名字,她刚刚开始感到的心醉神迷的感觉立刻就烟消云散了。她心想,不、不,我不想失去这种感觉,我决不能失去这种感觉。她把眼睛闭得更紧,让自己去想瑞特,假装是瑞特的双手在抚摸她,是瑞特的嘴唇在亲吻她,是瑞特温暖而有力的冲撞填满了她痛苦的空虚。

但是,这一切都不起作用。他不是瑞特,这正是这件事的悲哀所在,让她感到痛不欲生。她把脸转到一边,躲开了查尔斯渴望的嘴唇,禁不住开始哭泣,直到他不得不停下来。

"亲爱的,"他说,"我是那么爱你。"

"求你了,"斯嘉丽抽泣着说,"噢,请你离开吧。"

"怎么了,亲爱的,出什么事了?"

"是我……我自己的问题,我错了。请让我一个人静一静。"她的声音很微弱,充满了绝望和心酸,以至于查尔斯伸出手想安慰她却很快又把手缩了回去,因为他很清楚地意识到他能给她的安慰只有离开。他穿上衣服,轻轻走到门口,走出房门后又立即随手把门轻轻关上,没有弄出一点儿声响。

第八十三章

我跟着我的团走了。我永远爱你。你的查尔斯。

斯嘉丽仔细地把便条折起来,塞到珠宝盒里的珍珠下面。假如……

但是,她的心里已经没有能够容下其他人的地方了。瑞特一直占据着那里,一直在嘲笑着她并且总能制胜一筹;他也总是在挑战着她,超越着她,支配着她并庇护着她。

她来到楼下吃早饭,眼睛下面带着瘀青似的黑影,那是缺少睡眠和凄凉的哭泣留下的痕迹。她穿着薄荷绿的亚麻连衣裙,看上去很凉爽,而她自己则觉得像是掉进了冰窟窿里。

她不得不微笑着与人交谈,微笑着倾听别人说话,还要不时大笑几声,因为做客人的人有责任促使自己参加的家庭聚会获得成功。她看着坐在长桌两边的人,继续微笑、交谈、倾听和大笑。她想知道他们当中有多少人内心也有伤口?有多少人觉得自己已经死了并因此而心存感激？人真是勇敢的生灵。

站在长餐台前的男仆为她拿起一个餐盘，她朝他点了点头。然后他按照她的示意把盛着食物的银盘一个接一个地打开，供她挑选。斯嘉丽要了几片咸肉、一匙盐和几勺炒鸡蛋。"好的，来一个烤西红柿，"她说，"不，冷的东西都不要。"火腿、腌鹅肉、鹌鹑蛋、五香牛肉、咸鱼、肉冻、冰块、水果、奶酪、面包、开胃菜、果酱、酱汁、葡萄酒、麦芽酒、苹果酒、咖啡——统统不要。"我要一杯茶。"她说。

她觉得她只要吞下几口茶水，就可以回到自己的房间去了。幸运的是，这是一个大规模的聚会，射击是最主要的活动内容，这个时候大多数人都已经带着枪出去了。午餐既可以在餐厅里吃，也可以在射击活动的现场吃，而且室内室外也都提供茶水，客人们可以自行选择不同的娱乐方式，晚餐之前都无须在某个特定的时间出现在某个特定的地方。在她房间里的客人须知卡片上仅仅写着：七点四十五分第一遍锣声敲响，客人们到客厅集合，八点晚餐开始。

她指了指一把椅子，椅子旁边坐着一个她以前从未见过的女人。男仆把她的餐盘和放着茶具的小托盘放到桌上，然后为她拉出椅子，等她坐下后，他拿起一张折叠好的餐巾，轻轻把它抖开并搭在她的腿上。斯嘉丽向身边的女人点了点头。"早上好，"她说，"我叫斯嘉丽·奥哈拉。"

那个女人笑容可掬地回答道："早上好！我一直盼着能见到你。我表妹露西·费恩告诉我，她在巴特·莫兰德家见过你，那一次帕内尔也在那里。告诉我，你是不是觉得一个人如果承认支持地方自治就会极具煽动性？顺便说一下，我叫梅·塔普洛。"

"我有个堂兄曾经信誓旦旦地对我说，要是帕内尔长得又矮又胖、脸上还有疣子，我就绝不会赞成地方自治。"斯嘉丽说着把茶倒进茶杯里。梅笑起来。斯嘉丽知道，这个女人就是梅·塔普洛夫人，她的父亲是一位公爵，丈夫是一位子爵的儿子。有趣的是，随着时间的推移和参加的聚会越来越多，一个人就会获得越来越多的类似消息。更有趣的是，一个来自美国佐治亚州的乡村女孩儿竟然也入乡随俗，习惯了按这里的方式做这做那。你也知道，以后说到"番茄"时我会说"托马托"而不说"托梅托"[1]，这样这里的男仆们就知道我想要的是什么了。这就像在美国跟一个黑人说话一样，说到"花生"时要说"goobers"而不说"peanuts"，否则他也不知道你想要什么。

"我觉得，要是你那位堂兄也指责我以貌取人，那么他的判断也同样不会错。"梅坦白说，"当伯蒂的身体开始发福之后，我对他继承王位的事情也就再也不感兴趣了。"

这次轮到斯嘉丽坦白了："我不知道伯蒂是谁。"

"我真傻，"梅说，"你当然不知道，因为你不参加伦敦社交季，是吧？露西说你独自经营着自己的一个庄园，我确实认为这太好了，这让那些没有管家就一事无成的男人们自愧弗如，至少

---

1 番茄（tomato）一词英国读音为［təˈmɑːtəʊ］，美国读音为［təˈmeɪtoʊ］。

有一半的庄园主都是他们那样的人。伯蒂是威尔士亲王[1]。他本是个很可爱的人，真的，很淘气，只是现在开始长胖了。他的妻子叫亚历山德拉，你肯定会喜欢她的。她是个聋子，你要是有什么秘密要告诉她就只能写下来，否则你怎么说她都听不见，不过她可是貌若天仙，非常可爱。"

斯嘉丽笑了："梅，如果你知道我现在的感受，你会笑死的。在我小的时候，我们家乡的人口中最高档次的话题就是跟哪条新铁路的大老板有关的事情，大家都想知道他是什么时候开始穿鞋的。我简直不敢相信，我现在居然谈论起未来的英国国王来了。"

"露西告诉我说，我肯定会非常喜欢你，她说得对极了。答应我，如果你哪天决定去一趟伦敦的话，一定要来我家和我们住在一起。你说的那个铁路大老板到底是个什么样的人？他穿的是什么样的鞋子？穿上鞋之后他是不是走路一瘸一拐的？我肯定会喜欢上美国的。"

斯嘉丽惊奇地发现她竟然把早饭吃光了，但她仍然感到饿。她抬起手，身后的男仆立刻走上前来。"对不起，梅，我想再要一些吃的。"她说，"请给我一些鸡蛋葱豆饭，还有咖啡和很多奶油。"

生活还要继续，况且生活又是这么美好。我早就决心要快快

---

[1] 威尔士亲王（Prince of Wales），威尔士公国的元首，1301年英格兰吞并威尔士之后，英王将这一头衔赐予自己的长子。从此以后，给国王的男性继承人冠以"威尔士亲王"的头衔逐渐相沿成习，"威尔士亲王"也就成了英国王储的同义词。

乐乐地过日子，我想我现在就是快乐的，我必须时刻意识到这一点。

她对她的新朋友微笑道："那个拥有铁路的人同那些穷白佬一样——"

梅的脸上露出了困惑的表情。

"噢，对了，穷白佬就是我们所说的从来没穿过鞋的白人……"公爵的女儿已经彻底被她迷住了。

当天晚上吃晚餐的时候，天终于下雨了，参加家庭聚会的所有宾客都跑到外面欢呼雀跃。可怕的夏天很快就要结束了。

第二天中午斯嘉丽驾着马车踏上了回程的路。天气很凉爽，原来覆盖着一层灰尘的灌木篱墙已经被雨水冲洗得干干净净，狩猎季节很快就要开始。戈尔韦猎狐俱乐部！我一定要用我自己的马，所以我必须考虑一下如何才能用火车把它们运过去。我想，最好的办法是在特里姆镇把它们装上火车，先运到都柏林，再从那里直接运到戈尔韦，否则就得走很长的路去马林加，在那里住一夜，然后通过火车再运到戈尔韦；不知道是不是需要连同饲料一起发送？我必须先打听清楚马厩方面的情况。我明天就给约翰·格雷厄姆写信。

不知不觉之间，她已经到家了。

"真是个好消息，斯嘉丽！"她从没有见过哈莉特这么激动。看看，她比我印象中的样子漂亮多了，只要穿上合适的衣服。

"你不在的时候,我在英国的一个堂兄弟来信了。我不是告诉过你吗,我写信把我的好运气和你的好意都告诉他们了。这个堂兄名叫雷金纳德·帕森斯,不过家人都叫他雷吉,他已经安排比利到他儿子那所学校读书。雷吉的儿子名叫——"

"等一下,哈莉特,你在说什么呢?我一直以为,比利会在巴利哈拉上学。"

"当然了,如果没有别的选择,他自然会在这里上学。我给雷吉的信里也是这么说的。"

斯嘉丽的下巴一沉,道:"我想知道这里的学校有什么问题。"

"没有什么不好,斯嘉丽,这是一所很好的爱尔兰乡村学校。我只是想让比利到更好的学校去读书,你肯定明白的。"

"我绝不会做这样的事情。"她准备捍卫巴利哈拉的学校,捍卫爱尔兰的学校,也捍卫爱尔兰本身,哪怕要她声嘶力竭地大喊大叫也不在乎。然而,当她仔细地看了看哈莉特·凯利那张柔和而脆弱的脸,却发现它已不再柔和也不再脆弱,哈莉特灰色的眼睛通常带着朦胧的梦想神情,现在看起来却像钢铁一般坚毅。为了她的儿子,她准备与任何阻碍她的人和事战斗到底。斯嘉丽以前也见到过同样的事情,当梅兰妮·威尔克斯对自己认定的事情表明态度时,小羊羔就变成了雄狮。

"'小猫咪'怎么办?比利走了她会感到寂寞的。"

"对不起,斯嘉丽,但我必须考虑什么对比利最好。"

斯嘉丽叹了口气:"我想提一个建议,让你多一种选择,哈莉特。你我都知道,在英国比利永远只能是一个爱尔兰马夫的爱尔兰儿子，但要是在美国，你想要他成为什么样的人都可以……"

九月初，哈莉特和比利在金斯敦港登上了前往美国的班轮，斯嘉丽抱着一直沉默不语的"小猫咪"，向哈莉特母子挥手告别。比利流下了眼泪，哈莉特的脸上却流露出坚毅和希望的表情，眼睛里仍然充满了朦胧的梦想之光。斯嘉丽真心希望她的梦想至少部分能够实现。她已经给阿什利和亨利·汉密尔顿叔叔写了信，把哈莉特的情况告诉了他们，并请他们对她给予关注，帮她找个住处和当老师的工作。她相信，他们至少会把这两件事情做到的，剩下的一切就要看哈莉特的努力和造化了。

"'小猫咪'，我们去动物园吧，那里有长颈鹿、狮子、熊，还有一头很大很大的大象。"

"'小猫咪'最喜欢狮子。"

"等你看到熊宝宝的时候，说不定你会改变主意的。"

她们在都柏林待了一个星期，每天都去动物园，之后在比尤利咖啡店吃奶油面包，接着去剧院看木偶剧，然后再到谢尔本酒店喝下午茶，吃盛放在银质点心架上的三明治和烤饼、银质碗里的奶油和银质盘子上的奶油松饼。斯嘉丽这才发现，她的女儿是个不知疲倦并且有着强大消化系统的小姑娘。

回到巴利哈拉之后，她帮助"小猫咪"把瞭望塔改造成了女儿的私人空间，只有得到邀请才能进入参观。"小猫咪"把塔内几个世纪以来积累的蛛网和动物粪便扫出了高高的塔门，然后斯嘉丽从河里提来一桶又一桶河水，母女俩一起把房间的墙壁和地板擦洗得干干净净。"小猫咪"一边擦洗一边欢笑、玩水和吹肥皂泡，这使斯嘉丽想起了女儿还是婴儿时洗澡的情景。虽然她们花了一个多星期的时间才把那个地方打扫干净，但她一点儿也不在意，她也不在意通往上层的石阶早已不复存在，否则"小猫咪"一定会从塔底一直擦洗到塔顶。

她们正好在正常年份的丰收节到来之前完成了全部清扫工作。因为没有收成，科勒姆早就建议她今年不搞庆祝活动，他帮着她把一袋袋面粉和谷物、盐、糖、土豆和卷心菜分发到各家各户手里。这些食物都是斯嘉丽从她尽力找到的所有供应商那里买下来，再用马车拉到镇上来的。

"他们甚至连一声'谢谢'都没有说，"她辛苦地分发完那些食物后有些生气地对科勒姆说，"即使他们嘴上这么说了，行动上也并没有表现出任何感激的样子。你可能会想，也许只有少数人会突然想明白，我也是干旱的受害者。我和他们一样，小麦和干草都毁了，我还失去了所有的租金，而我却为他们买了那么多的东西。"

她不能把内心深处受到的伤害说出来。这片土地是奥哈拉家的土地，这里的人也都是巴利哈拉的人，但是他们现在都同她格格不入。

她把全部精力都投入到了"小猫咪"的瞭望塔上。同样的这个女人，以前改造大房子的时候甚至从来没有从窗户外往里看一看每个房间里到底发生了什么,但是现在她每天花好几个小时在瞭望塔的所有房间里来回巡视,仔细检查每一件家具、每一块地毯、每一条毯子、每一床被子和每一个枕头,一应用品都要选择最好的,"小猫咪"则成为最后的决定者。她逐一看过母亲挑选的所有东西之后,选出了一张色彩鲜艳的浴垫、三条拼布被子和一个塞夫勒瓷瓶[1]。这个瓷瓶是她用来洗画笔的。浴垫和被子都放进了瞭望塔厚厚墙壁上的一个又深又宽的凹槽里。"小猫咪"说,那是她小睡的地方。然后她不厌其烦地多次往返于家和瞭望塔之间,先后把她最喜欢的图画书、油画盒、她收集的树叶,以及一个装着她特别喜欢的蛋糕上掉下来的碎屑的盒子等物品搬到了瞭望塔里。她想用那些蛋糕碎屑把小鸟和小动物吸引到她的房间里来,然后再把它们的形象一个个都画到瞭望塔的墙上去。

斯嘉丽听着"小猫咪"讲述她的计划,看着她为创造一个没有比利也同样美好的世界所作的各种精心的准备,打心里为她感到自豪。她多少有些悲哀地感到,她完全可以向自己四岁的女儿学习。万圣节那天,她给"小猫咪"举办了一个完全由小女孩自己设计的生日聚会。她们准备了四个小蛋糕,每个蛋糕上都插着四根蜡烛。母女俩坐在"小猫咪"的瞭望塔庇护所干净的地板上,两人先吃了一块蛋糕,然后又同格兰妮一起吃了第二个蛋

---

[1] 塞夫勒瓷瓶,塞夫勒瓷器(Sevres porcelain)中的一种,是由法国塞纳河上的塞夫勒皇家瓷器厂生产的瓷器,该厂的前身是创建于1738年的文森瓷器厂,1756年从万森纳迁至塞夫勒。在路易十五的支持下,塞夫勒瓷厂得到大力发展,其精美的瓷器也随之名冠法国和欧洲。

糕，最后留下两个蛋糕给小鸟和其他小动物之后，才开开心心地回家了。

第二天，"小猫咪"兴奋地报告说，两个蛋糕连一点碎屑也没有留下。她没有邀请母亲过去看一眼，现在瞭望塔完全属于她一个人了。

这年秋天，斯嘉丽同爱尔兰的所有人一样，每天读着报纸都会惊恐不已，很快这种惊恐情绪就变成了满腔怒火。她的怒火是由报道中被驱逐佃农的人数引起来的。在她看来，农民们的反击是完全可以理解的，用拳头或干草叉攻击庄园管理人或几个警察只是人们的正常反应，她感到遗憾的是这些暴力行为并没有阻止驱逐行动的进一步扩大。庄稼歉收，无粮可卖也就没有收入，但是这并不是农民们的过错，这一切她自己心里非常明白。

在附近的几次狩猎活动中，人们谈论的都是同样的事情，而这些地主们却并不像斯嘉丽那样宽容，他们对农民的反抗感到十分担忧："该死，他们想要怎么样？如果他们不付地租，他们就没有房子住。他们对这个问题心里很清楚，历来都是这样的。动不动就搞血腥的暴动，这样下去……"

但是，当白衣会加入到这场风波之中后，斯嘉丽也作出了和她周围的地主们同样的反应。今年夏天还只有几起零星的白衣会事件发生，但是现在他们已经变得更有组织和更野蛮了。每天夜里都有一些庄园主的谷仓和干草堆被烧掉，牛、羊和猪被宰杀，驴和犁马的腿被打断或肌腱被割断；商店的窗户被砸碎，粪便或燃烧的火把被扔了进去。随着秋去冬来,越来越多的军人、英国士兵和爱尔兰警察以及坐着马车或骑马的上流社会人士,在隐蔽处遭到袭击。现在,斯嘉丽外出参加聚会都会带着两个马夫同行。

斯嘉丽还时时担心"小猫咪"的安全,失去比利对她的影响似乎比斯嘉丽担心的要小得多。"小猫咪"从不闷闷不乐,也从不发牢骚,她总是忙于自己设计的某个项目或发明的某个游戏。但是,她毕竟只有四岁,整天独自到处乱跑总使得斯嘉丽悬着一颗心。她早就下定决心不束缚孩子的行为,但是她现在希望"小猫咪"不要那么机灵、那么独立,更不要那么无所畏惧。"小猫咪"每天都穿梭于马厩、谷仓、储藏室、乳品室、花园和花棚之间,像一个野人似的漫步于树林和田野里。整座大房子到处都是机遇,里面有许多已经打扫干净却并未使用的房间可供她玩耍,诸如装满各种盒子和箱子的阁楼,摆放着一排排各种酒的木架和装满食物的木桶的地下室,仆人们的房间,盛放银器、牛奶、黄油、奶酪和冰的房间,熨衣服、洗衣服和缝补衣物的房间,木匠的工作间,擦皮鞋的房间,以及维持一所大房子运转的各种活动所需要的各种房间。

找"小猫咪"经常就是一件毫无意义的事情,因为她可能在任何地方。但是,她总会到点回家吃饭和洗澡,虽然斯嘉丽想不出小姑娘是怎么把握时间的,但是她可从来不会迟到。

母女俩每天早饭后都会一起出去骑马。但是由于白衣会的原因,斯嘉丽开始担心沿着大路骑行会有危险,她又不愿意多带几个马夫同行，那样会破坏了母女俩单独在一起的亲密气氛。于是，她选择了她过去经常走的那条小路：经过瞭望塔，从徒涉渡口渡过博因河，再沿着那条小径一直骑到丹尼尔的小茅屋那里。她想，佩金·奥哈拉可能并不想见到她们母女俩，但是如果她想要我继续为谢默斯付地租，她就得忍受"小猫咪"和我从那里经过。她希望丹尼尔的小儿子蒂莫西能够尽快为自己找到一个新娘，到那时他就会得到那间小茅屋，新来的姑娘至少会比佩金友好一些。斯嘉丽十分怀念佩金出现之前自己同这里的家人之间那种随和而亲密的关系。

斯嘉丽每次外出参加狩猎活动之前，都会问"小猫咪"是否介意妈妈离开几天。每当问起这个问题时，"小猫咪"清澈的绿眼睛上方的棕色小额头就会出现困惑的皱纹，她就会反问道："人们为什么要介意呢？"听到她这句话，斯嘉丽内疚的心就会感觉好多了。十二月里的一天，当她告诉"小猫咪"说她这次要去很远的地方，要坐火车去，需要出去更长的时间时，"小猫咪"的回答仍然是一样的。

星期二，斯嘉丽出发去参加她期待已久的戈尔韦猎狐俱乐部的猎狐活动。活动的时间是在星期四，但是她想让自己和她的马在活动前有一天休息的时间。她并不感到疲倦，恰恰相反她已经激动得几乎坐立不安了，但是她不想冒险，她必须确保自己和马都处在最佳状态之下。如果星期四她赢得了胜利，星期五和星期六就再多待两天。她的最佳状态如果能保持到那个时候，也就足够了。

第一天的猎狐活动顺利结束,在当晚的颁奖仪式上,约翰·格雷厄姆把斯嘉丽赢得的一只带血的狐狸爪子颁给了她。她向他行了屈膝礼,接下了狐爪:"谢谢你,阁下。"所有人都报以热烈的掌声。

当两个侍者抬着用大浅盘盛着的一个热气腾腾的大馅饼进来时,掌声立刻变得更加响亮了。"奥哈拉太太,我已经把打赌的事告诉了大家,"格雷厄姆说,"于是我们特地为你准备了一个小小的玩笑。这是用乌鸦肉的肉末做成的馅饼,我原以为这个馅饼肯定归你一个人吃了,现在我来吃第一口,我们俱乐部的其他成员都将紧随其后。"

斯嘉丽露出了她最甜美的微笑,回答道:"我给你撒点儿盐吧,先生。"

星期五她第一次注意到了那个骑黑马的鹰脸男人,他在她前面做了一个不可能完成的跳跃动作,她突然勒紧缰绳,差一点儿掉下马去。他骑马时肆无忌惮的表现,让她觉得自己的鲁莽行为简直不值一提。

后来,在猎狐后的早餐上,很多人都围在他身边,大家七嘴八舌地说着话,他却很少开口。他高高的个头有如鹤立鸡群,她能清楚地看到他那张鹰一样的脸、黑眼睛和黑得发蓝的头发。

"那个一脸无聊表情的高个子男人是谁?"她问一个她认识

的女人。

"噢,亲爱的!"女人激动地说,"他是不是很迷人,简直让人无法形容?"接着高兴地叹了口气:"大家都说他是英国最邪恶的人,他叫芬顿。"

"芬顿什么?"

"就叫芬顿。他是芬顿伯爵。"

"你是说他连自己的名字都没有一个?"斯嘉丽心想,她永远也搞不懂这些英国人的头衔,它们对她而言都毫无意义。

她的同伴笑了起来,斯嘉丽感到,她的同伴的笑里有一种傲慢的情绪,所以她生气了。但是这个女人很快就消除了她的戒心。"这很蠢,是吗?"她的同伴接着说道,"他的教名是卢克,我不知道他姓什么,只知道他就是芬顿伯爵。在我的朋友圈子里,还没有人的地位比他高,所以除了称呼他'大人''芬顿伯爵'或'芬顿'之外,还没有用其他方式称呼过他。"她又叹了口气:"他是个相当了不起的人,而且长得又格外迷人。"

斯嘉丽未置可否,心里暗想:我看他就需要有人杀杀他的威风。

星期六的猎狐活动结束后,芬顿牵着马和斯嘉丽并排往回走。斯嘉丽很得意自己骑在"弦月"背上,这使她获得了居高临下的优势。"早上好,"芬顿说着右手触碰了一下他礼帽的边沿,"我知道我们是邻居,奥哈拉太太,如果可以的话,我想去拜访你并向你表示敬意。"

"那太好了。你的宅邸在哪里？"

芬顿扬起浓黑的眉毛："你不知道吗？我在亚当斯敦，就在博因河的对面。"

斯嘉丽很庆幸自己确实不知道，因为很显然他认为她应该知道。多么自负的家伙！

"我很熟悉亚当斯敦，"她说，"我有一些奥哈拉家的堂兄弟是你的佃农。"

"真的吗？我从来不知道佃农们的名字。"他笑了，露出一口洁白的牙齿，"你对自己卑微出身的这种美国式的坦诚让人着迷，甚至在伦敦人们也在谈论这一点。所以你看，这反倒为你达到自己的目的起到了推动作用。"他用鞭子碰了碰帽檐，然后走开了。

大胆狂徒！竟然这么无礼——他连他的名字都没有告诉我，就好像他很肯定我已经向别人打听过了似的。噢，我真不该去打听他是谁！

回到家后，她让菲茨太太吩咐男管家：芬顿伯爵头两次登门拜访的时候，告诉他我不在家。

此后，她开始集中精力装饰房子，以迎接圣诞节的到来。她想好了，今年他们一定要摆放一棵比往年更大的圣诞树。

一天，一个来自亚特兰大的包裹送到了斯嘉丽的办公室，她急不可待地把它打开了。哈莉特·凯利给斯嘉丽寄来了一些玉米粉，她真是个有心人，我肯定无意之中说了很多次非常怀念家乡的玉米粉。包裹里还有比利送给"小猫咪"的礼物，等她回来喝茶时我就把它给她。啊，在这里，一封厚厚的漂亮的信。斯嘉丽端着一壶咖啡在椅子上坐下来，舒舒服服地开始读信。哈莉特的来信总是充满了惊喜。

这是哈莉特到亚特兰大后写给她的第一封信——写了满满的八页信纸，其中无数次地对她的帮助表示了感谢。信中带给她了一个难以置信的故事：茵迪娅·威尔克斯有了一个痴心的情郎，是一个北方佬，当地卫理公会教堂里的新任牧师。斯嘉丽觉得这很有讽刺意味：茵迪娅·威尔克斯——一个从事南部联盟崇高事业的小姐，竟然允许一个穿着马裤的北方佬每天来给她问安，她恐怕就要忘记那场你死我活的战争了。

斯嘉丽一目十行地大致浏览了一下前几页关于比利的情况，"小猫咪"对这一部分可能感兴趣，稍后再找时间读给她听。很快，她就找到了她想看到的内容：阿什利向哈莉特求婚了。

这正是我希望看到的结果，不是吗？我真蠢，居然还是感到了一点儿嫉妒。什么时候举行婚礼？我要给他们送一份大礼。噢，看在上帝的分上！茵迪娅结婚之后，皮蒂姑妈就不能单独同阿什利住在那所房子里了，因为那样不合适。我简直不敢相信！不对，我相信，这不正是皮蒂姑妈最忌讳的事情吗？世界上最老的处女跟一个单身男人生活在同一个屋檐下，外人会怎么看待她！这样也好，至少能促使阿什利尽快同哈莉特结婚。虽然阿什利的求婚仪式肯定不是世界上最浪漫的，但是我相信在哈莉特脑子里那依然是天花乱坠、无限美好的。糟糕的是婚礼定在明年二月举行，我虽然很想去参加，但是城堡社交季对我的诱惑力更大。我曾经认为亚特兰大是一个大城市,现在想起来真是难以置信。我要看看"小猫咪"是否愿意新年后和我一起去都柏林,西姆斯太太说试衣只需要上午的几个小时。我还想知道,人们是怎么照料动物园里那些可怜的动物度过寒冬的。

"奥哈拉夫人,你那壶里还能再倒出来一杯咖啡吗?骑着马一路过来还真有些冷。"

斯嘉丽一抬头看见芬顿伯爵站在她的面前,不禁惊讶得张口结舌。噢,天啊,我今天早上几乎没有梳头,现在的样子肯定糟透了。"我告诉过我的男管家说我不在家。"她竟然脱口而出。

芬顿微笑道:"可我是从后面进来的。我可以坐下吗?"

"真想不到,这还需要问吗?请坐吧。不过,你先拉一下铃。原想着没有客人来,所以这里只有一个杯子。"

芬顿拉了拉铃,拿起一把椅子坐到她的身旁:"如果你不介意的话,我可以用你的杯子。我担心再等一个星期我的杯子也送不来。"

"我介意。就是这样!"斯嘉丽脱口而出。接着她突然哈哈大笑起来:"我恐怕有二十年没有说过'就是这样'了。奇怪,我竟然没有同时伸出舌头做个鬼脸。大人,你真讨厌。"

"叫我卢克。"

"叫我斯嘉丽。"

"我可以喝点儿咖啡吗?"

"咖啡壶已经空了……就是这样。"

芬顿又笑了起来,这一次他的笑容不再显得那么傲慢了。

第八十四章

当天下午,斯嘉丽去看望了她的堂姐莫莉。莫莉是个颇为看重社会地位的人,斯嘉丽的到来使得她一阵忙乱,因为她急于展示出她时尚高雅的一面。斯嘉丽假装随意地问了一些关于芬顿伯爵的事情,她的问题几乎没有引起莫莉的注意。这次拜访的时间很短,因为斯嘉丽发现莫莉对伯爵的事一无所知,只知道伯爵这次准备在亚当斯敦庄园住一些日子,他的仆人们和代理人都感到很惊讶。为了迎接他的突然到来,他们一直让他的房子和马厩保持在随时可用的状态中,但是过去五年以来这还是他第一次来到这里。

莫莉说,他的仆人们现在正在为一个家庭聚会作准备。伯爵上一次回来时曾举办了一个有四十位客人的聚会,客人们还都带着自己的仆人和马。伯爵还带回来了他的猎马和随从。聚会持续了两个星期的时间,主要活动是猎狐和一次猎人舞会。

在丹尼尔的小屋里,奥哈拉家的几个男人带着一种苦涩的幽默情绪谈论着伯爵的到来。他们说,芬顿总是把握不好回来的时机。上次回来时，土地因为干旱变得十分坚硬，结果猎人们的马蹄并没有毁了庄稼地。这次也一样，干旱依然先于他和他的朋友们到来了。

斯嘉丽回到了巴利哈拉，这一趟并没有增加她对芬顿的了解。芬顿对她只字未提狩猎或家庭聚会的事情，如果他真要举办家庭聚会却不邀请她，那将是对她的可怕羞辱。晚饭后，她匆匆地给她刚在这个社交季里结交的五六个朋友写了短信。"芬顿爵士突然出现在这附近他的庄园里，"她在便条中潦草地写道，"这一带的人都感到好奇。他已经多年没有回来过了，就连这里的店主们都没有任何有关他的闲话可说。"

她微笑着把信封好。如果这还不能打听到他所有的秘密，那就没有别的办法了。

第二天早上，她小心翼翼地穿上了她在都柏林那间客厅里穿过的一件礼服。她对自己说，我根本不需要让那个讨厌的男人觉得我有吸引力，但是我再也不会让他偷偷溜进来时再次看到我毫无准备样子了。

壶里的咖啡已经变凉。

这天下午，芬顿在田野里找到了斯嘉丽，她正在训练那匹名叫"彗星"的马。她穿着一身爱尔兰服装和斗篷，分腿骑在马上。

"斯嘉丽，你是个很理性的人。"他说，"我始终认为，侧鞍会对一匹好马带来毁灭性的伤害，而你这匹马看起来也是一匹好马。你愿不愿意让它和我的坐骑来一场短距离赛马？"

"我很乐意。"斯嘉丽甜甜地说,"可是久旱不雨地上很干燥,我身后扬起的灰尘可能会把你呛得半死。"

芬顿扬起眉毛,挑战道:"谁输了谁就拿出来一瓶香槟酒,给我们俩洗洗喉咙里的灰尘。"

"一言为定。跑到特里姆镇?"

"就跑到特里姆镇。"不等斯嘉丽反应过来,芬顿已经掉过马头开始狂奔。她拼命追赶,身上很快沾满了灰尘。最后,两匹马一起冲过小桥进入镇里。斯嘉丽骑着"彗星"同卢克并排走着,不时地咳嗽。

他们在城堡墙边的草地上勒住了缰绳。"你欠我一瓶香槟酒。"芬顿说。

"说什么鬼话!这是平局。"

"那好,我也欠你一瓶。我们是喝两瓶酒呢,还是再跑回去一决胜负?"

斯嘉丽狠狠地踢了"彗星"一脚,抢先跑了起来。她听到身后传来了卢克的笑声。

比赛在巴利哈拉镇前的空地上结束了。斯嘉丽赢了,但优势很微弱。她不无得意地笑着,对自己和"彗星"的表现都很满意,同时也对卢克带给她的乐趣感到满意。

他举起鞭子碰了碰落满灰尘的帽檐。"我带香槟酒来吃晚饭,"他说,"八点等我。"说完便扬鞭而去。

斯嘉丽望着他渐渐远去的背影,这人脸皮真厚!"彗星"不安地往一旁移动,她突然意识到自己松开了缰绳。于是她赶紧抓紧缰绳,拍了拍"彗星"紧张的脖子。"是的,"她大声说道,"你需要冷静下来,好好洗刷一下,我也一样。看来,我是中了他的圈套了。"她笑了起来。

"那是做什么用的?""小猫咪"问道。她十分好奇地看着母亲把钻石耳坠戴到耳垂上。

"打扮起来好看。"斯嘉丽说着摇了摇头,钻石耳坠在她脸旁摇动起来,闪闪发亮。

"就像圣诞树一样。""小猫咪"说。

斯嘉丽笑道:"我想是有点儿像。我以前还从来没有这么想过。"

"过圣诞节的时候,你也会给我打扮起来吗?"

"要等很久以后你长大了才能打扮,'小猫咪'。小女孩儿可以戴小珍珠项链或纯金手镯,但是钻石是成年女士戴的。你想要一些首饰过圣诞节吗?"

"不要。凡是给小女孩儿的东西都不要。你为什么要把自己打扮起来?圣诞节还有好多好多天才到呢。"

斯嘉丽突然惊讶地发现,在这之前"小猫咪"还从来没有见过她穿上晚礼服的样子。在都柏林的时候,她们俩一直都是在旅馆房间里用的餐。"今天有一位客人要来吃晚饭,"她说,"一位打扮了的客人。"她心里想,卢克是她的第一个来到巴利哈拉的客人。菲茨太太一向都是对的,我早就应该在这里接待客人了,有人做伴并能盛装打扮起来都是让人开心的事情。

同风趣而文雅的芬顿伯爵一起吃晚饭倒是一件很惬意的事情。斯嘉丽发现她的话比想象的多了很多：一会儿谈打猎，一会儿谈孩提时代学骑马的经历，甚至还谈到了杰拉尔德·奥哈拉和他对马的那种爱尔兰式的狂热。同芬顿交流起来很容易。

正因为如此，她竟然忘记了她要问他的问题，直到晚餐即将结束时她才突然想起来。"我估计，你的客人们很快都该到了。"甜点端上来时她对他说。

"什么客人？"卢克举起手里的香槟酒杯，仔细地观察着酒的颜色。

"哦，参加你的狩猎聚会的客人。"斯嘉丽说。

芬顿尝了一口酒，对男管家点点头表示同意："你是从哪里得到这个消息的？我没有举办狩猎活动的计划，所以也没有客人要来。"

"那你到亚当斯敦来干什么？人们都说你从不到这里来的。"

男管家给两个杯子都斟上了香槟酒。卢克举起酒杯向斯嘉丽敬酒，说："让我们为尽情欢乐干杯，好吗？"

斯嘉丽立刻感到自己脸红了。她几乎可以肯定，他这句话是在向她提出性要求。她举起酒杯反击道："我们还是为你输掉一瓶好香槟酒干杯吧。"她脸上保持着微笑，眼睛透过垂下的睫毛看着他。

后来，当她准备睡觉的时候，她又在脑子里把卢克的话翻来覆去地想了好久。那么,他到亚当斯敦来完全是为了见她吗?他是不是想勾引她?如果他确实企图勾引她,那么他会得到一生中最大的惊喜,就像在那场赛马中她击败了他一样,她同样会在这个游戏中再次击败他。

不过,让这样一个自以为是、目空一切的男人无可救药地爱上她,倒是一件十分有趣的事情。男人不应该既长得那么帅又那么有钱,这会让他们觉得自己可以掌控一切。

斯嘉丽爬到床上,舒舒服服地躺在被子里,心里期待着她刚才已经答应芬顿明天早上一起去骑马的事。

他们又赛了一次,这次的终点是派克角,芬顿赢了。接着,他们又从派克角跑回亚当斯敦,还是芬顿赢了。斯嘉丽想换一匹马继续比赛,但是卢克笑着婉拒了:"要是赢不了你就一直这么比赛下去,会摔断脖子的,而我也永远拿不到我的奖励了。"

"什么奖励?我们今天根本就没有下任何赌注。"

他咧嘴笑笑,没有再说什么,但是他的目光却扫视着她的身体。

"你真让人讨厌,芬顿爵士!"

"早就有人这么说过,而且还不止一次,不过还从来没有哪一个人说得这么富有激情。美国女人都是这样激情似火吗?"

斯嘉丽心想,你永远休想从我这里得到答案,但她还是像紧紧勒住自己的马那样管住了自己的舌头。事实证明,他之所以刺激她就是想让她发火,所以她现在对自己比对他更感到恼火。我很清楚他想干什么,不会上当的。瑞特以前就总是刺激我发火,结果每次我一发火都让他占了上风。

……瑞特……斯嘉丽望着芬顿的黑头发、讥讽的黑眼睛和剪裁考究的衣服,难怪她的眼睛会在戈尔韦猎狐俱乐部的人群中注意到他,他确实有一些同瑞特很相像的地方。不过,也仅仅是一开始看的时候会觉得像,其实他们俩还是有很大的差别,只是她不知道具体是什么。

"卢克,虽然我并没有赢,但还是谢谢你和我赛马。"她说,"现在我得走了,还有好多工作要做。"

他脸上露出惊讶的表情,但很快就消失了,微笑道:"我本想你和我一起吃早餐。"

斯嘉丽也报以微笑:"我料到了。"当她骑着马离开时,她能感觉到他的眼睛一直在看着她。当天下午,一个马夫骑着马来到巴利哈拉,给她送来了一束温室鲜花和卢克邀请她去亚当斯敦吃晚餐的请柬。她丝毫也没有感到惊讶,而是随手写了一封拒绝信让马夫带回去。

她咯咯地笑着跑上楼,重新穿上了她的骑装。她正把他送来的花插进一个花瓶里的时候,卢克迈着大步走进了她长长的客厅。

"如果我没有估计错的话,你是想再来一场到派克角的赛马。"

斯嘉丽的眼睛里露出了微笑。"你估计得没错。"她说。

科勒姆爬上了肯尼迪酒吧的吧台:"你们统统都不要乱嚷嚷了。我问你们,这个可怜的女人还能做什么?她是不是免了你们的地租?她是不是给你们送去了过冬的食物?而且,你们手里的食物还没有吃完,她又在仓库里为你们备好了更多的粮食。你们都是成年男人了,却像婴儿似的噘着嘴,编造出种种委屈作为再喝一品脱酒的借口,我为你们感到耻辱。你们想喝就喝个烂醉吧——想要毒死自己或者喝坏自己的脑袋,那都是你们的权利——但是不要把你们自己的软弱归咎于奥哈拉族长。"

"她已经站到地主那边去了……""整个夏天都欢天喜地地跑到地主和贵妇人们那里去……""几乎没有哪一天她不跟亚当斯敦的那个黑魔鬼一起赛马……"酒吧里愤怒的吼声此起彼伏。

科勒姆让他们统统住嘴:"你们还是男人吗,怎么像一帮女流一样对另一个女人的衣服、聚会和罗曼故事乱嚼舌头?你们让我恶心,你们这帮下流坯。"他一口唾沫吐在了吧台上:"谁想把它舔干净?既然不是男人,就只配舔我的口水。"

酒吧里突然沉默下来,这样的沉默可能导致各种各样的结果。科勒姆把双脚分开稳稳地站在吧台上,双手轻松地放在身前,准备握起拳头来。

"好了,科勒姆,正是因为我们没有理由像其他镇上的人那样放火和开枪,所以才感到烦躁。"年龄最大的一个农夫说,"从吧台上下来吧,把你的宝思兰鼓拿出来,我吹哨笛,肯尼迪拉小提琴,让我们唱几首揭竿而起的歌,像真正的芬尼兄弟会成员那样喝个一醉方休。"

科勒姆立刻抓住了这个让事态平息下来的机会，他跳到地上，靴子踢打着地板，开始引吭高歌。

> 在流水潺潺的河边，聚集着黑乎乎的人群，
> 绿色旗帜在闪闪发光的武器上方高高飘扬。
> 让敌人和叛徒都去死吧！奏响我们的进行曲，前进！
> 勇士们，为自由欢呼吧，明月已经升起！

斯嘉丽和卢克确实多次在巴利哈拉和亚当斯敦附近的路上赛马，还骑着马跳越过篱笆、沟渠、树篱和博因河。在整整一个星期的时间里，他几乎每天早上都要涉水跨过博因河，大步走进斯嘉丽的早餐室，要一杯咖啡并向她提出再次赛马的挑战。斯嘉丽也总是看似平静地等着他的到来，但实际上芬顿始终让她感到紧张。他的思维非常敏捷，说起话来令人难以捉摸，这使得她时时刻刻都不敢懈怠或放松对他的防御。卢克让她开心，也让她生气，更让她感到浑身上下都充满了活力。

每次骑着马在旷野里急速狂奔，都能够在一定程度上缓解他给她带来的紧张情绪。他们之间的博弈现在已经变得格外明显，双方都毫不掩饰各自的冷酷无情，但是当她不顾一切地把自己的勇气发挥到极限时，她总会感到既可怕又兴奋。斯嘉丽已经感到了自己内心深处有一种强大而未知的东西，即将挣脱她的控制。

＊　　＊　　＊

　　菲茨太太警告她，她最近的行为已经使镇上的人感到了不安。"奥哈拉族长正在失去人们对她的尊重，"她严厉地说，"你和英国人的社交活动离他们比较远，所以还能忍受。但是你和芬顿伯爵天天混在一起，说明你喜欢我们的敌人，这就是对他们的公开羞辱。"

　　"我才不管他们是否觉得被人羞辱了，我怎么生活是我自己的事情。"

　　斯嘉丽的激烈反应使菲茨帕特里克太太大吃一惊。"爱上他了，"她的话一点儿也不严厉，"是这么回事吗？"

　　"不，没有的事，我也不会爱上他。所以，你不要来烦我，你也告诉他们不要来烦我。"

　　在那之后，罗莎琳·菲茨帕特里克把自己的想法埋在了心里。但是作为一个女人，她本能地看到了斯嘉丽那双兴奋而明亮的眼睛里潜藏着的麻烦。

　　我爱上卢克了吗？菲茨帕特里克太太的疑问迫使斯嘉丽扪心自问。不，她立刻作出了回答。

　　那么，为什么他哪天早上不来，我就会一整天郁郁寡欢呢？

　　她还找不到令人信服的答案。

　　她想起了她的朋友们在给她的回信中提到的有关芬顿伯爵的情况。他们都说他是个臭名昭著的家伙，也是英国最富有的人之一。他不仅在爱尔兰有房产，而且在英格兰和苏格兰都有房产。他是威尔士亲王的密友，在伦敦还有一幢巨大的别墅，有传言说他在那里轮番纵酒狂欢和精心安排各种娱乐活动，整个社交界都渴望得到他的邀请。自从他十八岁继承爵位和财产以来，二十多年来一直是各家父母趋之若鹜的选婿对象，却一直没有任何人能够把他搞到手，甚至有好几个本身就很富有的知名大美人也未能得逞。社会上有很多谣传，说他让多少人心碎、多少人名节不保，甚至有人因他而自杀身亡；还有不止一个有妇之夫同他在决斗场上以命相搏。他是一个毫无道德、残忍无情且十分危险的人物，有人甚至说他就是魔鬼。当然，正因此他也是世界上最神秘和最让人痴迷的人。

斯嘉丽想象了一下，如果一个三十多岁的爱尔兰裔美国寡妇在所有声名显赫的英国大美女都惨遭败绩的人身上获得了成功，一定会在社交界造成巨大的轰动。想到这里，她禁不住噘起嘴唇暗自微笑，但是她的微笑立刻又收敛了。

芬顿完全没有表现出一个热恋中的男人的任何迹象。他只想占有她，而并不想娶她为妻。

她眯缝起眼睛想到，我决不会让他把我的名字加到他的战利品名单上。

但是，她又情不自禁地想知道，他的吻会带给她什么样的感觉。

第八十五章

芬顿鞭打着他的马一路狂奔,很快超过了斯嘉丽并发出一阵大笑。她身体前倾,对着"弦月"大声叫喊,催促它跑得再快点儿。但是,没跑多远她就不得不立刻勒住了马的缰绳,她脚下的这条路蜿蜒穿行在两排高大的石墙之间,卢克在前面突然勒住马,调转马身挡住了路。

"你这是搞的什么把戏?"她问道,"我差点儿就撞到你身上了。"

"那就正合我意。"芬顿说。不等斯嘉丽明白过来,他已经伸手抓住了"弦月"的鬃毛,把两匹马拉到了一起,迅速伸出另一只手钩住了斯嘉丽的后脖颈,使她的头动弹不得,同时把他的嘴紧紧贴到了她的嘴唇上。他粗暴的吻压伤了她的嘴唇,迫使她张开了嘴,接着他又用牙齿咬住了她的舌头。他有力的手迫使她不得不屈服,斯嘉丽的心怦怦直跳,既感到吃惊又感到害怕,而且随着这一吻的不断持续,她开始感到一种屈从于他的力量所带来的快感。当他最后放开她的时候,她只觉得浑身发抖,酥软无力。

"现在你不会再拒绝我邀请你吃晚餐了。"卢克说。他的黑眼睛里闪烁着得意的目光。

斯嘉丽很快恢复了理智。"你太自以为是了。"她一边说一边埋怨自己怎么还在气喘吁吁个不停。

"是吗？我看未必。"卢克伸手搂住她的后背把她拉到自己胸前，再一次吻了她一下。同时，他的手摸到她的乳房，使劲捏在手里，让她感到了疼痛。这时，斯嘉丽感到一种强烈的身体反应，渴望他的手抚摸她的全身，渴望他野蛮的嘴唇亲吻她的肌肤。

两匹马开始紧张不安地移动，迫使卢克不得不放开了斯嘉丽，她失去了平衡，眼看就要从马鞍上掉下去，最后终于挣扎着保持住了平衡。她不能这样做，不能把自己交给他，不能向他屈服。一旦她屈服了，他就彻底征服了她，他对她的兴趣就会消失殆尽，她很清楚这一点。

但是，她又不想失去他，她想要他。同查尔斯·拉格兰那样害相思病的大男孩儿截然不同，这个人是个真正的男子汉，她完全有可能爱上这样的男人。

斯嘉丽抚摸着"弦月"的脖子使它平静下来，心里很感谢它把自己从愚蠢的冲动中拯救了出来。当她转身面对芬顿时，她肿胀的嘴唇露出了微笑。

"你为什么不披上一身兽皮，拽着我的头发把我拖到你家里去呢？"她说，她的声音里恰如其分地流露出了既幽默又轻蔑的态度,"那样你就不会吓着这两匹马了。"她驱使"弦月"迈步走开,然后朝着他们来的方向开始小跑。

她扭过头对他说道:"卢克,我不会去赴你的晚宴的,不过你倒是可以跟我去巴利哈拉喝咖啡。如果你觉得光喝咖啡还不够,我也可以给你提供早午餐或者晚早餐。"

斯嘉丽温柔地对"弦月"低声耳语,催促它跑得再快一点儿。她看不出芬顿脸上的愤怒表情意味着什么,但她有一种近似恐惧的感觉。

卢克骑着马走进马厩时,她已经下马。他把一条腿从马背上跨过来,滑下马背,然后把缰绳扔到了她的马夫手里。

斯嘉丽假装没有注意到卢克占用了眼前唯一的一个马夫,牵着"弦月"继续往马厩里走,去找另一个马夫。

当她的眼睛适应了马厩里昏暗的光线后,她突然停下了脚步,一动也不敢动。在她正前方的畜栏里,"小猫咪"光着脚站在"彗星"的背上,晃动着两只小胳膊保持着平衡。她身上穿着一件从某个马夫那里借来的厚重的亚伦毛衣[1],下摆皱巴巴地堆掖在腰间的裙子上,过长的衣袖吊在指尖之外。她的黑头发仍然像往常一样从发辫中散了出来,形成乱糟糟的一团,看上就是一副

---

[1] 亚伦毛衣(Aran jersey),也被称为爱尔兰渔夫毛衣,自19世纪起就非常流行。亚伦之名来自于爱尔兰西海岸的亚伦群岛,它被认为是兼具标志性与美观性的传统爱尔兰服饰。传统的亚伦毛衣通常是白色的,在毛衣的主体和袖子部分都有缆绳的图案。最初,亚伦毛衣是使用未经加工的羊毛织成的,这样的羊毛原材料保留了天然的油脂成分,这使得衣服具有了防水性能,即使衣服被打湿也可以正常穿。

顽童模样,也很像一个吉普赛人家的孩子。

"你在干什么,'小猫咪'?"斯嘉丽轻声问道。她知道那匹大马性情急躁,声音太大会使它受惊。

"我刚开始练习马戏动作,""小猫咪"说,"就像我那本书里站在马背上的那个女人那样。等我进入圆形表演场地时,手里还要拿一把阳伞。"

斯嘉丽尽量保持着平缓的声音。"小猫咪"这样做比邦妮骑马还可怕,"彗星"可以把她摔下来,然后再踩死她。"你要是等到明年夏天再开始练习,那就会好多了。你赤着脚踩在'彗星'背上,肯定会感到很凉。"

"哦。""小猫咪"立刻从马背上滑下来,落到了钉着蹄铁的马蹄边上。"我没有想到这个问题。"她的声音从关着门的畜栏深处传来,斯嘉丽紧张得屏住了呼吸。接着,"小猫咪"手里拎着她的靴子和羊毛袜子从畜栏门上翻了出来:"我只想到靴子会伤着它的背。"

斯嘉丽竭力克制自己想把孩子抱进怀里的冲动,她好想让女儿安全地待在自己的臂膀里。"小猫咪"肯定会对她大惊小怪的态度感到厌烦,于是她扭头向右边看去,想喊一个马夫来把"弦月"牵走,却突然看见了卢克,他静静地站在一旁,两眼紧盯着"小猫咪"。

"这是我女儿,凯蒂·科勒姆·奥哈拉。"她一边说一边在心里想:随你怎么想都可以,芬顿。

"小猫咪"正在系鞋带,这时她抬起头来,仔细端详了一下芬顿的脸,然后说道:"我叫'小猫咪',你叫什么名字?"

"我叫卢克。"芬顿伯爵说。

"早上好,卢克。我要去吃早餐了,你想不想吃我那个鸡蛋的蛋黄?"

"我很想吃。"他说。

他们俩走在一起看起来很有趣:"小猫咪"领着芬顿朝房子走去,他紧跟在她身边,不断调整着他的大步伐,以适应她那双小短腿的速度。"我已经吃过早餐了,""小猫咪"告诉他说,"但是我又饿了,所以我要再吃一次早餐。"

"我觉得这是个非常明智的做法。"他说。他若有所思的话里丝毫也没有嘲讽的意味。

斯嘉丽跟在他们俩的身后,"小猫咪"给她的惊吓还没有完全平复,卢克强吻她时带来的激动情绪也还没有完全消失,她感到有些头晕,脑子里也有些混乱。在她看来,芬顿肯定是这个世界上最不可能喜欢孩子的男人,然而他似乎对"小猫咪"很着迷。他对待她的态度很真诚,并没有因为她小就表现出屈尊俯就的模样,这也是很正确的做法。"小猫咪"对那些把她当小孩子迁就的人很厌烦。不知怎么的,卢克似乎感觉到了这一点并且很尊重它。

斯嘉丽感到自己的眼睛里充满了泪水。噢,是啊,她也可以爱这个男人。对她心爱的孩子来说,他会是一个多么慈祥的父亲啊!她迅速地眨了眨眼睛,现在不是多愁善感的时候,为了"小猫咪"也为了她自己,她必须保持坚定的意志和清醒的头脑。

她又看看芬顿,他光滑的黑脑袋正向"小猫咪"一侧微微倾斜,整个人看上去高大魁梧、强壮有力,给人一种不可战胜的印象。

她感到内心在颤抖,但是很快又摒弃了自己的懦弱。她会赢的,现在她必须赢。为了她自己也为了"小猫咪",她想得到他。

看到卢克和"小猫咪"两人在一起的样子,斯嘉丽差一点儿笑出声来。"小猫咪"手里拿着一个煮熟的鸡蛋和一把餐刀,正全神贯注地准备切去鸡蛋的顶部,同时又不把它捏碎,芬顿则同样全神贯注地看着她的一举一动。

突然之间,一阵强烈的悲伤情绪驱散了斯嘉丽心中的欢乐。她感到那双悉心观看着"小猫咪"的黑眼睛应该是瑞特的眼睛,而不应该是卢克的眼睛!瑞特才应该是那个为自己的女儿着迷的人,瑞特才应该是那个和她分享早餐鸡蛋的人,瑞特才应该是那个和她并排走在一起的人,瑞特才应该是那个不断调整步伐去适应她那双小脚的走路速度的人。

痛苦的渴望在斯嘉丽的心上剜出了一个空洞,长久以来被压抑在心底的痛苦立刻涌出来,填满了这个空洞。她渴望见到瑞特,渴望听到他的声音,更渴望得到他的爱。

要是我及时把"小猫咪"的事告诉了他就好了……要是我留在查尔斯顿就好了……

"小猫咪"拉了拉斯嘉丽的衣袖,问道:"妈妈,你要吃鸡蛋吗？我帮你切开。"

"谢谢你,亲爱的。"斯嘉丽对孩子说。她告诫自己,不要犯傻。她对"小猫咪"和芬顿伯爵微微一笑。过去的事情已经过去了,她必须着眼于未来。"看来,卢克,你恐怕还得再吃一个蛋黄。"斯嘉丽笑着说道。

吃完早餐后,"小猫咪"说了声再见就跑到屋外去了,但芬顿留了下来。"再拿些咖啡来。"他对女仆说,连看也不看她一眼。然后,他对斯嘉丽说道:"给我讲讲你女儿的事吧。"

"她只喜欢吃蛋白。"斯嘉丽回答说,一面露出微笑掩饰她心中的忧虑。关于"小猫咪"的父亲,她应该告诉卢克什么呢?要是卢克问起他的名字,他怎么死的,以及他是谁,她又该如何作答?

不过,芬顿只问了有关"小猫咪"的事:"你这个女儿真不简单,她多大了,斯嘉丽?"

当他听说"小猫咪"还不到四岁时,感到十分惊讶,接着又问她是否总是那么有自制力,是否总是那么早熟,是否总是那么紧张……他对孩子的真诚关心让斯嘉丽对他产生了好感,她开始大谈"小猫咪·奥哈拉"的种种神奇表现,直说得口干舌燥:"卢克,你应该看看她骑小马的样子,她骑得比我都好——说不定比你都好……她就像只猴子,什么都能往上爬。油漆工经常不得不硬把她从梯子上拽下来……她像狐狸一样熟悉树林,而且她脑子里好像天生就有一个指南针,从来不会迷路……你说她'总是那么紧张'吗？她身上根本就没有一根紧张的神经，她什么都不怕,这常常让我心惊肉跳。当她被撞伤或擦伤的时候，也从来不会没完没了地叫唤，甚至当她还是个婴儿的时候也很少哭。刚开始走路的时候经常会摔倒，她每次都会流露出一副很惊讶的表情，然后马上就自己爬起来……当然，她的身体也很健康！你没看见她长得多么挺直和强壮吗？她的胃口也很大，而且从来没有生过病。她能不动声色地把好几块奶油松饼和奶油面包全部塞进肚子里去，你看了都不敢相信……"

斯嘉丽突然听见她的声音已经沙哑，于是看了看墙上的钟，忍不住笑起来："我的天哪，我吹嘘起来就没完没了。卢克，这都是你的错，是你怂恿我说的，你应该及时让我闭嘴。"

"没有的事，我听得正入迷。"

"小心点儿，你好像爱上我女儿了，我会吃醋的。"

芬顿扬起眉毛，回答道："爱情是小店主和蝇头小利之间的浪漫故事，我感兴趣的是她本人。"他站起身，鞠了一躬，把斯嘉丽的手从她膝上拿起来轻吻了一下："我上午动身去伦敦，所以我现在向你告辞。"

斯嘉丽也站起来，两人靠得很近。"我会怀念我们俩的赛马的。"她真诚地说，"你很快就会回来吗？"

"我回来后再来看你和'小猫咪'。"

他离开后斯嘉丽禁不住想，他竟然没有想到与我吻别。她不知道这是对她的恭维还是对她的侮辱。她断定他一定是后悔了，先前不该以那样的方式吻她。我猜他是一时失去了自我控制，他内心里无疑很害怕"爱"这个字。

她最后得出了自己的结论:卢克的表现说明,他完全是违心地爱上了我。想到这里她感到很高兴,他来做"小猫咪"的父亲肯定很棒……斯嘉丽用指尖轻轻碰了碰她有些肿胀的嘴唇。并且,他也是一个非常令人兴奋的男人。

第八十六章

接下来的几个星期里,卢克一直占据着斯嘉丽的心灵,使得她始终心绪不宁。每个阳光明媚的早晨,她都要骑着马沿着他们俩赛马的路线独自飞驰一遍。当她和"小猫咪"一起装饰圣诞树的时候,她又想起了他第一次来巴利哈拉的那个晚上,回忆起自己为那顿晚餐精心打扮的快乐感受。在圣诞节晚宴上,她用烤鹅的许愿骨[1]同"小猫咪"一起祈愿,拉扯前她在心里默念着自己的愿望:希望他能很快从伦敦回来。

有时她会闭上眼睛,回忆起他搂着她的感觉,但是每次都会让她气得流眼泪,因为她想起来的始终只有瑞特的脸、瑞特的拥抱和瑞特的欢笑。她告诉自己,那是因为她认识卢克的时间还不够长,到一定时候他的形象就会遮蔽掉她对瑞特的记忆,这才是合乎逻辑的解释。

---

[1] "许愿骨"(wishbone)又叫"如愿骨""如意骨",是火鸡等禽类胸部的一根Y形叉骨,每只火鸡只有一根许愿骨。按照西方古老的占卜祈福方法,两个人可以分别拿着骨头的一端,默念一遍自己的愿望,然后同时用力一扯,让骨头断掉。谁扯下来的骨头较大,谁的愿望就能实现。

新年前夜，随着一片喧闹声，科勒姆敲打着宝思兰鼓同两个拉着小提琴的人以及打着响板的罗莎琳·菲茨帕特里克走进她的房间来。斯嘉丽惊喜得尖叫起来，跑上前去拥抱他："我已经放弃了你会回家来的希望，科勒姆。有这么一个好的开头，今年一定会是个好年景。"她把"小猫咪"从睡梦中唤醒，同她一起在音乐和爱的拥抱中迎接一八八〇年的到来。

随着一大盘穗醋栗甜点在墙上摔得粉碎，无数面包屑和醋栗果纷纷溅落到"小猫咪"手舞足蹈的身上和向上抬起并张大的嘴巴里，新的一年在欢笑声中开始了。但是，在这之后天空中很快便布满了乌云，当斯嘉丽到镇上挨家挨户送去新年祝福的时候，凛冽的寒风一直撕扯着她身上的披肩。科勒姆每到一家都要喝上一杯，但他喝的不是茶而是酒，一边喝一边喋喋不休地同男人们大谈政治，直到斯嘉丽忍不住要尖叫起来了。

"那么，斯嘉丽宝贝，难道你就不准备到酒吧里去，为爱尔兰人勇敢的新年和新希望举杯祝愿了吗？"科勒姆在拜访完最后一间农舍后对她说道。

斯嘉丽抽抽鼻子，立刻闻到了他身上强烈的威士忌酒味："不，我又累又冷，我要回家了。你跟我来，我们一起在火炉旁安静地待一会儿吧。"

"我最怕安静地待着，斯嘉丽宝贝，寂静会让黑暗潜入男人的灵魂。"科勒姆摇摇晃晃地走进肯尼迪酒吧的门口，斯嘉丽双手抓住披肩紧紧裹在身上，拖着沉重的脚步慢慢地走上了通向大房子的车道。在灰蒙蒙的寒冷日光中，她的红裙子和长筒袜上的蓝黄色条纹显得单调而沉闷。

她推开沉重的前门,一心只想喝一杯热咖啡并洗一个热水澡。她刚走进大厅,就听到一声忍不住发出来的傻笑声,她立刻警觉起来,一定是"小猫咪"正在玩捉迷藏的游戏。斯嘉丽假装什么也没有察觉,随手关上门,脱下披肩扔到椅子上,然后环顾四周。

"新年快乐,奥哈拉族长!"芬顿伯爵的声音突然冒了出来。"这位或许是玛丽·安托瓦内特[1]吧?你这一身就是今年伦敦最好的裁缝们纷纷为化装舞会设计的那种农民服装吗?"他正站在楼梯平台上。

斯嘉丽抬头望着他,他回来了。噢,怎么会正好让他看到我现在这副模样?这完全不是她先前计划好的样子。不过这已无关紧要,重要的是卢克回来了,而且如此之快。她现在一点儿也不觉得累了。"新年快乐!"她对他说。这确实是一个快乐的新年。

芬顿闪身躲到一旁,斯嘉丽立刻看到了躲在他身后的"小猫咪"。"小猫咪"举着两只胳膊,双手扶着戴在蓬乱头发上的一个女式冕状头饰,头饰上镶满了宝石。她一步步走下台阶,朝斯嘉

---

[1] 玛丽·安托瓦内特(Marie Antoinette, 1755—1793),早年为奥地利女大公,后嫁给法国国王路易十六为后。她是神圣罗马皇帝弗朗茨一世与皇后玛丽亚·特蕾西亚的第十五个子女,在所有子女中排行倒数第二。从进入法国宫廷之后,玛丽·安托瓦内特在政治上毫无建树,每天只是热衷于舞会、时装、玩乐和庆宴,修饰花园,奢侈无度,有"赤字夫人"之称。1792年8月10日巴黎人民起义,推翻了君主制。随后,她和国王一起被囚禁在当普尔堡。次年10月,38岁的玛丽经革命法庭审判并被判处死刑,被送上了断头台。

丽走去，一双绿眼睛充满了笑意，却又抿住嘴唇不愿笑出来。她身上穿着一件镶有一条宽貂皮的深红色天鹅绒长袍，宽大的深红色后摆长长地拖在身后。

"'小猫咪'身上穿的就是你即将要穿的服饰，伯爵夫人，"卢克说，"我是专程来安排我们的婚礼的。"

斯嘉丽只感到双膝无力，一屁股在大理石地板上坐了下来，红裙子下露出了绿蓝色相间的衬裙。她心里交织着一丝愤怒和胜利带来的惊喜。这是不可能的，太容易了，一点儿乐趣都没有了。

* * *

"看来我们给她的惊喜很有效，'小猫咪'。"卢克一边说一边解开了系在她脖子上的沉重丝绳，然后又从她手中接过头饰，"你现在可以走了，我得和你妈妈谈谈。"

"我能打开我的箱子吗？"

"可以。箱子就放在你的房间里。"

"小猫咪"看了斯嘉丽一眼，露出一个微笑，然后一路咯咯笑着跑上了楼。卢克把长袍搭在左臂上，左手拿着头饰，伸出右手走到斯嘉丽面前。他看上去十分高大，眼睛黝黑。她把自己的手伸到他手里，他扶着她站起身来。

"我们到书房去吧，"芬顿说，"那里壁炉里的火正旺，还有一瓶香槟酒，让我们一起庆祝这笔交易终于达成。"

斯嘉丽由着他带着自己往前走，她简直不敢相信他要娶她；她惊呆了，说不出话来。卢克开始倒酒，她则站在壁炉前烤火。

卢克走过来递给斯嘉丽一杯酒，她伸手接过来。这时，她的大脑终于又能正常思考了，她一边想着眼前正在发生的事情，一边也能开口说话了。

"卢克，你为什么说这是一笔'交易'？"他为什么没有说他爱她，要她做他的妻子呢？

芬顿拿起他的酒杯碰了碰她手里的酒杯，回答说："婚姻不是一种交易还能是什么，斯嘉丽？我们俩的律师会一起起草一份合同，但那只是一个形式，你肯定知道接下来会发生什么吧。你已经不是一个女孩儿了，更不是一个天真无知的人了。"

斯嘉丽小心翼翼地把杯子放在桌子上，然后又同样小心翼翼地坐到椅子上。真是大错特错了！他的脸上、他的话语里竟然没有一丝一毫的温情，他甚至根本也不看她一眼。"我想请你告诉我，"她慢慢地说道，"究竟会发生些什么？"

芬顿不耐烦地耸耸肩，回答说："那好吧。你会发现我很慷慨，我想这应该是你最关心的事情。"他说，尽管他认为她自己肯定早就发现了他是英国最富有的人之一，但是他还是要再告诉她一遍。他由衷地钦佩她在社交圈子里向上爬的精明强干。婚后，她可以留着自己的钱，他自然会为她提供所有的衣服、马车、珠宝、仆人等费用。他期望她能为他光耀门庭，他已经发现她有这个能力。

她也可以一辈子把巴利哈拉留在自己手里，这让她觉得有趣。在农场的问题上，要是她不怕弄脏自己的靴子，她也可以参与亚当斯敦农场的事务。她死后巴利哈拉将归他们的儿子所有，卢克死后亚当斯敦同样也归他们的儿子所有。其实，让两片毗邻的土地连成一片一直都是婚姻的主要原因之一。

"当然啦，这笔交易最重要的一点是你要为我生下一个继承人。我是芬顿家族现存的最后一人，传宗接代是我义不容辞的责任。一旦我从你那里得到一个儿子，你就自由了，你想怎么生活就怎么生活，只要保持同常人一样的谨慎态度就行。"

他把杯子斟满，然后一饮而尽。卢克还说，斯嘉丽能够得到那顶头饰，应该感谢"小猫咪"。"不用说，我开始没有想过让你做芬顿伯爵夫人，你属于那种我喜欢与之玩乐的女人。女人的意志越坚强，让她屈服于我的意志就越能让我得到快乐，这是非常有趣的一件事情。不过，这些都不如你的孩子那么让我感兴趣，我希望我能有一个像她一样勇敢无畏且拥有坚不可摧的健康体魄的儿子。芬顿家族的血液由于近亲繁殖已经变得虚弱了，但是一旦注入你这个农夫的活力，它就能重新获得勃勃生机。我注意到我那个叫奥哈拉的佃农，一家人都相当长寿，而他们和你正是一家人。你是一件宝贵的财产，斯嘉丽，你将给我带来一个让我感到骄傲的继承人，你不会使他或我在社会上蒙羞受辱。"

斯嘉丽目瞪口呆地看着他，就好像一个传说中被巨蛇迷住心窍的人一样。但是，这时她突然挣脱了巨蛇魔力的束缚，从桌子上拿起自己的杯子。"做你的美梦去吧！"她大叫着把杯子扔进了壁炉中的火里，酒精立刻变成一团火焰蹿起来，"这就是我给你的如意算盘的答复,芬顿大人。滚出我的房子,你让我恶心。"

芬顿哈哈一笑,斯嘉丽顿时紧张起来,作好了扑过去在他那张笑脸上扇一巴掌的准备。"我还以为你很关心你孩子的前途呢,"他冷笑着说道,"很显然我弄错了。"他的话阻止了斯嘉丽的冲动。

"你真让我失望,斯嘉丽,"他继续道,"真的。你看似精明,其实不然。忘掉你那受伤的虚荣心吧,想一想你能得到什么。对你和你女儿来说,你们得到的是在这个世界上的一个不可撼动的优越位置。这可是一个史无前例的机会,但是只要我愿意,我就能打破这个先例,甚至连法律也不在话下。我会安排对'小猫咪'的收养,使她将来能够成为'凯瑟琳夫人'——'凯蒂'是不可能用的,那是厨房女佣的名字。作为我的女儿,她将立即无可置疑地获得她需要或想要的一切最好的东西。她会得到很多朋友,最终得到美满的婚姻——她可以任意挑选。我永远不会伤害她,因为她是我儿子学习的榜样,太有价值了。难道因为你那低贱阶级对浪漫的渴望没能得到满足,你就要剥夺她应该得到的一切吗?我可不敢苟同。"

"'小猫咪'不需要你的头衔和'一切最好的东西',老爷,我也不需要。以前没有你,我们一直过得很好,今后我们也照样会过得很好。"

"你还能撑多久,斯嘉丽?不要以为你在都柏林的成功就能让你永远红下去。你不过是一个新面孔,新面孔都是短命的。一只猩猩如果穿着得体,也能够在都柏林那样的蛮荒之地受到欢迎。你还有一个社交季可以继续得宠,最多两个社交季,然后人们就会忘掉你。'小猫咪'需要一个大名鼎鼎的人和一个父亲的保护,而我正是仅有的几个有能力抹去她私生子污名的人之一——打住,不要在我面前辩解,我才不相信你编造出来的任何故事。如果你和你的孩子能够在美国混得下去,你就不会千里迢迢跑到爱尔兰这个荒凉的角落里来了。

"说够了。我已经开始感到厌烦了,而我最讨厌厌烦。等你恢复理智了,就给我捎个信,斯嘉丽。你会同意我的交易的,我总能得到我想要的东西。"芬顿说完转身向门口走去。

斯嘉丽叫住了他,有一个问题她必须弄明白:"你不可能控制得了世界上的每一件事情,芬顿。你是否想过你的种母马似的老婆会生一个女孩儿而不是男孩儿?"

芬顿转过身来面对着她:"你是一个强壮、健康的女人,我最终肯定能得到一个男孩儿的。但如果出现最不幸的情况,你只给我生女儿,那么我会安排她们中的一个嫁给一个愿意放弃自己的姓氏而接受她的姓氏的男人。这样,继承我的头衔并延续芬顿一族的仍然是我的血脉,我的义务也就尽到了。"

斯嘉丽同他的态度一样冷漠:"你什么都考虑到了,是吗?要是我不能生育怎么办?或者你没有当父亲的能力怎么办?"

芬顿笑了:"我的雄性能力早已经被我散布在欧洲各个城市里的那些私生子所证明了,所以你想羞辱我已经不可能。至于你自己,已经有'小猫咪'可以作证了。"突然,他脸上掠过一丝惊讶的表情,接着便立刻大步走到了斯嘉丽的面前,让她感到畏缩。

"来吧,斯嘉丽,别那么小题大做。我没有告诉过你吗?我只会抛弃情人,而不会抛弃老婆。我现在根本不想碰你。我刚才差点儿忘记我的那个头饰了,我必须把它保管好,直到婚礼时才能拿出来。那是我们家的传家宝,到时候你才会戴上它。等你认输的时候,就给我捎句话。我现在要去都柏林,社交季就要到了,我得为开门迎客作好准备。你只要把信送到梅瑞恩广场,我就能收到。"他彬彬有礼而又不失自尊地向她鞠了一躬,然后哈哈大笑着离开了。

斯嘉丽骄傲地昂着头,直到听见他离开并关上了前门。然后她几步跑到书房门口,关上门并把它反锁上。确信自己不会被仆人们看到之后,她一头倒在了厚厚的地毯上,伤心地痛哭起来。她怎么做任何事情都会出错呢?她怎么会自以为自己可以爱一个心中根本没有爱的人呢?她现在该怎么办?她满脑子都是"小猫咪"刚才站在楼梯上戴着头饰、开心笑着的形象,接下来她该怎么办?

"瑞特,"斯嘉丽断断续续地哭着说道,"瑞特,我们非常需要你。"

第八十七章

斯嘉丽虽然表面上没有流露出深感羞愧的神情,但是内心里为自己对卢克的情感而深深自责。每当她独自一人的时候,她就会揭开这个尚未痊愈的伤疤,用痛苦惩罚自己的错误。

她真傻,竟然把未来建立在"小猫咪"把鸡蛋的蛋白和蛋黄分别放在他们三个盘子里的那一顿早餐上,并因此想象着他们能够作为一个家庭幸福地生活在一起。她还以为她能够迫使他爱上她,这是多么荒唐的想法,这件事如果传出去,全世界都会嘲笑她。

她开始幻想对他进行报复:她可以把他向她求婚并遭到拒绝的事告诉这个国家的每一个人;她可以给瑞特写信告诉他,芬顿骂他的孩子是个私生子,让他来杀了芬顿;她可以在教堂的圣坛前面对面地告诉芬顿她已经不能生孩子了,他娶她只不过是自讨苦吃;她也可以邀请他来吃顿饭,在他的食物里下毒……

仇恨的烈火在斯嘉丽心中燃烧,并促使她把自己的仇恨扩展到所有的英国人身上,于是她重新开始满腔热情地支持科勒姆的芬尼兄弟会的事业。

"可是我不需要用你的钱,斯嘉丽宝贝,"他对她说,"现在的工作是规划土地同盟[1]的行动。元旦那天你应该听我们说过,你不记得了吗?"

"那就再说一遍,科勒姆,肯定有一些事情是我能够给予帮助的。"

结果,她什么都帮不上。土地同盟的会员资格只对佃农开放,在春季交地租的时间到来之前他们不会采取任何行动。到时候每个庄园都会有一个佃农向地主交地租,其他所有人都拒交,一旦地主要驱赶这些佃农,他们所有人就都住到已付地租佃农的农舍里去。

斯嘉丽不明白这么做的意义何在,因为地主会把那些土地租给其他人。

可是科勒姆说,不会的,因为土地同盟这时就会出来干涉,

---

1 爱尔兰土地同盟(Irish National Land League),爱尔兰农民争取土地改革的组织。1879年8月,原芬尼兄弟会领导人达维特创办土地同盟,各地亦纷纷效仿并得到帕内尔的支持。10月在都柏林举行的全国土地同盟大会上,爱尔兰土地同盟成立,帕内尔任主席,达维特任名誉书记。参加爱尔兰土地同盟的人多为佃农,也有前芬尼兄弟会成员、破产的中产阶级和小资产阶级等。土地同盟要求实行合理地租、土地自由买卖等,并将争取土地改革的农民运动与民族解放斗争相结合。次年该同盟领导了"杯葛"(抵制)运动,反对地主驱逐拒交不合理地租的佃户。1881年英国议会通过格拉斯顿政府提出的《爱尔兰土地法案》,规定公平地租、固定租期、自由出售土地承租权的原则,遭到同盟反对。同年10月,帕内尔等人被捕。1882年,帕内尔与政府签订协定,同意不使用暴力手段,将土地同盟的活动纳入合法范围。后英政府多次颁布有关土地购买的法令,1903年颁布的《爱尔兰土地购买法》(《温德姆法》)规定以向地主提供额外津贴的方法鼓励其将土地出售给佃户,至此爱尔兰土地问题基本得以解决。

禁止其他人来承租那些土地。如此一来,地主就失去了佃农,也就失去了租金,并且地里刚刚种下的庄稼也会因为无人照料而损失殆尽。这是一个天才的想法,他只是后悔自己没能想出这个主意。

于是,斯嘉丽找到了她的堂兄们,极力劝说他们参加土地同盟。她还承诺,如果他们被驱逐,他们可以转到巴利哈拉来。

结果,奥哈拉家的人无一例外地拒绝了她的建议。

斯嘉丽非常委屈地向科勒姆抱怨了一顿。

"不要因为别人的盲目而责备你自己,斯嘉丽宝贝,你的努力会弥补他们的过失。你不是奥哈拉族长且实至名归吗?你难道不知道,巴利哈拉的每家每户,甚至包括特里姆镇一半以上的家庭,都保留着从都柏林的报纸上剪下来的剪报,这些剪报说的都是奥哈拉族长是英国总督城堡里的一颗闪亮的爱尔兰之星。他们把剪报连同祈祷卡和圣徒画像一起保存在《圣经》里。"

圣布里吉德节那天下了一场小雨,斯嘉丽以远远超过其他人的热情做了例行的祈祷,祈愿今年获得好收成。当天从地里挖起第一锹泥土的时候,她的脸颊上竟然挂满了泪水。弗林神父用圣水祝福过这片土地之后,又让每个人依次接过圣杯并喝下一口圣水。仪式结束后,农民们低着头默默地离开了地头。现在,只有上帝才能拯救他们,没有人能够再次承受去年那样的天灾了。

斯嘉丽回到屋里,脱下沾满泥土的靴子。然后,她请"小猫咪"到她房间里喝可可,同时开始整理衣物,准备前往都柏林。现在离出发的时间已经不到一个星期了。她不想去——卢克也会在那里,她该如何面对他呢?她唯一的做法就是始终高昂着自己的头,这也是她的人民对她的期望。

*　*　*

斯嘉丽在都柏林的第二个社交季里获得了比第一个社交季更大的成功。谢尔本酒店收到了邀请她参加城堡社交季所有活动的邀请函,还有五场小型舞会和两场在总督的私人寓所里举办的深夜晚宴。她还在一个密封的信封里发现了一封最令人梦寐以求的邀请函:她的马车将享有从城堡后面的特别入口直接驶入城堡内院的特权,不再需要在达姆街[1]上排队等候几个小时,而其他客人的马车每次只允许四辆进入,这四辆马车上的客人下车后下一批四辆马车才能驶入。

还有许多邀请她出席私人聚会和晚宴的名片。众所周知,比起在城堡里动辄数百人的大型社交活动来,私人聚会要有趣得多。斯嘉丽笑了,但心中难免也有一些苦涩。她不过是一只穿着华丽衣着的猩猩,是吗?不,她不是,那一大堆请柬就是证明。她是巴利哈拉的奥哈拉族长,爱尔兰人,并且以此为荣。她是独一无二的斯嘉丽!卢克在不在都柏林都改变不了这个事实。让他放肆地冷笑去吧,她完全可以无畏无愧地直视着他的眼睛,让

1　达姆街(Dame Street),又译"水坝街",是爱尔兰都柏林的一条主要干道,也是许多银行的所在地。它靠近爱尔兰最古老的大学都柏林三一学院,又是受欢迎的聚会场所的入口。这条街因横跨波多河而建的一座水坝而得名。

他见鬼去吧。

她翻看着桌上那堆请柬,挑出一些感兴趣的放到一边,心里突然泛起一阵兴奋的涟漪。受人欢迎的感觉很棒,穿上漂亮礼服在漂亮的房间里跳舞的感觉也很棒。既然如此,就算都柏林的社交界是英国人的天下又有什么关系?她现在对这个社交界已经了如指掌,深知这里的微笑与蹙眉、守规与犯规、荣耀与排斥、胜利与失败,都只是游戏的一部分;它们都无足轻重,对金碧辉煌的舞厅之外的现实世界来说都无关紧要。游戏就是让人玩的,而她正是一个玩游戏的高手。说到底,她很高兴自己来到了都柏林。她喜欢赢。

斯嘉丽很快就知道了,芬顿伯爵在都柏林的出现引起了一阵疯狂的兴奋和猜测。

"亲爱的,"梅·塔普洛告诉她,"甚至伦敦的人也都在议论这件事。大家都知道,芬顿一直认为都柏林不过是一个三流的地方城镇。他的房子已经几十年没有开门迎客了,他究竟来这里干什么?"

"我想象不出来。"斯嘉丽回答,心中窃喜要是自己把实情告诉她,她肯定会笑掉大牙。

* * *

无论她走到哪里,芬顿似乎也都会出现在哪里。斯嘉丽礼貌而冷淡地同他打招呼，对他眼中流露出的轻蔑而自信的眼神不屑一顾。在他们第一次不期而遇之后，再次偶遇时她已经不再为他傲慢的目光而生气，因为他已经无力再伤害她了。

虽然他不能伤害她了，但是每当她瞥见一个穿着天鹅绒或者锦缎衣服的高个子黑头发男人的背影时，却一次又一次地感到心痛，因为那个人无一例外都是芬顿，而斯嘉丽在每一个聚会的人群中寻找的却是瑞特。他前一年参加过城堡社交季，为什么今年……这个晚上……却没有出现在……这个房间里呢？

但是，她一次次看到的还是芬顿。她的目光所及之处，无论是在同人们谈话中环顾四周的时候还是在读到各种报纸上的专栏文章的时候，都是芬顿。不过，她至少可以感到庆幸的是他并没有把注意力特意放到她的身上，否则有关她的流言蜚语就会充斥整个社交界。不过，她还是希望他的名字不要每天都出现在人们的谈话中。

流言蜚语渐渐形成了两种推测：其一，他把空闲多年的房子整饬一新，是为了迎接威尔士亲王的秘密来访；其二，他是被索菲娅·达德利小姐给迷住了。这个姑娘在五月的伦敦社交季上一炮走红，现在又在都柏林再次获得了成功。那个世界上最古老的故事说：一个年轻男人一直过着放荡不羁的生活，年复一年地回绝了女人的婚姻陷阱，直到有一天他突然发现他已经四十岁了，惊慌失措的他于是拜倒在了一个清纯美少女的石榴裙下。

索菲娅·达德利小姐年方十七，长着一头熟透了的干草一般金黄色的头发，一双夏日天空一样湛蓝的眼睛和瓷器一样光滑粉白的肌肤。至少当时描写她的歌谣里是这样说的,在任何一个街角处你只要花上一个便士就能买到这种歌谣。

实际上,她是一个美丽而腼腆的姑娘,一切都被她雄心勃勃的母亲操控在手里。每当她受到旁人的关注和男人们对她献殷勤的时候,她就会脸红,这样一来反而使她显得更加富有魅力。斯嘉丽常常看见她,因为索菲娅的私人客厅紧挨着斯嘉丽的客厅。就客厅里的陈设和从客厅里所能看到的圣斯蒂芬公园的景色来看,索菲亚的客厅不及斯嘉丽的客厅,但是从拜访客厅的人数来看,斯嘉丽的客厅略逊一筹。这并不是说斯嘉丽的客厅门可罗雀,一个有钱的、受人欢迎的、长着一双迷人的绿眼睛的寡妇,无论什么时候都是很抢手的。

斯嘉丽在心里问自己:我为什么要对此感到惊讶呢?我的年龄比她大了一倍,去年我已经风光过了。但是,有时候当索菲娅的名字与卢克联系在一起时,她就感到很难保持沉默。众所周知,一位公爵已经向索菲娅求过婚,但是大家也都认为她最好还是嫁给芬顿。虽然公爵的地位高于伯爵,但是芬顿比公爵富有四十倍而且英俊一百倍。斯嘉丽很想脱口而出:如果我想要他,他早就是我的了。那么,他们又该为谁写那些歌谣呢?

她责备自己未免有些小气。她对自己说,她不该把芬顿说她一两年后即将被人们忘记的预言放在心里,那样很愚蠢,并且她也要尽量不为眼睛旁边皮肤上开始出现的细小皱纹而忧心忡忡。

在处理镇务的每月第一个星期天到来之前,斯嘉丽就回到了巴利哈拉。谢天谢地,她总算离开了都柏林,社交季的最后几周似乎漫长得无边无际。

回到家的感觉很好,可以思考一些实实在在的事情,比如帕迪·奥法兰要求得到一块更大的泥炭地,而不是穿什么衣服去参加下一个聚会。尤其是"小猫咪"见到她时给她的那个热烈的拥抱,两只小胳膊差不多要把她勒死,那一刻简直是天堂般的感受。

当斯嘉丽解决了最后一场纷争,满足了人们最后一个要求之后,她来到早餐室同"小猫咪"一起喝茶。

"我给你留了一半。""小猫咪"说。她的嘴上沾满了斯嘉丽从都柏林带回来的奶油松饼的碎屑。

"真是奇怪,'小猫咪',我怎么一点儿也不饿?你要不要再吃点儿?"

"好的。"

"好的,谢谢。"

"好的,谢谢。我现在可以吃了吗?"

"可以,吃吧,猪小姐。"

斯嘉丽一杯茶还没有喝完,桌上的奶油松饼已经被吃得一干二净。"小猫咪"对奶油松饼从来都是来者不拒的。

"我们到哪里去散散步呢?"斯嘉丽问道,"小猫咪"回答说她想去看望格兰妮。

"她喜欢你,妈妈。她虽然更喜欢我,但也很喜欢你。"

"那太好了。"斯嘉丽说。她很乐意去瞭望塔,因为它总能给她一种宁静的感觉,而她的心里却难得享受到宁静。

* * *

斯嘉丽把脸靠在瞭望塔古老而光滑的石头上,闭上眼睛,久久不愿离开。"小猫咪"感到不耐烦了。

然后,斯嘉丽抓住从高高的瞭望塔门口垂下来的绳梯,用力拉了几下。绳梯虽然污迹斑斑,饱经风雨,但感觉仍然很结实。尽管如此,她还是觉得最好定做一个新绳梯,否则一旦它断了,"小猫咪"就会掉下来——她完全不敢想象其后果会是什么样子。她很希望"小猫咪"能邀请她到塔上的房间去做客,于是她又拉了拉绳梯,作为暗示。

"我们弄出了这么大的声音,格兰妮肯定正等着我们呢,妈妈。"

"那好吧,亲爱的,我来了。"

"聪明女人"看上去仍然同斯嘉丽第一次见到她时一样,一点儿也没有变老。斯嘉丽心想,我甚至敢打赌,她身上围的也还是原来的那几条披肩。"小猫咪"自己在昏暗的小茅屋里忙碌着,她从一个架子上拿下几个杯子,把几块燃烧的旧泥炭放到一堆仍有光亮的余烬上,准备烧一壶开水。她那样子就像在自己家里一样自在。"我到泉水那儿去打一壶水。"说着她拿起水壶走了出去。格兰妮一直看着她,眼睛里充满了钟爱的神情。

"达拉经常来看我,""聪明女人"说,"这是她对一个孤独灵魂所表现出的善意。我不忍心把她打发走,因为她觉得她应该这样做。我们俩惺惺相惜。"

斯嘉丽立刻感到不快,回答说:"她就喜欢自己一个人待着,其实她根本不必这样孤独的,我一次又一次地问过她要不要让其他孩子们来和她一起玩,她总是说不要。"

"这孩子很聪明。他们总想拿石头砸她,但是达拉跑得快,他们从来都砸不到她。"

斯嘉丽简直不敢相信她听到的话:"他们做什么?""都是镇里的孩子,"格兰妮平静地说,"他们像野兽一样在树林里寻找达拉。不过,远在他们找到她之前,她就已经听到了他们的声音。只有最大的几个孩子跑得比达拉快一些,能够跑到离她比较近的地方向她扔几块石头。能接近她的孩子都比她大,他们的腿更长,跑得比达拉更快。不过,就连这些大一些的孩子也奈何她不得,她知道怎么逃脱他们的追赶,他们谁也不敢追着她跑进瞭望塔里去,因为他们怕塔里那个被吊死的年轻人阴魂不散。"

斯嘉丽简直惊呆了,她的宝贝"小猫咪"竟然受到巴利哈拉的孩子们的迫害!她要亲手用鞭子把他们每个人鞭挞一遍,还要把他们的父母赶出巴利哈拉,把他们的每一件家具都打成碎片!她激动地从椅子上站了起来。

"你要毁了巴利哈拉,让这个孩子更加难受吗?"格兰妮说,"坐下,女人。换做其他人也还是一样,人都害怕与自己不同的人,他们一看到不同的人就想把他们赶走。"

斯嘉丽坐回到椅子上,她知道"聪明女人"说得对。她已经一次又一次地为自己的与众不同付出了代价,人们扔向她的石头就是冷漠、斥责和排斥。但这些都是她自找的,而"小猫咪"

只是一个小女孩儿,是无辜的,现在正处在危险之中。"我不能什么都不做!"斯嘉丽大叫道,"这是绝不能忍受的行为,我必须让他们停下来。"

"可是,无知是无法被阻止的。达拉已经找到了她的出路,这对她来说就足够了。那些石头不会伤害她的灵魂,她在瞭望塔里也很安全。"

"这还不够。要是哪天她被石头砸到了呢?要是她受伤了怎么办?为什么她不告诉我她感到孤独?我就是无法忍受她有一丝一毫的不快乐。"

"你就听我这个老太婆的话吧,'奥哈拉族长'。你要用心倾听。世界上有一个地方,人们只在赞颂人间仙境的歌声中听到过它的名字,它叫'提尔纳诺'[1],它就在众山之下。凡是找到那里去的男人和女人,就再也没有出现在我们这个世界中。提尔纳诺没有死亡,也没有腐朽;没有悲伤,也没有痛苦;没有仇恨,也没有饥饿。人们彼此和睦相处,不劳而生活丰裕。

"你会说,这就是你想带给孩子的生活。但是你听好了,因为那里没有悲伤,所以那里也没有欢乐。

"你听懂了这首人间仙境之歌的意思了吗?"

---

[1] 提尔纳诺(Tírnanóg),意思是青春之地,是爱尔兰神话《欧辛的故事》中的异世界。据说,提尔纳诺是在地图以外的某个地方,在极西的一个岛屿之上。与人们通常的印象不同,提尔纳诺并不是死去的英雄的归处,而是一个地上的乐园,那里有着超自然的存在,偶尔也会有幸运的水手或探险者去到那个地方。在异世界中,既没有人遭受疾病和死亡,也没有人需要食物或水,那是一个青春永驻的地方。

斯嘉丽摇摇头。

格兰妮叹了口气，道："那我就无法让你释怀了。达拉比你更有智慧，由她去吧。"就像听到了"老女人"的召唤一样，"小猫咪"立刻从门外走了进来。她没有看母亲和格兰妮一眼，而是把全部注意力都放在了那个装满水的沉甸甸的水壶上。两人默默地看着"小猫咪"有条不紊地把水壶挂到煤火上的铁钩上，然后又把更多的煤耙到火上。

斯嘉丽不得不扭过头去。她知道如果她继续看着孩子的一举一动，会忍不住冲过去，把孩子紧紧抱在自己怀里。"小猫咪"不喜欢拥抱。斯嘉丽同时对自己说，我也不能哭，一哭就会吓着她，她能感觉到我心里有多么恐惧。

"妈妈，你看。""小猫咪"说着小心翼翼地把热气腾腾的水倒进一只棕色的旧瓷壶里，一股甜甜的气味随着热气在空气中飘散开来，"小猫咪"开心地笑了。"我把该放的所有树叶都放进去了，格兰妮。"她咯咯笑着说，脸上流露出既骄傲又快乐的神情。

斯嘉丽一把抓住"聪明女人"的披肩，恳求说："告诉我该怎么做。"

"你必须做你应该做的事情，上帝会保护达拉。"

斯嘉丽心想，她的话我一句也听不明白，尽管如此，她心中的恐惧还是消除了。她在芳香四溢、宁静而温暖的小茅屋里喝着"小猫咪"亲手调制的香草茶，从心底里为"小猫咪"能有这么一个好去处，能有这座瞭望塔感到高兴。在返回都柏林之前，斯嘉丽订购了一副更结实的新绳梯。

第八十八章

今年,斯嘉丽来到潘切斯顿看赛马。她是应克伦梅尔伯爵的邀请来的,就住在伯爵的主教廷庄园的宅邸里。克伦梅尔伯爵名叫厄利。斯嘉丽很高兴地发现,约翰·莫兰德爵士也是应邀的客人之一,但同时又让她沮丧的是,芬顿伯爵也来到了这里。

斯嘉丽立刻朝莫兰德跑去:"巴特!你好吗?你是我这辈子听说过的最不愿出门的男人。我一直在找你,但始终也见不到你。"

莫兰德兴奋得喜形于色,把手指掰得咔咔直响:"我一直很忙,忙得非常值得,斯嘉丽。这么多年来,我终于得到了一匹冠军马,我很肯定它会一鸣惊人。"

他以前也说过这样的话。巴特实在是太喜欢马了,所以他总是很肯定他的每一匹小马驹都会成为下一个爱尔兰国家障碍大赛[1]的冠军。斯嘉丽很想给他一个拥抱,即使约翰·莫兰德跟瑞特毫无关系,她也会爱他的。

"……给它起'狄阿娜'[2]或'飞毛腿'之类的名字,你知道的,再加上我的名字约翰。该死的,要是不讲生物学的概念,我简直就是它的父亲。所以,我把这些因素都考虑进来,合成一个名字恰好是'第戎'。一开始我觉得说到'第戎'人们就会想到芥末[3],那肯定不行,这对一匹爱尔兰赛马来说法国味太他妈浓了。但是后来我又想了想,芥末不是很辛辣吗,味道强烈得让人流泪。所以,这个名字给人的意象还是不错的,有一种'别挡道,我来了'的感觉。于是,我就叫它'第戎'了。它会让我发大财的。你最好给它下五英镑的注,斯嘉丽,它绝对靠得住。"

"我下十英镑吧,巴特。"斯嘉丽正在想如何自然而然地提起瑞特,所以约翰·莫兰德的话一开始并没有引起她的注意。

"……如果我错了,那就惨了。我的那些佃农已经按照土地同盟策划出来的阴谋搞起了罢租行动,害得我连买燕麦的钱也没有了。现在我自己也感到奇怪,我当初怎么会对查尔斯·帕内

---

[1] 全称为复活节爱尔兰国家障碍大赛(Easter Irish Grand National Festival),是爱尔兰的一项全国性的障碍赛马比赛,该项赛事向5岁或5岁以上的马开放。比赛在仙女屋赛马场举行,全程共3英里5弗隆(约5834米),要跳跃24个栅栏。这项赛事在每年的复活节星期一举行。

[2] 狄阿娜(Diana),罗马神话中的月亮女神和狩猎女神,众神之王朱庇特和温柔的暗夜女神拉托娜的女儿,太阳神阿波罗的孪生妹妹。在希腊神话中她叫阿耳忒弥斯。狄阿娜也是司管贞洁的女神,形象通常为一个持弓的圣洁少女。

[3] 第戎芥末(Dijon Mustard)是法国的一种传统芥末,以法国勃艮第的第戎镇命名,该镇是中世纪后期芥末制作的中心,并在17世纪获得法国的独家经营权。

尔那么有好感，根本没想到这个家伙最后会和芬尼兄弟会的那些野蛮人串通一气。"

斯嘉丽吓坏了，她做梦也没有想到土地同盟会被用来对付像巴特这样的人。

"我真不敢相信，巴特。你打算怎么办？"

"如果它能在这里获胜，只要前三名就行，那么我想下一步就到戈尔韦和都柏林凤凰公园的赛场上试试，但我也可能会在五月和六月让它再参加一两个小型比赛，就是说让它不要忘记我对它的期待。"

"不，不，巴特，我不是说'第戎'，而是你打算怎么应付罢租的事。"

莫兰德的脸上立刻蒙上了一层阴影。"我不知道，"他说，"我所有的收入就只有地租了。我从来没有把任何佃农赶走，甚至都没有想过要这么做，可是现在这已经成为我必须面对的问题，我可能不得不这么做了。真是耻辱。"

斯嘉丽想到了巴利哈拉，至少她目前还没有任何麻烦。不等收获季节到来，她就已经免除了佃农的所有地租。

"我说，斯嘉丽，我差点儿忘了，我从我们的美国朋友瑞特·巴特勒那里得到了一些非常好的消息。"

斯嘉丽的心猛地一跳："他要来爱尔兰吗？"

"不会。我本来也盼着他来，还专门给他写了信，介绍了'第戎'的情况。但他回信说他来不了了，因为他六月份要当爸爸了。这次他们格外小心，让妻子在床上躺了好几个月，到现在都没有出现上次那样的危险。现在好了,他说她也能够下床了,而且心情好得像云雀一样。当然,他也一样。我这一生中,还第一次见到像瑞特这样迫切想做一个骄傲父亲的人。"

斯嘉丽一把抓住一把椅子支撑着自己的身体。无论她有着怎样不切实际的白日梦和暗藏在心底的希望,现在都破灭了。

厄利为他的客人们包下了赛马场看台上的整整一个区域,四周带有白色的铁栏杆。斯嘉丽和其他人一起站在看台上,透过一架贝母观剧望远镜观察着整个赛场。草地跑道呈现出翠绿的颜色,长椭圆形跑道内的空地上人头攒动,色彩斑斓。人们站在运货马车的车厢里、四轮马车的座位上和车顶上,单独或成群地四处走动,或聚集在内道的栏杆处。

天开始下雨了,斯嘉丽很庆幸他们头顶上有第二层看台,为坐在下面看台上的他们提供了遮雨的屋顶。

"肯定会很精彩的,"巴特·莫兰德笑着说,"'第戎'是个善于奔跑的小家伙。"

"你认为哪匹马会赢,斯嘉丽?"有人声音轻柔地在她耳边问道。是芬顿。

"我还没想好呢,卢克。"

这时骑手们来到了跑道上,斯嘉丽和其他人一起鼓掌欢呼。她非常同意约翰·莫兰德的观点,即使用肉眼也能看出"第戎"是赛场上最漂亮的马。她表面上一直在说话和微笑,但是她的头脑里在有条不紊地思考着她现在的生活所面临的各种选择,有哪些有利因素和哪些不利因素。她如果和卢克结婚，那将是非常不光彩的一件事情，因为他想要个孩子，而她却无法给他生孩子。只有在"小猫咪"的问题上，这个婚姻会给孩子带来安全和可靠的影响，没有人会再怀疑她的生父是谁。但也不完全如此，有人还是会怀疑，不过那又有什么关系呢，她最终仍然是巴利哈拉的奥哈拉族长和芬顿的伯爵夫人。

我欠了卢克什么情吗？一点儿也没有，那么为什么我会觉得他应该得到我的回报呢？

"第戎"赢了，约翰·莫兰德非常高兴。所有人都簇拥在他的周围，叫喊着，拍打着他的背。

在愉快的吵闹声的掩护下，斯嘉丽转向卢克·芬顿。"让你的律师去找我的律师商量合同的事，"她对他说，"我准备把婚礼放在九月下旬，也就是丰收节之后。"

"科勒姆，我准备嫁给芬顿伯爵了。"斯嘉丽说。

他笑笑，说："那我就把莉莉斯[1]娶回来当老婆，再把撒旦的恶魔军团请来参加婚宴，一起寻欢作乐。"

"我没有开玩笑，科勒姆。"

他的笑声戛然而止，就好像突然被一把利刃斩断了一样。他盯着斯嘉丽苍白而坚定的脸，大叫道："我不允许你嫁给他，他

---

[1] 莉莉斯（Lilith）是美索不达米亚神话中的人物。在犹太教的拉比文学中，她是亚当的第一个妻子，由上帝用泥土所造。莉莉斯因对亚当不满而离开伊甸园，成为诱惑人类和扼杀婴儿的女恶魔。也有记载称她为撒旦的情人、夜之魔女，是一个法力高强的女巫。

就是个魔鬼，而且是个英国佬。"

斯嘉丽立刻涨红了脸。"你……不……允……许？"她一字一句地说道。"你……不……允……许？你以为你是谁，科勒姆？上帝吗？"她走到他跟前，眼睛里冒着怒火，把脸凑近他的脸，"你听着，科勒姆·奥哈拉，你好好给我听着，无论是你还是地球上的任何其他人都不能那样和我说话。我不接受！"

他的双眼也同样紧盯着她，也同样冒着怒火，两个人就这样怒目相对了好长时间。然后，科勒姆头一歪，笑道："啊，斯嘉丽宝贝，都是我们俩身上的奥哈拉家的脾气在作怪，说了些言不由衷的话。我现在请求你的原谅，我们心平气和地讨论一下这件事吧。"

斯嘉丽后退一步，伤心地说道："你别想迷惑我，科勒姆，我不相信你。我来找我最亲密的朋友，但是他不再是我的朋友了，也许从来都不是我的朋友。"

"不是那样的，斯嘉丽宝贝，我是你的朋友！"

她沮丧地耷拉着肩膀："无所谓了。我已经下决心，准备马上嫁给芬顿，九月份就搬到伦敦去住。"

"你这是在羞辱你的人民，斯嘉丽·奥哈拉。"科勒姆的声音像钢铁一样强硬。

"你这是骗人的鬼话，"斯嘉丽不耐烦地说，"你去对丹尼尔说吧，埋葬他的那块奥哈拉家的土地几百年前就已经丧失了。你也可以去对你那帮宝贵的芬尼兄弟会的人说，他们一直在利用我。你不用担心，科勒姆，我不会出卖你的，巴利哈拉也将维持不变。你那个小客栈照样可以藏匿那些在逃的人，你们也可以继续在那个酒吧里发表反对英国人的言论。我会让你接替我管理这里的事务，菲茨太太也会继续像现在这样管理大房子。其实，你真正关心的是这些事情，不是我。"

"不对！"科勒姆立刻大声叫道，"斯嘉丽，你大错特错了。你是我的骄傲，也是我的快乐，而凯蒂·科勒姆用她那双小手捧着我的心。但是爱尔兰是我的灵魂，它始终都是第一位的。"他向她伸出双手恳求说："告诉我，你仍然相信我，因为我说的都是实话。"

斯嘉丽勉强微笑道："我确实仍然相信你，但是你也必须相信我。那个'聪明女人'说过：'你必须做你应该做的事情。'你有你的生活，科勒姆，同样我也有我的生活。"

斯嘉丽拖着沉重的脚步向大房子走去，仿佛压在她心头上的沉重负担已经转移到了她的双脚上。刚才同科勒姆的那一幕已经深深印在了她的心里。她首先去找了他，而没有去找其他任何人，就是希望得到他的理解和同情，因为她内心深处仍然抱着一线希望，指望他能够说服她放弃她现在所选择的道路。但是，他辜负了她的期望，让她感到非常孤独。她得告诉"小猫咪"她要结婚了，她们不得不离开"小猫咪"深爱的巴利哈拉森林和那座特别的瞭望塔。一想到这里她就感到害怕。

不料，"小猫咪"的反应却驱散了她心中的阴霾。"我喜欢城市，""小猫咪"说，"城市里才有动物园。"于是，斯嘉丽又感到她这样做是对的，她现在对此已经丝毫不再怀疑了。她派人到都柏林去买伦敦的画册，并写信给西姆斯太太预约见面，因为她必须定制一件结婚礼服。

几天后，一个信使带着芬顿的一封信和一个包裹来到了巴利哈拉。他在信中说他将在英国待到举行婚礼的那一周才会回来，而且他们俩订婚的消息也要等到伦敦社交季结束后才会公布。同时他吩咐斯嘉丽根据这个信使带给她的那些珠宝首饰设计自己的结婚礼服，在订婚的消息公布之前，她还有三个月的时间。这期间还不会有人向她提出任何问题或特别的邀请。

打开包裹，她发现了一个浅浅的深红色皮革方盒子，上面用黄金精心装饰着。斯嘉丽一打开装有铰链的盒盖，就立刻被盒子里的东西惊呆了。整个盒子衬着灰色天鹅绒软垫，不同形状的凹槽里相应放着一条项链、两只手镯和一对耳坠。

这些首饰的底座都是用沉甸甸的古黄金打造的，表面色泽略显暗淡，几乎呈青铜色。首饰上面的珠宝都是鸽血红宝石，镶嵌得天衣无缝，每一颗都有她拇指指甲盖大小。耳坠是单个椭圆形的水滴红宝石，镶在一个形状复杂的基座上。每个手镯上都镶有十多块红宝石，项链是用粗链条连缀起来的两排红宝石。看到这些东西，斯嘉丽第一次懂得了饰物和珠宝的区别，没有人会把这些红宝石称为饰物，它们显然太与众不同也太有价值了。毫无疑问，它们是珠宝。当她把手镯戴到手腕上之后，她的手指开始微微颤抖。她自己没法把项链戴上，于是她拉铃叫佩吉·奎因来帮她。当斯嘉丽从镜子里看到自己时，也禁不住深深地吸了一口气。在深红色的红宝石的映衬下,她的皮肤像雪花石膏一样光洁雪白,她的头发也变得更加乌黑发亮。她试着回想那个王冠头饰的样子,它上面确实也镶满了红宝石。当她有幸觐见女王的时候,她自己看起来也要像一个女王。她微微眯起她那双绿眼睛,伦敦的社交界将比都柏林更具挑战性,她甚至有可能喜欢上伦敦。

佩吉·奎因不失时机地把这个消息告诉给了其他仆人和她在巴利哈拉镇上的家人。华丽的全套首饰,加上貂皮镶边的礼服以及连续几周一起喝晨间咖啡,这一切只能说明一件事:"奥哈拉族长"要嫁给那个向佃农们征收苛税的恶棍芬顿伯爵了。

那么,我们会有什么结果呢?疑虑和恐惧像燎原之火从一个家庭蔓延到另一个家庭。

四月,斯嘉丽和"小猫咪"一起骑马穿过麦田。孩子闻到了新撒在地里的肥料发出的强烈气味,开始皱起了鼻子。大房子的马厩和谷仓从来没有过这样的臭味,因为每天都有人及时打扫。斯嘉丽嘲笑道:"'小猫咪·奥哈拉',你不能对施过肥的土地皱眉头,对一个农民来说,肥料的气味就是甜蜜的香水味,而你的血管里流着的就是农民的血。我希望你永远都不要忘记这一点。"她自豪地望着眼前这一大片刚刚经过耕耘、播种和施肥的土地,这是我的土地,是我重新带给了它生命。她很清楚,当她们搬到伦敦去之后,她会非常怀念在这里的生活。不过,好在她可以尽情地回忆她在这里的日子和获得的满足。在她心中,她将永远是奥哈拉族长,并且将来有一天,等"小猫咪"长大成人、能够保护她自己的时候,她可以回到这里,为自己赢得奥哈拉族长之名。"永远、永远不要忘记你来自哪里,"斯嘉丽对孩子说,"还要为此感到自豪。"

"你必须对着一叠《圣经》发誓,决不告诉任何人。"斯嘉丽警告西姆斯太太说。

都柏林独一无二的裁缝冷眼看了斯嘉丽一眼,回答说:"任何人都没有理由怀疑我的谨慎,奥哈拉太太。"

"我要结婚了,西姆斯太太,我要你为我做结婚礼服。"她把首饰盒放到西姆斯太太面前,打开来,"要同这些珠宝搭配起来。"

西姆斯太太的眼睛和嘴巴立刻都张得大大的。斯嘉丽觉得,自己在这个独裁的裁缝手里试衣时所遭受的无数个小时的折磨,这一刻都如数归还给她了,我肯定把这个女人吓得够呛,她怕是要少活十年了。

"另外还有一顶王冠状头饰,"斯嘉丽貌似随口一说,"所以,我的礼服的裙摆边上一定要镶上貂皮。"

西姆斯太太使劲摇了摇头:"不能镶貂皮,奥哈拉太太,王冠状头饰加上貂皮是宫廷中最隆重的仪式,尤其是貂皮。自从女王陛下的婚礼之后,很可能还没有哪个人同时穿戴过王冠状头饰和貂皮。"

斯嘉丽的眼睛立刻发亮了:"但这些我都不知道,对吧,西姆斯太太?我就是一个无知的美国人,一夜之间就变成伯爵夫人了。反正不管我做什么,人们都会说长道短,摇头晃脑,所以我想做什么就做什么,一切都要按我的方式来!"她心里的痛苦变成了说话时的尖刻和专横。

西姆斯太太暗自吓了一跳,她敏捷的头脑立刻快速地回忆起社交圈的各种流言蜚语,很快便从中判断出了斯嘉丽未来的这个丈夫是谁。她暗暗想,这两个人真是天造地设的一对,我一定要打破循规蹈矩的传统,这样才能得到更多的赞赏。这个世界会如何看待这场不寻常的婚礼啊?无论如何,作为一个女人她必须置身其中,在接下来的很多年里人们都会不停地谈论起这场婚礼,她的手艺将得到前所未有的展示机会,她一定要一鸣惊人。

西姆斯太太又恢复了她平日里的傲慢和自信。"只有一种礼服配得上貂皮和红宝石,"她说,"白丝绒加蕾丝花边,戈尔韦的最好。你给我多少时间?蕾丝必须定做,然后再缝到白丝绒花朵图案的每个花瓣周围,这很费时间。"

"五个月行吗?"

西姆斯太太抬起保养得很好的手挠挠头,弄乱了一头梳理整齐的头发。"时间这么短……我想想……如果我再多雇两个女裁缝……如果修女们只做这一件事情……这场婚礼将会成为爱尔兰和英国谈论最多的婚礼……无论如何这个活儿都得做。"她突然意识到自己一边想一边说出了口,马上伸手捂住了她的嘴。但是,已经太迟了。

斯嘉丽很同情她,站起来,对她伸出一只手:"我的结婚礼服就交给你做了,西姆斯太太,我对你完全有信心。需要我来都柏林试衣的时候,请告诉我。"

西姆斯太太立刻握住她的手,并紧紧地把它攥在自己手里:"噢,我到你那里去试衣,奥哈拉太太。你要是叫我黛西,我会深感荣幸。"

在米斯郡,晴朗的天气让农民们感到忧虑,他们担心今年会像去年那样遭遇旱灾。在巴利哈拉镇上,他们一个个垂头丧气,都预言厄运又要来临。莫莉·基南不是亲眼看到那个被魔鬼调换的孩子从老巫婆的茅屋中走出来吗?帕迪·康罗伊也见到过一次,至于他跑到那个地方去干什么,他在教堂忏悔室之外的任何地方都是不会说的。他们还说,从巴利哈拉一直到派克角,人们都能在大白天听到猫头鹰的叫声,并且某天晚上马格鲁德太太获奖的小牛犊无缘无故地死了。然而,第二天天却开始下雨,但是雨水仍然没有阻止谣言的继续传播。

五月,科勒姆和斯嘉丽一起到德罗赫达的劳工集市招募劳工。麦子长势喜人,牧场上的牧草即将收割,一排排的马铃薯长出了健康的绿油油的叶子。他们俩都异乎寻常地沉默,各自想着心事。对科勒姆来说,米斯郡各地的英国军队和警察的数量正在急剧增加,这最让他担心。他的线人告诉他,很快还会有整整一个团的军队要来到纳文。土地同盟的工作做得很好,他坚信减租是一件好事情,但是罢租行动激怒了地主们,现在他们已经开始大肆驱逐佃农，甚至事先也不提出警告，很多佃农的房屋被烧毁，连一件家具都来不及搬出来。据说已经有两个孩子被烧死，两个士兵受伤，三个芬尼兄弟会成员在马林加被捕，其中就包括吉姆·戴利。尽管他一周以来每个白天和晚上都在酒吧里为客人们上酒，但是他还是被控犯下了煽动暴力的罪行。

斯嘉丽之所以对这个劳工集市记忆犹新，只是因为一件事情——瑞特和巴特·莫兰德上次出现在了那里。她尽量避免朝卖马的那个地方看。当科勒姆建议他们四处走走、好好逛一逛集市的时候，她竟然对他大声嚷嚷说不去，她只想回家。自从她告诉科勒姆她要嫁给芬顿之后，他们之间就有了距离。他虽然并没再说什么难听的话，那只是因为毫无必要，他的愤怒和指责都明明白白地显示在了他的目光里。

菲茨太太也同样对她不满。他们有什么资格来评判她？他们知道她的悲伤和恐惧吗？当她离开之后，他们将拥有整个巴利哈拉，难道这还不够吗？这才是他们真正想要的东西。这不公平。科勒姆对她形同兄妹，菲茨太太也是她的好朋友，他们更应该对我表示同情才对。不，那也不够公平。斯嘉丽开始觉得，无论她做什么事情都会遭到人们的反对，甚至在收获季节到来之前生意清淡的那几个月里，当她想方设法从巴利哈拉镇上各种小店里多买些东西的时候，店主们的脸上也同样流露出不满的情绪。于是她对自己说，别傻了，你这是多虑了，因为你内心里对自己即将做出的事情也很忐忑。这件事无论对"小猫咪"还是对我来说，都不是坏事，再说我做什么也与别人无关。现在除了"小猫咪"她对任何人都很暴躁,可她却很少见到女儿。有一次她来到瞭望塔下,甚至已经往新买的绳梯上爬了几步,但最后还是退了下来。我是一个成熟的女人,我不能跑到一个小孩子面前痛哭流涕,希望得到她的安慰。她一天又一天地在干草地里干活,忙碌让她感到高兴,劳动后胳膊和腿的酸痛让她感到慰藉。最重要的是,长势良好的庄稼让她感到舒心,她心中对再次歉收的担忧也渐渐远去。

六月二十四日的仲夏夜彻底消除了斯嘉丽心中残存的疑虑。当晚,巴利哈拉的人们燃起了有史以来最大的篝火,音乐和舞蹈极大地舒缓了她紧张的神经,使她完全振作起来了。当人们按照亘古不变的传统向奥哈拉族长敬酒的呼喊声回荡在巴利哈拉的田野上的时候,斯嘉丽觉得这个世界上的一切都是那么美好。

尽管如此,她还是有一点儿遗憾,因为她拒绝了所有夏季家庭聚会发来的邀请,因为她不敢离开"小猫咪",所以才不得不这么做。但是她感到很孤独,她有太多的时间可用,也有太多的时间去思考和担忧。当她收到西姆斯太太发来的一封近乎歇斯底里的电报,说戈尔韦的修道院至今还没有把花边寄来,她发去催促的信件和电报也没有得到任何答复的时候,斯嘉丽竟然感到有些高兴。

当斯嘉丽驾着马车来到特里姆火车站的时候,她的脸上一直挂着微笑。她早就是同女修道院的院长打交道的老手了,她很高兴这一回她有非常站得住脚的理由同那个院长一决高下。

第八十九章

上午的时间刚好够斯嘉丽匆匆赶到西姆斯太太的工作间，先让她冷静下来，再详细了解定做花边的长度和图案等各项具体情况，然后再匆匆赶回火车站，搭上下一班去戈尔韦的火车。斯嘉丽舒舒服服地坐下来，打开了报纸。

我的天哪！就在这里，《爱尔兰时报》在头版刊登了有关她和芬顿的婚礼计划的公告。斯嘉丽飞快地扫视了一下车厢里的其他乘客，看是否有人也在看报纸。一个穿花呢衣服的运动员正全神贯注地看一本体育杂志；一个衣着漂亮的母亲正和她的儿子玩纸牌游戏。她又读了一遍《爱尔兰时报》上对她的介绍，报上除了那份正式公告之外还有大量评论，宣称"巴利哈拉的奥哈拉族长是总督社交核心圈中的一道美丽的风景线"和"一个高雅而时尚的女骑手"，看到这里斯嘉丽微微一笑。

这一次到都柏林和戈尔韦，她只带了一个小箱子，所以只需要一个搬运工帮她把行李从车站送到附近的旅馆。

旅馆前台挤满了一大群人。"这是搞什么鬼？"斯嘉丽问搬运工。

"赛马带来的问题。"搬运工回答说,"你不至于傻到跑到戈尔韦来却不知道赛马的事吧?你在这里根本找不到睡觉的房间。"

斯嘉丽心想,这人真粗鲁,我看你是不想得到小费了。"在这儿等着。"说着她绕到前台,对服务员说道,"我想和经理讲话。"

疲于招架的前台服务员上下打量了她一下。"当然可以,夫人,稍等。"他说完便消失在一块蚀刻玻璃屏风之后。不一会儿,他跟着一个身穿黑色长礼服和条纹裤子的秃顶男人回到了前台。

"夫人,有何见教?我承认酒店的服务确实变得……呃……有些不如人意,要我说这都是正在进行的赛马引起的。不管给你带来什么不便——"

斯嘉丽打断了他的话。"我记得你们的服务总是无可挑剔的。"她迷人地笑笑,"所以我才喜欢在你们铁路旅馆住宿。我今晚就需要一个房间,我是巴利哈拉的奥哈拉太太。"

经理的虚假客套像八月的露水一样立刻蒸发得无影无踪。"今晚要一个房间?这根本——"前台那个服务员立刻拉了拉他的胳膊,经理扭头怒视着他,服务员一边用手戳了戳桌子上的一份《爱尔兰时报》,一边凑到经理耳朵旁低语了几句。

旅馆经理随即向斯嘉丽鞠了一躬,脸上露出了尴尬的急于取悦她的笑容:"奥哈拉太太,你的光临真是我们的荣幸。我想你作为我们旅店的贵客,一定愿意接受一套非常特别的套房,也是戈尔韦最好的套房。你有行李吗?会有人为你送到套房里去的。"

斯嘉丽向站在远处的搬运工做了一个手势。嫁给一位伯爵还真是不简单啊。"把那个箱子送到我的房间,我一会儿就回来。"

"马上就送,奥哈拉太太。"

实际上,斯嘉丽本来根本没有入住旅馆的打算,她原希望能够搭乘下午回都柏林的火车,甚至可能搭乘下午的早班火车,这样她就能够赶上晚上的火车返回特里姆。感谢上帝现在正是白天最长的时候,如果有必要晚上十点前赶到家都可以。现在,让我们看看那些修女,她们是否也像旅馆经理一样对芬顿伯爵如此看重,只可惜他是个新教徒。我想我还是不该让黛西·西姆斯发誓对这件事守口如瓶。

斯嘉丽朝通向广场的那扇门走去。天哪,这些人好臭!他们身上的花呢衣服肯定是在赛道边上被雨淋湿了。斯嘉丽从两个做着手势的红脸男人中间挤过,一头撞到了约翰·莫兰德爵士身上,却几乎没有认出他来。他看上去好像病得很厉害,通常红润的脸上毫无血色,通常温暖而兴趣盎然的眼睛里也没有了光彩。"巴特,亲爱的,你还好吗?"

他似乎看不清楚她的脸:"噢,对不起,斯嘉丽,我有些不在状态,大概是喝多了吧。"

在一天中的这个时候就喝多了?约翰·莫兰德在任何时候都不会喝多,午餐前更不会。她紧紧抓住他的手臂,说道:"来吧,巴特,你和我一起喝杯咖啡,然后再吃点儿东西。"斯嘉丽带着他走到旅馆的餐厅里,莫兰德跟跟跄跄地走着。她想,我确实还是需要有一个自己的房间,没有必要如此匆忙地跑去催促做花边的事,巴特比花边重要多了。他到底发生了什么事情?

等他喝下不少咖啡之后,她终于得知了问题所在。约翰·莫兰德向她哭诉了他的遭遇。

"他们烧了我的马厩,斯嘉丽,他们烧了我的马厩!我带着'第戎'参加巴尔布里根的赛马去了。其实那根本不是什么重大赛事,我只是觉得它可能喜欢在沙滩上跑一跑。当我们回到家的时候,马厩已经被烧成了一片废墟。天啊,那气味让人觉得恐怖!我的上帝!我在睡梦中都能听到我的那些马的嘶叫,即使在没有睡觉的大白天我脑子里也一直充斥着那种声音。"

斯嘉丽哽咽着放下了杯子。不可能吧,怎么会有人做出这样可怕的事情,那一定是一个意外。

"是我的那些佃农干的。你也知道,就是因为地租的事。我一直都想做一个好地主,为此我一直在努力,他们怎么能对我有如此深仇大恨?他们为什么不烧掉我的房子呢?就算连我一起烧死,我都不在乎,只要他们能放过我的马,我什么都不在乎。天啊,斯嘉丽!我那些可怜的马有哪一点对不起他们了?"

她无言以对。马厩连着巴特的心……等一等,他早就带着"第戎"离开了,而"第戎"才是他最大的骄傲和快乐。

"你还有'第戎',巴特,你可以重新开始,让它繁育小马。它真是一匹好马,是我见过的最漂亮的马。你可以用我在巴利哈拉的马厩。你不记得了吗,你自己对我说过那个马厩就像一座大教堂?我们可以搬一台风琴进去,你的小马驹就可以在巴赫的乐曲声中长大了。你绝对不能让那些事把你打败,巴特,你必须继续往前走。我理解你的痛苦,我自己也饱尝过跌落谷底的悲哀。你不能放弃,你无论如何都不能放弃。"

约翰·莫兰德的眼睛像冰冷的灰烬:"我今晚八点坐船去英国,我再也不想看到爱尔兰人的面孔、听到爱尔兰人的声音了。我把'第戎'放在一个安全的地方,然后卖掉了我的全部财产。它今天下午将参加认购赛马会[1],这场比赛结束后,我在爱尔兰的生活也就结束了。"他的双眼虽然充满悲哀,但至少还是坚定的,并且再也没有流泪。斯嘉丽反而希望他再次哭出来,因为那样他至少还能有所感觉,而现在的他看上去好像永远失去了感觉的能力,完全是一副死人样。

过了一会儿,准男爵约翰·莫兰德爵士就在她的密切关注下突然发生了一个一百八十度的转变,在意志的驱动下恢复了活力。他绷紧肩膀,嘴角露出了微笑,眼睛里甚至有了一丝笑意。"可怜的斯嘉丽,我可能让你担心了,这都是我的不好。你一定要原谅我,我会挺过去的。每个人都必须挺过去。把你的咖啡喝完,好姑娘,跟我到赛马场去。我帮你在'第戎'身上下五英镑的注,等它把其他参赛马远远甩在身后并最终赢得比赛之后,你就可以用赢来的钱买香槟酒喝了。"

这一刻,斯嘉丽不禁对巴特·莫兰德肃然起敬,这样的尊敬

---

[1] 认购赛马(claiming race)是一种事先预约好的赛马,比赛前马主提出他的马的出售价格并保证在赛后按这个价格把马出售给买主。

已经远远超过了她这辈子对所有其他人的尊敬,她的脸上也露出了微笑。

"我在你的五英镑之上再加五英镑,巴特,我们俩要一起喝香槟。说定了?"她往掌心里吐了一口唾沫,然后向他伸出手去。莫兰德也往手心里吐了一口唾沫,微笑着一巴掌打在斯嘉丽的手掌上。

"好姑娘!"他说。

在去赛马场的路上,斯嘉丽竭力回想着有关"认购赛马"的知识。参加这种赛马会的所有马都是要出售的,赛前马的主人会确定一个价格。比赛结束后,任何人都可以"认购"其中的任何一匹马,无论那些马在比赛中取得了什么样的成绩,它们的主人都必须按照他赛前确定的价格卖给认购的买家。与爱尔兰其他所有马匹的销售不同,这里没有讨价还价的余地,无人认购的马赛后必须由其主人认领回去。

斯嘉丽觉得,不管认购赛马的规则是什么,她都可以在比赛开始之前就把马提前认购下来。当他们到达赛马场后,她问了巴特的包厢号码,告诉他自己要去梳理一下。

他刚一走开,她就找到一个赛场工作人员,向他打听负责认购赛马的赛会办公室在哪里。她希望巴特给"第戎"确定的是一个天价,没人会认购。她打算把"第戎"买下,等他在英国安顿下来后再把它送给他。

"你说'第戎'已经被认购了?不是比赛结束之后才开始认

购吗?"

戴礼帽的官员小心翼翼地掩饰住脸上的微笑:"你不是唯一一个有先见之明的人,夫人。这显然是美国人的特点,认购'第戎'的那位先生也是美国人。"

"我出双倍价钱。"

"那不行,奥哈拉太太。"

"要是我在比赛开始之前就从那位准男爵手里把'第戎'买下来呢?"

"那不可能。"

斯嘉丽感到绝望,但她必须为巴特把那匹马买下来。

"我倒有个建议……"

"哦,请讲,我能怎么做?这件事真的非常重要。"

"你可以问问'第戎'的新主人是否愿意出售。"

"好的,我去问他。"只要买到"第戎",她愿意付给这个人一大笔钱。那个工作人员说,他是个美国人。那就好,在美国有钱能使鬼推磨。"你能把那个人指给我看吗?"

戴礼帽的工作人员拿起一张纸看了看,告诉她:"他叫巴特勒,你可以在朱里旅馆找到他,那是他留下的住址。"

斯嘉丽本已转过半个身子准备离开,这时却陡然摇摇晃晃地站住了。她用格外轻的声音问道:"他不会恰好是瑞特·巴特勒先生吧?"

似乎过了很长时间那人的目光才重新回到了他手里的那长条纸上,又花了很长时间才又看了一眼上面的那个名字,最后仍然花了很长时间才又开口说道："是的，就是瑞特·巴特勒。"

是瑞特！他就在这里！巴特肯定给他写过信，告诉了他马厩被焚毁、卖掉了全部财产和准备卖掉"第戎"的事，瑞特肯定也在做我想要做的事情，不远千里从美国赶来帮助他的朋友。

或者是为了赢得下一届查尔斯顿赛马而买下了"第戎"。愿上帝饶恕我吧，无论什么原因都无所谓，就连可怜的、亲爱的、悲惨的巴特也无所谓了。我就要见到瑞特了！斯嘉丽已经不由自主地迈腿跑了起来，她不停地跑，毫不客气地把所有挡道的人推到一边，而且完全没有表示出丝毫的歉意。让所有人和所有事都见鬼去吧！瑞特就在此地，就在离这里只有几百码远的地方。

"八号包厢！"她喘着粗气对一个工作人员说，他用手为她指了指。斯嘉丽强迫自己放慢呼吸，很快她觉得自己恢复了正常，人们已经看不出她的心在怦怦直跳。她爬上两级台阶，进入一个四面装饰着彩旗的包厢。在包厢前面巨大的草地赛马场上，十二个身穿彩衣的骑手正扬鞭催马向终点飞驰。斯嘉丽周围的人都在大声喊叫，为自己看好的赛马加油，但她什么也听不见，很快就看到了正拿着野外望远镜观看比赛的瑞特。虽然他人还在十英尺开外，但是她已经闻到了他身上强烈的威士忌酒味。他摇摇晃晃地站在那里，喝醉了吗？这可不像瑞特，因为他的酒量很大，难道巴特的灾难如此让他心烦意乱吗？

她在心里恳求道，看看我，放下望远镜，看着我然后叫我的名字。当你叫出我的名字的时候，一定要让我看到你的眼睛，让我看到你眼神中流露出来的情感。你曾经爱过我。

一阵欢呼声和叹息声宣告了比赛的结束,瑞特用颤颤巍巍的手放下了望远镜。"真该死,巴特,我已经连续输掉四场了。"他笑着说道。

"你好,瑞特。"她对他说。

他猛地扭过头,她看见了他的黑眼睛。他的眼睛里除了愤怒并没有其他的任何情感。"哦,你好啊,伯爵夫人。"他的目光从她脚上的小山羊皮靴到头上的白鹭羽毛帽子扫视了一遍,"你这身衣服看起来值不少钱。"他突然转向约翰·莫兰德,说道:"你应该事先警告我一声,巴特,这样我就可以待在酒吧里。让我过去。"他伸手一推,莫兰德踉踉跄跄地退到了一边,他穿过人群从包厢一侧离开了斯嘉丽,向包厢外走去。

她绝望地看着他消失在了人群之中,双眼立刻噙满了泪水。

约翰·莫兰德尴尬地拍拍她的肩膀:"听我说,斯嘉丽,我为瑞特道歉,他喝得太多了。今天我们俩都喝多了,让你难堪了,你肯定觉得没意思。"

"没意思。"巴特是这么说的吗?被人践踏"没意思"吗?我并没有提出非分的要求,只是想听到他问我一声好,喊一声我的名字,瑞特有什么权利对我生气并侮辱我?他把我像垃圾一样扔掉了,我就不能再嫁人了吗?该死的瑞特,让他见鬼去吧!为什么他就可以名正言顺地和我离婚,娶一个正派的查尔斯顿姑娘,生几个正派的查尔斯顿婴儿,最后让他们成长为正派的查尔斯顿人,而我要是再嫁并且给予了他的孩子本该他给予她的一切的时候,就那么可耻?

"我希望他醉得被自己的脚跟绊倒,摔断他的脖子。"她咬牙切齿地对巴特·莫兰德说道。

"不要对瑞特太苛刻了,斯嘉丽。过去这个春天他经历了一场惨痛的悲剧,遭受了巨大的不幸,我居然在为我的马厩伤心,真是丢人。我告诉过你他那个孩子的事,是吧?后来发生了更加可怕的事情,他的妻子生产时死了,孩子也只活了四天。"

"什么?你说什么?再说一遍。"她使劲地摇晃着莫兰德的胳膊,把他头上的帽子都摇掉了。他愣愣地看着她,不知所措,几乎感到有些害怕。她身上有一种很野蛮的东西,一种比他经历过的任何事情都更加强烈的东西。他把瑞特妻子和孩子的死又重复了一遍。

"他去哪儿了?"斯嘉丽大叫道,"巴特,你肯定知道的,瑞特会去哪儿?你肯定猜得到的。"

"我不知道,斯嘉丽,酒吧——他住的旅馆的酒吧,或者其他什么地方的其他酒吧。"

"他今晚会和你一起去英国吗?"

"不会。他说他还要再看望几个这里的朋友。他这个人真是让人惊讶,无论走到哪里都有他的朋友。你知道吗?他曾经同总督一起去游猎,而活动的组织者竟然是印度的某个土邦王。说实话,我很惊讶他怎么也喝醉了,我都不记得他昨晚跟我在一起,但确实是他把我送回旅馆并把我放到了床上。他是个精力旺盛的人,是人们可以依靠的强壮臂膀。实际上,昨天全靠他的帮助我才熬过了一天。可是今天早晨我下楼时,服务员告诉我瑞特刚才在酒吧等我,已经点好了咖啡并要了一份报纸,然后突然之间跳起来就跑了,连咖啡的钱都没有付。于是,我到酒吧里等他——斯嘉丽,到底怎么回事?你今天完全把我弄糊涂了,你怎么哭起来了呢?是我做错了什么事,还是我说错了什么话吗?"

斯嘉丽的眼睛里溢满了泪水:"哦,不,不,不,最亲爱的、最可爱的约翰·莫兰德,巴特,你什么也没有说错。他爱我,他爱我!这是我听到的最正确、最完美的一件事情。"

瑞特追着我来了,这就是他来爱尔兰的原因,跟巴特的马无关,他完全可以通过邮寄把"第戎"和其他所有的马都买下来。他刚刚成为鳏夫就找我来了,不用说就像我一直想要他一样,他也一直想要我。我必须回到家里去,虽然我不知道到哪里去找他,但是他能找到我。报纸上的婚礼公告让他震惊,我很高兴,但是这阻止不了瑞特,任何事都不能阻止他去追逐他想得到的东西。瑞特·巴特勒对头衔、貂皮和王冠状头饰都不放在眼里,他想要我就一定会来找我。我知道这一点,我知道他爱我,我一直都是对的。我知道他肯定会去巴利哈拉找我,他到那里的时候我必须在那里等着他。

"再见了,巴特,我得走了。"斯嘉丽对莫兰德说。

"难道你不想看到'第戎'获胜了吗?那我们的两个五英镑赌注呢?"约翰·莫兰德摇了摇头,她已经走了。这些个美国人!虽然他们很让人着迷,但他永远无法理解他们。

她没能赶上到都柏林的直达火车,只晚了十分钟,下一班火车要等到下午四点才开。斯嘉丽沮丧地咬着嘴唇:"下一班往东去的火车什么时候开?"看到坐在黄铜格栅后面的男人慢条斯理的样子,她简直要发疯了。

"你要是愿意,现在可以坐到恩尼斯的那班火车。先往东到阿森赖,然后往南到恩尼斯。这趟火车有两个新车厢,很舒适,女士们都说……或者也可以坐到基尔代尔的那一班,但是你已经赶不上了,汽笛已经拉响了……到蒂厄姆,短途列车,不过并不是往东方向,而是往北。不过在整个大西部沿线,这趟车的车头是最棒……夫人?"

斯嘉丽站在月台前的栏杆前,一把鼻涕一把眼泪地向站在栏杆后的工作人员哭诉着她的悲情:"我两分钟前才收到电报,我丈夫被一辆运牛奶的马车撞伤了,我必须赶上这班到基尔代尔的火车!"只要能坐上这班车赶到莫特,从那里到特里姆镇和巴利哈拉就只剩下一小半路程了。如果迫不得已,她可以步行走完剩下的路。

列车每停靠一个站都是对斯嘉丽的折磨。他们为什么就不能快一点儿呢?快!快!快!她在心里跟着车轮的哐当声响不停地催促着。她的箱子还放在戈尔韦铁路旅馆最好的套房里,而在那里的修道院里,已经熬红了眼睛的修女们正在为她的精美花边缝上最后的几针。这些都不重要了,重要的是她必须回到家里,等待着瑞特的到来。如果不是约翰·莫兰德花了那么长时间才把真相说出来,她现在很可能已经坐在去都柏林的火车上了,说不定瑞特也在这趟火车上。离开巴特的包厢之后,他去任何地方都是可能的。

火车到达莫特时,时间已经过去了差不多三个半小时,斯嘉丽赶紧下了火车。这时已经是下午四点多钟,但是至少她已经上路,而不是坐在刚刚离开戈尔韦的火车上。"我到哪里可以买到一匹好马?"她问车站站长,"花多少钱无所谓,只要有马鞍、缰绳和速度快就行。"她还有差不多五十英里的路要赶。

在国王马车酒吧里,马主人为在场的每个人买了一品脱啤酒,然后对他的朋友们说道:"我本想同她讨价还价一番的,那不正是卖东西的乐趣之一吗?谁知道那个疯女人直接把金币扔给了我,然后就像有魔鬼在追她一样一阵风似的跑掉了,而且是分腿跨骑在马背上的!"他不想说她骑上马之后露出了多少衬裙的花边,更不想说她露出的腿除了丝袜和靴子竟然毫无遮盖,不仅如此,她那双靴子还薄得连在地板上走路都经不住,更不用说踩马镫了。

快到晚上七点的时候,斯嘉丽牵着已经跛脚的马走过桥进入了马林加。她来到一个车马出租所,把缰绳递给一个马夫。"它并没有跛脚,只是累坏了,喘不过气来。"她告诉他,"等它的体温慢慢降下来之后,它就和之前一样好了,不过它本来也好不到哪里去。如果你把你给要塞里的军官们准备的猎马卖给我一匹,我就把这匹马送给你。别告诉我你没有猎马,我同这里的有些军官一起打过猎,所以我知道他们的坐骑是从哪儿租来的。五分钟之内把这副马鞍换到一匹猎马身上,你就能多得一几尼。"七点十分,她已经再次上路了,前面还有二十六英里路。那个马夫告诉她，如果她不走大路，可以直接从原野里穿过去，那是一条捷径。

晚上九点，她骑着马经过特里姆城堡来到了通往巴利哈拉的路上。她全身肌肉酸痛，好像骨头都碎了，但她离家只剩下三英里多一点儿，朦胧的暮色温柔地笼罩着她的眼睛和皮肤。这时，天开始下起了小雨，斯嘉丽向前弯下腰，拍了拍马的脖子："不管你叫什么名字，一会儿都可以让人好好地遛遛你，全身按摩一次，再吃一顿全米斯郡最好的热饲料浆。你刚才真棒，像一匹冠军马一样跳过那些篱墙。现在我们轻松地小跑回家，你该休息一下了。"她半闭着眼睛，脑袋也耷拉在了胸前。她今晚一定会睡得很沉，就好像以前从未睡过觉一样。真不敢相信，今天早上她还在都柏林，早饭后到现在已经两次横穿了爱尔兰。

前面就是奈克斯布鲁科河上的那座木桥，过了桥我就进入巴利哈拉的地界了，离镇上只有一英里，再走半英里就到镇上的十字路口，走上车道就到家了。还有五分钟的路。她坐直了身子，舌头顶住牙齿，用脚后跟驱赶着马继续前行。

肯定出了什么事了，现在巴利哈拉镇就在她的面前，但是房屋的窗户上都看不到灯光。在通常情况下，几个酒吧在这个时候早已是灯火通明。斯嘉丽用她那双已经破损的精致靴子踢打着马往前走去，走过最前面的五幢黑洞洞的房子之后，才看见在大房子前面的十字路口上聚集着一大群人，他们都是身穿红色制服的英国军人。他们跑到她的镇上来干什么呢？她以前已经明确告诉过他们,她不希望他们到这里来。真可恶,尤其是今晚当她累得就要倒下的时候,他们这么做就更可恶。很显然,这就是所有房屋的窗户都漆黑一片的原因,因为这里的人不想给英国人端酒送水。我要立刻把他们赶走,让这里恢复正常。真希望我现在看起来没有这么邋遢,一个女人自己的衬裙都暴露在外,还怎么对别人发号施令?我还是下马走过去为好,那样至少我的腿不会暴露到裙子之外。

她勒住缰绳,一条腿跨过马背,立刻忍不住呻吟了一声。她看见一个士兵——不,是一个军官——从十字路口的人群中向她走来。啊,很好!她要狠狠地训斥他一顿,她现在正好有一肚子火要发。他的人来到了她的镇上,挡住了她回家的路。

军官走到邮局门前停住了脚步,他走了这么远来迎接她,倒也算彬彬有礼了。斯嘉丽沿着镇中心的宽阔街道径直向他走去。

"你,牵着马的人,立即站住,否则我开枪了。"斯嘉丽猛然停住了脚步,这并不是因为听到了那个军官的命令,而是因为她听出了他的声音,知道这个说话的人是谁。上帝啊,这是她这一生都不愿意再听到的唯一一个人的声音。她一定是听错了,因为她太累了;就是听错了,她的脑子正在胡思乱想,这只是个噩梦。

"如果你把科勒姆·奥哈拉神父交出来,你家里的其他所有人都不会有麻烦。我有他的逮捕令,如果他自己走出来,其他人都不会受到伤害。"

斯嘉丽突然一阵冲动,很想哈哈大笑一番。怎么可能发生这种事情！她确实没有听错，她确实知道那是谁的声音，她最后一次听到这个声音的时候，他的话里可全是柔情蜜语。那是查尔斯·拉格兰的声音。她这一生中曾经有一次，也仅仅只有一次，和一个不是她丈夫的男人上了床，现在这个男人从爱尔兰的另一端来到她的镇上，要逮捕她的堂兄。这太疯狂，太荒谬了，简直是不可能的事情。好吧，如果她没有因为看到他而羞愧而死的话，查尔斯·拉格兰应该是整个英国军队中唯一一个对她俯首帖耳的军官。离开吧，离开她和她的堂兄，不要再来打扰她的小镇。

她放下缰绳，大步向前走去："查尔斯？"

就在她叫出他名字的同时，查尔斯·拉格兰大声喊道："站住！"他举起手枪向空中鸣枪示警。

斯嘉丽再次站住了。"查尔斯·拉格兰，你发疯了吗？"她喊道。与此同时，又传来了第二声枪响，枪声淹没了她的话。拉格兰的整个身体似乎跳了起来，然后又落下来倒在了地上。斯嘉丽立刻拔腿向他跑去。"查尔斯，查尔斯！"她听到了更多的枪声和喊叫声，但是她充耳未闻，"查尔斯！"

她听到有人喊她："斯嘉丽！"接着从另一个方向也传来了"斯嘉丽"的喊声。当她在查尔斯身边跪下来的时候，她听到了他微弱的声音："斯嘉丽！"他的脖子中了一枪，鲜血喷涌而出，玷污了他的红色军服。

"斯嘉丽，趴下，斯嘉丽宝贝。"科勒姆出现在了她身旁，但是她现在不愿看他。

"查尔斯,哦,查尔斯,我去叫医生,我去叫格兰妮,她能帮你。"查尔斯举起一只手,她立刻抓住他的手握在手里。她感觉到眼泪正流下她的脸颊,但是她并没有发觉自己在哭。他不能死,查尔斯不能死,他是那么亲切、那么可爱,他对她是那么温柔;他不能死,他是一个既善良又文雅的人。

她四周已经是乱哄哄的一片。突然,什么东西从她耳边呼啸而过。上帝啊,发生了什么事了?那是枪声,很多人在开枪射击,英国人正在杀害她的人民,她决不能允许他们这么做。但是,她必须先为查尔斯寻求帮助,她只听见身边不断传来人们奔跑时靴子踩在地上的声音,科勒姆也一直在叫喊。噢,上帝啊,请帮帮我,我该如何阻止这一切?噢,上帝啊,查尔斯的手开始变凉了。"查尔斯!查尔斯,别死!"

"那个神父在那里!"有人大声喊道。无数子弹从巴利哈拉各个房屋黑暗的窗口里射出来,一个士兵踉跄几步倒在了血泊里。

就在这个时候,一只胳臂突然从后面搂住了斯嘉丽,她举起双臂企图保护自己不受这个看不见的人的攻击。"以后再细说,亲爱的,现在不要挣扎了,"瑞特说道,"这会儿是我们逃命的最好机会。我来抱着你,身体放松。"他抱起她扛到肩上,一只胳膊搂住了她双膝的后面,略微弯下身体跑向暗处。"有没有后路可以离开这里?"他问道。

"把我放下来,我指给你看。"斯嘉丽回答。瑞特把她放到地上站着,然后用一双大手抓住她的肩膀,急不可耐地把她拉过来，然后用力吻了她一下，又放开了手。

"我不想在没有得到我想要的东西之前就被人一枪打死。"他告诉她，她清楚地听到了他话音里的笑声，"现在，斯嘉丽，带我们离开这里。"

她拉起他的手，弯腰钻进两幢房子之间的一条黑暗而狭窄的通道里："跟我来。这个通道连着一条小径，只要走到那条小径上他们就看不到我们了。"

"你带路。"瑞特说。他松开手，轻轻推了她一下。斯嘉丽仍然想抓着他的手不放开，但是枪声震耳欲聋，并且近在咫尺，为了安全她拔腿向小径方向跑去。

小径两旁的树篱又高又密，斯嘉丽和瑞特刚刚跑进小径几步，大街上战斗的喧闹声就立刻变得沉闷而模糊了。斯嘉丽停下来喘口气，两眼瞪着瑞特看，她这才完全明白过来他们俩终于又团聚了，这让她心里充满了幸福。

但是，似乎变得遥远的枪声再次引起了她的注意，她记起了刚刚发生的一切。查尔斯·拉格兰死了，她还看到另一个士兵被枪打伤，很可能也死了。英国士兵在追赶科勒姆，在向她小镇上的居民开枪，也很有可能会杀死他们，她也可能中弹——瑞特也一样。

"我们得赶快回家，"她说，"到那里我们就安全了。我要警告仆人们在这件事情结束之前不要到大街上去。快点儿，瑞特，我们得赶快。"

她刚要开跑，他一把抓住了她的胳膊："等等，斯嘉丽，你也许不该去那所房子。我刚从那里来,整个房子一片黑暗,空无一人,亲爱的。所有的门都敞开着,仆人们早就逃走了。"

斯嘉丽挣脱了他的手,恐惧地呻吟着抓起裙摆跑了起来,这是她这辈子跑得最快的一次。"小猫咪"!"小猫咪"在什么地方?她听见瑞特在说什么,但是她完全顾不上,她必须找到"小猫咪"。

在小径后面巴利哈拉宽阔的街道上,躺着五具身穿红色军服的尸体和三具身穿粗布衣服的尸体。书店老板躺在窗玻璃已经破碎的窗台上,用微弱的声音祈祷着,鲜血带着泡沫正从他的嘴唇流下来。科勒姆·奥哈拉和他一起祈祷并在他咽下最后一口气之后在他额头上画了一个十字。夜色中一轮明月出现在天空中,月光在满地破碎的玻璃上闪烁着惨淡的微光,雨已经停了。

科勒姆三大步穿过小房间,伸手抓起壁炉旁一把树枝扫帚的把柄,然后把扫帚的另一头伸到了煤火上。扫帚立刻噼里啪啦地燃烧起来,形成一个巨大的火把。

科勒姆举着火把跑到了大街上,火炬上飘落的火花纷纷落在了他的黑色法衣上,他的白发比天上的月亮更加明亮。"来吧,你们这些英国屠夫,"他一边大喊一边朝废弃的英国教堂冲去,"我们一起为爱尔兰的自由而死。"

两颗子弹立刻打在了他宽阔的胸膛上,他跪倒在地,但马上又摇摇晃晃地站起来,跟跟跄跄地向前走了七步,接着又有三颗子弹先后打中了他。他的身体先是猛地向右一扭,接着又向左一扭,然后再次向右一扭,最后倒在了地上。

斯嘉丽跑上大房子前的宽阔台阶,一头冲进了黑暗的门厅,瑞特紧随其后。"小猫咪!"她尖声叫道。"小猫咪!"喊声在石梯和大理石地面上回响,"小猫咪!"

瑞特伸手抓住了她的上臂,在黑影中他只能看到她苍白的脸和灰白的眼睛。"斯嘉丽!"他大声说,"斯嘉丽,冷静,跟我来。我们必须离开这里,仆人们肯定知道发生了什么事,这房子不安全。"

"小猫咪!"

瑞特摇晃着她的身体说道:"别这样,猫不重要。马厩在哪儿,斯嘉丽?我们需要马。"

"噢,你这个笨蛋!"斯嘉丽说,她紧张的声音里却充满了爱和怜悯,"你根本不知道你在说什么,放开我。我必须找到'小猫咪'——凯蒂·奥哈拉,我叫她'小猫咪',她是你的女儿。"

瑞特不无痛苦地抓紧了斯嘉丽的手臂:"你到底在说什么?"他低头看着她的脸,但在黑暗中他看不清她的表情。"回答我,斯嘉丽。"他一边说一边使劲摇晃着她。

"你放开我,该死的!现在没时间解释。'小猫咪'肯定就在这里什么地方,但是屋里太黑,她又是一个人。放开我,瑞特,你的问题以后再说,现在这些都不重要。"斯嘉丽想挣脱他的手,但是他太强壮了,无法摆脱。

"这对我很重要。"他急迫的声音已经变得沙哑。

"行了，行了。事情发生在我们去海上航行并遇到暴风雨的那一次，你肯定记得。到了萨凡纳之后我发现自己怀孕了，但是你始终没有来找我，我很生气，所以我就没有立刻告诉你这件事。我怎么知道你会在听说孩子的事之前就急不可待地娶了安妮呢？"

"噢，天哪！"瑞特叫道，双手放开了斯嘉丽。"她在哪里？"他问道，"我们必须找到她。"

"我们一定会找到她的，瑞特。门边上的桌子上有一盏灯，划一根火柴把灯点上，我们很快就能找到她了。"

火柴的黄色火苗终于帮助瑞特找到了那盏黄铜油灯。他把它点亮，然后举起来："我们先找哪里？"

"她可能在任何地方，开始找吧。"她领着他快步穿过餐厅和早餐室。"小猫咪！"她叫道，"'小猫咪'，你在哪里？"她的声音很坚强，没有了歇斯底里的情绪，再也不会吓着一个小女孩儿："'小猫咪'……"

"科勒姆！"罗莎琳·菲茨帕特里克太太发出一声惊叫，从肯尼迪酒吧冲向英国军队，她推开一个个士兵，直接跑到了躺在宽阔街道中间的科勒姆的尸体前。

"别开枪，"一个军官喊道，"是一个女人。"

罗莎琳跪下来，用手捂住科勒姆的伤口。"天哪！"她号啕大哭道，身体左右摇晃着。射击停止了，她悲痛欲绝的哭喊令人肃然起敬，士兵们不忍目睹，纷纷扭过头去。

她用沾满他鲜血的手指温柔地合上了他死去的双眼，用盖尔语轻声同他告别。接着，她抓起那个仍然冒着烟的火把跳了起来，猛地挥动几下让火焰重新燃烧起来，她的脸在月光下显得那么可怕。她突如其来的行动让士兵们来不及作出反应，不等他们开枪她已经冲到了进入教堂的走廊上。"为了爱尔兰和她的烈士科勒姆·奥哈拉！"她带着胜利的微笑大叫着，挥舞着火把跑进了"军火库"。一时间整个巴利哈拉都陷入了沉寂之中，紧接着一团巨大的火焰从教堂中升起，同时传来了震耳欲聋的声响，教堂的石墙被炸成无数碎石，铺天盖地地落到了宽阔的街道上。

火光把天空照得比白天还亮。"我的上帝啊！"斯嘉丽气喘吁吁地惊叫道，紧接着巨大的爆炸震得她喘不过气来。爆炸声一声接一声地传来，她不得不用双手捂着耳朵，一边跑一边高喊着"小猫咪"。很快，整个巴利哈拉镇都陷入了火海之中。

她跑上楼，瑞特紧跟在她身旁，两人沿着走廊跑到"小猫咪"的房间里。"小猫咪！"她一遍又一遍地喊叫，尽量不让自己的声音流露出恐惧情绪，"小猫咪！"墙上字母卡片上的动物都映照在橙色的火光之中，她的小茶具整齐地放在刚刚熨过的台布上，床上的罩单依然整洁无瑕。

"在厨房里，"斯嘉丽说，"她喜欢厨房。我们可以从楼上往下叫。"她再次跑过走廊，瑞特跟在她身后。他们穿过客厅，桌上仍然摆着她的菜单、账簿以及一份还来不及完成的准备邀请参加她的婚礼的客人名单。他们穿过客厅门来到通往菲茨帕特里克太太房间的长廊上,斯嘉丽在长廊中间停下来,倚在栏杆上轻声向下面叫道:"'小猫咪',你在下面吗?请回答妈妈一声。这件事很重要,亲爱的。"她尽量保持着平静的声音。

挂在火炉旁墙上的铜锅上不停地闪烁着橘红色的火光,红色的煤块还在壁炉里燃烧,宽大的厨房里一片寂静,到处是阴影。斯嘉丽竖起耳朵,睁大眼睛,刚要转身却听到一个很小的声音说道:"'小猫咪'耳朵痛。"噢,感谢上帝!斯嘉丽悬着的心总算落了地。现在要冷静,保持安静。

"我知道,宝贝,刚才的声音太大了。'小猫咪'捂住自己的两只耳朵,我马上就下来,你能等我一下吗?"她尽量让自己的话说得随意一些,希望女儿不要感到害怕。长廊上的栏杆在她紧握的双手里微微颤动着。

"能。"

斯嘉丽向瑞特示意,他静静地跟着她穿过长廊,走进客厅的门。接着,她小心翼翼地关上了身后的门,浑身开始发抖:"我很害怕,怕他们把她带走,怕他们伤害她。"

"斯嘉丽,听着,"瑞特说,"我们必须抓紧时间。"从车道上方敞开的窗户往外看去,可以看见不远处的灯光和火把正朝这所房子移动。

"快跑!"斯嘉丽说。她在冲天的橘红色火光中看见了瑞特的脸,它显得那么干练而坚强。她现在可以看着他,依靠在他身上,"小猫咪"也安全了。他把一只手伸到她胳膊下,一边催促一边扶着她往前走。

他们跑下楼梯，穿过舞厅。在他们头顶的天花板上，塔拉的英雄们在火光的映衬下越发显得栩栩如生。通往厨房的柱廊被照得格外明亮，他们能听到远处传来的嘈杂的怒吼声。斯嘉丽砰地关上了厨房的门。"帮我把门闩上。"她喘着气说。瑞特从她手里拿过闩门的铁棍，插进门后的凹槽里。

　　"你叫什么名字？""小猫咪"从火炉旁的阴影中走出来问道。

　　"我叫瑞特。"他的声音变得有些嘶哑。

　　"你们俩以后再交朋友，"斯嘉丽说，"我们现在必须马上去马厩。有一扇门可以通到果菜园，但是果菜园的墙很高，我不知道是否还有另一扇门。你知道吗，'小猫咪'？"

　　"我们是要逃跑吗？"

　　"是的，'小猫咪'，那些发出可怕吼声的人想要伤害我们。"

　　"他们拿着石头吗？"

　　"拿着很大的石头。"

　　瑞特找到了通往果菜园的门，伸出头向外看了一眼："你可以骑在我肩上，斯嘉丽，这样就能爬上墙头，然后我再把'小猫咪'递给你。"

　　"好吧，但是也许有一扇门可以走。'小猫咪'，我们必须快点了。这堵墙有门吗？"

　　"有的。"

　　"很好。把你的手递给妈妈，我们走。"

　　"去马厩吗？"

"是的,快走,'小猫咪'。"

"走暗道会快一些。"

"什么暗道?"斯嘉丽的声音很急促。瑞特穿过厨房走过来,伸出手搂着她的肩膀。

"通往仆人厢房的暗道。仆人们必须走暗道,这样我们吃早饭的时候他们就不能往窗户里看了。"

"这太可怕了,"斯嘉丽说,"要是我早知道——"

"'小猫咪',请你带你妈妈和我走暗道吧。"瑞特说,"我背着你跑行吗?还是你宁愿自己跑?"

"如果我们想要快一点儿,你最好背着我跑,因为我跑得不如你快。"

瑞特跪下来,向她伸出双臂,他的女儿放心地走进了他的怀抱。他轻轻地拥抱了她一下,生怕把她抱得太紧:"来吧,'小猫咪',爬到我的背上去,搂住我的脖子,告诉我往哪里走。"

"从壁炉那里过去,穿过那边开着的那扇门,那是碗碟洗涤室。通往暗道的门也是开着的,是我打开的,以防万一我不得不逃跑。那时妈妈不在家,她到都柏林去了。"

"快走,斯嘉丽,现在不是伤感落泪的时候,'小猫咪'要挽救我们这两条不值钱的命。"

这条暗道的高处虽然装有带格栅的窗户,但是暗道内的光线仍然很微弱,瑞特稳健地迈着大步往前走,没有半点犹豫。他弯着两只胳膊,双手托住"小猫咪"的膝盖,每迈出一步就故意颠一下背上的女儿,使她兴奋得不停地尖叫。

我的天哪,我们的命都要不保了,这个男人还在跟孩子玩骑大马的游戏!斯嘉丽不知道该笑还是该哭。在世界历史上,是否还有别的人像瑞特·巴特勒这样对孩子着迷呢?

来到仆人的厢房之后,"小猫咪"又指引他们穿过一扇门,来到马厩的院子里。马已经受到惊吓,一个个跳着,嘶叫着,踢打着畜栏的门。"我去把马放出来,你抓住'小猫咪'不要松手。"斯嘉丽急切地说道,她好像看见了巴特·莫兰德的马厩所遭遇的那一幕。

"你抱着她,我来放马。"瑞特把"小猫咪"递到斯嘉丽怀里。

她立刻抱着"小猫咪"躲到了暗道里的安全处:"'小猫咪',你能一个人在这里待一会儿吗?妈妈要帮忙把马放出来。"

"可以,就待一小会儿。我不想'国王'受到伤害。"

"我会把它送到一个好牧场去。你真是个勇敢的女孩儿。"

"是的。""小猫咪"说。

斯嘉丽跑到瑞特的身旁,两个人一起把所有马都放了出去,身边只留下了"彗星"和"弦月"。"不用马鞍了,"斯嘉丽说,"我去接'小猫咪'。"现在,他们已经可以看到屋里有火把在移动,紧接着一团火焰爬上了窗帘。斯嘉丽拔腿冲到暗道里,瑞特则尽量让两匹马安静下来。当她抱着"小猫咪"跑回来的时候,他已经骑到了"彗星"背上,一只手抓着"弦月"的鬃毛控制住它。"把'小猫咪'递给我。"他说。斯嘉丽把女儿交给他,然后站到上马台上,迅速骑到了"弦月"的背上。

"'小猫咪',你告诉瑞特去渡口的路。我们要去佩金家,就是我们经常走的那条路,记得吗?然后,我们再经过亚当斯敦镇去特里姆镇。路程不远,旅馆里会有茶和蛋糕。别磨蹭,你给瑞特带路,我会很快跟上你们的。现在就走。"

他们在瞭望塔前停下来。"'小猫咪'说她想邀请我们去她的房间看看。"瑞特平静地说。斯嘉丽的目光越过他宽阔的肩膀,看见了远处直冲云霄的火焰。亚当斯敦也已经陷入了一片火海,他们逃跑的路被切断了。于是,她一抬腿从马背上跳了下来。

"他们就在我们后面不远的地方。"她说,现在的口气已经很镇定了。危险近在咫尺,已经容不得她害怕:"跳下来,'小猫咪',然后像猴子一样爬到梯子上去。"她和瑞特拍拍马让它们沿着河岸跑开了,然后先后跟着女儿爬上了瞭望塔。

"把梯子拉上来,那样他们就抓不到我们了。"斯嘉丽对瑞特说。

"但是,那样他们也就知道我们躲在这里了。"他说,"他们一次只能爬上来一个人,有我在任何人都休想闯进来。现在别出声,我听见他们来了。"

斯嘉丽爬进"小猫咪"睡觉的凹槽里,把女儿紧紧搂在怀里。

"'小猫咪'不害怕。"

"嘘,宝贝,妈妈已经吓坏了。"

"小猫咪"用手捂住嘴,咯咯地笑起来。

说话声和火把正离他们越来越近,斯嘉丽很快听出了铁匠约瑟夫·奥尼尔狂妄的声音:"我不是说过,如果英国人胆敢进军巴利哈拉,我们就会杀得他们片甲不留吗?那么,刚才我举起胳膊的时候,你们看到他的脸了吗?我对他说:'如果你也信上帝——我对此很怀疑,那你就向他求饶吧。'然后,我就把长矛戳进了他的胸口,就好像把炙叉插进一头准备烧烤的大肥猪一样。"斯嘉丽用双手紧紧捂着"小猫咪"的耳朵。我的无所畏惧的"小猫咪",她现在也一定吓坏了,这辈子她还从来没有像现在这样紧紧依偎着我。斯嘉丽往"小猫咪"的脖子上轻轻吹了几口气,一边默念着"亲爱的,亲爱的",一边左右摇晃着坐在她膝上的女儿,两只臂膀像一个结实摇篮的护栏环绕着"小猫咪"。

其他人的声音压过了奥尼尔的自我吹嘘。"奥哈拉族长已经投靠英国人了,我不是早就告诉过你们了吗?……""是啊,布兰登,你确实说过。我真傻,竟然还跟你争吵……""你看见她刚才跪在那个英国军官的身边了吗……""一枪毙了她就太便宜她了,要我说我们用绳子慢慢吊死她……""烧死她更好,我们要烧死她……""我们必须烧死那个被偷换的孩子,是那个黑孩子给我们带来了苦难。要我说,就是那个被偷换的孩子诅咒了'奥哈拉族长'……""诅咒了土地……诅咒了天上的云和雨……""被偷换的孩子……""被偷换的孩子……""被偷换的孩子……"斯嘉丽恐惧地屏住了呼吸,那些人的声音已经近在咫尺,像野兽的号叫一样毫无人性。她望着黑暗中瑞特的身影,他就站在挂着绳梯的瞭望塔门口一侧,她能感觉到他正严阵以待。他可以杀死任何胆敢爬上绳梯的人,但是如果他露出了自己的身体,有什么能阻挡射向他的子弹呢？噢，瑞特，当心。斯嘉丽浑身上下都感到一种幸福的冲动，瑞特终于来了，他爱她。

暴民们来到瞭望塔下，停了下来。"瞭望塔……他们肯定藏在瞭望塔里。"他们的喊叫声就像猎狗对着将死的狐狸的狂吠，斯嘉丽的心怦怦直跳。这时，奥尼尔又大声吼叫道。

"……不在瞭望塔里，绳梯还挂在那里，看到了吗……""奥哈拉族长精明得很，她是想骗过我们。"另一个人立刻反驳他的话，一个个七嘴八舌地争论起来。"你爬上去看看，丹尼，绳梯是你做的，只有你知道它是否结实……""对呀，戴夫·肯尼迪，既然是你的主意，你就爬上去……""那个被偷换的孩子就是在瞭望塔里同那个鬼魂说话的，他们现在肯定正在说话……""他一动不动地吊在那里，两只大眼睛发出刀子一样锋利的光芒，能劈开你的身体……""我的老母亲在万圣节那天看见他在路上走，后面拖着那根吊死他的绳子，凡是那根绳子碰到过的地方一切都立刻枯萎发黑了……""我感到一阵冷风吹过我的脊梁骨，我要离开这个闹鬼的地方……""但是，如果奥哈拉族长和被偷换的孩子就躲在瞭望塔上，我们必须杀掉她们，因为她们把我们害惨了……""啊，让她们慢慢饿死难道不比烧死她们更好吗？用你的火把把绳梯烧掉，这样一来她们不摔断脖子是下不来的！"

斯嘉丽闻到了绳梯燃烧发出的气味，她高兴得真想大声欢呼。他们安全了！现在，再也没有人能够爬上瞭望塔来了。明天她可以把她身体下铺在地上的棉被撕成条、做成一根绳子。一切都结束了，等天一亮，他们就能设法去特里姆镇。他们安全了！

她咬着嘴唇不让自己笑出声来,也不让自己哭出声来,更不让自己叫出瑞特的名字,而是只让自己的喉咙去感觉这个名字,让自己的耳朵去倾听这个名字,去倾听他深沉、可靠、嬉笑的话语,倾听他呼喊她名字的声音。

过了好长一段时间,暴民们的脚步声才完全消失,但即使到这个时候瑞特也没有开口说话。他走到她和"小猫咪"跟前,伸出双臂把她们俩紧紧地搂在自己怀里。斯嘉丽把头靠在他身上,这就是她所需要的一切。

过了很久,当"小猫咪"的身体彻底放松沉沉地睡去时,斯嘉丽才把她放下来,再给她盖上一床被子。然后,她转向瑞特,用胳膊搂着他的脖子,他立刻开始亲吻她。

"看来,这就是你想要的东西,"当亲吻结束后,她颤抖着低声说道,"噢,巴特勒先生,你差点儿害得我喘不过气来。"

他胸膛中发出一阵沉闷的笑声,接着拿开她的双手,轻轻地把自己同她分开:"离孩子远一点儿,我们得谈谈。"

瑞特低沉、平静的话语并没有惊动"小猫咪"。他为她把被子紧紧掖好。"到这里来,斯嘉丽。"他说着从凹槽里退出来,走到一扇窗前。在被火光照亮的天空的映衬下,他的身影就好像一只雄鹰。斯嘉丽跟着他走过去,只觉得只要他呼唤一声她的名字,她就可以跟着他走遍天涯海角。瑞特的呼唤很特别,还没有人像他那样叫她。

"我们会逃走的,"她站在他身边不无自信地说道,"瞭望塔下有一条通往女巫小屋的隐蔽小道。"

"通往哪儿?"

"她并不是一个真正的女巫,至少我认为她不是,这都无所谓。反正她会给我们指一条安全的路,或许'小猫咪'就知道那条路,因为她也一直在树林里玩耍。"

"'小猫咪'有没有什么不知道的事情?"

"她不知道你是她父亲。"斯嘉丽发现他下巴上的肌肉绷紧了。

"你居然瞒着我,总有一天我会把你打得死去活来。"

"我是想告诉你的,但是你把一切都策划好了,所以我根本没法告诉你。"斯嘉丽激烈地说道,"你在最不可能离开我的时候跟我离了婚,不等我挽回我们的婚姻你就急忙娶了别的女人。你说我该怎么办?你难道要我像个堕落的女人那样,用披肩裹着我的孩子,抱着她赖在你门前不走?你怎么能做出这种事情来?你真是坏透了,瑞特。"

"我坏透了?难道不是你首先不给任何人打招呼就跑得无影无踪了吗?我母亲非常为你担心,还因此病了一场,后来尤拉莉姨妈才告诉她你在萨凡纳。"

"可是,我离开之前给她留了一张便条的,我无论如何也不会让你母亲感到不安。我爱埃莉诺小姐。"

瑞特用手托住她的下巴,让她面对着他并牢牢控制住她的头,从窗口照进来的明亮、斑驳的光影洒在她的脸上。他突然亲吻了她一下,然后伸出双臂搂着她,把她紧紧搂在自己怀里。"这种事又发生了,"他说,"亲爱的,你这个脾气暴躁、固执,既让人欣喜又让人愤怒的斯嘉丽,你意识到我们曾经经历过这种事情吗?我们漏掉了彼此发出的信号,错失了良机,产生了误解,这样的事情本来是绝不应该发生的。我们必须防止这样的悲剧再次重演。我老了,经不起这样的折腾了。"

他把嘴埋进她纠结的头发里,开心地笑着。斯嘉丽闭上眼睛,把头靠在他宽阔的胸脯上。现在她安全地躲在瞭望塔里,安全地依偎在瑞特的怀抱里,她终于可以享受疲惫和宽慰了;她终于可以让软弱的泪水尽情地流下她的脸颊,让她的肩膀无力地耷拉下来。瑞特紧紧地抱着她,温柔地抚摸着她的后背。

过了很久,欲望的冲动使他把她搂得更紧,斯嘉丽感到一股全新的、激动人心的活力在血管里奔涌。她仰面看着他,当他们的嘴唇再次亲吻在一起的时候,她感到了令人目眩的狂喜,让她把休息和安全统统抛到了脑后。她的十指插入他浓密的头发之中,抓住他的头往下拉,让他的嘴唇紧紧贴在自己的嘴唇上,直到她感到头晕目眩,但同时又感到强壮而充满活力。只是因为担心惊醒"小猫咪",所以她才强迫自己没有发出狂喜的尖叫。

当他们正热烈亲吻时,瑞特却从她的搂抱中挣脱出来。他双手紧紧抓住窗台,指关节因用力而开始发白,他的呼吸也已经变得很急促。"宝贝儿,男人的控制力也是有限的,"他说,"现在我只能想着一件事情:这里的石头地面肯定比湿冷的海滩更不舒服。"

"跟我说你爱我。"斯嘉丽对他说道。

瑞特咧开嘴笑了:"你怎么会想到这个?我之所以经常坐着

那些该死的哐当作响的汽船来爱尔兰，只是因为我非常喜欢这里的气候。"

她也笑了，随即举起两个拳头捶打着他的肩膀："快说你爱我。"

瑞特用手抓住她的两个手腕，说道："我爱你，你这个喜欢折磨人的村妇。"他的表情突然变得很凶狠："如果那个混蛋芬顿想把你从我手里夺走，我就宰了他。"

"噢，瑞特，别犯傻。我对卢克甚至连喜欢都说不上，他就是个可怕的冷血魔鬼。我之所以准备嫁给他，是因为我觉得我再也不可能得到你了。"瑞特怀疑地扬起眉毛，斯嘉丽不得不说出自己的心里话，"嗯，我确实有一点儿向往伦敦的生活……想做一个伯爵夫人……用嫁给他的办法来报复他对我的侮辱，把他的钱全部弄到手，保障'小猫咪'一辈子生活无忧。"

瑞特的黑眼睛里流露出非常开心的目光。他吻了吻抓在手里的斯嘉丽的两只手，对她说："我一直很想你。"

* * *

他们彼此依偎着坐在冰冷的地板上，双手紧紧握在一起，彻夜长谈。瑞特对有关"小猫咪"的事情总是听不够，斯嘉丽也乐于告诉他，并且乐于看到他为女儿的一切感到自豪。他警告她说："我会千方百计让她爱我胜过爱你。"

"你那是痴心妄想，"斯嘉丽自信地回答说，"我和'小猫咪'

心心相印,而且她是不会忍受你的溺爱和娇生惯养的。"

"那么崇拜呢?"

"噢,她早就习惯崇拜了,她一直崇拜的是我。"

"等着瞧吧,人们一直都说我对女人很有办法。"

"她对男人也很有办法。用不了一个星期,她就会让你俯首帖耳地任她摆布。以前这里有一个叫比利·凯利的小男孩——噢,瑞特,你猜怎么着?阿什利已经结婚了,而且是我撮合的,我把比利的母亲送去了亚特兰大……"哈莉特·凯利的故事又引出了茵迪娅·威尔克斯终于找到了丈夫的消息,接着又引出了露丝玛丽仍然还是一个老处女的遗憾。

"很可能她这辈子也就这样了,"瑞特说,"她现在住在丹漠兰丁,每天忙着花钱恢复那些稻田。她已经变得越来越像茱莉娅·阿什利了。"

"她快乐吗?"

"她快乐得很。要是能让我早一些离开查尔斯顿,她肯定愿意亲自帮我收拾行李。"

斯嘉丽用怀疑的目光看着他。瑞特告诉她,她没听错,他已经离开查尔斯顿了。他原以为他在那里能过上心满意足的生活,但是他想错了。"我还会回去的,查尔斯顿人的血管中永远流着查尔斯顿的血,但我回去只是探亲访友,不会再在那里住下来。"他已经尝试过了,也告诉过自己他想要稳定的家庭和传统的生活,但是到头来,他感到的是双翅被剪掉的痛苦。他受到了传统的束缚,受到了圣塞西莉亚的束缚,也受到了查尔斯顿的束缚,他被牢牢地困在了地面上,再也飞不起来了。他爱查尔斯顿——上帝,他多么爱它——爱它的美丽、它的优雅、它那带着微香的咸咸的海风,更爱它面对损失和毁灭时的勇气,但是这些还不够,他还需要挑战、冒险和让他能够去闯过的一道道封锁线。

斯嘉丽轻轻地叹了口气,她恨查尔斯顿,她认为"小猫咪"也不会喜欢它。谢天谢地,瑞特并不打算带她们回到查尔斯顿去。

她平静地问起了安妮的情况,她感到瑞特沉默了好长一段时间才回答她,声音里充满了悲伤:"她应该得到比我更好的人,过上比命运赋予她的更好的生活。安妮的勇气和坚强足以让任何一个所谓的英雄感到羞愧……那时我几乎快疯了,你走了,没人知道你在哪里,我认为你是在惩罚我,所以为了惩罚你并且为了证明我不在乎你的离开,我就办了离婚,同你一刀两断。"

瑞特望着前方,一脸茫然,斯嘉丽则沉默不语。他说,他一直祈祷自己没有给安妮造成伤害,努力回忆他对她做过的一切并审视了自己的灵魂深处,没有发现任何有意伤害她的事情。她太年轻也太爱他,所以她从来没有怀疑过男人的柔情蜜意并不能等同于他对你的爱,他永远也不知道,他娶安妮应该受到什么样的责罚。她一直过得很快乐。这个世界上最不公平的事情之一,就是你只需要付出一点点,就能让那些天真而富于爱心的人感到幸福。

斯嘉丽把头靠到他肩上,对他说:"让人感到幸福需要极大的付出,我也是直到'小猫咪'出生之后才明白这一点。我以前很多事情都不懂,还是不知不觉之中从她那里学来的。"

瑞特把脸靠在她头上,说:"你变了,斯嘉丽,你已经长大了,我必须重新认识你。"

"我也必须了解你,这需要一些时间。我以前并不真正了解你,即使我们生活在一起的时候也不了解。这次我会努力做得好一些,我保证。"

"别太努力了,你会受不了的。"瑞特咯咯地笑了笑,然后吻了吻她的额头。

"别再嘲笑我了,瑞特·巴特勒——不,还是照旧吧。我喜欢你嘲笑我,即使它经常使我发疯。"她闻了闻空气中的气味,"下雨了,雨水应该会把火浇灭,等太阳升起来之后,我们就能看到有多少东西幸免于难。我们应该尽量睡一会儿,因为几小时之后我们会很忙。"她把头依偎在他的颈窝里,打了一个哈欠。

她睡着之后,瑞特轻轻推开她的身体,然后双手把她抱起来,重新坐下来,就像他刚才抱着"小猫咪"那样搂抱着她。爱尔兰淅淅沥沥的小雨把古老的石头瞭望塔笼罩在一层温柔而寂静的帷幔之中。

太阳刚刚升起,斯嘉丽的身体动了动,很快醒来了。她一睁开双眼,就看到了瑞特那张胡子拉碴、眼睛深陷的脸,她知足地笑了。然后,她伸了个懒腰,轻轻地呻吟几声。"我浑身都疼,"斯嘉丽扬起眉毛撒娇道,"又饿得要命。"

"女人啊,积习难改。"瑞特低声嘟囔道,"快起来,亲爱的,你要把我的腿压断了。"

他们小心翼翼地走到"小猫咪"的藏身之处。凹槽里很黑，但他们能听到她轻柔的鼾声。斯嘉丽对他耳语道："她只要翻个身仰面躺着，就得张着嘴睡觉。"

"一个多才多艺的孩子。"瑞特说。

斯嘉丽忍住笑，抓住瑞特的手把他拉到窗前。他们看到的景象让人揪心：几十个黑色的烟柱散布在四面八方，在玫瑰色的天空上留下了一道道的污迹，斯嘉丽的眼睛里立刻盈满了泪水。

瑞特搂着她的肩膀，说："我们可以把这一切都重新建起来，亲爱的。"

斯嘉丽眨了眨眼睛甩掉眼泪："不，瑞特，我不想重建了。'小猫咪'继续待在巴利哈拉会有危险，看来我自己也不会安全。但是我不会把巴利哈拉卖掉，因为这是奥哈拉的土地，我决不会放弃，只是我再也不想要我的大房子了，也不想要我的小镇了。我的堂兄们可以找到农民来耕种这里的土地，不管被多少次枪击和焚毁，爱尔兰人都会永远热爱自己的土地。爸曾经多次告诉过我，土地就像爱尔兰人的母亲。

"但我不属于这里，再也不属于这里了。也许我从来都没有真正属于过这里，否则我就不会那么渴望到都柏林或别的地方去参加家庭聚会和狩猎了。我不知道我属于哪里，瑞特，我现在回到塔拉甚至都不再有家的感觉了。"

让斯嘉丽惊讶的是，瑞特竟然哈哈大笑起来，笑声中还充满了喜悦："你属于我，斯嘉丽，到现在你都不明白吗？我们属于整个世界，属于这世间的一切。我们俩都不是守着一亩三分地过小日子的人，而是冒险家、是海盗，是喜欢闯过封锁线的人。我们要是没有挑战，就只剩下了半条命。我们可以去任何地方，只要我们在一起，到了哪里哪里就是我们的家。但是，我的宝贝，我们永远不会属于某一个地方，那样的生活属于别人，不属于我们。"

他低头看着她，嘴角随着得意的欢笑而微微颤动："斯嘉丽，在我们一起开始新生活的第一个早晨，请实话告诉我，你是全心全意地爱我呢，还是因为得不到我才想要我呢？"

"噢，瑞特，怎么说得这么难听！我全心全意地爱你，永远爱你。"

斯嘉丽在回答他这个问题之前有一个非常短暂的停顿，只有瑞特才能听得出来。他把头往后一仰，哈哈大笑道："亲爱的，我就知道我们的生活永远不会平淡无奇，我急切期待着我们的新生活。"

这时，一只肮脏的小手拽了拽他的裤子。瑞特低头看去。

"'小猫咪'要跟你走。"他女儿说。

他把她扛到肩上，眼里闪烁着激动的光芒。"你准备好了吗，巴特勒夫人？"他问斯嘉丽，"封锁线正等着我们去闯呢。"

"小猫咪"开心地笑起来。她眨着一双明亮的眼睛看着斯嘉丽，那眼神暗示出她有一个秘密："妈妈，我把那副旧梯子藏在被子下面了，是格兰妮让我留着的。"

1247